JN094891

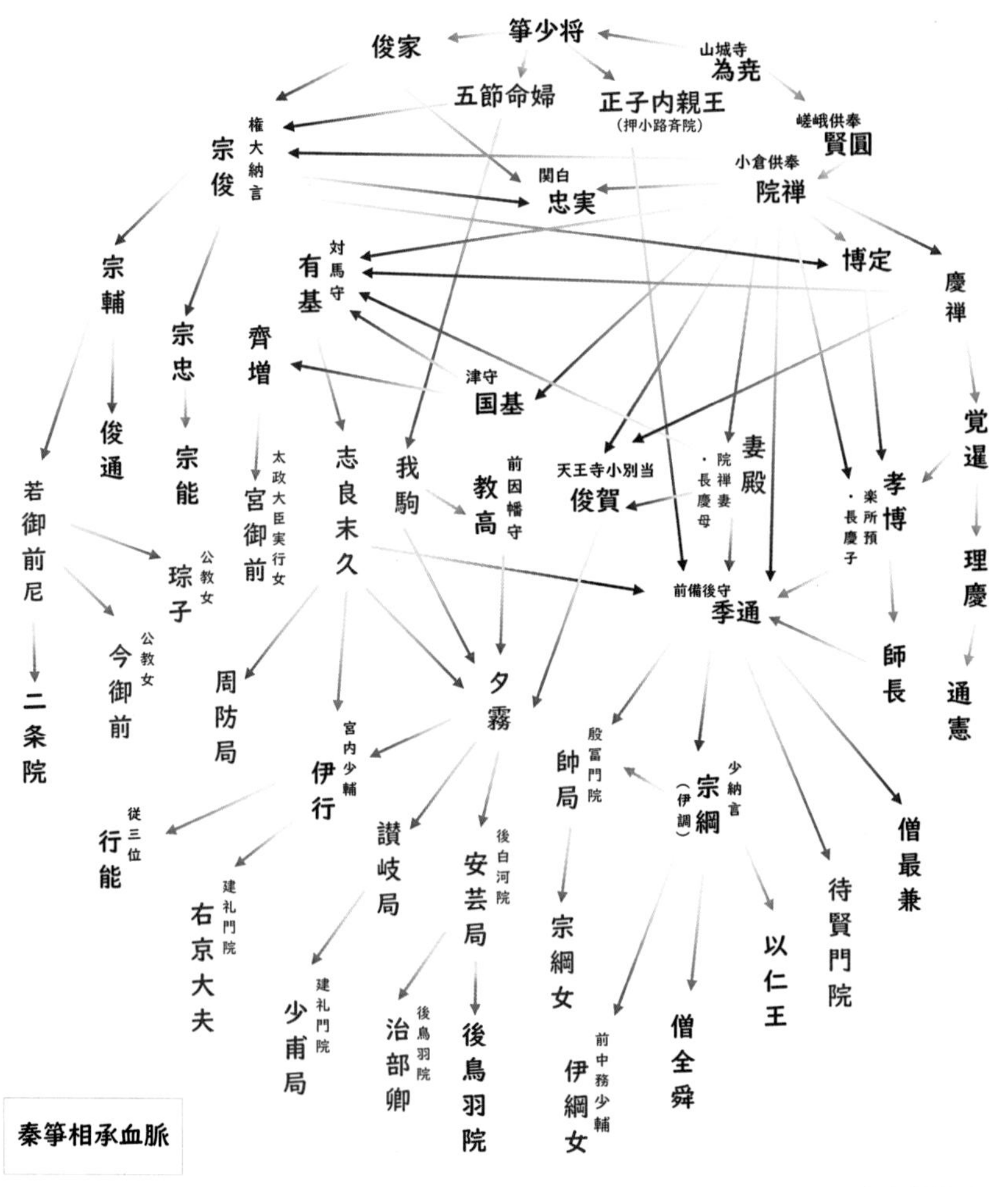

秦箏相承血脈

→本文157ページ

以仁王を探せ！

山崎玲

皇子、奥会津をゆく。熱く褪めた魂の黙示録。

高倉宮以仁王。

今から八百数十年前。治承四（１１８０）年。春四月。時の後白河上皇の第三皇子にして、専横する平家を打ち滅ぼせと諸国の源氏に蜂起を促した「以仁王の令旨」を発したことで知られる人物。源三位頼政の慫慂に対して初めは躊躇があったが、意を決し深謀を経て手繰り出されたその文体には鮮烈なアジテーションが込められた。だがその一方で自らの周辺はあまりにも手薄であり、動きも緩慢であり、挙兵蜂起というような大きな起爆力を固め得ぬうちに事態を察知した熊野の別当湛増の密告によって敵の丞相平清盛の知れるところとなり、屋敷を包囲され、忽ち窮地に追い込まれた。偶然居合わせた少壮長谷部信連の一騎当千の武勇によって辛くも裏口から女装して脱出し、身一つで山越えして三井寺に逃げ込んだ。寺の僧たちと、後から合流して来た頼政の手勢だけでどうにかせねばならぬという状況。延暦寺と興福寺に牒状を送って希望を託すが、山門は平家との結託が強く清盛の裏工作もあって返事はつれなく、興福寺は参入の意思はあっても今一つ具体的な動きは無かった。無為に数日が過ぎ、三井寺の中でも意見が割れる始末で、以仁王はこれはもう奈良に向かうしかないと悲壮な覚悟で出立したが、平家の大軍に宇治で追いつかれ激戦となり頼政の一党は殆どが討死した。以仁王は辛くも脱出したものの南都にあと一歩という山城国綺田（かばた）の光明山寺の鳥居の前で追って来た平家家人の藤原景高に討たれてしまった。というのが平家物語の記述である。

しかしこの一件はその直後から「宮は殺されてはいない」「落命というのは平家の追及の目を欺く為の偽りであって実は逃げて何処かに潜伏している」という噂がたった。伊豆の頼朝方に寄寓している、あるいは木曽義仲に匿われている等々、多くの憶測が飛び交うさまは往時一流の記録者九条兼実の「玉葉」に執拗なまでに詳述される。しかしその「宮の生存」という噂は人々の懼れや期待やらの思惑の中で増幅縮退を繰り返し乍らやがて立ち消えになった。それというのもその数か月の内に頼朝に趨勢が宿り、それはかの令旨の威光が遅まきながらに奏功したかのように思われたにも拘らずそこに肝心の以仁王自身のお出ましが無かった為である。やっぱり山城で亡くなっていたのだと話の縒りは戻されてしまった。

ところが多くの議論はその後も長く残り以仁王生存説は語り継がれた。そのことから知れるように、事はさこそ単純な話では無かったのではないか。世の歴史家は後からで固定した高みから俯瞰するけれども、そんな安定した見方では測れない事態がそこかしこに多体に存在したことは想像に難くない。一体物事というものは大所から見ればこまごまと見える事柄が、その局所局面ではのっぴきならない事情がある。宮は確かに東国に潜伏しその一身にはまたその地ならではの悶着軋轢が錯綜しており、中国の故事にある誰もが夫々の鹿を追っているという状態であったからこそ、宮もまた身動きが取れなかったのではないか、と。

ところで筆者の出身した福島県の奥会津地方にはこの時期の以仁王が苦難苦闘の日々を過ごしたという「記録」が残され今日でも語り継がれている。それは山城綺田の一件からほんの一か月後、同じ治承4年の7月のひと月間の記録であるが、宮は困憊困苦の状態で奥会津に立ち現われそこから越後に逃れられる間のひと月をここで過ごした。この「高倉宮御伝記」には宮と宮に寄り添う村人たちとの素朴だが生々しいタマシイの交流が語られている。長く奥会津の人間にとってこの追い詰められた貴人に諸肌を脱いだご先祖様を誇る気持ちは絶大なものがあったのだが、ある切っ掛けから「会津以仁王伝説」と呼び変えられ、歴史の枠組みから外され

「伝説」扱いに甘んずることになった。この格下げに関与した張本が1925年の柳田國男の論文「史料としての伝説」であって柳田はその中でこの高倉宮会津行を史実とする事の根拠の脆弱さを丁寧に解き明かし、同時にこの伝説を創案したのは当地に近世になって入植した木地師たちによるものとした。これは「各地に流布する類似の伝承との比較検証によって伝承の発祥の背景を論ずる」といういわゆる柳田的手法の嚆矢となった論文であり、以仁王はその素材として選ばれたわけである。

その結果はどうなったか。まず地元の歴史の先生方がアッサリ投降したのである。以仁王会津行は荒唐無稽な伝説である、柳田先生むべなるかな。こぞって右ならえをした。要するに中央の権威に地元の「権威」が恭順したのである。奥歯が痛かったら抜いてしまえという藪医者の判断である。柳田先生自身は藪ではないだろうが診療の科類が違った。斯界の権威だが歯科医ではなかった。この問題は「本当に奥歯は痛かったのか?」という患者自身の問題であり、患者と一緒に暮らしている町の歯科医の問題だったのである。

以仁王は確かに来た。只見町に現存する800年存続する山伏の家、筆者の出身した「龍王院」が確かに宮をいざなったと一族の忘れるべからざる記録として今日に伝えているからである。「会津以仁王潜行記」の復権こそが筆者の宿願であることは以上の事情による。

本書の中の文学的妄念は全て著者を発信源としているが、歴史的な足場の確認においては多くの文献を参照した。いちいちの典拠は示し切れないが、インターネット上に公開された「大江希望:長谷部信連を巡って」と「千葉一族:日胤―園城寺律静房」の二論文は、その視点の柔軟さ・考察の濃密さに圧倒的な魅力があり、大いに蒙が啓かれた。特に名前を挙げて深甚の感謝を捧げたい。

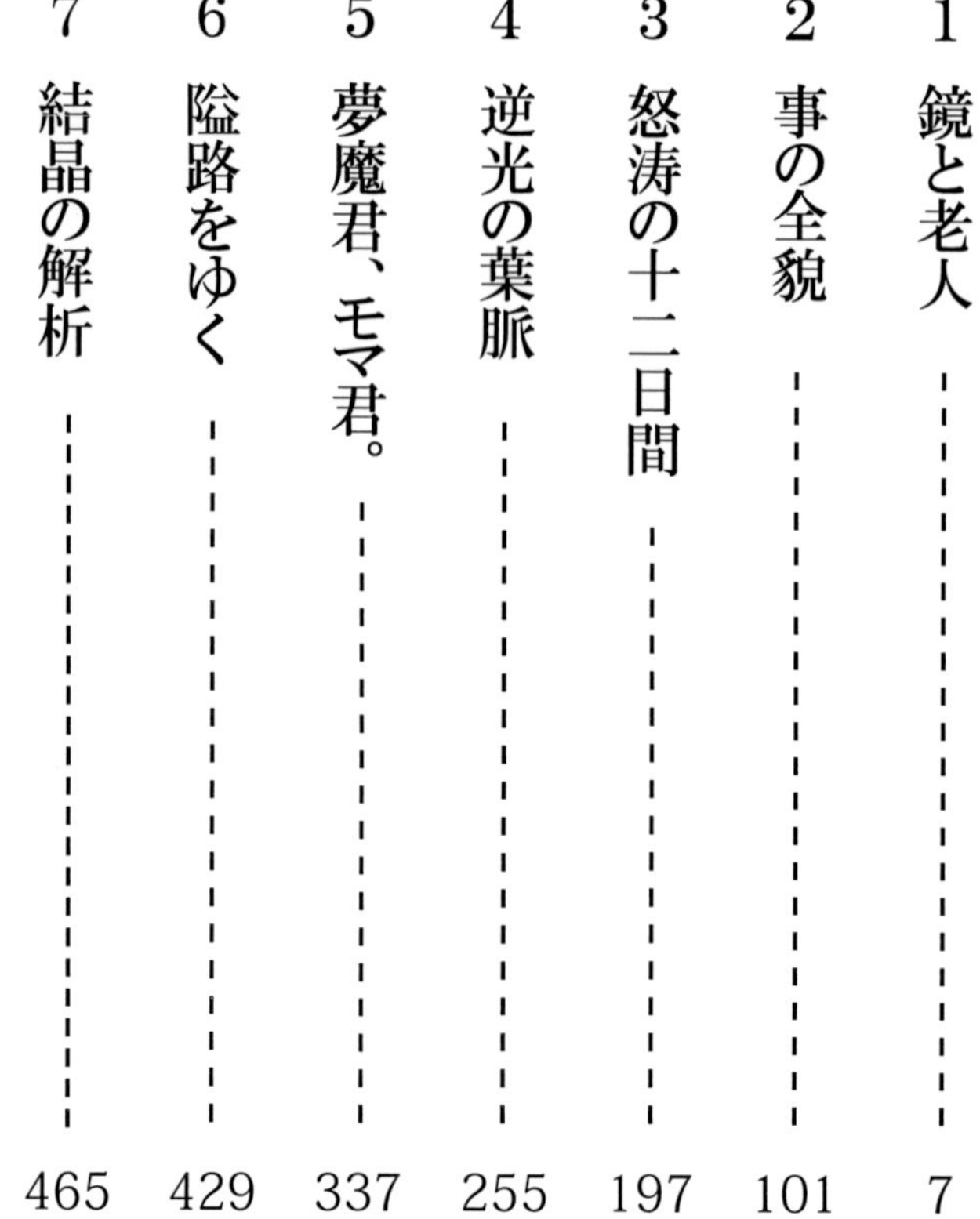

1 鏡と老人 …… 7

2 事の全貌 …… 101

3 怒涛の十二日間 …… 197

4 逆光の葉脈 …… 255

5 夢魔君、モマ君。 …… 337

6 隘路をゆく …… 429

7 結晶の解析 …… 465

藤森英子：系図作成

野田美和：構成アシスタント

古内恵利香：表紙イラスト

山崎吟雨：題字

1　鏡と老人

脳天直撃

その「事件」が起きたのは大した昔のことではない。突然、ある落下物が私の脳天に命中した。あの蔓延するコロナに祟られた最初の年、花見に行くことさえ躊躇われた２０２０年の春の宵のことであった。

「イテッ！」と思わずうずくまった。カセットテープであった。２０世紀の遺物とは言え私にはまだまだ馴染みのものだ。ケースごとではなくカセットテープそのものだったから多少は軽いし尖った角も無いからマシではあったがそれでも無防備に老いた頭頂部への不意の直撃はダメージがあった。その時の私はキャスター付きの椅子にものぐさに座ったまま、作業テーブルの上で段ボール箱を組み立てようとゴソゴソやっていた。私の背後、作業室の壁には立ち上がったヒグマの成獣のような体高２４０センチの巨大なスチール棚が聳えていてカセットテープはその上の方から落ちてきたものだった。棚はそれ自体がずっしり重いが更にその各段の全てに本や書類ファイルがギシギシに隙間なく詰まって縦横に地層を作っている。そして棚の上には更にカラーボックスや段ボール箱などが積み上げられ、それが天井まで達して一種の耐震ツッパリ棒のような様相を呈している。もちろん見た目とは裏腹に耐震どころか被害を拡大するしか役目は無いが、兎に角そういう不安感を実体化するかのようにその危険な最上部の方からテープは落ちてきた。脳天カセット直撃事件。唐突という事はしばしば我々を面食らわせる。そして取り憑いて雁字搦めにする。私の場合は全く唐突なスイッチ、長年心の裡に溜まったモノを書き出したいという衝動が抑えがたく高まることになった。

カセットが落ちて来た時私は作業中であった。いったい私が入り浸って四六時中没頭している作業は何なのか、この場所は何処で、そもそも私は何者なのか。私の人生観や暮らしぶりはどうなっているのか。そんなことから書き始めるのは話が冗漫に過ぎるだろうし、退屈過ぎて聞く方も難儀だろうからこの際省いた方が良さそうだが、後のこともあるから掻い摘んだところは書いておかねばなるまい。私と云う者は62歳。この人生のちょうどその長さ分、世の中の何の役にも立たなかった者だが、今を去る十年程前にすこぶる奇妙なご縁からこの都下郊外の駅至近の一等地に建つ学術文化施設にご厄介になることになり、今いるこの小部屋を占有してちょっとした仕事をさせて貰うことになった。それは私の如き一般からは程遠い雀の涙程度の社会性しか持ち合わせない中年男には最良の就職条件であったし、私はたぶん同類の多くが羨む果報者なのである。ただ給金といえば実にササヤカなもので経済の潤いにはちと届かないが文句を言うつもりはない。もともと粗衣粗食で十分で、今は食えているのだからこんな結構なことは無い。それと住居についても大きな声では言えないがほぼこの作業所に起居している。作業が夜中に及ぶことも多いのでついソファに横になってそのまま寝てしまうのであり、それが昂じた結果として遂に定住したのだなどとは絶対に公言出来ない秘密事項である。風呂については少し歩くが週に2回ほどスーパー銭湯に行っている。つまり此処での生活は隠者そのものである。まずこの作業室には職員も含め誰もやって来ない、時間の区切りもない場所でごそごそと生きているのだ。

ところでカセットをお見舞いされた時の私は実に不機嫌であった。立ち退きの話がまたぞろぶり返していてイライラしていた。気が散って腹が立ってどうしようもない。立ち退きなんかは（別天地を用意してくれるっていうなら）何時でもしてやるんだが、そういう話でもないのだ。なぜならば立ち退くのは私一人ではなくこの建物全体、宮沢賢治の描く「猫の事務所」が出世魚になったような特殊的な文化遺産全体なのである。我々を立ち退かさせてこの場所を再開発しようという動きが数年に一遍、市議会議員の選挙のサイクルと連動して胃の蠕動のように気紛れに襲ってくるのだ。今回も質問状のような形でブラックメールが届いたのだという。

およそ文化というものは作り上げるのに途方もない歳月を必要とする。しかし破壊するのは簡単だ。一瞬で灰燼に帰してしまう。そういう歴史の実例は山のようにある。そしてそういう浅慮の破壊者の末路は惨憺たるものに決まっている。理知の大神に呪い殺されるのだ。安易な目先の欲得で動く罰当たりにはやがてペテロの厳しい僉議がある。いかに旧弊であろうが、寧ろそれだからこそ文化は底力のあるものだ。それを否定する連中の監視下では末端の私でさえ心が騒いでどうしようもなくなる。こんな時思考は停止し、モノの整理は絶望的になる。こんな乱雑な精神状態では一歩も動けないのだ。社会不安が個人をダメにする顕著な例だろう。

書きだしたら言いたいことで腹が俄然膨れて来たから何でも言ってしまう。私の作業というのは古くなって壊れた図書の修繕である。図書が壊れると言ってもその状況は多様である。私はその一冊一冊のコンディションを見ながら対処していく。この小部屋には毎日全国から傷んだ書籍典籍が持ち込まれる。時には世界に又とない稀覯書もあったりする。失敗は許されない。その時の緊張というものは筆舌に尽くしがたく、それゆえ修繕できた時の喜悦というものも絶大なものになる。

私は書棚が好きだ。昔から本は好きで、雑多な古本に埋もれて暮らすのが理想だと常々思ってきたが、よくよく考えれば本に負けず劣らず書棚が好きなのだと気づいた。もとよりガサツな人間で書斎派を気取るガラではない。粗末な作りで良いのだ。大小取り混ぜた雑多な本が一斉に並ぶその背表紙を眺めるのが大好きだ。そこそこ静かで適度に暖かくて空気はボンヤリと澱んでいる。そんな空間の中で、懶惰でランダムな考えがウッスラと湧いてくるのが一番性に合う。自分じゃ到底買えないような重厚な本が人に読まれることも読まれないことも気にせずに堂々と抜け抜けと並んだ場所。其処が私の夢の城郭である。じっさい社会福祉とは有難く素晴らしい。経済的にも体力的にも脆弱性抜群の私がこのささやかな閉空間では古代バビロニアの帝王然と君臨している。まあ君臨は嘘だ、隷従ではある。社会ルールの基本は穿き違えてはならない。

私が此処に入れたのは実にありがたいコネの力である。思えば薄氷を踏むようなギリギリのチャンスであった。今はもう潰れてしまったが以前この町にはT書店という神田の古書店街からも一目置かれる業界屈指の大きな古書店があった。そこを私のハライソと呼び足繁く通っていたが、そこである日思いがけない出会いがあった。滅多な事で気心を晒け出すこともない姑息な性分だが突然運命のパルスが走った。一冊の稀覯本のことでとある御仁とひょんと会話になり、たちまち意気投合したのだ。恰幅のいい初老の紳士で、こうした古書店で出くわすぎょろッとカンジの悪い輩（私もそんな一人）の多い中に別格のすこぶる高い品性の持ち主であった。（ちょっと持ち上げ過ぎだがここまで言うのにも訳がある）偶々書棚の隅で「世界の七不思議」で名高い庄司浅水の割と知られぬビブリオマニアック方面の業績について本の虫同士要らぬ蘊蓄を傾け合った訳であるがこれが無性に楽しくて小一時間も立ち話をした。

それからひと月ぐらいして、Ｔ書店でまたひょんと顔を見かけたときに件の人が「ああ貴方、あれ見つけましたよ。庄司浅水全集、神田で」とほくほく顔で言ってきた。庄司浅水はその頃の私にはもはや興味のない分野でこそあったが、それにも関わらずやはりコッチも嬉しくなり御同慶の至りと申し上げまたぞろ談笑に花が咲いた。気の置けぬ友情のようなものが其処はかとなく芽生え、喫茶店で一、二度お茶を飲んだりもした。ざっくばらんで楽しい狭い狭い世界なのであった。

しかしそれだけでは終わらない。運命の神というものがそこいらに居たらしく、暫くして、この方がナントこの界隈でそこかしこに顔の利く途方もないお偉いさんであるという事を小耳に挟んで私は動揺した。途端にぎこちなくなってしまった。当時の私といえば気の染まぬ仕事をついに止めてしまって半年、まあ借金は無いにしても風来坊が平気の平左では居られぬ段階に突入していた。ちょっと軽妙を装って「本をずっと触っていられる暢気な仕事はございませんかね」など戯れた口調で実は切迫な本音を訴えれば「探してみましょう」と即座に明るく、他生のご縁ですからなどと有難いお言葉。そしてまさかと思ったが本当に仕事を紹介してくれたのが現在の此処なのである。まさに終生の恩人である。

しかしこの方はそれから2、3年ほどして突然体調を崩されてそのまま亡くなってしまわれた。私の方は彼の引いて下さった運命のレールの上で有難く生き永らえている。もともと専門の知識があったわけでも手先が器用という訳でもなく、取柄といったら本に対する無条件の愛着だけ。一通りの手ほどきを受けた後は自己流でやってきたがそれでも特に怒られることも苦情が来ることもなく密かな自分なりの研鑽も積み、幾つかの資格も取得しながらかれこれ十年の日々が過ぎた。誰も出入りしない。清掃も入らない。ゴミは溜まったら自分で清掃室に捨てに行く。埃だらけだが一向に気にならない。

書籍修復の作業は一連の流れがあって糊や部材の種類により渇きの速度が万別であるから一旦作業を始めたら休めない。夢幻の世界に入り込む。ところが寄る年波というものは残忍なもので集中力もそうだが無理な体勢は眼と腰に来る。とにかく疲れやすくイライラが募って来る。見慣れた部屋の中の何かが一つでも位置が変わるだけで頭が働かなくなる。カラッポになる。面目もないが実際ひどい状況なのだ。だから立ち退きは勘弁してもらいたい。もう少し待って欲しい。しかしそのもう少しというのがどれ程なのかと訊かれると自分でも見当がつかない。分かっているのは生産性の低さ。ノルマというものは言われないで暢気なスタンスでやってきた。それが今となってはブレーキになる。

此処での時間は時計ではなくヤマト糊の乾きを単位として測られる。そして大問題なのは自分でも制御できない妄念の噴出にある。作業の合間に書き付ける詩やら雑文やら思考メモが大量に未整理に積みあがり、そちらの処理にも苦しむ事であった。作業をおろそかには出来ない。しかし妄念は高速で劣化していく。コールリッジのクーブラカーンは有名だが、私の妄念の綴り方というのだって刻々のヘンゲ劣化の恐ろしさは一緒である。糊の渇きとのシンクロなどという悠長などころか1ミクロンの隙間だって在りはしないのだ。誰が気紛れな立ち退き話に付き合っていられるか。とは云え自分の安寧する世界が見知らぬ手で勝手に塗り替えられてしまったらどうしたらいいのか。行きつけの床屋とか、いつも買っている古着屋が潰れてしまうようなこと。そのあとどうやって生きて行ったらいいのかという事にまで発展する。そんな経験は誰にでもあるだろう。

とにかくそんなこんなの膨満したテンションがこの部屋に元々住まうポルターガイストを刺激して念動が起きたのだろう。テープがそういう脳天めがけて飛んできた。瞬時に私がピカッと思い出したのは奈良の吉野にある「脳天大神龍王院」のことである。何であれ脳天に落ちたものは「脳天大神龍王院」の恵みであることには間違いが無かった。テープはスローモーションで目の前の床に落ちた。床の埃がパッと散った。カセットテープの表面の文字がイキナリ目に飛び込んだ。油性マジックで黒々と「毛利ＧＧＣ」と殴り書きしてある。

ＧＧＣの夜

「え？これ何？」

突然の事態の把握には手間がかかる。ＧＧＣ?何だっけ。昔のことはオイソレとは思い出せない。でも毛利知於さんの名前は懐かしかった。ＧＧＣっていうのはバーの名前、彼と良く行った代々木八幡の店だ。思わずテープをラジカセに入れる。ラジカセは座右のアイテムだ。イヤホンであれこれ聴いている。落ち込んだ時には必ず虎造を、次郎長を聴くんだから必需品だ。そして落ち込むことにはいつだって前向きな私なのだから。

再生ボタンを押す。若い頃の自分の声が飛び込んで来る。まごう方なき私の声。吃驚した。饒舌だ。恥ずかしいほどまくし立てて居る。何を興奮しているのか、３０そこそこであろう私が遥か年長の融通無碍、縦横無尽な碩学を前に無遠慮に巻くし立てているさまは我ながら凝然とする。飲み屋の夜に会話を録音するっていうのも私らしいがそのまま放置して何十年も経つっていうのも杜撰な話だ。「シーちゃん、そりゃ無茶や」毛利さんの笑い声が聞こえる。その時の映像が彷彿と浮かんだ。あのＧＧＣのまるで田舎の駅のホームみたいに長いカウンター、その手前の端っこの定位置に座っている毛利さんの屈託だらけの笑顔が浮かんで来た。これはいつの事だろう。私が「シーちゃん」と呼ばれていた頃。毛利さんが亡くなったのは１９９４年の１１月だったから。それより前なのは確かだからもしかしたら昭和の終わりぐらいのことだったかも知れない。兎に角時空を超え、憑かれたように口角泡を飛ばしている私が居る。

いや不思議ですよ、とにかく不思議。彼の不思議な点は、先ずそのあまりにひどい扱われ方にあると思いますね。まあ彼の行動の全体をじっくり見てみれば不思議でも何でもないのかも知れないんですけどね。結局追い詰められた人生のたった一つ残った突破口を開こうとしたんだと思うんですよね。主義主張というか政治的な駆け引きとかにはあまり関心がない人だったんでしょうね。あの有名な令旨も二セモノかも知れないと言われたりするくらいに現実味のない理念的な言葉に満ちていて、この文章は彼の師だった宗業(むねなり)の思想が強く反映されたということらしいけれども、ともかく当時の源氏の諸流の状況から見ても蜂起挙兵なんていうのは現実味に乏しかったのは間違いなく、令旨を押し戴いた諸国源氏各流の頭領たちもどこかで面食らって、二の足を踏んだ要素もあったのではないのかと。それが初速を落とし、武力的な集結もかなわず失敗に繋がったと思うわけで。失敗というより始まりもしないうちに理念的な意思表示をしただけの段階のその海面下でアッという間に梯子を外されて謀反人扱いになって、平家に突然に攻められ首を切られてしまったわけで。

話題は以仁王の話だった。話の途中から録音を回したらしく展開は唐突であったがここで「彼」と呼んでいるのが以仁王だとはすぐに分った。いつもこんな話をしていたのだろうか。でもしみじみ聞き入ってしまう。

でも、重大なことはそれから何十年も名誉回復がされないことです。殺されたまんまという状況ですよ。だって天皇の息子ですからね。親王宣下がされていないとかいう問題じゃない。平家は家臣ですよ。たかが平家だ。そんな相手に殺されて平然と放置されたままっていうのはオカシクないですか？その前の保元平治の乱だって上部同士の権力争いの決着として下っ端の現場戦闘の責任者として源氏だとか平家の頭領が殺されましたよ。でも上位の、例えば崇徳上皇は殺されましたか、っていうことですよ。天皇とかさ、貴族とか摂政・関白とかそういう非戦闘的な人たちはたとえ負けましたっていっても、とりあえず流罪になるだけですよね・・淡路に流されました、讃岐に流されました、ひどいのは隠岐に流されましたとか。どこかに島流しにあって。でも途中で許されて戻って来てみたり。後醍醐天皇みたいに島抜けした人もあるし、もちろん帰れないまま向こうで死ぬ人が多いのはしょうがない。それともう一つ、そういう方々が亡くなると今度は「祟る」わけですよね。強い恨みや鬱屈が色々祟りを起こすわけですよね。負の存在感を示すというか。早良親王とか菅原道真とか、この直近では崇徳上皇ですよ。そういう方々の祟りが天変地異やら何やらを引き起こすと恐れられたんですよね。深く恨んで死にました、悔しくて死にました。そしてヒドイ祟りを起こしました。だけど本人は殺されたわけじゃないんですよ。下位の武士とかにね。それなのに祟りが出るんですよね。そんな伯父の崇徳上皇は史上最大級に祟るのに甥の以仁王はまったく祟ってないんですよ。こんなに理不尽な悲劇的な殺され方をしたのに、その後まったく祟ってないっていう。ちょっと暢気すぎませんか？おかしくない？殺されたんですよ、下っ端の平家に。それどころかむしろ平家のほうがその後逆に祟っているじゃないですか。源氏に滅ぼされた途端、各地で祟りを起こしますよね。そういうことを総合すればこれはどう考えても以仁王は祟っていいんじゃないか、祟る権利ナンバーワンじゃん。殺されてんだからね、ってなる。この疑問に答えて欲しいわけなんですよ。でもこれはプロ的な疑問だよね。歴史をあれこれ見てたら猶更じゃないですかね。「ちょっと不思議じゃないの?」って事が以仁王の周辺にはあり過ぎるほどあるんですよ。それなのに議論がそっちに行かない・・・。

シーちゃんが言いたいのはさ、以仁王の場合は殺されたのは影武者だってことだろ?本人は死んでないから祟らない。影武者に祟りなんてものはないから…。

そう!まあそうだと思うんですよ。そう思った人は一杯いたんですよ。事件の直後からすでに九条兼実が以仁王は東国に逃げたって玉葉に書いてます。宇治で取り囲まれて頼政以下おもだった武将は戦死して三井寺の僧侶数人と奈良を目指す途中で追いつかれて討死っていうんだけども、そういう四面楚歌的なストーリーを覆しても以仁王は生きているらしいと言っている。死体の検分にまで付き合っていたにも拘らずです。まあ兼実が死体を実際に見たかはアレだけど少なくとも確認はしたでしょう・・・だって戦後処理の当事者の一人ですからね。

まあ分かんないわな。検証しにくいだろうな。脱出の状況もよく分からないが、影武者とどこでどう入れ替わったのかとかさ、本人はどう逃げたのかということは検証しにくいだろうね。相当細かく見て行かないと分からない。クレイトン・ロースンの「天外消失」っていうミステリーがあったな。ああいうイリュージョンマジック的なことがあったとかね。シーちゃん良く調べて歴史ミステリーでも書くんだな。

聴きながらいろいろ思い出した。これは毛利さんに私の粗雑な暴論を聴いて貰いたくて、反応を知りたくて回したテープだったのだ。そういえばこういう飲み屋での録音はいつもやっていたがその後再生したことがなかった。こんなテープが無数に何処かにあるのだ。迷惑な人間もあったものだ。行き当たりばったりの言いっぱなしの私の未来を見透かすように毛利さんはこんなことを言っていたのか。「良く調べて本にでもまとめろ」あれから30年も経つのに私は何もまとめることが出来ないままだ。

でもさ、だからと言って逃げた先が会津っていうのはどうしてなのかっていう事になるよ。シーちゃんが会津出身だからアレだろうけども、だからこそさ、はっきりして欲しいところだよね。会津に来ましたってのはさ、会津にどんな根拠があったのっていうことだから。

まあそういう事ですよ、普通そうなりますよね。会津以仁王伝説といいますけど実際は会津は通過点なんですよ。行きたいのは越後、小国庄です。そこを知行している源頼行を頼りに落ちたという事になってます。頼行は頼政の弟ですよ。この以仁王事件の首謀者である源三位頼政の実弟です。だから宇治の合戦で万事休すとなった時に「弟を頼りに…」という指示をしたというのはごく納得のいく展開ではあるんです。でも…その頼行っていうのがね。ダメなんですよ。

頼りにならない？

死んでるんですよ。もういない。とっくに居ないの。20年前に平治の乱の後に切られている。刑死ではなく護送される途中で警護の人間を切って自分も切り殺されている、しかも京都で、六条河原で。だからそんなことは一族にとっちゃ周知の事実っていうか、話にも上らないことでしょ普通は。そこが猛烈に悩ましい。まあ小国に子孫がいるのか、息子か孫か。しかし知行は取り上げられているだろうし、その辺はまだ調べてないんですけどね。それに小国って越後平野の真ん中だから何もわざわざ会津経由で大きく迂回する必要があるのかも不思議なんですよね。それに逃げ落ちるならもっと頼れるとこあるでしょって。頼朝とか、義仲だっているでしょ。そもそも以仁王は「令旨」で諸国の源氏に呼び掛けたわけですから決起を要請された人物が各地に居るわけですよ。甲斐の武田だっているだろうし、何もわざわざ源氏の居ない会津じゃなくてもう少し近場を目指していい筈だと思いますよね。普通考えるとしたら頼朝と木曽義仲ですよね。頼朝は令旨が届けられた時にわざわざ正装をして使者の行家を迎えたぐらいですから自分が源氏の頭目という強い自負自覚がありますから。錦の御旗を喜んで迎えない筈は無いと思うんだけども、でもまあその時はまだ全然余裕がありませんね。頼朝が爆発的に一気に形勢が逆転したのは千葉に逃げてからですから。まだ3ヶ月くらい先ですよ。7月は挙兵の準備すら出来ていない段階です。以仁王に逃げ込まれても相手は罪人、死んだとされている逆賊ですから。背負うのは重すぎるし意味がないという判断になるでしょう？

成程ね。でも木曽義仲がいるだろう。義仲なら喜んで受け入れるんじゃないの？

まあ実際、木曽のほうには以仁王流離伝説は根強くあるみたいですから木曽を経由して会津に入ったという事は重々あり得ると思ってますよ。中仙道ですからね、通り道です。義仲は頼政との関係もあった筈で頼朝よりはハードルの低い相手っていうか、まあどっちにしても以仁王には初対面だし全く異質な相手だったのは間違いないと思いますけどね。

だったら木曽に落ち着いちゃうんじゃないか？わざわざ先に行くことも無いってね。

いやだから良く調べてないんで何とも言えませんけど。木曽じゃ納まらない何かがあったんでしょうね。ここでぐずぐずしている訳にはいかない、先を急がねばならないっていう。

シーチャン、それこそ悪しきナショナリズムじゃないの(笑)。会津人のさ、闘志燃やし過ぎだよな、頼行も居ないのに(笑)。木曽ぐらいは同盟を結んだ方がいいんじゃないの?。たとえライバルだとしてもさ。ところで会津に行くのは中仙道経由で良いんだね。

中仙道というより東山道ですよね。古代律令制から、延喜式から整備されているメインの道ですよね。東海道よりずっと実際的、道のりが長くても山が険しくても障害物が少なくて安心できる道ですよね。東海道の方はその当時はまだ殆ど機能してないいんじゃないですかね。川が凄いですからね。揖斐川、長良川、木曽川と三川合流の河口の方は無理ですよね。橋なんかかけたのは近代コッチの技術でしょ。かけてもすぐ流れちゃいますからね。だから山の中、東山道を通るか、さもなくば勇躍海に出て沿岸を渡航するかでしょうけど、どうせ海に行くならそのあたりを回って鎌倉に行く。普通ね。鎌倉は海から入った方が近いでしょう。でも鎌倉は行ってもしょうがない。まだ誰も居ませんよ。頼朝も伊豆の山の中で燻ってます。とにかく何処かに船をつけて甲州、上州を抜けて会津から越後にっていう選択肢しかない。

悲願だね(笑)。理屈は後から付いて来い、か…。まあ中仙道を選択して上州は通るだろうけどもなんで越後に直接向わずに会津を廻ったかってことだよね。会津に何かあったのかシーちゃん会津人として心当たりがあるかね。そもそもシーちゃんの言ってる全体がさ、まだ単なる判官贔屓っていうか、不運な人物のその後に幸あれっていうか、そのままで終わったら納得がいかないよっていうのが根底にある。そういう歴史の悲劇っていうのは誰にとってもさ、落としどころがないとつらい。だから悲劇の英雄なんていうのは例えば義経が悲劇的だったとしてもヤマトタケルがそうであっても、何処かで甦って欲しいと。そんなふうに亡くなった人、短命だった人や運の悪かった人は庶民は生かしたいわけよ。そんな風に死んで欲しくないって。英雄に祭り上げたくなるんだよ。

でもだとしたら以仁王は英雄じゃないですよ。何一つどこヒトツ英雄じゃない。英雄じゃない人が死後に英雄として蘇ったなんていうお話でもない。私も英雄の話はアレコレ記憶にあるけれどもそうじゃないですよね。だから逆に言うと変に突っ込みどころが多い中途半端に聞こえちゃうんだけど、それはつまり事実だから。本当にあったからそうであると。本当にあった証拠がなかなか見つからないんだけども。そこに機運っていうのかな、空気って言うのか何かモヤッとしたものを感じる訳なんですよ。

だけどシーちゃんは何でここまで以仁王に拘るの?

この以仁王会津伝説で一人の山伏がけっこう役割を果たすんだけどもこれが私の直系の先祖なんですよ。自分で26代目になる山伏の長い血脈がある訳です。いつか系図をお見せしますよ。落ちて来られた宮様ご一行を山に慣れた者として付きっきりでご案内申し上げたという伝承があるんですよ。一族一統の誇りとなっているその真実を正しく検証したいと、かねて念願しているんですよ。先ほど悪しきナショナリズムって仰られたんだけども・・・何処かでタガの外れた所があるのは否めませんけどね・・・ぼくのこの熱情は愛ですよ。先祖愛・・・DNA愛っていうか。

なるほど…先祖の証明か。そりゃ大テーマだな。土地の山伏として以仁王の苦境に立ちあがったという義侠心みたいなものだったのかな。

どういうものだったのかは…その辺はちょっと想像の域は越えないんですけども、我が家の祖先は言い伝えに依れば神変大菩薩、あの役小角を太祖としてさらに行基菩薩の血も流れ込んでいるっていうんですよね。まあ古代宗教界のジャイアントを二人合わせていますから。だから東北にありながら龍蔵院はバチバチの葛城修験の行者なんですよ。

行基と役行者?ホンマカイナ(笑)。

まああくまで一族の伝承ですが、先祖がそう伝えて来たものは私は信じます。この二人は帰化人同士でライバルだったし血縁関係があったという文献も読みました。まだ研究の途中だけど、想像のアテは付けてるんですよ。

この私の先祖話を戯言と受け取ったのだろうか。毛利さんは一笑いした後角度を変えてもう少し本質的なところを突いてきた。そもそも以仁王がそこまで追い詰められた背景っていうかさ、本当の理由を知りたい。それと以仁王事件の経緯、アウトラインをかいつまんで知りたいという2点であった。私はそれをうまく説明できなかったので、それは今度呑むときまでの宿題になり、それを汐として話は別の方向に流れて行ったのである。そしてそのまま30年、私はこの録音テープの存在すらすっかり忘れてしまっていた…。

カセットを止めて、しばし黙考した。毛利さんとの会話は濃密で多くの示唆ときっかけに満ちていたのに私はその後何らの進展をさせることが出来なかった。そういう忸怩たる思いが押し寄せた。私の頭の中はひたすら堂々巡りをし、この虚空に突然ポカンと口を開けたそのウロを埋めることは出来ないのだった。「もしかしてコレって毛利さんとの最後のお酒だったのか?」急に恐ろしくなった。イヤそうじゃない、話題がいつも次から次へと満載で、お互いに忘れてしまったのだ。それだけのことだったのだと独りごちて楽になろうと思った。グラスにスコッチを注ぎ、くッと飲んだ。明かりを消してカーテンを開けて、折から差し込む月の光を不思議なモノのように眺めた。闇に横たわる私の頭は冴えに冴え亘り、その夜は容易に寝付けなかった。

不思議なる老人

夢を見ていた。地獄の底から浮かびあがった様なオソロシサだった。中途半端な表現が全て殺されていく。どこだか分からないその場所で、私はただ闇が択んで次々に送り込んでくる相手と死に物狂いで戦い続けるしかなかった。おぼろげに浮かぶ標識に従い進んで行けば良かったがもう後戻りはできず、常識とか一般とかいうぐずぐずした答えに辿り着くのを嫌った結果がこのザマだった。判断などしている余地は一切なく、腕振り回して暴れることしか出来ない。せまる恐怖。口をポッカリあけて、ゆる重くセリ上がってくる声にならない叫び。アワアワと意味も紡げず、全世界は無音。この戦いは何なのか、何故なのかも一切思い出せずただ苦しかった。戦力スキルがそもそもなく、何をどうしてよいかもわからず、そして空気はひたすら重く出口も見えない。脳内のあらゆる信号が一旦全て遮断され、無残に剥き出されては弾け飛んだ。今現に此処にいる顔のない相手よりも、その先にいる見えない絶対者の全否定に懦えた。みるみるうちに気力は殺がれ体液は失われ、体温もなくなっていく。私は誰なのか。

私はどうやら一匹の瀕死の虫だった。かさかさと生き藻掻くセツナイ生命体。弱り切ってふらふらの頭から容赦もなく化学毒物をかけられ、眼もみえず、音も聞こえなくなり、頭の中の秩序を融かされながら、それでも立ち上がる。勇気など持ち合わせないが惰性はある。死んでいるのに立ち上がる。こんな弱りきった私でもなけなしのアルカロイドだけは内に蠢いている。なんとかしなくてはならない。擦り切れヨレヨレになった中古細胞をかき集めて再構築しなくてはならない。ぶっ倒れないけどタフじゃない、平衡感覚は無いけど立ち上がる。最強のヤジロベエ。惰性で全身に毒の汗かく最弱ボクサー。次のゴングが鳴れば、またすぐにリングに飛び出して、なけなしのフットワークを見せ、まだ「使いものになります」とマウスピースをニッとむき出して笑う。ああ、それがヒトバンジュウだ。私は終われなかった。自分から終わりを決めるなんて言うことは想像できない。何から何まで全部止めにしたらそりゃ終わるだろうけれども。そこは避けねばならないと知っていた。終われないのだから終わりはない。残酷な遮断があるだけ。突然四方八方から光が包んで来る。私はゾッとしながら目をあける。

そう、朝なのだった。私は夢を見ていたのか。だんだん目が冴えてきて、見るともなく見渡す机の上。そこに大量に積みあがった本やコピーの山。平家物語。源平盛衰記。吾妻鏡。頭がなじんでくる。ああそうだ私の場所だ。いつもの作業室。記憶が輻輳しながら水圧を開放しながら海面にあがって来る。この資料の山はどうしたんだっけ。そうか昨夜テープを聞いた後で引っ張り出し、それからソファに昏倒したのだった。遺跡のように長い間ここに埋もれ、擦り切れたフィルムのように資料を読んでは思い沈み、作業をしては眠り込んで意識の底を這いずり回って来ただけの人生に。突然活断層が襲ってきたのだ。私は動顛し、そして煮詰まりの果てにヒドイ強迫の夢を見たのだ。

まばゆい朝の光。ここはいつもの私の場所。目の前には人きな鏡。そこに映りこむ見慣れた風景。**ただ今朝は自分の背後に小さな老人が立っていた。**ひどく年老いているように見えた。顔中皺だらけで目だけがぎょろぎょろと大きく元気な生命力に満ちている。一度も実物は見たことは無いがツバイという下等な類人猿を思わせた。こざっぱりとした薄墨色の僧衣のようなものを纏い所在なく立っている。頭にはドンコサックが被る様な筒のようなやはり薄墨色の帽子を載せていた、フレンチのシェフの被るトックブランシュに似ていないことも無かった。私はソッと振り向いた。誰も居なかった。しかし鏡の中には依然として老人の姿がある。これは夢の続きなのか。**それともこのボンヤリ佇む鏡の中の老人が夢の正体なのか。**私は問い掛けた。「あなたは誰ですか？」すると老人は「夏山繁樹」と名乗った。老体に似合わず若々しい元気な名前だと思った。どこかで聞いたことがある。「それは芸名ですか？」「芸名とは何か？」鏡の中の老人は急にキツイ目をして私を睨んだ。薄気味悪さはこの時点で消えていた。面白くなっていた。「おまえこそ誰なのか？」それで私も名乗った。「行瓏と申します。」「ぎょうろう?僧侶なのか。」「いえ一般の者です。」僧侶かどうかはいでたちで判りそうなものだが私はこの問答を不思議とも思わなかった。この人が言っている言葉には気迫があり、私はその風圧を受け止めている感じだった。日本語なのだがどこか外国語のようでもある。何語とも知れないしかし懐かしい言葉。自分が成長の過程で忘れてしまっていた元の母国の言葉なのだ。会話はその表層はギクシャクとしているのに私たちはしっかりと意味を喋りあっていて、気持ちのやりとりをさえしているようなのが不思議だった。私の脳内に何か精密な自動翻訳機が埋め込まれているかのように老人の言葉や気持ちを素直に受け入れ、私も喋っていた。あまりの面白さに現実のネジは吹き飛び、溶けて緩んだ時空をそのままを受け入れることに成功していたのだ。さしあたって細かいことはどうでもよく、感覚に浸っていれば良かったのだ。

ここはいつもの私の居場所。作業室。寝起きもしている秘密の拠点。しかし昨夜までと何かが違っているようなのだった。日が差すと猛烈に明るい部屋。普段は本が焼けないように重いカーテンを閉めたままにしているが、昨日から作業はひと段落しており開けたまま寝てしまったのだ。あらためて部屋うちを見回す。調度と言えば木製の事務机と肘掛付きの回転椅子、疲れ果てたソファベッド。そして壁を背に屹立するモニュメンタルなスチール棚。南側は全部窓で、東側は小さな高窓とスチール棚。西側は**大きな鏡が全面に張り込んである。**だから解放感に浸りたければ晴れた日中にカーテンを全開にすればいい。光の乱反射でひどく眩しいが私はこの明るさが気に入っている。私はもともと部屋中の埃が乱舞するのを見るのが大好きなのだ。

私は大概ひとりだ。前にも書いた通りこの部屋には今ではお掃除の人も入らない。いつもと変わらぬガランとした朝だが、今朝は鏡の中に夏山と名乗った老人が居る。老人は私がすっかり目が覚めても其処に居た。消えてしまわなかった。実体はないのに鏡像だけが私と並んでそこに映っている。私をじっと見ていたがやがてポツンと言った。**「おまえには助けが必要なのではないか?」**確かにそれは図星だった。私は昨夜のテープで記憶が呼び覚まされてから混乱が続いていたのだ。頭の中に充満したものを誰かに聞いて貰いたいという感覚。30年前のGGCに放り出してきてしまった宿題。そして毛利さんはとっくに居ない。自分の感じている問題点を今ならもう少しマシに語れるだろう。それを語り尽くし、その形や大きさ、その感触や温度を誰かにもう一度こっぴどく批評して貰わなければならない。そうしなければ全く進めないのではないか。気持ちだけが膨満している。私は老人に言った。「良く知って居る。**お目にかかって色々伺ったこともある。**」「**以仁王はご存じですか？**」すると老人はおもむろに言った。

「**は？**」私は驚愕した。「以仁王と面識がある？」八百何十年前の人物と実際に逢ったというのは全くキッカイ千万な話である。老人の真顔に不意を突かれたまま返す言葉も出ない。この爺さんは一体何者なのか。確かに皺だらけである。相当な年齢なのは分かる。ところが声が若々しい。元気が漲っている。この頃は元気いっぱいな百歳というのも珍しくない、しかしこの老人は見たこともない異様な元気さで、なおかつ百どころか八百年生きてると宣まわっている。しかも生きた以仁王と喋ったのだという。ごちゃごちゃと疑ったりする前に私はこのサプライズで一気に昂揚してしまっていた。こうした方面での私の状況反応のネジはとっくに馬鹿になっている。私はこの老人自体が私の妄想の産物と疑うことも面倒くさかった。兎にも角にもその一発で私の気持はピカピカに明るくなった。それなら教えて欲しい歴史の疑義が山程ある。それと私の止め処もなく累積した妄想を聴いて貰えたらと。俄かに展望が見えた気がして私は傍らの安楽椅子に老人をいざなった。「どうぞお座りください」お茶でも沸かすべきなのだろうが好奇心が打ち克ってしまっていた。「お時間はございますか？」「山程あるよ」老人はニヤッと笑った。「まずそっちの話を聞こうじゃないか」

ノーリターン流離譚

そんなわけで私は喋り出す。そもそも濃密な霧の中にいるんです。五里霧中という奴です。この濃霧を発生させている原因というのが、すなわち**「高倉宮以仁王伝説」**と呼ばれるモノなんですよ。私の出身地は福島県の只見町というところです。奥会津っていう場所はご存じですか。会津地方っていうのはけっこう広いんですが中心の会津若松よりもずっと南の一帯、会津地方の南西部分を大きく占める地域が奥会津です。もともと福島県の中に納まらない大きさで新潟県にずっとはみ出しているんですけれども、明治政府が県庁を福島にしたものだから行政が届かないっていうんで新潟に一部を割譲した経緯があるんです。とにかく非常に山深いところで、どこから入るにしても山に分け入っていく感じになります。この深い森が私の生まれ故郷なんです。

このあたりに今から八百年の昔、以仁王が来たという伝説が根強く残っているんです。歴史上の人物としての以仁王は平家物語などに語られるように治承4年の5月26日に京都の南端の山城国の綺田というところで亡くなったということになっています。西暦だと1180年です。ところが、その逝去されたはずの以仁王がそのひと月ばかり経った7月の初めにひょっこりとこの奥会津に現れて、それから約一か月のあいだ会津各地を彷徨し、多くのエピソードを残しながら翌8月の初めに越後に抜けて行ったという、そういう話が会津にはずっと言い伝えられているんです。私はそれを土地の子どものつねとして聴かされて育ったわけです。昔々そういう事がござったと。

その後私も成長し、やがて日本史を勉強してアレコレ本を読みあさった果てに、重大な事実に直面します。この以仁王の話が世の中の一般的な所にはどこにも書いていないことを知るわけです。つまりこれは伝説であると、いわゆる史実と呼ばれるものとはあまりに乖離したところにしか存在していないものであると知らされたわけです。

老人は頷いた。何か言いたそうな表情がチラリと見えたが座り直して深く沈んだ。

そうなんです。いわゆる日本史上の人物としての以仁王の最期はたしかに劇的ではあっても、それは歴史を見わたせばざらに居る悲運な人物の一人であって、その非業の死を「史実」と疑うことなくさっさと通り過ぎる、それがごく一般的な反応だと思いますよ。以仁王の場合も、平家物語や吾妻鏡や数ある公卿の日記などに事細かに状況証拠的なものも含めよくよく叙述されているし、どの教科書にも書いてあるのでこのことを疑う人も居ないという訳です。誰しもが言います。「力不足だった。運もなかったんだね。残念なことだ。」と。

しかし奥会津ではそんなふうには言わない。言わなかった、というべきか。そう思っていない人間が昔は多かったし、今だって相当数の人がそう言うだろうと思います。奥会津では「以仁王が京都山城で殺されたというのは嘘である。たしかに亡骸も検分され、事件として解決したとされるが、それは時の圧政を強いた平家の目を欺くための策略であり、彼はその死地からギリギリ脱出に成功して、1か月後には800ｋｍも離れた此処に忽然と現れ、ともに戦い、深い信頼関係の絆を残しながら隣国越後に落ちて行かれたのだ。」そのことに何の間違いもありはしないと。私はこのことを長年ずっと調べているんですよ。何の成果も上がらないんですが、出来たらご意見が伺えたらと思うんです。

ここに一冊の本があります。「会津における高倉宮以仁王」副題「貴人流寓伝説の古里をたどって」昭和52年に上梓された半世紀前の著作です。著者の安藤紫香先生は奥会津の鴇巣（とうのす）という集落に生まれ暮らされた方で、当然地元のことはよくご存じの上で更に実地に隅々まで歩き回って纏められた「以仁王伝説」のフィールドワークの集大成というべき本です。私は随分昔のことになりますが安藤先生に一度だけですがお目にかかり、その時はご自宅の一部がご蒐集の古民具の資料館のようになっていて、その民具の一つ一つについて懇切な解説をしていただきました。柔和な中に鋭い学究肌を秘めたそのたたずまいを今も思い出します。ともかく先生は「疑う前にまず行ってみる、そして話を訊いてみる」そういう実践派ですからこの本も細かい聴き取り調査がなされていて120頁の軽量ではありますが内容の濃い読み応えのある本なのです。

ただ順番としてこの本を開く前にもう一冊別の本のことを言わねばなりませんでした。それはそこから更に百年を遡る明治初年に会津の以仁王逃亡説を最初に世に問うた宮城三平という人の「高倉宮墳墓御事蹟考」（明治14年）という本です。この宮城氏は、時の明治政府より「古来諸王の地方伝説並びに墳墓調査」が県に通達されその調査員を委嘱された人物で、群馬県一帯から沼田をへて会津へ、そして越後へと、以仁王の終焉の地と云われる新潟県東蒲原郡上川村字中山まで綿密な実地踏査がなされた記録なのです。先の安藤先生の本（以下「安藤本」と略す）はこの「高倉宮墳墓御事蹟考」（以下「墳墓考」）の調査記録を丁寧になぞる形で問題点や疑問点を列記し浮き彫りにしているのです。このお二人のあくなきご努力によって以仁王の足跡はつぶさに知ることが出来ます。

そしてさらにもう一冊。「史料としての伝説」柳田國男著。これです。会津における以仁王がほんの一か月という短期間に追われ攻められ防戦しつつ隣国に行軍していくあり様を評して「全体に少し話が多過ぎる。そちこちに戦争の跡が多く家来たちが巧妙手柄を現し過ぎている」とし、それがゆえにこれは創作された伝説に過ぎぬと断じられたものです。これらの資料をもう一度虚心に丁寧に読んでみたいと思うんです。

ものがたりの端緒

まず安藤本では「会津正統記」「高倉宮御伝記」「高倉宮会津紀行」など奥会津の旧家の処々に写本が残されている文献の紹介があります。先ずはその原文を少し読んでみたいと思います。

高倉宮会津紀行の冒頭はこうなっています。

「人皇八十代高倉院の御宇、治承四年庚子初秋、当今第二の皇子茂仁親王を高倉宮と号す。源三位頼政の勧めに依って御謀叛おこし給ひし所、宇治川の合戦に利を失ひ既に御危き所に、足利又太郎忠綱が情けにより御命助かり給ひ、越後国の住人小国右馬頭頼之を頼みに思召し都を落ち給ふ。右馬頭頼之は頼政が弟なり。」

この二百文字足らずの文章に以仁王のよくよくの事情が語り尽くされていると私は考えます。この先に続く長い全文を掲げるのはおそらく話が冗漫になってしまうので、都度都度の局面を解釈する形にしようと考えますが、この冒頭部分だけは交響曲の第一楽章「主題の提示部」に当たるので十分に吟味しておかねばなりません。とにかく不思議な物語のオープニングです。奇妙な感じが随所にあるのです。それをひとつひとつ挙げていこうと思います。①まず「高倉院の御宇」確かに八十代高倉天皇はこの年の二月に譲位し以仁王挙兵時には高倉院に間違いはないですが、院を「八十代」とは呼ばないでしょうし「御宇」とも言わないと思います。②「初秋」というのは以仁王の挙兵の五月のことではなく、会津に入ってきた七月のことなのでしょうか、前提無く言うのは時制を混乱させます。③「当今」は何処にどう繋がるのか分かりませんが、第二皇子というのは後白河上皇から見た場合なのであって高倉院にとっては兄です。④「茂仁親王」は誤記ですが、そもそも親王宣下がされなかったことが以仁王の蜂起に至る憤懣の一つと言われる中でワザワザ「親王」と書くのは意図があってのことなのでしょうか。その上、「茂仁親王」という方は他に実在します。第八十六代後堀河天皇の諱が茂仁（読みはとよひと）であって、僅か50年後、承久の乱の収拾になくてはならない重要人物です。わざとそうしたのでしょうか、誤認を期待させたような奇妙な混乱があります。⑤「足利又太郎忠綱の情けによって一命を助けられる」というくだりは諸本に見られますが、又太郎忠綱といえば平家物語での敵方のヒーローの一人。激流の宇治川を馬筏を組んで渡る17歳の血気盛んな若武者、先陣争いの立役者の忠綱が、その攻め込んだ先の以仁王をなぜ助けるのかは全くの謎としか言いようがありません。理解に苦しむ部分です。(この部分の考察は何処かで詳しくやるつもりです。)⑥「小国頼之(頼行)を頼みに」というくだりも頼政の実弟、頼行は20年前に死んでおりこの部分の意味も通りません。頼行がいないのなら何故越後に向かうのかという根本的な議論になりますが、この辺りもこれから繰り返し蒸し返していくことになろうかと思います。

会津スケジュールの全貌

先ずともかく以仁王の会津における一か月の行程を時間軸に沿って辿って行きたいと思います。安藤本をもとに、日別に整理していきたいと思います。

㋐【以仁王一行の行程表】

治承4年、7月。

1日。以仁王一行、沼山峠を越えて尾瀬ヶ原に入って来る。

8日。ここまでの間に随行の尾瀬中納言が亡くなる。

9日。尾瀬を発ち桧枝岐村に入る。参河少将が亡くなる。村司勘解由こと嘉慶宅に二泊。

11日。大桃村に入る。村司九郎右衛門宅に泊。

12日。尾白根（宮沢）村に入る。村司権蔵宅に泊。

13日。大新田村にて昼食。入小屋村に入る。太郎右衛門こと多門宅に泊。

14日。田島村に入る。弥平次宅に泊。

15日。楢原村与八宅で休む。倉谷村三五郎宅で昼食。山本（大内）村戸右衛門宅に二泊。

17日。高峯峠越え。風雨強く再び山本村に戻る。

18日。高峯峠で石川有光の軍と戦う。山本村に泊。

19日。山本から戸石村に引き返す。村司五郎兵衛宅に泊。

20日。高野馬頭小屋。藤介宅に泊。

21日。針生村に入る。村司七郎兵衛宅に泊。

22日。駒止峠越え。入小屋村。村司多門宅に二泊。

24日。山口村を経て稲場（宮床）村小三郎宅で休む。

　井戸沢（界）村に入る。村司十郎左衛門正根宅に七泊。

8月1日。乙沢、長浜を経て楢戸村龍王院に泊。

2日。叶津村に入る。村司讃岐宅に泊。

3日。八十里峠越え。御所平にて泊。

4日。吉ヶ平に入る。吉蔵宅に泊。

5日。越後国加茂神社前にて小国城主の使いの者に合流し小国城へ。

高倉宮会津紀行巡路図

新　潟　県
八十里峠
小国城へ
叶津
只見
六十里峠
高倉山
楢戸
長浜
九九生
和泉田
界
宮床
入小屋
駒止峠
山口
宮沢
木伏
古町
内川
大桃
森戸
八総
高杖原
中山峠
滝ノ原
檜枝岐
燧ヶ岳
尾瀬沼
沼
至沼田
群　馬　県
横田
高倉
至宮下・柳津へ
至川口
喰丸
両原
御前岳
針生
田島
馬頭小屋
戸石
高倉山
倉谷
沼山
大内
栃沢
本郷町
大八郷
至本郷
至若松
若松市
楢原
高倉山
以仁王の歩かれた道…………

㋑【紅梅御前一行の行程表】
8月24日。紅梅御前、桜木姫。従者小藤太に伴われ会津入り。
26日。大内村にて桜木姫病没。
28日。戸石村にて紅梅御前病没。

さて以上が行程のあらましですが、ここには2組の動きがあります。㋐の以仁王グループ。この行程が7月1日から8月5日まで。そして以仁王を慕って後を追って来たという妻の紅梅御前とその従者桜木姫の行程が㋑の8月24日から28日です。これらの行程はかなり複雑で会津の中で行きつ戻りつの迷走的な動きがあります。どのように動いたかを知るために安藤本から「高倉宮会津紀行巡路図」をそのままお借りして村落相互の位置関係など奥会津の地理の概略を確認しながら読み進めたいと思います。

文章を原文逐語訳的にみるのは煩雑なので話の大きな流れと幾つかの特異的なポイントに絞りこみながら様々な解釈をちりばめていきます。色々な要素があります。その中にはかなり残念な要素、明らかな思い違いや人名のスペルミスの類も散見しますし、もっと大きな歴史的事実の誤認と思われるものもまた多く見受けられるのです。勿論それらには一つ一つ、そう書かねばならなかった深遠な理由があったのだろうと私は考えます。これらを無稽なものと軽々に決めつけてしまうとそこに微量微妙に含まれる真相真実さえも見逃されてしまうのではないか。例えば柳田先生がつい（村司などの人名が近世的だとかいうだけで）ツクリモノだと疑ってしまうような、そういう危険な「濃淡の混在した雑多なゴチャゴチャ」が同梱されているのではないか。それは実はこの物語が実際に相当に古いために、語り継がれる中で色々な装飾が盛り込まれてしまったのかも知れない。オーバープロデュース的にいじられ過ぎてしまったために変質変色してしまったことなのかも知れない。その疑いの痕跡すら忘れられて洗い流されてしまったのかも知れない。そういう雑多なフィードバックが詰まっているもののように思われますので、ザックリやることが出来ない。多くの堆積物から太古の遺物だけを分離する発掘作業と似ているのかも知れません。

そもそもなぜわざわざ会津を経由したのか？

まず最初の「7月1日。以仁王一行、沼山峠を越えて尾瀬ヶ原に入って来る。」という部分ですが、このことについて安藤本では「上州沼田より桧枝岐を通って六十里を越え越後へ抜けられる道を択ばれた」と書かれています。つまり「選択の余地はアレコレあったがその一つの選択肢であるコレを選んだ」という解釈をされています。しかしこれは実際問題としては相当難しい議論です。現代の移動感覚なら例えば東京から新潟を目指す場合、ふつうに上越新幹線や上越自動車道を選びますが、この経路は本当にごく近年のもので1931年に清水トンネルが9年という工期をかけてやっと開通するまでは群馬から新潟に直接抜ける道はほぼ無かったのです。雪山遭難を繰り返す魔の山として知られる谷川岳を筆頭とする谷川連峰が立ち塞がっているからです。「国境の長いトンネル」がやっと掘られるまでは、ここはドンヅマリの壁でした。

ということは、1931年以前は、明治期の鉄道の時代になってさえも東京から新潟へ行く場合、①高崎から信越線で長野・直江津を経由するか、②郡山から磐越西線で会津若松を経由するかしか方法がなく、いずれもひどく遠回りであって信越線経由の場合には難所の碓氷峠を越えねばならず、急行でも12時間かかっていました。昭和の清水トンネルの開通で距離で100キロメートル、時間で5時間短縮され、7時間で新潟へ到達することが可能になったのです。ですから以仁王の時代、800年前において谷川岳を越えるという選択肢は無かったのです。「信濃路」か「会津路」のどちらかを択ばねばならず、それはいずれも長い道中になります。以仁王の場合、既に沼田まで来ている以上更に大回りして「信濃路」を選ぶことは考えられない。沼田まで入って来る時点でとっくに「会津路」を選択しているわけです。つまり仮に「会津に用がなかった」としても越後へのルートとして会津経由を選んだこと自体は不思議ではないということです。ただしそれは東京を起点に考えればの話です。

武蔵・相模・甲斐・駿河といった東国が起点というのならば納得できる流れです。しかし以仁王一行の流離自体の開始は京都山城でなくてはならないのだから、もしふつうに陸路を択ぶならば、すべて陸路ということではなく途中まで海路を使って尾張・三河、遠江あたりに上陸したとしても、そこからは木曽路を経由するのが自然ではないのかいうことになります。

いずれにしても、「何故そうなったのか」「それが第一の選択肢になったのは何故か」という問題は、行程全体を見据えなくては分からないし、データをかき集めて、また推理も逞しくしなくては何も見えて来ないのではないか。こうした「会津以前も含めた全行程の推論」はやがて別立でご説明しなくてはなりませんが、まず此処で押さえておきたいのは「会津路」の選択は「信濃路」との二者択一の結果だったということです。

以仁王の随行メンバー表

宮に具付した人々の氏名は以下の通りです。※本書で「宮」という場合は以仁王の事です。

① 尾瀬中納言藤原頼実卿（大納言藤原頼国の弟）
② 参川少将藤原光明卿

③　小倉少将藤原定信卿
④　乙部右衛門佐源重朝（頼政末子）
⑤　田千代丸（童名）
⑥　良等（頼兼改め）
⑦　渡辺長七唱（とのう）
⑧　猪野早太勝吉
⑨　西方院寂了（長谷部信連の一族）
　　それに加えて北面の武士１３名
　　　　　　（「会津正統記」「高倉宮御伝記」による）

ここに宮を入れますと総勢２３名。公卿3名、武士１７名、僧籍1名、童子1名という逃避行というにはかなり物々しく大所帯なラインナップです。人数はともかくこの面々のザッとした人物データ（実在性の吟味も含め）を洗っておかねばなりません。無名の、つまりこの会津での物語にしか登場しない人物と、平家物語にも顔を出すいわゆる「著名な」人物が混在しています。

◆まず筆頭の3人の公卿たち。いずれも藤原姓だが尊卑分脈にも名前はなく、中納言・少将という職位から補任記録を洗ってみても、正史には名前の出て来ない方々です。ただ記録にない名前だから架空であると一足飛びに決めつけるのは歴史推理の進行を妨げます。こうした極限の場では名を憚って出せなかったということがあったかも知れない。誤記もあるかも知れない。中央の正規とされる記録にしても意図的に抜かれたり改ざんされたりすることは朝飯前に横行することです。そもそもこの時代における記録というメディア自体が曖昧模糊としています。現代の様に緻密に一定の平準化されたルールで行われている訳ではないのです。ここで早計は控えたい。

ただハッキリしていることがあるとすれば平家物語などで確認しうる限り以仁王と実際に行動を共にした貴族は乳母子の散位宗信くらいであり、人間関係云々という以前に三井寺〜宇治〜山城の追い込まれた以仁王の行軍では三井寺の悪僧と頼政一党の武人以外に、貴族階級の合流参入などは現実的ではない。それは相当に目立つ感じになっただろうこと。だからこの合流についてはもっと遅いタイミングだったのではないかと思われます。

◆乙部右衛門佐重朝は頼政の子というが一般の諸文献には見いだせない名前です。「じゃあそんな息子はいなかった?」そう単純には行きますまい。じっさい頼政は時代の評価で優男（やさおとこ）と言われ、マメで優しい。プチ業平です。ようするにモテたので子女の枚挙にいとまはなく、その上早世した弟やイトコの子女なども猶子として漏れなく引き取る面倒見のいい男です。聞いたことも無いからと言って頭から否定したら、ではどんな記録が安心できるんでしょうか。文献派の人たちの云うトータリティほど穴だらけで詰まらないものは無いと私は思います。

◆童子の田千代丸は以仁王の子であるとも言われるが詳細ははっきりしません。以仁王の子女は5月の事件の直後に平宗盛の前に召喚されて早速に沙汰を受けています。女児には沙汰なく、男児も僧になるという条件で赦されてアチコチの寺に預けられ、その主だったものの消息は掴めますが名のみで消息の分からない者もあり、記録されていない息子もあるのかも知れません。しかし、そうは言っても幼児が単体で合流してくるというのは有り得ないのではないか。これが一行を後から追ってくる「紅梅御前」と関わる話だったらどうなのか。それと「田千代丸」という名前も、田千代という語感がどことなく不自然で「田鶴丸＝鶴丸」読みは「つるまる・たづまる」が誤記されて「たちよまる」と伝わったものではないか。もしそうなら平家物語の巻四「信連」で5月15日夜、三井寺に脱出する以仁王に寄り添った童子の名も「鶴丸」であったことも想起されます。この場合の童子は実子というよりも御付きの者、アシスタント的色彩のあったものでしょうけれども。

◆もう一人の頼政の子、頼兼は実在の明瞭な武人です。この4年前の安元2（1176）年にはかつて父頼政も勤めていた八條院の非蔵人で五位だった事が分かっていますが、この以仁王事件の時には平家物語にも吾妻鏡にも登場せず鳴りを潜めています。しかしその後は正史に頻繁に出てくる人物です。列挙してみます。

①寿永2（1183）年、木曾義仲入京後に「源三位入道子息」として大内裏の警護を命ぜられる。
②以後大内守護の任を継続しながら在京御家人として度々京と鎌倉を往来する。
③文治元（1185）年、頼兼の家人が清涼殿で剣を盗んだ犯人を捕縛。
④同年、平重衡の南都引き渡しに際して鎌倉からの護送にあたる。
⑤同年従五位上に昇叙『吾妻鏡』。
⑥文治2（1186）年、「父頼政以来の所領である丹波国五箇庄を後白河法皇が自領に組み込もうとしている」と頼朝に嘆願。頼朝も後白河に取り次ぐ約束をしている。
⑦同4（1188）年、正月、頼朝の三島大社参詣に兄弟の広綱と共に随行『吾妻鏡』。
⑧建久元（1190）年、大内守護の人手が足りぬ旨を頼朝に申し出ている。
⑨同5（1194）年、大内裏放火未遂犯を捕え梟首。この報を受けた頼朝は先祖に倣い大内守護として度々勲功を顕す頼兼に感心している。
⑩同年、宮内大輔藤原重頼と共に鎌倉に下り永福寺薬師堂供養等に随行。
⑪同6（1195）年、頼朝の東大寺参詣に随行『吾妻鏡』。
⑫元久2（1205）年、石見守となる。

此処でまず思うべきは一族の結束を旨とする頼政一党において、父頼政の蜂起という一大事に息子の頼兼が独断で鳴りを潜めていることは凡そ考えられないということでしょう。この状態は当然家長たる頼政の指示（仲綱・

兼綱は一緒に戦い死ぬ役目、頼兼やらは血脈を繋ぐための要員）という役割分担があったからこその潜伏だと私は考えていました。しかしその後すぐにこうして以仁王の逃走に随行しているということは、頼兼が単なる血のスペアということではなく積極的に以仁王逃がしに加わったのだということ。表層には出ないが一枚裏に居る、父の遺志を引き継ぐという大事を担ったんだということに思い当たりました。なぜ以仁王事件とその後の3年間に頼兼のアリバイが無いのか、そして寿永以降は大きな役割を振られていくのかという真の理由が此処に在ったという思いです。そう考えるとき、宇治で頼政が以仁王に最後まで寄り添うことなく自害を急いだのかという疑問も氷解します。頼政は頼兼にバトンを渡したことを確信したから死の美学を完遂する最後の闘いに転じられたのだという推理です。突飛でしょうか。それから会津での頼兼は良等と変名を名乗って特に逸話もなく長七唱の陰に隠れて目立たぬ存在です、長七が主君の子である頼兼に遠慮なく出しゃばるとも思えないので、その辺りだけはどうも不納得の部分があります。

◆渡辺長七唱（とのう）は醍醐源氏、頼政の重要な家臣です。平家物語においても宇治での頼政の最期を看取るという重大な役目を果たしています。頼政に介錯せよと言われるがそれはとても忍びないと言い、それならばと頼政は刀剣に体を貫いて自害します。その頼政の首を宇治川に沈め隠したあと前線に走り出て奮闘戦死したとされ、山槐記にも死亡確定者のリストに挙げられている長七唱。その彼が実は生きていて2か月後に会津に同行したということになる訳です。そしてこのあと唱ヶ崎（とのうがさき）の一戦での活躍があるのです。

◆猪野早太は平家物語では仁平年間（1151～54）に頼政が鵺退治をした際にただ一人随行し、頼政の射落とした鵺にとどめを刺したという人物です。遠江国猪鼻湖西岸（現在の静岡県浜松市北区三ヶ日町）を領したことから猪鼻を苗字としたといわれています。多田源氏であり（つまり頼政の一族）、名は高直。父は太田伊豆八郎広政であったと言われています。この太田伊豆太郎広政は尊卑分脈では見当たりませんが太田は多田の読み替えであったと考えれば、ごく近い親類です。「鎌倉実記」には頼政の父、仲政の養子とあり、それならば頼政の義弟であり、頼政に一心に従って行動したごく親密な人間であったのは間違いのないところです。

◆西方院寂了は以仁王が三条高倉邸から脱出した際に奮闘した長谷部信連の係累であるとされています。長谷部という姓は奥会津に現存しており、この寂了は途中以仁王の一行から離れ会津に定住することから、その子孫である可能性もあるかも知れません。

◆さらに北面の武士13人。これは頼政の家人としては宇治で主従一党全滅したのだから考えられません。実際問題としてこうした人数をまとめて組むのは難しい。どのように参集したのか、一体どんなメンバーだったのかと思う時に、途中合流したと思われる前記の猪野早太の配下だったのではないかと私は考えているのです。

三人の公卿の相次ぐ脱落

さて以仁王の行程を更に細かく見ていきます。

7月1日、これから会津に入ろうという入り口の尾瀬で、三人の公卿のうちの尾瀬中納言が長旅の疲れから急死されてしまいます。そのため一行は尾瀬沼から十丁程のところの、方2間ばかりの自然塚の形をした岡にご遺体を安置して、宮の御筆で「尾瀬院殿大相居士」としたためた碑を立てて懇ろに葬送なさったのです。それまで長沼とか鷲ヶ沼と言われていた沼をこの時から尾瀬沼と呼ぶようになったと云うことです。また、お墓を見下ろすように聳える対岸の高山を至仏山と呼ぶようになりました。

そして9日、一行は涙ながらに尾瀬を後にして桧枝岐方面に下りてきます。標高1784メートルの沼山峠を越えたところで矢櫃を降ろしてお休みになった場所を矢櫃平と呼ぶようになりました。そしてその時、今度は参河少将が倒れられたのです。この方もそのままお亡くなりになってしまいました。相次いだ突然死は脳卒中か心不全のようなものだったのでしょうか。悪夢のように相次いだ側近の亡失に宮も驚かれ、消沈なさったことと胸が痛みます。道の横の小高い場所に塚を作り、宮の御筆で「参高霊大居士」と書かれて、旅の不自由な環境の下で参河少将光明卿のご葬儀も精一杯に行われました。その後この沢を参河沢と呼ぶようになりましたが何時の頃からか実川と呼び変わって今日に至っています。

そして夕方、桧枝岐村に到着。村司の勘解由宅にお着きになり漸く休まれました。その憔悴のご様子に村に生っていた梨を差し上げたところ、大変美味しいと幾つもお召し上がりになったそうで、それを「御前梨」と呼んで今でも（安藤先生の取材時）村の川向かいにあるということです。とにかく勘解由宅に2泊。やっと人心地が付かれた宮一行ですが、そこからは連日の移動、強行軍となっていきます。まるで何かの遅れを取り戻すかのような濃密なスケジュールになります。

11日、大桃村に移動。ここでなんと一人残った貴族である小倉少将定信卿が足を挫いて歩行困難となってしまいます。小倉卿は宮にご迷惑を掛けられないと悩まれて、この地に残り剃髪して僧侶になります。大桃山滝巌寺と名付けられ、弘治年間（1555～57）に廃寺になるまで続いたということです。

守護神の存在

12日、夕方に尾白根（宮沢）村に到着。村司権蔵宅に宿泊。その夜、宮の夢枕に白髪の老翁が立って、「われは上野国、祓鉾大明神から一ノ宮明神老翁となりて、これまで宮の道中を守護してきたが、これからの旅は安全と思われるので上野国に立ち戻る」とのたまわって、雷ヶ原の大杉より昇天してお帰りになったというのです。安藤本から引用した「祓鉾」がどうもよく分からないのであれこれ調べた結果、「祓鉾」という「祓う鉾」ではなく「抜き鉾」であって「抜鉾神社」という神格があるということ。それは現在の群馬県富岡市一ノ宮にある「貫前（ぬきさき）神社」のことであって、延喜式からの上野国の一之宮であるということ。「貫前」と「抜鉾」いずれの名も六国史に見え神階に預かる霊験高い神であるが『延喜式神名帳』には「貫前神社」を一座としているので両神を一神と見るべきであろうこと、等が判明しました。

そして更に不思議なこととして、「抜鉾神社」と呼ばれる社は上記の貫前神社以外に、現在でも付近に幾つも残っている事が分かりました。列挙すると、

① 群馬県藤岡市保美濃山。国道462号線（十国峠街道）の神流湖のダム開発に辛うじて残った小さな社。
② 群馬県高崎市箕郷町和田山。宅地に挟まれた小さな森で社は確認できなかった。
③ 群馬県高崎市菊地町195。畑中にポツンとある村社。管理は行き届いている感がある。
④ 群馬県高崎市宮沢町847。県道154号線沿いの榛名山の山裾にあり中程度の規模の神社。抜鉾大明神とも呼ばれている。

以上は現地に赴いたわけでもなくグーグルアースのストリートビューや航空写真で確認しただけですが、いずれにしても大きな社ではないので富岡の「貫前＝抜鉾神社」からの分社であろうと思われます。

ここで了解すべきことは、以仁王が沼田に入る前に上野国の一宮である抜鉾神社を参詣したということであり、その祈りに応じて抜鉾神が此処までの道中を守護してくれたということです。ということは、以仁王がその前にどういう道筋を辿って神社に到達したかという行程の絞り込みが出来るということです。幾ら信心があったからと言って、この参詣が全体の行程からあまりに大きく逸れるものだったらそれは取れないと考えるからです。のんびりした旅ではないのですから「それでも是非」というレベルのものでない限り、大きなコース

アウトをしてまで参詣はしないのではないか、しかも追われている可能性もあるとすれば更に気が急くのが当然なのではないかと私は思い、この抜鉾神社が沼田〜会津に向かう行程として無理なく組み込めるコースが結局以仁王のルートだったのではないかと考えたのです。

例えば以仁王が東京湾にまで入り込み古利根川を遡って沼田に抜ける水行コースを取っていたとすれば、勿論以仁王の体は格段に楽になりますが、この抜鉾神社を経出して沼田に行くとなると、現在の本庄市あたりで利根川に分かれ、支流の烏川を３０ｋｍも上って神社に辿り着いて参詣をし、流れを下って利根の本流に戻るか、山越えをして高崎方面に向かうかしなくてはならず、コースアウトの感があります。

参詣のあと高崎から沼田方面に山越えをするとしたときに、この神社が無理のない通過点になるのは西の下仁田からの進入経路ではなかったのかというのが私の直感でした。だとすれば元々の上陸地点は駿河の田子の浦あたりではなかったのか。そこから富士川を遡上して甲州を抜け、清里を過ぎ佐久の手前あたりで右に折れて下仁田に抜けるというコースが頭に浮かびました。この想像が何処かで傍証を得ることを期待しながら、お話を元の会津の行程に戻すことにします。

夢のお告げの翌日、宮は抜鉾神が昇天したというその大杉を訪ねて一宮大明神をお祀りになり、この地は杉岸村と改められその辺りの沢を宮沢と呼ぶようになったのだそうです。その名残りと考えられる一宮香取神社という古社が現在も村内にあって、確かに抜鉾前尊および抜鉾大明神が祭神です。また神社内には十一面観音菩薩も祀られているらしく、これはこの辺りに元々あった尾白根山東光寺という古刹に安置されていたものをこちらに移したらしく神仏習合の形に自然移行したものなのかも知れません。

唐倉山伝説

さて以仁王の行動ですが、ここから少し錯綜します。基本的な足取りとしては13日、大新田村経由で入小屋村へ、14日、田島村へ、15日、楢原村↓倉谷村↓山本村へとなっていますが、この14日の入小屋から田島というコースについて、巡路図でみる山口から入小屋を経て駒止峠を越して針生、田島という流れはごく一般的な経路と云えます。しかしそれと明らかに矛盾する南の中山峠を越して田島に入るという行程が嵌入して、それが田島で輻輳しています。図の、下側に湾曲した点線、森戸、八総、高杖原から中山峠を超えるコースです。駒止峠と中山峠のどちらを越えたのか。駒止峠は馬でも登れないという名の通りとにかく急峻です。現在のトンネル開通以前は路線バスが谷に落ちた事故もあったと聞きます。私も少年のみぎり自転車で越えようとして全路程を押して歩いた記憶があります。このコースは厳しいが中山峠越えよりも距離が近いので入小屋からだとわざわざまた南下してその日に田島に付くのは不可能だと思われます。

さらにスケジュールの問題としてこの短い時間に唐倉山を往復しているということがあります。これは入小屋や木伏からさらに東の山中に入る場所です。なぜそこに行ったのか。それは「唐倉山の伝説」というものを聴かされて宮が行きたいということになったというのです。その伝説の内容を浚ってみます。

①　永治元（1171）年、後白河帝が即位。皇子に恵まれず祈祷が行われたが験は見られなかった。

②　翌年正月元旦の夜、皇后の夢枕に「陸奥国黒川（会津若松）の西南に当たるところに石柱積もる岩窟があり、其処の御神徳に依れば皇子はお生まれになりましょう」とお告げがありそれが三日続いた。

③　皇后からそれを聞いて天皇は奥州鎮守府将軍陸奥守藤原基衡に祈願を勅命し、清原は会津の守護小山兵衛重政に代参を命じた。

④皇后はめでたくご懐妊あり翌年皇子がお生まれになった（後の二条院）。
⑤続いて第二皇子（以仁王）、第三皇子（高倉帝）もお生まれになった。
⑥その第一皇子の誕生の御礼参り役に小倉少将定信卿が択ばれ、幣帛を捧げるべく3月5日都を出発、中山道を下り3月28日黒川到着、4月2日南山安田村（今の木伏村）の村司七郎兵衛に到着。
⑦翌3日、石柱の岩窟にお登りになり、大幣帛、天津菅麻、供物等々捧げて参拝された。
⑧この時の大麻は今も松の老木の枝に掛かり残り「去麻神施」（サルオカセ）という（煎じて目を洗うとよいと云われる）
⑨御祈願が済み、桧枝岐、沼山峠を越えて中仙道に出られて帰京された。

以上のような、時間軸も歴史事実とも矛盾した、取り止めもない話がどういう理由で伝えられたのかは分からないにしても、以仁王が今さら異母兄の誕生に関わる場所に行ってみたいと希望したというところに不思議を感じます。そしてこの時に山に分け入る道なき道を作ってくれた村人を「樹木のつわもの」即ち「木の武士」であると賞揚して歌も詠まれた。それが木伏という土地の名になったという地名説話を後から強引に捩じ込んだ様な印象も禁じ得ません。もしかしたら木伏は木地師の大きな拠点だったのかも知れません。安藤先生がこの説話を探し出し、南郷村郷土誌資料の第1巻として纏められたものに唐倉山の山頂付近の詳しいイラストがあり、物語の荒唐無稽さとは全く違う感想として、ここは「修験道の森厳な行場」だったことが分かります。そんな場所になぜ以仁王をお連れしたのか。

そしてもう一つ納得のいかないことがあります。この御礼参りに来られた小倉少将とは、今回も随行してツイ2日前に大桃村で足を挫いて戦線離脱したばかりの小倉少将定信卿その人ではないですか。37年前に参拝した唐倉山を目前に供奉を断念されたのにこんな面当てのような行動をするものでしょうか。そもそも小倉少将はなぜそこで離脱したのでしょうか。彼は過去に一度会津に来た人、ご高齢ではあっても道案内、先達の役目だったのかも知れない。そこまで考えればあまりにも間の抜けた話に思えます。今は捕捉しきれませんが他の要素があるのかも知れない。何処かで何かに繋がる様な気がしてはいます。

権八の注進

要するに安藤本において此処に経路上の大きな輻輳が生じているかに見えるのは、宮の足跡が広範囲に残っていて、そのどの村も宮は此処を通った、これだけの日数を過ごしたと主張するからであって、先生が各地の説話伝承を丁寧に集められる際に、序列をつけたり考察することをせず、先ず収集するという立場を貫かれたからに過ぎないのだと思います。

ただ田島への山越えは二者択一でしかないのです。この南行大回りをして、わざわざ戻るような動きをしてまで中山峠を越えた説明として、この直前の12日の尾白根村での宿泊時に、村司権蔵の親戚の大新田村の権八という者が来て、柳津村に平家方の石川冠者有光という者が居て宮が六十里越え若しくは八十里越えをなされば待ち伏せて襲撃すると、その準備しているということを伝えて来たというのです。それならば進路を変更して黒川（若松）から津川（新潟）を経て小国に向かう事にしようということになったというのですが、この決定は少しおかしいのです。なぜなら石川某の本拠の柳津はむしろ黒川に近接しているし、そこから津川にぬける阿賀川沿いの方が見つかり易いし襲撃もされやすいと思われるからです。

それとこの権八の注進によって進路が変わったというのなら、宮の一行は初めから六十里越え、八十里越えを目指していなければおかしい。巡路図で云えば、入小屋から西に、和泉田〜只見方面を目指していなくてはなりません。そのつもりだったのに、その権八情報で急遽東進を決定したというのなら、急ぎ駒止峠を越えてもいいわけです。どのような方法で襲撃してくるのかも見えないし、どう山越えをしてもそこからは北上して黒川に向かわなくてはならない訳ですから。目標の小国は真西なのに、東↓北↓西↓南と文字通り右往左往する意味が分からないのです。疑心暗鬼に踊らされるようにです。そして後の話ですが、石川勢はそうして北進する宮を案の定「北から」黒川方面から攻めて来たのですから、結果論とは言え間抜けとしか言いようがありません。敵が居るから西に行けなかったのではなく、初めから北に行きたかったので東に山越えをした。そういう展開なら矛盾しません。どうしても行きたかった目的地、それが大内村だったのではないかと私はまず推理したのです。其処に辿り着いて本拠とする事を一つの目標と定めていたように見える幾つかのことがあるからです。現在も高倉神社があり以仁王を祀っている大内、後から追って来た桜木姫の墳墓もそこに有ります。大内とは内裏の事であって宮がそう名付けたという事実が何よりも雄弁に語ります。

石川冠者有光の謎

ところで柳津の住人石川冠者有光とは何者なのでしょう。隠密に行動をしているはずの以仁王の正体を看過し、小国行きを阻止したり、命をつけ狙おうと待ち受けるこの石川冠者有光が平家の郎党、あるいは縁する者だからという説明をしていますがどうなのでしょうか。この7月時点では、令旨からは3か月。さざ波のように水面下で諸国源氏に平家打倒の意識が浸透していたとしても、頼政と以仁王はフライング同然に宇治で敗死したと世間諸人は了解し、緊張した拮抗状態は各地にあったとしてもまだ頼朝も義仲も源氏の誰も動いていない状態で、誰しもが息を潜めて様子を見ている状態です。こんな時に以仁王がそれと分かる弁別性の高い形で行動したらたちまち大騒ぎになるのは必定で、だからとにかく目立たず隠密行動を心に戒めて此処まで来たのだと思うのです。初めからそういう気持ちでなければ、伊豆でも木曽でも甲斐にでも源氏の陣営に飛び込めば兎も角も目先の安全は確保できたかも知れません。

でも宮はそうしなかった、もうそういう政争の具として扱われることに懲り懲りしていたと思うのです。命をみすみす差し出さねばならなくなるかも知れない。山城で一度拾った命をまたそういう不安定な状態に晒すことの虚しさが彼をして自然に奥山の道を選ばしめ、ただ黙々と行動させていたのだと思うのです。極限の侮辱を受け、社会的にも完全に葬られた後に命と云うものはどうあるべきものなのか。そういう絶望の旅路に於いて、何故かこの石川某だけが自分をそうと認めて襲ってくるということが可成り異様に思われるのです。いったい石川冠者有光とは何者だったのでしょうか。

実はこの人は無名の人ではありません。源有光。家系は清和源氏。貞純親王〜六孫王経基〜多田満仲〜次男頼親（大和源氏）〜三男頼遠（陸奥石川氏）〜次男有光となります。清和天皇から7代目です。官位は従五位下・安芸守。摂津国物津荘で誕生。幼名松千代、柳津に住して柳津源太有光を称し、永承6（1051）年、15歳。父・頼遠と共に父の従兄にあたる源頼義に従い陸奥国に下向して安倍氏と戦う。康平5（1062）年、26歳。厨川柵の戦いで戦没した父の兵を引き継ぎ、軍功を立て従五位下安芸守に任ぜられ、奥州仙道七郡（白河、石川、岩瀬、田村、安積、信夫）の中から、石川を中心とした六十六郷の地を与えられた。

出生　長元10年1月12日（1037年1月30日）
死没　応徳3年10月2日（1086年11月10日）
享年　50　戒名　在光院殿諒山舜英大居士　墓所　厳峯寺

つまるところ百年前に卒去した人物なのです。ですから、この石川冠者有光が生きてこのたびの以仁王の行く手に立ち塞がれる筈はありません。同姓同名の別人なのか。錯誤なのか意図的なものだったのか。このように記録する何か事情があったのだろうか。それについて私の調べ得る限りの推論を述べておきます。

まず石川有光の経歴について。そもそも清和源氏の嫡流、多田満仲の直系の石川有光がなぜ故郷の摂津国を離れ、奥州に進出し武功を立てるに至ったかという点につきましては、先に挙げました「源頼義に従い陸奥国に下向して安倍氏と戦う」すなわち「前九年の役」そのものであります。この東北全土を揺るがした部族抗争を地方内乱として制圧収拾すべく、戦闘のプロ集団に勇躍舵を切った清和源氏が特に勇猛で名高い頼義を中心に氏族の成長拡大を目指してシャカリキになっています。これは言葉は悪いが都で食い潰した各層各階級のエネルギーが、東北という大らかで未開発な場所、かつての英雄アテルイの謀殺以来疑心暗鬼となって硬化した東北の全体を揺さぶろうという工作。内部に対立を作りその一方をプロの武人が片棒を担いでもう一方を叩き潰し、その恨んだものをまた担いで次の戦闘（＝後三年の役）に駆り出し疲弊させ弱体化させてしまおうという、今日の世界でも飽きもせず行われている謀略行為のプロトタイプが仕掛けられたということです。

特にこの河内源氏の本流は、頼義、義家、義親、為義、義朝と繋がって行きます。殺伐殺戮の家みたいに言われる河内源氏が実は優秀な戦闘プロ集団であったこと、中でも気質の荒い、分かりにくい処の目立つ義親や義賢も為朝も、優等生のように見える義経も、源氏というブランド血脈の中で最大出力で走ったところの様相の差、そういう別の測定法で力量の比較などしてみればまた面白いのではないかとも思います。

そして有光も、彼の位置で最大努力の武功を立て、褒賞として与えられた奥州仙道七郡の中の石川という一郡を守り育て、他の勢力との姻戚関係も怠りなく結びながら一つの武門を形成していったわけです。子の代、孫の代その先と判断努力を重ねながら、最後は仙台伊達家の第一の子分として五百何十年という歳月をしたたかに生き残ったのです。

有光以降の石川氏が既存勢力と血縁を結び地盤を固めていったということに言及した小豆畑毅という人の論文を最近読みましたが、そこに「有光の最初の妻、つまり長子基光の母が藤原清衡の娘」また「基光の妻、2男秀康の母は基衡の娘」という二つの大胆な仮説が挙げられていました。基光は基衡の一字を、秀康は秀衡の一字を貰ったのではないかと。確かに前九年の勝ち組の清原一族とそれを後三年で追い落とした藤原清衡との複雑な血縁に有光も参入していたとすれば、非常に面白いとは思いましたが、冷静に考えれば時代が合いません。舅の清衡の方が婿の有光より20歳も下なのだからハナから有り得ないことです。

ただ、大正7年刊行の「石川氏一千年史」に有光の曾孫に当たる義季の夫人が陸奥守藤原基成女としていることについては、尊卑分脈に記載のある基成の一女で「陸奥国住人藤原秀衡妻、泰衡母」とあるものと姉妹であって、基成の陸奥守在任平泉下向が1143年~1153年であることを併せれば、地盤確保のための政略結婚が複数行われるということは十分信憑性のある所と考えられます。この石川義季の年代がまさに以仁王の世代と重なって来るということになります。

柳津はどこなのか?

ところで私にどうしても腑に落ちないことが一つありました。有光が柳津に住して柳津源太有光を名乗ったという部分です。この柳津が会津柳津であるのかどうかという根本的な問いです。有光が領有できたのは仙道七郡(現在の福島県中通り)の中の石川郡たった一郡だけであったし、その後の石川氏の子孫も会津方面に侵入・領地拡大などという事実はありません。仙道七郡と会津四郡は別々の根拠でそれぞれに大きな広がりを持っていますから容易く越境できる筈もなく、この大きな括り全体をうんぬんできたのは500年後の伊達政宗ただ一人です。会津の強力な四郡、芦名・長沼・河原田・山内の四氏に大いに手こずりながら辛勝した政宗の感無量という事を思うにつけ、石川の小領主が会津黒川の柳津を領有できる筈がないと、その不思議さを思ったのです。有光ないしその子孫の石川氏は会津柳津の住人たり得ないということです。

それなら柳津という場所は何処にあったのか。それは有光の故郷の摂津国にあったのです。有光の所属する多田源氏のテリトリーは猪名川流域、丹波山地に端を発し、現在の大阪府と兵庫県の境界を南北に流れる猪名川の全域であり、その中流の大きく蛇行した平地が中心地の多田であって、源氏の氏神である多田神社があります。柳津（楊津）という場所は、それよりかなり上流の現在の猪名川町木津の楊津小学校付近です。ここに本荘があって、新荘は遥か下流の現尼崎市内、猪名川が神崎川に合流する地点にあったという八条院領の荘園です。安元2（1176）年の八条院目録に「柳津川尻」とあるものがそうです。

つまり有光が柳津源太有光を名乗ったのは故郷の楊津でのことだと考えた方がよく、奥州石川郡に来てからも自分の発生のアイデンティティとしてその名を継続したのかも知れませんが、どちらにしても会津の柳津とは無関係とした方が収まりが良いのではと思うのです。

それならこの宮を付け狙う一群の首魁は誰でしょうか。石川有光でも柳津源太でもない正体不明のグループを、ここからは「石川の軍勢」と呼んでいこうと考えます。

火の玉とは何だったのか？

さて以仁王の行程に話を戻します。１４日に入小屋村から田島村に入り、弥平次宅に一泊。翌１５日、田島から山本（大内）村へ向け出立。途中の楢原村与八宅、萩原村渡部丹後宅、倉谷村三五郎宅にて休憩されたとありますが、これらの村々はかなり近接しているのでそうちょくちょくお休みになったというのは少し疑問はあります。ともかく夕刻山本村に到着。村司戸右衛門宅に二泊します。これはこの先の行路の危難に対する情報収集、警戒用心と逡巡もあったと思います。

そして１７日、意を決して北に黒川方面に抜けようと高峯峠に差し掛かったところで大暴風雨になり、山本村に引き返します。翌１８日、再度高峯峠に向かったところ、宮の動きを察知した石川の軍勢が百騎ほど栃沢方面より攻め寄せて来るのが見えます。万事休すと云うところで一天俄かに掻き曇って火の玉が降りしきって石川勢を襲ったので、これは敵わずと本郷の方に退却したというのです。この奇跡のような出来事から高峯峠を火玉峠と名付けました。今の氷玉峠です。

宮の一行も山本村に引き返します。ここで宮は北進を断念したようです。たまたま天恵に預かって救われたもののこの先は進めないだろうという判断だと思います。翌日からはもとの八十里、六十里方面に進路を戻していきます。数日逗留した山本村を一つの本拠と恃まれて大内（内裏）と呼ばれたということがあって、この時から大内村と改称したと云います。

珍しい夏の椿に慰められて

ともかく19日は山本（大内）村を後に先ず南下して倉谷村の分岐をもと来た左の楢原方面に向かわず西に進路を取り直すため右折して戸石川沿いに遡っていきます。この分岐点の倉谷村に「高倉山松庵寺」という曹洞宗の寺院と水抜の高倉神社があると安藤本に紹介があります。この付近には地図で見る限り多くの祠が散見し、その中に以仁王の妻と云われる紅梅御前を祀った祠もあるようで、ここはやがて出向いて現状を確認したい地区です。ともかくも一行は戸石村に辿り着き、村司五郎兵衛宅に泊ります。

20日、赤土峠を越えて馬頭小屋に到着し藤介宅に一泊、21日は陽のあるうちに針生村に入り村司七郎兵衛宅に泊ります。この七郎兵衛はよく宮に寄り添い翌日は駒の手綱を取って大峠越えを奉仕したとあります。この峠の名前の由来として宮が頂上で「馬でさえ止まる険しい道である」と云われた言葉に因んでそれまで大峠と呼んでいたものを「駒止峠」と呼ぶようになったという説と、山頂から見える風景の美しさに駒を止めて御覧になったからという説と二つあるようです。

ともかく入小屋村に入り、せんだって一泊して気心の知れた多門宅に二泊します。その時多門が色香つねならぬ美しい玉椿を御覧に入れたところ、

「希なりし高野の山の玉椿都の春に逢ふここちして」

と詠まれたと云うのですが、これは不思議なことです。この7月20日はグレゴリオ歴で8月19日、つまり真夏なのです。椿は冬から春にかけての花です。この季節に椿が咲くものでしょうか。

すると椿のなかまに夏椿という種類がありました。ツバキ科ナツツバキ属。別名は沙羅の木。釈迦が涅槃に入った際に植えられていた沙羅双樹の木と似ていることから付いた名だそうです。開花時期は一般の椿と比べ

ると非常に遅く6月~7月だというのでこの品種だったら滑り込みであり得るということがわかります。夏椿は白い花で、咲いた花はその日のうちに落ちてしまいます。葉は非常に薄く黄緑色で、表面に深い皺があり、枝は長く真っすぐ伸び、すべての枝に白い5枚花弁の花が付く美しい花のようです。

大変珍しい季節外れの花を目の当たりにして、宮が強く心を動かされたというのも「都の春」すなわち命からがら逃げて来たもはや取り戻せないこの治承4年の春の一瞬一瞬が、まざまざと呼び覚まされたということではなかったのでしょうか、私にはそう思えてならないのです。

宮、病に伏す。

24日、山口村を経て稲場村の小三郎宅で休憩されますが、そのお疲れのご様子が病の床に就かれた様でありその痛々しさから稲場村はその後に宮床村と改められました。しかしこの稲場村でゆっくり休むことが出来なかったのはある人物の来訪を知らされ、警戒して隣の井戸沢村に移動したからなのです。この時の状況について「高倉宮御伝記」の記述は奇妙です。「乗丹和尚より落ち給ふ」恵日寺の総帥の乗丹坊が乗り込んで来るということなのです。そしてせっかく逃げる様に移動した井戸沢村に追っつけ乗丹坊はやってきます。

「尾岐に勘解由を以て、宮御下りの由を、恵日寺に注進に及び、いずれも御方にて、井出沢に来り、親王に忠孝奉り云々」前後の文脈からも意味は捕捉しにくいものですが、かつて一泊した桧枝岐の村司勘解由が、勇み足か不用意なのか、それとも悪意なのか、わざわざ恵日寺に参じて宮の会津下りの旨を注進に及んだのだと云い、その真偽を質すべく恵日寺のトップの乗丹坊が自らこの井戸沢村に乗り込んで来たのであると。しかしもしそうだとしたら「いずれも御方」という言葉を恵日寺も味方であるという解釈をするのは、この場合相当見当違いな話です。恵日寺から以仁王へのシンパシイなど微塵も有り得ないからなのです。

この時代の恵日寺は大小三千八百もの夥しい数の僧坊を抱える全国でも有数の隆盛を誇った大寺院と云われており、この寺が仏教に帰依した豪族たちの寄進によって得た寺領は会津四郡の大半に及んでいたと云われ、乗丹坊はその衆徒頭で寺のトップ、最高実力者だったのです。それからこの恵日寺の背後には城氏の存在があります。越後に発祥し先代の城資国の代に出羽の将軍三郎こと清原武衡の娘を娶るなどして大発展した城氏ですが、資国の子である現当主の資永が保元の乱で平清盛に忠勤して、越後のみならず出羽、信濃、会津にも勢力を伸ばし、ついにこの治承4年に清盛から越後守に補任されたのです。

この城氏に長く対峙し反目してきた恵日寺ですが、城資国の妹の竹姫と乗丹坊の婚儀が成立して一気に和解したのが永安2（1172）年のことです。平家支配の下で発展した城氏と共闘している恵日寺なのです。その首魁の乗丹坊の出現に対して「いずれも味方」というような暢気な対応が出て来るとは考えられません。何があったというのでしょうか。ここに醸し出されているナニヤラ友好的な空気が不思議なのです。

乗丹坊の足場に立ってみた時、もし高倉宮がホンモノだったとしたら、匿うなり取り込むなりが出来たらこれは事に依っては大変な切り札に化けるかも知れないとまずは思ったのでしょう。とにかく確認に出向くことに損はないと踏んだのかも知れません。豪胆で切れ者の乗丹坊ですからクヨクヨ悩むより行動してしまうでしょうと。しかし世間的には以仁王は既に亡くなられ負の評価も固定されています。今更いじれない存在、生かして神輿に乗せることはおろか、殺すことにもリスクが発生します。余程の狙い、勝算がない限り触れられないというのが正しい判断になるでしょう。それでも逢ってみたいと好奇心が打ち克った乗丹坊ではなかったのかという想像です。そして以仁王もまた堂々と腹は据わって微塵も揺れる処が無かったので、お互いに察し合ってそっと帰っていったということなのではないだろうか、というのが私の想像です。

もしかして、恵日寺が城氏に対して一枚岩でもなかったのかも知れない。あるいは平家の赤い色に濃厚に染まっているかに見える城氏が実は面従腹背を決めていて、チャンスがあれば裏切ろうと思っていたとか。悲劇のリーダー清原武衡の外孫であればどこに反骨が眠っているか分かりません。そんな場所なら逆に、良い逃げ場所になり得たのかも知れない、などとパラドキシカルな想像が頭を巡ります。

と云いますのも、以仁王が頼りに落ちようとしている小国氏の実態の無さ、根拠の貧弱さが気になるからです。再三繰り返すようですが頼政の実弟小国頼行はすでに過去の人物です。保元2（1157）年に京都西七条辺りで自害しており、小国町史などには小国を領地にして小国姓を名乗ったとありますが、実際に住んだかどうかが分からないなどとも書かれており、国司の補任記録にも名前は見当たりません。少なくともこの頼行が越後に氏族としての根拠が持てたとは考えられませんし、息子の宗頼が小国の地を出て現在の新潟市西蒲原区岩室温泉・石瀬の天神山城に拠点を移したとありますが、この天神山城は私には随分時代が下るのではないかというイメージで（直江兼続あたり）その発祥由来の事実関係までは踏み込めませんでした。

それと分かる歴史記述の中で頼行以降まず小国氏の名を世に知らしめたのは宗頼の子（頼行の孫）頼連が建暦2（1212）年鎌倉幕府の弓始めの儀式で名人として将軍実朝を唸らせ越前稲津保（現在の福井市内、足羽川流域）の地頭を賜ったところからで、頼連はさらに承久の乱でも武功を立てますがその時には小国保を拠点としたと書いた本がありましたが、福井と小国は300km以上離れているのですから物理的に両立はしないのではと思いました。かと云って配所替えになったという記事も見つけられませんでした。そこから数代下って建武2(1335)年に小国政光が蒲原津に築城するという時点でようやく拠点が定まったかのように私には見えます。要するに以仁王の時代の小国には「尋ねるべき誰もいない」という事態に見えるのです。

いろいろ考えを廻らしても以仁王が何処を目指したのか、背景には何があったのか。最終的なリアリティを突きとめるのは難しそうです。この乗丹坊の訪問がそれを解く一つのカギになるのかも知れません。

水くぐる龍

さて月も改まって8月。宮は暫く世話になった十郎左衛門処からの出立に際し、詠まれた歌は「遠方や都も遠き東路に名残惜しくも井出沢の里」この井出沢が界村と呼ばれる経緯については、宮が「これより北は何村か、これより南は何村か」と尋ねられたのでこの村を境にして伊北・伊南と呼び分けるようになったためだと云います。ちょうど京都の高倉宮の隣の堺筋が「町と村」の境界からそう云われたことを思い出されたものでしょうか。とすれば何気ない山の風景に京の懐かしい想い出を重ね合わされる宮の寂しさに切なくなってしまいます。

宮は長浜村を目指しますが、まず下山村の欅坂を上られて遠景の村の名前をお尋ねになられたとき「あの田んぼの多い村は泉田村と申します」というその眺めが京都の五条の南の和泉に似ていると仰って「登りつめ和泉境を眺むればここぞ都の京路なるらん」それから泉田を和泉田と書くようになったとのことです。その先の木之崎村は「ここは泉田村の端村です」とご案内しましたら「乙の村ですか」と仰せがあり乙沢(おてざわ)と呼ぶようになったといいます。

その先は伊南川の左岸をずっと進まれやがて山根の森に達しました。ここは男沼・女沼が見渡せる景色の良い場所です。宮は此処で一息入れるとともに、乙部右衛門佐に命じて「若宮八幡宮」を勧請され、前途の武運を祈願なされました。今の九々生（くぐりゅう）の八幡様がこの御社です。

この九々生という地名はこの時に宮の漏らされたある言葉がもとになっているのだといいます。ある低木の下を身を屈めて通られた時「我は今このように身を低めているがやがて元の龍となって天を駆けるであろう」と発言されたことから付いたという由来のある地名であります。この言葉は「今の境遇を恥じることなく受容しようではないか」「この辛苦と、それを分かち合って呉れた者への感謝は忘れない」と村人には聞こえたでありましょう。人はともすれば既得権益にしがみつき気に染まぬ処遇に憤懣絶望する。しかしそんな憤慨を他人に漏らしたところでどうなるものでもないだろう。宮の「いくら嘆きは深くてもそれをただ他者に放り出すわけにはいかない」という強く抑制の利いた言葉は並の人間には到底言えぬことだと思います。

しかし凡夫の邪推を敢えて述べますならばこれは隠されたテンションなのであって、宮の胸中で《さすがにこの一言は言っておこう》《聞いて記憶してもらいたい》と咄嗟に口を突いて出た言葉なのではないかとも思うのです。行き場のない憤懣とそれを心に刻んで深く同情した奥会津人たち。わが先祖龍蔵院もそこにあって無言で頷いている。居並ぶ人々にマイナーな印象を与えない。だからこそこうして記憶される言葉になったのです。

龍という生き物は最高位の天子を意味します。この以仁王の物語の先に起こる平家の亡滅に、二位尼が愛孫安徳天皇を掻き抱いて入水する際に詠んだ絶唱を重ねます。「今ぞ知る御裳裾川の御流れ波の下にも都ありとは」王権の行くところが王の国であって其処が海中であればそこが都になるのです。その王ネプチューンこそが龍王なのでありますと。龍蔵院行誉・行遍父子は以仁王を最終の地、越後までしっかりとフォローしたがそれは龍王を守り匿うという役目と任じたからに他なりません。サンズイをつけた瀧王院とも表記されますが、滝は竜の化身でありましょうがこれだとリュウとは読まずロウオウインとなってしまうので、読みが正しいのならば誤記・誤認であるのかも知れません。

ちなみに検索して出て来た全国の「龍王」とつく地名を並べてみます。「龍王山（天理市田町）」「龍王の滝（井手町多賀）」「龍王町（滋賀）」「龍王ヶ淵（宇陀市）」「龍王峡（鬼怒川）」などです。この中で、井手町の「龍王の滝」については以仁王の逃走経路に近接していて、何らかの関係があるのではと思われるので出来れば後述したいと思っています。

唱ヶ崎の合戦

一行は夕刻に長浜村の村司清水淡路の宅に到着しましたが、そこに界村の十郎左衛門の奥方からの飛脚が届きます。石川の軍勢が中津川（大沼郡昭和村）の方面から攻めて来るという知らせです。宮と同行して来ました十郎左衛門は家を守る妻女の咄嗟の働きを称え乍ら、ともかく宮の安全の確保の為にこの先の楢戸村の龍王院にお移し申し上げるのが宜しかろうと、警護の数人を引き連れてそのまま出発しました。

そして残った面々は渡辺長七唱の陣頭指揮のもとで戦闘の態勢を整えます。清水淡路は長浜村と近村の達者丈夫の者五百余人を集め、一同は迎え撃つ弓矢を集め、石つぶてを積み上げます。退路を断つために黒谷川の橋も落とし来襲に備えます。

やがて夜になって石川の勢は淡路の屋敷を取り囲み、鯨波の声とともに攻め寄せてきます。その石川勢を十分に引き寄せておいて、腕に覚えのある淡路が三人張りの強弓にて13本を立て続けに射掛けましたところ、石川の乗る馬の横腹に当たり石川は落馬しました。それを機に長七唱の「かかれ！」の声に一気に切りかかり、大刀小刀、薙刀そして石つぶてで石川勢を散散に橋に追い詰めます。退路を断たれた石川勢は逃げることもならず、そのまま山尾崎の原で激しい切り合いとなりました。猪野早太も乙部右衛門佐も良く闘い、真っ只中に飛び込んだ無双の長七唱は忽ち28人を切り伏せましたので、大将の石川ももはやこれまでと腹を切って死なんとするところを長七が襲い掛かり一気に首を打ち落としました。その時に「無念」と叫んだ石川の首筋の鮮血が其処に自生していたじさがら（アブラチャン）という黄色い木の実を真っ赤に染めて、それ以来この地のアブラチャンだけは実が赤くなったということです。

この山尾崎の原というのは、名峰会津駒ケ岳を淵源とする黒谷川（くろだにがわ）が伊南川に融合する、山間においてはひときわ開けた場所でありました。この戦乱以降この地を長七唱を記念して唱ヶ崎と、その川縁の広がりを唱平（とのうだいら）と呼ぶようになったと云われます。。

石川の首は楢戸村龍王院に運ばれ宮にお見せした後、下沢の辺りに葬りました。また戦死者の為に其処に作られました大きな塚はやがて唱塚と呼ばれるようになりました。この時、宮の供奉の一人の西方院寂了法印が死没者の菩提を弔いたい、この地に留まられたいということになり、宮もお許しになりました。やがて福王院長命寺が建てられ法印は其処に入られたということです。

楢戸村龍王院

悩まされた石川の軍勢を破りきったことで、宮の周囲には再び安堵が戻ってきました。翌日、合戦に参加した者共が龍王院に集まり宮を囲んで祝勝の杯を交わしました。幸い誰一人命に別状なく、傷は負っても深手の者はありませんでした。連日の酷暑の中、此処まで心の休まる暇の無かった供の者たちからも漸く屈託のない笑顔がこぼれます。良等こと頼兼、乙部右衛門佐、猪野早太、長七唱、童子田千代丸、北面の武士たち。そして長浜村の清水淡路、井出沢村の十郎左衛門、小川村の権蔵など、近隣の村の者も大勢集まって龍王院は大いに湧き上がりました。この時の宮の笑顔が奥会津の民の心に、誇りとして、言葉に尽くせぬ深い感激を刻み込んだのです。

そしてこの先は最後のヤマ場である八十里越えとなります。山伏とごく一部の山に詳しい者しか通らない、長く険しい道なのです。楢戸村龍王院から伊南川に沿って西に進むと只見川の合流地点に出ます。其処を船で渡って船頭十三郎の草屋で休憩し、夕刻には八十里越えの麓の叶津村に着き、村司讃岐宅に一泊します。宮の一行は17人、そして村から屈強の者18人が峠で手を引き腰を推し背に負うという補佐の役目で同行します。夏場でもありその食糧やらの準備で村を挙げての大忙し、こういう時に大喜びで取り組むのが奥会津なのです。

明けて8月3日、山を知悉している修験者、龍王院を先頭にいよいよ八十里越えであります。この日は良く晴れ渡っていました。大変な急坂を3里登ったところで少し休憩ということになった時に若者たちが猿楽を演じて御覧に入れたというので、その場所は「猿楽」と名付けられたと云います。最初の峠を上り切って眺望の良いひらけた所に野宿なのですが、宮にはせめて仮寝の場所をと「仮御所」を作りお休みいただいたというのでそこを後に「御所平」と名付けました。しかしこの夜は大雨になります。伝令として猪野早太が小国城に先行することになり出発。そして4日は本隊も進んで「吉ケ平」という村に着き村司吉蔵方に一泊、ここで井出沢村の十郎左衛門はお暇を賜り引き返します。5日には加茂神社に到着し、城主からの迎えと合流してようやく到着ということになります。龍王院と小川村権蔵はご無事を確認して、此処から会津に戻ります。

そして以仁王のその後なのですが、小川庄高居殿村月見崎と云う所に隠れて棲まわれていましたが、翌養和元（1181）年4月3日に会津勝湛坊に攻め込まれ、長七唱らの奮戦もむなしく31歳で逝去されたと云われます。この勝湛坊は恵日寺の乗丹坊の事ですから、「平家物語」にも詳述される木曽義仲との「横田河原の戦い」が6月13日ですから、直前の出来事ということになります。乗丹坊はこの横田河原で命を落とし、城助職は会津に退却するものの今度は奥州藤原氏に敗北して一気に勢力を失い、越後の大きな友軍を失った平家はこの先苦戦を強いられていくのです。もし以仁王がこんな順番で亡くなられたというのであるならば、どこまでも、よくよく不運な方だったとしか言いようがなくなってしまいます。

半月遅れて追って来た紅梅御前と桜木姫。

紅梅御前は以仁王の、桜木姫は乙部右衛門佐の妻です。その二人の女性が岩瀬小藤太と堀八十次という供の者二人と中山道をくだって半月遅れで以仁王の後を追って来たのだというのです。以仁王の妻子については別のところで詳細に述べたいと考えますが、その幾人かにつきましては「平家物語」の「若宮出家」で事件直後の殺伐とした混乱の中で自分たちも殺されるかも知れないと慌てふためく様子が記録されています。しかしそこには紅梅御前という名前はないし、それどころかこの会津物語以外に紅梅御前と呼ばれる人物は何処にも出て来ません。桜木姫も同様です。しかしこれにはその本名を出すことを憚って「梅」と「桜」という花に事寄せたのだという説があります。

この従者のうち堀八十次が途中で病没してしまったために岩瀬小藤太ただ一人でお守りして8月24日に二人は大内村にお着きになられましたが、期待していた宮一行に出逢えない落胆と焦燥からか、26日桜木姫が亡くなってしまいます。紅梅御前は小藤太とただ二人重い足取りで進まれますが、戸石村の五郎兵衛のところで疲労の為か病の床に臥されてこちらも28日の明け方に亡くなられたのです。小藤太がただ一人で小国の以仁王のところまで辿り着きこの悲しい報告に及びましたところ、宮は乙部右衛門佐を名代として二人の菩提を弔うようにと仰られたので、右衛門佐は小藤太と二人、まず楢戸村の龍王院に9月15日に行き、ご供養が執り行われました。それから龍王院も同道して9月21日に戸石五郎兵衛のもとに到着し、紅梅御前の御墓印として石をお供えして龍王院の加持にて御前霊社としてお祀りになりました。さらに大内村に至り桜木姫の霊を弔い桜の木を植えました。この時に龍王院が紅梅御前の形見として頂戴した短刀は今なお保管されているのです。

それにしても若い女性二人にこのような過酷な長旅をさせた背景は何だったのでしょうか。京都から追って来たのだとしたら、宮の行先をどうやって知ったのでしょうか。もしかしたら京都に遺された妻女ではなくて、この逃避行の途中で宮の運命と絡むいきさつのあった女性が深情断ち難く追い縋って来たものではないかとまで考えました。

この紅梅御前は高倉宮御伝記では俊成卿息女とあります。藤原俊成なら年代的にも人間関係的にも大いに可能性のある所と言いたいものの、逆にくっきりとガラス張りの状態過ぎて有り得なさも漂います。じっさい俊成の兄の忠成の娘の一人が以仁王の妻になっていて後に天台座主となった真性を生んでいます。もし俊成の娘というのなら定家の姉妹ということになりますから、明月記という詳密なレポートに記載の漏れる筈がない。俊成娘は大勢いるが全員にナンバリングがされている様なコアなきょうだいですから此処に入り込む余地はなかなか難しいのではと頭を抱えます。やがて先の方で別項を立てて考察するつもりはありますけれども。

一方の桜木姫は橘道安の息女とあります。この名は歴史の表層には見つかりません。橘という姓、そして道という一字で先ず思い出されるのは和泉式部の夫の橘道貞でありますが、この橘道安がその近親者であったものかどうか。和泉式部と云えば父の大江雅致も歴史上の記載が見いだせないなど、家系的に曖昧な部分の多い女性ではあります。

ところで以仁王は平家物語では山城の綺田で追手に迫られ絶命したとされますが、その手前の井出の湧き水で喉を潤しています。その井出の山辺一帯はもともと古代屈指の大豪族「橘氏」の故地でありました。現在でも橘諸兄の広大な邸宅跡が確認されます。橘氏は諸兄の子、奈良麻呂の乱が制圧されたあと急速に勢力を失いますが、その後もその辺りに旧勢力が残存していたのではないか。そしてその人々が苦難に陥った以仁王を匿い、ほとぼりの冷めた後、東方に山越えをさせたのではないかと思い、その一族の女性が桜木姫だったという可能性を思いました。そして妻女の紅梅御前と連絡を取って後から追って来たものではないかと想像を膨らませたのです。橘氏であるならば源平のパワー関係には中立的であり、もともと物部氏と同族であって、これより東の伊賀・甲賀の山の民とも深い交流があった筈です。

残念なことに以仁王の時代の橘氏は相当に凋落した下級氏族になってしまっており、橘以長という人物が物忌みにこだわって強情を通す少し惨めな話が「宇治拾遺物語」に残りますが、そこにある痩せても枯れても反骨を通そうという姿勢は旧態勢力の誇りを示す素晴らしいものです。身分は従五位でも代々の氏長者です。以仁王の父、後白河院の家臣でもあります。そしてその以長の息子の以政は大先祖の「橘逸勢伝」を書いています。いかに社会的な階級が下がろうとも、寧ろそれだからこそ名族の誇りはいや増しに増す。そんな橘氏なら以仁王の非運に大いに同情し味方に付く存在となったであろうと私は考えます。

それと以仁王の奥会津での最初の拠点となった桧枝岐の苗字は3つしかないんですが、その一つが橘なんですよ。その由来は調べても顕著なものは得られなかったのですが、もしこの桜木姫、ないし紅梅御前に関わるものがあったのか、そうでなくとも太古からの名族「橘氏」と付随する何かがあったものか、桧枝岐が平家の落人村とは良く聞く話でしたが、橘氏となると平家どころではない、更に400年も根の深くなる話になるのです。

我が師、北篤先生のこと

急に日が翳った。「高倉宮会津御伝記」の講釈も終わりに近づいた。夏山老人も椅子の中で伸びをしながら「そろそろ儂にも喋らせてくれるのかな？」と言った。ここまで特に口も挟まずに聞いてくださった。ここからは質疑応答、ティーブレイクにはちょうど良い区切りであった。しかしこの時私の頭の中に俄然もう一人忘れられない人物のことが浮かんでいた。高校時代の恩師、国語科の長嶋恒義先生である。教職の傍ら「北篤」というペンネームで、異色の切り口と独特の文体でこの「世にも旧態な」会津という風土を内側からならではの愛憎相半ばした厳しい問題提起を常になさっていた。刺激的な特異な文体を持つ小説家であり、心霊的な分野の研究者でもあられた。授業では会津藩士の末裔である凛とした矜持を常に示されていた。

会津の士族の誇り、それは並大抵のものではなく、そこいらのサツだかチョウだかいう俄か子爵にわか元老になど到底分からぬものだという話。身分だ階級だを兎や角云われたのではない、自分の血を父祖の誇りを大切にしろと。私が修験者、行者の出ならそれを何より大事にしろと云うことで、卒業後も社会人になっても文通をさせていただき、遺されたそのやりとりは私の宝、原動力となっている。彼の著作は今でも何冊かは中央の出版社で版を重ねている。主著の一つ「会津嶺の国」はモノクロ写真の諸風景に短文を付すという形式で会津精神のひとつひとつを丹念に磨き上げ並べられた宝玉。そのタイトルにもなった万葉集の一首を彼がどう描いたのか、そのまま引用したい。

《会津嶺の国をさ遠み逢わなはば偲びにせもと紐結ばさね。万葉集巻一四．磐梯山の国、つまり会津を遠く去るので、そなたにあえない。だからせめて思い出すよすがに、この紐を結んでほしい、といっている。夫から妻に向かい、旅立つ際に詠んだものらしい。東歌らしく素朴で、他の同類の歌からみて、防人として鹿島立ちする

若者の感懐であろう。》

故郷を出立せねばならぬ若い夫と送り出す妻の離れがたさ。それは万国万民の共通の切なさであるけれども、会津とは人と人が出逢ったそのヨロコビから付けられた場所なのである。「邂逅」とか「一期一会」という言葉の神髄を先生に教わった。先生の文体を模範としていた。その感覚が今猛然と戻って来たのである。会津を描きたい。既に充分に離れ、心が剥がれてしまった会津。それなのに心の中に厳然と居据わっている会津、体が物性としていかに遠くそして長く久しく離れていても、心は其処から出られない。それを書かねばならない。

そんなことを頭の中でぐるぐる掻き混ぜていると、夏山老人は私の気持ちを見透かしたかのように、「以仁王が会津に呼ばれなければならなかった必然が会津そのものにあると思うんだがな」と言った。「そういうことを君にくどくどと説明されている気がするんだが、なにか大事なことが抜けているようだ。中心になる何かがどうしても足りない。気候風土とでもいうべきか、気配のようなものなのか。」と言った。

そうですね。それが会津そのもの、形にならない言葉に出来ない何か、弱さのようなものなんでしょうかね。幾ら強弁したところで逆に強がりにしかならない脆さ。とっつきに不器用なガサツな印象を与えてしまうそんな一面が必ずあります。でもそれは誤解なんであって、心根は優しいんですよ。ただ内向きの構造になっているっていうことなんでしょうね。人に解られにくい、分かられないという壁を一人一人が自分の中に頑固にキープしている。それが気位のように見えたりこだわりのようにも見え、対人関係をギクシャクしたものに変えるが、本当はそんなに深い意味も無いのかも知れない。その証拠に気心が分かり出すとほんとうにとろける様に仲良くなる。大丈夫なのかというほど何でも曝け出して来る。それが会津人、奥会津人なんですよ。

老人は笑った。「君の中で会津と奥会津は別のものだろうよ。無理に一緒にする事もない」

これは鋭い指摘なのだった。

啼かぬなら其の儘でいいホトトギス

この奥会津での以仁王のお姿に対し色々な感想を持たれる方があると思いますが、私にとって変わらぬ印象としていつも痛ましく思いますのはこの宮さまがなんとも弱弱しい、カゲロウのようにお力の弱い状態であることでした。彼自身もさることながら、付き添う随身たちもまた精気に乏しく弱弱しい状態であります。しかし私はこの弱弱しさこそが真実。彼らが心身に浴びたあまりにも過酷な命運が後遺したリアリティそのものなのだと感じ、それを一瞬にして理解し受容した奥会津人たちの暖かさ、熱さがあらためて実感として身の内から沸き起こって来るのです。この状態で逃げてきたのだからここまで追い込まれているだろう。逆に言えば、ここまで打ちひしがれているのだからその状態は何処までも同情して寄り添うべきものであるという普通の感情です。

「以仁王会津行はあったのか」というそもそも根本のところを問わねばならぬ状況でもやはり一番大事なのは感情の問題だと私は思うんですよ。通り一遍にざっくりと「伝説」と断ずること自体が以仁王への侮辱となる。以仁王に必要だったのはリベンジであって、それすらも呑み込み我慢するのかと。彼の諦観にまで深く同情した会津人の子孫としてそう思う。それは例えば偉人伝に勇ましく描かれる人物がそう書かれれば書かれるほど実は凡庸だったり、狡猾に醜悪に周囲を食い物にして手柄を貪った挙句、その積み上げを虚飾化するに長けた人物であることを思い知ったりすることと似ています。

真実は自ずから表出するもの。それは気持ちを汲むというただそれだけの事であって、まことしやかな文脈の積み上げを馬鹿みたいに信じることではない筈。第一歴史書の執筆ってプロの仕事ですよね。プロの記述者がその時の上位者、捏造の発注者を忖度し阿諛追従を積み上げる。そうじゃなかったら手間暇かける意味がないですよね。都合良く仕立てあげられて当たり前。これがまず前提ですよ。巧言令色じゃないけども綺麗事には嘘があると。汚いもの弱いもの、敗者弱者と同定され名誉回復がされないもの。それは背負わされただけのことだという納得です。其処に「まことしやか」があれば「まこと」は無いと私は思います。そもそもこっちは真相が知りたいだけであって利害などにまず目を呉れないで、まっぴら気にしないで考えたい。だからすべてを疑い、自分の理解力と折り合いがつく日まで、いつまでもうろつき回りたいだけなんですよ。

コダマは森の木々の呟き…。

理解しがたい屈辱と緊張と恐怖。それが正直なところだ。口がカラカラに乾いている。不気味な静寂。森の中。此処は何という森なのか。遠くから「以仁王!以仁王!宮!宮!」という呼び声がする。あれに答えてはならぬ。ただひたすら体を埋もれさせる巨木の空洞。余と三人の行者はジッと命を押し殺している。此処は何処なのか。いったい何時まで身を竦ませていればいいのか。余はどうして此処に居るのか。この先どうしたらいいのか。詮の無いことを自問する。そもそも余とは誰か。苦いものが込み上げる。余は余。余人にあらず。さもなければ今のこの状態はない。この体たらくは余以外の誰にも起きないことなのだ。叫んで走り出てこのまま突き殺されてしまったらすべては終わるのか。此処を出るわけにはいかない。身動きすら叶わない。ここを出れば直ちに見つけ出されて殺される。生け捕られるでのは無く、殺されるのだ。そこまでの事態になってしまったのだ。嵌められた。殺される役目を振られてしまった。

令旨か。語気強く檄を飛ばしたものの、時代はそんなに容易く動くものではなかった。人の心はまず思惑に揺れ、それから周りの顔色に溺れ、信念なんていうものが何処かにあるとしたってそれを前面に出すものは馬鹿者であり、他人は其処をまず冷ややかに見、疑うのだ。コトの勢いという風が吹かなければ、そういう平仄のようなものに励まされなければ、余にしたところで踊り出ることも無かった。あり得ないことの、そのアリエナイを怪しむしか無かった。ただ押し流され稚戯また愚鈍と云われて闇に葬られる。かつて世界にはどれほどの失敗があったか。書物では随分読んで知悉していた筈ではなかったか。人は結局他人のブザマを横目で見ても教訓は得られない。自分でやって終わるのだ。気付くときにはもう終わってしまう。終わらなければ運がいいというだけの話。そういうブザマがこの身に起こるのを他人事のように嗤いたい自分がヤハリ何処かに居るのだ。

三十歳。何一つ結果の出せていない人生。生まれた場所が悪いのか。こんな状況じゃ誰だってどうにもならんと言うのか。やはりやり方が悪かったのだろう。余程の運の風の吹きようを目算できない限り。運命には逆らわない方が良かったのだ。普通に山か寺でジッとして居れば法親王と呼ばれる安定した身分をかこち、それを一途に成り果てさせて終われた。余計なことは考えなくて良かったのだ。生き心地だ居心地だなんてものは後から自分で折り合いを付ければいいだけのことだった。それが余のごとき身のせいぜいの運命、身の程、関の山というものだったのだ。何の焦りだったのか今ではもうよく思い出せない。本当に自分の意思だったのかも分からず、ただ歯車を回してしまった。それは運命の糸車。自分一人のことではない、この大きな時代全体を自分ごときが引き回そうとしてしまったのだ。そこに野心がなかったと言えば嘘になる。しかし勝算というものを信じて動いたのかと言えば、その辺りは全く曖昧だった。物事を決めかねる優柔不断な性格という自己分析もやりたくない。この時代の力の駆け引きなど自分には難しすぎたし、考えるのも面倒だった。だから占い師を呼ばわったりしたのだ。とにかく運に委ねようと。しかし余においてまさしく不足しているものがこの運気という奴だった。

逃げた。結局その場はそれしかなくなった。一旦の退却を余儀なくされたとは言いたいが、満を持して飛び出した以上、そして決意の梯子を外された以上、潔くというか万死の突撃をするか尻に帆を掛けるかそんな選択しか残らない。もう逃げるしかなかったのだ。そして此処にこうして引っ掛かっている。たゆとうしがらみの様に。

もとの部屋で

はい？　何か聞こえましたか。私には何も。そうです奥会津です、奥会津が何を背負ってきたのか語ってたんですよね。一番の悲劇は奥会津人の諦めの良さ。よく言えば善良さ、悪く言えば暢気さ。まあしょうがないな、やっぱりどうやら伝説みたいだからな。そんな空気になるともう誰もが呑み込む。郷土史家ももう顧慮しなくなって久しいのですが。そうなってしまった大きな原因というのがこっちのこの本なんですよ。例の柳田先生の「史料としての伝説」なのです。まあこうしてページをめくりますとね、我々奥会津人にとって看過し得ないイチャモンがそこかしこに見受けられるのです。いくつか引用しましょう。

「宮はこんな狭隘なる山里を蜘手十文字に行き巡って居られたことになってしまう。おそらくはそれまでの、理屈は考えない人々の間に王子流寓の物語が久しく人望を博して、次から次へと成長していった結果がこれであろう」

「少なくとも彼らの中の歴史家は、歴史は小説と同じく人が人が製作してよいものと思っていたらしい。そしてその趣向には常に定まった形があって、必ず中心を以仁王のごとき不遇の皇族にしていたのである。」

どうですか？　決めつけが酷くないですか？　これはイチャモンですよね。私がヒュッと感じたのは失敬だってことです。公平を任じる権利など当事者でない誰にもありはしない。研究者であろうとなかろうとまず礼儀を示すべきだ。研究の足場云々ではなく、人の家に上がらせてもらおうというのならまず土足は無いでしょうという礼儀です。まあただそれだけのことです。靴を脱いだから良いっていう話でもない、挨拶口上ってものが間違っていますからどうしようもないんですよ。

先生の仰るのは伝説は伝説、山の民の生活から生まれた「作り話」に一定のリスペクトは残せるとしても、中央の歴史書には一切登場しない聞いたこともない人物、全ての消息が明白な貴人の別刷り号外の漂流記、誰しもが熟知したる人物の死後の活躍、等々。所詮は絵空事に過ぎないと。

この本で展開されている柳田理論にどういう筋目があるかはまあ学問のことはよく分からないというのが本音です。まあこういう見方もあるのかなという百歩譲ったノンキな場所もあるのかなと思うことは出来ます。柳田先生の解析についてはご興味に従って読まれたら宜しいかと思います。

ただ、繰り言になってしまいますが私がもっとも切なく感じたものは我が土着会津の郷土史家の先生方がこの柳田ドクトリンを前に、むべなるかなとこぞって恭順の意を表してしまったこと。そしてみずから一笑に付す。名を成した権威の一言に、そういう高飛車に言われたら納得は兎も角、気弱に引き下がらざるを得ないような、完膚なきまでの冷淡な方法論に、こうした至って気のいい地元愛の熱気は水を掛けられたように萎れ、なおも信じる急進派はさらに硬直の度合いを増す・・・そんな経緯をジワジワ踏んでいったこと、残念至極と言いますか、まあ民俗学という学問のことはよく分からないけども、自分の仕事の領分じゃないんだけど、なんだか先生の癖しやがって良くも人の家のいわくを支える大事な夢を壊すような余計なことをしてくれるじゃないか。ナンテ愚の骨頂の私は単純に思った訳ですよ。学問って何なのかな。まあ連中の生活の手段なのだろうな。文献、資料、実地調査。何でも宜しいが他人の家のごみ箱を漁る荒探しの様なことも生活のタツキとせねばならぬというなら私の長年やって来た仕事だって褒められたもんじゃないけど。せめて泰斗と呼ばれるその方々を闇雲に祀り上げるのだけは止めたくはないですか。そこに多くの追従者が一つの派閥を成したというのならそのことだけでもうそういう一切を信じたくもない気持ちになるんですよ。馬鹿ですからね、私は。

老人は静かだった。

こっちの考えはまったく逆ですよ。其処に生活があったのなら、それがカツカツのものだというのならそれは命の真相ですよ。山の民、木地師だって一緒ですよ。厳しい生活に駄法螺を吹いている暇なんかなかったと思うんです。こうした言い伝えが聞くからに弱弱し気でマイナーなものであることは認めるとしても、片や厳然とある「史料としての（権威としての）」正史と人名が一致しないから出鱈目な創作だという決めつけには到底納得できませんよ。木地師という集団があって、その生活や文化の背景全体のことは俄か仕込みの浅学では分かり兼ねますけれども、その人たちの所業であると断定する、この展開のために用意された論理が、娯楽に乏しい山の生活の気晴らしの法螺話であったり、決して階級の高くない自分たちを誇大に見せたい山人の儚い願いだったというように書くその見下した目線は全く違うのだろうと。済みませんが違いますと。こんな風に腹が立ったのは、もしかして私のどこかにこの木地師の血が流入しているせいかも知れません。検証も何もしてませんけど。我が家は山伏、奥山劇場のトータルプロデューサーの山伏ならば当然木地師連とも深い交流を持ち、事に依ったら彼らの知恵に関与したこともあったのかなと妙な考えが少し掠めたりもしますけれども。

夏山老人は少し顔を顰めた。くしゃみを我慢したらしかった。

そう言えばかつて「東北学」というものが流行って、本も沢山出ました。そのとき私はその論者の大多数が東北の出身者ではないことにふと気づいて笑ったことがありましたよ。何て言ったらいいんだろう。この人たちだって生活があるから、まあ色んなことをやって生きて行かなくてはならないのが人間なんだけれども、自分の本当の足場ではないところを「学」という括りで解析するその魂胆が直観的に許せなかったというのか、納得できなかった。そのあと２０１１年の大災厄があって、東北は物理的な被害の甚大の上にさらにナニクレとご意見攻めに遭い、生来内向きの性向ですから要らぬ自意識に苛まれてひどくナーバスになったことは外からは分かりにくいことだっただろうと思います。当事者ではない、しかも学問という正体もない高みから睥睨されることに我慢が出来ませんでしたね。そもそも東京が中央かどうかも分かりませんけどね。結局東京があるおかげで芯央と辺縁という区分けした見方がどんな分野にも必ず出てくるんですよね。何代続いてないと「江戸っ子」ぢゃないとかそういうやつ。首都圏にいるだけで受益することは一杯ある。東京の既得権益はそういう暢気に盛る方向で生きようとするからそうなるんだろうけれども、東北人である事っていうのは、これは盛る方向ではなく負荷を喰らう方向なので、重荷を背中に乗せた上での誇りみたいな形を、否応なくというか、なんとなく自然と取らされてけっきょく受け入れるみたいなところがあるから、双方辻褄が合うように見えるだけで完全なアンフェアな仕掛けですよね。・・・まあだから東京出身の東北学者が「東京にアッサリ成立する」って話なのかと。だって逆にしたら滑稽なだけでしょ？

老人はコッソリ欠伸をかみ殺した。

いや、どうもすみません。私は至って感情的な人間でして、学問的なアカデミックな響きにコンプレックスがあるんでしょうか、そのせいで時には無闇に感心して無条件なリスペクトを抱いたり、今回みたいにひどい憎悪をぶつけたり両極端に走る傾向は自分でも手が付けられないバカ者です。論証とか手順を踏んだアプローチとかが苦手なのに裏話、苦労苦渋の物語は聴きたくてしょうがない。その人の本気から流れ出る涙はこっちも貰って一緒に流したい。好奇心は人一倍強いですが理屈はカラキシ。まあ頑張っても駄目だと知ってテンから頑張らなかった清々しい挫折感とでも申しましょうか、そういう力量不足がゆえに趣味的に楽しめたことは有難かったんですけどもね。

夏山老人は私のあまりに宙ぶらりんな激情もどきを持て余していたのだろう、遂に言った。

「だいたい物事は外からは何も見えないが、中に入ったら入ったでまた分からなくなる。そして少し分かったことを何とも言えなくなる。だからそうした幽冥境に、儂みたいにうろつくことになるんだよ。結局は見て来たように嘘を吐ける厚顔がまかり通る、そういう奴が暗躍するだけになるのさ。」

さらに老人は言った。「あらゆることは内側からしか分からない。それを見聞きした多くの人は黙って死んでいくが、たまたま生き残ってもそれをとやかく言うつもりにもならない。半端な奴なら何でも言うだろうがまともな人間がそれでも言いたいことがあるとしたら余程のことだろうよ。」

「見ても居ない聴いても居ないやつにモノを言う資格など金輪際ないってことですよね。」私は言った。「後世の人間というものは実際に見た人間の日記などを読んで、それを頼りに想像するしか方法がないでしょう。品格の問題としてそれ以上のことは出来ない、と。だから歴史家の言うことは駄法螺より始末が悪いっていうことになりかねないってことですよ。夏山さんのように現場を見て来たものの証言ほど傾聴するに値するものはないと思うんですよ。」

「イヤそんなことはないよ。人間は全部を観ているわけではないからね。其処に、その場に居たって見えて無いことはある。たまたま気付かなかったり、気付くだけの能力がなかったかも知れない。それに儂のように身分の低いものだと実際に出入りできる場所など知れたものだ。そこらを飛んでる蠅なんかの方がよっぽど色んなことを観ているだろう。」

感じ入る言葉だった。

「それともう一つ。その日記という奴だが人間はそんなところに本当のことを書くものだろうかね。」

私はちっとも日記の話をしていなかったから言葉に詰まったが「全てそうではないにしても比較的正直なデータのある場所だと思うんですけどね」とやっと言った。たしかに他人の残した物的証拠を分析忖度することは誰でもやる事だし、かくいう私も例外ではないのだから・・・少し頭を冷やせば私こそがクレーマーだったのかも知れない。お恥ずかしい話だ。・・・私は話題を変えることにした。

龍王院というのが・・・。

この会津での以仁王の物語の中に縷々登場する、不慣れな奥山での以仁王の旅を先達として丁重にご案内申し上げた龍王院という修験者が居りましたが、その子孫はその後二十数代続いて今日に至っているのですが、私こそがその子孫なんですよ。直系です。略系図を掲げておきます。

1行観――2行譽――3行遍――4行瑜――5行祐――6行仁――7行賀――8行全――9行眞――10行寛――11行明――12行豊――13行元――14行昭――15行秀――16行盈――17行栄――18行春――19行圓――20行鶴――21行僊――22行敬――23苗元――24行峰――25行雄――26行弘

この第3代行遍が以仁王を補佐して山中を案内した龍王院です。初代行観が山城国大山崎から日光を経由して会津に入山して土着したのが、永久年間（1113〜1118年ごろ）。その孫の行遍は1150年ごろの生まれと推定されますので以仁王と同世代の若者でした。たぶん父の行誉も高齢でも存命しいろいろ指示もしたのかも知れませんが、山歩きは若い行遍の健脚が役立ったに違いありません。物語でも宮様の落ち着いて大人しい、言わば消沈したような空気に対して、龍王院は活発で血気盛んなテイストを放っています。多分宮を元気づけるため、その元気のまま宮を越後小国までお送りしたいとの気配りがあったことだと思います。そしてさらに悲運の紅梅御前と桜木姫を最後まで、葬儀とその先の供養の行事まで完璧に仕切ったのです。

龍王院はその後、中世に龍蔵院と呼び名を変えたんですが、その経緯については私が少年の頃の当主第25代の行雄法印から聞かされた限りでは以仁王の「王」の字を憚ったということでした。「龍王＝以仁王」の院という誤解を避け、「龍王」を「蔵＝かくまった」「院＝場所」という配慮をしたのであると。しかし現実には、その後の龍蔵院の歴史の中で畏くも龍王院を名乗った当主が二人いるんです。第２０代行鶴と第２３代苗元です。行鶴には祖父行春が、苗元には父の行敬が存命していたために、龍蔵院が二人並び立つわけにはいきませんので由緒ある龍王院の名号を拝み持ち出してきたのではないかと推定しています。

第２０代行鶴は中興の祖とでも言うべき多彩な活動をした人物ですが特に享和3年（１８０３年）に諸寺に由来を書き上げよという通達に応じ、いわゆる「一斉書き上げ」を草したその写しが現存しており、龍王院＝龍蔵院の歴史について多くのデータが残されています。その「一斉書き上げ」とは別に口頭で伝承されてきた事柄や人別帳等の周辺諸文献を総合して判った龍王院・龍蔵院のあらまし、アウトラインは以下のようになります。

① 龍王院の初代山崎行観は永久（１１１３〜１１１８）年中に「上方辺り」からやってきたという。

② 山崎という姓は当然、山城国山崎津という古代史を代表するランドマークから出身したことを誇示したものであると考える。難波から遡り平城京・平安京に至る水運の最大の分岐点であり、政治経済軍事そして文化の発展においてかなめとなった地区である。ここが行観の発生であったと考えるべきである。

③ 山崎は現在においても代表的な大姓であり東北にも多いが、この奥会津に限局すると非常に少なくなり、ほぼ我が一族のみとなることから、集団の外から入って来たものであることが想像される。

④ この山崎津の最初の大掛かりな整備を行ったのが渡来人の土木技術者行基（高志＝越氏）である。この行基が行観の太祖である。

⑤ またさらに古い時代に渡来して葛城に入植して修験道を開いていた役小角（賀茂氏）や葛城氏から出て山城の石清水八幡宮を勧請した行教（紀氏）も行観の遠祖に当たると云う。

⑥ 熊野の別当家、特に新宮との血縁があると言われており、これは奥州に客死した中将藤原実方の子で熊野別

当家に入婿した泰救が奥州の生まれと言われることと関係があるのではないかと思われる。

⑦ 第20代行鶴の本文の上に、さらに第24代行峰による加筆（行鶴―行僊―行敬―苗元―行峰）がある。

⑧ その後、椙戸村の人別帳と比較対照することにより5代前の行秀（1574～1661以降）からは詳細な系図が明らかになっている。

私の祖父安記は第23代苗元の6男、行峰の末弟に当たります。その2男和夫（玲芳）が私の父ですから代数で言いますと私は初代から26代目ということになります。

つまり私という実体が確かにここにある以上、そして代々の当主が確たるリアリティとして代々語り伝えてきた話である以上、これを学者先生か知らんが他所の人間に嘘っぱちの作り話だなんて言われる筋合いは毛頭ない訳なんですよ。だいたい世の中のことは殆ど簡単に説明できない複雑な事情があるじゃないですか、どんなに可笑しく見えてもそれには深遠な事情がある。ご先祖様が畏くも余人ならぬ直系の子孫にあれこれと伝えてくれた様々をおろそかにして、勝手無下な否定に暢気に頷いている場合じゃないだろうと。これを証明するのが一族の中でも特に私の使命であろうと少年期から何十年調査をしてきた。この事実の集結こそが、歴代の御先祖様への心の証であると。解明が進むたびに沸き上がる歓喜の正体でもあるんですね。

フト見ると夏山老人は驚いたことに完全に眠り込んでいる様子なのであった。「失礼にも程がある」ナンテ思いながらつらつら考えれば他人の身の上話ほど退屈なものは無いのであって失礼はこっちなのかも知れなかった。とはいえキッカケを貰って弾みが付いちゃってるからモウ喋るのを止める気はない。この老人だって実は存在しない亡霊なのかもわからないんだし、他に聞いて呉れる人もないのだから。もう録音機に話すようにイソップが壺の中に話しかけるように遠慮なく喋り捲ることにした。

私の生家は以仁王の逃走経路上にあった・・・

私の幼少期、生まれてから5歳になるまで暮らしていた家は南会津郡下郷町大字楢原字林中という山中の集落でして、家の後ろは姫川と呼ばれるごつごつと岩肌の露出した険しい川が流れていました、この辺りが800年の昔に以仁王の逃走経路上にあったことを知ったのは大人になってからのことです。

物心がついた場所です。生まれたのは同じ下郷町の大川の対岸の塩生（しおのう）と云うところですが、生まれてすぐにこの楢原に移ったので塩生の家の記憶はありません。自分の最初の風景はこの楢原の家です。幼児に宿る最初の思念。この私は一体何者なのか。どうして此処に居るのか。それを考え始めた場所です。朧げに思い出す最初の宇宙。タッタ100メートル半径のミクロコスモス。自分が生を享けたその場所がじつは以仁王が苦難の山越えをした通過点であったこと。私が初めてこの2本で立った同じ地点が800年の昔、以仁王の踏みしめたその同じ大地だったという訳です。時を隔てたシンクロニシティとでもいうのでしょうか。

そして私が言葉を覚えたり、絵本を全部自分の周りに立てて屛風のように城壁のように見立ててその中心に籠城するという独特の遊びをしていた小さな部屋。あの窓から見えた山々はまさに同じアングルから以仁王が見た風景だったということ。この探究を続けているうちに私はいろいろ実感してきたことがあるがその根底にあるものはこの事だったんですよ。

例えば私の時に突拍子も無い思い方。デジャヴュ、あるいは多重憑依。複数のモノが一つになって取り憑く。あるいは一つのモノが複数のモノに憑依する。エドガー・ケイシー。福来博士。平田篤胤などが説明無く示す実例。直覚という言葉ですよ。それが大概の良識的配慮の前で曲解されたまま矯正されてしまうようなこと。知識とか理路整然とか理解だとか、そういう秀才の鈍麻した優劣基準なんて存外どうでもいいと。大人になってみたら全部そうだったんだけど、子供時代の後半にはそういう大学受験ミタイナ理屈っぽい競争が吹き荒れて本当に参ったんですけど、それが最初の最初には「ナンセンス」とハッキリ分かっていたなんていうことが今更に、この期に及んでジワジワとぶり返してきた、それが本当に嬉しいんですよ。嬉しくて虚しい。

例えば音楽の勉強をせずして出鱈目に演奏してそれがフリージャズだと言ってる人とか、それに対して「いやフリーっていうスタイルはね、こういう定義こういうルールなんだ」って演奏も出来ずに分かったように言う人とか、いろいろありますけど結局人間はみんなで同じ方向に動き出すとクダラナイでしょう。クダラナイって言ってる自分が一番クダラナクなるんですよね。人間同士が都合を擦り合わせるのを止めればいいんだけども。バカバカしいからこその歓喜ですね。そういうやけくその歓喜しかもう行き場所はないんですよね。

龍王院行鶴の旅

フトまた別の光景が浮かび上がります。寛政4（1794）年。浮世絵師東洲斎写楽が江戸に突然現れて、二百枚の役者絵を描いたその年の春。左京という名の若者が京を経由して紀州に向かっていました。左京は幼名でこの時は既に行鶴となっていました。私の七代祖、曾祖父の曾祖父に当たる龍王院行鶴です。勿論物見遊山の旅などではありません。会津一円の行者が100人あまり、葛城修行を目的に一団となって歩いているその一行中の一人でした。26歳の行鶴にとってこうした大きな旅は初めてだったに違いなく、葛城修行に行けたのはもしかすれば生涯この一度きりだったのかも知れません。それだけに好奇心と向学心に燃えていただろうと想像するのです。行鶴のことはどこか別のところで詳しく話せればと思っていますが、生まれは明和6（1769）年、同世代で言うとベートーヴェン、ヘーゲル、ワーズワースが一つ年下（1770年生まれ）、日本では小林一茶、十返舎一九、曲亭馬琴なんかがほぼ同世代です。天保14（1843）年に75歳で没しました。深山に生まれ育ったがゆえに教育を受ける機会もなくほぼ独学でしかしよく勉強しました。そして多く物を書いて残しました。

行鶴の父19世行圓は寛延元（1748）年生まれ、ゲーテの一つ上です。楢戸村から伊那川沿いに20km遡った鴇巣（とうのす）村の名主馬場家から迎えた婿で、これは我が龍蔵院の記録ではなく人別帳の照合と、先の安藤紫香先生のまとめられた「南郷村史史料10系図書」という南会津の諸家の系図集で分かったことです。安藤先生自身、鴇巣の方でもあります。この修験者の後継者たる婿をなぜ遠隔の村から迎えたのか詳細は不明ですが、この行圓の姉も同じ楢戸村の小右衛門の妻となっていることから、前代かそれ以前からかの親戚関係があったのかも知れません。しかしこの行圓は22歳で早世しました。行鶴のまだ2歳の時です。

行鶴の母は宝暦元（1751）年生まれ。人別帳で確認できる初名は「さつ」、5歳時には「らん」と変わっています。3女ですが2人の姉は人別帳から名の消えた時の年齢から嫁に出たのではなく夭折したのではないかと推察されます。らんは19歳で行鶴を生んですぐに夫を亡くしますが、再婚せずに一人っ子の行鶴を育て、文政5（1822）年に72歳で亡くなりました。

このらんの父が18世行春。この人は享保4（1719）年生まれ、この人も一人っ子でした。子は沢山育たぬ厳しい時代でした。初名は民部といい、30代前半にその父17世行栄を継いで龍蔵院となりました。幼い行鶴に厳しく様々を伝授したのちに、この葛城修行の前々年の寛政4（1792）に74歳で亡くなっています。その父の行栄は延宝6（1678）年生まれ、寛延3（1750）年に73歳で逝去、その前の16世行盈は寛永2（1625）頃に生まれ、正徳2（1712）年の人別帳に84歳で存命していて、以降は不明です。その上の15世行秀は万治4（1661）年の分限帳に88歳の記載があってその後は不明です。これより前の代は人別帳もない時代なので生没年はわからず歴代の名前のみが伝わっています。

行鶴以降の累代については巻末に一覧表を付したいと考えています。行鶴の曾孫にあたる苗元の時が明治の御一新で、修験宗は廃され一家は失業を余儀なくされ、ともかく伊勢神道に舵を切りますが、村には別に神職も居る訳ですから生活は困窮します。苗元の子は8人、その末子である私の祖父安記の子は9人でした。それぞれが世の中に出て人生を切り拓いていった経緯はそれで一冊の本になりますが個人的過ぎる話です。

龍蔵院の歴代が眠る墓所は楢戸集落の村中にあってかつて古い墓石が広範囲に散在している状況でしたが、その後区画整理をして墓石を元の位置から大きく動かしてしまいました。私がオリジナルの墓石の位置と碑文内容を記録していましたのでそれも一つの史料として巻末に載せたいと考えています。

さて行鶴の葛城修行に話を戻します。行鶴の残した龍蔵院文書には確かに「葛城入峯帳」という記録が残ってはいるものの、約100人の同行の行者たちの名前を記載しただけのごく簡潔なメモのみなのです。ただ幸いにもこの修行が如何なるものだったのかは同行した隣村只見村の「吉祥院」の法印豊恭という方が詳細な旅の記録を残されて居り、それを一般史料として入手できる「大峯葛城嶺入峯日記集」などを参考にしながら読解を試みました。ちなみに行鶴にはこれに限らず、感想・感興などの情緒的ニュアンスの記録がほぼ見受けられない。意図的に抑制していたものか、そもそもの性格なのかは分かりませんが、ふつうはそれなりに残されるものではないかと不思議に思うのです。ともかくもこの1794年の葛城修行の吉祥院の記録を私なりに読んでみました。

会津の出立は表書きに「二月大吉」とあるように寛政6年の2月、そこからどう云う行程かは分かりませんが恐らく中仙道を通ってまず京に入り滞在期間は不明ですが3月19日に京を立ちます。三条橋から伏見に2里、伏見から淀川夜舟に乗り、13里の距離を一人分56文、大阪に夜八つ時と云うから午前2時（！）に着いて更に20丁（2ｋｍ）歩いて（？）「亀屋」という宿に泊まります。翌20日は沿岸を進み和泉と紀州の国境の山口と云うところに泊まり、22日に伽陀に入ります。葛城修験の拠点の伽陀です。

私の知識としての葛城修行は、役行者が法華経（鳩摩羅什訳の妙法蓮華経）八巻二十八品を28カ所に分けて埋納した経塚（葛城二十八宿経塚）を順に回るという行というだけで、それが具体的にどういう修行なのか、どれ程キツイ行程であるのかを考えたこともありませんでした。行者の子孫でありながらこれだけの交通条件に恵まれた時代なのに、生涯に吉野熊野の奥駆けをも達成できず、ただ一度大峯の山上に登っただけの私が、修験修行の何かを知ったつもりで語ってはいけないことは重々分かっています。しかしながら色々調べた結果、奥駆けと葛城の修行の根本的な差について少し考え込まされました。

それは取り組むための覚悟の差とでも申しましょうか。地理的な条件に関しては、例えば標高だけを取った場合に奥駆けの大峰山系には八経ヶ岳、弥山など2000m近い山々が並ぶのに、葛城の行場は最高峰の金剛山でも1125mで、あとは数百メートルの山だけです。しかし山の峻険というものは標高とは関係のないことですし、ある山のある場所が修験の行場になるということにはもっと荘厳な理由があるのだと感じます。そして奥駆けや葛城という単体ではなく行場が延々連なり其処を亘っていくことが一連の修行であるという場合、行場の繋がり方が重大な条件になると思いました。

具体的なことを申し上げるのなら奥駆けは全体は急峻でも尾根伝いに次の行場に行けるのに対して葛城はある行場から次の行場に亘りにくいように見えます。一つ一つの行場が独立した入口を持ち、背後はドンヅマリになっている場合が多いように感じるのです。ですから次の行場に行くためにはまず麓に下りなくてはならない。時には紀ノ川べりまで下りてまた登らなくてはならない。この言い方で良いのか分かりませんが、時々我に返らなくてはならない。奥駆けはもとより山中の修行ですから我に返る要素がありませんから、まったく修行の質が違うと云いますか、意味するところが違うと思うのです。実際の距離以上に、標高の問題以上に厳しい修行だったのかも知れないと。一つ一つの経塚が夫々のパワーを放散し、修行する者に法華経の神髄を問いかけて来るも

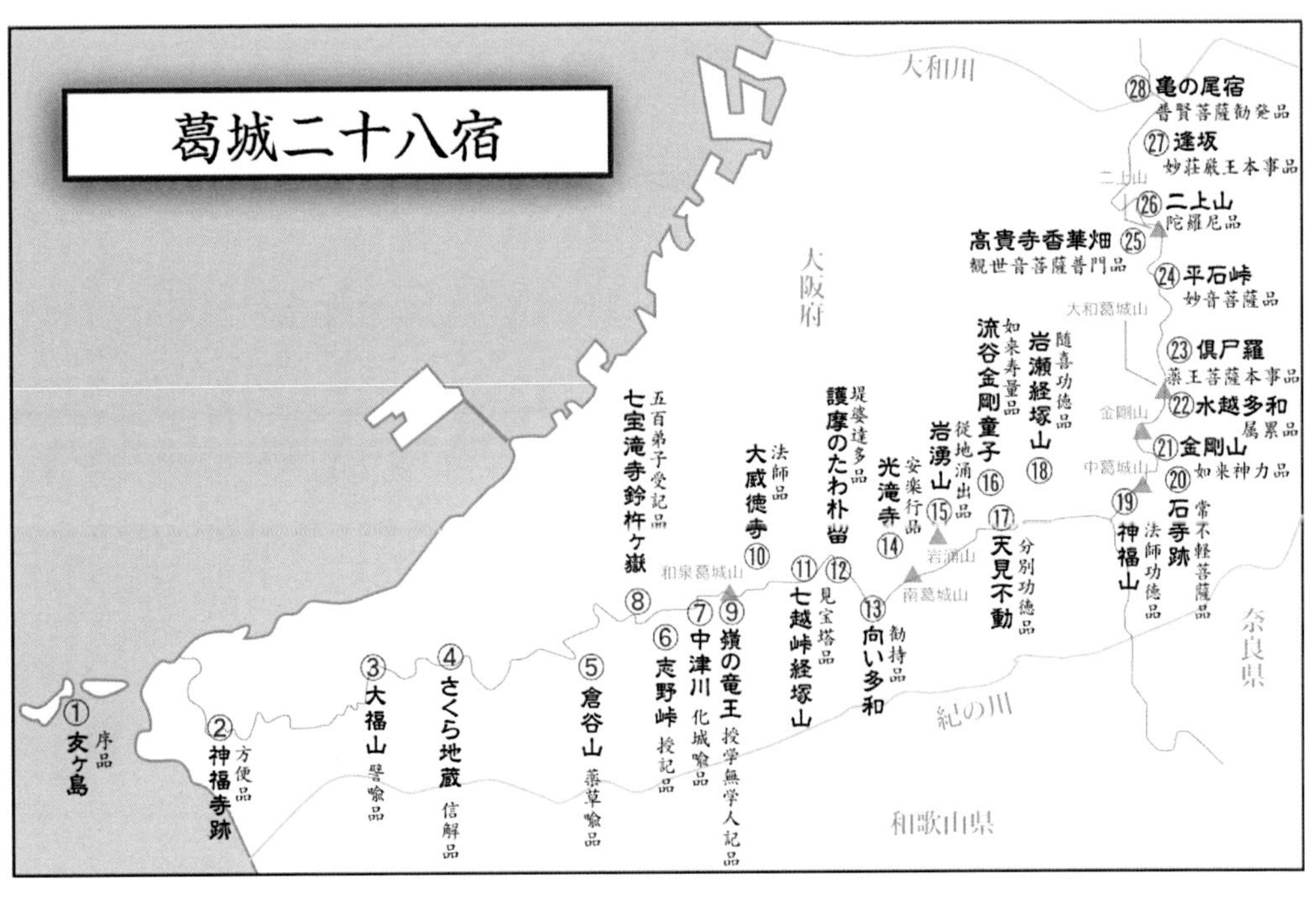

葛城二十八宿
大和川
大阪府
和歌山県
奈良県
紀の川
①友ケ島 序品
②神福寺跡 方便品
③大福山 譬喩品
④さくら地蔵 信解品
⑤倉谷山 薬草喩品
⑥志野峠 授記品
⑦中津川 化城喩品
⑧七宝滝寺鈴杵ケ嶽 五百弟子受記品
⑨犬鳴の竜王 授学無学人記品
⑩大威徳寺 法師品
⑪七越峠経塚山 見宝塔品
⑫護摩のたわ朴畄 提婆達多品
⑬向い多和 勧持品
⑭光滝寺 安楽行品
⑮岩湧山 従地涌出品
⑯流谷金剛童子 如来寿量品
⑰天見不動 分別功徳品
⑱岩瀬経塚山 随喜功徳品
⑲神福山 法師功徳品
⑳石寺跡 常不軽菩薩品
㉑金剛山 如来神力品
㉒水越多和 属累品
㉓倶尸羅 薬王菩薩本事品
㉔平石峠 妙音菩薩品
㉕高貴寺香華畑 観世音菩薩普門品
㉖二上山 陀羅尼品
㉗逢坂 妙荘厳王本事品
㉘亀の尾宿 普賢菩薩勧発品
和泉葛城山
岩湧山
南葛城山
中葛城山
金剛山
大和葛城山
二上山

のに応えていくには相当の時間をかける必要があると感じました。葛城二十八宿の位置を示す図は和歌山県の観光振興課の作図をお借りしましたが、此処に在る28カ所には和泉葛城山、岩涌山、神福山、金剛山、大和葛城山などの山頂も含まれます。一つの霊地から裏山を抜けて別の霊地へということが出来にくい構造が葛城山地の特徴なのでしょうか。それがなおさらに修行の意味を高めてくれるのかも知れません。

そして葛城修行の最終ステージにある亀が瀬の地向斜が圧巻なのです。歴史に何度も甚大な地滑りを起こした現場です。日本の活発な地殻変動の中でもこの亀が瀬の不安定さは群を抜いています。その上、更に不安定な要素として奈良盆地の全ての水流がじょうごの出口のように最終的にここを通るということがあります。奈良じゅうの水を集めた大和川が斑鳩の里、法隆寺の横を過ぎた途端に急流となり、この不安定な亀が瀬を通過して大阪湾に注ぎます。こんな特異な場所を葛城修験の出口と定めた役小角の底知れぬユーモアに私は驚嘆を禁じ得ません。この28カ所を長い時間をかけて（出来ることならこの近くに居住して終生歩き回ることで）漸くわかる種類の修行なのではないのかと感じました。

ここまで知った上で行鶴の修行について思いを馳せた時に、奥会津から出て伽陀の入り口に立つこと自体が難儀であった上に、そのハンディの中でどれだけの修行が出来たのかということになります。実は答えを言いますと、行鶴にはたった数日しかなかったのです。

23日に転輪山で修行開始とあり、これは伽陀の周辺です。海を渡り序品の友ヶ島に行き、序品窟・観念窟を廻ったのが25日、それまでは伽陀寺町に3泊して近辺で柴燈護摩の修行をしています。26日に移動して第7番経塚の中津川、前鬼谷まで行き一泊、翌日には山越えをして北の大木村、貝塚村から船に乗って帰途に就きます。大阪で一泊、京には29日に戻ります。正直言って「パッケージツアー」の感は否めません。これがこの当時の葛城修行のルーティーンだったとしたら、かなり形式化したものを感じます。それでも吉祥院の好奇心向学心に燃えたメモからは色々熱さが伝わります。そして行鶴が何も書き残さなかった理由も。

この修行が行鶴にとってもしかしたら一生で一度の長旅、一世一代のものだったと想像するのです。修験者行者は確かに健脚で山野を長距離に亘り抖擻するものではありますが、この葛城行ほど大掛かりで出費も半端ではなさそうな旅はそうそう出来るものではなかった筈です。もしも二度三度と行くことがあったらその都度必ず記録は残っている筈です。じっさい、葛城や大峰の峰入りを生涯に何度出来るかが行者の格付けになる世界だったわけで。畿内の修験寺に比して奥州は格段に不利だったわけですから、そのために近場の山々の難所を行場として認定していったという一面もあるでしょう。ともかく大峰や葛城はおいそれと行ける処ではなかったと。それ故に其処を目指す切望感は相当のものがあったと思います。山間の村に生まれ、百姓をして土地に呪縛されている多くの仲間たちに比べて、そういうチャンスが貰えたことが若い行鶴にとってどれ程の幸運だったことかと、好奇心、向学心が相当に燃焼したことだろうと想像するに難くないのです。

そうだな、夏山老人が突然目を開けた。その行者の一行とは儂は京都で出会っているよ。さっき写楽の役者絵が流行った年と云うのでピンときた。儂はその頃は寺廻りに凝っていて、それと祭の山鉾が見たくて暫く京に暮らしていたんだよ。春先だったよ、花が終わった頃だ。寺町の古本屋の店先で儂が掘り出し物を物色していると行者の集団がワイワイやって来た。山伏の装束も珍しくはないが東国訛りの強い物見高い連中が随分固まっていたからな。あの中でひときわ背が高い痩せて浅黒いあいつのことだろう、行鶴っていうのは。他の年長の者たちを店先に待たせて荻生徂徠の「訓訳示蒙」を買いたいと店に熱心に値の交渉をしていたな。理知が立って角張った表情は厳しいが目の明るい若者だった。そばに立つ儂を余程よぼよぼの老人と見くびったのか、気にして場所を空けて呉れた。そんな反応をしたのはあの男だけだった。他人をよく見ている男。だが儂とて古本屋の店先では年齢などなくなる。掘り出し物を狙ったただのカタキになるから楽しいんだ。腫れ物に触るように変に労わられるのが気に喰わないからワザと粗野にパパパッと動いてやったら吃驚していたな。でも白い歯でにっこり笑った。あれが行鶴だったんだな。

修験者ですが、何か？

なんでもどんな分野でもそうだが門外漢という言葉が示すように中に居てドップリ内輪にいる人間から見たら外から分りもせずガヤガヤ言っているものほど馬鹿馬鹿しいものは無いんであって、修験者のことなんかもマサシクそうであって、峻険な山を自在に案内する先達というものの能力というものが、大自然の中の山の中の行程にとって有難いものであったか、その権威というものが如何に途轍もないものであったか、結局そこらへんは内々にいたものでない限り分からないのだと思われる。私自身は行者ではないが、行者の家に生まれ先祖の歴代の行者の仕事、能力発揮の数々の逸話を見聞きするにつけそのことを感じるのである。

行者ではないが一種そういう鍛錬を受けたと思われる人物として源義経という人がいて、五条大橋で欄干を飛んで見せたり、鞍馬の山で天狗と遊んだりという挿話、屋島の海戦での八艘飛びとかその軽業師的な挙動が禍々しく取りざたされるが、ここにある「軽」＝瞬発力、「業」＝技術力、「師」＝説得力という三拍子がまさに行者＝天狗の本質だと私が聞かされて来た事である。義経の安宅関を超えあっという間に平泉に着いているようなワープのような時空感覚も山伏的である。修験者とは確かに易々と時空を超えるのである。先ず必要な答えに辿り着くためには思念の拘りも超えなくてはならない。行者と関われば宇宙観も変わる、逆に行者たるものはそうした期待に応えて当たり前なのだと。そんなことを聞かされて育ったものである。

改めて、虚心に自問する。

会津に来たこの方は本当に以仁王だったのか。それとも誰だったのか。あるいはその人が「以仁王だった」のは何故なのか。それは詐称だったのか。それなら何故そんなことをしなくてはならなかったのか。

根本を揺るがす質問が次々に内攻する。なぜ会津に滞在の間ずっと命を狙われ続けなくてはならなかったのか。これは普通に全く不思議なことだ。それが治承養和の１１８０、８１年ならば当然であろう。以仁王は令旨発布、挙兵時点で平家陣営に取り最重要のお尋ね者だった。そして死亡確定がいち早く出されたのも同じ理由だが、とにかく何処かに生きていて欲しくない人物、万が一生存していたとなったら様々な隠滅事項を背負わせたことが水泡に帰してしまう。ペルソナ・ノン・グラータ。好ましからざる人物として是非とも完全に消滅して貰わなくてはならなかった人物。しかし、そのことにそれほど重要な意味があったのは当初の一時期だけである。父後白河によって天皇権に対し公然と弓を引いたとして「罪を確定させられた時点で」以仁王の役目は完全に終わったのである。だから宇治の後どちらに逃げたのかとか綺田で落命したのかとかそういういちいちの事実の検証ではなく以仁王（および頼政一党）は早々に完全消滅し乱の終息が確定した以上、その先のことはもう「波が立たないだけ」でいいのだ。ひどい言い方だがもう役目を終えた命、誰の関心事でもなくなったということなのである。

そして会津はその直後の話である。あれこれ情報の行き違いはあったとしても、以仁王の命を求める主体としての「平家＝清盛」は目的を遂げているのだから。さらに以仁王を捜索して亡き者にしようと頑張る理由は余人の誰にも見当たらないと思うのだ。それなのに会津で執拗に付け狙う平家勢力があるというのは何故なのか。

そもそも奥会津は通過点ではなく目的地だった？

以仁王の会津行路、その迷走ぶりを初心に戻ってじっくり眺めている。まずあらためて会津が越後に行く通過点という前提に躓く。ヤハリ迂回の理屈が立たない。会津自体に以仁王を呼び込む何かがあったのだ。それが隠されて見えなくなってしまっている。以仁王がそれを理解してワザワザ会津に入ってきている何か。それが何だったのか？　そういうもの無しにただ人の眼を逃れるために人はこんなに遠くまで来はしない。そこまで根を詰めたりはしない。旅をしてきた理由。それが会津の中に隠されている。たぶん今でもそれはあるのではないか。目に見える形で其処に在るのじゃないか。そんな朧げな感覚が私の気持ちの何処かにある。

私がずっと気に掛かっていることはこの以仁王の来臨に半世紀先行して龍王院の祖先の行観が奥会津に土着したという事実、そしてその理由である。行観もまた会津の何かに引き込まれて入植してきたのだ。私はかつて行観の会津入りが永久年中（１２２０年頃）と伝えられることから、発足して確立したばかりの聖護院教団が熊野権現を全国に勧請するひとつの先鋒として入って来たと長い間信じて来たのだが、よくよく調べるにつけ聖護院がその時分にそういう思想的独立性というか、例えば山門と寺門の間にならぁ、袂を分かつ教義教理上の解釈の議論と云うものがパワーポリティクスとは別に存在したようには、くっきりと三井寺から分流したものではなかったと、いわゆる宗教思想の核力をもって普及浸透に奔走するような種類のものは無かったということがだんだんに分かって来た。聖護院はもともと白河法皇の熊野への偏執的な拘泥が生み出したひとつのシステムではあったがその時点で思想上の独自性があったわけではなかった。院権力の従属物でありまた寺門三井寺の下部構造ではあったがまだ創設者増誉の特殊な特権性が院政宇宙下で突出していただけのものだったという見方に依るのでいいのではと。私は龍蔵院が中世時代にも長く葛城修験に依拠してきた行動形態から、当然発生的にも本山派

＝聖護院という固定イメージに縛られたが、聖護院がそのように作用しだしたのは中世以降の支配や収受システムの確立と相まってからのことでありこの初代龍王院の段階で若い学僧が宗教的大望を抱いて日光から南奥に入山したことは事実としても、それが聖護院教団の先鋭としてという考え方は勇み足であり修正を余儀なくされたのである。それならば行観は何を目指したのか。そもそも山伏というものの抖擻自体の意味は何だったのかを見直さねばならなくなったのだ。

焚くものがあるから焚き付けられる。

なぜこの世に修験道は発生したのか。エネルギー源があったから物事は始まったとふつうに想像してみる。そこに古来あった「何か」が大陸から半島から来た別の「何か」と融合して具現化したものであるのは間違いがない。鼻祖の役行者小角の魔物じみた掴み難いスケール感がそうなのであるが、それは大陸勢力の日本進出のもっと大きな動機である潤沢な鉱産資源に魅せられて、という簡潔な説明が私の実感としっくり来る。

東日本にもともと豊潤にあり大らかに並べられていた貴金属に目を付けた武力介入が一つの弥生文化と呼ばれる略奪と囲い込みの濁流だったわけだが、一方でこの鉱脈を探査発見するダウジングの能力、そしてそれを製錬・加工する技術は不可欠なものだった。経験と学習能力すなわち大いなる理知を必要とする。しかしそれよりも前に天性の超能力のあるものがより早く頂上に到達する。この能力を日本の風土の中でより良く磨き開花させたものが修験者というものではなかったのかと思うのである。

大陸から抱朴子のような老荘的な世界観は当然同時に入って来ただろうし、神仙術の指南というものが技術習得の示唆だったことは想像できるがそれは日本古来の自然観・世界観とはかなり異質のものだったことだろう。

自然が滲ませてくるありのままを享受して共棲するのが修験者・山伏だと思われ、その周辺に衒いや粉飾や禍々しさが発生してくるのも当然であり、それらを合わせて身に纏う包容力・包括力がまさに必須の能力であるということ。龍王院の歴代が当たり前にやって来たことなのである。当たり前にやれたから今日があるというだけ、シンクロニシティでも何でもない。

日本列島は地質変動の特異点でありそれゆえに鉱産資源に恵まれている。特にフォッサマグナ以東の東日本には金銀銅の大きな鉱脈がそこかしこにあった様に聞く。その豊潤については東国に原始から住んでいた至って気の良い種族にとってはちょうど美人が自分の美しさを知っているように「当たり前のこと」だったのだ。それが侵略を生み、根本的な民族性の差から、埋められない確執を生んでいるようなことがあるのかも知れない。

西に来襲した大陸の方法論思考回路が東進し、途中の地域に居た人々は戦って滅ぼされたり、恭順隷属を誓わされたりして平定されていった。そして最もまつろわぬ者たちが東北に集まりより強固に凝集し、此処に元々居た至って気の良い者たち、それに生まれは西だがシンパシーを持って出入りする者たち。そうした合同所帯が融け合って来たのがこの辺り「会津＝人が寄り合う港」の歴史なのではないか。虐げられ傷ついた者を受け入れる休息の場所。互いのパスワードを顔から読み取り（顔パス）、人見知りより顔見知り（人の中身を顔で知る）、一瞬にして敵味方を峻別して一致合流する。それはどんな世界だってそうだろうけれども特に武骨で優しければ信頼できる。其処に魅かれ、納得して関与した人々が内に醸成させた文化を息づかせて残せる場所でもある。

そうした沢山の人々の中で私が特に気になるのは宮中の諍いで東北に左遷されたが変死して、のち雀となって帰京したという「面倒臭い」言われようをしている藤原実方なのだが、この人が東北で金属探査や冶金と関わったという「みちのく伝承・実方少将」（相原精次著）という本は実に面白かったし、我が龍蔵院の一族は実方が陸奥で儲けた泰救の子孫という言い伝えがあってそれは熊野新宮の方の系統であると。そういうことなら実方からほんの百二十年後の行観にとって懐かしい先祖の場所へ向かう回帰のベクトルだったのかも知れない。

結論から言ってしまえば以仁王を会津にいざなった者たちは、こうした山道のルート上に居た人々のネットワークであり、それが安全で自分らも納得できるという山の民、行者いわゆる修験者たちの恣意であったのではないか。山に良く慣れた者たちが協力すれば質素でも心豊かなフォローが出来る。それは義経の平泉への往復などもそうだろう。峻険な山道のひとつひとつの危険はその山路を知るものにしか分からないし、またそういう山の民にとってはそうやって足元に留意して生きることが日常当たり前のことなのである。しかしその何気ない当たり前の配慮が不慣れな旅の空にある者には涙が零れる程の大きな安心を呉れたはずである。

各地の修験者は日ごろから互いに助け合い意思の疎通があり、一つ一つの組織的な規模は小さくても強固で寡黙なネットワークの集結である。更に言葉を弾ませて言うのならばその強固さとは「反権力」、自分たちの信ずるところだけを信じ、一時的な世の動きに阿諛せず追従しない、そういう山間のエネルギーなのである。それは千年の昔にはとっくに醸成されていたものであったと、修験者の血が私の中で語り掛けてくる。

修験道とは何か?

修験道とは何なのか。入口も出口も分からない質問に又戻ってきている。突飛な話で恐縮だが、その昔トミー・テデスコという名のジャズギタリストがいた。ナンボやっても碌に弾けなかった私が無礼を承知で言えばなのだが、このトミーさんはわが国では少なくともどちらかというと無名のギタリストということになるが、その演奏は突き抜けて素晴らしい。物凄く技巧的でありながらそういうものは自然に折りたたまれていて何気なくて素っ気ない。神の優しさというのか、とても常人のものではなく私はそのカルト性(便利な言葉!)を非常に愛好した。彼の教則ビデオまで購入したが、それはもう「教則」という領域のモノではなくただ唖然と観て、気絶しそうになり、気を取り直してビールを飲みだす。そして気付いたら観ながら熟睡してしまうという何の教則もしてくれないオソロシイ物品なのでありました。ものを知らぬというものはかくも恥ずべき領域に人を連れ出すものでそれをシロウトの浅ましさと呼ぶ。そしてこのビデオのタイトルが「生活のためのギター」という。観る当方には「神がかり」だが彼にとっては「生活」だというこのギャップの皮肉は止め処がない。酸素ボンベが必要な最難関の山に行っても、暢気なシロウトは意に介さない。そんなバカ者に対して麓でキノコ狩りをしてさっさと帰りなさい。来たことにはしてあげるからという懇切な指弾を受けても馬鹿だから治らない。

修験道とは何か？　それは宗教思想の形式？　流儀、様式、制度、スタイル、実践？　そんな言葉のどれでもない、と歴代のご先祖様ならハッキリと「それは生活だ」というだろうと思う。山野を抖擻（トソウ）する行為。道なき道から道を見出すという創造性の高い仕事だと言うだろう。ただそんな問答にウスラ関わるかどうかも知らない。むろんシロウトの私に論ずる資格は無い。私の言うことは実践という支えのない薄っぺらのもので笑い飛ばして頂くしかないものだが、反面「この命あるはご先祖様の日々の生活努力の賜物」という感謝の念は憚りながら常時私を突き動かす。

修験者、行者はどこから現れたのか？　持論の展開で恐縮だが私がコレと並べる行者とはまず「小角、泰澄、円仁、義淵、良弁」の五人を指すが、この人たちの共通点は社会的活躍云々の前に神通力（超能力）を生来持っていた点にある。社会への馴化、才能の開花、そういうことはハナから何も無い者には考える必要もないこと。まして努力によって獲得できる超能力などというものは笑止千万だと（残念ながらも）思うんである。それほどこうした人々の突拍子の無さは際立っていると、（それをいちいち此処には並べないが）そうした説話集をあれこれ読めばいいいんだろうけれども、そこに誇張や都合で盛りを多くしたとあれこれ斟酌した見解もあるだろうけれども私はそういう部分は面倒臭いと思ってしまう方であるから。

この5人、行者ファイブの筆頭に挙げた役君、役行者、オヅヌは渡来人である。大陸系の3世あたりだと推定しうる。具体的には、私の信じて脳髄に構築されているストーリーは以下のようである。

ミニ役行者伝。

役小角。小柄で頭の先、額が尖っていた。前頭葉の異様な発達、ここからオーラが発光する。容器の形質の差は膨満する内包物の差異である。分子構造に異常が生じ、それが機能そのものに波及したものか。因果どちらが先かは分からないが理由と構造が一体化した時に神智は最良に働く。役小角は妥協を許さない。世間のフィルターを通過させれば大概のことは意味を失う。依って他者と交信せず独行するようになる。あの「だよね」という無闇に安直な合意が小角は何より嫌いなのである。奥の奥、底の底まで議論し尽したとしたって何も納得は得られないかも知れないのに入口で軽い感じで「だよね」「ですよね」が出て来る。つまりこれは売り言葉だ。だから腹が立つのだがそういうことを言う連中は何も深くは考えてはいないのだ。さもなければ碌に喋る気もないのに「直観的に」会話は無理だと早々に判断し、喋り合う前に答えを決めてあるのなら意味など正確に噛み合わなくてもそれはどうでもいいわけだ。そんな手合いの第一声が「だよね」だと知れば小角の座標は自ずと定まった。まあ氏素性の知れた同士ならへそ曲がりと言われるだけのことだ。何の問題もなかった。

小角は渡来人である。もとは半島か大陸の何処かか。こっちに来たのは彼の数代前でそこから転々とした挙句この葛城の山中に居付いた。渡来人の仕事はコレと定まっていたわけではなかろうが基本的に技術分野であった。土木技術という具体的なこと以外にシステムの導入と機軸の変革ということがあったのだろう。ハナからエキスパートとして鳴り物入りで来日した人もあっただろうが、多くは半島特有の不安定な政情に炙られて亡命を余儀なくされた者であって、小角の家もまたそうであった。しかしこの国に来れば昔から異なものは懼れ尊敬する風土だから、外国人ランクとされればある以上のリスペクトの中で暮らせる。居場所が発見できたらすぐに安住するのが適応力というもので原虫でもウイルスでもそういうのは伸びる。ということは、先住ヤマト民族（正しい言い方かどうかもわからないが）にとっても恰好の共棲相手ということになったのかも知れない。まずビクビクしながらも歓迎し、敬い、そして面白がるという原日本人の良き性質とマッチしたのではないかと直覚できる。

土木技術者と一概に言ったが、要すれば「今までに居なかった人」。見たことのないメディアを導入し、新奇なアイディアを提示してくれる人々。それは架橋や建築の領域はもちろんのこと、制度のアレンジだったり、アート的な分野だったり、愉しみのフォーマット作りだったりもしただろう。要するにプロデュース的作業、無から有を作る技術であったと思う。装置というガワの部分と方法・表現の発見というソフトの部分が互いにフィードバックしながら発展していく。文字・言葉というのもそうだっただろうし、リズム・メロディーと楽器の発明などということもあったのかも知れない。そしてそこに「タマシイ」が存在していることをまず前提に疑わないところがこの国の始めから優れていた部分と良く調和できたときに爆発力を発揮したのだと思うのである。

例えばあの前方後円墳のたのしい形。なんでこの形になったのか諸説あるというが、私はこれをデザイナーのシャレとみてしまう。あの形の根底にある「アーティストの遊びのような楽しさ」に着目する。日本にしかない銅鐸の形、あれを平面に投射したものが古墳なのか。そして増殖するモノの名前、或いは恋のパターン。心を刻む七五調というリズムの諧謔と悲しみ。今日に残るそうした様々の事柄から私には明瞭な一つの到達点を感じた。この国の神髄、先ず自由闊達があったのだ。自然を敬い享受する心から出発した純粋さ。今一番、反吐が出るほど重点的に汚された、とんでもない事実に激昂が止まらなくなる。今日の日本に残る、ゼッタイに揺るがないものを確認せよ。日本の原風景を再発見せよ。プロデュースせよ。それは此処に棲む我々の内に元々あるものだ。自由に発明せよ。くだらない思い付きに見えるほど価値はある。それを自由に出せる者を称揚せよ。天才と民族の前途をゆめゆめ邪魔などせぬように。

行者とは、修験者とは、無から有を作る仕事。私の２６代前の開祖、行観はその覚悟でこの奥山に入り、続く行誉・行遍父子はその同じ覚悟で、この山に訪ね来た見捨てられた皇子を歓迎したのだ。

森の奥のほうでは、

きゅうに強い風が吹いて、木がざわめいた。こいつらはいつの話をしているんだろう。何の話をしているのかも聴こえなくなった。夢なのか、よく見る風景。よく出かけたその深い森に私は居るのだった。最前から小さな呟きが聞こえていた。だいたい深い森にはいつからそこに生きて来たかわからぬほど昔から生えている老木霊樹はざらに並んでいるものであって、彼らは人の言葉のような嘘ばかりの低俗のシグナルは解さぬ代わりに、死を賭したギリギリの生き物の気持ちならば吸い溜めて置くのだという。その想念の強ければ強いほど印象は深く、霊樹はそれを吸収し年輪の間の特別な襞に溜めるのだと。彼らは滅多に口を利かぬが時折我慢が出来ず、木霊という残響に紛れて大声で秘密を吐露するらしい。

私と云えば夏山老人との問答に馴染まされて妄想を積み上げることに夢中になっていた。今も森の中を歩いていてその通奏低音のようなさざめきには少しも気が付かなかった。しかしかなり長く此処に居た為なのか何かが表層に上がって来た。以仁王の行路を意識してダウジングをするように少しずつその辺りを歩いていると何か残響のようなものが聞こえてくる事が分かった。それはダンテの聴いた地獄の歌のように私には快く響いてきたのである。定型的であるとか韻律を揃えるというのはそもそも歌われることを前提にするからだ。

確かにそれは拾い集めればまるで歌の文句であって、古来この国にあった呪詛としての歌謡の語彙やニュアンス、ちりばめられた序破急のリズムは言葉の歴史に詳しければ分かろうものだが、残念ながらそうした素養を積まなかった私の耳ではせいぜい知っているボキャブラリーやリズムで聴き取るしかなかったのだ。

「鴨長明のグッジョブ」

なぜかそう聴こえた。さわさわした森の下草の萌える音に埋もれながらもひょんと耳には引っかかってきた。鴨長明か。その当時はなんと呼ばれた男だったのかな。「ああ蓮胤（れんいん）さんならよく覚えているよ。」老人の声だ。長明などと呼ばれたのはずいぶん経ってからだ。そうですか。それなら以仁王がそう呼ぶ筈は無い。だからこれはもっと時代の下った別の誰かの想念だろう。地層のミルフィーユのめくりの回数が違ったのだ。

・・・スザザ　とにかく　何かが聞こえる　さいぜんから誰かが何かを喋っている　切れ切れに聞こえる　誰の声だろうか　それを確かめたくて　知りたくて　鉱石ラジオのチューナーを注意深く回している　バツンと奈落　ザーッと局間ノイズ　溢れ　また途絶える　そして突然　若い男の独白が飛び込んで来る　あ　これかも

遠くから聴こえる声がある。

ささら、たたら。夏のあたたかな野辺に横たわり、そのまま寝入ってしまった。
やがて日も暮れ。草の露のひとしずく、ぽたりと目に落ちかかり。
その冷たさに。くっきりと目を覚ます。
何処をどうやって此処に伏したものだったか。それが思い出せなかった。

ただ遠い記憶が近くなる。いにしえの夏の日にも同じように横たわって、
同じ草の葉を間近に見つめていたことを思い出す。

でもその時は・・・確かに多くの死者に交じって息をひそめて。隠れていたのだ。

そういう戦いのあくる朝は落武者を狩るということがあって。土民が金品を奪おうと襲ってくる。

いくら死んだふりをしたところで、先ずはとどめを刺そうとする。つまらぬ懐中物を取りたいばかりに。

そんな輩が必ずあるから結局こんな場所からは生きては出られないようになっているのだ。


ここは何処なのか。

巨椋池なのか。いやそんなことはあるまい。贄野の池などでもない。

ここはもっと山深いところだ。そして大きく安心な水量が湛えられている。

暗い山かげだが恐ろしくはない。
大らかで　静かで　恬淡とした
私の好きな場所だ。

2　事の全貌

男の子に生まれちゃったら。

さてもさても、これから一人の男の生涯について長い歌を歌うけど、その前にこの男も所属していた筈の「男全般」というものについて少し語っておきたいんですよ。男の子が幼児から少年と呼ばれる年齢になると俄然自国他国の歴史に興味関心を持ち、特に英雄というものには無条件に心服する。特に気に入った英雄のエピソードを知るために次々と本を読み、様々な知識が積みあがってくると、それを友と喋りあって盛り上がる。この時期が実に大切だと思うわけ。英雄を探す時期というものが。

それから怒涛に襲う思春期。英雄など居ないと知り、自分仕様の根拠を探して右往左往します。やがて大人になり否応なく社会に組み込まれ、挫折と辛酸をなめ、心の形を矯正されながらも、どこか心の深奥でこの英雄崇敬の思いはごまだらに戻ってきます。それは燻り内沸し、様々にデフォルメされながら一生付きまとうのであり、時々酒場の片隅などでちょいとスイッチが入ると語りだして止まらなくなる。

人生局面、偶々対峙した相手と熱く騒鳴して雌雄を決せんといきり立つ。そこでは感情移入のない単なる知識、ヒケラカシのようなものは持ち出せない。あくまで崇敬する特定人物が彼の局面でどこまで深く懊悩したか、そして大勝利できたか、あるいは非業の死を遂げたか。そのことを自分という座標軸で声を震わせ誰はばかることなく語り尽そうとする。そういうことを飽きず行うことが、男のひとつの骨頂だと思うのである。

歴史研究を一生の趣味と宣言して強いアンバランスな思い込みの中で生きている。そういうのが、男の種類としてひとつの群れを成していて、不肖この私もそこに所属しているのである。下手の横好き、素人丸出しということだが、どこが悪いかと内心びくともしないのである。

こうしたアプローチにおいては歴史の魅力とは「人物の魅力」に他ならないので、人物が個性を発揮しやすい

「動乱の時代」に人気が集まるのである。具体的には「幕末維新」「戦国時代」そして私が特に贔屓にしているこの「源平争乱」も間違いなく大きな転回点であり、頼朝、義経、清盛、後白河…枚挙にいとまなき何百何千の思惑が絡み合った面白い時代だと思うわけである。え？　講釈はもういいって？　無駄話が多い？　こりゃどうも。おそれいりやす、オデュッセウス！

おもむろに、緞帳が鈍重にもちあがる。

（柝）（口上）サテお待たせしました。愈々、ここからは「いわゆる歴史」に知られた以仁王の人生を辿って参りたいと思います。「平家物語」の語る流れに沿って「事件のあらまし」「そこに至る因果の絡み合い」更に「周辺の人間模様」という大雑把な仕訳で道草を食いながら進めて参りたいと思います。

ずいぶん手間取ったな、老人が笑った。

まあそうなんですが、以仁王のストーリーは私から見ると尽きせぬアングルのあるものなので、伝説と呼ばれている領域のことも含めて彼の行動の背景と云うものは「事件に至る因縁の深さ」を多面的に考えないと分からないことですし「事件の顛末そのもの」についても刻々と色を変えてゆく状況変化を一つ一つあげつらって「細密画」を拡大して書家の筆の捌きを視る様に行きつ戻りつさせないといけないものだと思います。とは云え様々な細部を同時進行的に叙述することは私のそぞろな理解力・集中力では及ばないのです。

さてそういう訳で、ここから一つの大きな原典である「平家物語」を読み返してみたい。夏山さんにはご承知のことばかりで恐れ多いんですけれどもここは一つお付き合いを願いたいと存じます。

イヤそのことだが遠慮することは無い、実は儂も平家物語と云うものを読んだことがないんだよ。新鮮だな。
老人はいともあっさりと言ってのけた。

「夏山さん、ご冗談でしょう?」

いや物語などは知らんということだ。だけど三条宮の騒ぎはよく覚えておるよ。儂の周りでも色々な事があった年だったのでね。いや、それよりずっと前から生きておるんだよ。儂のことを聞きたいのか。儂は小松の帝。光孝天皇の仁和二年に生まれたと聞かされている。正確な日付も場所も分からない。捨て子のようなものだったらしいからね。それからずっと生きて居る。死なない秘訣っていうのも知らないが、まあまだ死にたくないと思うことかな。もっと先のことが見たい、いまのこれがこの先どうなるのか、ひとつ先でいいから見させて貰いたいと願うことだろうかな?

知ることは本当に楽しい。そして儂は知ることと引き換えに、思うことを止めた。何かを感じるだけで十分であって、それを思うことはしないようになった。ただ知ること、その先のことを更に知ることをただ楽しめばいいと分かったのだ。まあともかくそんなことで儂はここまで生きて来た。

【老人のプロファイル】
姓名:夏山繁樹（本名）　生年:886（仁和2）年。　以仁王事件の1180（治承4）年には数え295歳。2020年には数え1135歳。ちなみに先輩格の大宅世継さんは876（貞観18）年生まれ。この人とは治暦の頃、紫野の雲林院で雑談してから千年近く音信不通らしい。

それって物事を知って良く覚えていれば楽しく思い出すことが出来るっていう意味でいいんですか？

まあそういうことだ。しかしそれを語れるかどうかとなると、そうなるとだいぶ違ってくる。語るっていうのは別のエネルギーだからね。そうだな吾妻鏡か、そんなのがあったのか。あの青侍めが纏めたやつなのかな。出来たら儂らに見せるとか言っておったが、その後連絡は無かった。いやそうじゃないな、それじゃないんだろう。まあいい。そういう話の中身っていうのは思い出せないな。そんなに書物は読まなかったし、だいたいそういうところに書いてあることはアテにはならないよ。見て来た奴に訊くのが一番だよ。だいたい見て来た奴も嘘を吐くがね。その聞いた話を書いてまとめる奴らは本当の嘘つきだ。元々の嘘をもっと酷い嘘にする。十中八九は嘘。いやもっとだな。千に三つか、いや万に八つぐらいしか本当のことは書いてない。だから儂のような正直者には向いていないんだよ、乃公を措いて他に誰がやれるかとかだな。措く能わざる。奇貨居くべしか。そういう半端な自負が凡夫には滲むから、そんな風に思いつめないほうが良いんだろうがな。

平家物語「巻四」と以仁王

さあ入っていきます、「平家物語」です。ここでの高倉宮以仁王のエピソードは「巻四」に集約されているんです。宮は此処で登場し、ここで退場してしまいます。此処にかくかくの人物が居りますと、その存在が突然告知されたかと思うと、あれよあれよとそのまま急激な動乱にもみくちゃにされ、遂には殺され、死後の沙汰までついてしまう。平家物語を大河ドラマにたとえるならばたった一話で完結してしまいます。宮は此処にしか登場しない俳優です。しかし大河の多くの急流の中でも特に激しい流れと言えるこの部分。序盤の不穏な幾つかの導火線の火花、事態の露見からはたった十日間ほどの出来事でありますからスピード感があるのは当然とは言えましょうが、あらためてクローズアップしてみると、話の決着に向けた書き手の焦りというのでしょうか、異様なまでの慌ただしさを私は感じてしまうのです。

「平家四之巻」は諸本により若干の食い違いがあっても概ね十六のエピソードで構成されています。異本の中でも「源平盛衰記」は全体量が多く、そのぶん細部の不一致点も多いけれども構成の流れはおおむね同じです。ともかく最も流布された覚一本を基本にしてその各節にたいし便宜的にA～Pと符合を振って、夫々の内容細目の箇条書きの形にしてしてみましたので目を通しておいてください。この中で特に以仁王が色濃く登場するのが、C、E、J、K、Lの5節なので、あとでさらに細かく見ていきたいと思います。

A　厳島御幸（いつくしまごこう）

①治承4年2月。高倉天皇は安徳天皇に譲位する。平家の威光の絶頂。

②同3月。高倉院、厳島参詣を清盛に提案する。

③出発に際し高倉院、密かに父後白河院に面会する。

B　還御（かんぎょ）

①厳島参詣を終え福原を経て帰京する。

②4月。安徳天皇の即位。これを異例とする風評がたつ。

C　源氏揃（げんじぞろえ）

①4月9日。頼政、以仁王を訪れ諸国源氏の団結を語り、平家討伐を進言する。

②以仁王の逡巡、占い師の一言で決意。令旨を熊野新宮の行家に託す。

③熊野本宮の湛増がこの動きを察知。新宮・那智に宣戦し大敗。

D

鼬之沙汰（いたちのさた）

①　5月12日。鳥羽殿で鼬が騒ぐ。後白河、陰陽師に占わせる。

②　三日以内に吉事と凶事があると陰陽師は言う。

③　吉事とは：清盛が後白河の幽閉を解く。

④　凶事とは：湛増から以仁王謀反の一報が届く。

E

信連（のぶつら）

①　5月15日、夜。以仁王、頼政の知らせで三井寺に脱出する。

②　検非違使が以仁王を捕縛に来る。屋敷に残っていた長谷部信連の孤軍奮闘。

F

競（きおう）

①　頼政の謀反の理由：息子仲綱の愛馬を宗盛に召し上げられ恥辱を与えられたため。

②　5月16日夜。頼政一党、三井寺に向かう。

③　手下の渡辺競、宗盛の愛馬を騙し取り仲綱の恨みを晴らす。

G

山門牒状（さんもんちょうじょう）

①　三井寺宗徒、清盛討伐を決める。

②　延暦寺に協力を求める牒状を送る。

H

南都牒状（なんとちょうじょう）

①　延暦寺は協力しない。背景に清盛による買収がある。

②　興福寺にも牒状を送り、こちらは協力すると返事がある。

I

永僉議（ながのせんぎ）

①　22日。三井寺では六波羅の清盛を夜のうちに襲う計画が進められる。
②　しかし平家に通じた一如坊の阿闍梨真海が引き延ばしにかかる。
③　乗円坊の長老、阿闍梨慶秀、強攻論を唱えるが決まらない。

J　大衆揃（だいしゅぞろえ）
①　いざ出立ということで居並ぶ顔ぶれの紹介。総勢千五百人。
②　結局議論で夜が明けてしまい夜襲は中止となる。引き延ばした真海は切られる。
③　瀕死の真海は六波羅に逃げて訴える。六波羅には数万の兵が居る。
④　覚悟の出立。以仁王は愛笛を金堂に奉納する。老僧慶秀別れを惜しむ。

K　橋合戦（はしがっせん）
①　以仁王は宇治までの間に疲労困憊し、六度も落馬する。
②　以仁王を平等院に入れ宇治橋の橋板を外す。平家の大軍は渡れず川を挟んで矢を掛け合う。
③　三井寺の悪僧たちの目覚ましい活躍。五智院但馬、筒井浄妙、一来法師ら。
④　足利又太郎忠綱、馬筏を組んで川を渡る。

L　宮御最期（みやのごさいご）
①　平家の大軍、次々と川を渡り平等院に乱入する。
②　頼政、以仁王を逃がし自害。息子兼綱・仲綱らも討死する。
③　以仁王、光明山の鳥居の前で平家軍に追いつかれ討ち取られる。

M　若宮出家（わかみやしゅっけ）
①　戦死者の首の検分。以仁王については本人を見知る人もなく手間が掛かる。

② 遺児たちは宗盛の恩情により僧侶になるという条件で命は助けられる。

N　通乗之沙汰（とうじょうのさた）

① 奈良にいた別の遺児も出家したが後に北陸宮として義仲に奉じられた。

② 総括：「帝王の相」と言われて挙兵した以仁王の敗死は占い師の無能のせいだ。

③ 戦勝の平家への褒賞、益々の隆盛。

O　鵼（ぬえ）

① 頼政の逸話。武功では出世できなかった頼政は和歌を詠んで二度も昇格した。

② 鵼を二度退治して名を上げたこと。

P　三井寺炎上（みいでらえんしょう）

① 後日譚：平家による三井寺への徹底的な報復。焼き払い。僧への厳罰。

② こうした一連が平家の世も終わるという前兆かと世人は噂をした。

以上が平家物語「巻四」の概略でありますが、このギクシャクした行きつ戻りの箇所箇所から以仁王事件の真相を何とか嗅ぎ出して、会津の以仁王の物語との接合点を探るというのが、まあ其処ばかりを着目するのが私の執着という訳です。「勝者の都合で編集された敗者の真実」を虚心に想像することが可能なのか、こちらの願望で勝手に解釈しただけではただの蒸し返し、同工異曲のそしりは免れないでしょうから。とにかく原典を丁寧にシツコク疑わしく読まなければ意味はないでしょう。

ここでの大前提は、「物語」が如何に騙りたくても「以仁王という人物の個性の芯央までは編集できない筈」ということ。彼の基本的な人物像。実直さ、不慣れなために処々に現れる不器用さ、そして何より残念ではあるが運気の恵まれなさ。そういうリアルな本体と云うものは、いかに器用な脚色家があったとしても弄れるものではない。だからその「証拠のようなもの」から目を逸らさないこと。全体と細部。なぜ要所要所で一見無駄な空転があるのか、全体状況の中で良い立ち回りが出来ずに浮いた存在になり、炙り出され、追い込まれていったのか。じっさいこの世の多くの人は上手くやる、上手くやれなくてもなんとかする。空気を見て良い方向を選択しようとするでしょう。しかし以仁王と源三位頼政は寧ろ逆を行きました。敢えて踏み込んだ、あるいは踏み留まった、その制御の仕方が周りとのちぐはぐ感を生み、結果としてノッピキならない引くに引けない状況にまで追い込まれていったという。何故そういう構造なのか。なぜそこに嵌まって行ったのか。そこから目を逸らさないで進めて行こうと思います。

源氏揃、以仁王の紹介。

まず「源氏揃（げんじぞろえ）」で以仁王がお披露目されます。そこには露骨に、平家派閥を代表した存在としての建春門院滋子の圧力で以仁王が不遇をかこつことになったとはっきりと書かれています。平家物語を読んでみます。

「その頃一院（後白河）第二の皇子以仁の王と申ししは、おん母加賀大納言季成卿のおん娘なり。三条高倉にましましければ、高倉の宮とぞ申しける。去じ永万元（１１６５）年十二月十六日、御年十五にて、忍びつつ近衛河原の大宮の御所にて御元服ありけり。御手跡うつくしうあそばし、御才学すぐれて在しましければ、位にもつかせ給ふべきに、故建春門院の御そねみにて、おし籠められさせ給ひつつ、花のもとの春の遊には、紫毫をふるって手づから御作をかき、月の前の秋の宴には、玉笛をふいて身づから雅音をあやつり給ふ。かくしてあかしくらし給ふほどに、治承4年には、御年三十にぞならせ在しましける。」

ここで以仁王に親王宣下がされず長く不遇であったことの理由として彼の人物や能力は優れていたが、「故建春門院の御そねみにて押し込められ」ていた所為であると語られている訳です。建春門院は以仁王の母・成子のライバルでありますが、この人に比べ以仁王の母の出身が低かったことで親王になれないなどとは何処にも書いてない訳ですが、私が子どもの頃に見た百科事典などには確かにそういう風に書いてあった記憶があって、あるいは別の皇子に比べて出来が良すぎることをそちらの皇子の母に妬まれて出世を妨害される。などという西欧のおとぎ話の継子虐めのような説明に私も長くナントナク納得していたわけですが、よくよく読むと全く違う。ストこれは私として相当に迂闊な話だったとすぐに分りました。ザックリ言えば以仁王の母成子は父後白河の母待賢門院の弟の娘つまり後白河とは従兄妹の結婚であり、身分が低いどころか後白河からすれば母が出た家、実家の娘ということであって低いも高いもありません、母の階級です。しかもこの時の皇室は何世代もこの藤原北家の一支流に過ぎない「閑院家」といういうたった一つの血脈と複雑に絡まった近親結婚の様相を呈していたのです。系図を見れば一目瞭然です。濃密な血の重なりがご理解いただけるでしょう。閑院家から皇室に嫁いだ女性を丸で囲みましたが後三条天皇から6世代の中に8人が密集している事が分かります。しかもその内の4人は後白河に嫁いでいるのです。もともと閑院家はさほど位階の高い家柄ではありません。初代の公季こそ太政大臣にまで登ったもののその後は次第に階級を低め、曾孫の実季（系図最上段）の代には藤原氏の本流から大きく外れており、もはや大きな昇進は望める状況にはありませんでした。ところが妹の茂子が嫁いだ尊仁親王が即位（後三条天皇）したことで一躍外戚となり、その茂子の産んだ貞仁親王が即位して白河天皇になると更に昇格して正二位大納言。その上に娘の苡子が次々代の鳥羽天皇の生母となったことで死後ではありますが正一位太政大臣を追贈されたという破格の大出世です。その実季の強運を踏襲するようにこの家の男子は多く立身出世を遂げますが、

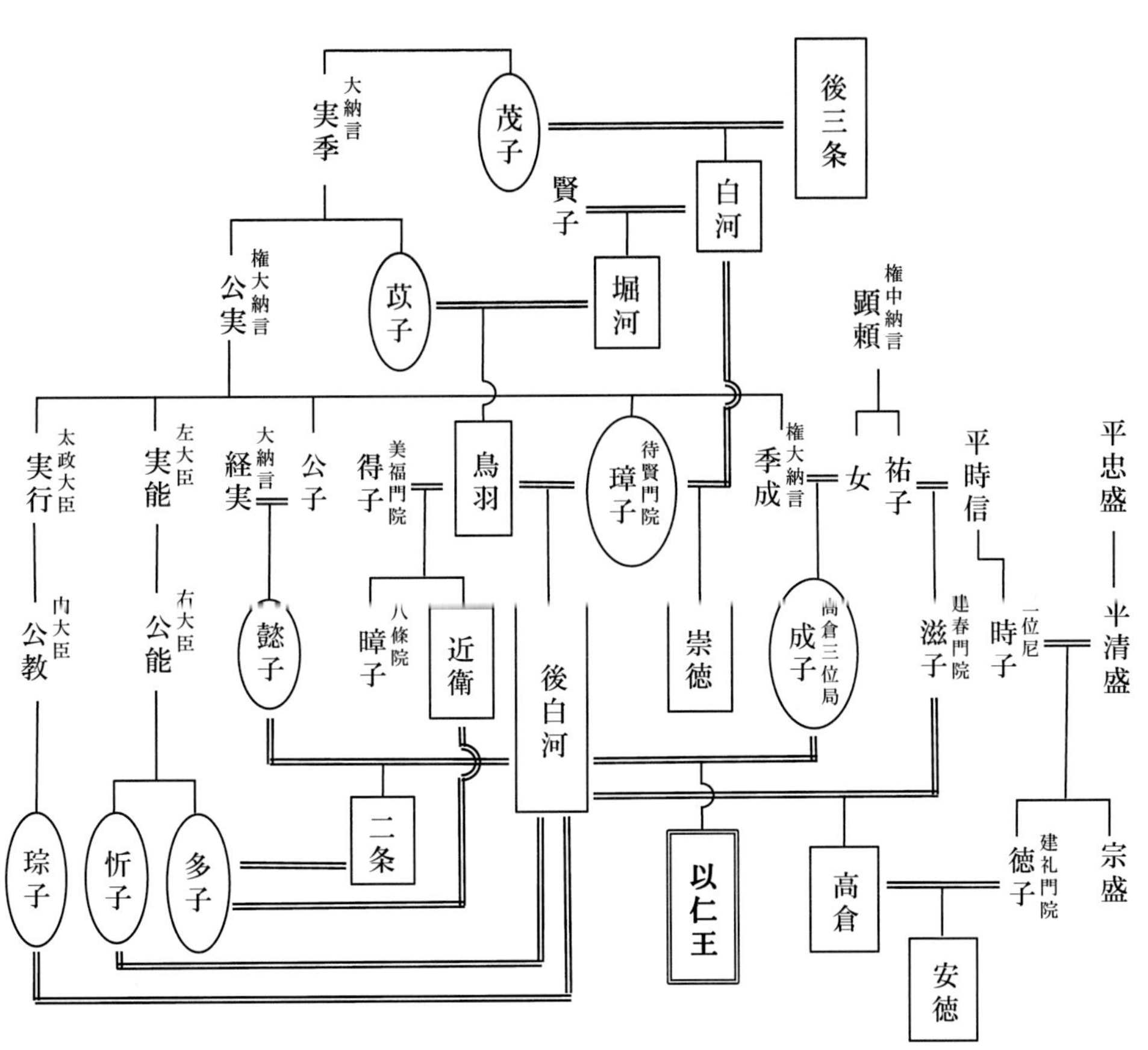
後三条
茂子
大納言 実季
白河
賢子
堀河
苡子
権大納言 公実
権中納言 顕頼
太政大臣 実行
左大臣 実能
大納言 経実
公子
美福門院 得子
鳥羽
待賢門院 璋子
権大納言 季成
女
祐子
平時信
平忠盛
内大臣 公教
右大臣 公能
懿子
八條院 暲子
近衛
後白河
崇徳
高倉三位局 成子
建春門院 滋子
一位尼 時子
平清盛
琮子
忻子
多子
二条
以仁王
高倉
建礼門院 徳子
宗盛
安徳

それも一重に多産安産の女系の潜在力、ウーマンパワーに大きく預かっている訳です。そして代を重ねるごとに油断のないスピニングホイール。それぞれいい感じで運を掴んでいくという、そうした血族内の相互関係が奏功した顕著な例ということが出来るわけで。そこに生まれた以仁王の母成子もまたこの堅実な血の伝統を踏襲して丈夫な子を6人も生み育てた女性だったのです。それに対し建春門院は平家という唐突に横から入ってきた血であり寧ろ「身分が低い」のは此方なのです。ということは「建春門院の嫉み」というものは以仁王と憲仁（高倉天皇）という子同士の能力の比較などではなくて、こうした出自の絶対値に由来した「生まれへのそねみ」だったのではないかということになる訳です。

余談のようですがもう一つとても重要な要素がこの閑院のDNAの話には付き纏います。それはこの一族が美男・美女の家系だったということなのです。先の実季の子、公実。その娘である待賢門院などをはじめとして美男美女であったという記事記載に事欠きません。もっとも美の基準なんていうものも甚だ曖昧な話です。例えば現代の物差しを持ち込んで当て嵌めようとしても違うでしょうけれども、ただある程度の枠というかプラスの属性のようなものは並べることが出来るかも知れないのではないか。それは例えば、背が高く、目鼻立ちがくっきりしていて、色白で、声が明るく良く通るというような。つまり大勢の中で良く目立つ、ひときわ人目を引く存在だったりしたのではないかということです。そういう人物であればより人に注目され、登用され、愛されていくのは当然の流れであるのかも知れないという想像です。（さらに脱線してしまうのですが、尊卑分脈の道綱の母の添え書きに「本朝第一美人」と書かれていた事を思い出しました。美人が必ずしも愛されないという反証のようでもあり、兼家はそういう気後れでもあったのか。勿論「そう書かれてしまう道綱の母」という何かがあるのかも知れず、この世は複雑です。）

ともかく閑院家にとっては「美しいということ」が一つのキーワードだったのは間違いなく、この家のメンバーが局面局面で示す一つの威圧というか迫力みたいなものだったのではないかと。そういう要素が集結して行動の自信を生み、前面に出れば様々な遺伝的特質を発露させる方に導くかも知れません。例えば蹴鞠などの運動能力の発揮もあるでしょうし、芸術の方面では声量声質が良ければ歌に、あるいは楽器の演奏の技能の方面にという風に様々な表出に繋がったのではないかと思える訳です。じっさい祖母の待賢門院にも、その血を色濃く継ぐ後白河においても、音楽の才能は抜群のものがありました。後白河の声の良さ、それは今様という特異な世界への彼の終生の執着を生んだ訳ですし、それが以仁王に受け継がれたとして何の不思議もないのです。

とにかく母の身分が低かった訳でも、本人の能力不足などでもなかったのです。以仁王の秀才ぶり多芸多才については当代の究極の知識人・文化人である九条兼実、慈円兄弟が口を揃えて誉めています。むしろ生まれに起因することと本人具有の属性とを併せると彼はむしろ条件が良すぎた、整い過ぎていたのかも知れないのです。条件が良く更に能力も高く非の打ち所がないがゆえに更に疎まれて居場所を失ったというあたりが真相に近いところではないでしょうか。そしてそうした仕打ちに納得がいかぬと、引き下がれぬと内心の深いところで憤怒を滾らせていたであろうことは想像に難くない。そこにそういう気心を理解できる繊細な武人の頼政が接近してきたということなら分かり易いだろうに、なぜ平家物語はその順番で叙述しなかったのかが不思議なのです。

建春門院の嫉みとは何か

平家物語が執拗に、絡め捕るように以仁王の不遇と居心地の悪さを炙り出そうとするのは何故なのでしょうか。それはこの物語が一番気にしている事として「滅びの蓋然性」と言いますか、因果応報というのか仏法的な社会秩序ですよね。以仁王の「無冠」という負の迫力、その燻りの背景を熱心に語って安心な落としどころを探そうとしているようにも見えるのです。以仁王の燻りの原因を母の出自に求めるというのは先に述べた通り当たらなかった。そこは失敗だったようでも繰り返し喧伝されることで一定の効果は生んだのかも知れないのです。

そして次には「建春門院のそねみにて」というくだりをもう少し考えてみます。母のライバル建春門院平滋子が我が子憲仁を帝位につけたくて能力の高い異母兄以仁王を悉く邪魔立てしたというふうに語られる部分についてです。体感はないですから母性の本当のところは分かりませんが、こうした多重婚の世界。サル山のようなと言ったら不敬の極みと怒られるでしょうが、河合雅雄サル学の「近親婚の回避」と「子殺しのメカニズム」という二つのテーマに挟まったところに幾つかの似た話がある様な気がして、ひっくり返し始めたのですが話が広がり過ぎて一様に絞り切れません。ただ、話はどちらにしても（サルの世界にしても）なかなか際どい。女たちの集団感覚というのが、男の書いた「おとぎ話」では正しく捕捉できないのではないかということなのです。

建春門院にしても以仁王の母、成子の側にとってもことは単純ではなかったであろうこと。女同士が互いをそねみ、足を引っ張り合うなどと云うベタな話の前に「形として」王宮というシステムの護持のバランス感覚がまず問われ、全体の向上のために共闘すること。それが女性という性の持つ建設性、増殖を本能とする性としての常識的な配慮があっただろう。「父系性」の感覚では娘は家を背負って単身他家に入り（父の娘＝出産出張所）として活躍するということになるが女性本人はそんな面倒な手続きで考えるものだろうか。もっとストレートに「子を生す我」つまり生産者の私こそが世界である、そう思うのではないのだろうか。成子の生涯を見てみます。

成子は後白河がまだ雅仁親王の時代、先行きの展開の見えない青春時代の妃です。ただし最初の妻ではありません。親王の最初の妻は懿子といい成子の年長の従姉であり親王からすれば１１歳も年上でした。この懿子は守仁（後の二条天皇）を生んだ直後に亡くなり次に妻にしたのが成子でした。成子の生年は未詳ですが同母弟の公光が１１３０年生まれというところから１１２７年生まれの雅仁親王とはほぼ同世代だったと考えられます。流転する雅仁の運命がやがて彼に帝位をもたらすまでの間、二人はよく寄り添い毎年のように子が生まれました。芸術家肌のエキセントリックな雅仁に成子はどんな伴侶だったのか。その時期の屈託した親王の心、父鳥羽帝から愚者のように軽んじられ、行き場のない心は「今様」への打ち込みに向けられました。そんな時に成子は妃として雅仁の心の揺れにどう寄り添ったのか。気を晴らす受け口足り得たのかどうか。受けきる力が不足していたのかも知れないとどうしても思ってしまうのです。雅仁の内心は枠を超えた同志的な心の慰撫を必要としていたのではないか。そして成子はそういうところから程遠い性格だったのではないのかと。それ故なのか1155年の即位後にも成子は高倉三位と呼ばれたまま中宮にも女御にも昇格できません。それどころか後白河は徳大寺公能の娘忻子を中宮に、三条公教の娘琮子を女御に迎えます。後白河がというよりも「皇位に付いたという立場」がと言ってもいいのかも知れません。立場が変われば人脈もうねりを変えます。それも一気呵成にです。

系図で分かるようにこの二人の父はともに成子の従兄です。つまり二人とも成子の又従姉妹に当たるわけで、これこそどう見たって面当てのように見えます。歴史事典を見ると成子が生涯立場がもらえず軽んじられた背景に「社会的に不遇の父」を「早くに亡くした」ためなどと書いてあるものがあるがそれはまったく当たりません。表を見てください。父の身分と言っても同じ正二位、大臣と大納言の差はあっても甥たちに身分差とケチを付けられるほどの遜色はありませんし、早世どころかライバルの二人よりも長生きしています。没年を比較すれば、季成は自分の娘が追い抜かれていくのを見ながら最後まで生き残っていた事が分かります。つまり成子の不遇は元々の発生的なランクの問題ではなかったとする方が私には分かり易いのです。成子本人の、そして末っ子の性格を強く持つ父の、さらに成子の弟公光の生来の押しの弱さや処世の不器用さが後白河の奇矯とも見える屈託した暴走感にどうしても追い付けなかったからではないかというイメージがあるのです。かといって、個人の性格が居心地の問題にそこはかとない影響を与えるのは間違いないとしても、それのみで組み立てられた単純な問題ではない筈です。少なくも成子は後白河の子を六人も産んでいるのです。これはザックリ言えば他の誰よりも多く愛されたということ。どうしたって実績であり、強烈な背景力ではないですか。

	父	父の位階	父の生年	父の没年
成子	季成	正二位権大納言	1102	1165
忻子	公能	正二位右大臣	1115	1161
琮子	公教	正二位内大臣	1103	1160

建春門院が我が子を皇位につけることを女同士の見栄の抗争とみていたのかどうかは分かりません。ただ「父時忠、義兄清盛の意向として」とか「平家一門の繁栄として」とかが基準だったとは思えないということなのですが、どうも話が堂々巡りしてますね。こうしたときにはもう少しデータを探してきて読み込まなければならないのです。誰が建春門院のことを何と言ったかの詳細な全体が分かること、それが知れれば実に助かるんですが。それは先ず「たまきる」なんかをそう言う意図で微細に読む事なんかが求められるんでしょうけれども、今走り込んで行く所かは分からない。ともかく同時代の証言を探すしかない、日記以外にも、女房歌人たちの和歌に片鱗が残っていないかとか、歌合とかもそれは追々やっていくとして、私なりの直感をまとめておきたいと思います。

何故対立が生まれるのか。対立があったと想像する方がしっくりするのか。それが本当に家同士、一門同士の争いなのか。母性の根幹とはわが生した子の「無病と息災を願う」ことなのであって我が子の「立身出世を願う」ことではないということ。一族周辺の思惑はいろいろ出てくるかも知れなくても、自分の母性がダイレクトに出せるところでは「社会構造的なもの」よりも自分が生み出した根拠の方が信じられるし、その血のリアリズムが遥かに実効する筈であり、そこは譲らないものではないか。せいぜいでもそうした日常周辺の出来事が相克を生みどう器用に受諾するかということが勝負だったのではないかと思うのです。

建春門院はたぶんA型なんですよ…

A型の建春門院は課題に積極的に取り組んで解決しようとするタイプ、いつも周囲に怠りない目線。八方丸く収めたいからこそ内側に無理が溜まる。35歳という若さでのおそらくは進行性の癌による逝去はそうしたストレスも一因になっているようにも思われる。こういう少し思い切って踏み込んだ言い方を敢えてしてみます。

建春門院滋子と高倉三位成子。読みは同じシゲコ、後発の滋子は当初は先行するライバルの成子を追い落とそうと当初は躍起になり微妙なギリギリの形でつらく当たりもしたんだろうな。そこをかわし切れたのかどうか、どうも成子と言う人がどんな人だったのかも想像が付くような気がしてきます。あからさまな態度は取れないから表層は上手くやっていくでしょうが相当に性格のタイプが違う。二人のシゲコ。テンション質の建春門院シゲコと一見おっとりと柔らかに見える高倉三位シゲコ。しかも**従姉妹同士**ですから何らかの近親憎悪が働いたことは絶対に否定できないと思われ、何処か周辺資料に誰かの微妙な記述の中に残像が残っているはずだと思うほどのことなのにそれが顕著に見当たりません。女官だった定家の姉の健御前などはごくストレートに建春門院の「美貌」「気配り」「優しさ」を誉めそやしています。出仕直後の若い第一印象ですから憧憬は強く出るでしょう。でも書いたのは後年です。そうと書くということが実はそうではないことの謂いになる可能性もある大人の日記ですから邪推も含めて踏み込んで想像を逞しくします。

少し話は逸れますが、従姉妹同士といって思い出すのはそこから200年近く遡りますが一条天皇の皇后定子と中宮彰子の関係です。この二人についての私の認識はかなりいい加減で長い間誤認していたことがあります。華やかな王朝絵巻、それぞれのサロンに片や清少納言、片や紫式部といった才媛を抱え、宮中のトップ争いに明け暮れていたというイメージでしたが、実態は全く違っていてそのような対立の図式など何処にもありません。

まず年齢が１１も離れています。定子は彰子の入内後、わずか半年で第三子の産後思わしくなく亡くなってしまいます。２５歳です。彰子は１４歳です。「ライバル」という感情など毛頭なく、定子の不幸に心を痛めながら遺児の敦康親王を引き取って養育し、自分に男児が誕生した後も夫である一条天皇の気持ちに従い、従姉の産んだ第一皇子の敦康親王を第一に考えていたこと。一条崩御に際しても、我が子の敦成親王の立太子にただ奔走する父道長を恨んだこと。これは凄いなと、彰子の女性として母としての価値観が突き抜けて明確に見える話でした。

そもそも定子・彰子にあからさまな争いがあったと感じた背景はこの二人の父道隆と道長兄弟が燃やした権力覇権への執念の火花でしかなく、娘たちの心情までそんな抗争に巻き込まれていたわけではなかったのだと知って深い納得がありました。彼女たちは寧ろ自分たちがそういう「血の対立のツール」でしかないという境遇こそ腹立たしいものだったのかも知れないと。へんな勝ち負けではなく、女性としての誠意を通したい。それを言える時代ではなかったけれども、チャンスがあれば「本当に」気持ちが納まらない、納得できないと言いたいぐらいだったというのであればこれは非常に格の高い話です。凡百が逆立ちしても追いつかないものかなと。傍に仕えていた清少納言や紫式部がそれぞれの立ち位置で表現したものが庶民感覚としてまず受け取り易かったのですが、文学ですから更にそれがいろいろな都合で読み替えられ揉み込まれ醸成されて発酵の度合いが進んでいったものを、単純に「下っ端同士の小競り合い」めいた活況と読んだのも浅はかな話でした。

とにかく人間に真実はどう飾ったって嘘ならバレる。嘘でなくたって嘘にされてしまうんだから嘘に見えて嘘であるのか無いのかはそこに在った本当の気持ち、互いに見知った人の間にしか真相は見えなかっただろうし、本当のことなどそのまま書けはしなかったのだということに表層的な私も漸く気付いたという訳なのです。

そねみのソネット

建春門院にそんな色に出る　そねみなんてあるはず無かった　建春こそ初めの立場が低く　最初はほんの側女　下働きミタイナ　そんな出発なんだから　エクストラが主演女優になるまでの苦労を体験したのだからそねみなど抱くカタチではない　どの段階だってガンバッテ　その後もずっと上手くやって来たんだから　敵と看做してそねむなんて　見え透いた間抜けなことするハズない　むろん面前では腰をかがめ礼節を尽くすそいつぁ当たり前　でも裏に回っても気は抜けない　元同僚たちが見てますからね　しっかりと心の底まで見ている　厳しくチェックしている　勝ったらいちいち凱歌を上げたいよ　それが女の深い本音でしょう　だけどそれは絶好の蔭口の餌食となる　やったろか　でもやったら低能に分類　そんな呆れた暴威を奮いますか賢明な建春門院がそれを選ぶわけはない　建春は女の実務に忙しいの　後白河という扱い難い変わり者に心から寄り添い　可愛げと共に　言うべきこと取るべき態度を毅然と貫くという　そういう姿勢は評価されます非の打ちどころもなく　まあ向いてたんでしょう才気煥発　元気はつらつ　結果に邁進するタイプ　心の中で先輩の成子に云う　あなたがお出来になるならやってゴランになれば良かった　そんなチャンスはいくらでもあったでしょうに　私の場合は自分の納得のためにほかのことは考えられませんでしたからと　それを結果の勝ち組から暗に言われたら　ぐうの音も出しにくい　成子よりも弟の公光　二位にまで上がった実弟公光が先に参った　ストレスが暴騰した　建春門院のそねみとは　実はこの人あたりが発信元だったのかも知れない彼女の嫉みだとしか言いようが無かった公光の悔しさ　遠吠えを残像とした　それが歴史叙述の残忍さなのかも知れぬ　とにかく建春門院シゲコはもう一人の高倉三位シゲコにあからさまに勝った　血を分けた従姉妹にそれが一つのシーケンスである　建春門院とて　堂上家の中流貴族の家格である　とは言え閑院の高倉三位か

ら観れば確かに格下である　しかし彼女は後白河によく寄り添った　知られる限り4回熊野参拝に同行した　高倉三位にはそういうことは一度も無かった　その上建春門院は実家である平家の氏神である平野神社にもごく足繁く参拝した　その信心の御利益は確かに覿面だった　嫉みがあったとしたら高倉三位の方であっただろうがそういう態度をとることは気位が赦さなかった　中流低位から子を生すことで盛り立てられていったものは多い　健康な子を六人産んだ高倉三位はその点で　子を生せなかった中宮忻子や女御琮子に遥かに水を空けていたのだろうに　其処を真っ直ぐに進むことはしなかった　自分にそれを許さなかったというのでもなくしかし明らかに性格上の問題だったということ　もしくは微妙な相性というものなのか　確かに後白河に愛着され　多く子を生したが　それは真の同志的な連帯にはなり得なかった　その性格的な負債感がどこかで以仁王にも流れ込んではいないか　彼らきょうだいの寄り添いかた　式子内親王や殷冨門院にも共通しているような気もしてくる　もう一人の姉　好子内親王　はっきりと見えて来ないこの人の不在感に何か秘密がありそうだ　そしてずっと独り離れているもう一人の男きょうだい　仁和寺の守覚法親王　彼がどんな人であったかその全貌は私にはわからないが　このハラカラ一人一人が　それぞれ別の苦労をしながら　どこかで母成子に紐帯しているそのありようがなんとなく見えて来る　しかし子らは母の何を背負えるのか　母の何を解決出来ると云うのか　子を生すことが　自我にとって何を達成になるのか　生きる限り煩悩は涸れることは無いものなら　何を欣求したら心は鎮まるのか　建春門院滋子　1176年7月没　高倉三位成子　1177年3月没　ふたりは相次いで亡くなり　壮絶な闘いは終わり　怨嗟も恩讐も彼方に消えた　以って瞑すべし瞑すべし・・・

珈琲ブレイク

老人は語る。鏡の中に居るっていうのはな、これは一つの工夫だな。色々やっているうちに気付いたんだよ。この肉体を鏡の中に入れてしまえば、そうすればそこに映ってくる人間の思念だけを相手にすればいいのだ。人の思いというものは独り鏡の前で純粋になる、結晶のようになるんだよ。その者の見て来たもの、聴いてきた音が一つの念になって鏡の中で共鳴する。それを儂がその場で共有すればいいという事が分かったのだ。そうすればその者の見て来たものを儂がそのまま見ることになる。儂自身はそれ以上余計なことはせず、その者の言葉が儂の中でただ広がっていくに任せる。それで良かった。儂はそういうふうにして言葉を新しく知る事も出来る。鏡の中で生きることを楽しめるようになったからだ。これをエコというのだろう？　バーチャルって云うのか。

老人はそうした中で鏡によって時空を越境するすべを身に着けたというのだ。ある時突然閃いたのだ。他人や世界に嫌気がさした時に心を無にしてくれる装置が鏡だと、ここに純粋なエネルギーの変換・解放があると分かったわけだ。それは一つは喜悦・歓喜を身の内に燃やすことであり、その場所に行かんと渇望するモチベーションのホムラが純粋であればより大きな時空移動のエネルギーが生まれるのだ。

「歓喜だよ」すべては喜ばなきゃならんように出来てるんだ。だが人間はそれが分からないんだね。老人は声をあげて笑った。「お前もやってみるか。試しにどこかに行ってみようじゃないか。是非っていう場所があるなら其処に連れて行ってやろう」と言った。外国でもいいんですか。いいとも。古代エジプトでもいいの。それはわからんな。儂もやったことがない。人間は自分の想像力より高くは飛べない。せいぜい１００年以内にした方がいいと思うぞ。初心者なんだからな。

そうして彼は鏡の入り方、念じ方のコツを教えてくれるのだった。時間旅行。空間もひとっ飛びである。交通費も掛からない。カラダの疲れもない。経済的にも実にお得なのだという。品のない爺さんだ。しかし聞いているうちに自然と歓喜が湧いてくる。ウキウキしてくる。非日常が大好物の私だ。飛び込むのは鏡の中、実践すればわかるという。一度飛び込めばコツも何もかも付いてくる。楽しいぞ。駄目だ爺さん、楽しくなってきた。そこ触られると我ながらどうしようもなくなる。馬鹿に火が付くってのは怖いよ。

まあイメージはだな、今時のお前たちのツールで言うならばストリートビュー。空間を細かく全方位間断なく撮影されたキャンバスの海を浮遊するような感覚と言えばいいかな。そこに更に風の冷たさやトリュフの香りなどが足されたようなものだね。そう云われて私は悩む。100年以内か。参るな。歴史の裏街道。いや街道というような大きな道でなく樵の行き来する杣道を歩き回ってみたい気持ちだったのに。この100年ずっとこの国を支配している低能グドンの連中のやらかした薄暗い軍靴の実音などは聴きたくない。普通の山がいい。クマが出ない程度の山。マムシに咬まれたらその時はどうなんですか。血清なんかを現地で調達すれば間に合うのか。うまい具合にあるもんですかね、血清。山に慣れた営林署の人かなんかに一緒に歩いて貰うので十分なのかも知れない。いや町に行きたいな。町に毒蛇はいないだろう。自分の知っている町でも良いんですかね。自分の若い頃の渋谷でもいいんですか。いいの？　ああそれなら1980年の渋谷、それが第一候補です。

ストリートビューのイメージですか。そこに時間軸が加わるのね。実際はなかなかいけないイースター島の浜辺沿いの道とか、クナシリ島の登山道とか、チェルノブイリの赤く美しく錆びた川船なども容易く見に行くことが出来る、その上に１００年以内の時間軸を揺らすことが出来るっていうことか。事故の前のチェルノブイリ？　そりゃスゴイ！　確かに行きたい処があり過ぎる。実は海外旅行みたいな地理的な移動の場合、疲労が先に立つ。移動に費やす人生エネルギーが間尺に合わない。だから代わりに行ってくれた人の撮った映像で、視覚で満足しようという。でもストリートビューのパリは実際の巴里とは違う。行ったことがある場所についてなら掛手で少しは分かる気がする。つまり方程式や比例式の考え方を応用するためにはいくつかそういう仮想とリアルを往復させる定規みたいなものが必要になる。しかし平安時代の掉尾の山城国となると、私の弱い比例式の物差では到底届かないのだから。両方の時間を正気で生きて比較を論じさえもしてくれる夏山老人のような存在は非常にありがたいのだった。私の感覚の具現にはこれ以上のものはない存在なのだと。

すると老人は言った。比例の物差とは何のことか？

そう言われて思う。私が身の内に持っている物差とは何だろう。今まで私は何を見て来たのだろう。例えば２歳の私が見ていた何かについて。私はそれを語りたいと思うけれども催眠術のようなものとかイタコとかに２歳の私を呼び出して貰っても、２歳の語彙に戻ってしまうためにそれを言語化することが出来ない。そういうものではないか。現在６２歳の私が６０年前、２歳の時にスデに感じて言葉に出来ずにそのまま成長の軸にキチンと積み上げることを諦めたまま脳みその片隅に放置していたようなことを今ついに思い出しかかっているような神秘に直面したのだ。思い出すというのは違う。コンテクスト、ディスクールというものがない。ただその淡さ危うさにおいてそれがそれだというしかない、しかし確証はない。危うさだけであって言葉ではないもの。確たる芯を持たぬまま揺らぐ、その神秘感にリアリティがあるということ。一生涯ひっぱり回している奥底の明滅する記憶の明かりのようなもの。揺らぎが標準であり、それも規則性があるようにみえて実は全くランダムであること。ああ唐突に甲高い声が聞こえる。私自身の声だ。イタコに呼び出されたような幼児の声音になっている。薄気味悪いとも言えなくはないが。テープレコーダーの早回しのようで、なんだか面白い。

　ピュルピュルピュル。幼児の甲高い声が聞こえて来る。ピュルピュル。聞いて欲しいことがあると言っている。遠くから聞こえてくる幼い声。私自身の声・・・いやそうじゃない。ワレは言仁、安徳帝なるぞよ。それはイタコの職業要請か。倫理か詐欺か忖度なのか。誰が数え八歳で入水した安徳帝の二歳の内側に入り込んだことがあるか。八歳なら言語化できたことが二歳ではまだ言葉にならない。その二歳の安徳帝でなければならない条件設定の理由は何か。

　物心がついたら？　それは何のことを云うのだろう。物心とは一体とは何処でつくんでしょうか。それは時間軸の物差ではない。しかし物心がついてさえいればそれは人間なのだ。意志を持ってしまえばそれはセツナイ現実との直面であり、限りない妥協というものである。それがどんな妥協でも？

　サンテグジュペリ　音楽を愛する友　空の上でも　異空への裂け目であっても　我は音楽を愛した　ジャチント・シェルシ　自分が何者かは関係ない　他人に顔も晒したくない　関係も構築したくない　自分の音が広がっている方向　それを感受するのは勝手にしてくれればそれで良いという事なのである　エディ・フィッシャー音楽を愛する友　その愛の行方が　どこにあろうとも　その心底がマッタイラであって　その飛びゆく方角がドチラであるかという事は定かでなくてもいい　たいして関係ないことであるという　勘弁して貰う　笑気の沙汰ではない　うつろいゆくもの　行こう　いい子だから「憩」に行こう　アカサカの　あの交差点の角にあった曲がった煉瓦の建物　本物の煉瓦だったか思い出せないが風格があった　だからさ　いい子だから「憩」に行

Another
Devine Comedy

以仁王を探せ！

皇子、奥会津をゆく。熱く滾めた魂の黙示録。

山崎 玲・著

yamazaki akira

愛育出版

以仁王を探せ！主要人物

私	修復作業員、フトしたことで以仁王の迷宮に嵌まる
以仁王	追い詰められたが脱出し数奇の旅をする皇子
源三位頼政	歌人、以仁王とともに蜂起し宇治で戦死
源長七唱	頼政の配下、宇治でも奥会津でも大活躍する
猪野早太	頼政の配下、以仁王を途中からフォローする
紅梅御前	以仁王を慕って後を訪ねて来た妻
宗信	以仁王の乳兄弟、池に隠れて戦乱の裏面を目撃する
相人伊長	以仁王の蹶起を占い励ました人、箏の師匠でもある
源行家	以仁王の令旨を各地に運んだ男、熊野の血を引く
長谷部信連	以仁王を屋敷から逃がして、孤軍奮闘した勇者
日胤	千葉常胤の子、三井寺を牽引し以仁王護持に奔走する
筒井浄妙	三井寺の僧、以仁王の最終的な脱出に尽力する
日野宗業	以仁王の学問の師、呼び出されて以仁王の検死をする
平清盛	権力の頂点を極め以仁王を全否定した独裁者
八条院暲子	以仁王の叔母・養母、平家も一目置く存在
大宮多子	二条院の未亡人、自邸で以仁王を元服させる
小侍従	頼政の歌友、多子に長く仕え、以仁王の和琴の師
式子内親王	以仁王の同母姉、クールな歌人
後白河院	以仁王の父、エキセントリックで芸術家肌の帝王
二条院	以仁王の異母兄、指導力のある帝王だったが若死
高倉院	以仁王の異母弟、諸勢力の調整を諮るが若死
役小角	葛城に住んだ古代随一の行者、龍王院の遠祖
龍王院行遍	私の25代前、奥会津から越後まで以仁王を先導した
龍王院行鶴	私の6代前、数か村の修験寺を束ね牽引した修験者
夏山繁樹	鏡の中から突如現れ、私にアドバイスを呉れた老人
倶生神	私の人生にずっと寄り添っていたマイナーな神
毛利さん	30年前にキッカケを呉れていた今は亡き先輩
ナリコさん	幻のジャズ喫茶「スヰング」のお姉さま

こうよ　憩おうよ　大好きだったブラッドベリを仕事の合間に読むところ　薄暗い片隅でコンソメを啜りながら　太陽の黄金の林檎を読むところ　トキドキ　どきどき　意味不明存在としての　作歌を高らかに　天空に向けて歌い　それはオリジナルのようであっても　何処かに本歌のあるパロディだったり　パスターシュだったり　ただダジャレが言いたいだけの自分であったりしながら　ゆるゆる歌の詩なんか書いてたっけ　呵々

そうした思い出の渦に私は眠りコケ、懐かしい夢魔君やモマ君に再会し、その下手糞なチェロの変わらなさに嬉し悲しくなり、涙で空中を凝視したり、後ろ向きに思い切り昏倒したり、出まかせの即興歌をアホダラ経のように謡ったりもした・・・鏡の中は凄い・・・グラスオニオン・・・

以仁王ブルース

治承四年にブルーノートが　あったかどうだかなんだかかんだか
そんでもペンタトニックはそりゃもう　あっただろうよ
どんな民族も　さやかに口ずさむ
そういうペンタトニックは　そこに

このちょっと目が出なかった　三十にして立った男と
カンナン辛苦の酸いも甘いも舐めきった爺さんと
そのアクションとクエスチョン　ケチョンケチョンのリアクション

その悲壮でカッコいい　滑り出しと　そのあまりにアッケ無い　アナーキーな幕切れ
ドラマツルギー無視しまくりの　千年残念　不条理劇

一体事実というものは　かならず奇なり　キナ臭い
ツクリモノより五倍程度　面白い　事実はふつう
怒涛の空気　観ながらの　絶叫コール、レスポンス

しかしこのオハナシには　お花が咲いてない
オハナシになってない　お離し下され　話さない
離せないやつァ　遣る瀬無い　だとしたら　つまり

これがまさにお話ではない　事実をカクシタからだと
カクシタの私はいつしか思うようになったんだね
おかしいんだから　おかしくなるんだよね

事実だから混乱し　荒唐無稽に流れていく
普通なら　誰かがもう少しまともな話に仕上げるさ
虚構作家だましいってやつ　鎌首をもたげるハズさ

たしかに平家物語というものはいつもあやしい
処々にきらびやかな脚色があって　紐解くものを陶酔させる
しかしこの以仁王のクダリだけは　なんでこんなに淋しい

気のせいだろうか　どうにもぎこちない
なんでこんなに辻褄合わない
そして動機もアリバイもなにもかもが不明瞭

全体の奇妙　細部の奇怪　発生直後も　それ以降も
憶測を飛び　噂は飛び　公卿の日記にあまねく書かれ
数十年も飛び越えた平家物語に無残を晒す

古代最後をもだえ苦しませた　以仁王ブルース
全ての処理に手を拱き　散漫極まる　ブットビ物語
後世希代に名を残したが　けっきょくワケが分からない

言ってる意味が分からない　呪文のような呪文呪答
アル晴レタ朝　キザシタ自暴自棄　理由ナクナク　変死スンノカイ
こんな不思議が世の習いだとでも？　それがブルースの宿命だとでも？

多面体・頼政登場す。

さて此処にもう一人の魅力的な人物が登場します。源三位頼政その人であります。いったい皆に愛され語り継がれる物語と云うものは、発端部分のどこかでとにかく嵌まり込んだら出られないドロ沼のような異様な引きずり込み方をするものです。此処にトラップされた読み手はもう出られなくなる。以仁王の物語もまた、そうした秀逸な物語の一つなのです。やがて物語の後半にやってくる火花を散らすスクリューボールのような展開も、この発端の沈鬱な怪しい空気のなかに折り畳まれています。今発端の闇の中のそこかしこに静かに薄く光っている妖しさはやがてあたりを吹き飛ばす地雷に変わる。その伏線の周到さに、読み返す毎に引き込まれていくのです。

以仁王の悲運の全体状況を語った後に直結する源三位頼政の登場の場面です。以仁王の前に立ち現われ、誘い込み、そのまま死の淵までいざなって行った張本人。それともそんな役目を永劫の責め苦として背負わされた因縁の人。この人の真の座標軸は何処にあるのかという。単純ではありません。そして以仁王との関係も。

誰がどう考えても不思議でならない行動の背景をとことん考え尽くしたい。およそ男の人生に、為し得る限りの功為して、出家までした７６歳。人生を達成の様々を総括して此処はもはや超然と、綽々と終わるべき時宜だったそんな男が何故これほどまでに切迫した行動に出たのか。自邸に火を放ち自ら背水の陣を敷き命を賭して戦う。なんでそんなことになったのですか。この質問は難しいので巻末の模範解答をコッソリ見るまでネムレナイので、早く見せて貰いたくて堪らないのが人生半端の残念の学徒と云うものではないでしょうか。

運命の環がコトリと動いた夜。

ですから以仁王事件の幾つかの大事な転回点というか、要点をですね。掴まなくてはならない。先ず出発点はどこなのか。何が何処で接合したのかっていう色々をじっくり見なくてはいけません。

平家物語ではまずある夜、以仁王の屋敷にとつぜん源三位頼政が訪ね来て「頼政が申しける事こそ恐ろしけれ」という前代未聞の煽動の言葉を口にします。普通は言わないこと、どのような親密さがそれ以前にあったら人はそんなことを口にするというのか、キチンと説明されなくてもそれはもう余程のことに決まっています。その辺りを諸本の中でも源平盛衰記が濃密なので「巻第十三、高倉宮廻宣附源氏汰の事」で読んでみます。

治承四年四月九日の夜更け、人が寝静まった後、源三位入道頼政が、こっそりこの宮の御所に参上して、

「貴方様は天照大神四十八代の御末裔で、現の後白河法皇の第二皇子でいらっしゃるので、皇太子にも立ち、帝位にも即くべきでありますのに、親王宣旨ですら御許しなくて、既に御年三十歳におなりになる。御心が辛く思われませんか。平家は栄花が身に余り、悪行が長年にわたり、運命は翳っているでしょう。子孫が相続して朝廷に仕えることは難しく見えます。しかし今何の御計らいもなければ、一体いつ日の目を見るでしょう。謹んで過ごしなさっても、遂には平穏無事に終わることはございません。今盛んなものも衰え、月が満ちても欠けるのは、天の判断であり、人事ではありません。ここに清盛入道は、偏に武勇の威を振るい、すぐさま君臣の礼を忘れ、天皇を恐れず、大臣を重任する臣に憚りなく、ただ愛憎の心に任せ、猥りに断割の刑を行い、嫌悪すると一族三代を滅ぼし、好意を持てば、一族五代まで優遇する。思いを一心のままにやり通し、そしりを万民の口にかける。天の責めは既に達し、人望はもはや離れております。時を量り、掟をさだめるのは文の通です。隙に乗じて敵を討つのは兵の術です。頼政はその器ではないので、その術に迷いますが、武略の家を受け継ぎ、兵法を身

に伝えます。つくづく六戦の義を顧みると、今、必勝の方を己に加えて案じますと、やむを得ない場合を応兵と言い、些細な理由を恨み争い、憤怒に勝てない場合を忿兵と言い、土地を利用し、財宝を求める場合を貪兵と言い、国家の強大さをたのみ、人口の多さを誇る場合を驕兵と言います。この類は皆、義に背き、礼に背き、必ず敗け、必ず滅びます。乱を救い、暴を誅する場合を義兵と言い、この類は既に通に叶い、法に叶っております。百戦百勝、上は天意に応じ、下は地の利を得ています。義兵を挙げ、逆臣を討ち。法皇の叡慮をお慰めし、群臣の怨望を解き放されるのは、もっぱらこの時にあります。日を置いてはなりません。急いで令旨を下され、早く源氏等をお呼びになるべきです。入道は七十の齢でございますが、子息・家人が大勢おりますので、一方の御固めと頼もしくお思いなさってください。」

そして頼政はこの平家の横暴に耐え時を待っている諸国の源氏のリストを示してさらに言います。「君が思い立ちなさって、令旨をお下しになれば、一つは奉公の忠を持ち、一つは宿望を遂げるために喜びを持ち、昼夜を問わず群がり上り、平家を滅ぼす事は、さほど時間がかからないでしょう。今、鳥羽殿に幽閉されて御辛い思いをされている父上、後白河法皇への大きなお慰めになれば、御孝行でもありましょう。伊勢大神宮も八幡宮も、必ず御恵を下さるに違いありません。天神地祇もどうしてお見捨てなさるでしょうか。急ぎ思い立ちなさって、平家を滅ぼし、御位にお即きなされば、源氏等は遠い御守護となるはずです」と懇ろに説得したわけです。

これが頼政の主張の全貌ですが、これを固定的にみることは本質的では無いとは直感できるでしょう。平家物語にせよ吾妻鏡にせよ、以仁王の物語である筈なのになぜか頼政の強い方向性の意思的な部分から始まるために其処に目が奪われる。そしてそれが余りに煽動的で急進的であるため、読み手はそこに隠された意味を求めて多様な読み方をしてしまう。頼政という人物がまたユニークな奇怪感に満ちているところも手伝って、一種捉えどころのない展開を生んでいるように感じます。しかしそれこそがこの物語の編集者の意図ではないのかと。ことさらにもう一人の、というよりもこちらこそが肝心の主人公である筈の以仁王を空洞化させ、存在感の薄い木偶人形に仕立て上げようという意図があったのではないのかとまで勘繰るわけです。モノガタリの甘美さに騙されずに本体を捕捉するという精神を確認するためにはまず没入しなくてはならない。そうすれば平家物語の名調子に溺れさせられます。流れに沿って読めば読むほど頭の中は流れなくなる、進まなくなります。

頼政の動機

まず頼政にどんな動機がありえたのか。歴史研究の諸先生方の語るところを列挙してみたいと思います。

① 村井康彦『平家物語の世界』‥
「なにが彼をそうさせたのか、決断の瞬間における頼政の心のうちは、正直のところわからない」

② 多賀宗隼『源頼政』‥
「すでに家督も仲綱にゆずっていたこと(略)。そこには今さら政治活動に、況んや軍事などに関与するような姿勢は微塵も見られなかった。その頼政が俄に身をひるがえして平氏打倒の挙に挺身した動機・理由はどこにあったのか。そしてまたこれを思いたったのは何時のことであったか。これらに対して的確な答を与えることは不可能である。」「ただ直接の動機に関しては、『平家物語』に馬をめぐる挿話がみえているとはいえ、頼政のいわば一生にわたって積上ってきた麓憤を迸出させた動機が何であったかはついに知ることが出来ない」

③ 五味文彦「大系日本の歴史」五巻『鎌倉と京』
「クーデター後の人事で頼政一門がなんの恩恵にもあずからなかったことへの不満があったと考えられる」「基本的には、鳥羽院の直系の皇統である近衛・二条の両天皇や美福門院・八条院の両女院に仕えていたことからみ

て、その流れに位置する以仁王を皇位につけようとはかつたのであろう」

④ 上横手雅敬『平家物語の虚構と真実』‥

「頼政に謀叛の動機がなく、以仁王に動機が多いとすれば、『平家物語』にいうように頼政が以仁王をそそのかしたのではなく、以仁王が頼政を誘ったことになる。」

こうして諸説を併記してみれば、以仁王には動機が濃厚にあるように見え、反面アジテーターの位置にある頼政の動機がどうも希薄に見えるという実感は研究者の先生方にとっても動かしがたい実感なのでしょう。功を為し順調に位階を重ね出家までした頼政がなぜ人生の集大成ともいうべきこの時期に武力蜂起などしたのか。それが頼政論の通説のようです。これを私の言葉で言い換えるとしたら「頼政の動機は単体では分離できない」あるいは「単体で分離すると意味を失う」ということです。頼政と以仁王の両者を比較するとき、平氏に対する反感の度合は以仁王の方が遥かに強く、頼政にはそれが見える形、納得しうる形で出て来ません。以仁王には直前の安徳天皇の即位により皇位継承が絶望的になってしまったという強烈な問題があります。前年に清盛に城興寺領を取り上げられてしまったことも大きい。プライドをつぶされ生活の根幹を脅かされています。ハラワタを抉られた状況です。頼政の方は以仁王に比べて、平氏の天下において逆境に置かれている源氏というハンディはあったにしても、その源氏の中でひとり清盛の愛顧をうけて家門最高の、従三位という公卿の地位に就いているのであり、『源平盛衰記』に云わせるならば「家中も楽しく人目にも羨まれ」ています。これをふつうにみたら頼政には動機がないから人間関係の束縛でそう言わされているだけなのだというような想像に落としこまれるのでしょう。私は「そんな事がある筈がない」と思うだけです。頼政の行動にある激情の説明が付かないからです。

たぶん頼政、以仁王の謀叛について、どちらが主であり、どちらが従であるかという決め込みや、そのためにそれぞれの背景について以仁王はどう頼政はどうと化学実験の定量分析みたいに単体分離しようという、要素還元主義が愚かなのかも知れません。頼政に深源にあったものについて、その全てを玩味することは難しいと思います。この両者が結びつく何か（それも幾つあるか分からない）を見つけなければ解釈もナニも有り得ないと。例えばこの謀叛全体が一つの仮説の検証の失敗であったというような。その仮説を仄めかした奇妙な力があったのかも知れない。マリオネットの糸が切れたままぶら下がっているのかどうか。死者の手首をもう一度調べられるのかどうか。証拠になるあらゆる光景が写真に撮られていたらいいのにと思ってしまいます。今は取り敢えず文字に書かれた経緯を何度も並べてみて行くしかないのでしょうけれども、「証拠のない印象もまた証拠」というパラドクスめいた馬鹿げた言葉が浮かんできました。

私がごく単純に感じていることがあるんです。頼政は政治的な駆け引きの人間ではないこと、理想理念を守り感覚で行動する武人であり、まったく同じ理由で芸術家であり、家族や仲間を大切にする人間、そして老人だということです。生来のコミュニケーション力と個性を愛でられ、清盛とのパイプラインによって破格の立身出世を果たしたが、それが単純な面従腹背だった筈は無く、背景にあるのは一族血脈の誇りの問題、一人の老いたる家長として、我が身以上に一族の今後は気になります。遅々としたものだったとは云え結果は出せた我が身の出世に引き比べれば遥かに覚束無い息子たちのそれ、一族の今後が気にかかって仕方がない。これはごくふつうの老境だと思うんです。しかも彼は子煩悩というか実子養子を多勢もち、増える親族の結束を大事にしてきた人です。同族の広がりを以仁王に強調し、その結束を熱弁する頼政はそういう得られなかった理想、忸怩たる思いから噴き出る心の叫びを抑えられなかったのではないのでしょうか。そういう激情なら納得できます。「六孫王源経基に遡る源氏全体の再興を目指す氏族ナショナリズム「などという薄ボケた解釈は当たらないと。じっさい彼が所属する摂津源氏の枠を越えて河内源氏・大和源氏、或いは甲斐源氏との間にまでそういう連帯的な行動をした証拠は見当たらないですし。（表面的には見えなくともごく微細な一縷のエピソードがあったりするのかも分

かりませんが今のところの浅学の散漫な資料収集からは見つかりません）

ゆえにこの「源氏揃い」は一般的で表層的ですが、あまり乗り気でない以仁王へのともかくの説得材料のようにしか見えず、その根拠は頼政自身にも無かったという、そんな風にしか読めないんですね、今のところ。

仲綱の愛馬「木の下」の挿話

頼政の動機を探る時に、ここで「木の下」の挿話を取り挙げなくてはならないようです。頼政の謀叛蹶起の背景にある強い動機として「平宗盛による頼政の嫡男仲綱の愛馬への打擲虐待事件」があったと平家物語は語ります。以下のような話です。仲綱の秘蔵する名馬「木の下」を宗盛が権力にものをいわせて奪い取ってしまった。仲綱は父頼政に宗盛の横暴を訴え、此処まで侮辱された上は自害をせねばとまでいい出したから、頼政も遂に武士の面目にかけて、謀叛に踏み切ったというのです。

もう少し詳しく見ていきますと・・・。

「抑（そもそ）も今度の謀叛を尋ぬれば、馬故とぞ聞こえし。三位入道の嫡子伊豆守仲綱、年来秘蔵したる名馬あり。鹿毛なる馬の、尾髪あくまでたくましきが、名をば木下とぞ申しける。前右大将宗盛、しきりに所望せらる。伊豆守命にかへて是を惜しく思はれければ、此の程田舎へ遣して候ふ。取り寄せて進らすべく候ふ」

要するに愛馬を手放したくないのです。差し上げたくは思いますが今別の場所に居りますので、と言い逃れをしていたところ、宗盛に阿諛追従する連中が「仲綱のところにちゃんといますぜ」と告げ口したから宗盛はいきり立って、「只一目みて、やがて返し奉るべし」・・・そんなに大事な馬なら見たらすぐ返すから、と言って来たのでどうしたものかと父頼政に相談すればそこまで言われたらどうにもならない「すぐに遣わせ」という話になり宗盛に渡したのだが、そうしたら今度はもう返そうとしない。

「初めの度惜しみたるをにくしとや思はれけむ」、初めに惜しんで渋ったことが気に喰わないと云う。それで此処は権力にものを言わせて、馬に仲綱という名前を付けし虐待します。「人の来れば主の名を呼び付けて、『仲綱め取りてつなげ、仲綱めに轡はげよ、散々にのれ、打て』など宣ふ。伊豆守此の事を聞きて、安からぬ事に思ひて父の入道に申しけるは、『心うき事にこそ候へ。さしも惜しく思ひ候ひし馬を、宗盛が許へ遣して候へば、一門他門酒宴し候ひける座敷にて、『其の仲綱丸に轡はげて引き出だして、打て、張れ』なむど申して、散々に悪口仕り候ふなる。」・・・宗盛はもうマックタク返す気も無く馬に侮辱を加え続けた。

それを聞いた仲綱が、「人にかくいはれても、世にながらへ、人に向かひて面を並ぶべきか。自害をせばやと申す。」・・・こんな状態でおめおめ生きてられますかと自殺をほのめかすと父頼政は、「たのみ切りたる嫡子を失ひて、長らへてなにかはせむなれば、此の意趣を思ひて、宮をも勧め奉り、謀叛をも発したりけり。」・・・この苦しみを思い詰めて宮に訴えて謀叛の次第となったというわけですが・・・。

ハテ本当でしょうか。こんな話がこんな風にこじれるものなのでしょうか。マアこの流れで本当にあったというのならば仲綱の怒り心頭、発狂せんばかりになった心境は、ひとつの心境としてはあるのかなと思います。名馬を探し集めているという宗盛という一人の道楽息子が、最高権力者である父清盛の何者も抗し難い権力を笠に着て、清和源氏の名門源頼政の嫡子仲綱の愛馬を蹂躪して、武士としての面目を著しく傷つけた事件として見るならば、とくに治承三年十一月の政変以降、清盛の独裁政治が進行するなかで、しばしば清盛以下一門の横暴ぶりは目を蔽わしめるものがあり、アレコレの相乗積で爆発に向かっていくその大きな起爆剤になっていったのは流れとしては納得しうるものかも知れません。

とはいえ宗盛という人は本当にこんな人間だったのかという疑問が残ります。バカ息子のカリカチュアじゃないですか。父の清盛は源氏一門の中でも頼政に対してだけは特別に好感を寄せていたこと、頼政を従三位という公卿の位に強く推薦したこと、これらはバランス感覚以上に清盛の真情だったはずで。平治の乱で、頼政が、義朝に与せず平家につき、清盛を側面から支えてくれたことは、清盛にとって、頼政が源氏の名門の武士であるだけに、平治の乱以後、全国の武士階層に睨みを利かせる上でも都合は良かったのですし、元々の源平の因縁をも顧慮すれば非常に難しい処だったのに違いは無いのです。清盛の頼政に対する配慮は特別のものがあったのです。

それをまるで、親の心子知らずであったかのように、息子の宗盛にとってはそのような清盛の心根が浸透していなかったのだという論理になっています。一体宗盛という男はその程度のことも忖度できない、知恵の回らない、自分を抑える事も出来ない男だったのだろうか。あるいはそのバランスを忘れるほどのルーズテンパーしてしまう、そこまでこの二人には水面下の因縁、憎悪関係があったというのでしょうか？　腑に落ちません。

そして何より・・・何故か誰も問題にしないのですが、物凄く大事だと思われることがあります。この錯乱し、父に死をほのめかす思春期の青年のような感受性をむき出しにしている仲綱の実年齢なのですが。

源仲綱、55歳。

武人にとって自分の愛馬を大切に思うことは頷けても、「命生きてもなにかせん」（生きていても何の甲斐もない）とまで言い、77歳の父親にまで心配をかける55歳の息子。しかも父から家督を継いで4年という円熟した分別盛りの跡取り息子なのです。そんな中年男がこんなテンションで良いんでしょうか。それともこれはもっとずっと昔の若い時分の話なんでしょうか。そんな筈もないでしょう。一方の宗盛はこの時点で34歳です。こっちの方は、わがまま勝手に育ったのなら若い錯乱のあり得るギリギリの年齢なのかも知れません。

とにかく私には納得しきれない話です。せいぜいの範囲に収めるとしたら『平家物語』は名馬・木の下の説話を示すことで、平氏が、武士の面目を傷つける行為を象徴的に描いたが、実際の生活の場での頼政父子とシンクロしているかという重大な確認は怠っているか、書き手が初めから虚構として割り切っているのかも知れないということです。頼政や仲綱が平氏に対して激憤した事実が当時の歴史記録には確認できないようであるし、物語作者が少々お粗末な展開だが次善の名案が見つからなかったためにエイッと踏み切った様にすら感じるのです。

迂闊な仲綱

いやはや　アタマの中を整理しておこう　頼政を　これほどの大事に突入させする動機が見当たらないという　そこがアラカタの歴史解釈　現代でも多くの文献派の研究者が口々に言うことであった　そこでもう少し踏み込んでみる　これはあくまで人間関係の物語なのだと　頼政ひとり　以仁王単体の物語などでは決してない　むろん後白河の　清盛単体の問題でもない　何をどこに求めどう見ようがそれひとつひとつはそれでいいが全体に目指されているウネリと局面局面の渦では様相は違うのは当然である　以仁王が何に屈託していたのかというような　あれこれ光を当てる角度や光量を調節しながらもっともバランスのいい写真を目指す　そう考えて整理していけば　若しかすれば　いろいろなことに納得が生まれてくるような気がしてくる　ヨウスルニ全体のうねりだ　しかし見るということは　入り込んで調べるということは局面の解決にしかならない　その一つ一つ　一人一人の人物の中に入り込もうと頑張るしか道はない　人は木石にあらず　どんなカンチガイで何をやり出すかは分からないが　兎も角も必ずや思い込みを背負って走っているものである　だとして人のこうした極限行動を　安心の足場から理性を絡めて見るのなら　ただ不思議なこととして見えるだけだろう

頼政の行動　古来あまたの解釈が挑まれてきたが　そこにはいつも不明瞭が付きまとった　私は飛躍する　これは頼政というより　大きく源氏というDNAの問題と言えるのではないのか　闘争に明け暮れ　身内殺しに終始する血腥いDNA　前九年　後三年　保元平治　多田源氏　河内源氏　大和源氏　かくかく血脈の差異状況の違いがあれども　そこに対応する源氏のらしさというものに一つの傾向があることに心奪われる　為義義朝　義仲　頼朝　義経　公家にも平家にも一人もいない性質の持ち主が源氏にはごまんといて　もともとの六孫王経基　満仲　頼信　義家　義親　皆ひとつの傾向の中にいる　ここでいう源氏ってのは取り敢えず河内源氏　ある血統にある性向の人間しかいない事実と決めるのも危険　そういうふうに話を持ちかけられたら妙に納得する人も多い世界なのではなかろうか　逆に先祖は帰一していても頼光から分岐する摂津源氏は全く違う傾向を持つ　どっちが異質なのかというより　これが気質の遺伝というそのものなのではないかという風にも思うのだが　その頼光を濫觴とする多田源氏が作り上げた究極の傑物　DNAの粋を集めた芸術品が　まさに頼政だったのではないかという妄想を噛み締める

頼政きたり、夜きたり。

頼政はじっさい本当にこんな夜中にやってきて、彼自身も到底信じていないような源氏一族の固い結束の話をぶったのだろうか。たしかに世の中には自分でも信じていないような話を平気でする人間は幾らもいるだろうけれども、それは日頃から虚言癖というかそういう大法螺を吹くという性質というのでもなければ、真面目実直に勤め上げて来た頼政のような人物の場合には相当に追い込まれていたからなのだろうと私は思う。必死の嘘のように思うのだ。なんでこんな夜中にこんな営業活動をしたんだろう。なんでこんなにも分の悪い役目を引き受けたのだろうか。それは彼がまさに実直だったからか。自分の美学を貫く人だったからか。エキセントリックだったのか。それら全部が綯い交ぜになっているのか、あるいは全く違うのか。

確かに頼政は夜が似合う男である。鵼（ぬえ）退治がそうだ。近衛帝の頃、もう20年も前のことである。当時夜な夜なあらわれ宮中を不安におとしめていた怪物鵼は皆の憂いの元であった。或る夜その鵼が出た。ちょうど頼政が警備警護を担当していた夜だ。「鵼だ」と叫ぶ一声があり、頼政がいずこからともなく登場して闇に向けて剛弓を引く。頼政は無双の弓の名人である。ギャッという異様な声が闇をつん裂き、何かがどさっと地面に落ちる音。仕留めたぞと呼ばわる声があり、その「死骸」は瞬第三者の確認を受けたかと思うとすぐさま闇の中に葬り去られてしまう。かくて頼政の武勇によって鵼の憂いは消滅し、彼は晴れて褒章に預かる。その間当該の鵼をじっくり確認した者は誰もいないのだ。そういうトリックスター的な所が頼政の人生にはなぜか付いて回っていたのだから。

若しかしたらそこにはサーカスのアルルカンのようなショーマンの職業倫理・・・プロ意識があったのか・・・そんな変なことを私は思った。不謹慎な薄っ軽い例えに聞こえるであろうが私は真面目に言っている。出番に飛び出すアルルカン。熱心な大仰な無表情。カッコいいじゃないか。その目はランランと輝き、堂々と役目を完遂する。私は夢想する。ここに本物のトリックスターがいる。かれは皆の期待に応えられない自分を何よりも許せない。誰もが絶望的な予測をしてもかれは粛々と実行することに躊躇ったりはしない。そういう男なのだったのではないか。

頼政自体が鵼だったのではないか

老いたる者の役割とは「見果てぬ夢と格闘して無残に死ぬ」その姿を若者の眼前に焼き付けることであって、それはたとえばドンキホーテのように道化的で本人の大真面目な気持ちの焦燥に追いつかない老躯が笑えるほど悲惨であることが望ましい。この以仁王物語での源三位頼政を思うとき私の中に走るのはそういうファースな空気である。たとえば菖蒲の前のエピソード。鵼退治の褒美に美女を所望した頼政。これは年寄りの冷や水と笑われるタイミングだが、恥ずかしかろうが俺も男だ。ここで気が退けるのも格好悪い。詩人の心を持つ鳥羽帝はそういう行きつ戻りつする頼政の心が好ましいのだ。だから彼の稚気をとことん楽しもうとなさる。薄暗い部屋に美女を大勢並べてここから菖蒲の前を択んで連れて行けと。言われて舞い上がる頼政。煩悩盛りの男の愉快なエピソードだ。後先考えないのが男のくだらなさ、そしてまた許されてしまうのがまたそれ以上にクダラナイ。頼政も枯れたとも思われたくなくて大見栄切って美女を所望したのか、そういう外連を狙うのがそもそも生きる道だったのか。よくいわれる彼のスローな出世ぶりの口惜しさが深層にあったのか。私はそんな浅はかさには反応したくないな。今のもう若くはない終了マジかの私にはわかる気がする。ここには一つの埒もないフザケの成分がある。頼政の諸相数々あれども、結句彼が最期の最期まで自分の内側と戦い、藻掻いて見せたことで、子ち孫たちも安心して枕を並べて死ねたのかも知れない。それがどう不条理なのかと遠く隔世の場所から論ずる気は私にはない。ただ頼政にはある軽みを感じる不思議が私には雑菌のように常在する。

全く同世代の同じ源氏の頭領だった義朝、そしてやがての頼朝の行動記録に比べて殺伐さを感じないのは、この頼政という家長の醸す一定の空気の力であろうか。それは彼が優秀な武人でありながら一方で歌人である事と関わるナンテ言うおためごかしがまかり通るのかは知らない。鬱陶しいな。確かにその二重性が頼政を一層見づらくしているのかも知れないが、その「多面体で生きることで単体で生きれば必ず起きてしまうある避けがたさを回避する」羞恥心のような生き心地が彼には生来あったのではないのかという想像が私にはある。

かれが「歌人さもなくば武人」という生死の緊張の中で命を紡いでいく虚しさが、さらに堪え難いものになったであろうとは多くの人の言うところだが、それを言うならこの時代同じ伝で語れる武人歌人は数多居る。歌を詠まず勅命の下で親兄弟を殲滅した義朝にとって歌を詠む形でのフィードバックは無用であり納得の中にはなかったのではないか。頼政は絶体絶命の宇治川での自害の場でも辞世を詠まずば終わらない。それが真実だろうが虚構だろうが、それを気にするレベルもあろうが、人間頼政でなく多面体の「頼政」が背負わされる宿業をなんとするのか。平家物語に標榜された美の完結に格好のキャラクターだったということなのか。義朝の河内源氏を剛とし、頼政の摂津源氏を柔とする日本人の好きな対の思想もまた本質を見えなくする。ともかく頼政の歌から彼の動機の根元を何とか読み取ろうという努力もまたこの「以仁王研究」の重大な柱である事は間違いない。

頼政が貫きたかった心魂は何だったのか。頼政と以仁王がなぜかくも急進的に合流したのか。そして何故にこの二人の激情は突沸したのか。父親よりもはるかに年上の頼政の説得のどこに若い以仁王は動かされたのか。それは「父の息子」という熱い体感を持ち合わせていない以仁王のコンプレックスではなかったか。父後白河からは得られなかった強い父性の迸りに感じ入ったからだと私は踏み込んで考える。そしてその頼政の息子たち、仲綱・兼綱は遥かに年長だが、同世代の者たちも沢山いる。どこかで全き兄弟のように気持ちを同化させ一丸となり得たのではないかと。他者の誤認曲解を遥かに超えたところに平然といる人間像としては後白河も、対立し敵愾心を燃やす清盛にも似たところがあるかも知れない。いずれ以仁王の性格とは遠く、バリアを越えることは出来ない。納得も出来なかっただろう。

では以仁王が一気に共感した頼政の説得のキモとは何だったのか。以仁王自身も一人の父性であることが別の議論としてあるだろうが、ただ彼はまだまだ若い父親であり、実感のある父としての時間、子によって育まれるべき父になるための学習が不十分だったことは間違いがない。子の養育はそれぞれの母親に委ねられていたであろうし、自分自身の座標の確保というアクションに忙しい状態だったのだから、そうした「我が子等の行く末」まで配慮が及んでいたかどうかは分からない。強いシンパシーを持ちながら多重に対応できるいろいろな意味で小回りの利く落ち着いた年長の人物に関わってもらうしかなかった。それが頼政だったのではないかと私は思う。

部屋の隅から

頼政というのは確かにいい男だったんだよ。夏山老人が急に言った。恰好もよくて内容も充実して、見た目以上に結果を出すような男。そういう者になりたいなどと誰もが言うけれどもそんな風にうまく行くものか。男という動物は「落ち度」を相当量含んでこそ居場所がもらえるものなのだからね。どんな意味でも突出は嫌われるのだ。ということは立ち回りの狡さみたいなものも大事な要素になる。努力なく、手を汚さず他人のふんどしで大相撲を取る。できれば不戦勝を願う。結果だけが全ての世界に生きなければならんからな。褒められるということは両刃の剣なのだ。本心から言われるなどと云うことは滅多にない。だいたい負け惜しみの捨て台詞をお見舞いされるのが普通なんだから。

武人としても歌人としても抜群の才能があったから問題が無かったということでしょうか。優秀なんですから褒めるしかないということだったのではないんですか。

そんなことは無い、分かってるだろう。そういう能力云々の話をしてるんじゃないんだ。儂は人間のザマについて言っている、全く別の次元の話だ。他人にいい男と「言われる」ってのと「愛され好まれている」っていうことの違いだよ。そのバランスが源三位にとっては単純ではない。弓の達人という一流の武人であり、歌人としても同時代からも後代からも最上級の賛辞を受けるプロ中のプロ。しかしそれがプロってもんでしょうよっていう領域で人間はつい襤褸が出るのだ。その厳しさが、出来るもの同士の互いの足を引っ張ることになる。何のためにそれで飯食ってるか分からんとなるからそこは必死の小競り合いになるのだ。それは無能者の排除ということでもあり、こっちはアマチュアなんですって表明したら。飯は食わなくてもいいんだから邪魔にはならないって訳にも行かない。それが生活そのものだからね。だから普通は屋台骨がバレてしまうような危ないところには参入しないように注意する。分を弁えるってことだよ。アタマ割られちゃうんだから。こうパカッと開けられて無言でパカッと閉じられるみたいなことになるからね。

つまるところ、自分の中の何でもアリをがっつりとやる事しかないんだよ。ただし嘘だけは吐かないこと。自分用にも他人用にも嘘の壁は塗らない。そういうスタンスでならどこかで発せられた他者の何気ない言葉が宙に舞ったのをキャッチ出来るんじゃないのかと。人間の営みが垣間見られるような場所でずっと隠れて待っていられる。それが頼政が武人という職業行動と両立させ得る歌詠みという足場なんだと思うんだよ。潔く在らねばならぬ。狡いことはすべきではないと知っている。しかし自分の休養、呼吸を整えるために物陰でジッとしていることは傍から見れば気味の悪いことだ。

およそ経験的に予測できること、どんな人物も、初めからそんなエラソーだったわけじゃない。狡猾だったわけでもない。ただ何かの拍子に豹変する場合がある。増長して返り討ちにあったりする。そういうものを何度となく見て来たものだよ、この儂だって。

「御輿振」にみる頼政の柔軟性。

たしかに頼政は逸話に事欠かない。面白い位に快調に飛ばすのも機転の利く頭のスペックの良さということになる。老いたる後もその傍証に事欠かない。『平家物語』巻1の「御輿振（みこしぶり）」でもその強い個性は発揮される。現代にたとえるのなら町工場の腹の据わった老社長と社員たちの一致団結の物語。立場もなく無力だが筋は通す、しぶとく食い下がって最後に逆転する。ＴＢＳがやるような胸のすくドラマである。

安元３（１１７７）年４月１３日。山門の僧たちが日吉の祭礼を中止して、神輿をかかげて内裏の門へ押し入ろうとした。そのため、源平両家に対して、内裏の四方の門を固めよと命令が下った。平家は重盛・宗盛以下三千余騎の兵を動員して、大衆の殺到が予測される東側と、西・南側を固めた。源氏は頼政が率い、僅か三百余騎という貧弱な兵力で、北の門をかためるのだが、平家の陣容に比べ見るからにスカスカな状態であった。しかも頼政は右京大夫を既に辞任していて無官であった。三位への昇進は2年後、この時は正四位下で立場も弱かった。

山門の大衆らは、そんな頼政の非力さを見抜いて北の門に神輿を廻し強引に押し入ろうとした。其処での頼政の対応ぶりが見事なのである。

「頼政卿さる人にて、馬より降り、甲を脱いで、神輿を拝し奉る。兵ども皆かくのごとし。衆徒の中へ使者をたてて、申し送る旨あり。その使いは渡辺の長七唱という者なり。」

さる人とは「さすがの人」と人物の大きさを褒める言葉である。下馬し、かぶとを脱いで神輿を拝した。三百余騎の郎党もそれに倣った。そして、渡辺唱（とのう）が使者として大衆のなかに入り、神輿の前で畏まって以下のように口上を述べた。

「衆徒の御中へ源三位殿の申せと候。今度山門のご訴訟、理運の条もちろんに候。ご成敗遅々こそ、よそにても

遺恨に覚え候へ。さては神輿入れ奉らむ事、子細に及び候はず。ただし頼政無勢候。そのうえ開けて入れ奉る陣より入らせ給ひて候はば、山門の大衆は目だり顔しけりなどと、京わらんべが申し候はむ事、後日の難にや候はんづらむ。神輿を入れ奉らば、宣旨を背くに似たり。また防ぎ奉らば、年ごろ医王山王に首をかたぶけ奉って候ふ身が、けふより後、弓箭の道にわかれ候ひなむず。彼といひ是といひ、かたがた難治の様に候。東の陣は小松殿大勢で固められて候。その陣よりいらせ給ふべうや候らむ。」

長七唱は何と奏上したかというと。

「山門衆徒の皆様方へ。源三位頼政から申し上げます。山門のご主張はもっともな事と思います。ご裁決が遅れていることをはた目にも残念に思います。この門から神輿をお入れすることは、子細に及びません。だが頼政は無勢であります。ここをこじ開けてお入りになれば、山門の大衆は主張は正しくとも弱みにつけ込んで押し入ったとなれば京童に噂されて後日に禍根を残すでありましょう。我々からすれば、神輿を入れ奉れば宣旨に背くことになり、神輿を防げば、長年比叡山に頭を下げてご加護のもとに暮らしてきた武士の道を捨てねばなりません。どちらもわたしどもには難しいことでございます。東の待賢門は小松殿が大勢で固めておられます。その陣から堂々とお入りになるの正しい道ではないでしょうか。」

どうしようもない弱い立場を、その状態を堂々と曝け出すことによって切り抜けようという凄み。若く逞しい渡辺唱というナンバーワンの部下の良く通るバリトンの声、そして見守る郎党の一致団結、頼政を頂点とした阿吽の呼吸が伝わって来る。すると山門の大衆は、

「唱がかく申すにふせかれて、神人、宮仕しばらくゆらへたり。若大衆どもは「なんでうその儀あるべき。ただこの門より神輿を入れ奉れ」と云う族おほかりけれども、老僧のなかに三塔一の僉議者ときこえし摂津竪者豪運、進みいでて申しけるは「もっとも、さ言われたり。神輿をさきだてまいらせて訴訟を致さば、大勢の中をう

ち破ってこそ後代の聞こえもあらんずれ。就中にこの頼政卿は、六孫王よりこのかた、源氏嫡々の正棟、弓箭をとっていまだその不覚をきかず。およそ武芸にもかぎらず、歌道にもすぐれたり」

平家物語の原文は本当に美しい。唱の堂々たる弁舌に大衆はぐらッと来る。気にするな、強引に突破だという強硬論者の多い中で、比叡山随一の理論家と言われた豪運が進み出て「神輿を先頭にして行くのだから大勢の中を打ち破ってこそ後世の聞こえも良い」という一声で逆転する。豪運は更に「頼政が六孫王源経基の直系であり、弓の名手そして優れた歌詠みでもある」と云い、むかし頼政がある歌会で与えられた難しいテーマを誰も尻込みする中で、見事な名歌に歌い上げたことを挙げ、それほどの人にこんな場面で恥をかかすことは無い。この強烈なフォローに大衆は残らず頷いたというのである。大逆転である。

その後、神輿は東の待賢門に回され平家の大軍と激しい衝突を起こす。平家の武士どもはただ神輿を激しく射て神輿に多数の矢が立つという由々しき事態となる。神人も多数殺され、衆徒たちは結局神輿を捨てて山に帰り、この騒動は長く尾を引くことになる。頼政への惜しみない賞讃だけを遺して。

頼政の深層、平治の乱

頼政をアルルカンのように云ったりもしたが、そういう見方を覆すような、もう一つ、目を逸らすべきではない厳しい話に触れておきたい。武門に生きるということは甘いことではないということ。血で血を洗うという因果。それが家業であるという宿命を背負うところから人生は始まるっていうお話を。

頼政が諸国源氏の残存の力を自分が結集できるなどとはよもや思っていなかったことは明らかである。以仁王の前ではそんな統率の実現性を力説しているように見えてもそのことを自分が信じていた筈は毛頭無いのである。それはあるエピソードを思い出すだけで充分である。今を去る20年の昔、平治の乱で源氏が一気に追い詰められ劣勢となる中で、頼政が義朝への加勢をせず六条河原で日和見を決め込んでいるところを義朝の長子、当時19歳の悪源太義平に見とがめられ激しい罵声を浴びせ掛けられる場面である。最長老の頼政が若い義平に容赦なく裏切りをなじられる状況である。

もともと平治の乱は、後白河上皇の近臣である信西（藤原通憲）と院別当の藤原信頼が勢力争いをしたことに端を発した。信頼と源義朝が、平清盛の熊野詣のタイミングをとらえて御所を急襲し、後白河院と二条天皇を幽閉し、信西を斬殺する。

この「信頼・義朝政権」は独自の除目を敢行し、信頼は近衛大将かつ大臣、義朝は播磨守となる。清盛父子は官を追われることになったが、果断な清盛は黙っていない。急を聞いた清盛は都にとって返し、六波羅邸に入る。このとき清盛は既に熊野や伊勢の軍勢を従えている。圧倒的なスピードである。そして信頼、義朝の油断に乗じて二条天皇を密かに救出して六波羅邸に移動させる。その間に、後白河院も仁和寺に脱出する。この平家側の巧妙な作戦は信頼たちを一気に土壇場のピンチに陥れる。この時の信頼の様子を「平治物語」は、哀しくも滑稽に活写する。天皇を幽閉していた黒戸御所がもぬけの殻であることを知った信頼の悶え藻掻きを、「おどり上がり、おどり上がり」と表現した。気持ちがおどり上がろうとしても肥満のためおどり上がることができなかった、「太りせめたる大の男にて、板敷きのみぞ響きける」と残酷にせせら笑った。

信頼が重大なピンチに陥ったという情報は、悪源太義平から父・義朝に伝えられた。義朝はそれを踏まえ、「源氏のならひに心替わりあるべからず」と言い、内裏に結集している源氏方の名前を書き出させる。その中に頼政も名を連ねている。この忸怩たる思いがやがての「源氏揃」に頼政のトラウマのように蘇って来る。歴史とは本当に見事である。

ところで乱はこの後、大内攻め・六波羅攻め・三条河原と戦闘が続く中で完全に怖じ気付いてしまった信頼の守る待賢門から平重盛らが一気に攻め込んでくる。此処を源氏は悪源太義平の奮闘でなんとか支える。平家勢は一旦六波羅へ引くが、信頼は完全に戦意を喪失して鴨川を北へ落ちて行く。それを知った義朝は「放っておけ。あんなバカがいては、とても戦などやれるものじゃない」と言い捨てて、自分は六波羅攻めに向かう。この時に悪源太は頼政に出くわすのである。

頼政は、六波羅攻めに向かう源氏勢の流れに加わらず六条河原で待機していた。平治物語を読む。

《兵庫頭頼政は、三百余騎にて六条河原にひかへたり。悪源太、鎌田召してのたまひけるは、「あれにひかへたる、頼政ならむ。」「さん候。」「にくひ頼政が振舞かな。ひと軍（いくさ）せん。」とて、五十余騎にてはせ来たる。「御辺は、兵庫頭頼政な。源氏勝ば一門なれば、味方に参ずべし。平家勝ば、主上わたらせ給へば、六波羅へまいらんとおもひ、軍の左右を待つとみるはひがことか。源氏のならひ二心なき物を。よりあへや、くまむ。」とて、真中にわってていり・・・。》

悪源太は激情をそのまま頼政にぶつけた。「源氏のならひ二心なき物を」と吐き捨てた。東国の源氏の本源にある武士魂が其処に在った。敗色は明らかで、すでに「賊軍」となった源氏勢の中にあってその上大将軍信頼が敵前逃亡した状況である。この期にも、寧ろこの期だからこそひたむきに六波羅攻めに向かう義朝の動きを傍から冷静に見ている頼政は、義朝の息子の悪源太が絶対に許容できるものではなかったのである。

悪源太義平は若い。そして早熟である。父の長子ではあるが、母の身分が低く嫡男は弟の頼朝である。そんな義平だからこそ「われは嫡子」と声高に名乗るシーンに絶唱がある。この直前の内裏での一戦で敵清盛の嫡子である平重盛に対する名乗りを聞こう。**《かく申すは、清和天皇の後胤、左馬頭義朝の嫡子、鎌倉悪源太義平と云うものなり。一五の年、武蔵国大蔵のいくさ大将として、伯父帯刀先生義賢を討ちしより以来、度々の合戦**

に一度も不覚の名をとらず。生年一九歳、見参せん。》

ヒロイズムというのか、根幹に据えている武士としての美意識が全てを支えている。何故伯父を討ったかは問わない、人倫ではないもっと強い正義が作用するからである。このように高らかに名乗り挙げたい悲壮な事情に私は吸い込まれる。義賢を討ったのが15歳、頼政に対して「源氏のならひ二心なき物を。よりあへや、くまむ。」と挑戦している今が19歳である。この後義朝軍が敗北し、義平は清盛を討つべく単独行動をするが、結局逢坂の関の近くで野に伏して寝ていたところを捕縛され、ひと月後に六条河原で獄門に処される。

一方頼政は、この義平に殺された先の義賢の嫡男・仲家を引き取って養子として育てている。やがてその仲家とその息・仲光までもが、頼政の叛乱に従い宇治平等院で討ち死にする。「日来の契を変ぜず一所にて死にけるこそむざんなれ」無残どころか私にはただ素晴らしいことにしか映らない。仲家の弟義仲は義賢が討たれたとき3歳で、乳母の夫・中原兼遠が木曽で養育する。平治の乱の時義仲は7歳であるから、仲家は10歳くらいだったか。とにかく20年の恩義を命に代えて宇治で存分に返したのである。

結局頼政は源氏軍から離脱し、五条河原に布陣し、義朝らが敗れ去るのを眼前にしながら扼腕した。これは義平らからすれば裏切りとしか見えないが、よくよく全体を見た上での判断であって、ヒロイズム云々などを超えたもっと強烈な冷徹さとみることも可能であるかも知れない。

平治の乱は前後ふたつの段階に分けられる。①（信頼・義朝のクーデター）信西の斬首とその子息らを配流した段階、②（清盛の逆襲）クーデター勢力から二条天皇を脱出させ六波羅に奉じた段階。

そもそも清盛が熊野詣に出たのは、信頼・義朝らの動きに気付いていなかったからである。信西入道の独裁的状況を疑っていなかった。しかし危機的状況を知るや、その対応は早かった。熊野や伊勢・伊賀の勢力を集めながら最速で六波羅に戻り、そこでクーデターを追撃する対抗勢力を立ち上げたのである。クーデター派は二条天皇と後白河院の身柄を確保していて決定的に有利な状況にあった。しかし清盛は、緊張感のない信頼らの油断を突き二条天皇を速やかに六波羅に保護した。この果断な実行によって平治の乱の勝敗は決した。いかに義朝・義平が勇猛、果敢であっても、玉を取られ賊軍となり果てた後では、流れをどうにも出来なかったのである。悪源太義平に「二心」をなじられても、頼政にほかの判断が出来ようもなかったのである。老獪な策士が、純粋で一途な青年の心を踏み躙るなどという図式ではない。義平にしても自らのどうにもならなさを頼政にぶつけ、二人はフロントに立つ同族同士として心の中で泣き合っていたものだろうと私は思う。「同族を裏切ること」を問題にしているのではない。命を売る仕事をしているのだ。だから時に鮮烈な美学を迸らせねばならない。それが名乗りというものである。そのために肉親をも斬らねばならない。保元の乱で義朝は父為義や為朝らすべての弟と対決し殺さねばならなかったし、義平が伯父義賢を討ったのはその前年であった。もっとたくさんの事例は上げられるだろう。これらを以って「内紛は河内源氏の代々のお家芸である」という言いようをする人がある。表層的で調子の良い物言いだと私は思う。

この時の頼政の逡巡は「日和見」だったのではない。長年職掌として大内警護を務めて来た者として、二条天皇が守られている六波羅を攻撃することは「君に矢をつがえることになる」。義平が東国武士の原理論を言うのなら頼政にも原理論がある。頼政においては鼻祖頼光以来幾世代も受け継がれて来た内裏警護という「摂津源氏のレゾンデートル」を否定できるかという根本問題が其処に在るのである。義朝とともに六波羅攻めに加わり「賊軍」となれば家名を穢し末代までの名折れになると。義平の「源氏のならひ二心なき物を」という清潔な美学などより遥かに重い摂津源氏のリーダーとしての急ブレーキがかかってしまったのだと。そして結果このことが清盛のひとり勝ちをもっともフォローすることになってしまったのは間違いのないことである。

清盛からすれば頼政が平氏勢との対決を避けてくれたことで、一時は風前の灯火だった情勢を立て直すことが出来た。六波羅で戦況を見つめる清盛は、悪源太義平の強弓に危うく射抜かれるところであった。そして清盛の天才は頼政のその心根が若しかしたら計算の内外の微妙な皮膜のあたりで自分を救ったのだというところを終生忘れず、その感覚は１９年後の治承２年１２月の除目で清盛自身が頼政を三位に、激情にむせぶように奏請するところまで変わらずに持続したわけである。

以仁王のリアクション

源三位頼政という何処までもチャーミングな男の話はこれぐらいにして、もとの夜に話を戻して「源氏揃」の続きを読んでいこうと思います。頼政の猛烈な説得を前にして以仁王の反応はどうだったかということです。源平盛衰記では以仁王は次のように独白します。

「サテどうしたものだろうか。只今の安徳天皇は清盛入道の外孫、平家が一番の後見である。統治は我が弟の高倉院がなさっている。兄弟で国を争う事は、恐れ多いことだ。保元の乱の二の舞はしたくない。そもそも源氏が大挙して馳せ上って平家を討ち滅ぼせるのかという事も実感できない。前代未聞である。偏に流言を信じるのは思慮のないことに等しい。とは言いながら、今説明を受けたことはよく人の道理を弁えている。文武の違いはあっても、通達するところは同じ、欺いても益はない。昔、微子は殷を去って周に入り、項伯は楚を背いて漢に従った。周勃は代王を迎え、少帝を退け、霍光は孝宣を尊び、昌邑を廃した。これは皆存亡の兆しを見、興廃を見て一時の功をなし、業を万代に現した。時が至れば運が速やかな事は言うまでもない」

教養のあるインテリの逡巡ですよね。ハムレットよりウネリは大きいですよね。このように自問自答し、懊悩葛藤した以仁王はここである人物に相談をします。中御門家の阿古丸大納言宗通卿の孫で備後前司季通の子であり、占い師として名高く、はずれたことがない相少納言といわれた藤原伊長です。相談された伊長が言った言葉は「天皇になるべき相が出ていますから諦めたりなさらないように」というので「帝位を践むべき時が来たから頼政入道もそう申していたのだろう。天照太神の御計らいでもあるのだろう」と大胆に思い立ちなさって謀叛の計画を進行させることになります。

ここで伊長は明らかに謀叛計画に重要な役割を担っています。このことを「以仁王を説得するために頼政と組んで平仄を合わせたものであろう」という説もありますが、伊長に意見を求めたのは以仁王本人であるのだからそこはふつうに決心を固めるために伊長の相人という足場に期待したのだと素直に思うべきだと。いずれ占い師と云うものはぐらつく心に寄り添うものという前提があり、伊長が世間に評判のいいすぐれた相人であればあるほど以仁王に謀叛を勧めたことが、やがて結果的に謀叛が完敗した時に伊長の占いの限界、伊長にとっては不名誉極まりない結果であることを呑むという役目を敢えて背負う、すなわち「占いという装置の本来的な機能」が行使されただけでありましょう。だからこそ以仁王の謀叛失敗の後、伊長は平氏の手厳しい追及をうけ、しばしば平氏によって拘引されたのです。

『玉葉』(治承四年六月十日)《伝聞所逃向南都之輩、少々搦進了、其中有相少納言宗綱云々、件男、年来好相人、彼宮、必可受国之由奉相、如此之乱逆、根源在此相鍬、不可々々》

兼実はこの謀叛の罪は「相少納言の占い」自体にあったのだと厳しく弾劾していて、日頃から調子の良いことを言っているから宮も真に受けてしまったのだと伊長のみを責めています。

しかし、その後事態はもう少し違う色を帯びて行きます。

『玉葉』(同年六月十五日)《又聞相少納言宗綱、被拷問之間、申種々事等云々》

伊長が拷問をうけ、様々な自白をしたというのです。平氏側はなぜこれほどまでに端役である筈の伊長に執拗な追及をしたのでしょうか。平氏側は伊長を単なる相人とは看做していないということでしょうか。この謀叛に大きな役割を果たすべく参入した一味として、工作員として厳しい取り調べをしています。何故でしょうか。そして伊長はあれこれ何を自白したというのでしょうか。

そして日の経った翌年の秋にも、『玉葉』には不穏な記述があります。

兼実のもとに定能がやって来て様々雑談をした中で、伊長がまたも搦め取られたと。今度は平氏によってではなく、舅の源資賢によってであるというのです。資賢と云えば宇多源氏の本流で後白河院の近臣中の近臣で事件の前年治承三年十一月十七日の政変の際に官職追放、丹波国へ流罪となったほど平家から疎まれている人物で、この一件への関与を疑われることを懼れて伊長を搦め取ったのだというのです。資賢が赦されて丹波より帰京したのは事件後の治承四年七月十三日です。つまり資賢には関与し得ない強固なアリバイがあったのにもかかわらず、そして事件から1年半も経っているのに奇怪なことです。

相人伊長の謎

伊長という人物、そして院の近臣との接触の詳細については此処で論じきれるとは思えませんが、少なくとも伊長が「中御門」という名門中の名門に生まれながら、低位に甘んじて些かの蔑みに堪えていた事情について、まず第一に彼は占い師などという仕事をメインにしていたわけではないことをせめて強調しておきたいと思います。その為に、伊長の生まれた中御門家の系図を観たいと思います。

中御門家は、摂関家に近接した傍流で、摂政太政大臣道長の子、堀河右大臣頼宗から大宮右大臣俊家、坊門大納言宗通と続いてきてその次の代の、伊長の父の季通は5人兄弟であり、長兄の信通が早世で従三位に留まった

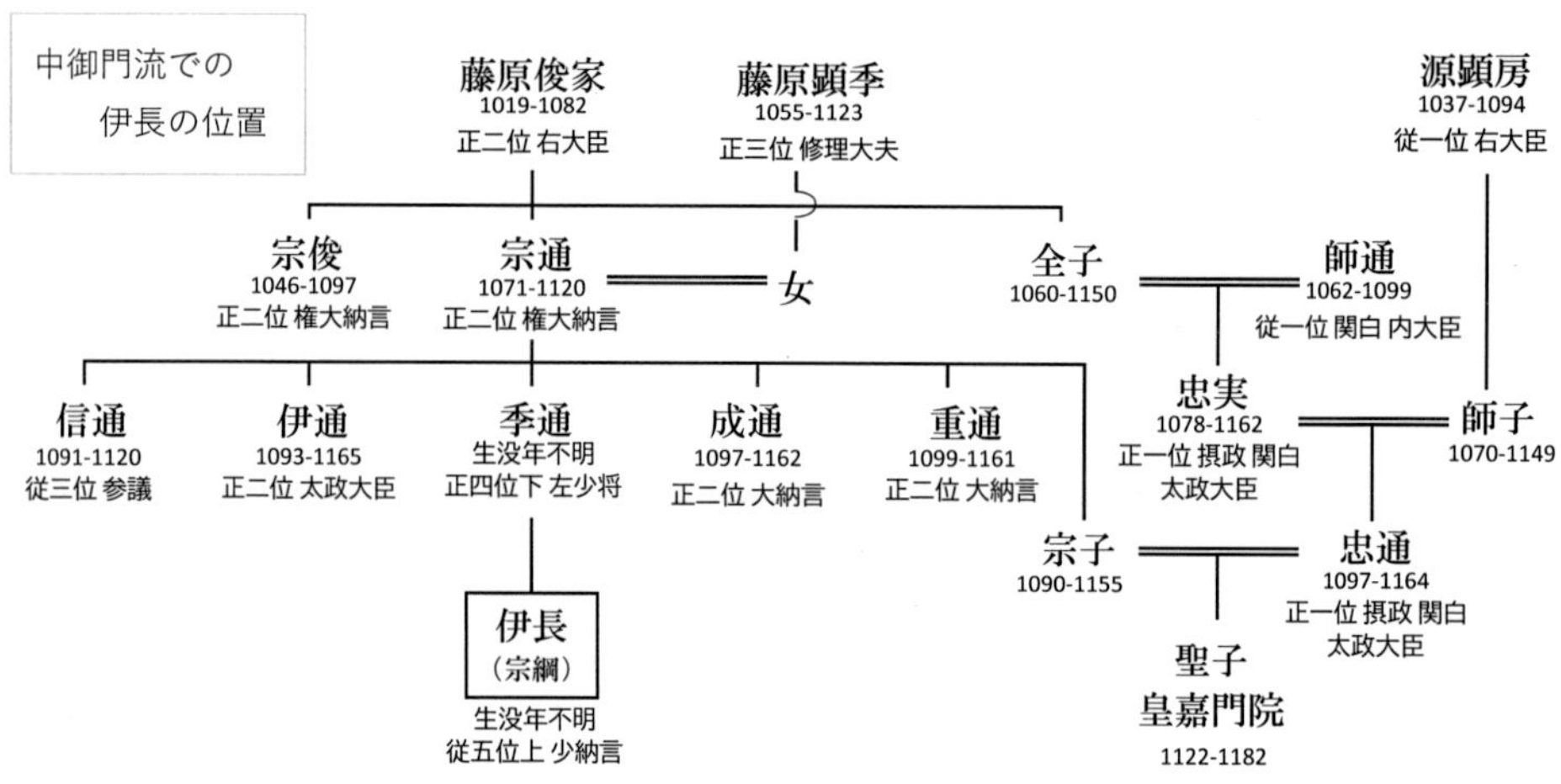
中御門流での
伊長の位置
藤原俊家
1019-1082
正二位 右大臣
藤原顕季
1055-1123
正三位 修理大夫
源顕房
1037-1094
従一位 右大臣
宗俊
1046-1097
正二位 権大納言
宗通
1071-1120
正二位 権大納言
女
全子
1060-1150
師通
1062-1099
従一位 関白 内大臣
信通
1091-1120
従三位 参議
伊通
1093-1165
正二位 太政大臣
季通
生没年不明
正四位下 左少将
成通
1097-1162
正二位 大納言
重通
1099-1161
正二位 大納言
忠実
1078-1162
正一位 摂政 関白
太政大臣
師子
1070-1149
宗子
1090-1155
忠通
1097-1164
正一位 摂政 関白
太政大臣
伊長
（宗綱）
生没年不明
従五位上 少納言
聖子
皇嘉門院
1122-1182

以外は皆、正二位まで進んだ名門中の名門でありますが、ひとり季通だけは正四位下左少将と低位に止まっています。この理由と云うのが、季通は生来才人であり和歌は勿論、琵琶、笛、箏など種々の管弦に巧みであり、白河上皇の信任も篤かったのですが、事もあろうに箏の弟子であった中宮璋子（待賢門院）と密通したという嫌疑を受け、これで出世がストップしてしまったというのです。それからだいぶ経って、弟たちよりも遥かに位の低い儘である事を見兼ねた藤原頼長の計らいで正四位下に叙せられたということが『台記』に見えます。そんな季通の息子が伊長であり、彼は更に低い従五位下に留まります。しかしこの季通―伊長（宗綱）という親子は除目の出世は奮いませんでしたが、楽人の系脈では重要な位置を占めているという事には「平家物語」も「吾妻鏡」も触れません。

『続群書類従』第１９輯上 管絃部の「秦箏相承血脈」に依れば、仁明天皇の承和１２（８４５）年に唐から渡航してきた孫賓という楽人が持ち込んだ秦箏という楽器があって、彼はその演奏法を左大臣源信に伝え、そこから仁明、文徳、清和と歴代の皇統が継承したものであったらしいのですが、この秦箏がどんな楽器だったかと云えば１３弦で琴柱（ことじ）の位置によって音程を調節し、指にはめた爪で演奏するスタイル。どうやら現在普通に理解されている琴と考えてよさそうです。類似の楽器として和琴（わごん）と琴（きん）というものがあり『源氏物語絵巻』でその三者の違いというものをはっきりと観ることが出来ます。和琴は、日本起源の６弦の楽器で柱は用いず雅楽の催馬楽など日本古来の楽曲にしか使用されません。琴は七弦で柱は使わず弦には絹糸を張ります。箏や和琴が合奏用であるのに対し、琴は独奏のための楽器で中国では古代から現代までも盛んに演奏されるのに対しわが国には浸透しなかったようです。

ともかくこの秦箏の「相承血脈図」（けちみゃくと発音します）をこの本の巻頭見返しで見て欲しいと思います。季通―伊長父子は重要な位置を占めており、その伊長の弟子として以仁王も名を連ねています。平家物語では不図呼ばれた占い師のような書かれ方をされている相少納言伊長は実は以仁王の箏の師匠であり相伝の絆で固く結びついていたということだったのです。この血脈図には季通が密通を疑われた以仁王の祖母、待賢門院もきちんと納まっています。季通という人は芸道一筋一心不乱の人だったようで、世の名人の門をあまねく叩き教えを請うた実に熱心な楽人だったようです。そもそも中御門家は音楽の名門だったんですね。祖父俊家から伯父宗俊以下に流れる系統に以仁王の兄の二条天皇（孫王、守仁親王）も繋がっています。関白忠実も俊家の外孫です。芸道の師弟関係というものは生まれの貴賤も社会的な位置も踏み越えて、まったく無名の者でも演奏の達者であるならば評価され拾い上げられます。ひたすら演奏技術とスピリットの存続のために一丸となって腕を磨いている横断的で熱気のある集団意志を感じる、まったく見飽きない系統図が此処に在ります。

余談ですが、この中で夕霧が光ります。父大神基政は石清水八幡宮辺りに居た素性もよく分からない童子でしたが見出されて天下に鳴り響いた不世出の笛の名手となった人です。夕霧は父の楽器の笛ではなく箏を択び、教高、俊賀、志良末久というような時の名手名人を訪ねて教えを乞うた跡が見えます。そしてその演奏は正統を折り目正しくやるというよりは感覚的、官能的であったようで「知らぬ耳には面白し、知る耳にはあらぬもの」というような異端視されるような評価が残っているということは、保守的な人々からは眉を顰められても天才的な演奏であって、それへの羨望の目線があったことは想像できます。夕霧は初め「歌聖」俊成に嫁して尊円と式子内親王家中将を生み、のちに能書家の世尊寺伊行との間に建礼門院右京大夫を儲けます。伊行は源氏物語の最初の注釈書を書いた碩学で、夕霧の箏の弟子でもあります。そしてその伊行の弟子が右京大夫ということになります。書家、楽人、歌人という多ジャンルを受け継いだ不世出の才女、建礼門院右京大夫の詠んだ一首があります。

「をりをりのその笛竹の音絶えてすさびしことの行方しられず」

宮仕えの折々には笛の音に合わせて琴を弾いたことも遠くのこととなってしまったという素直な懐旧の歌でしょうか、でもこの中に才能を与え育んでくれた母夕霧への思慕の念が二重写しに見えてならないのです。

あのね、話を戻して悪いんだけど、と夏山老人が言った。季通って人は待賢門院の問題なんか本当はどうでも良かったのかも知れないね。出世もどうでも良かった。だいたい業平なんかと同じタイプだったんだよ。

あ、なるほど。季通が業平なら伊通が行平ってことですかね。私は思わず膝を打った。でもだとしたら、その息子の伊長は、更に一歩踏み出してますよね。易者を自称したりしてトリックスター的な人物かもですね。

まあ、地味だけど大きな扇動者だったことは間違いないところだろうな。平家なんていう粗野粗暴な連中には到底何のことか分からないんで、イライラしてついつい拷問にかけたりしたのかも知れないな（笑）。

散位宗信

ここでチョット平家物語を離れて『吾妻鏡』に目を転じましょう。編年体の『吾妻鏡』なんですが、その最初の日付は治承4（1180）年4月9日であって、頼政が息子の仲綱を伴って三条高倉の以仁王の御所に参じたという「源氏揃」のまさにその日から始まります。

「入道源三位頼政卿、平相国禅門（清盛）を討ち滅ぼすべき由、日ごろ用意のことあり。しかれども私の計略をもっては、はなはだ宿意を遂げがたきによって、今日夜に入りて、子息伊豆守仲綱等を相具して、ひそかに一院第二の宮の三条高倉の御所に参じ、さきの右兵衛佐頼朝以下の源氏等を催して、かの氏族を誅し、天下をとらしめたまふべきの由、これを申し行ふ。」

頼政はこの時77歳。当時の平均年令からすると突出した高年齢で、しかも都に残っている唯一の源氏のリーダーであると語られます。頼政は以前伊豆を知行国としていて、嫡男仲綱が引き継いでいます。その伊豆は今現在も頼朝が流されている流刑地であり、頼政も父子とも土地勘のある点で謀叛を起こすのに有利な条件がそろっています。「日ごろ用意のことあり」と言うように、頼政らは「前もって以仁王やその後ろ盾である八条院などと相談を重ねていた」が、いよいよこの夜、平家誅罰の正式の決起を促すために三条高倉邸を訪問した、というのです。「ワタクシの計略」つまり私的決起ではなく、「天下をとる」ための公然たる決起を促したわけです。

「よって散位宗信に仰せて、令旨を下さる。しこぅして陸奥十郎義盛廷尉為義の末子折節在京の間、この令旨を帯して東国に向ひ、まづさきの兵衛佐に相触るるの後、そのほかの源氏等に伝ふべきのもむき、仰せ含めらるところなり。義盛、八条院の蔵人に補せらる。名字を行家と改む。」

「散位宗信」は、以仁王の乳母子であり常に以仁王の傍近くに親しく仕えていた藤原宗信のことで、この人は『平家物語』では巻第4の「信連」に、「宮の御めのと子、六条の佐大夫宗信」という風に出てきます。系図を掲げますが、母成子を閑院流藤原氏に持つ以仁王は、母の縁者の女性を乳母とし、その乳母の子、同じ乳を呑んだ宗信と乳兄弟として深い絆で結ばれていた様子が分かります。「令旨」を隠密裡に作成して頼政らに下すについて、兄弟同然の親しさにある乳母子の宗信がアシストをしたのでしょう。

この散位宗信は確かに六条流と閑院流の2系統を連結する位置に生まれています。宗信の父宗保は六条流藤原家保の子で官位は従四下、左衛門佐。しかしその兄の家成は正二位中納言、甥にあたる成親は院の近臣として正二位権大納言まで達しましたが、3年前の鹿ヶ谷事件に連座して殺害されています。宗保はそうした大きな流れと無縁だったように見えます。そして肝心の宗信本人の官位は尊卑分脈にも記載がありません。

やがて物語のクライマックスの以仁王の亡骸が運ばれるシーンで、本来一心同体である筈の乳母子でありながら怖くて敵前に出る事も出来ずに贄野の池に入って隠れて見ていたという宗信。並び無き臆病者として登場します。誰も見ていなかっただろう自分の行動を正直に報告したのでしょう。なんとも実直で小心な男だった

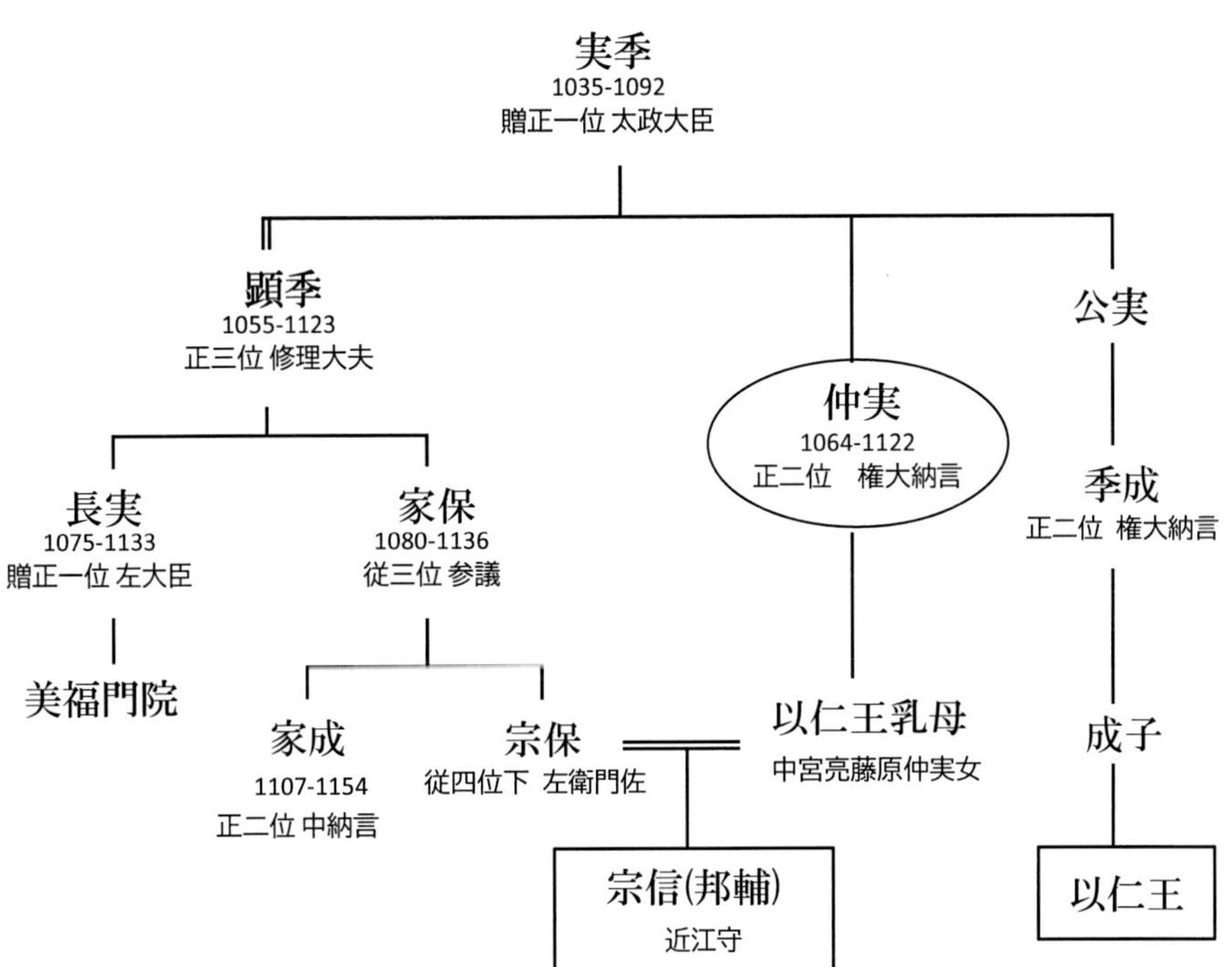
実季
1035-1092
贈正一位 太政大臣
顕季
1055-1123
正三位 修理大夫
仲実
1064-1122
正二位　権大納言
公実
長実
1075-1133
贈正一位 左大臣
家保
1080-1136
従三位 参議
季成
正二位 権大納言
美福門院
家成
1107-1154
正二位 中納言
宗保
従四位下 左衛門佐
以仁王乳母
中宮亮藤原仲実女
成子
宗信(邦輔)
近江守
以仁王

乳母子・宗信の系図

ことかと少し呆れます。その後、以仁王事件から二十年も経ってそろそろ五十にもなろうという頃にコッソリと改名して近江守になったという後日談が「源平盛衰記」にあり、私はなんだかホッとしたのです。

二人の仲実

此処で更に横道に入った枝葉末節な話なんですが、気になることが一つあるんです。その宗信の母、以仁王の乳母となった女性についてですが、尊卑分脈の宗信の項に「母中宮亮藤原仲実女」とあるわけですが、系図の丸で囲んだ仲実という人は閑院流の公実の弟で確かに以仁王の母成子の大叔父に当たる人で、そこに間違いは無いのですが図中に示す通りに正二位権大納言という最終位階を持つ人なので、この人のことを挙げるのならば当然「権大納言」と書く筈であって「中宮亮藤原仲実」というのはもしかしたら別人なのではないかということになります。権大納言仲実の略歴を見ると‥

永保元（1081）年　従四位下・備中守・右中将、
同4（1084）年　正四位下
寛治5（1091）年　**中宮権亮**・蔵人頭
同6（1092）年　参議
同7（1093）年　左中将兼播磨権守
嘉保3（1096）年　従三位
永長2（1097）年　正三位
承徳2（1098）年　兼備中権守

康和４（１１０２）年　権中納言
同５（１１０３）年　正二位
永久３（１１１５）年　権大納言

となっていて、若い非常な短期間「中宮権亮」だったことがありますが、これが尊卑分脈に載る官位である筈はありません。そこで同時代に他に仲実という人はいないか調べてみると他に２人の仲実が居る事が分かりました。

閑院流の仲実も含めた３人を生年順に並べると、

南家　藤原永業の子　１０５１～１１０８　正五位下　宮内少輔・太皇太后大進
式家　藤原能成の子　１０５７～１１１８　正四位下　中宮亮
北家　藤原実季の子　１０６４～１１２２　正二位　権大納言

３人はほぼ同世代ということが分かります。２番目の式家の仲実は「中宮亮」でドンピシャですし、１番目の南家の仲実も中宮亮の位階は従五位下なので履歴の記載に漏れているが中宮亮だったことがあるのかも知れません。となればこの２人のどちらかが問題の仲実なのでしょうか。

実はここに気になるもう一つの問題が浮かび上がってきます。年齢の事です。以仁王の生年は１１５１年ですから、宗信も同い年です。その時点で乳母の年齢を２０代、遅くとも３５歳までと考えたときに、彼女の生年は１１１７年以降ということになります。そうすると南家の仲実は１１０８年に逝去しているので候補から外れます。因みに亡くなった年に生まれても彼女は４３歳になってしまいます。

そう考えると、残るは式家の仲実しかいないことになります。この人でもギリギリです。仮にそれが１１１７

年だとして、父である仲実の年齢は61歳となります。どうでしょうか。在り得ないことではない、というより今のところこの人以外に選択肢はないのです。正四位下、中宮亮の藤原仲実。女児を授かって間もなく逝去した為、女児は年長の兄か親類のもとかで成長したのでしょうか、やがて六条流でもパッとしなかった宗保に嫁いで、宗信を生み、以仁王の乳母となりました。それなのに運は今一つ拓けず、夫・宗保も従四位下で止まりました。どこか以仁王の運命とシンクロするような、その名も知れない乳母という人の哀切な境涯が身に沁みます。

歌人・藤原仲実

ところがこの式家の仲実のほうはなかなか大きな名を残しています。若くして世を去った芸術家の帝王、以仁王の曾祖父に当たる堀河帝のもとで歌人・歌学者として大きな活躍をした人物でした。

略歴。天喜五～元永元（1057～1118）。平安末期の歌人。藤原式家。父は越前守藤原能成、母は弾正大弼源則成の女。白河天皇の六位の蔵人を経て紀伊三河備中越前などの国司を歴任。正四位下に至る。母が堀河天皇の中宮篤子内親王の乳母であったことから中宮亮（中宮の次官）となった。若くから歌人として活躍し源俊頼・源国信・藤原俊忠らとともに、堀河院歌壇の中心メンバーとして活躍した。「堀河百首」「永久百首」の作者の一人である。また「左近権中将俊忠歌合」や「白河院鳥羽殿北面歌合」など多くの歌合に参加する一方自邸でも歌合を開催した。歌学者としての理論家の側面もあり『綺語抄』『古今和歌集目録』『類林抄』などの著書を残した。金葉集に初出。勅撰入集は二十三首にのぼる。

「千人万首」よる歌人としての評価は次の通りです。《一種の歌語辞典とも言える『綺語抄』の著者だけあって、こと語彙に対する関心が強いように見える。時には衒学趣味をひけらかす気味もあり、時には殊更新奇な言葉遣いを楽しんでいるようにも見える。しかし詞が先行して心が追いついていなかったり、題材にもたれかかったりしている作例が少なくない。》なんとも厳しいものですが・・・。気に入ったものを幾つか拙訳で並べます。

【春来ては花とも見よと片岡の松のうは葉にあは雪ぞふる（新古今）】
春になったのだから、花だと思って観てくださいと、片岡の松の、高い方の枝の葉に、淡雪が降り積もっている。

【山里はさびしかりけり木枯の吹く夕暮のひぐらしの声（千載）】
秋も終わりに近づいている、そんな山里の夕暮はさびしいものだな木枯しの吹く、こんな時期まで生きていたのか蜩が鳴いている。

【思ひかねつれなき人のはて見んとあはれ命の惜しくもあるかな（玉葉）】
恋しくてどうしようもないのに、つれないあの人の、行く末を見届けたいと、そんなことの為だけに、命を惜しんでいる、惨めな私なのだ。

再び4月9日

大いに脱線してしまいましたが、『吾妻鏡』の4月9日の段に戻りましょう。「入道源三位頼政卿」が子息の「前伊豆守仲綱」らを率いて密かに以仁王の坐す三条高倉御所を訪れ、「前右兵衛佐頼朝已下」の源氏を催して平氏打倒の「可令執天下給之由」を告げ、これを受けた以仁王は「相人伊長」の卦に励まされ「散位宗信」に指示して「令旨（最勝王宣旨）」を下したという場面です。

此処から「令旨」本体を読み進めて行こうということですが、その前に、仲綱についてもう少し語っておくべきかと思います。前に「名馬木の下」のところで、55歳にもなった仲綱が思春期のようにファナティックに奔走する不思議を述べましたが、実際の歴史上のそこかしこに垣間見える仲綱の様子は随分違う、そのあたりを整理しておかねばなりません。この令旨は仲綱が宣誓して読み上げていく形式であり、この蜂起の牽引者であることを自ら高らかに宣言している仲綱の姿なのです。確認すべきはまず、この以仁王への接近は八条院からの要請によるものと思われること、それを受けたのは頼政というよりも家督を継承して一家の責任者であった「前伊豆守正五位下源朝臣仲綱」本人であったろうということがあります。仲綱は大治元（1126）年生まれ、久寿2（1155）年二条天皇の立太子時の蔵人三﨟であり（30歳）、承安2（1172）年47歳で伊豆守になり任地へ赴いています。この時、現地に流されていた頼朝と、何らかの交流があったとみて間違いはないでしょう。安元2（1176）年に家督を継いでいます（51歳）。仲綱は旧二条親政派であり、以仁王とのかかわりも並大抵の深さではないということです。

私淑する大江希望氏の見解によれば、三条高倉邸の訪問を4月9日の夜に選んだのは、そこが新帝（安徳天皇）が五条東洞院の摂政家司・藤原邦綱邸から初めて大内裏に入るタイミングであった為であろうと、その場合一連の儀式は夕刻から深更に及ぶものであり、さらに同日夜には高倉上皇が厳島への御幸から戻られる予定であり、夕刻から夜にかけて道々に警衛の武官、検非違使らのほか、多くの車や役人らの往来があったことで、頼政らの行動もそれらに紛れることができたのではなかろうかというのです。大江氏のその辺りを詳しく考察されており、ここにその先の部分を引用させていただきます。

《三条高倉邸に入った仲綱は以仁王を奉じて「最勝王宣」を宣した。この宣文は、治承4年9月5日に下された「源頼朝等追討官宣旨」や承久3年5月15日に下された「平義時追討官宣旨案」と様式が酷似しており、当然ながら右弁官が「正式」に参画したものではないが、**弁官の経験のない仲綱がしたためることができるものではなく、右弁官経験者の協力があったことがうかがえる。**治承三年十一月の政変では、後白河院近臣の右大弁平親宗、右少弁平基親がそれぞれ解官されており、彼らの協力があった可能性も十分考えられる。その場合、以仁王の挙兵には八条院や太皇太后宮ばかりか**後白河院も背後にいたこと**がうかがえる。「最勝王宣」にみる清盛入道の罪科として真っ先に挙げられているものが「幽閉皇院」であることや、後白河院が治承三年十一月政変によって院分国を奪われたことへの恨み、平氏を姻戚とする王統、摂関家の確立への危機感から、**実子である以仁王の擁立に動くこと**は容易に想定できる。さらに、この「最勝土宣」で以仁王が強調したのが「吾為一院第二皇子」であることからも、後白河院の影響（後白河院政復活の容認）と同時に長兄二条院流の正統後継者として、平氏の擁立した高倉院政を否定する意思が見て取れる。》

私は、自分の中に溜まりこんだ様々な情報を照合してみた時に、右の考察の持つリアリティで多くのことが読み解けると思いました。特に「令旨は仲綱がすでに弁官経験者の協力で書き上げており、以仁王に確認を願うべく持参したこと」「弁官経験者とは、前年解官されていた平親宗、平基親ではないかということ」「レベルの高さから以仁王の師であった日野宗業かも知れないということ」「後白河の関与が当然あったと思われること」これらの示唆は今までどんな学者の論文からもピンと来なかった以仁王と頼政の真実を教えてくれ、根底から蒙を啓かれたのです。

令旨の原文、読み下し、大意。

【原文】

下　東海東山北陸三道諸國源氏幷群兵等所

　應早追討清盛法師幷從類叛逆輩事

右　前伊豆守正五位下源朝臣仲綱宣奉　最勝王勅称清盛法師幷宗盛等以威勢起凶徒亡國家、惱乱百官万民、虜掠五畿七道、幽閉　皇院、流罪公臣、断命流身、沈淵込楼、盗財領國、奪官授職、無功許賞、非罪配過、或召釣於諸寺之高僧、禁獄於修學之僧徒、或給下於叡岳絹米、相具謀叛粮米、断百王之跡、切一人之頭、違逆　帝皇、破滅佛法、絶古代者也、于時天地悉悲、臣民皆愁、仍吾爲一院第二皇子、尋天武天皇舊儀、追討　王位推取之輩、訪上宮太子古跡、打亡佛法破滅之類矣、唯非憑人力之搆、偏所仰天道之扶也、因之如有　帝王三寶神明之冥感、何忽無四岳合力之志、然則源家之人、藤氏之人、兼三道諸國之間堪勇士者、同令与力追討、若於不同心者、准清盛法師從類、可行死流追禁之罪過、若於有勝功者、先預諸國之使節、御即位之後、必随乞可賜勸賞也、諸國宣承知依宣行之

　治承四年四月九日　　　前伊豆守正五位下源朝臣仲綱

【読み下し文】

下す　東海・東山・北陸三道諸国の源氏、ならびに群兵らの所、

　まさに早く清盛法師ならびに従類叛逆のともがらを追討すべき事

　右、前［さき］の伊豆守上五位下源朝臣仲綱宣す、

最勝王の勅を奉るにいはく、清盛法師ならび宗盛ら、威勢をもって凶徒を起こし、国家を亡ぼし、百官万

民を悩乱し、五畿七道を虜掠す。皇院を幽閉し、公臣を流罪し、命を断ち、身を流し、淵に沈め、楼に込め、財を盗み、国を領し、官を奪い、職を授け、功無きに賞を許し、罪にあらざるにとがに配す。あるいは諸寺の高僧を召しとり、修学の僧徒を禁獄し、あるいは叡岳の絹米を給下し、謀叛の粮食に相具す。百王の跡を断ち、一人の頭［かうべ］を切り、帝皇に違逆し、仏法を破滅すること、古代に絶するものなり。時に天地ことごとく悲しみ、臣民皆愁ふ。よって吾は一院の第二皇子として、天武皇帝の旧儀を尋ねて、王位をおし取るの輩［ともがら］を追討し、上宮太子の古跡を訪［とぶら］ひて、仏法破滅の類［たぐひ］を打ち亡ぼさんとす。ただに人力の構へを憑むのみにあらず、ひとへに天道のたすけを仰ぐところなり。これによつて、もし帝王・三宝・神明の冥感あらば、なんぞたちまちに四岳合力の志なからんや。しかればすなはち、源家の人、藤氏の人、兼ねては三道諸国の間、勇士に耐へたるものは、同じく与力して追討せしめよ。もし同心せざるにおいては、清盛法師が徒類になぞらへ、死流追禁［しるついきん］の罪過に行ふべし。もし勝功ある者においては、まず諸国の使節に預らしめ、御即位の後、必ず乞ふに従ひて勧賞［けんじょう］を賜ふべきなり。諸国よろしく承知し、宣に依ってこれを行ふべし。

治承四年四月九日　　前伊豆守正五位下源朝臣［仲綱］

【拙訳大意】

清盛法師とその息子宗盛らは、武力や財力によって凶徒を寄せ集め、国を滅ぼし、民を苦しめ、国の端端までを略奪した。後白河上皇を幽閉し、大臣らを流罪にし、命を取り、身を流し、淵に沈め、牢に押し込め、他人の財物を盗み、諸国を私物化し、官職を奪い取っては、勝手に授け、功績のない者に賞を与え、無実の人に罪を着せた。ある時は諸寺の立派な僧を召し捕り、修学なかばの僧徒を獄につなぎ、ある時はまた比叡山に蓄えられた絹や米を引き出してきて、謀反の徒の衣食としてあてがった。正しい王統の支配の伝統を破壊し、立派な指導者を斬首し、天皇権に反逆し、仏法を破滅させたことは、未だかつて無かった暴虐である。こと此処に至り、天地はことごとく悲しみ、臣民はみな深く憂慮している。そこで、わたし最勝王は後白河上皇の第二皇子として、あの英雄・天武天皇のおやりになった正道に学んで、皇位を奪った無法者めらを追い詰め、聖徳太子の英断にも学んで、仏法を破滅させた外道を討ち滅ぼすつもりである。ただ単純に人の勢力結集を図るだけでなく、天の佑けを仰ぎ念じている。これによって、もしも帝王と神仏の力が集えば、それがたちまち天地のあらゆる力を合流させて佑けてくれることに間違いはない。ということで、すべての源氏、すべての藤原氏、さらに全国の全ての勇気あるものは、この追撃に結集せよ。これに同意できない者は、清盛法師の同類とみなして「死流追禁」の罪を追及する。逆に勲功のあった者は、まず諸国の使節にその旨を伝え、把握しておいてもらえれば、わたしの即位後に必ず望みどおりの褒美を遣わすことにする。諸国よろしく承知し、宣に依ってこれを行ふべし。

※杜撰でもこの様に自分の語彙に当て嵌めてみると、なんともナマナマしく熱いものだったことに改めて気付かされます。と同時に、これが誰か他の人の筆ではなく、以仁王自身の言葉だったのだという強い実感を持ちました。真っ赤に焼けた鉄塊のような、持った者の手を爛れさせるような強烈な熱さです。

新宮十郎行家の出発

さて仲綱はこの熱い令旨を諸国源氏へ早く齎すべく使者として偶々熊野新宮から上京して滞在していた故六条判官源為義の十男・新宮十郎義盛を呼びますが、義盛はこの使者となるに際して、八条院の蔵人に補されており、名も行家と改まっています。この改名は『源平盛衰記』では頼政が提案したようになっています。

「三位入道（頼政）申けるは、令旨の御使をつとめ候はんには、無官にてはその恐れあるべしと申せば、然るべしとて当座に蔵人になされけり。」

十郎蔵人は義盛を改名して行家と名乗る。つまり重大な文書を届ける人間はそれなりの肩書と名前が必要だということで直ぐにそういうことになるんですが、些か出来過ぎのスピード感があり用意周到なプロデュースを感じます。八条院はもうどっぷりと肩入れしていると分かります。

この源行家（新宮十郎義盛）は、源為義の十男で母は第15代熊野別当長快の娘で立田女房と呼ばれたひとです。同母姉に「立田腹の女房（鶴原御前）」がおり、①はじめ叔父である第18代別当湛快の妻となって第21代別当湛増などを生み、②湛快の死後、従兄である第19代別当行範と再婚して第22代別当行快などを生んだ、という一般の通説に従って系図を作成しましたが、湛快の死後再婚というが湛快は1174年まで生存していること、湛増の妻は行範との間の娘なので異父兄妹婚になってしまう事、湛増の生年は1130年であり、1096年生まれの為義を祖父とするには余地がないのではないかということ、などから最初の湛快との結婚についてはリアリティがないのではと思いました。彼女は後年、出家して「鳥居禅尼」と呼ばれ、1210年ごろまで生存していた事が分かっていますので、相当高齢ではあったにしても生まれは1120年代が穏当なところではないでしょうか。因みに行範との間には男子6人、女子数人があり、3男行快（1146〜1202）、4男範命（1148〜1208）の二人は年代が明らかです。

さて義盛の生年は不明なのですが、新宮十郎というナンバリングから見て鎮西八郎為朝の1139年より少し下という辺りなのでしょうか。仮に姉の生年を1125年、義盛を1142年としてみても、17年も離れています。同母きょうだいというより母子という年齢差です。甥たちと一緒に姉の下で育ったという実体が想像できます。ともかく義盛はこのように新宮に隠れるように育ったので、保元の乱のあとの父為義と兄弟のほとんどは斬首という厳しい追及という網の目を逃れたのです。

その義盛がたまたま上京しているので、以仁王令旨を東国の源氏に運ぶ密使という重要な役目に抜擢されるというのですが、偶々である筈がないと私は思います。この時点での義盛の年齢を20代半ばという本が殆どでありますが私は前述の通り、1142年ごろ生まれの30代後半と想定しています。それより大幅に若くなるようであれば鳥居御前の同母弟であるという構造の前提にもメスを入れなくてはなりません。

頼朝らの受信

さて行家は出発し、たった一人で潜伏隠密行動をしながら、伊豆の頼朝を目指したわけです。しかしあちこちに点在する源氏を経由しなかったのでしょうか。木曽や甲斐を落とすわけにはいかないと、つまり中山道経由で伊豆に向ったのでしょうか。その順番・段取りは大切なところです。ともかくも令旨は月末の4月27日に伊豆の流人源頼朝のもとに届き、頼朝は「欲挙義兵」と決意します。『吾妻鏡』の格調に触れてみましょう。**「廿七日。高倉宮の令旨、今日さきの武衛将軍の伊豆国の北条の館に到着す。八条院の蔵人行家持ち来たるところなり。武衛水干を装束き、まず男山の方を遙拝したてまつるの後、謹みてこれを披閲せしめたまふ。侍中は甲斐・信濃両国の源氏等に相触れんがために、すなわちかの国に下向す。」**

念のため「武衛（ぶえい）」とは頼朝の事です。「兵衛府」の唐名で、頼朝はかつて「右兵衛権佐（うひょうえのごんのすけ）」であったので、『吾妻鏡』はこのころの頼朝を「前武衛将軍」あるいは「武衛」と記します。また「男山」は石清水八幡宮、源氏の氏神です。「侍中」とは「蔵人」の唐名だそうで行家の事です。

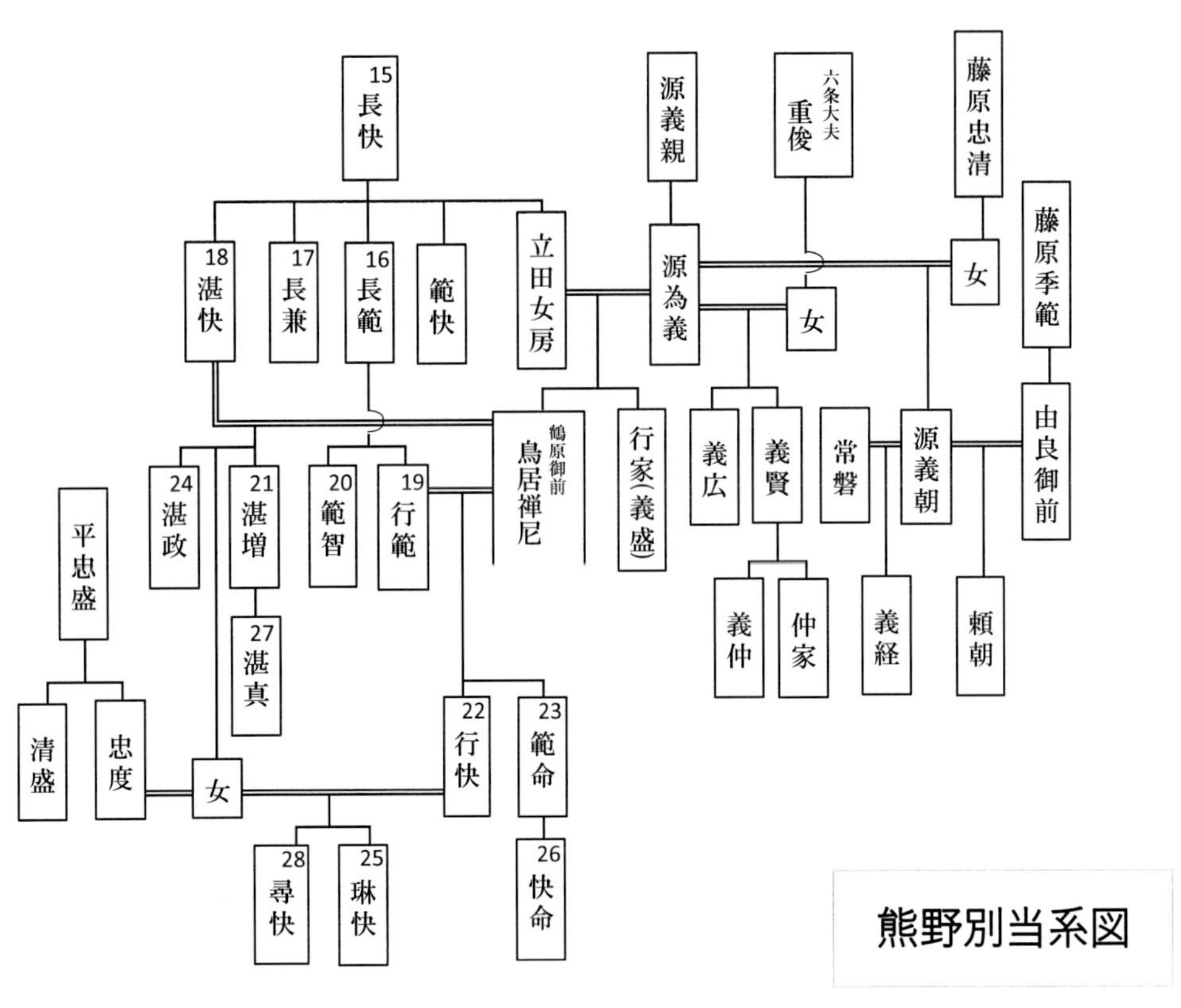
15 長快
源義親
六条大夫 重俊
藤原忠清
18 湛快
17 長兼
16 長範
範快
立田女房
源為義
女
女
藤原季範
鶴原御前 鳥居禅尼
行家(義盛)
義広
義賢
常磐
源義朝
由良御前
24 湛政
21 湛増
20 範智
19 行範
平忠盛
27 湛真
義仲
仲家
義経
頼朝
清盛
忠度
女
22 行快
23 範命
28 尋快
25 琳快
26 快命

熊野別当系図

とにかく頼朝は正装して使者を迎え、行家は恭しく「令旨」を捧げ、このセレモニーの後に甲斐や信濃の源氏に下向して行ったと記述していますが『平家物語』のほうでは、4月28日に都を立って「近江よりはじめて、美濃、尾張の源氏どもに触れて行くほどに、5月10日には伊豆の北条に着」となっています。この日付のズレがアリバイ工作の結果だとしたらそれ即ち吾妻鏡の仕業、鎌倉幕府の矜持なんでしょう。頼政・以仁王の陣営としては誰が頼りになるのかはバンバン当たってみないと分からない、まずもって頼朝の現状に大きな期待は出来ない。伊豆へ着くまでに立ち寄りがあったことはこれは人情だと思います。ただ鎌倉幕府の姿勢として「以仁王令旨」がその後も如何に重要視されていたかということです。幕府のあらゆる正統性の根拠として事あるごとにこの「令旨」はなぞられ続けていくのです。

しかし流人の生活を20年も送っていた頼朝にとって、実際に挙兵できたのはようやく8月23日であり、令旨が届いてから4ヶ月弱も経ってしまってからです。頼政・以仁王の蜂起からでも3ヶ月が経過しています。この時、頼朝は「令旨」を旗に括り付けて挙兵に臨みます。石橋山の合戦です。この緒戦は手ひどい敗戦で終わります。ここを『吾妻鏡』で読みます。

「夜に入りて甚雨沃るがごとし。今日寅の剋、武衛、北条殿父子・安達盛長・工藤茂光・土肥実平以下三百騎を相率して、相模国石橋山に陣したまふ。この間、件の令旨をもって御旗の横上に付けられる。中原中四郎惟重これを持つ」 寅の刻は午前4時です。そぼつく雨の中、痺れる様な緊張と不安感が伝わってきます。

下河辺というユートピア

この石橋山合戦で頼朝は壊滅的な敗北を喫し、命からがら小舟で房総半島へ脱出するのです。そこで強烈な運命の大逆転に出逢うのですが、それは強運の物語であって私として何となくスルーしがちなテーマではあります。ただ確認しておきたいのは、頼朝は真っ直ぐに行くべき時には兎も角も真っ直ぐに行く男だということです。確かに他に選択肢もないことではあったがそれでもストレートにそうしたということは素晴らしい。綱渡り芸人というサンバの歌があるけれども、堂々と渡って行かないと渡れないという、渡るしかないんだから堂々と行くというところがつまり腹の括りです。真っ直ぐに海を渡った。そしてその後の頼朝はもうブレなかった。遅参した上総介広常を一喝して恭順させた場面などのことです。ただその頼朝の心底には根拠としての以仁王令旨があったということ、それが大きな支えだったのだからと私は思っています。

話を戻します。吾妻鏡に依れば4月の終わりに下総国下河辺庄の藤原行義・行平父子に「入道三品頼政用意事」が伝えられ、そちらからの使者が5月10日に源頼朝のもとに着いています。これは吾妻鏡の記述ですが、平家物語では同じ5月10日に令旨そのものが届いているというのは偶然なのでしょうか。もしかしてこの使者とは行家の事であって、行家は先ず八條院の腹心の下河辺庄に向かったのでしょうか。確かに下河辺庄は東国における八條院の代表的な荘園であり、現在の古河市を中心にした一帯に大きく広がっていました。内陸に入り込んでいるように見えますが、利根川（古利根川）、荒川、古隅田川など多くの河川が入り組んだ水運の発達した場所で、肥沃な土地でありました。下河辺行義は下野国の有力在庁官人であった小山政光の弟にあたり、平治の乱では源頼政の郎等として参加しており、この後の展開になりますが頼政・以仁王の挙兵に清恒の名で参加し、自害した頼政の首を隠したことなどがあり(これは行義ではなく行平か)、頼政との深い主従関係が分かります。頼政の父仲政は、下総守として赴任した時期があり、そのときに関係を結んだものと思われます。頼政に従軍していた行平らは、頼政挙兵の失敗を見届けると本貫地の下河辺庄に戻りますが、平氏からの追討は必至です。そこで行平と弟政義は即断して頼朝に馳せ参じて平氏打倒軍に加わります。富士川の合戦で平惟盛を破った功労により

足利又太郎忠綱
下河辺行義の系図

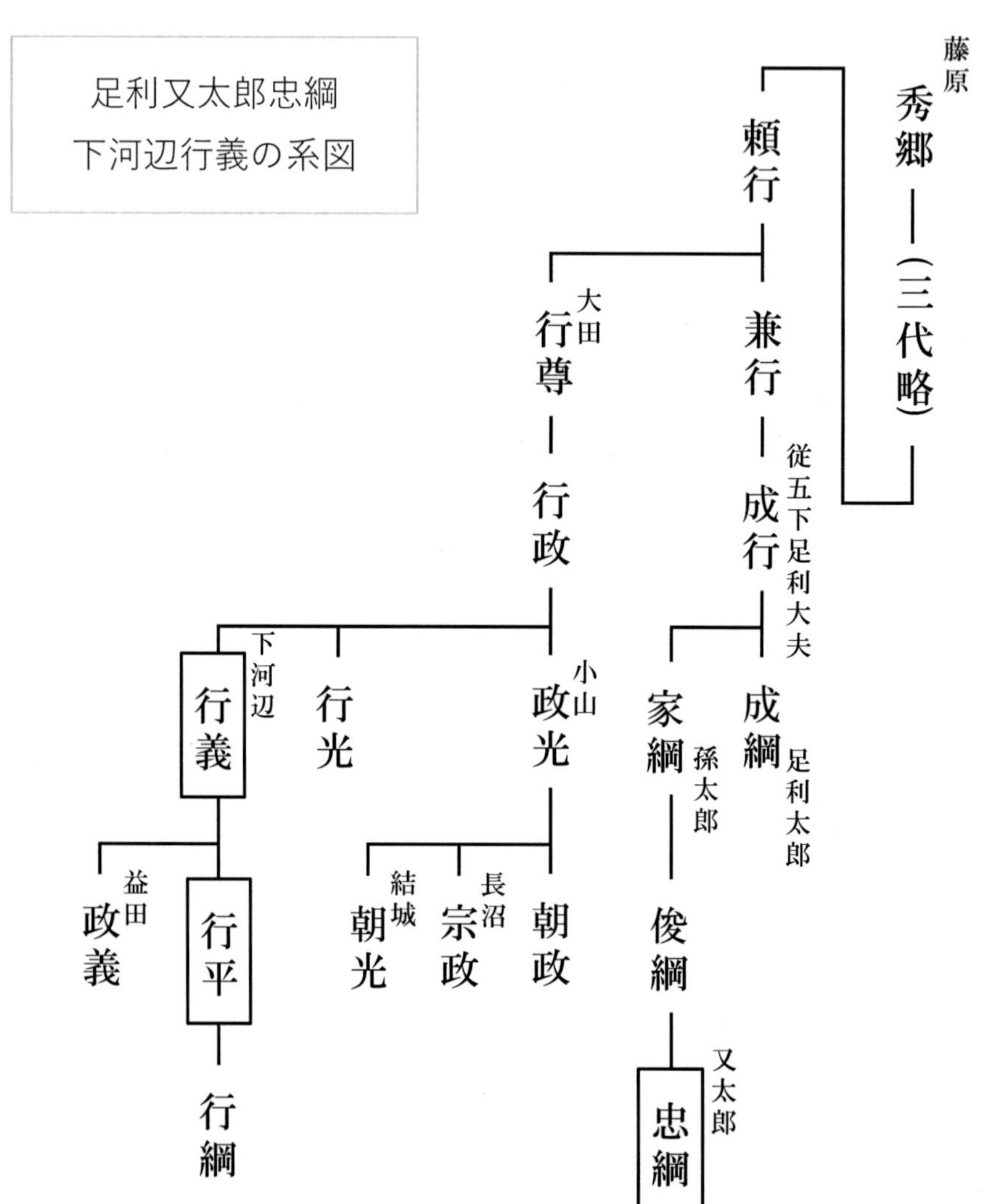

下河辺庄司として認められ地頭となります。頼朝は行平の弓馬の能力を高く評価し、嫡子頼家の弓の師匠に任じ、源家一門に準じる厚遇をします。それは正治元年の頼朝の死まで変わらず、その後も行平の子孫は武術の家系という風格を長く維持していくのです。

足利又太郎忠綱という問題

更にまた少しの脱線をお許し願えれば、この系図でもう一人注目したい人物がいます。下河辺一族と5代前で繫がる足利又太郎忠綱です。この先の話になりますが、宇治川の合戦で頼政軍を追い詰める平家の先頭にいて、宇治川渡河の一番乗りを馬筏で為し遂げ、戦端を開いた17歳の若武者。その功績を称えて清盛から「上野十六郡の大介職と新田庄」という勧賞にあずかったが、それに対し一緒に馬筏を組んだ東国の武士団16人が連署で「忠綱が一人が高名にあらず。一門与せずば忠綱いかでか渡すべき」と全員での公平配分を訴えたので、清盛はその恩賞を取り下げてしまい面目が潰れてしまったというその忠綱です。更にまた「会津高倉宮御伝記」の冒頭で宇治川合戦に敗北した以仁王が「足利又太郎忠綱が情けにて御命助かり給ふ」とある、重要人物であります。

この敵将でありながら以仁王を助けたというアリエナイ行動について詳細な想定を試みているのが柿花仄「皇子・逃亡伝説」でありますが、一番乗りをした忠綱が周囲の同輩に気付かれない機転で宮の陣営と接触して逃亡を示唆したというようなことが書かれていますが、現実問題として先の連署の公平配分の訴状で分かるように、たとえ馬筏の発想自体は彼のものでも、集団行動を余儀なくされていた訳ですから一緒に渡った朋輩が我先にと功を争ってずぶ濡れで平等院に乱入するモノを出し抜くことなど出来るとは思えず、またその時に宮に上申したという「落ち行くべき先として越後の小国」なら「無理と思われる所ほど安全と云えるでしょう」とか「途中の源氏も味方になってくれましょう」とか「渡辺党の案内に任せて」とかいう言葉も一番乗りで駆けつけて辺りを憚って言う情報としては何の意味もないことばかりに見えました。

ただこれほど血縁の近い下河辺氏や、小山朝政・長沼宗政・結城朝光の3兄弟などが八条院との関係も深く、荘官の歴史を形成し源氏蜂起側として活性を示しているのにこの足利氏だけ平家に結んで孤立していたのかという背景が分からず、又太郎忠綱に至る歴史やその後についても各所と深い経緯を持っているはずであり、どういう立ち位置にいたのか気になり調べたところ案の定、厳しいリアリティが掘り起こされてきました。

まず生活基盤としての足利荘（あしかがのしょう）の位置は、下野国足利郡（栃木県足利市）。源義家が開発し、それを継承した源義国が保延3（1137）年安楽寿院に寄進、いわゆる八条院領となり足利荘が成立しました。ただ支配の構造は、義国を祖とする在京軍事貴族の源姓足利氏が預所職を、現地の藤原姓足利氏が下司職をという分掌で、この二者は常陸平氏との対抗上協力関係にありましたが、久安6（1150）年義国が勅勘を受けて足利に下り、直接支配に乗り出すことで競合関係へと変化しました。そうした源姓足利氏への抵抗感も手伝い、仁安年間以降は平氏に付いたと云う訳です。つまりこの以仁王事件はまさにその時です。その後、平家の劣勢の中で源頼朝の攻撃により忠綱の父、足利俊綱が滅ぼされると、忠綱は西国へと出奔し行方不明になります。その後の足利荘は源姓足利氏（源義兼）が支配を確立して地頭職を歴任していくことになります。

そもそもの藤原姓足利氏の発祥は、大先祖の俵藤太秀郷が着手した東国支配へのステップとして、坂東各地に散った子孫各家が国司や鎮守府将軍を歴任していきますが、その一党の淵名兼行が上野国に土着し、その子の成行が下野国足利郡を本拠として足利と名乗ったというのがそもそもの初めです。その息子の成綱は那波郡（現在の群馬県伊勢崎市）を拠点としていて、天仁元（1108）年の浅間山噴火で荒廃した上野国東部の再開発を担って勢力を拡大したとあります。この弟の家綱が河内源氏の義国と関係を結び、開発領主である家綱と院北面として中央に人脈を有する義国の連携により、安楽寿院領足利壮が成立したというのは既に述べた通りです。

しかしその後、義国の下向でギクシャクします。家綱が以前伊勢神宮内宮領として寄進していた簗田御厨を義国が別名義で再寄進する事件があり、鳥羽院の裁定により義国が勝訴して本領主となり、家綱の権益は奪われてしまいます。しかし、次に新田義重も下向して在地への関与を強めると、家綱は排除され平重盛が関わって来ます。関係は険悪なものになりながらも保元の乱では家綱の子・俊綱は河内源氏源義朝配下として参戦します。

そうした空気の中で治承4年5月がやって来るのです。以仁王の挙兵では、俊綱の嫡子・忠綱が平氏軍に加わり宇治川を先陣で渡河して敵軍を討ち破る大功を立てたのです。忠綱は勧賞として父俊綱のかねての念願であった上野十六郡の大介任官と新田荘を屋敷所にすることを平清盛に願い出ます。しかし他の足利一門が勧賞を平等に配分するよう抗議したため撤回となるわけです。この勧賞撤回騒動がこの後の藤姓足利一門の内部に亀裂を生んでいきます。内憂外患。外には競合する足利義兼・新田義重もいます。そういう全体の足元の弱いところを突かれて機を見た源頼朝に滅ぼされてしまうわけです。

忠綱について。『吾妻鏡』によると以仁王の挙兵において、同族のライバル小山氏が以仁王の令旨を受信したのに対し、足利氏に届かなかったことを恥辱として平氏方に加わったというのです。忠綱は17歳であったが一門を率いて上洛し、平氏の有力家人・伊藤忠清の軍勢に加わって以仁王と源頼政を追撃し、宇治川の戦いで例の先陣渡河して敵軍を討ち破る大功を立てたのです。そして褒美として父の悲願である「上野十六郡の大介職と新田庄」の安堵を願うという対源氏と対一門という譲れない戦いなのです。

翌養和元（1181）年になると競合する足利義兼・新田義重が頼朝に帰順し、一門からも頼朝に追従する者、木曾義仲に付いて横田河原の戦いに参戦する者など結束が崩れてきます。寿永2（1183）年2月、忠綱は常陸国の志田義広の蜂起に同調して野木宮合戦で頼朝方と戦ったものの敗北し、山陰道を経て西海へ赴いたとあります。「頼朝に背いた先非を悔い」汚名返上のために平氏追討軍に参加したとも云われますが、詳細は分からずその後の消息は不明なのです。

『吾妻鏡』は、この忠綱を形容して「末代無双の勇士なり。三事人に越えるなり。所謂一にその力百人に対すなり。二にその声十里に響くなり。三にその歯一寸なり」と記している。常人の域を超えていたもの、筋力と肺活量は良いとしてなぜ歯の大きさが言われるのか、不思議です。

いずれにせよ忠綱の状況は厳しかったのです。失地回復に必死です。宇治の戦闘現場で何か情の通う経緯があったのかも知れませんが、少なくとも柿花氏の語る様な荒唐無稽な展開ではなかったと考えます。

日胤の発動

日胤（にちいん）。平安時代後期の天台宗の阿闍梨。園城寺に属し、号は律静房（『吾妻鏡』）、律上房（『玉葉』）、律成房（『覚一別本平家物語』）。父は千葉常胤。その前半生はまったく不明で、どのような経緯で三井寺に入山したのかも、いつ伝法灌頂を受けたのかも、師僧の名も一切不明。

ここで以仁王事件の重要人物である日胤について触れておきたいのです。日胤は何者か、という難問に入る前にまずその登場と関与の仕方の特異性から取り上げて行かねばなりません。日胤は以仁王が三井寺に入った動乱のタイミング以降に極めて重大な役目を果たしていきますが、そもそもの動きとしては全く別件で（なぜか頼朝の依頼で）石清水八幡宮に参籠していたということがあります。かたや以仁王が、大慌てで取るもの取り敢えず三井寺に逃げ込んだ事にテレパシーのように呼応して、即断で（独断で？）参籠を中止して一気に三井寺に合流して、そのまま臨戦態勢になっています。

この辺りを「吾妻鏡」からもう少し詳しく見ていきますと、この件の頼朝の初動は治承4（1180）年5月、伊豆国から園城寺にいる日胤へ「御願書」を送り、何らかの祈祷を依頼し、これを受けた日胤は、「一千日、令参篭石清水宮寺」ということで、石清水八幡宮へ登り、大般若経を無言転読する行を行っていたが、六百日になったところで夢に知らせがあって、翌朝「高倉宮」が三井寺に入ったということを知ると、弟子僧である帥公日慧に御願書の後事を託してともかく以仁王のもとへ奔ったとあります。「千日所願」は日慧が成就させ、翌年5月に頼朝のもとに報告しますが、いろいろな時間軸が合いません。

まず千日行の依頼が以仁王事件の発生した同じ5月というのは、あまりにおかしい。スキマのないところに何故だか無理やり押し込んだような全体になってしまっていますが、はっきりと察し得るところは令旨を受けた頼朝がかねて腹心の日胤に、依頼した祈願というものが何であったかは明確です。蜂起に向かう源氏の武運を祈念してくれという直面した現実問題の事だったと思います。その因果関係の生々しさを消し去るために600日（2年近く）のディレイを儲けたのかも知れません。杜撰で滅茶苦茶な時間軸に見えるのはそういう背景をおぼめかすためのカモフラージュ的な要素があったのかも知れません。

そもそも日胤の出家の事情は分からないとは云うものの、父千葉常胤は平治の乱で義朝の側近でありましたし、日胤もその時父に従って戦っていたのかも知れない。頼朝とはその時点からの結束であったと思えば、まず頼朝が日胤を頼りにするのは当然でありましょう。令旨の事や全体の流れをはじめからよく知っていたと思われ、この火急の状況下の以仁王に寄り添わねばと電光石火の行動を起こしたのではないかと思われます。もともと千葉庄は八条院領ですから八条院の猶子である以仁王と直接の関係性があったとしてもおかしくなく、以仁王の護持僧でもあったのではないかという説もあるようです。

そのうえ様々な状況描写から三井寺での日胤の位置は相当に高いものであったということが解ります。三井寺のように巨大な一枚岩ではない組織で一癖も二癖もある手合いがゴロゴロしている中でいきなりアタマを取って采配指図など振るうためには、もろもろの準備や人間関係のあれやこれやを揉み込んでおかねば到底難しいだろうということです。平治の乱のあたりから入山して研鑽と議論を重ねて築いてきたものと考えればとっくに影響力ある指導者になっていて当然であると無理なく理解できます。

三井寺の長吏は円恵法親王、以仁王の異母弟です。蹶起するメンバーの中に藤原俊成の弟の法印禅智（権大僧都）もいれば頼政の弟の良智・乗智もいるんです。反平家の合言葉のもとに打てば響く人間関係が縦横にあるところ。ここでこそ日胤の個性が発揮できたということでしょう。

日胤頌歌

日胤　その出自　出現の唐突感　でもそんなことは現場の人間関係には　どうでも良いことだ　互いに透徹し合う距離感覚は一瞬のモノだ　面倒なものを介す必要はない　共通の腐葉物をどう排除するかに尽きるからだいたい因縁と云うものが　本人など生まれるずっと前から巡り巡っている　行き来している　絡まり合っている　だから問題は　日胤限りの話でも何でもない　そのはずがないからそうではないと語気強く言うもののどうしてですかと訊かれたら訊いた貴方がアホだから　そういうしかないのだ　シャーロックホームズがワトソンに説明を求められて立腹する理屈と同じだ　だってそうに決まっているから　でもホームズも本当はまだ何も見えてないかも知れない　でもドイルは分かっているのだ多分　彼とホームズと読者の私は完全なトライアングル　共犯関係を形成しているから揺るがない　いや日胤　三井寺で阿闍梨にまで昇進　そして以仁王事件の発生時には　石清水八幡宮で秘密の参籠の真っ最中　それを中断してスワと参じた　それ以前に以仁王の

護持僧だったのではないかとか　頼朝のそれだったからだとか　とにかく人間関係に長けた　良く愛される男だったことに間違いがなさそうだ　父の千葉常胤からも無茶苦茶に愛されてます　自慢の息子だ　やがて千葉に渡って来た頼朝に　常胤は切々と「息子の仇を討ちたい」と訴えた　後に息子の為に建てた「光明山圓城寺」は日胤の修行した園城寺と亡くなった光明山寺を統合した名称にしたのだということがハッキリ分かる　常胤もまた人間関係の人　父常重があまり巧く立ち回れなかった所領争い（伊勢神宮への寄進の見返りの補任）に強い判断武力介入のできた明晰で果敢な武人だった　頼朝との再会に涙したのも　何も頼朝に阿諛する筋合いもない　老いて単に涙もろかったという方がわかりやすい　感泣ですよ　父祖の誇りと時宜時宜での判断というものは切り離して考えた方がいい　どちらが主で従かなどと秤にかけるのもおこがましい話だ　今燃える火に飛び込むその無鉄砲が男の意味だから

熊野と呼ばわる声がして、

それは何処かも分からない。森閑とした朝の霊域で、真理を発見してすぐに見失ってしまった哲学者のように大鴉が鳴いた。人には見えぬ樹上の高い位置で不安定な三本の足を身じろがせ、世界の危機とみれば敏感に反応して絶叫してきた。不安を抱え感受性を揺らす人は、その黒い鳥の云わんとする事を自分の語彙で聴き取るのだった。その鋭い指摘、警鐘に震え、解答を見つけられない自我に狼狽えるのだった。問題と解答は本来ひとまとめに身の内にプリセットされているのに、何処かに別に答えがあるかのように錯覚して人は足を踏み外す。そしてどこまでも惑い続けるのだ。

私の出された問題はただ熊野についてなのであった。熊野がどういう場所なのかということ。現世の御利益を追求し霊験を期待して不乱に祈ったところでチマチマした個人的問題にこの森の神が光明を呉れる筈は無いのであって、それは熊野が特別の場所、誰しものものではなく誰かのもの、そこに強い根拠があり足場のあるものの為の特別の場所なのだからこそである。

熊野は一筋では語れない。熊野を冠した多くの事柄がある。熊野詣、熊野別当、熊野比丘尼、熊野水軍などなど。これはいちいちがとても大きな奥深い領域になっていて、表層的なアプローチでは歯が立たないが、そもそも人は表層のみを把握したがるから、そういう要素分解作業に熱中し何らかの達成感を得るのだ。それは果たして熊野の本質とは何の関係も無いものだ。樹を見て森を観ない、森は怖いからそこらに落ちている枝を大急ぎで拾い集めて飛んで帰る。それで十分だろう。

ここに「平家物語と熊野」というテーマがある。伊勢と熊野の関係を見つめてみようということ。太古からある伊勢、奈良京都の天皇権から伸びている霊的神経叢の先端。そこで神との問答が行われ、それを中央にいる実務者に伝える。そうしたデリケートな粘膜を包み保護する膜の役目を担って発達してきた者が伊勢平氏があったろうということ。伊勢と熊野を一括りにすることなどは出来ないが、同じ海岸線の延長上に存在している以上、熊野という新しい妄執が白河院に取り憑いた時に、その周辺セキュリティーの仕事が伊勢平氏の新規事業、イノベーションとなったことは想像に難くない。伊勢と熊野の発生や発達の歴史背景や相互関係について全体を論ずる度量もないし、その必要もあるのか分からない。しかし伊勢本社・熊野事業部というような認識が簡単に生まれる柔軟性があったのかも知れない。ある意味では熊野も伊勢の一部だと考える単純化も、均一化もこのセキュリティ会社は行っていたのかも知れない。とにかく突然発生しブームとなった法皇・中央貴族らによる熊野詣の流行が、平家と熊野の関係にも特別なものを齎したことには間違いがない。ことに白河法皇に深く仕え強い紐帯を持った平忠盛に於いてそれは顕著であった。法皇の9度に亘る熊野詣にかかわって平氏の社会的面目が著しく向上し、長子清盛が白河院のご落胤（清盛母は仙院辺の女房）である身に余る有難い賜り物、平氏にこの繁栄が齎されたのは熊野権現のおかげであるとして、貴人警護の業務のついでではなく、氏族として幾度も熊野詣を行っている。代表例として清盛が平治の乱に際して熊野詣の途中から引き返してきて、巧みな戦術によって逆転勝利を得たことや、重盛の死の直前の鬼気迫る熊野詣などインパクトのあるシーンに事欠かない。その中でひとつ象徴的なのは『平家物語』巻一の「鱸」であろうと思う。

清盛が安芸守のころ、伊勢から熊野詣に向かう船中へ大きな鱸が躍り込んできた。『史記』の故事を引いて慶事と説く先達が居り、精進潔斎の参詣途中であるが「熊野権現の御利生」として敢えて船上で調理して有難く食べた、という話。顔馴染みのものに神が親しくしてくれたんだという、オレも遂に常連扱いか、ミタイナ実感。そして平家が熊野に主家のお供以外にこれだけ頻繁に訪熊していたとなると、熊野三山を統括する熊野別当家と格別のつながりが生じていくのもむべなるかなということになる。忠盛が熊野別当家の女に産ませたのが薩摩守忠度であるという説、忠度は熊野で生まれ育ったということは処々で語られている。

熊野はその特殊的な個性によって、中央権力からの物理的距離と森厳な神秘感によって、完全に独立した不可侵の強靭で富裕な国家であって、京都に名のみの名誉職「熊野三山検校」を戴き乍ら、現場での決定権と指導力を持って代々実効支配をしている別当家の力は絶大であり、そこに軍事力のスキル集団の平家が、源氏から唯一為義の参入を許しながらも、深く同化していこうという流れはごく自然のものと認識できる。為義のこともどこか別段で語りたい。彼が源氏の中で異質だった要素をあげつらう力量は無いのだが。

熊野は宗教と海運、すなわち熊野三山信仰と熊野水軍のマッチングした世界である。五来重「熊野詣」を引く。「三山信仰は神道でもなければ仏教でもない第三の宗教だったのである。しかも比叡山や高野山とはちがった教団組織をもち、妻帯世襲の半僧半俗の別当家にひきいられた山伏の黒衣武士団と、全国的な散在山伏の勧進組織から成っていていた。別当は軍事的には武士団の棟梁であり、宗教的には熊野権現の名において山伏を統率する熊野修験道の管長であった。しかも経済的には神領庄園を支配し、莫大な貴族の寄進施入物を収納するのであるから、ヨーロッパ中世の法主のような教権と俗権をあわせ持つ主権者であった」

とにかくそうした熊野の風土で育った行家が、東国への密使として旅立つ際に、新宮でもあらかじめ源氏挙兵の準備をしておいて欲しいと情報をリークしたのが大ミステークだったのである。油断と云うのか、あまりに暢気だったと云うのか、行家は「別世界の王子様」だったのか。それとも何か悪意のようなものにやられたのか。結果として大きな歴史上の大チョンボをこの行家がしでかしたことは間違いがない処である。『源平盛衰記』の記述では「この事（令旨の件）のあらはれける事は、十郎蔵人東国下向の時、内々新宮へ申し下しける事は、平家は悪行年つもりて、法皇を鳥羽の御所に押し込め奉りて、たちまちに逆臣となるによって、かのともがら追討すべきよし宮の令旨を給ひて、同姓の源氏年来の家人を催促の為に、関東に下向す。早く家人らに相ふれて、内々用意ありて行家が上洛を相待つべしと、云々」そしてこのことを本宮の「大江法眼」なる者が聞きつけ、兵を用意して新宮で戦ったが敗北する。が、その間に使者を福原の清盛に送った。清盛は、直ちに大軍を率いて上洛して、以仁王を「土佐の畑」へ流すべく処置をとろうという流れになる。

『平家物語』の記述は些か違っている。本宮の湛増の耳にこの情報が入り、日頃平家に恩義を感じていた湛増は、源氏方の那智・新宮へ戦をしかけたのち本宮へ逃げ帰ったことになっている。その間に、飛脚が京都の宗盛のところへ達する。「その頃の熊野の別当湛増は、平家に心ざし深かりけるが、何としてか洩れ聞いたりけん、『新宮十郎義盛こそ高倉宮の令旨給はって、美濃尾張の源氏ども触れもよほし、すでに謀反をこすなれ。那智新宮の物共は、さだめて源氏の方人をぞせんずらん。湛増は平家の御恩を天山とかうむったれば、いかでか背きたてまつるべき。那智新宮の物共に矢一ついかけて、平氏へ子細を申さん』とて、ひた甲一千人、新宮の湊へ発向す」湛増は平素の平家への親密さから、田辺・本宮を率いて新宮・那智と新宮の海浜で戦ったというのであるが、どういう激情でこんな動きになるのか。湛増にどういう焦りがあったと云うのか。

湛増の動きとその相手というものが覚一本、延慶本、源平盛衰記で全く違うために研究者の想像は足踏みして、ともかく仲が悪かったことは理解できると云うところに止まっているものが多いが、たぶん真意は隠されたまま歴史記述という可笑しな調伏、茶番の綾で永遠に満足しなくてはならぬのだろうが、湛増が父湛快からの申し送りである京都で認められる部門を目指すというローカル脱出の悲願において、よりのんびりしている新宮の別当家に対し優位に立ちたいという武力蜂起だったのであり、しかしあえなく敗退したところで湛増は変わり身速く、方針を一転させ新宮寄りの立ち位置になり、寧ろ一緒に反平家色を鮮明にさせたので、そうなると平家は新宮の範智と田辺の湛増をもろとも罷免し、範智の甥でニュートラルな位置にいた行命を別当に補任したわけであるが、行命は無力でありやがて熊野を追われて平氏と合流して西走することになるという、なんとも目まぐるしい、しかしよく分かる流体力学なのである。

少なくとも以仁王事件のこの初手の段階では湛増は親平家の立場で動いたし、新宮は新宮で源氏寄りでブレは無いので、以仁王にシンパシイのある動きを新宮が水面下で取っていたことは疑いのない処であろうが、その便宜が具体的にどういう形だったのか歴史の表層から読み取るのは難しいとは云える。

タイプBという分類項目

以仁王は今日残っていて読むことができるすべての歴史書において、精彩のない人、スポットライトすら外された人として扱われている。先ず悪と特定され、そうとなれば思うが儘に処罰される。利害として対立している

「敵」だけではなく、色んなことが駄目になったのはすべてあいつの所為だと民衆までが思い込むという多重構造も背負わされる。それはそのあとの政権にとっても「ガス抜き装置」として残しておいてもいいと。だからずっと名誉回復はなされないまま今日に至っているのだと、彼はそれに絶望してそうした十字架を背負うことを決めて走ったところを強く感じる。その彼自身は同時代で抜きんでて能力の高かった人であったと思われ、正史からは削除されてしまっていても、兼実・慈円兄弟をはじめ当時の貴人たちの日記には彼の本来持っていた貴公子としてのパステル色の美しさ、気品のかぐわしさが漂ってくる。しかし残念なことに余りに光が当たらないために全体が曖昧な色合い、あいまいな輪郭になってしまっているのである。

以仁王がその父の後白河やあるいは甥の後鳥羽のような人物と比べてどういう部分に短所長所があるのか比較してみたいような気持ちにかられる。例えば政治的なかけひきの能力に欠けているとか、優柔不断であるとか、エキセントリックで残酷であるとか。そしてそういう項目を挙げれば挙げるほどそれはもしかしたら後白河にも後鳥羽にも当てはまることかも知れない。同じように存在したり、同じように欠損しているかも知れない。伯父の崇徳にも全く同じ気の短さ、があるのかも知れない。そういうファナティックで強迫的な専制君主的な部分は後白河にも後鳥羽にも共通しているように感じるし、清盛にも頼朝にも顕著にある。だがそれは権力の達成への不安感という誰にでも起こりうることだったのかも知れない。

それを駆け引きの上手い下手だとか、野心の多寡だとかという要素に分けて、単純な総合点でランキングするような事を寧ろやってみたい。それぞれの個性がたまたまごく微細な局面で互いの数値を変化させる偏微分方程式のようなものを解くようなことを。そして、その多変数のパフォーマンスは複雑すぎて解析は難しいと挫折する。以仁王はその意味で、義仲や義経とかと傾向を同じくするものではなかったのか。それは庶民感覚からすれば不器用な清潔さと映るような、そういうゲームに浸りたい。

私はふと要約癖に駆られてこのように二極化する人々をタイプA、タイプBと名付けて仕分けてみたらどうかと思った。そうしてみたときにこのような歴史の大転換が見えるのではないか。なぜ見事に当てはまったり、そういう役目が与えられることになってしまったかというような。偶然に見える必然が、そうしたスキマに見えたりするのかも知れない。しかも極端な形で。

タイプBと言ってしまったから話は自分の中で分かり易くなってきた。以仁王は肝心のところでアクセルよりブレーキを踏んでしまうようなタイプなのだろうということ。正論は貫くとしてもそれは持ち前の実直清廉さに支えられているだけで、勇気が無い訳ではないが強気一辺倒で走れる人間ではない。はったりもない。義仲や、義経とは微妙に違うかも知れないが、何かなし正直で喜怒哀楽を隠せず大きな嘘は吐けない、吐かない人間であるのは間違いのないところだろうと思った。そうした人物像は「会津紀行」にも一貫する部分である。

そもそも世の中に書き残された大概のことは企図された嘘である。今ここに見えているにも拘らず嘘なのだということ。子供のころはそうひね媚びて物事を見てはいけない、思ってはいけないと言われ自分でもそんな気がしていたが、今ではもうはっきり知っている。人間は嘘を吐く。それも平然と吐く。それはひとつには人間は弱いものだからですよ。弱くて狡い。弱い所為だとしゃあしゃあ言い逃れられるのだから。なにしろ目先の自分の都合が中心だけど、そうじゃなくても自分と関係ないと分かると今度は無責任な出鱈目を言い出す。そうやって人間の営為はひたすら嘘で固められ、その嘘はまた嘘の中にある。正直な心のつらさの果てで吐く嘘もある。そんなものは更にタチの悪い嘘に軽く吹き飛ばされる。そしてそういうもの一切が絶対最悪の嘘の前には消し飛んでしまう。それを編集して纏めたものが歴史書だと私は思う。あとは嘘の種類を見極めて弁別すればよい。

思い尽くし語り尽くさない侭では終われない。

とにかく以仁王。この特別な人物が１２世紀後半の乱れに乱れた政治状況の中で、他の誰にも出来得ない活路を開いたことでこの国は新時代に向けて動き出したこと。これを否定する者はあるまい。院政と平家。清盛と後白河。そのにらみ合いのテンションが一つのピークを示した時、この不思議な皇子が踊り出なければ、そしてそのユニークな立場を勇気をもって貫かなければ多分何も起こらなかっただろう。木曽義仲には何らかの軍事行動が出来たかも知れないがそれは単発的であったろうし、頼朝に至ってはその性格において全く何の行動も起こせなかったに違いない。以仁王の意思決定の緻密、その品格、思慮の深さがなければ誰も平家の全盛を揺るがすことなどできなかったのだ。そして彼が皇子と生まれながら持って生まれた強さ指導力などをへし折られて生きねばならぬ、それを運命として甘受せねばならぬ、気品気位を折り畳み、運命を従容し、一切たかが臣下の平家如きの顔色を窺わなければならないという構造矛盾に直面した時、煮えくり返る内腑を持て余すことなく反転して見せたのだ。その特殊な成長過程で性格の特異性において背負わざるを得なかった矜持、背負ってくれたものがこの国の人間の歴史の大転換になったということ。この一点をないがしろにする訳にはいかないのだ。

淀みに浮かぶ泡沫は。

だから儂の言った通りだろう。個人が見えるものなど限られる。後は見たこともない又聞きを喋っているだけなのだ。見たかのように喋り、それを何回か繰り返すうちに自然に自分が実際に見たものと思いこんでしまう。そういう浅はかな動物なのだということだよ。平安時代の人口は何人だったか知っているか？　６００万人だよ。

どうだい、少ないかい？　今の時代はその20倍ぐらい居るんだろう。でもその600万人のある1点だけを異様にクローズアップさせて、其処に居るせいぜい数百人の人間関係をああだこうだとこねくり回すだけで当時の全てがわかった様に思い、それをそのまま信じてしまうってのは相当に可笑しい事じゃないのかね。

この世に生まれ生きて死んだ圧倒的な人数は「わしゃそんなことは知らん！」と言って来た訳さ。だって分からないんだから、分からんって言うのが、そっちの方が正しいんだよ。あとは本気で契るっていうかさ、実際に経験したそのことってのは大切だと思うよ。でもそれは言わない。他人事のように隠し誤魔化すわけさ。そういう自分の中の本気の契りを「計算なしに他人に晒して何ともない人」が居たらそれは究極のクラックアップなのか、人智を超越した人なのか。だけどそこだけが真相なんだよ。

知らぬ奴らに頭の中を覗き込まれる事ほど腹の立つことはない

漂い、次々とやって来る顔、顔・・・。ただでさえ不愉快だが、こっちを理解するだけの知恵もないのに何が分かりたいのだか勝手に解釈しながら関わってくるような表情には、はらわたが煮えくり返る思いがする。隅の方に老人が居て此方を見ている。何が可笑しいのか随分楽しそうに笑っている。馬鹿は面白いよな、どの時代にもきちんきちんと馬鹿がいて馬鹿を言ってるのが笑えるんだよ。バカってどんな時代でも納まり所が一緒なのな。老人は思い切ったことを自由に言う。基本的に面白がりで大概のことを笑い飛ばし、突拍子も無い意見洞察を言い放つ。しかし系図血統のことになると老人は一気に無関心になりその表情はブゼンと白くなる。

「儂は孤児だった。あらゆる親族関係と無縁だった。」

そういう言葉が出て来る。その都度シマッタと思うのだが、無神経に生きているつもりもないのだが、我が生涯の主たる関心事であるこの系図趣味は呼吸や飲水の様に私の日常であり、外科医が一滴の血や臓器の切片に感情を乱したりはしないようにナニヤラ鈍感になっているのかも知れなかった。ただ、どうにかどこかで何らかの明るいフォローが出来ないものかと感じていた。

それである時一つの思い付きを口にしてみた。夏山さんは宇多天皇のご落胤ではないのでしょうか。仁和の頃のお生まれと伺った時に直感したのですがかの方の落とし胤と言うことではありませんか。すると老人はすかさず言った。「お前がいつかそういうことを言ってくるのではないかと思っていた。儂も実はそのことは長く考えていた。ごく幼い時のうっすらした記憶もある。多くの従者に額づかれていた記憶なのだ。その中に瞼に浮かぶ懐かしいお顔がある　その若しかしたらが止む事無き方となると大層畏れ多いことになる」

みると老人の目は爛々と輝き泪さえ泛んでいる。その激変に衝撃を受けた。かほどありとある場数を踏み体験値も十分過ぎる人でさえおのが貴種であることを夢見ずには居られないという事実。出自の順境に守られて育つことが人をどれ程心強くさせるか。ご先祖様の力で物に臆せず生きられているのかということを痛感し、私はしばし瞑目した。

此処まで書いて、稚拙でも、自分なりに気勢の一つの落としどころを得たことを内心北叟笑みながら・・・国会図書館の暗がりを出て此処がオモテなのか屋内なのか判然としない長い回廊を歩いた。昼か夜かも、現実現象か夢想かも分からない狭い電気回路図のようなところを歩いて何処かのバス通りに出た。気持ちのままに歩きたかった。炎天下でも、ずぶ濡れでもいい。悪天の中を、兎も角歩き回りたくて仕方なかったのだ。

倶生神登場！

しかしウロウロしてみたものの結局地下鉄に乗り、落ち着ける地元に早々に戻った。まだ夕方の駅裏の立ち飲みスタンドで焼酎を三杯飲み、いい気持でそこを出てフト曲がった路地裏で一つの奇妙な呟きを聴いた。呟きというよりちょっと調子っぱずれの歌なのだった。声量のない掠れた中年男の声。ずっとそこら辺から聴こえるので見回したが足早に去っていく通行人ばかりで誰も見当たらない。其処に居る様な、しかし誰も居ないのではというような曖昧なくぐもった声なのにその内容はハッキリと聞き取れた。どうやら私に向かって歌ってる。

「俺はアンタと倶（とも）に生き、いつでも寄り添う神である。人が到底一人ではどうにも出来ない運命を、横で切歯扼腕し、黙って見ている神である。神とは一応云うけれど、神のリストにゃ載ってない。日本の神か舶来か。そんなのどうでも良いんだよ。分かるだろ？　おれは此処に居る。おまえの横にずっといる。お前を見ている神様が此処に居るっていうことさ。我こそが倶生神（くしょうじん）。どうでもいいケドね。」

私はこのおかしな独り言を聞くともなく聞いてしまった。声は不思議な節回しで尚も歌い続けるのだった。

「倶生神とはなにものぞ　我を呼ばわる声がある　そもそも一体いずこから　何の因果でここに来て　我が人生にへばりつく　かつておのれの人生を　歩みしものがその死後に　霊なるものになり果てて　ひとの人生取り憑いて　何の嬉しいことがある　それに答えて我は言う　我のかつてに何があれ　もはや我事にあらず今そこなる御身の沙汰に　寄り添うことが全てなり　御身の命の横に立ち　何もかにもを気に留めて　ゆめゆめ忘るることは無い　それが我の役目なり　倶生神の骨頂なり」

なんとも奇妙な歌であった。その半睡半醒の境界を無条件に受諾している酔っ払った自分がまた愉快だった。その倶生神なるものの主張がいじらしくてどうしても声を掛けたくて堪らなくなった。それで思い切って闇に向かって声を掛けた。

「倶生神よ、私が話しかけたらもしや迷惑なのではあるまいか。そうして金輪際現れなくなるというのなら私の声は聞こえても無視して欲しい。そしてもし私のような者と話すことが禁じられているというのならば・・・」

すると倶生神と呼ばれるこの善良な魔物はくっくっと闇の中で笑って言った。

「問題ないんですよ。普通の人間同士が道端で天気のことなどを語り合って手を振るように倶生神とも会話していいんです。現に倶生神である私の側からはあなたに時々話しかけているんですよ、退屈まぎれにね。でもあなたは聞かなかった。聴こえなかったんですね。それでも稀に本当に弱っている場合などに反応する様子もあったがそれは一時的な譫妄と自分でしまい込んでいましたね。元来私はおしゃべりですから話しかけていいかの提案にはどうぞ喜んでと申し上げる。どういう風の吹き回しかは知らんけども。まあ今更驚きもしません。それが『今更』ってものの性質だとはずっと思ってますからね。」

私は内心嬉しくてならなかった。ずっとここまで生きて来てこんな事が分からなかったなんて。人生は寂しくないんだ。こんな楽しく幸せなことが私の四六時中のことだったなんて。

「いや、そうじゃないんだよ」、と倶生神は言った。急にため口になって驚いた。気安い蓮っ葉な性格は本家の私と見事にシンクロしている。「四六時中なんて言うことは有り得ないよ。こっちだって自分の事いろいろやんなきゃならないんだから。しかもね、大人しい赤ん坊が這ったりミルクをこぼしたり眠ったりするのを見ているのとは遥かに違うんだからね、あなたを見ているっていうのはモノ凄く疲れるんだよね。、倶生神仲間とお茶飲んで情報交換するときに痛感するんだけどもあなたは特別面倒臭い人なんだよ。まあ役目だし、確かに面白いことも一杯あるんだけどもストレスが凄いんだよね。」

なんだか重ッ苦しいお喋りなやつだ。これも私と同じだ。俄然私はある思い付きを口にした。何て呼び掛ければいいのかな。「倶生神！」じゃまずいでしょ。そこらへんに同業者が一杯いる訳だものね。「そうだそうだ」同意のさざめきが聞こえる。他の倶生神の声だ。そうと分かると私の耳ってものは途轍もないものまで聞こえ始める。「しーたん」でいいよ。倶生神が言った。「シーチャン担当だから」シーチャンは私の若い頃のあだ名だ。「おれはもうシーチャンじゃない・・・おれのこと誰もシーチャンなんて呼ばないぜ」すると別の声が聞こえた「みんなそう言ってるんだからそれでいいんだよ、こいつは昔っからシー担なんだから」私は了解した。それで試しに呼んでみた。

「しーたん。」

返事は無かった。しーたんはサッサとスイッチを切って何処かに行ってしまったらしかった。

3　怒涛の十二日間

珈琲ブルース。

日本のフォークソングの歴史に印象を残す一曲のブルース、1973年に高田渡が歌った「コーヒーブルース」である。原曲はミシシッピ・ジョン・ハート。素朴なラグタイム調のいわゆるカントリー・ブルースなのであるが、高田の書いた歌詞は独特なものであった。

三条に行かなくちゃ　三条堺町のイノダってコーヒー屋へね
あの子に逢いに　イヤ好きな珈琲を少しばかり
お早うかわい子ちゃん　ご機嫌いかが・・・

この感じ。1970年代の若い私はこれを素直に受け取って、京都に行く機会があれば必ずこの歌の浪漫に誘われてイノダに何度も足を運んだ。しかしここが以仁王の屋敷のあった三条高倉の至近であったとは当時全く気付いていなかった。堺町筋は高倉通の隣である。イノダとは百メートルと離れていないことを間抜けにも私はずっと知らなかった。三条高倉の屋敷のあった場所は今は「京都歴史博物館」になっており以仁王の屋敷として丁寧な発掘調査もされたうえで再構築されたのだという。若いというのはユルサということ、そしてユルサれるってことでもある。私は今、時空を超えたもう一人の若者のことを聯想している。「あの娘に逢いに」このあたりに通ったと思われる屈強の青年。長谷部信連である。「コーヒーブルース」を信連バージョンで歌ってみると。

三条に行かなくちゃ　三条高倉の宮様のお屋敷にね

あの娘に逢いに　ナニついでに警備を少しばかりね
お早うかわい子ちゃん　ご機嫌いかが・・・

そう　その日もフリーの警備員ノブツラはついつい三条高倉の宮様の屋敷に出かけた　それはもうお目当ての娘がいるからである　そうに決まっている　としか思われない　以仁王物語の前段のヤマ場のこの話をどうひっくり返してみても　王に対するそれ以上の義理の重さは感じられない　王を逃がして自分は警備に戻り女たちを安全なところに隠し　ひたひた迫り来る検非違使たちの気配を待ち構える　その落ち着き払った態度は明らかに陰から見ている女の子の目を意識している　だから思う存分カッコよく戦う　やがてことが納まって捕らえられてもノブツラはベツニ俺には何の義理もある訳ではなかった　役目としてやるべきことをやっただけだと堂々としている　その空気が分かり易かったから平家の沙汰は緩やかだ　これはノブツラの若者らしい明快さ　そしてリビドーへの正直さを示すだけだと　私はそれ以上の読み方はしない　いまどきのサワヤカ青年ノブツラ　ただただ気持ちのいいやつだ　そして此奴が思い切った大舞台を回すことになる

以仁王事件、滑り出す。

以仁王事件はその当初、前哨部分ではまったく隠密的であったし、始まってからは圧倒的に短期間の出来事であった。その凄まじさに多くの者はただ翻弄され、それは貴人の日記などでよく確認できる。世の多くの人はむしろ事件が終わって処断が決まってから少しずつ事態が呑み込めたという感じだったろうと思う。令旨を極秘裏に受け取っていた各地の源氏たちもマサカここまで急激に事態が展開するとまでは思っていなかったのではないか。その核心人物であっても、現実問題として実力的にも状況的にも挙兵蜂起どころではなかった頼朝をはじめとして各地源氏の頭領たちにとっては以仁王の潰走は最悪のシナリオと残念な衝撃が走ったものと考えるのが普通だと思う。それにしても(平家物語に書かれている時系列をそのまま信じれば)、令旨の発布からは2か月は経過しているわけで・・・その間の裏の動き（特に延暦寺、三井寺、興福寺間での意志の疎通というもの）は早馬などで連日のように行われていたものに違いないのだから、そういう海面下的な動向についてはかなりのものがあったのではないか・・・それとも、暢気な所もあったのか。以仁王の側にも、平家にもそういう油断的な部分は随所にみられるものでもあるのだが。とかく現実というものは残念で残忍で、唖然とさせることの連続ではあるのだが。とにかくそういう中でまず大きく動いたのはヤハリ清盛であった。

治承4（1180）年5月10日早朝、事件は大きく動き出した。清盛が突然福原から帰洛し、連れて来た武士が洛中に満ち溢れあたりは物々しくなった。いつものような示威行動。結局清盛は軍と一緒に動く典型的な独裁者なのである。しかし翌日には何を思ったかまた福原へと戻る。たった一両日の不可解な動きだが、これは先立つ8日の夜に「左兵衛督知盛所労、万死一生、頗物狂」という報告がなされたことから、表向きはその見舞いのためといわれるが、大量の兵士を伴うものは何らかの理由で漏れた以仁王の謀反計画への対処が行われたからだとみる。つまり「高倉宮の御謀反」の知らせが熊野から都の平家および福原の清盛に達し、直ちに清盛は調停の為に帰洛したのであると。ただこの時点で清盛は「以仁王令旨」を武力の裏付けのない単なる作文と考えていて、この謀反を「公的秩序に対する謀反」とみなして公的に処置しようとする。公事として朝廷の官僚機構を動かし検非違使ら警察の実力を用いて高倉宮を「からめとって土佐の畑へ」流刑にしようとする。「土佐の畑」とは現在の高知県幡多郡。遠流の地としてよく挙げられる場所である。因みに延喜式で遠流の地とするのは、伊豆・安房・佐渡・隠岐・土佐などである。

清盛がわずか一両日で福原に戻ったのは、妻時子の兄の時忠が検非違使別当であり絶大の安心があったからであろうと云われる。その時忠は、以仁王の捕縛に頼政の養子の源大夫判官兼綱と同族の出羽判官光長を任命する。この段階で平家は以仁王の謀叛の企ては作文であって武力の裏付けはあるはずがないと見くびっていたし、それがもっとも信頼する頼政の一党であるなど全く想像していなかったのだと分かる。

ここで整理すれば、以仁王（まだ頼政はみえていない）の謀略があまりにも早く平家側に露見してしまったために何の準備も出来ていなかったこと。かと云って、以仁王は方向性を示し蜂起を期待したが、先頭に立って戦う意志などテンから持ち合わせていなかったということ。平家は平家でそういう謀叛の意志を情報として知ったが、それは「出すことが社会秩序を紊乱させる出すべからざるメッセージ」を出した好ましくない人間としてであること。当然処罰されるべきであるという考えから以仁王の拘束に踏み切ろうとしているということ。武力的な裏付けがあるとも思わず、ましてそれが長く心を許している頼政の一党であるとは全く想像していなかったこと。またこの謀叛の背後に藤原名流の怨念や、東国に散在している源氏の闘う意志が深く沈潜していることを読みきれていなかったこと。

だから逆に頼政グループには、この段階でもまだまだ色々やりようがあったはずであること。六波羅への奇襲や寺社勢力の早期の結集などで一気に平家をパニックに陥れるなどなど。平家の弱点も、システムの問題も熟知しているのだからここが大きな局面であったことには間違いがない。

そうした中で5月15日夜がやってくる。以仁王を皇子の身分のままでは搦め取るわけにいかないとして、「源以光」と改名させて臣下に落とす。その上で兼綱と光長が率いる検非違使の武装部隊が以仁王邸を取り囲み、以仁捕縛を試みる。しかしその平家の動きは直ちに兼綱から頼政へ通報される。そして頼政から情報を得た以仁王は三井寺へ待避・逃亡し、そのあとを例の長谷部信連が奮戦して以仁王の逃亡を助けることになる。

たまたま明月記。

藤原定家の生涯の日記『明月記』がまったくこの同じタイミングで書き始められたというのがまた不思議な符合である。定家はこの年19歳で、多感な青年のイマジネーションの動き出す良い時宜に当たっていた。父俊成の五条の邸にまだ暮らしていたが、ちょどこの年の2月14日に近火を貰って焼け出され、北小路成実朝臣の家に借り住まいを余儀なくされていて、狭小板屋、毎事多難などと若者らしい不平を洩らしている。

そんな中の4月29日に、『方丈記』で知られる辻風が都を吹き荒れるのである。当時26歳の鴨長明は「ただ事ではない、何ごとかの警告ではないだろうか」と考えたが、19歳の定家はもう少し淡々としている。

治承四年四月廿九日辛亥 天晴る。未の時許り雹降る。雷鳴先づ兩三聲の後、霹靂猛烈。北方に煙立ち揚がる。人焼亡を称ふ。是れ飈なり。京中騒動すと云々。木を抜き、沙石を揚げ、人家門戸并に車等皆吹き上ぐと云々。古老云ふ、未だ此の如き事聞かずと。前齋宮四条殿、殊に以て其の最となす。北壺の梅樹、根を露はし仆る。件の樹、簷に懸りて破壊す。權右中辨二條京極の家、又此の如しと云々。

ともかく定家は、あまた居る姉のうちの二人、京極局と健寿(健御前)が仕えていた前齋宮(以仁王の姉、亮子内親王)の四条殿(今の大丸百貨店の辺りという)の被害の大きさを当日のうちに書き記したのである。

翌日定家が四条殿を訪れると、下の姉の健御前は姫宮を抱いて茫然としていた。この姫宮が健御前が養育を担当していた以仁王の娘である。母親は治部卿局といい姫宮の上に若宮がいた。『源平盛衰記』のこの箇所。

殷富門女院の御所に治部卿の局と申す女房の腹に、若君姫君ましましけり。若宮御出家の後には、安院宮僧正とぞ申しける。東寺の一の長者なり。姫宮は野依宮と申しけり。

定家は姉たちのいる気安さでしばしば前齋宮邸に立ち寄っていた。法勝寺の講話結願に参集した5月10日の帰りにも立ち寄るが、その記述は「前齋宮三条高倉に参る」となっていて、前齋宮が四条から弟の三条高倉に避難していることがわかる。そして定家の立ち寄った僅か5日後、運命の15日がやって来る。

ヘナチョコ宗信、リリシイ信連。

5月15日の夜、三条高倉の以仁王邸は静まり返っている。嵐の前の静けさ、寂寥感すら漂っている。この時屋敷に居たのは以仁王以外ではまず3人の姉、後に殷富門院となる亮子内親王、次姉の好子内親王、三姉の式子内親王。（母の高倉三位は3年前、妹の休子内親王は9年前に亡くなっている。）

そこへ頼政の使いが走り込んで来る。応対に出たのは以仁王の執事のような役目の乳母子六条亮大夫宗信である。使いは宗信に手紙を差し出す。『平家物語』：**これをとって御前へまいり、開いてみるに、「君の御謀反すでにあらわさせ給ひて、土佐の畑へ流しまいらすべしとて、官人ども御むかへにまいり候。いそぎ御所をいでさせ給ひて、三井寺へ入らせおわしませ。入道もやがてまいり候べし」とぞ書いたりける。**

ちょうど宮は、十五夜の雲間の月を眺めていたところである。宗信は宮の前で手紙を読みただ狼狽えるばかりである。捕縛の役人がいまにも来る、急げといわれてただ茫然としている。そこにたまたま居合わせた長谷部信連が気配を察して宮の耳元で「何ほどのことでもありませんよ、女装してお逃げなさい」と的確に指示をする。その箇所、**（宗信が）騒ぎおはしますところに、宮の侍長兵衛尉信連という者あり。「ただ別の様（べちのさま）候まじ。女房装束にて出でさせ給へ」と申しければ、「しかるべし」とて、御髪を乱し、重ねたる御衣に市女笠をぞ召されける。**一介の侍風情が、主人の以仁王に「別段心配することはありません」と落ち着きはらって言う形の良さに痺れてしまう。「ベチノサマ候マジ」一遍云ってみたい言葉・・・。

同じ個所を『源平盛衰記』がどう書いているかというと。宗信はもう度を失って、わななきながら手紙を読む。宮も焦り迷って「どうしたら良いか、何とかしろ宗信」と仰っても、ただ震えていてどうしようもないので、たまたまその辺りに居た信連を呼び寄せて、宮みずから「こういう事情だ、何とかしてくれ」と正直に仰ったのである。この信連とは宮の家人でも何でもなく宮の御所にいる青女房に通って来ていて、ちょうど居合わせただけの者であって、長年の親密な者でも打ちあけるべき秘密ではないが、ましてかりそめの信連に対しては慎むべきことなのだが、緊急事態であり以仁王は信連の人柄を信頼して秘密を打ちあけたうえで、助けてくれるように仰ったというのである。そして信連はそうと云われて四の五の言わず、王の窮状を助けるためだけに存分に働いた。その根拠は忠誠心などではなく、ただ「義を見てせざるは勇無きなり」という武人としての当たり前のことをするというシンプルさである。そして信連は勇猛の上に、いろいろ気配りのできる男であった。以仁王の愛笛「小枝」を届けるくだりなど。咄嗟の事をさりげなく対応したのだった。やがて取り調べを受けてもその申し開きは清潔であり、清盛が思わず「気が向いたら俺のところに来ないか」と誘ってくるほどの男なのであった。青女房にモテない筈が無い。

以仁王の女装、徒歩での如意越え。

長谷部信連の助言で女装をした以仁王だったが、道に溝があったものを軽々と跨ぎ越えてしまい見ていた通行人から疑惑の目で見られてしまう。そこは宗信扮した若侍が童子を連れた女を迎えに来たという演出だったのだがバレそうになってしまう。そのくだりを『平家物語』から。

六条の助の大夫宗信、唐笠をもって御伴つかまつる。鶴丸という童、袋に物入れて戴いたり。青侍の女をむかへ

てゆくやうに出で立たせ給ひて、高倉を北へ落ちさせ給ふに、溝のありけるを、いと物がるぅ越えさせ給へば、みちゆき人が立ち止まって、「はしたなの女房の溝の越えやうや」とて、あやしげに見まいらせければ、いとど足速やにすぎさせ給ふ。

満月の夜の逃避行、月が明るければいろいろ見破られやすい。溝を越す女装の以仁王にたいして「はしたなの女房の溝の越えやうや」と訝しく見ている通行人がいたというひやひやする場面である。

『源平盛衰記』のヴァージョンは次のようである。

五月の空のくせなれば、雲井の月もおぼろにて、行くさきも又かすかなり。三条高倉を上に出で過ぎさせ給ひけるに、ひろらかなる溝あり、宮安々と越えさせ給ひたり。大路通る人立留りてあやしげにて、はしたなく越えたる女房かなとぞつぶやきける。佐大夫これを聞きて、いよいよ膝振るひ心迷ひて歩まれず。

宗信の小物ぶりが首尾一貫している。一行の細密な経路は、高倉邸の西側の小門から出て北へ、次の二条を東に河原まで歩き、川縁を北へ近衛河原を渡って頼政邸の前を過ぎ、そのまま如意越みちに入っていく。これが当時のデフォルトと考えられているようである。

『平家物語』では以仁王は少人数の従者と共に三井寺にやっとのことで辿り着き「助けてくれ」と頼み込んでいる。『源平盛衰記』でも道なき道を夜通し歩き、脚は茨のために出血し、髪には、蜘蛛の巣が纏い、やっとのことで寺にお入りなさって「甲斐無き命の惜しさに頼みに来たのだ。衆徒よ、助けよ」と泣く泣く仰せがあり大衆は、哀れでもったいなくて、法輪院に御所を造り、抱え入れ申して、乗円坊阿闍梨慶秀、修定坊阿闍梨定海などと言う古悪僧は、門徒の大衆を引率して、御前に参って様々に労ったのである。

この時の三井寺長吏は以仁王の一歳下の異母弟円恵法親王であった。こうして逃げ込んで来た以仁王にこのあと血縁であるからこそ余計に苦しみ、翻弄されていくのである。

信連の戦闘

さて信連は、以仁王を送り出した後で、残っていた女房たちを避難させ、来たるべき戦闘に備えてその辺りを片づけていた。するとそのとき、宮が日頃から大切にしていた「小枝」という笛が忘れられたままであるのを見付けた。この笛は宮がもし忘れたことに気付けば危険を冒してでも取りに戻って来るほどの「御秘蔵ある御笛」であることを信連は知っていたので、直ちに全力で追いかけた。500メートルほど走って追い付いて笛を手渡すと、宮は感極まって「われ死なば、この笛を御棺にいれよ」と仰る。死を予感した宮が思わず漏らした言葉であった。そしてやがてこの笛は、悲劇の場面に再び登場するのである。

不安の中にいた宮は走って来た信連を頼もしく感じて「このまま一緒に付いて来てくれないか」と仰った。しかし信連は「すぐにでも官人どもが宮を捕らえに来るのに、誰も応対しないのはいけません。それに自分が宮にお仕えしていることは皆が承知しているから、逃げたなどと言われるのは口惜しい、弓矢を取る者は、仮にも名を惜しむものです。官人どもの相手をして、打ち破ったらすぐに参ります」と、走って帰った。

そしてその夜、六波羅の兵どもが押し寄せる。物々しい三百余騎の大軍。源大夫判官兼綱は中には踏み込まず門の外に控えていた。出羽判官光長が馬に乗ったまま門内に入り大声をあげた。「宮の御謀叛が露見いたして、六波羅から官人達が庁宣を承って、御迎えに参りました。速やかに御所の中からお出になられませ」それを聞いて信連「ただ今、御所にはおられない。御留守である。何事なのか、事の次第を申されよ」と言えば光長は「何を言うか。ここでなければ何処にいらっしゃるものか。そういう事なら、下部どもよ、参ってお探しいたせ」と云うと、信連は激怒して「常識知らずの官人どもも。たとえ君が朝敵とおなりになって、天下を敵に回されたとしても、馬に乗りながら御門の内へ入るはとんでもないことだ。まして下部ども、参ってお探しせよとは、どういうことだ。いいか、おれは左兵衛尉長谷部信連だ。寄らば斬るぞ！」と怒鳴った。

遥か遠くの門前に控えていた源大夫判官兼綱の合図で、郎等の剛の者が切り込んで来た。信連は狩衣の帯紐を引きちぎって投げ捨て、衛府の太刀とはいえとも、身の部分を少し念入りに打たせていたのを抜き合わせ、敵は大太刀、大長刀を振り回すが、信連の衛府の太刀に斬り立てられて、嵐に木の葉が散るように、庭に逃げ降りたのだった。頃は五月十五日の夜の、雨雲の雲間から、有明の月が現れ出て明るかったので、信連は屋敷に詳しく、敵は不案内である。ここの長廊下に追いかけては斬り、あちらの隅っこに追い詰めては斬った。「宣旨のお使いに、どうしてこんな事をするんだ」と言われたので、「宣旨とは何だ！」と、散々に斬りまくった。太刀がゆがめばどっと仰け反り、踏み直し、押し直し、モミにもんで斬った。たちどころに屈強の兵達十四、五人を切り伏せた。その後、太刀の先五寸計りを折って捨てた。腰の刀を探ったが、鞘巻が落ちて無かったので、仕方なく大手を広げて門前の方へ行くうちに、ここに手束八郎が長刀を持って出て来た。信連は長刀に乗ろうと飛びかかる。どうしたのだろうか、乗り損じて腿を縫うように貫かれ、信連は心は勇猛に進んだが、大勢の中に取り囲まれて、捕虜にされてしまった。宮は御所中何処にもいらっしゃらなかったので、信連のみを搦め取って、六波羅へ戻った。

ここで細かい話だが、宮は「小枝」と「蝉折」と二つの名笛を持っているが、「蝉折」は後段「大衆揃」で三井寺に奉納するので、屋敷を出る際には「蝉折」は持ったが「小枝」は忘れてきたということになる。チグハグな感じがするが、大事なものが二つあると慌てて一つ忘れてしまうというのは人の常ではある。

ただもしかして以仁王がはじめから「蝉折」を持ち「小枝」のほうは置いて行こうと思っていたとしたらどうであろうか。つまりほとぼりが冷めたら自分はいずれ戻ってくるのだから「蝉折」1本を持って行けばそれで良いと思っていたとしたら、敢えてそこに小さな楽観のよりどころを置いて居たとしたらどうであろうか。

それなのに信連が息を切らせて走り持って来た「小枝」を見た時に宮は「貴方はもう戻って来れないから私も一緒に連れて行ってくれ」と告げられたと感じたとしたら。それで咄嗟に「棺に入れよ」が口を突いて出たのではあるまいか。そうとなればやがて死を覚悟して三井寺を出るときに肌身離さず持つべき笛は「小枝」を措いて他にはなく「蝉折」とはその時に惜別する必要があったのだと、そんな気持ちの流れがあったのではなかったか。今まで思ってもみなかった感覚がふと実感として浮かんで来たのである。

玉葉はどう書いているか。

九条兼実。「玉葉」の記述。15日、天晴れ。梅雨のさ中であったがこの日だけは晴れていたのである。前日、前々日は降雨。昏れに臨んで、京中が鼓騒した。比叡山の大衆の下洛の噂が立ったが、実際には来なかった。今夜、三条高倉宮を配流するなど縦横の説が多くあったが信頼しがたい。ここではまだ噂として疑っている段階である。しかも、兼実はこの日風邪気味で、咳も発熱もあった。

16日、曇ったり晴れたり、定まらず。以仁王は「源以光」と源姓が与えられ（賜姓改名）、謀反人として四国（土佐の畑）へ流されるべく追及されることになる。伝え聞くところでは、高倉宮は昨夜検非違使がその家に着く前に、密かに三井寺に逃亡した。かの寺で宮を守護して比叡山へ合流するのだろう。両寺の大衆は謀叛を企てるのであろう。また同時に以仁王の子ども達への追及も始まり、八条院の御所に平頼盛が出向いて、八条院暲子の養子となっていた王子を捕らえたようだ。大変なことが起きつつある。「我が国の安否ただこの時にあり。伊勢太神宮、正八幡宮、春日大明神、定めて神慮のお計らいあらん。」兼実は憂慮している。

17日、三井寺の長吏である円恵法親王は以仁王の異母弟であり、立場的にも何とかことを穏便に収めようと思われたのだろう、平家中枢の宗盛・時忠へ使者を送って、「以仁王は三井寺平等院にいます。京へ出頭なさるようです」などと伝えた。それで平家中枢は５０騎ばかりを差し向け、以仁王を保護しようとすると「宮はすでに大衆３０人ほど引きつれて三条高倉へお帰りになった」と云うので、使者が京に戻って八条宮円恵法親王に報告すると、円恵は「おら知らねー、自分の力の及ぶところじゃないんで」と、投げ出してしまう。これで三井寺大衆が以仁王を一丸となって支持していることが明確化した。円恵はほんとうに投げ出したのか。それともこれも抵抗の一つの形だったのか。この日の『玉葉』は熱を籠めて書いている。「諸国に散在する源氏の末胤たち、多くもって高倉院の味方となり、また近江国武勇の輩、同じくもってこれに与みすと云々。」

１８日、僧綱（寺院の統括管理者）を三井寺に派遣し、現状調査。１９日、その報告を受ける。それによると、かの宮［以仁王］なお出し奉るべからざる由、大衆申しきりおわんぬ。凶徒７０人ばかり、その中でも律上房・尊上房の両人が張本たりと。比叡山が三井寺に協力することを心配する議論、三井寺から興福寺へむけて「牒状」が送られたらしいという情報があることなどが記録されている。さらに、八条宮円恵法親王は以仁王と通じている可能性があるので監視をつける必要があるとも。

２０日、昨日三井寺の衆徒が「以仁王を引き渡すことを承諾した」という情報があったので、八条宮が以仁王受け取りの使者を三井寺に差し向けると、以仁王は色をなして「汝らは自分を搦めようとするようだが、決して自分に手をかけるな！」と叱りつけた。そして武装した悪僧が７、８人出で来て使者を追い散らし、ほとんど暴力沙汰になりそうであった。ようするに穏便に収めようとした弟宮の曖昧な動きが、寧ろ以仁王の周囲を硬化させ、その一部始終を意図的なものと勘繰られて八条宮に監視が付いたということらしいが、ただ八条宮がものを決めかねて軟弱だっただけのように見える。どうなのだろうか。

２１日、以仁王の強硬な姿勢が平和的な交渉では解決しないとして武力行使が決定される。翌々２３日に発向とし、宗盛を総大将とする10人の面々が挙げられているが、9名が平家で残りのただ一人の源氏が頼政である。平家側は、いまだ、頼政らがこの叛乱に加担していることに気付いていないのである。その物々しい陣容は以下の通りである。たった一人の以仁王に平家の中枢が総がかりとなっている。

平宗盛　34歳　正二位　前右近衛大将
平頼盛　48歳　従二位　権中納言
平教盛　53歳　正三位　参議
平経盛　57歳　正三位　大宮権大夫、修理大夫
平知盛　29歳　正三位　左兵衛督、丹波権守、新院別当、御厩別当
平維盛　21歳　正四位下　右近衛権少将
平資盛　20歳　従四位上　右近衛権少将
平清経　18歳　従四位上　左近衛権少将
平重衡　24歳　正四位下　蔵人頭
源頼政　77歳　従三位　散位

頼政、馳せ参ずる。

しかし22日、この園城寺攻めの陣容が固まった所に思いもよらない事態が勃発する。攻め側の一員である頼政が俄かに園城寺へと奔ったのである。昨夜半、頼政入道子息らを引率し（正綱、宗頼相伴はず）、三井寺

に参籠す。すでに天下の大事か。ここまで隠密を保ってきた頼政一門が俄然動いて高倉宮に参じたことが電撃のように伝わったのである。子息を率いてというものの養子の政綱と宗頼は伴っていないと兼実は何故か強調している。この二人は弟頼行の遺児たちを養子にしたものであった。この二人の兄の兼綱は参加して大きな働きをしているし、頼政の実子でも頼兼は参加していない。これは云わばリスク分散であって、存分に働くものと銃後の守りをするものとに家長の頼政と嫡男仲綱で決定したものと思う。

ところで兼実は、心労で病人のようになっていた後白河院を見舞っての帰りに、門のところで邦綱から消息一通を見せられる。その中には「山の大衆三百余人与力し了る由」との延暦寺からの情報があり、「驚き思ふこと極まりなし」としている。夜になって南都から来た人に「奈良大衆蜂起し、すでに上洛せんとす」と告げられる。つまり、平家側と考えられていた比叡山にも以仁王に与する大衆300余人がおり、以仁王側であることが明白な南都の大衆も上洛しようとしているというのである。京都中が、逃げる準備の人々で大騒ぎしていることを記したあとで「疑ふらくはかの一門、その運滅尽の期か。ただし王化空しからず、深く憑むべきか。」平家の命運も尽きたか、まさかとは思うが、と平家滅尽の予感さえ書き付けている。

『平家物語』ではこの三井寺合流を16日の夜としているが、日付は「玉葉」が正しいのだろう。「都合その勢三百余騎、館に火かけ焼きあげて、三井寺へこそまいられけれ」人数は『山槐記』『玉葉』では50騎ほど、「三百余騎」は文飾かも知れない。近衛河原の自邸を焼亡させたことは「玉葉」には記述がない。

23日、この日は三井寺を武力攻勢する予定の日であったが、比叡山・南都・三井寺の情勢が捕捉できず、平家側の動きはない。24日も、同様であった。

重大な局面「永の僉議」

この23日の夜に、三井寺では「永僉議」（ながのせんぎ）があった。議論が無駄に長引いたというタイトルである。以仁王の陣営としては起死回生の、大逆転の決死の作戦であった。頼政が皆を集めて説いた内容は『源平盛衰記』に細かく叙述がある。要するに六波羅への夜襲である。先ず部隊を二手に分ける。老僧や稚児らが如意が岳から六波羅の搦手側の民家に火を放って平家の軍兵を引きよせる。これは陽動作戦。その隙を見て主力部隊が六波羅に打ち入って火を放ち、清盛・宗盛を討つ、というもの。搦手に向かう老僧部隊の大将を頼政が、大手にむかう中心部隊を率いるのが伊豆守仲綱である。

頼政・仲綱・兼綱らが勇猛な知将であったことは論を俟たない。当然、さまざまな戦術を検討したうえで、満を持した作戦である。絶対的に劣勢の兵力でいかにして最大効果を上げ得るか。有効な打撃を平家中枢に与えうるかという検討の結果である。武断の専門家、頼政一門の主導の下で本当に果断に実行されていたら戦局は大きく違っていただろうが、うまくいかなかった。まず長老の乗円坊阿闍梨慶秀が下腹巻に衣装束、長絹袈裟で頭を包み、打刀を前垂れに差し、進み出て演説する。「戦に勝つことは軍勢の数ではない」とかつて天武天皇が十七騎で打ち勝った話を言う。「ましてや三院の衆徒である。源氏の協力である。とりわけ窮鳥を懐に入らば、人倫憐れむという事がある。ましてや宮の御入寺である。他は知らないがこの慶秀の門下は今夜六波羅に押し入って討死せよ」それから僧侶の世界らしい理屈理念が飛び交うことになる。そこで痺れを切らした円満院大輔がただ一言「御託を並べているうちに五月の短夜は明ける」と言ったので「もっとも、もっとも」と動き出す。確かに大軍は動き出したのだが如意が峰の闇が暗くて搦手部隊がなかなか進めなかったのと、本隊の方も塀や柵を越えるのに手間取ったりしているうちに結局時間切れで朝になってしまい中止を余儀なくされてしまったのである。

確かに僉議をする僧の中に意図的に話を引き延ばしのらりくらりする者がいて進行が遅れたことは事実であったとしても、こうした存亡の秋に天が味方してくれなかったという悔しさが滲み出ている。その残念さがこの「永の僉議」という表題に苦々しく現れている。

引き延ばしにかかった反動僧とは「一如坊阿闍梨真海」である。おまえの所為だと後でリンチを受け瀕死で六波羅に逃げ込むが、六波羅にいた数万の軍兵からは無視され、却ってスパイ扱いをされたという。こんな者一人の為に歴史はどれ程無駄な血を流したかと思えば記憶に留めておくべき名前だと思う。

作戦が未遂に終わり、打つ手がなくなった以仁王・頼政は南都興福寺へ拠点を移そうということになる。

水面下の交渉、山門と南都への牒状。

「平家物語」の叙述の順序では「山門牒状」と「南都牒状」が「永僉議」の前に語られるのである。「永僉議」が戦略の最終作戦会議だったとすれば、二つの牒状は水面下の外交交渉であったのである。結論を云えば延暦寺は全く頼りにならず、興福寺は理念的な熱い遣り取りはあったものの喫緊の危機的状況に応援に駆けつけてくれるというほどのスピード感は期待できなかった。

まず「山門牒状」であるが、三井寺は延暦寺宛の18日付の牒状で、まず清盛を罵倒する。「欲しいまゝに王法をうしなひ、佛法をほろぼさんと」していると云い、その嘆かわしい現実のもとで15日の夜に以仁王が密かに入山して来られたものを、これを後白河法皇の命令だといって引き渡せといってきた。これを出来ないと拒んだところ、官軍を放ち遣わすということらしいので「当寺の破滅、まさにこの時にあり」と手前の窮状を訴え、同じ天台宗の教門として延暦寺と園城寺は鳥の左右の翼、車の両輪のように助け合うべきだ。とその連帯を求めたのである。しかし山門は昨年秋のクーデターから座主は清盛の腹心の明雲であり、まったく飼いならされている状態であったし、さらに懐柔篭絡の事前工作も入っていたから三井寺からの牒状に対し反応は冷淡だったのである。あまつさえ三井寺は延暦寺の末寺でありながら対等であるかのように鳥の左右の翅や車の二輪に似たりと書くなどもってのほかという反応で、結局返答もなかった。

とは云え、延暦寺は巨大な組織であり、座主が平家の子飼いであっても山全体が一枚岩である訳ではなく、以仁王の状態に同情的な意見もかなりあったようである。それを紡ぎ出したいのが三井寺であったし、それを徹底的につぶしたいのが平家なのであった。

平家の懐柔策はともかくダイレクトに物で釣ろうという実にあからさまなものだった。『源平盛衰記』には明雲が院宣に従って大衆を説得するのに「近江米1萬石、美濃絹三千匹」を平家が提供したという。突然の大量の米と絹の提供で、各々取るに任せたので「一人してあまたを取る大衆もあり、また手を空しうしてひとつも取らぬ衆徒もあり」ということになり、落書が現れた。「山法師おりのべ衣うすくして恥をばえこそ隠さざりけり」「おりのべを一きれも得ぬ我らさへ薄恥をかく数に入るかな」宗教者だろうが聖職者だろうが、物欲の垣根は軽く飛び越えるものだと、人間の原理はいつも勉強になる。ともかく、このようにして平家の山門工作は成功し世に「山門変改」という言葉になった。

一方で平家の武力の拠点、六波羅では最悪の事態を懸念した議論がされている。『源平盛衰記』を読む。

「上総介忠清計らひ申しけるは、山門南都同心せば、合戦ゆゝしき大事なり。三井寺には、大関小関を伐りふさぎ、山には東西の坂にゆみばり、海道・北陸ふたつの道を催して防ぎ戦ふ程に、南都の大衆、芳野十津川の悪党等をあひ語らひて、宇治路・淀路よりさし挟んで寄すならば、前後に敵を抱へん事ゆゝしき大事なり。官兵数を尽くし、日数ほどを経るならば、国々の源氏も馳せ上って、いくさに勝たんこと難し。」

ようするにこれら宗教勢力に同時に蜂起された場合、挟み撃ちになってマゴマゴしているうちに各地の源氏が馳せ上ってきたら太刀打ちできなくなる。そう具体的に危機感を露わにしているのである。この発言者藤原忠清は前年のクーデター後の人事で上総介・従五位下に登用されている。またこの後の南都へ逃げ込もうとする以仁・頼政を追撃する侍大将である。増水している宇治川を迂回して渡ろうという慎重派、それを嘲笑う足利又太郎忠綱ら板東武者らが「馬筏」を組むことになる。また平重衡がそのまま進軍して南都を焼き払おうというものを後々が面倒だからと諫めて引き返させた男でもある。

そして、左少弁行隆が「後白河院の意を汲んで」作成する院宣であるが、院宣とは本来そういうものであるだろうが「謹上、天台座主御房。園城寺を「兵甲」が攻めれば、「凶徒」らは比叡山中に逃れ入ってくるだろうから、しっかり守護してほしい等々、具体的な指示は座主明雲に対して、院宣の速やかな実行を朝廷が命じている文書だが実態は平家の意向を左少弁行隆が朝廷を代表して座主明雲に命じていたのは明白である。

南都に怪僧信救得業あり。

さて、三井寺は南都興福寺への牒状も同時に発信している。その内容は山門への牒状と変わりがない。「かの禅門、武士を当寺に入んとす。仏法といひ王法といひ、一時にまさに破滅せんとす」清盛が仏門の聖域を武力制圧しようとしているという強い危機感を表明している。これに対する興福寺からの返牒こそは長文かつ熱の籠ったものであった。

「そもそも清盛入道は平氏の糟糠、武家の塵芥なり」という冒頭から過激で挑発的な文面は当時興福寺にいた学僧、信救得業（しんぐとくごう）が書いたもので、このことが以仁王事件の後で清盛に知られて、得業は特に追捕を受けることになる。そこで意を決した得業は頭から漆を浴びて容貌を変えて南都を抜け出し、東国に走り、そこで十郎蔵人行家と出会い、行家の「太神宮祭文」の作者となる。

「左小弁行隆を以て、ほしいままに漏宣を構え、あるいは与力を北嶺四明（比叡山）の一山に制し、あるいは法命を南都三井の両寺に滅す。」と、ここでも心頭の怒りを隠さない名文である。その後、信救得業は木曽に行き、義仲の懐刀となって活躍し、そして最後は親鸞の門下に入ったという。

このとき信救得業は三井寺への返信と同時に、東大寺をはじめ南都の諸寺へ向けて「以仁王の謀叛」への同意を促す牒状を書いた。それらの牒状に込められた得業の熱気は素晴らしく、南都の僧徒大衆の反平家の熱気はかなりのものだったと思わせるに足る。そしてその上で、その熱い大衆らと合流できなかった以仁王は不運だったという話に繋がる。「宮御最期」のくだりでこの件はもう一度確認しなくてはならない。

以仁王に供奉の面々。

さて時間軸をもう一度、２３日夜の三井寺に戻したい。頼政の奇襲作戦の場面で以仁王の軍勢の全貌が分かるので、そこを源平盛衰記から抜き出してみる。

【搦手の陽動部隊】大将は頼政、乗円坊阿闍梨慶秀、律浄坊阿闍梨日胤、帥法印乗智、その弟子の義法、禅永、等五十余人、乗円坊慶秀の同宿の加賀、刑部、光乗、一来を始めとして六十余人、律浄坊日胤の同宿の伊賀、越前、上総坊を始めとして五十余人、その他稚児共・童部は、大津の在家を駆り具して千余人。

【六波羅を襲う本隊】大将は伊豆守仲綱、侍は渡辺党、満馬允、子息省の播磨次郎、其子授薩摩兵衛、刈源太、与馬允、競滝口、唱丁七、清、濯等である。僧は法輪院荒土佐、円満院大輔、平等院因幡竪者、荒大夫、松井肥後、角六郎坊、島阿闍梨、北院の金光院六天狗の、大輔、式部、能登、加賀、佐渡、肥後等である。常喜院は、鬼土佐、筒井法師に、卿阿闍梨、悪少納言、我耶筑前、南勝院に、肥後坊、日尾定雲、四郎坊、後中院に但馬坊、大矢修定。堂衆からは、筒井浄妙、明秀、小蔵には、尊月、尊永、慈慶、楽住、金拳の賢永等。

同じ「大衆揃」の個所でも平家物語ではだいぶメンバーに異同が有ったり、同一人物と思われても名前が微妙に違ったりしている。次ページに「平家物語版」のリストを掲げるので比較してみて欲しい。特に重要な人物である兼綱、仲家、仲光が「源平盛衰記」で欠落しているのが気になるところである。

また頼政の多田源氏に寄り添う嵯峨源氏瀧口党の全貌が分かる系図も作成したので載せておく。

流れが激流に変わる時。

さて奇襲が未遂に終わったため以仁王陣営には打つべき手が無くなってしまい、三井寺の大衆に中には焦燥のあまりに宮に面と向かって心無い事を言い出す者まで出て来る。延慶本でその箇所を抜き出す。**高倉宮の御前に参りて、大衆申しけるは、「山門の衆徒も心替りし候ひぬ。南都よりも御迎へに参ると今日よ明日よと申せども、未だ見え候はず。寺ばかりにては叶ふまじ。何方へも延びさせおはしますべし」と申す。宮、御心細げにおはします。**此処に居てもらっては迷惑だから何処へなりと行ってくれという風にも聞こえる捨て台詞である。

この心細さの中で宮は一つの決心として秘蔵の2本の笛のうちの「蝉折」を金堂の弥勒菩薩に奉納されるのである。大変な由緒のある笛でもともとは祖父の鳥羽上皇の持ち物であってこの三井寺で17日間も加持祈祷の上、彫らせて造らせた名笛であり、特に笛というものに志向し、愛執傾倒する以仁王こそへと譲られたものであったのである。**鳥羽院の御物なりけれども、其の御孫の御身として伝へ持たせ給ひたりけるが、いかならむ世までも御**

頼政の軍勢

源三位頼政	正三位。摂津源氏の棟梁。
伊豆守仲綱	頼政の嫡男。大手の主将。
源大夫判官兼綱	頼政の養子。頼行の子。
六条蔵人仲家	源義賢の嫡男。木曽義仲の異母兄である。八条院蔵人。
蔵人太郎仲光	八条蔵人仲家の子。
渡邊省（はぶく）	摂津武士団・渡邊党の武士。嵯峨源氏の嫡流。摂津源氏の代々の郎党。
授薩摩兵衛	渡邊授（さずく）。省の子。
長七唱	渡邊唱（となう）。省の従兄弟の子。
競滝口	渡邊競（きおう）。省の従兄弟。
与右馬允	渡邊与（あたう）。省の子。
続源太	渡邊続（つづく）。唱の兄弟。
清	渡邊清（きよし）。省の従兄弟。
進	渡邊勧（すすむ）。省の父・満の従兄弟。

園城寺の僧

乗円房阿闍梨慶秀	園城寺乗円房の阿闍梨。80歳の老僧。弟子の刑部俊秀を供奉させた。
律成房阿闍梨日胤	園城寺律静房の阿闍梨。千葉介常胤の子。
帥法印禅智	太宰帥藤原俊忠の子。俊成の弟で定家の叔父。剛僧として知られる。
義宝	帥法印禅智の弟子。
禅房	帥法印禅智の弟子。
円満院大輔源覺	園城寺円満院の大衆。
成喜院荒土佐	園城寺常喜院の大衆。
律成房伊賀公日慧	律静房日胤の弟子。帥公日慧と号す。実際には参戦していない。
法輪院鬼佐渡	園城寺法輪院の大衆。
因幡竪者荒大夫	園城寺平等院の大衆。
角六郎房	園城寺平等院の大衆。
島ノ阿闍梨	園城寺平等院の大衆。
卿ノ阿闍梨	園城寺南院三谷の一つ、筒井の阿闍梨。
悪少納言	園城寺筒井の大衆。
光金院ノ六天狗	園城寺光金院の剛僧六人。式部・大輔・能登・加賀・佐渡・備後。
松井ノ肥後	園城寺北院の大衆。
証南院筑後	園城寺北院の大衆。
賀屋ノ筑前	園城寺北院の大衆。
大矢ノ俊長	園城寺北院の大衆。
五智院ノ但馬	園城寺北院の大衆。
加賀ノ光乗	園城寺乗円房の大衆。乗円房人60名のうちもっとも勇猛な僧兵とある。
刑部俊秀	園城寺乗円房の大衆。首藤刑部丞俊通の子。阿闍梨慶秀の名代。
一来法師	園城寺乗円房の大衆。法師たちのうちでもっとも勇猛とされた僧兵。
筒井ノ浄妙明秀	園城寺の筒井浄妙房の堂衆。堂衆は各堂に属して雑務にあたる僧侶。
小蔵尊月	堂衆。
尊永	堂衆。
慈慶	堂衆。
楽住	堂衆。
かなこぶしの玄永	堂衆。

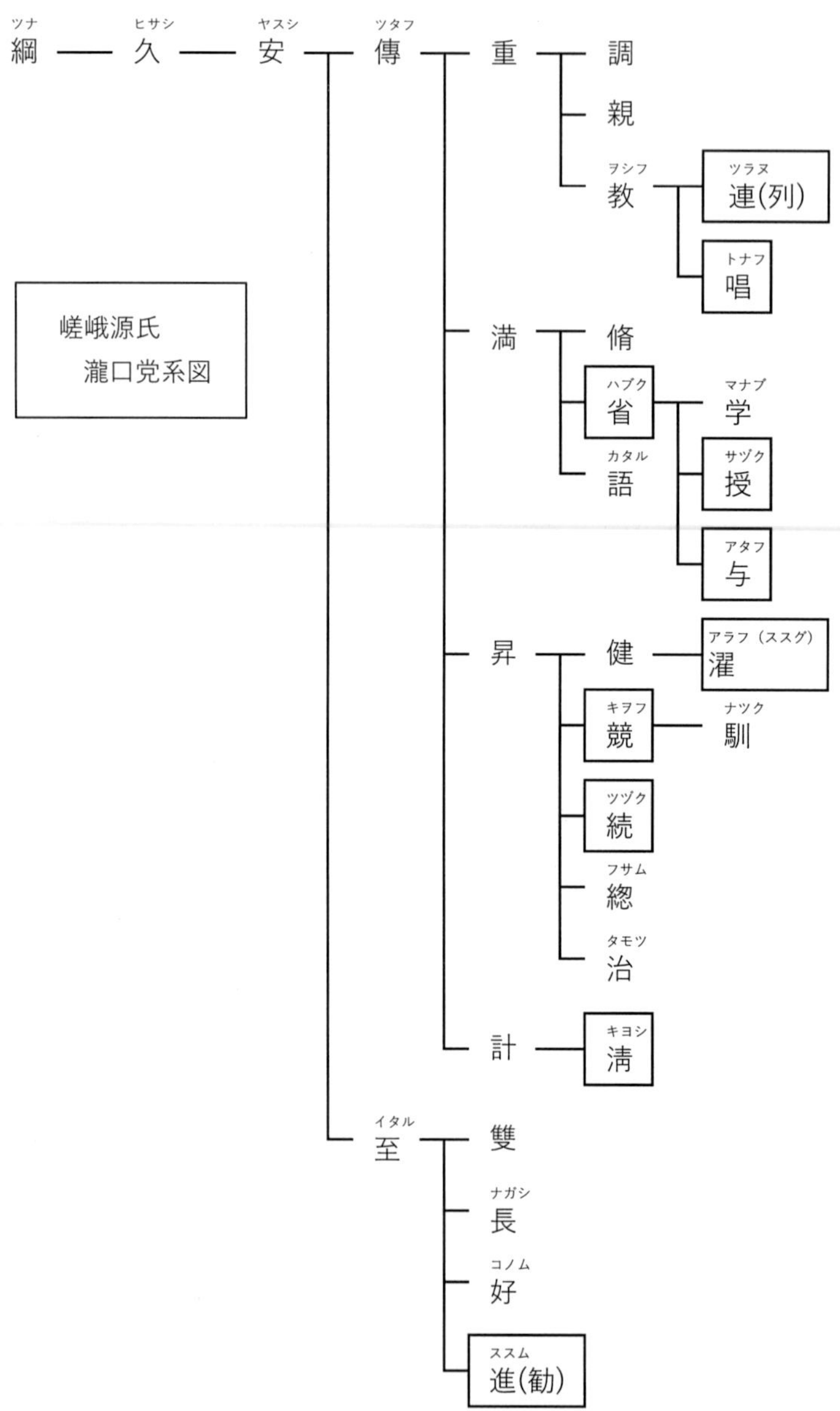
嵯峨源氏
瀧口党系図
綱（ツナ）
久（ヒサシ）
安（ヤスシ）
傳（ツタフ）
重
調
親
教（ヲシフ）
連(列)（ツラヌ）
唱（トナフ）
満
脩
省（ハブク）
学（マナブ）
授（サヅク）
与（アタフ）
語（カタル）
昇
健
濯（アラフ（ススグ））
競（キヲフ）
馴（ナツク）
続（ツヅク）
総（フサム）
治（タモツ）
計
清（キヨシ）
至（イタル）
雙
長（ナガシ）
好（コノム）
進(勧)（ススム）

身を放たじと思しめされけれども、三井寺を落ちさせ給ふとて、「今生にては拙くして失せなむず。当来には必ず助け給へ」とて、金堂に御座す生身弥勒菩薩に手向け奉りて、奈良へ落ちさせ給ふべきに定まりぬ。小枝と申し御笛を、最後まで御身を放たれず。哀れなりし御事也。つまりもう一本の愛笛「小枝」の方を最後まで携帯なされたという記述が此処でも確認できるのである。延慶本は平家物語の諸本の中で一番の古体であり、こうした哀切の深さがよく分かる本であるが、日付は「玉葉」その他のリアルタイムな記録からは一日ずつずれていて、この日を23日と言っている。そもそも差異はそこかしこに在るもので異本をそういう風に比較することは一つの作業だとは思うが、私は幸いそういうところに拘泥する役目ではないので、ただただ声に出して読み、その真情に触れるのみである。諸本のなかでこの延慶本の喉の奥で啼泣しながら語り已まぬような文体が好きである。以仁王の心のリアリティを捕捉する上で最善のものと私は感じるのである。

延慶本平家物語を読む。

ここからの「橋合戦」のくだりはこのあまりポピュラーではない延慶本で原文を一緒に読んでみたいと思うのだがどうだろうか。（全体を12のブロックに分け、簡単な梗概を示し、その後太字で原文を掲げる）

① 三井寺を出る総員は三百余騎、宮は乗馬の不慣れと、寝不足と、憔悴の中で6度も落馬する。ともかく平等院まで辿り着き宮は仮眠を取る。

廿三日、高倉宮は、大衆同心せばかくてもおはしますべきに、山門心替りの上は園城寺ばかりにては弱ければ、源三位入道頼政、伊豆守仲綱、大夫判官兼綱、渡部党には競、継、与、丁七唱、寺法師には円満院大輔、大加賀、矢切但馬、筒井浄

妙明俊等を始めとして、三百余騎にて落ちさせ給ふ。宇治と寺との間にて、六度まで落馬せさせ給ふ。此の程、御寝ならざりける故也。宇治橋三間引きてかいだてにかき、其の間、宮をば平等院に入れまゐらせて御寝なし奉る。

② 平家は知盛・重衡以下多くの武将を並べ、たかが３００人の以仁軍に総勢２万余を動員する。

平家、此の事を聞きて、軍兵を差し遣して追ひ奉る。大将軍には、左兵衛督知盛、蔵人頭重衡朝臣、権亮少将惟盛朝臣、小松新少将資盛朝臣、中宮亮通盛朝臣、左少将清経朝臣、左馬頭行盛朝臣、薩摩守忠度、侍には上総守忠清、同大夫尉忠綱、飛騨守景家、同判官景高、河内守康綱、摂津判官盛経以下、二万余騎とぞ聞こえし。

③ 平家軍はたちまちに宇治に追いつき、川を挟んで互いに鬨の声を上げる。延慶本では以仁軍が橋桁を外しておいたために平家軍が押されてつぎつぎに溺れるというくだりは此処ではなく、この先円満院の後に来る。

宇治路より南都へ向ふ宮の御方、三百余騎也。宇治橋引きて平等院に御休み有りけるに、「敵すでに向かひたり」と云ふ程こそあれ、河の向かひに雲霞の勢、地を動もせり。平等院に敵有りと目懸けてければ、河に打ち臨みて時を作る。三位入道も声を合はせたり。平家の方よりは我先にと進みけり。

④ 橋合戦のはじまり。筒井浄妙、橋の上で矢を放ち太刀を抜き一騎当千の大活躍を見せる。

宮の御方より、筒井の浄妙明俊、褐の鎧直垂に火威の鎧着て、五枚甲居頸に着なして、重藤の弓に廿四指したる高うすべをの矢を後高に負ひなして、三尺五寸のまろまきの太刀をかもめ尻にはきなして、好む薙刀杖につき、橋の上に立ち上がりて申しけるは、「もの其の者に候はねども、宮の御方に筒井の浄妙明俊とて、園遠寺には其の隠れなし。平家の御方に吾と思し召さむ人、進めや見参せむ」とぞ申しける。平家方より、「明俊は能き敵。吾組まん、吾組まん」とて、橋の上へさと上がる。明俊は、つよ弓勢兵、矢つぎ早の手聞にて有けり。廿四差たる矢を以て、廿三騎射臥せて、一つは残りて胡〇にあり。好む薙刀にて十九騎切り臥せて、廿騎に当たる度、甲にからりと打ち当てて折れにければ、河へ投げ捨つるままに、太刀を抜きて、九騎切り臥せて、十騎に当たる度、打と打ち折れ、河に捨つ。憑む所は腰刀、ひとへに死なむとのみぞ狂ひける。

⑤ 一来法師、狭い橋脚の上で浄妙を飛び越えて前線に出る。

「浄妙房うたせじ」とて後中院の但馬、金剛院の六天狗、鬼佐渡、備中、能登、加賀、小蔵尊月、尊養、慈行、楽住、金拳の玄永房等、命を惜しまずたたかひけり。橋桁はせばし、そばより通るに及ばず。明俊が後に立ちたりける一来房、「今は暫くやすみ給へ、浄妙房。一来進むで合戦せむ」と云ひければ、明俊「尤も然るべし」とて、行桁の上にちとひらみたる所を、「無礼に候ふ」とて、一来法師、兎ばねにぞ越えたりける。是をみて敵も御方も「はねたりはねたり、能くこえたり」とぞほめたりける。此の一来法師は、普通の人よりは長けひきく、勢少し。肝神の太き事、万人にすぐれたり。さればこそ、甲冑をよろひ、弓箭兵杖を帯しながら、身をかへりみず、あれほどせばき行桁の上にて、大の法師をかけもかけず、兎ばねにはこえたりけれ。太刀の影、天にも有り、地にもあり、雷などのひらめくが如し。切りおとし、切りふせらるる者、其の数を知らず。上下万人、目をすましてぞ侍りける。明俊・一来、二人にうたるる者、八十三人也。実に一人当千の兵なり。

⑥ 渡辺党も加勢して猛攻する中、浄妙は門内に下がり、自分で手当てをして離脱して密かに南都に向かう。

「あたら者共うたすな、荒手の軍兵打ち寄せよや、打ち寄せよや」と、源三位入道下知しければ、渡部党には省、連、至、覚、授、与、競、唱、烈、配、早、清、遥などを始めとして、我も我もと声々に一文字名ども名乗りて、卅余騎、馬より飛び下り、橋桁をわたして戦ひけり。明俊は是等を後ろに従へて、弥よ力付きて、忠清が三百余騎の勢に向かひて、死生不知にぞ戦ひける。三百余騎とはみえしかど、明俊、一来、渡部党、卅余騎の兵共に二百余騎は打たれて、百余騎ばかりは引き退く。其の間に、明俊は平等院の門内へ引きて休む。立つ所の箭は七十余、大事の手は五所也。処々に灸治して、頭からげ浄衣着て、棒杖つき、高念仏申して、南都の方へぞ罷りにける。

⑦ 円満院大輔と矢切但馬の活躍。平家は渡ってくることが出来ず、以仁軍は勇気のない平家を嘲り笑う。

円満院の大輔慶秀、矢切の但馬明禅と云ふ者あり。此又武勇の道、人に免されたる者也。慶秀は、白き帷の脇かきたるに、黄なる大口を着、萌黄の腹巻に袖つけたり。明禅は、褐の帷に白き大口を着、洗ひ革の腹巻に射向の袖をぞ付けたりける。各薙刀をとり、しころを傾けて、又ゆき桁をわたしけるを、寄武者共、矢ぶすまを作りて射ければ、射すくめられてわたり得ざりけるに、明禅長刀をふりあげ、水車をまはしければ、矢、長刀にたたかれて四方にちる。春の野に東方の飛びちりたるに異ならず。御方も興に入りてぞほめののしりける。

橋を引きてければ、敵数千騎有りと云へどもわたり得ず。明禅等にふせかれて、合戦、時をぞ移しける。矢切の但馬、円満院の大輔、一来法師、此等三人して、橋桁わたる武者共を残り少く切り落としければ、後々には我渡らむとする兵なし。平等院の前、西岸の上、橋の爪に打ち立ちたる宮の御方の軍兵共、「我も我も」と扇をあげて、「わたせや、わたせや」とまねきて、どつと咲ひけり。「それほど臆病なるものの、大将軍する事やはある。太政入道殿、心おとりし給ひたり。あれほど不覚なる者共を合戦の庭に指し遣す事、うたてありや、うたてありや」と云ひて、舞ひかなづる者もあり、おどりはぬる者もあり。かく咲ひ、恥ぢしむれども、橋渡らむとする者一人もなし。

⑧ 円満院は戦線離脱して河を渡って帰ってしまう。

円満院の大輔は、進み出でて散々に戦ひけるが、敵あまた打ち取りて、叶はじとや思ひけむ、河のはたを下りにしづしづと落ち行きけるを、敵追ひ懸かりて、「いかにいかに、かへしあはせよや、かへしあはせよや。きたなくも後をばみする者哉」と申しけれども、聞き入れず落ちて行く。敵間近く責めつけたりければ、絶えずして河の中へ飛び入りにけり。水の底をくぐりて、向かひの岸にあがりて、「いかに、よき冑もぬれて重く成りて、落つべしとも覚えぬぞ。寄せて打てや、殿原」とまねきけれども、大将にもあらねば、よせて討つにも及ばず、目にもかけず。大輔は、「さらば、暇申してよ。寺の方にて見参せむ」と申して、しづしづと三井寺の方へぞ落ち行きける。

⑨ 平家軍は橋板が10メートル外されていることに気付かず、後ろから押されて次々に溺れる。一来法師と頼政が歌を詠み合う。

平家は橋の中三間引きたるをも知らずして、敵計りに目を懸けて、我先にと渡りければ、どしをしに押されて、先陣五百余騎、河に押し入れられて流れけり。火威の鎧のうきぬしづみぬ流れけるは、彼の神名備山の紅葉の、峯の嵐にさそはれて、龍田川の秋のくれなゐ、ゐせきにかかりて流れもやらぬに異ならず。三位入道是を見て、「世を宇治川の橋の下さへ、落ち入りぬれば堪えがたし。況や冥途の三途の河の事こそ思ひ遣らるれ」とて、

思ひやれくらきやみ路の三瀬河瀬々の白浪はらひあへじを

一来法師、にはかに弥陀願力の船に心をかけて

宇治河にしづむをみれば弥陀仏ちかひの船ぞいとど恋しき

河に落ち入りて武者共の流るるを見て、三位入道

伊勢武者は皆火威の冑きて宇治の網代にかかるなりけり

⑩ 宮側の大声自慢の荒土佐が一向に川を渡って来ない平家軍を臆病者、見苦しいと散々になじる。

宮の御方に、法輪院の荒土佐と云ふ者あり。異名には雷房とぞ申しける。雷は卅六町をひびかす声あり。此の土佐も、卅六町の外にあるものを呼び驚かす大音声あり。「大勢なれば、さだかにはよもきこえじ。木に上りて呼ばはれ」と云ひければ、岸の上の松の木に上りて、一期の大音声、今日を限りとぞ呼ばひたりける。「一切衆生、法界円輪、皆是身命、為第一実とて、生ある者は皆命を惜しむ習ひなれども、奉公忠勤を至す輩は、更に以て身命を惜しむ事有るべからず。況や合戦の庭に敵を目にかけながら、くつばみを押へて馬に鞭うたざる条、大臆病の至す所なり。平家の大将軍、心おとりしたりや、心おとりしたりや。源家の一門ならましかば、今は此の河をわたしてまし。平家は徒に栄花を一天に開きて、臆病を宇治河の畔に現す。禁物好食自在にして、四百四病は無けれども、一人当千の兵にあひぬれば、臆病計りは身にあまりたりけり。やや、平家の公達、聞き給へ。此には源三位入道殿、矢筈を取りて待ち給ふぞ。源平両家の中に撰ばれて、〇射給ひたりし大将軍ぞや。臆する所尤も道理なり。所以に一来法師太刀をふれば、二万余騎こそ引かへたれ。をこなり、見苦し見苦し。思ひ切りて、はふはふも渡すべし」とぞ呼ばはりたる。

⑪ 平家の大将知盛はこれを恥辱とし何とかしろと命ずるが、侍大将の忠清は迂回しようなどと煮え切らないでいる処に17歳の関東武士足利又太郎忠綱が馬筏を組めば渡れると主張する。

左兵衛督知盛、此の事を聞き、「安からぬ事哉。加様に咲はれぬる事こそ後代の恥辱なれ。橋桁を渡ればこそ、無勢なる間、射落とさるれ。大勢を河に打ちひたし、一味同心にして渡せや者共」とぞ下知せられける。上総守忠清申しけるは、「此の河の有様を見るに、輙く渡すべしとも覚えず。其の上、此の程は五月雨しげくして、河の水かさまさりたり。此の勢を二手に分けて、一手は淀、蹲枝洗ひ、河内路を廻りて、敵の先を切りて、中に取り籠めばや」と申しければ、東国下野国の住人、足利の太郎俊綱が子に、足利又太郎忠綱と云ふ者あり。赤地錦直垂に、火威の鎧に三枚甲居頸(ゐくび)に着なし、滋藤の弓に廿四指したる切符の矢に、足白の太刀に、白葦毛の馬に黄伏輪の鞍置きて乗りたりけるが、多くの武者の中に進み出でて申しけるは、「淀、いも洗ひ、河内路をば、唐土天竺の武士が給はりて寄せんずるか。其も我等こそ責めんずらめ。今無からむが、其の時出で来べきにも非ず。昔、秩父と足利と中違ひて、父足利、上野国新田入道を語らひて搦め手を廻ししに、新田の入道、敵秩父に船を破られて、『船無ければとて、此に引かへたらむは、弓箭取る甲斐あるまじ。水に溺れてこそ死ぬとも死なめ』とて、とね河を五百余騎にてさと渡したる事も有るぞかし。されば、此の河、とね河には勝りもせじ、劣りもせじ。渡す人無くは忠綱渡さむ」とて打ち入る。

⑫ 又太郎は渡河の心得を伝授する（延慶本はこの部分実に懇切でマニアックである）そして対岸で又太郎は名乗りを挙げ、無位無官の者が宮に弓を引くのは恐れ多いが清盛入道の命令であるからしてと強調する。

続く者共は誰々ぞ。家子には、小野寺の禅師太郎、讃岐広綱四郎大夫、へやこの七郎太郎、郎等には大岡安五郎、あねこの弥五郎、とねの小次郎、おう方二郎、あきろの四郎、きりうの六郎、田中の惣太を初めとして、三百五十騎には過ぎざりけり。忠綱申しけるは、「加様の大河を渡すには、つよき馬を面に立て、よはき馬を下に立てて、肩を並べ、手を取りくみて渡すべし。其の中に、馬も弱くて流れむをば、弓のはずを指し出だして取り付かせよ。余たが力を一に合はすべし。馬の足のとづかむ程は、手綱をくれて歩ませよ。馬の足浮かば、手綱をすくふて游がせよ。我等渡すと見るならば、敵矢ぶすまを作りて射んずらむ。射るとも手向ひなせそ。射向の袖をかたきに当てて、向かひ矢を防かせよ。向かひのはたみむとて、内甲のすき間射らるるな。さればとてうつぶきすごして、手辺の穴射らるるな。馬の頭さがらば、弓のうらはずを投げ懸けて引き上げよ。つよく引きて引きかづくな。馬より落ちんとせば、童すがりに取り付きて、さうづにしとど乗りさがれ。かねにな渡しそ。押し流さるな。すぢかへざまに水の尾に付きて、渡せや渡せや」とて、一騎も流れず、向かひのはたに、まー文字にさと着く。向かひのはたに打ち上がりて、忠綱は、弓杖をつき、左右の鐙踏み張り、鎧づきせさせ、物具の水ぞ下しける。門外近く押し寄せて申しけるは、「遠くは音にも聞け、今はまぢかし、目にも見よ。東国下野国住人、足利の太郎俊綱が子に、足利又太郎忠綱、生年十七歳。童名王法師丸とは、源平知ろし召したる事ぞかし。無官無位の者の、宮に向かひ奉りて弓を引き候ふは、恐れにては候へども、信も冥加も太政入道の御上にて候へば」とて、ざざめかいてぞ係けたりける。

頼政の最期

その後の平等院前での戦闘は熾烈であった。次々と渡ってくる平家の大軍。しかし頼政勢の抵抗は激しく、平家側は其処でも押され気味で前進を阻まれた状態が続いた。頼政勢はわずか五十余騎であったともいい、全員が死を顧みない奮戦ぶりであった。切なくも無残にも人にはそれぞれの最期ということがある。そこにどう諦めを付けるのか、あるいは執着し嗚咽し我と我が事に錯乱して果てるのか。偉そうなことを散散言った人間こそ取り乱すのだと物の本はしたり顔で例示する。人さまざま。頼政と子息たち、嫡男仲綱と養子の兼綱と仲家、その子仲光。そのそれぞれの最後の厳しさを平家物語は迫真の筆致で描いている。以仁王を南都に逃がしたあとの、平家の大軍が遂に平等院に乱入してきたその後の場面である。

おほぜいみなわたして、平等院の門のうちへ、いれかへいれかへたゝかひけり。このまぎれに、宮をば南都へさきだてまゐらせ、源三位入道の一類残ッて、ふせき矢射給ふ。三位入道七十にあまッて、いくさして弓手のひざ口を射させ、いたでなれば心しづかに自害せんとて、平等院の門の内へひき退て、かたきおそひかゝりければ、次男源大夫判官兼綱、紺地の錦の直垂に唐綾威の鎧着て、白葦毛なる馬に乗り、父をのばさんとかへしあはせ、ふせきたゝかふ。上総太郎判官が射ける矢に、兼綱うち甲を射させてひるむところに、上総守が童次郎丸といふしたゝか物、おしならべてひッくンでどうど落つ。源大夫判官は、うち甲もいた手なれども、聞ゆる大ぢからなりければ、童をとッておさへて頸をかき、立ちあがらんとするところに、平家の兵物ども十四五騎、ひしひしと落ち重

なッて、つひに兼綱をばうッてンげり。伊豆守仲綱も、いた手あまた負ひ、平等院の釣殿にて自害す。その頸をば、下河辺の藤三郎清親とッて、大床のしたへぞなげ入ける。六条蔵人仲家、其子蔵人太郎仲光も、さんざんに戦ひ、分どりあまたして、遂に打死にしてンげり。この仲家と申は、故帯刀の先生義方が嫡子也。みなし子にてありしを、三位入道養子にして不便にし給ひしが、日来の契を変ぜず、一所にて死にけるこそむざんなれ。

老齢の頼政がまず痛手を受けて、自害の場所をさがそうとする。そこに襲い掛かる敵を次男兼綱が渾身で防戦にかかるが多勢に無勢で結局打ち取られてしまう。仲綱も釣殿で自害しその首は下河辺清親が床下に投げ入れる。清親という名は下河辺の系図にはなく、戦闘に参加していた者としては下河辺行平であろうが、平家物語にクレジットされていないのはおかしいくらいの名前なのであれこれ疑問は残る。仲家を帯刀先生義賢の遺児を養子として育ん者とわざわざここで紹介するのも、平治物語の義平との経緯を踏まえているのであろう。兼綱も養子である。義に厚い頼政の日頃が悲しい形だが存分に報われている。

三位入道は、渡辺長七唱を召して、「我が頸討て」とのたまひければ、主のいけ頸討たん事のかなしさに、涙をはらはらと流いて、「仕ともおぼえ候はず。御自害候て、其後こそ給はり候はめ」と申ければ、「まことにも」とて西に向ひ、高声に十念唱へ、最後の詞ぞあはれなる。

埋もれ木の花さくこともなかりしに身のなる果てぞ悲しかりける

これを最後の詞にて、太刀のさきを腹につき立て、うつぶッさまにつらぬかッてぞ失せられける。其時に歌よむべうはなかりしかども、わかうよりあながちにすいたる道なれば、最後の時も忘れ給はず。その頸をば唱取ッて、なくなく石にくゝりあはせ、かたきの中をまぎれいでて、宇治河のふかきところに沈めてンげり。

このように頼政の一党は　子息である仲綱　兼綱をはじめ主要な武将は皆宇治で落命してしまった　私は頼政の自決について長い間納得できなかった　以仁王を逃がし奉り成るべく防戦するが遂にそれも叶わないこと

になる　自決とは何か　それはやはり矜持なのか　美学の完結なのだろうか　なのだが　これは責任を取るというより逆に責任の放棄ということにはならないのか　現にその後の以仁王は精鋭とはいえ悪僧たちの警護しかなかったのだ　武士には守られていない　もちろん多くを望むことができる状態ではないと分かっていても「もはやこれまで」と辞世を詠んだり　自らの美学を貫く前に　まだ存命している以仁王の為に何かまだやる事が無かったのか　せめてその方向にのめって終わるべきではなかったのか　極限だったはずなのに　一分の余裕があると見えるのは　せめてそう見せたい　そう見させてくれということで　現実は全くそうではなかった察してくれよということなのか　とにかく頼政の心境　その深奥が知りたいと思った

　このことについて、頼政の自害は一つの機略の達成と関わったという説がある。影武者を立てて以仁王本人は逃げおおせたというような。しかしこの緊迫をどう読んでもそこまでの余裕は、この宇治からの別ルートの脱出などあり得た筈は無いのである。あったとしたらもっと前に打っておくべき手だったに違いないのだから。そもそもこの十日間全体が誤算に次ぐ誤算であり、最初の三井寺への脱出からずっと混乱の中で逃げまどっている印象が強く、あらゆる場面で計算が立っていないというのが正しいのだろう。影武者など立てられる余裕はない。ただ身の危険が迫ったと感じた人間が誰でもするように行動しているようにしか見えない。兎に角逃げるしかなかったというのは間違いのないところだろう。誰かが逃げる間に誰かが防いでいるしかない。そしてその向かう先は当初の予定通り奈良、興福寺だったのか、多少の変更があったのかということだろう。ここはそれだけのことだったとしか思いようがない。南都にはひとりの王子が匿われている。その南都の大衆を頼って進むしかない。

　はっきりしていることを並べてみよう。君の好き勝手なノートでいい。先ずはそこにいた多くの当事者に認知された目撃情報が基本である。その中で疑いようもないほど多くの人間が見聞きし証言しているようなものから、非常に個人的な情報で他に証人もなく記憶も曖昧だったり、捏造されたものかも誰にも証明できないものまで、並べてみる必要がある。とにかく以仁王についてはあらゆる情報が希薄なのである。

その上鎌倉時代になり頼朝が安定した足場を持った後でも以仁王自身の名誉が回復されることはなかった。証拠証言は隠滅され続けたままであった。頼朝は恩知らずなのか？　なおも不都合があったのか・・・。

解釈の余地がないほど厳然たる事実など滅多にあるものではない。なぜなら世界は常に生々しい利害関係に晒されているのだから。ある戦い、小競り合いに勝敗がついた時、敗者は都合の悪いことの一切を背負わされて根こそぎ焼き尽くされるのが基本だから。その灰塵の上に勝者によって美麗な伽藍が建てられてしまえば何も分からなくなるのが当然なのである。以仁王を亡きものとし、頼政一党の全滅を達成した後では、死人に口なしであって最も都合の良い編集作業が行われれば良かったということになる。どう編集がされたのかを知るために今更ながらここに関わった人物の一人一人の利害について再探査を試みる必要がある。そうと決められてそうと記述されたことの何処かに何かが隠れている可能性をもう一度検証してみよう。君の好き勝手なノートに。

しかし「玉葉」は淡々と書いている。

玉葉。２５日、明日清盛が上洛してくるという。清盛は１２日に福原へ戻って以来、都をずっと留守にしていた。三井寺との交渉が長引いたのもあるいは清盛不在が影響しているかも知れない。

２６日、昨夜半に以仁王と頼政は相共に「逃げ去り南都に向かふ」、その情報を得て「武士ら追い攻む」。この一報を聞いた兼実は後白河院に参内して会議にのぞむ。　午前中の会議では、「園城［三井］興福両寺の衆徒、謀叛を巧み、国家を危くす。よって末寺庄園を停廃すべきか如何」を議論している。午後に入って検非違使からの使いが最新情報を持って院に駆けつける。

頼政の党類併しながら誅殺しおわんぬ。かの入道、兼綱、并びに郎徒十余人の首切りおわわんぬ。宮［以仁王］においては慥かにその首を見ずといえども、おなじく伐ち得おわんぬ。

戦闘の様子も報告される。検非違使景高、忠綱らが「士卒三百余騎」で敵を追及した。敵は宇治橋の橋板をはずして平等院で食事中だった。「忠清已下一七騎」が宇治川に入っていった。「河水敢えて深きことなし。遂に渡るを得たり」。そして平等院前の河原で激しい戦闘になった。

綺河原に於いて頼政入道、兼綱等を討ち取りおわんぬ。その間かれこれ死者はなはだ多し。疵を蒙る輩、あげてかぞふべからず。敵軍わずかに五十余騎、皆もって死を顧みず。敢えて生を乞ふ色なし。はなはだもって剛なりと云々。その中で特に兼綱の矢前を遁るる者なし。あたかも八幡太郎義家の如しと云々。

『平家物語』では、頼政は辞世を詠み、渡辺唱が首を取り、首を石にくくって宇治川の淵に沈めた、ということになっている。だが、兼実が記録した官軍の戦勝報告では、「綺河原」で頼政、兼綱を討ち取ったとしている。「綺河原」は「綺田」ではなく平等院の前の宇治川の河原ばたの誤記であろう。そして何故か兼実はこの頼政一門の捨て身の抵抗を賞賛し高く評価している。少し経って平等院執行からの報告の使者がある。平等院の殿上廊内に自害者が三人見つかった。その中に首なき者が一人あって以仁王と疑われるがと云う。この首なき者が仲綱であったというものもあったらしい。

因みに『山槐記』にはこの首のない自害者は浄衣を着ていたともいう。同じ『山槐記』に「頼政男伊豆守仲綱生死不詳、又宮遁入南都給」とあり、伊豆守仲綱と以仁王の生死は不明であった。

そして午後になって、検非違使季貞から別当平時忠へ「頼政、兼綱并郎従十余人」の誅殺は終了したとの報告がなされ、重衡と維盛も同時刻に院御所に参入して、報告をしている。

翌27日、以仁王の舎人から、王は「藍摺水干小袴生小袖」という装束で、「加幡河原」で討ち取られたとの報告があった（『山槐記』）。「宮者慥雖不見其首、同伐得了」（『玉葉』）ということで、首級のないまま追討は完了したとの最終的な結論に至っている。なお、仲綱の遺体は最後まで発見されることはなかった。
とにかく兼実のもとには結果が寄せられそれを淡々と記録したが実際の現場は壮絶なのであった。

以仁王の絶命の場面

この宇治川の合戦で頼政以下の主たる武将は討死、以仁王は30騎ほどで南都へ向けて落ちたが、光明山の鳥居の前で追いつかれて矢を雨のように浴び絶命した。これをみた三井寺の僧たち、此処まで近侍してきた鬼佐渡、荒土左、あら大夫、理智城房の伊賀公、刑部俊秀、金光院の六天狗も次々と討死した、というのが平家物語以下の語る大きな流れである。そして南都の大衆は以仁王を迎えるべく目前まで進んでいたのだと語るのである。

さる程に、南都の大衆ひた甲七千余人、宮の御迎へにまいる。先陣は粉津にすゝみ、後陣はいまだ興福寺の南大門にゆらへたり。宮はや光明山の鳥居のまへにて討たれさせ給ぬときこえしかば、大衆みな力及ばず、涙をさへてとどまりぬ。いま五十町ばかり待ちつけ給はで、討たれさせ給ひけん宮の御運のほどこそうたてけれ。

あと50町（5・5km）と云う至近な場所まで来て亡くなった非運に大衆は涙したというのだが、結局私が疑問なのは、「それほど南都が以仁王の謀叛に同意しているのならばなぜそのたった5・5kmを南都の側から詰められなかったのか」ということである。宇治ですら大した距離ではない。目と鼻の宇治で戦乱になっていることを誰一人知らなかったのか、そんな筈は無い。誰一人として手を出さずに固まっていただけだ。それが七千余人もいた、ということである。先の檄文のやりとりの熱気というものは後から付加された作文ではないのかとまで勘繰ってしまう。或いはせっかくの信救得業の説得でも実際に熱くなったのは一部であって、保守的で事勿れ主義の経過観察的な分子が相当居たからではないのか。それが事件後に「以仁王の悲運の死」への弁解を遅まきながらやり出したのか。

いずれどんな曖昧な態度を取っていたところで、スイッチの入ってしまった平家に歯止めなど掛からず、実際その年末には平重衡率いる大軍によって興福寺も東大寺までも壊滅的な焼き討ちに遭ってしまうのであるから暢気に構えている場合でもなかっただろう。こうした一連はどう転んでも巨大組織の動きの緩慢さ、煮え切らなさが前面に出た残念過ぎる結果のようにしか思えなかったのだ。

興福寺の宗門は法相宗、大乗仏教の根源理論を一貫して追求してきた学究の拠点である。その一方で、不比等以来の藤原氏の氏寺としての機能があり、その庇護のもとに巨大化し影響力を強めた。特に春日大社を本地垂迹思想によって傘下に置き、その春日社の神威をかざして神木動座・入洛強訴という形で支配層を攪乱し、それが70回にも及んでいる。朝廷廟堂にとっては目の上のタンコブであり、機会があれば排除したいと思われていたフシがある。平重衡による南都焼き討ちも実はそした溜まりに溜まった歪み解消のプレート地震なみの構造力学であったという解釈もある。藤原氏からは氏寺であるがゆえに手が出せないが、さほど因縁の深くない平家なら比較的ストレスなく実行できるという、暗黙の了解が各所にあったのではないか。

そして、此処で私はまた見なくてもいいものを見てしまったのだ。この興福寺の謎がどうにか解けないものかと、またぞろ古文書を当たっているうちに面白い事に突き当たった。私には新発見なのだが、どうして今まで誰もこの事を言わないのだろうというほどの不思議。まあ私が浅学なのであろう。それは『群書類従』の「興福寺略年代記」「興福寺寺務次第」という基礎資料にある別当玄縁の補任の記述であるが、今ここに展開すると話の流れが中断するので何処かで別項を立てて検証することにしたい。以仁王の妻子について語る時に取り上げることになるのだろう。

死を賭す仕事に付き纏うノッピキならぬ危機管理。

頼政の子の消息一覧　仲綱は行方不明　兼綱・仲家は戦死　そして生き残ったグループ（頼兼とか）には然るべき間合いを置いて　頼朝という新体制の下で手厚い感謝と労いが戻って来る　それは家の存続の一つの基本であって　王道である　知恵のある息子は父にそれを返す　人間世界とは揉め事のるつぼであり欲求利害が衝突しそれが力学に発展すれば武力の衝突となり　プロの登場となるが　このプロ同士は別に互いに憎悪しているわけでもなく　武力衝突という職業をこなしているだけであり　勝者敗者の決着がついたら死んで消滅するのが役目なら役目　生きて家を継ぐのが役目なら役目　いずれも職業上の案件にしか過ぎない　ただそれで家が消滅したら食うに困るものが出て来るのでリスク分散のために付くべき主君を分散させる　良い例があの三国志の軍師諸葛孔明の家である　三兄弟が魏呉蜀に分かれて軍師をしている　何処が勝っても諸葛という家は滅びないという理屈である　為義・義朝の河内源氏は一体にこの方法を貫いている　兄弟の殺し合い　骨肉の争い　肉親を殺害するほど憎む殺伐狂気のカルトの血のように云うが　何も当たっていない　武力によって雌雄を決めねばならぬフロント同士になった時に　躊躇っている場合ではなく　家の存続　誰かしらを残すために残りは死ぬという選択をはじめから腹の中に持っているということ　そういう血統の覚悟に私は感動する　頼政の摂津源氏もトーンは微妙に違うもののそういう血脈至上主義という点では完全に一致している　一統だけでなく　眷属　競や唱の最期　三井寺の悪僧たちの末期も含め　吉記による死者のリスト　各々の死の事情知れる限りのディテール　それは死にゆく本人の勝手ではなく　絡み合う運命の糸の問題　死で終結するものではなく　その恨みや不納得は新たな運命の輪を作って次代へ　子々孫々に受け継がれる

頼政一党の最期の奮戦を、覚一本や源平盛衰記であらためて綿密に見てみたい。頼政と息子たち、郎党たちの動き、自害に至る頼政の心魂を沈思しながら読み直そうではないか。

そもそもどういう準備勝算が頼政にあったのか。頼政は傷負って死んだなら解るが自害となると以仁王を逃がす機略が失敗したと、以仁王が討たれたと確信したからに違いない。逃がす時間稼ぎというならやはり戦う筈だから、自害は「諦めた」というサインにもみえる。それとも何かほかの要素があったのか。

そうでないとしたら、それは以仁王が安全に逃げたと確信したからなのではないだろうか。

これは一つのヒロイズム、美意識の完結である。そうとしか考えられない。最初から、自邸に火を放って出陣したときから彼の心は決まっていたのだ。ただ美しく完結したいとそれだけの念願。其処に付き合う息子は家長の自分の下の重役仲綱とそれに次ぐ兼綱。このあたりが命運を共にすれば納得があるだろうということだったのだと。そしてここは首をすくめ生き残って、しかるべき時宜で名誉回復に努めるべき息子たちも何人か残してある。あとはいかに世人の納得の中でヒーローとして終われるか。それが頼政の計算だったのではないか。すでに状況の中で「死に体」になっている以仁王は頼政の中では最後まで命を捧げて守る主君ではなかった。これ以上守り切ることが出来なかったと誰もが認め得る状況を目視したうえでは自分がどう死ぬかが最重要課題となっていたのだ。側近に介錯を頼んだり歌を詠んだり悠長に見えるが伝説を作ってきた男にとっては人生最後の重大な局面であったのだ。

頼政が動き出すキッカケは何だったのか、それは何らかの忖度が働いたからなのだろうか。

まあ結論から言うのならそれは当然だろう。ひとことで言うならば源三位は縁のある世話になった人間関係のためにに神輿を上げなければならなかったし、そうせずにはいられなかったとみればいい。あれこれを読めば読むほどそう思えるし、ごたごた言っている研究者がいるとどこを観ているのかと呆れることもある。二條院の遺志を継ぐうえで以仁王は立たねばならなかった。幾重にも絡まったノッピキならない人間関係の中で頼政は以仁王を奉じて戦わねばならなかったという、ただそれだけのことだったと。課せられた重圧の数々。二条院の譲位とあわただしい最期。さらに八條院暲子と大宮多子。父鳥羽法皇の無量の愛を受け、母の財をも承けた最強の娘、異母兄の雅仁親王の存在をもさておいてこの娘を女帝にと父を迷わせた八条院暲子と、嫁いだ近衛帝の夭折から、外された梯子を回復すべく完全燃焼への強い期待で二條帝に寄り添った二代の后多子という最強タッグ。遺恨とも読み替えられる憤懣の感情を心底に起爆させたこの二人の真ん前に。常にのらくらした後白河の性向。このじりじりした状況下では狡い奴が勝ち残る。真面目で実直なタイプが割を食う。いずれ誰かが決着を付けねばならない。それを我が役目と立ち上がるのは結局、以仁王しかいない。そしてそこに付き従えるのはまず全てを見て来た自分だろうと。「乃公をして」という武者震いが頼政にあったに違いないのだ。その覚悟があったからこそやがて自邸に火を放っての挙兵という究極の行動に出たのである。何の不思議もないことだ。

平家物語の本体よりも源平盛衰記の記述に納得するところが多くなるのは情がより描かれていて人間の物語として私には分かり易いのである。やはり書き手の屈託が深く人間のザマにより肉薄しているから。見どころ、考えどころが自然に多くなる。物理的な問題が論証の決め手となる前に私は先ず当事者の屈託をこそ問題にしたいからである。歴史という形骸ではなく、人物自体を見つめたいという、私の納得は其処にしかない。

『山塊記』による死者のリスト

検非違使左尉平景高の打ち取った首級、頼政法師　源仲家　源勧　内藤太守助　小藤太重助　安房太郎　字藤次。

検非違使藤原忠綱の打ち取った首級、兼綱　唱法師長七入道　源副。

左兵衛尉源重清の打ち取った首級、源加　不明名四人　此内法師一人。

夏山さんこのリストね　ちょっとこういう言い方をしちゃダメなんでしょうけどなんだかしょぼい様な気がしてならないんですよ　頼政　兼綱　仲家　あと嵯峨源氏の　唱　勧　副　加　法師は1人　あと名前知らない人ばかり　そんなわけないですよね　これは公式に確認されたリストということですか　それにしても　杜撰じゃないですか　平家物語のあのたくさんの壮絶な死は　実際に確認されたものでは無かったっていうことなんですかね　日胤は首級が明らかで早速確認されたうちの一人っていうけど　このリストに載ってないじゃないですか　この「法師一人」が日胤だとでもいうんでしょうか　しかもメインの仲綱がいないじゃないですか　見つからなかった　確認できなかったじゃ済まされないんじゃないですか　何とかしないと　つまり仲綱らしき者すらいなかったって事じゃないですか　もちろん以仁王も　同じことですよね　これはおかしいですよ　申告漏れなんて言うことがあったんでしょうかね　そりゃ無論あっただろうよ　老人は言った　この山塊記は事後のごく早い時期の覚書程度のものだけだったんじゃないか　確認できない情報がゴロゴロしている　そういう状況下で暫定的に作られた報告書だったとしか思えないね　だったらなんでもっとちゃんとしたものを公式に残せなかったんでしょうね　幾らでもそういうことは出来たんじゃないんでしょうか

首実検の様子

以仁王の所在は不明だったはず。というならば首など出て来る筈は無いではないかと思うのに、以仁王の首は都に運ばれて首実検されたというのである。公的役職もなく人前に出ることもなかった方であったためにその容姿は人に知られず、適当な実検人が見当たらなかったため、様々な人が駆り出されたという。その一人はかつて以仁王の治療をしたことのある典薬頭和気定成（わけのやすしげ）であり、一人は宮の子をなしたことのある女房であった。しかしこの呼び出しに定成は大病と申して参上しなかった。

和気定成。保安４（１１２３）年生まれ。文治４（１１８８）年没。貞相（さだすけ）の３男。医博士、侍医、典薬頭（てんやくのかみ）、織部正（おりべのかみ）などを歴任。和気氏の中興の祖。勅により「合薬方」を著す。当代屈指の名医として耆婆扁鵲（きばへんじゃく、古代インドと中国の伝説的な名医）に例えられた。後白河上皇および高倉天皇の腫瘍を治療した。かつて治療した以仁王の病というのも顔面に出来た瘡であって、難しい腫瘍を次々に治すというのは確かにただ者ではない。御大事になりかけたのを、目出度く治療したとあり、その痕があったので王の子を生した女房が確認して見間違うことはなかったとあるが少し奇妙である。誰が見ても腫瘍の痕で判るということと妻が見間違わないこととに何の関係があるのだろうか。何かリズムの噛み合わなさが漂っている。この定成が「大病と申して」呼び出しに応じなかったのは「病気だと言い訳をして」と読める。巻き込まれたくない何かがあったからなのだ。偽証することに耐えられなかったのではないのか。顔に疱瘡の跡があったのなら誰の目にもそうと分かるというのだが？　この時のそこにあった死体の状態はどんなであったものだろうか？若しかしたら誰の首と確証できるような状態ですらなかったのかと。そういう「確認できかねる状況」を皆で目指していたのではあるまいかとまでの邪推である。

学問の師・日野宗業という人物

「確かならずとて、御頸をよろづの人に見せける。」不確かだと云って、貴人の生首を多くの人に見せる。言語道断の感覚だと思う。こんな有様の中で『愚管抄』が次のように書いている人物が登場する。「御学問の御師にて宗業ありければ、召して見せられなんどして一定なりければ」この人物が確認して以仁王の首と確定したということなのである。「御学問の御師」と大僧正の慈円によってこれほど丁重に呼ばれる人物とは何者なのか。少し気になったので、少々脱線してこの宗業という不思議な人物像を追いかけてみたい。

宗業は、親鸞＝藤原範宴の伯父である。藤原北家内麿流の、代々文章博士を輩出する名だたる儒家の家、日野家に生まれ、母方は清和源氏の嫡流、八幡太郎義家に繋がる。若い時には昇進がなかなか叶わず長く足踏みをしたが時を得て平安末から鎌倉初頭にかけて知的官僚として重きをなし、最晩年の建保5（1217）年には従三位まで昇進した。因みにこの「建保」という年号の勘申者が宗業本人であった。

彼の前半生の遅々とした出世ぶり、そして途中からとんとん拍子に上がって行った不連続性。無論それは時の運というよくある話だろうが、そこに何かの付加的な問題は無かったのか何となく気になった。人に最初のきっかけを呉れるものはまず生まれである。もっと有体に言うなら父親の社会的位置と言っても良いのかも知れない。そしてその更に元になる家系そのものの底力。

系図を細かく調べてみると、この家筋には一般的な常識の枠を超える事項が色々ある事に気付かされる。まず非凡な人物か何人もいる。例えば冒頭に紹介した誰でも知っている親鸞、日本の代表的な宗教改革者といえる親鸞が血脈上かなり近い距離にある。また平治の乱で逆賊となって横死した信西もまた近くにいる。信西はこの国の基本的に突出を嫌う風土にあって歴史の枠組みを大きく超えた天才的な人物と言えようが、彼とそして彼に勝るとも劣らない数多くの優秀な息子たちもまた日野一族なのである。そしてもう一人、極め付けの負の肩書を付けられた人物がいる。理解しがたい謎の要素を持った人物がこの宗業の最も近いところにいる。父の経尹である。これまさ、これただ、どちらの読みなのかはっきりしないが『尊卑分脈』のこの経尹について不可解な但し書きがある。それは「放埓人也」というものである。尊卑分脈で「経尹・宗業」を調べると4系統の系図が出て来る。

①藤原南家「貞嗣卿孫」にあり、従五下兵部少輔親経の二男が、従五下阿波権守経尹で、経尹の実父は式部少輔宗光。その経尹の三男が従三宗業である。

②藤原北家「内麿公孫」にあり、宗業は父経尹の実父である従四上式部大輔宗光の養子であり、兄弟である有範（親鸞の父）と範綱は宗光の父（曾祖父）である従四下有信の養子となっているので、経尹から見たとき、息子3人のうち、ひとりは弟、ふたりは叔父ということになる。

③同じく藤原北家「内麿公孫」にあり、宗業は曾祖父有信の兄の正四下文章博士有綱の孫の従四下実重の養子となっている。宗業が大学へ入り儒家として出世する便宜のために、文章博士を出している近親の家系に養子に入ったと考えられる。

④清和源氏嫡流・源義親の子、宗清の女に「宗業卿母」の記載あり。義親は八幡太郎・義家の嫡男で、九州で乱を起こし、隠岐へ流されるが、父義家の説得にも最後まで反逆し、結局当時は横並びのライバルだった平家の正盛の手で制圧され、平家隆盛のきっかけを与えた人物と言われている。いわば源氏きっての問題児である。ある意味で経尹の謎のレッテル「放埓人」とカブルところがある様な気もするのだが。

なんとも複雑な家系であるが、元はと云えば経尹に問題があり、宗業を含め周りが振り回されている、世間体という辻褄を合わせる為に、高齢の曾祖父までが駆り出されているような構図が見えて来る。それにしても

「放埒人」という否定的な評価が『尊卑分脈』にあるのは珍しいのだという。放埒とは「馬が埒から外にでること」「勝手気ままに振る舞うこと」「行状や生活がだらしないこと」「道に外れていること」と散々な否定的評価である。経尹がどのように「放埒」であったのかは分からないが、少なくとも文章道の家としての学問を継がなかった（継げなかった）ということだけは明白である。

すでに10世紀には文章道を世襲する家が五家に確定していたといわれる。菅原家、大江家、藤原は南家、式家、そして経尹・宗業が所属する日野家である。宗業の生まれた12世紀中葉になると儒家の家に生まれても競争相手は多く、その上「放埒な」父を持ってしまった宗業が大変な苦難を強いられたことは間違いない。しかし彼は優秀であり学問にたいする尋常ならざる執念努力の末に彼は「文章生（もんじょうしょう）」として頭角をあらわしていった。

目指すべきは「文章博士」今日のランクでは大学教授であろうか。しかし遥かに門が狭い。たった2名なのである。家業を継いで儒家の一員となるにはまず文章生（定員20名）にパスして大学で学び、その中で「文章得業生（もんじょうとくごうしょう）」（定員2名）になれたら儒家のなかでも超エリートである。そして3年ほどミッチリ勉強して試験にパスしなくてはならない。

もし親もいっぱしの儒家であれば「重代」として一つの家柄・家督として大きなプラス要素となる。しかし「放埒人」と評された父経尹である。経尹にしても「従五下　阿波守」とされているから、下級官僚として正しく一生を過ごしたのかも知れない。儒家として家業を継げなかったというコースアウト以外にどんな放埒があったのか。もしこれだけで放埒と言われるのであれば随分きつい話である。いずれアウトのニュアンスがどうであれ家業を引き継げないものが居るとその次代のものはアウトからインに戻るために手ひどい苦労をすることだけはよくよく分かった。

『尊卑分脈』「宗業傳」と『公卿補任』から宗業の経歴を並べてみる。

康治元(1142)年　誕生
保元4(1159)年4月30日　18歳　文章生に補される　九条院判官代
承安3(1178)年5月14日　37歳　方略宣旨を蒙る
　同19日　宣旨を召し返される
治承4(1180)年5月　39歳　以仁王の首実検に召される
治承5(1181)年9月18日　40歳　方略を申し入れる→認められず。
寿永元(1182)年11月7日　41歳　穀倉院学問料を給る
　同2(1183)年正月28日　42歳　文章得業生に補される
元暦元(1184)年3月27日　43歳　能登掾　文章得業生
文治元(1185)年正月15日　44歳　献策
　同20日　右衛門少尉　前文章得業生能登掾
　4月3日　使宣旨を蒙る
　10月17日　従五位下　人宮令爵
建久2(1191)年正月5日　50歳　従五位上　策
建久3(1192)年正月27日　51歳　大内記
　7月27日　内御書所開闔に補される
同5(1194)年正月30日　53歳　出雲権介を兼任　大内記兼國
同8(1197)年正月5日　56歳　正五位下　策労

正治2（1200）年10月26日　59歳　文章博士に遷す　元大内記
建仁元（1201）年正月6日　60歳　従四位下　策労
　同29日　備前将介を兼任
同2（1202）年2月28日　61歳　御書所覆勘に補される
承元元（1207）年正月5日　66歳　従四位上　策
　同13日　越後権介を兼任
　7月19日　宣陽門院昇殿をゆるさる
　9月12日　院昇殿をゆるさる
同（1209）3年10月30日　68歳　正四位下　坊門院建永二年御給
同（1210）4年12月20日　69歳　式部大輔に遷す
建暦2（1212）年正月13日　71歳　長門権守を兼任
　12月26日　昇殿をゆるさる
建保元（1213）年10月28日　72歳　七条院昇殿をゆるさる
同5（1217）年正月6日　76歳　従三位　式部大輔如元
承久元（1219）年9月29日　78歳　出家　法名空綱嵯峨三位入道

一瞥してわかるのは宗業は40歳近くまで全く芽が出なかったということである。文章生に補されたのが18歳、それから19年経ってやっと「方略宣旨」を蒙っている。官吏登用試験に通ったということだが、5日後にこの宣旨を召し返されている。「重代」でなかった為だという。一旦は宣旨が出ているのに、それをも曲げようという他家・他流のえげつない妨害がまかり通ったのである。この苦難の奮闘努力の真っ只中の宗業に呼び出しがかかる。それが以仁王の首実検である。そしてそれが大きなきっかけでもあった様に宗業は出世し始めるのである。宗業は何か重大な役目と引き換えに出世を手に入れたりしたのではないか。

元々優秀な男であることはハッキリしている。そして不遇の時期に、やはり芽を摘まれて苦悶していた以仁王と出逢い、その心の屈折を通い合わせたのではないか。宗業は血の通った生きた思想の言葉を伝え、以仁王はそれを自立の糧とした。ひ弱で柔和なイメージが付きまとう以仁王が時折垣間見せる骨太な瞬間、その最たるものは例の、三井寺の大衆が王を六波羅へ引き渡さないと決議した際に、大衆の熱意に応えて「衆徒たとひ我をこの地に放ち、命を終ふべしといえども、更に人手に入るべからず」と述べ、兼実をして極めて肯定的に「意気衰損なし。はなはだ以て剛なりと云々。見る者感嘆せざるなし」と言わしめた以仁王のバックボーンの形成に強く関わった人なのだと私は思うのである。

宗業を思う

この宗業　父は放埒人と呼ばれた経尹　埒を超えることのどこが悪いことなのか　しかし父の不安定は子の悪条件になる　親鸞の父は弟である　優秀な家系だが代々の積み重ねが下手なので偏見の眼を越えられない　宗業も不遇の時を長く過ごす　その間以仁王の家庭教師を務めたりした　それがあって以仁王事件直後に召されて首実見で注目される　それから徐々に一目置かれるようになり　着実に出世を遂げ　最終的に正三位　尊卑分脈に略伝の残る公卿となる　生来の秀才の上に相当な努力家で　学問的な実力は抜群のものがあり　以仁王の令旨に込められた思想背景は当然この師匠の直伝のもの　もしかしたら宗業自身が草案を書いたのではな

いかという説すらある　最勝王のくだりとかはおいそれと出てくるところではないのだろう　尊大さとどこか不安定な捩じれを内包した令旨の文面には　この優秀でありながらとことん不遇だった宗業のような　比類のない立ち位置の人物の関与を疑わせるものがある　するとまたどこやらか謎の声が聞こえて来る　人間はハナからその人間のラシサとして生まれ　栴檀でなかったら双葉から芳しくないのであって　生まれ落ちる時に持って出てきたものだけで生きるしかない　もっと一杯持って来れば良かったのに　おいらアワテンボで　シマッタって言ったってもう遅かった　それは言い草で　貰えなかったんだよ　足しも足せないがそれでも何とか飾り立て　誤魔化して走るしかないがどうしたって　見るところから見ればバレバレの体たらくで　ここで何かしらの才覚　際立った相が一つでも有ったら　それはとにかく大事にしようよ　大切なアイテムだ　たやすく正体を見せたりせず　隠し通す　そう云う韜晦性がサマになる　サマならいいがザマになる　ブザマにもなる　まあやり方だ　ヤリカタヒトツ　掻き回す匙の加減だ　一切は性分というモノが醸すことだが　其処をまた巧く見せたり隠したり　遊ぶことすらできたという　全く稀有な曲芸飛行が出来たものが寵児となる　つまりその時代のドウシヨウモナイ閉塞感を越えたような人物が一頭を抜きん出る　観ていて惚れ惚れする　嘘をつかなくても生きられるナンテのは嘘だけど　本当に羨ましい限り　傑物だね　生まれ落ちた場所の　その初期条件の残念さ　家の持ってる「勢い」の悪さ　そして変えようがない父親のランクという初期条件の限界　その金銭財産の不如意のランク　その模糊とした知性のランク　その感性・癇気の暴れん坊ランク　その健康状態の欠品ランク　云々かんぬん　父という人がたとえ諸相に欠落があっても　それでもどうにか生きていてくれれば父のポジションから始められる　しかし早世・亡失していたら子としては後ろ盾がなく　孤児として始めなければならない　イキナリ初めから苦労を強いられる　中将実方なんかがいい例だろう　ところがこの宗業の場合は更に特殊な他に類のない珍ケース　少し条件が違う様だ　父の従五下阿波守藤原経尹という人は「放埒人」

と呼ばれたのだという　尊卑分脈にそう書かれているが　どういう意味なのだろうか　放埒な人　世の中の常識的な枠組みそのものを埒と呼ぶのであれば　その埒の囲みから食み出てしまった人　非常識だとか　虞犯的だとか　そういうことではないのか　エピソードとともに語られていないので　何とも掴みようがない　人を評するのに全くもって奇異な言葉である　何でだろう　想像するしかないが　どう想像してみたらいいものか
ただこの一族には明らかに埒の内側に納まらなかった人物がもう一人いる　余りにも有名な親鸞である

死亡確認の杜撰。そして妙な偏執的綿密。

さて玉葉にはこの先以仁王生存説が怨霊に怯えるかの如く繰り返し記述されていく。死としてさっさとうやむやにしたかったのがそうならなかったという風に。その前にそもそも以仁王は死ぬ必要があったのか。高らかに検分され、まさに鬼の首を取ったように決定づけられる。そこまで消滅、根絶せねばならぬほどに誰に憎悪されていたというのか。ただ大人しく配流を受諾することは出来たのではないか。先行した崇徳もやがての後鳥羽も配流先での諸々の状況変化に対応している。自分の頭を整理し、無常の底儚さに帰結させている。深い怨恨を受諾に擬態させ、装飾に紛らして昇華させている。これは聡明な以仁王にして不可能な帰結ではなかった筈だ。教養や知性や芸術を突き詰める心は人一倍あったのに人生にだけは愚直に向かい合ってしまったのか云々。

源以光。臣籍降下だから咎は重くなる。同じ流刑でも遠島になる。しかし内実は貴人であることに変わりがないのだから。ただ呆気なく殺害され首を切断される故は無い筈なのだ。おそらく前例のないこと。このように臣と下げて、逆賊扱いで殺戮するというこのメカニズムがいつからあったものか。どこかに詳しい解説はないか。以仁王の顔には痘瘡の痕、あばたがあったという事は分かっている。この時代にそういう人は多かっただろう。

それを死体検分の重大な、ほぼ唯一の決め手として頑張るのは何故なのか。そして専門家の医療関係者が来ないとなると、専門家風の人を呼んで「もうここで決着でしょう」と収めようとしたのは何故なのか。これは寄って集った辻褄合わせではないのか。ダガ似たようなことは現代でも横行している気がする。

結局、以仁王は行方不明。

27日、『玉葉』には、「凶徒の罪科」に関する朝廷での会議が長々と記録されている。そこでは「以仁王は行方不明」という立場であった。

源以光、謀叛を巧みて、園城寺に逃げ籠もり、かの寺の凶徒同意の間、その所を避け南都に赴く。興福寺の悪徒また以て与力す。未だ前途を遂げず、路次において頼政入道以下の軍兵等を誅殺すといえども、かの以光その内を漏るるか。世の疑ふ所、もし南都に移住か。但しこの条分明ならずといへり。

これは左大臣経宗の総括である。頼政らは誅殺したが、以光は討ち洩らし既に南都に逃げ込んでいる可能性があるが詳細は不明であるという。この会議の結論部分で、興福寺に対する処置は「まず使者をさしむけて、謀叛の子細を報告させ、以光の在否を調べ、その結果によっては官軍を出す」という事に落ち着く。つまりこの会議は以仁が討ち取られたとはしておらず、興福寺に匿われている可能性を真っ芯に据えている。

また、この左大臣経宗の総括で注意したいことは、以仁王こそが叛乱の中心人物であって、頼政は「軍兵」としてサブの位置にいるということである。後付けの『平家物語』では風流を愛する文人の、痛々しくひ弱な描写に終始して、頼政・仲綱・兼綱の武力による叛乱と更正されても、リアルタイムでは全く違った認識がされていたということなのである。

そして何よりとにかく以仁王は行方不明ということなのである。遺骸は見つからなかったのだ。それなのに白装束に包まれた首なしの胴体部分はが戸板に乗せられてワイワイと運ばれ、贄野池の水草の陰から宗信がぶるぶる震えて見ている。そのくだりを平家物語、覚一本で改めて読んでみよう。

その中に宮の御乳母子の六条亮大夫宗信は馬は弱る敵は続く遁れるべきやうなかりしかば新野池へ飛んで入り浮草顔に取り覆ひ震ひ居たれば敵は前をぞうち通りぬ　ややあつて敵四五百騎さざめいてうち帰りける中に浄衣着たる死人の首もなきを蔀の下に舁いて出で来たるを見れば宮にてぞましましける　我死なば御棺に入れよと仰せられし小枝と聞えし御笛をも未だ御腰にぞ差させましましける　走り出でて取り付き奉らばやとは思へども恐ろしければそれも叶はず　敵皆通つて後池より上がり濡れたる物共絞り着て泣く泣く京へ上つたれば憎まぬ者こそなかりけれ

六条亮大夫宗信が、接近する敵の大軍への恐怖から馬を飛び降りて贄野の池へ飛び込み、顔を浮草で隠して震えて見ていると、戸板に乗せて担がれた浄衣姿の首なし死体が通る。「それが以仁王であった」と断定する。なぜならば「死んだら一緒に棺に入れてくれと仰った笛が腰に差されたまま」だったからという。この宗信は以仁王の乳母子なのでごく側近である。顔見知りである。それが距離や見え方のアングルなどもあろうが如何に変わり果てていようが首のついた姿ならば見誤る訳は無かろうと思うのに確言できない。持ち物の笛からそうだと言っているのである。この先の殺害現場で何があったかは分からないが、屍体は分断されて運ばれている。首の方はどうなったのか。もちろん首も運ばれたことは後々の実検があったことから分かるが、同じタイミングだったのか。もしそうならなぜ分断しなくてはならなかったのか。笛は浄衣の上から再度装着されたものなのか。

その首なし死体は誰だったのか。本当に以仁王だったのか。そうでなければ誰だったのか。宗信は恐怖のあまりに何かを見間違えたのではないか。あるいは嘘を吐いているのではないか。あるいは弱い人間が良く陥るようにものの弾みに云ったことが止め処もなくなって、引っ込みが付かなくなってしまったのか。そういう脆弱惰弱な譫妄体質が、スケープゴートのカリカチュアとして、いいようにアレコレと背負わされたのではないか。

　杜撰なり死亡検分。何故斯くも念入りに検分が行われたかと言えばそれはやはり安心できない要素があったからで当時の第一級の知性九条兼実をして強く疑わしめた事情がまさにあったということに他ならない。その時点で平家なりの物語が琵琶のリズムヨロシク隠蔽したかもしれない何かを、よくよく検証する意味がある。

　そもそも首級という発想はいつからあるものか、首実検。勝利者の自己顕示というべきものなのか。戦場における手柄の分かり易い証拠物件というべきものなのか。人間の頭部は重い。曖昧な記憶では、体重の3分の1。６０ｋｇならば２０ｋｇということになる。この重量の主たる部分はある高い圧力で骨中に嵌め込まれた大脳小脳間脳、走り回る血液血管の重量、その水分脂肪分の重量と言える。一休宗純が槍の先に刺して歩いたというものはそうした中身を取り去った頭蓋骨、しゃれこうべというもので、ずいぶん要素を取り去っていてもこれもまあ軽いとは言えないだろう。

　ヒトの首は重い。だが体の方だって十分重いのだ。それを分断して運ぶ理由。さらに言うならわざわざ上と下を分断して分かりにくくする理由。それこそが私なんかには問題なのだ。「分かりにくくしたかったから」分かりにくくした、その方がもろもろに都合が良かったから。それを意識し、忖度した関係者のある種の責任回避のようなことがあったのではと、邪推は尽きせぬものがある。

　そしてそこに宗業の首実検の挿話が直結する。脳髄髄脳の発達。これは単細胞から発した地球生命現象の究極としてこの人間というモノスゴイものが一つ貰えたチャンスを計る。ある僥倖を何とかして至上的な歓喜に至らしめなければこれまでの雌伏の甲斐も無かろうとまで宗業は思ったか、私までドキドキが止まなくなる。

もとの部屋。

時計を見ると午後10時を回っていた。そういえば老人は今日一日私と会話しながら、この肘掛椅子にずっと座って一度も立たなかった。トイレにも行かず飲食も何もしなかった。私はペットボトルのお茶を飲み老人にも勧めたが口を付けなかった。私は駄菓子や食パンを食べたが老人の方は何も食べなかった。私は老人に言った。寝る場所がこのソファしかないんですよ。すると老人は笑った。心配することは無い、儂はお前が喋っている間ずっと熟睡していた。それにいざとなればこの鏡の中に広くて快適な褥（しとね）がある。儂の場所はそこかしこに在る。安心してその薄汚いソファとやらに寝るが良い。

私はホッとして、今宵はバカみたいに安眠した。

次の朝、老人は安楽椅子に埋もれて何やら熱心に読んでいた。よく見るとハワード・ヘイクラフトの「娯楽としての殺人」の復刻版の方だった。目を上げると急に言った。

「昨夜おまえが言っていたミステリーという考え方が面白いと思っていたんだよ。この本に書いてある「誰が得をしたのか?」「誰が馬鹿を見たのか?」ってやつですね。

「・・・そういう考え方は確かにするものだけれどもそれをそもそもの行動理由、動機というのか、そういうものに単純に結びつけようという考えは儂にはなかった。人間はそんな風には行かないと分かっている。およそ浅はかにしか思えなかった。しかし昨夜おまえがそういう割り切り方を教えてくれた。バカバカしいが面白い。ややこしい話もハッキリして面白くなるよ。」老人は驚くほど柔軟だった。その適応力は確かに神だった。

そして老人は奇妙なことを言い出した。

「お前は還暦が大きな区切りだと言うが、お前は20歳の時にもそういう事を言って、劇的な区切りだと騒いでいた節があるね。儂は20歳の頃のお前と会ったことがあるんだよ、覚えて居らんだろうがね。」

私は吃驚した。私は一瞬にしてその場面を思い出した。その時の自分の心の状態や会話のやりとりすらも再現できるほどだったがそれは恥ずかしくて此処に書くのも憚れる、若き日の人生上の不思議な出来事、妙な記憶だったしあの時の老人がこの人だったのかという突然の繋がりに唖然とした。

「覚えているか」と言われた瞬間、通電のようなショックを覚えたのである。あの時の老人は90歳、いや89歳だと言っていた。私は20歳ではなく、22歳だった。自分の4倍以上の年齢などというものがあるのかと思った。別世界の人のように感じ、そう応対したのだ。

その時の老人が言ったことは、私の記憶では次のようになる。

「小銭を恵んでくださらんか。柳橋の馴染みの芸者に電話をしようと思うが小銭の持ち合わせがない。金は沢山持っているんだが。（と懐を開けた。覗き込むと札束が4つか5つ、コロコロと入っていた。）儂は怪しいものではない。乞食や物乞いではない。家もすぐそこだ。何なら明日門を叩いて呉れれば、お茶でも菓子でも進ぜよう。今はとにかく柳橋の馴染みの芸者に電話をしたいだけなのだ。長く付き合いがある。しかし家から電話は出来ない。いろいろ憚りがあるのだ、分かるだろう。そこの電話ボックスに入ったが、小銭がない。儂に恵んでくれ。」

私は十円玉を4、5枚渡した。ソソクサ立ち去ろうとしたとき、

「儂は原敬内閣で外務官僚をしていた。君は学生なのか。」

そうだと答えると学校は何処かと訊く。校名を告げると、彼は先輩であるといい急に親密な様子になり私の将来の身の振り方が心配だという。仕事はどういう方面を目指しているのか、将来を誓った女性はいるのか。根掘り

葉掘り訊いてくるのだった。少し気持ちが悪い感じがして急ぎの用があると言ってその場をサッサと逃げた。

そうだったな。あの夜の儂は自分でも確かに奇妙だったな。どこか寂しいように見えたかも知れんな。確かに出会う奴出会う奴が次々に死んでいくわけだから、その空虚感が付き纏わない訳はない。しかし本当のところはそれは嘘なのだ。儂は多くの人と死に別れたがその誰かを恋しいとかもう一度一目でも逢いたいなどと思ったことは記憶の限りでは一度も無いのだ。

柳橋の芸者がそうだったのでは？

いやそのことだが結局電話は繋がらなかった。儂の頭の中ではあの女はまだ若かったがそれは錯誤だった。実際には老衰してもう亡くなっていたんだよ。懐かしさというより空虚感が先に立ってしまう。誰かが故郷や父母を懐かしむということを言うと儂は面食らう。儂は捨て子だったので実の父母というものは感覚として掴めないままでいる。変則的な人生というのならば千年生きたという時点でまず前例がない、儂はまず自分以外にそんな人間に出会ったことも見たこともないからなア。

ソリャ貴方だけでしょうよ、私は心の中で言った。今朝は老人が譫妄を曝け出し続けている。昨日あれだけ聞き役になって呉れたのだから我慢のしどころだと思った。ロマン主義やセンチメンタル風のものにはトンと無縁そうだったこの人から思い出がドンドン滲んでくるのは面白かった。

儂が人を恋しいとも思えない理由というのはそんなことではない。人というものは若い時のホンの一時だけ面白い時がある。問題はそれが一瞬だけで、後はただ詰まらないものになり下がってしまうということにある。

人は、と言ったが全員のことではない、まれにみる少数だ。それ以外の大多数はハナから感情の起伏というものを持たない。心を揺らすなんていう方が変わり種と言っていいだろう。そういう滅多に居ない人間が若い時分にほんの一瞬だけかがやく。其処にちょうどうまく出逢えたら儂も面白くて一緒に心を騒がしたものだった。目の前に突然現れた儂という奇妙なモノの提示するおとぎ話をスルスルと呑み込み、無条件に面白がって相手にしてくれる瞬間が儂のゴク稀少な楽しみであったけれども、悲しいことにそれは長続きしない。

折角与えられた人生、ほんの一瞬のそれが生涯ただ一度のことだったとも分からず花火の様に消える。覚えてすら居ないのだ。ましてその他の多くの連中は何も分からんまま生きて居るから30代の半ばくらいでナケナシの柔軟性を完全に失う。仕事の相手の名前を知る、機材の操作を覚えることには長けても、物事の瑞々しさ、情趣を感受するという愉しみが出来なくなってしまうのだ。編み物のような繰り返し手先を動かし続ける行為の反復のみに安心し、編みあがっていく幾何学的な模様にしか美しさを感じることが出来ない。しかも自分で模様を考えて編むなんてことは思うこともなくなるのだ。

4 逆光の葉脈

宇田川町「スヰング」にて

おかしな夢を見ていた。私は昭和５５年の渋谷、センター街を歩いていた。昭和５５年と分かったのは誰かがそう言っているのが聞こえたから。なにか霧の様な靄の様なぼんやりしたものが私を囲みすべてのものがモノクロ写真のようにぼんやりとしてしまっていた。見えるものはそんな感じなのに聞こえるものははっきりキンキンと響いたし、ニオイという事になると物凄くリアルで夢とは思われないのだった。

実際それは夢ではなかった。昭和５５年夏のある晴れた午後。私は渋谷の、宇田川町のジャズ喫茶「スヰング」に向かってセンター街を歩いていた。足は懐かしさに自然と弾んでいた。新東京ビル。名前はよく覚えている。渋谷という町は暗澹としたすり鉢の底であり、目黒川の方向以外は全部のぼりになっている。新東京ビルはそうした斜面に突き刺さるように建っていて「スヰング」は1階だか地下だか分からないトポロジックな位置関係を占めていた。妙な古臭さとチープさが混在するドア。小さな小窓から店内が見えている。ナリコさんの後ろ姿。独特の６０年代風のクロームイエローなワンピースが暗がりでも解る。レコードをB面に裏返している。マスターの宮沢修造さんは見えない。居ないのだろう。そういえば昼はいつもパチンコに行っていて夜になると咥え煙草をけむそうにしながらふらっと戻って来るのだった。

カランコロンと鈴の音がするドアを押して入ると、ムッとする懐かしい匂いが鼻に飛び込んで来る。元は珈琲だったのだが、客のない時もコンロみたいなもので常に保温しているから醤油を煮詰めたような濃密な匂いになっているのである。そこにマスターのパイプの匂いも交じっている。白い大きな缶の横に「ミクスチャーセブンティナイン」と黒々と横文字が書いてある。「マッカーサーのコーンパイプに詰まってたやつだよ。」マスターの渋く掠れた声が記憶の脳髄に響く。

誰もお客は居ないのかと思った暗がりに何人かの若者が銘々勝手な雰囲気で座っているのだった。スピーカーの真ん前の席が空いている。レコード針をバツンと雑に乗っけて振り向いたナリコさんが「ソコ空いてるわよ」と言う。私の顔をジッと見る。「あら?」という顔をする。そして「あら?」と同時に声が出る。「どこかで見た人だわね」

ブルートレーンが響き渡る。ということはB面にひっくり返したんじゃなくて、B面からA面にひっくり返したのだ。暗がりに目が慣れて来る。周囲をそっと見まわす。不思議な感覚だ。ここによく来ていたのはもう40年も前のことだった。それからずいぶん経って久し振りに来てみたら閉店になっていた時のショックもよく覚えている。それだってもうずいぶん前のことだ。前世紀の終わり頃だっただろうか、ミレニアムの界面の向こう側。いずれ遠い昔のことばかりだ。なのにその「スヰング」に今私はいる。現実感は無いのにこれが現実という輻輳した浮遊感がある。とにかく私が一番気になっているのは「私」の存在だ。当時はここに入り浸っていたのだから。あの頃の「私」が何処かに座っていないか。

居なかった。

フト強烈な疑問がアドレナリンのように耳の下からせり上がって来た。この昭和55年に「私」は居ないのではないか。私は「スヰング」を強く記憶しているし、それはそっくりそのままここに確かにあるしナリコさんもいるのだが、ただここは「私」は存在しない世界なのではないか。あるいは私がここに来ることを決めたために過去の「私」は脆くも強制的に消されたのではないか。

しかしその疑問はすぐに氷解した。ナリコさんが例のカタカタ動くからくり人形のようにやって来て、彼女の特徴である初対面の相手に対する警戒するような威圧するような、本当は臆病で人見知りのせいでそうなってしまうのだが、そういうお馴染みの態度で「ご注文は？コーヒー？」とせっかちに訊いたあとで、更に一言「今日は来てませんよ。面接に行くとか言ってましたから」と付け加えたのだった。

誰のことを言っているのかと言えばそれは「私」のことだった。そう直感した。今日は来てないけど明日は来るでしょうよ。あの人殆ど授業出てないから。勉強もしないみたいだしね。あんなんで就職通るのかしら。そこら辺に色々置きっぱなしでしょ？　スピーカーの横に立てかけてある本を指さした。ケストラーだ。「機械の中の幽霊」今も持っているはずだ。居るじゃん、オレ。ああ良かった。笑えるね。ケド会いたくないね。それにしてもナリコさんはこの私を誰だと思っているのだろうか？

「コーヒーね？」「はい」

ハッキリ声を出さず、もごもご言った。４０年で顔は変わっただろうけれども声は変わらないっていうからこれが「私」のナレの果てだとは感づかれたくなかった。

夏山老人とはそういえばセンター街の入り口で別れたのだった。この看板の下に夕方6時に戻って来いと、時間厳守と念を押された。それからくれぐれもこの世界の「現在」と関わらないこと。誰と何を話しても良いし、未来から来たと言っても構わない。儂だってそういう話はいつもするが、それはどうせ誰も信じないからだ。イキナリ初対面でそんな話をしたらキジルシ扱いをされるだけだ。さもなければかなり逝っちゃってる面白いジジイだぐらいに、笑われ気持ち悪がられネタになっているブンには何の害もない。人にまともに相手にされない限り何の問題もない。

問題はマトモに相手になってしまう奴に出逢ってしまうことだ。変な理解をする中途半端なリクツ居士とは関わるな、ってことだ。論理的思考とか思ってるやつ。本当はそれは馬鹿の骨頂なんだけど本人が一番分かっていない。こういう時間の無駄みたいなやつとまともに話をすることにならないように。その辺りは東大生が徘徊いているからそいつらが一番駄目なのだ。そんなのに関わって無駄な議論にならないように。

1980年の夏はどんなだったか。覚えているかと問われれば答えは些か曖昧になる。史料のようなものは沢山頭の奥に積んである気がするがどうせ元々客観性の全くない無駄なデータなのであった。その上、実は恥ずかしながら私は当時の雑メモを今でも束のまま持っている。メモ魔で且つモノを束ねて取って置く性質なのだ。(それは今でも変わらない)アレコレ考える間もなく私は再び其処に居て長く凍結していた記憶の塊を急速に解凍しようとしている。こんな時生来の自我が暴れ出す。モノを深く考えないでただ掻き回すっていう奴だ。山を歩いていたかと思えば同じ汚い泥靴でソノママ銀座を歩いていても別に気にならないウワノソラな性格。記憶は目の前でアイスピックで突かれながら解凍し、見ている端からドロドロに腐っていく。カチンカチンに凍りながら中身はとっくに腐っていたのだ。日付は1980年の夏。狭い厨房の奥に見えているカレンダーがめくり忘れでなかったら7月だ。此処で座っているだけで思い出す。若いだけでただ嬉しかったあの頃が髄膜の内から突沸してくる。其処に居るナリコさんが非常に懐かしくて、こんなに懐かしい以上これは間違いのない過去である。記憶の中の彼女は年齢不詳の存在で、自分が付き合っているような同世代の女の子たちに比べたらずいぶん年上のお姉さまのイメージだったが今の私から見ればまだまだ若い女の子の部類に属しているのだった。


そのナリコさんがモンティパイソンの「珈琲を殆どこぼし乍ら運んで来るウェイトレス」のように出て来た。何だかぎこちないのだ。そんな動きは私が初めて見るものだった。いつもからくり人形のようにカタカタ動くが、今日はモンティパイソンのように動いている。私を疑っているのか。私が醸す妙な何かを感じているのか。

「あの」「はい」「「ミルク」「どうも」

私は何かを思い出している、その思い出す気配から何かを感じたのか。

「お父様?」「え、ボク?」「だって似てらっしゃるから・・・」

そんなやりとりになったら最後、馬鹿で饒舌な私が自白を抑えられる筈がない。


しかし何も起きなかった、そのまま素っ気なく向こうに行ってしまった。

さっきから何やら忙しくノートに書いている隣席の若者がトイレに立った。そのノートを何気なく覗き込むと「楽しく書ける」というメモがあった。「写楽をじっくりみる」とも・・・私は「写楽」を知っている。あの当時誰もが読んでいた写真誌だ。東洲斎写楽のことかも知れないが、雑誌の「写楽」である可能性が高いと思った。さらに目を凝らすと「鳩よ!購入」

これでわかった
「鳩よ！」は詩の雑誌だった。

楽しく書ける・・・とは何を書くのかは知らないがこの気分はこちらまでウキウキさせてくれる。あの頃の中途半端な気持ちが蘇る。私はトイレの青年が戻るまで更にノートを覗き込んだ。

「人生のここに来て、何か願いが一つ叶うなら、このモヤモヤを形に残したい」

「小説みたいな形で」「そういう才能がただ一回でも与えられたなら」


しかしウェルギリウスは言った。

「前にそんなことを言ったやつが何人もいた。そんなことより体験のチャンスを願った方がいい。体験をしたら体裁なんかどうでもよくなる。表現の工夫とか言わなくなるのさ。自分の中の詰まった管をアドレナリンが全部流してしまう・・・」


「は？」


青年は戻って来た。

私は彼に話しかけてはいけない。

彼のような人間が老人の言う危険分子なのだと思ったから。

もしかしたらこの青年が昔の私なのか？　ふと頭を掠めた。この小柄で少し腺病質な青年は私とは全く似ていないのに。

「記憶の遡行は叶わない」

またウェルギリウスだ。なぜ私のストレスめがけて話しかけてくるのだろう。謎だ。此処に居る若者がほんとうに私なのか。過去の私自体ではないのなら何か関わりのある人間なのか。おさおさ記憶を辿るが、思い浮かばない。私を現代詩に誘った花岡敬造も小柄だったがこんな風に小綺麗でサッパリとはしていない。花岡ならもっと老獪で妖しい空気だったがそれは本当ではなく、受信する私が子どもだっただけなのかも知れない。その後、行方の知れない花岡に此処で会えたらなどとフト思ってしまったからだ。

これは私なのか？　更に観察を続けると若者は注目されることに苛立って落ち着きを失い始めた。ナリコさんに色々喋り掛けるのだがそのやりとりは詰まらぬものだった。自意識の強さ。自己顕示。その場の思い付きを口にしそれを放り出したままで繋いでいこうともしない。若者は（これが私ならば）ちょっと物足りない人物だった。私かも知れないのだが、私でないだろうからと思えば急速に興味を失ってしまう。若者はひとしきりジタバタとした後で出て行った。

昭和55年。私の若さは確かにここに浮遊している。先ず物事を疑うことのない暢気さ。懐疑という言葉は日常的にそこに在ったが、それは机上の学習的産物であって、「とにかく疑ってみる」的な暢気なお仕着せの方法の一つにしか過ぎず、強い危機感に支えられたものではなかった。後に直面したあまたの人生のドロ沼とは違い、生きている実感とは関係のないもの、実のところ何も疑ってはいなかったのである。ただ好奇心が次々に出鱈目を受け入れている倉庫があるばかりで、それは広さも実感できないいい加減な空間だったのだ。

私の若さ。いま目の当たりに自分の空気を嗅ぎ、圧倒的に記憶がよみがえる。今日は来て居ないがいつもそこに座っているのは間違いなくあの頃の私。今が間違いなく昭和55年だというのだから、「あの頃」ではなく今の私なのだ。ではここでそれを見ている私は誰だというのか。

森に酔ったワーズワースのような白い顔で私はスピーカーの横に放り出してあるノートを持ってくる。スキングの自由ノート。さっきの若者が何か書いていたやつだ。開くと挟まっていたボールペンが落ちた。ペラペラ捲ると極端に右上がりの尖がった字がびっしりと書き込まれている。。早稲田かどこかの「槍杉」という奴が年中書き込んでいたあのノートだ。

衝動的に書き始めた。これは老人の言うタブーなんだろうか。1980年以降の語彙や表現を避ければいいのではないか。散歩の犬が電柱に挨拶するようなものなら無害だろう。

血のバックグラウンド

血のバックグラウンド　それは神がヒトに個別に命を呉れるその前から　仕組まれている
悪意の取り決め　意図的に神同士で分担として　底意地悪く散りばめられ　挟み込まれた

悪意の栞　それはいわば命の初期条件とでも言うか　最も邪魔で最もやりにくい場所に
除去不能な形で挟まって出てくる

血のバックグラウンド　重苦しい響きだ　呪いの祝福　擦っても落ちないゴシックマジック
そう考えると以仁王のバックグラウンドはなるほどと思わせる要素に分解できる
何処まで遡ればいいのだろう　やっぱり血脈図をもう一度　仔細に検討するのがいいのか
よくある運命遺伝式に帰結したなら古典的理系少年に解いて貰おう

血のバックグラウンド　まあ微積分な要素分解能力が奏功するかもしれんがクイズ王には無理だ
なんとなれば　これは知識のしずくの滴りではない　肉の塊だが血がまだどくどく流れる
生まれが幸せ過ぎれば　表層の処理しか叶わないだろうから　悧巧系の馬鹿は途中退学だ
陰惨なこの平安末期の爛熟した血脈構造　摂関政治の衰退と

血のバックグラウンド　院政の必然的な発生と歪み　暗雲のように垂れ込める末世的不安
そして次々と起こる　嫌なエピソード　弱い人強気な人狡い人　馬鹿者　延暦寺園城寺興福寺
てらでらの　悪僧めら　それをバスタリングする源平武士たち　その中枢には痩せても枯れても
変異しても　異化しても　権力の担い手の　王権というものがある

血のバックグラウンド　この権力はポンと渡された熱い鉄塊　とても長くは抱えられない

長く持っていたら重度のやけどで絶命　もちろん熱に強い人もあるにはあるだろう
でも必ず放り出す日が来る　そして次の人へ放り出す　それを世襲とするか禅定的にやるか
いずれにしたって悶着の種である　この鉄塊は冷めないのだ　内に熱源を持ち
それは人の悪心を餌にするから　ますます熱くなる

血のバックグラウンド　取り敢えず五代前の　高祖父の白河法皇から語るのか
その父後三条から位を譲られた院政が陽性になった日から説くのがいいのか
そして次なる堀河帝　内燃した優しさのくすぶりを讃岐典侍の愛は遺した
鳥羽帝はもの優しさに最重量級の粘性を含み　護持僧　法親王という新機軸を発展させた

血のバックグラウンド　分かったかな　正解を申し上げましょう待賢門院さんです
爺さんと孫の共通玩具のふりをして全く違ったんでしょう　最大の敬称「バケモノ」です
体験＋悶＋淫　ああゴメンナサイ　ごめんなさい　書くんだけど　もう書く以外ないんだけど
みなさんにお見せする足場というものがない

血のバックグラウンド　ごく皮相な表層的な思い込みでしかなく　証明がされにくい
根性エネルギーが出て来ない　ただサイの角のように進む　メクラ滅法に
直感に従うしかないイッパイイッパイ　だから勘弁しろと書くクライなら
ナンモ書かんでいいってことさあね

血のバックグラウンド　まあ言い訳だ　言い訳だけがのさばる　単体人生
出来ぬことと出来きれぬことの境界　つまりは無駄な自意識の発露　なので他人には無縁のこと
「いい若けえもんが言い訳しててていいわけ？」　ああダジャレね　それで終わらせようと？
人類地球生命全史において　もう先が無い後が無い　お後が宜しくない

セロニアス・モンク。セロ燃やすミンガス。

ペンを置いてノートの前の方をめくり始めた。セロ燃やすミンガス。こういうダジャレは、署名がなくとも、覚えがなくとも私の書いたものだ。我ながらこういう言語感覚はユニークなものだ。ミンガスというと思い出すことがある。スヰングはその後、ジャズ喫茶だがレコード一辺倒ではなくはやばやとレーザーディスクなどビデオ機材を導入してど真ん中に大きなモニターを置いた店だった。映像など邪道だと、保守派はレコード至上主義の声を上げても、宮沢さんは意に介さなかった。「面白いからな」の一言で決まりなのだ。宮沢さんの一言はいつもびしっとしていたから唖然としながら納得したものだ。「カーラブレイは下手糞だな」ってのもあった。

そのなかで公民権運動のさなかに心神耗弱したミンガスを撮ったインタビュー映像があった。BSの録画だったのだろうか、店で流していた。一度見て衝撃を受け、それを仲の良い毛利さんに見せたくてスヰングに誘った。画面は幼い娘を膝に乗せて優しくピアノを教えているミンガス。しかし公民権の話になりケネディの話になると急にライフルを持ち出して来る。そしてカメラに向かって怒声を上げる。「ケネディは作れない、でも破壊するのは簡単だ！」そう云うが早いかライフルを天井にぶっ放した。インタビュアーのカメラがビビッて揺れる。すると下の方から「私にも壊せるの？」と娘の声がする。ミンガスは我に返って「ああ壊せるとも」と云って娘を抱き寄せた。毛利さんは声を震わせて「シーちゃん、これイキナリ観せるのは卑怯だ」と云った。彼には別れて暮らしている幼い娘がいたのだった。

そんな夜のことを思い出しながらノートから目を上げてもそこにはまだ巨大モニターはない。ここはまだ1980年のスヰングなのだ。毛利さんを知るのもずっと先のことだし、やがて私にも娘が授かるなんていうのも無論知る由もない。遠い昔のことだ。この当時の私は就職活動どころか、この先の何一つも分からなかったのだ。

ふたたび「スヰング」へ

アレ？ピュルピュル？そこで急激にビデオはリワインドされ私はまたさっきと同じセンター街を辿ってスヰングに向かっている。ナニコレ？　短い過去滞在の無害な場所なら他にも沢山ありそうだったのではないか？だが時間の残量がもはやなく、私は既に辟易していたのだろうか。そうとなれば渋谷をじっくり歩きたいのだ。もうこのチャンスは無いだろうから。時間にスローをかけて、意識レベルを濃密にして歩こうと思った。これは血圧の上昇を招くかも知れないと、ステント入りの冠動脈がすこし心配になる。

不思議だ、タッタ1時間前に通った筈のセンター街。様子が違う。今度はなんだか余裕がある。私の中の余裕が街に反映したということか。若い奴らはどの時代も同じだ。時間がない時間がないとほざいている。今の私に与えられたこの切れ込む様な瞬間的なスキマに比べたらどれほどスカスカか分からないのに。でも分析はクダラナイ。よくよく見れば全く面白いくらいに、懐かしい名画を観るみたいに渋谷はあの頃のままだった。フジミレストランもサバランもある。突き当りにロロもある。街角の忘れていた細部を写真に撮って持ち帰りたかった。写真には撮れてもこの世界限りで、鏡の中は通らないから撮る意味はないと、最初に言われそのまま納得していたのだが。インスタントカメラはもう売ってるのかな、それを1時間で現像して。でも鏡の中は通らないのか。

宇田川町の信号の先、牛丼屋の手前の坂を上がってスヰングに入る。さっきとは何処かが違う。ガランとしている。客はいない。レコードは鳴っているがブルートレインではない。確かこれはハンプトン・ホーズの何だっけ。するとナリコさんが振り返る。服は一緒だ、例の黄色。付け睫毛をバサバサさせて私を見上げる。フランス・ギャルだ、和製フランスギャル。「あら!早いわね」今度は明るい。誰と、何かと勘違いをしているのだろう。何が早いんだろう。いつも来る時間より今日は早いと言っているのだろう。私と、今の私と似た割と親しい人物がこの世界に確実に居るのだ。さっきこの店にいた私という弁別はしていない。もう覚えていない感じなのだ。さっきのが消されて上書きされているのか。それともさっきというのはもう無くなってしまったのか。

曖昧に頷いてさっきと同じスピーカーの横に座る。厨房の方に戻るナリコさんを見る、二人きりの店内。そっと見るつもりだが相当ギラギラ見てしまっているのだろう。妙なぎこちなさが漂う。注文は取らないでお湯を沸かし始めている。常連だからだ。今度は常連になっている。ナリコさんは全くあの頃のあの年齢のままだ。ということは? そして私がふつうの初老の男として扱われているということは? やはりここが「普通に過去」の世界だということだ。ここが「過去の現在」だと認識して居る私は「未来から過去」に戻ってきた人間だからである。(くどいがどうしても足場を探さないでは居られない。)タイムスリップでいいんだよねコレ。ここは厳然と実在する過去そのものであって、つまりここでの現在であって、未来からみた過去であるなどと面倒な言い方をする意味は此処に居る私以外の誰にも無いのであった。

ナリコさんは実体である。当時は気にもしていなかった特定のコロンの臭いがする。抱きしめたらギャッと叫ぶかも知れない。実体だなどと、そんな変な意識をしたこともあの時分は有り得無かったわけだから妙な空気が漂ってしまったのだ。第一私は実体なのか。脳細胞をその順列の儘ここまで運んできたのは確かだろう。記憶すらも搭載したまま鏡の中を通って来られたということ自体、その説明自体が結局訝しいのであった。

闇の中にジャケットが見えた。フィネアス・ニューボーンだ。ハンプトン・ホーズじゃなかった。もう完全にあの頃の嗜好が蘇っている。好きだったんだよね、ピアノトリオ。ここが1980年なら、アメリカ大使館でやったネロビアンコのパーティにトミー・フラナガンがのこのこやって来てリラクシン・アト・カマリロを弾きまくったのは1990年だ。大使館のスタインウェイの真横に引っ付いて観ていた記憶はまだ新しいが、それも30年以上前のことだ。そして更にそのことをこの1980年のここで思い出しているっていうのはどういうことなのか。それこそ私が2020年から来た証明なのか。

それとジェリー・バードのことだってそうだ。赤坂でジェリーと巡り会ったのは1992年なのだ。それなのにアケタさんの店でジェリーが弾いたソロが今さら頭をよぎるのはどうしてなのだろう。それを撮ったのもユーチューブに上げたのも私自身なのに。そしてジェリーはもう地球の何処にも居ないのに。

これをもって伝説を伝説と、幻想を幻想と。作為にしかすぎないと決めつけるのも大方の見識の一つとは言えようが、それこそが人間の成長進化を妨げる愚昧の反動なのだと私は内心腹が立つ。無知がユエの、想像心の生来の欠損から来る無関心。自分によもや関係があると思わないスルーぶりに私は腹の底が煮えくり返る。衆愚の底辺に発生する全く別種のごみ溜めのような伝説というものもある。真実真相はそのように「伝説風な」フレーバーで粉飾され見えなくされてしまうから。それで十分な朋輩がこの世の主成分であるから。

愚の創造者たちの頭の中には悪意の欠片すらも見当たらないから始末が悪い。成長幻想、精々職業的野心という辺りで暮らしていたりするから。これは平凡に年を取るということが身体能力の減衰そのものでないのと同じで、欠損の無能の自覚がなくなり全く問題がないと思ってしまっている。すっかりゴミ屑なのに、スクラップ状態なのに立派な製品だと自分だけが信じて疑わない。そして群がる追従者がそういう出来上がった貴方という詰まらない「死捨て無」から金をふんだくりたいだけなのに、色々な事が分からなくなって追従者を仲間だと思って何でも喋るのだ。誰も聞きやしない繰り言を。

老害とは肉体や思考創造能力の減衰そのものではなく、それを想定せず周りも見えず自分を疑うことを止めた元気な肉の塊、それが老害と呼ばわる犯罪だ。悪だということなのだ。気力のことでもない、想像力とかいうだけの単純でもない。敢えて言うならばバカの増長、もともとのバカが筋肉の作用で熱力学第2法則でまだ動くということ。これはひどい発見だ、アルキメデスも諦めるんです。これはいやしくも自分の中での発生は避けなければならない、これだけは死んでも食い止める。尊厳死。老残を晒さぬためにそうなる前に誇りをもって死すべきなのだ。関わらないこと。関わりが過ぎるとどう思われているのかが気にならなくなる。そのうちに自分の立ち位置が見えなくなる。存在としての立ち位置だが、そこに問題があるとはもう思いもしなくなる。

情けないことだよね、倶生神の声がした。びっくりして振り向いたがそっちの席には地味な感じの３０くらいのサラリーマンがいるだけだ。目を瞑って足を組んで旨そうに煙草を吐いている。コイツのわけないか。倶生神は実体はないんだから。こんなコンチネンタル・オプみたいな奴で良いわけが無い。せめてマーラ・レイの大きな尻に敷かれる「影なき男」あの明朗快活なウィリアム・パウエルであって欲しいんだよ。

ピアノトリオ。闇の中で呆けたように聴いている。ナリコさんがアスリーを持ってきた。白黒の数字が並んだジャケット。ホレス・パーランの固まったハンマーみたいな右手とウネリまくる左手。次はコレか。アア堪らない。夏山さんとの約束は夕方の6時だったはずだ。LPの片面が20数分のはずだ。もう何面聴いたのだろう。私は急に怖くなった。時計がない。珈琲代いくらですか。ア、常連が訊いちゃいけなかった。とにかく外に出た。まだ明るいが6時は越えてしまったかもわからない。センター街の入り口まで500メーターくらいだろうか。本気で走った。最近ジムにも行ってないから急な運動は冠動脈のステントを脅かすかもしれない。それなのに肉体感覚は若い生態系を取り戻したようにカルク浮遊している。走るのが楽しい。

奇跡だった、5時58分。ムカシ生放送で鍛えたタイム感覚は健在だったようだ。センター街の入り口のポールのわきに所在無げに夏山さんは立っていた。

懐旧中毒症状。

それなのに私はまたストンと渦に入った　ブラックアウト　自分の渦に入ってウズウズした　そうだ渋谷じゃないか　今1980年の渋谷に居るんだったら　あの実践女子大のトンネルの手前の壁の　あのSAVはどうなってるんだろう　ポップグループやカンを一晩中聴いていたあの大音量の暗黒　行きたい行きたい行きたい　だってスキングに来れたんだから　なぜSAVまで行かなかったのかって悔やむことになりますよ　SAVっていうか　発狂の夜にね　あのフィルムノワール染みた重苦しいドア　ピーターローレやボリスカーロフがその辺りの暗がりに寄っ掛かってますよ　嗚呼　あそこには　真夜中に行きたい　そうですよあの頃の　明日予定あったたっけなんてナンモ気にしなかった　サラサラの夜にね　人間の原点なんて幾つもないんですよ今ハッキリ思いましたよ　命を拾って　あたらしく逃げ込めれば　あの低い天井に貼ってあった月の裏側をもう一度見られる　だから老人に頼み込んだ　もう一軒行きたいところがあります　そこは夜にならないと駄目

なんです　夜も夜中ですよ　終電とかイッチャヤッテ　もう帰れないっていぅ時間に　行きたいんです　終電・・・気にしなくていいんですよね　駄々っ子のように泣きついた　本当に心に沁みついた場所なんです　老人は答えた　そんなに沁みついているんなら行く必要はないだろう　もし其処がムカシのその儘だったら　今のおまえは既にそういうクラフトワークだか知らんが　そんな種類の音の存念のヒズミがとっくに白日に晒され　コマーシャルな弱弱しいものになってしまった時宜まで知り終わっている　最初の強烈な驚きがお前を作ってくれた場所で　何倍もの幻滅を味わうことにはならないのか　そう言われて私は　数年前　近所のスーパーで夕方の特売の時間に店内に大音量で流れていた販促BGMがジェフベックのスキャッターブレインだったことを思い出した　購買心をそそるアップテンポが夕方の特売の空気の中で余りに張り切りボーイにフィットしているこれがあれほど練習したスキャッターブレインのナレの果てであることに気付き凝然とした・・・

そうか　そのことか・・・フッと力が抜けた　老人はそのことを言っていたのだ　まあその通りだと思ってしまえば　甚だ危険な場所のようにも思えた　いっそ　心も体もクリヤーボタンを押して　初期化出来るものなら　原点のその場所にもう一度飛び込みたい　もう一度溺れてみたいという出鱈目な虚妄が悪魔のように一瞬囲んだ　これは最初に釘を刺された「くれぐれもこの世界の現在と関わらないこと」といぅ判じ物めいた戒めの真の意味だったのだ　私は言った　戻りましょう・・・

すると私は呆気なく作業室の鏡の前に立っていた　西日が差している　ミッキーマウスのシールがウインクしている　老人はいない　一緒に戻ってはくれなかったのだ　ああバタバタする　ぞわぞわする　行き場のないこの感じは　小さい子供だったら　誰か大きな女の人にギュッと十秒間抱きしめてもらいたいような　それで取り敢えず落ち着けるような心の震えだった

ええとカレンダー　今日って一体いつなのだろう？　時刻は夕方だ。体はそれほど疲れていないし何を食べたわけでもないのに空腹ではない。珈琲は2杯飲んだ。あの世でだけど（笑）。

とにかくうかうかしているより、研究に集中すべきなのだ。以仁王の人生の意味を探るという大テーマを宣言したくせにただ辺縁をぐるぐる回っているのに過ぎないダラシナサに我ながら呆れる。

以仁王の還俗。

真面目にノートに向かおう。以仁王のプロフィールの再確認からだ。くどい様だが、彼が何故宗教者として安寧出来なかったのか、出生から幼少に比叡山に上り僧侶へのステップを踏みながら、15歳にして突如山を下りて還俗元服して波乱に突入していく、そのバックグランドの諸相を調べていきたいのである。

後白河院の第三皇子で、母は内侍典侍藤原成子（高倉三位）。仁平元（1151）年に誕生。母は高祖父白河院以来の外戚家である閑院藤原家出身。同母のきょうだいは全部で六人、姉には殷富門院亮子内親王（安徳天皇准母）、歌人として名高い式子内親王、一歳上の兄に仁和寺六世を継いだ守覚法親王がいる。

以仁王も兄の守覚が仁和寺に入ったのと同様、幼少にして山門に入り、最雲法親王の弟子となった。最雲は堀河天皇の皇子で以仁王には大叔父に当たる。久寿3（1156）年3月30日に天台座主（権僧正）となっている。以仁王がいつ大叔父・最雲の弟子となったかは不詳だが、実兄守覚が仁和寺に渡御したのが四歳の仁平3（1153）年2月23日であることを考えれば、1歳下の以仁王もその少し後には最雲の門下に配されたと思われる。そしてその頃は最雲にとっても絶頂期であったのである。

以仁王が最雲から譲られた常興寺領は白河院が天台座主仁源大僧正へ付してから梨下正統が継承し、その後この梨下正統から天台座主が輩出されていることから、以仁王も最雲を正統に継承して梶井門跡を経て天台座主となるレールに乗っていたのだと分かる。ところがそんな時に頼みの最雲が亡くなってしまう。

兄の守覚のほうは仁和寺で叔父の覚性法親王に付いて修行に励み、永暦元（1160）年2月17日にその覚性を戒師として11歳にして出家を果たし、その後の仏門への帰依に大きく踏み出したのに対し、以仁王はそうした大事な時期に師の最雲の死という予期せぬ展開に直面した。最雲親王の遷化は応保2（1162）年2月16日の事であり、その時点では以仁王は12歳であった。師亡き後の以仁王の去就は不明であるが遥かに年長の兄弟子、快修権僧正（藤原俊忠の子・俊成の同母兄）に引き取られた可能性が高いという。

快修はそのすぐ後の5月30日に五十二世座主となるが、長寛2（1164）年10月5日、中堂衆を禁獄したことで大衆によって山門寺務を追却されて事実上更迭され、翌閏10月13日、左大臣源俊房の子・俊円権僧正（美福門院の叔父）が座主となる。しかし俊円は病弱であり、後継の座主を巡って競望が起き、永万元（1165）年8月10日、後白河院はこの競望を永可停止せよとの院宣を下した。以仁王はこうした不安定な環境に置かれていたのである。

以仁王の元服は『延慶本平家物語』には「御年十五と申しゝに皇太后宮（太皇太后宮）の近衛河原の御所にて忍びて御元服有りし」とある日付は永万元（1165）年12月6日であった。（『長門本』では16日）。この年は7月28日に異母兄の二条院が崩御して、その4か月後というタイミングである。この4か月という長さをどう見るか、その裏にどのような暗闘が繰り広げられたのか。

兄・二条は父・後白河院の院政を真っ向から否定して親政を展開しており、彼が前面に出て指図をしている以上、後白河院の出る幕は無かったのである。それは元々の条件として後白河はつなぎの帝王であって二条に引導を渡した後は役目を終了しなければならない取り決めだったからである。もともと後白河本人にもその辺りの興味も野心もなかった筈であったし、どの時にも明瞭な意志を示して来た訳でもなかった。野心の強い側近同士の対立が保元平治の乱を生んだのだとしたら、仕切る仕事に向いていない脆弱な帝王ということでしかなかった。その意味では二条は若くてもアグレッシブで指導力のある帝王適性を持っていたが、急激に衰弱して崩御してしまった。毒殺という極説に肯んぜない私でもないが此処では深入りしない。

とにかく二条が崩御した途端に、後白河は二条の子、自身の孫である幼少の六条天皇を取り込む意思を示す。旧二条院派を排除し、平清盛と協調して絶大な権限を以て院政を展開することとなる。二条院と繋がりの深かった人々は逆に雌伏を余儀なくされるが、その時彼らの拠り所となったのが八條院ということになる。後白河の異母妹であり、先帝近衛の実姉である。両親の鳥羽院・美福門院に愛され、その莫大な遺領を継いでいる。女院という微妙な立場を周囲も顧慮するからこそ本人も含め誰一人大っぴらに行動するわけでもないし、逆にその醸す柔らかげな空気は隠れ蓑にもなった。八條院その人の持って生まれた性格としても大らかな緩めのスタンスであり、エキセントリックなアーティスト気質の異母兄を敬愛していたフシもあって事は単純ではない。

そしてもう一人太皇太后の藤原多子が隠然と存在している。ただ今の二条院の未亡人、そして先帝近衛の皇后でもあった多子が八條院と女同士の強いタッグを組んでいるという状況。そして旧二条派を蹶起させる中心力に誰が相応しいかといえば、これは以仁王を措いて他はいないという状況が手に取るように分かる。この時点でやっと権力志向に目覚めた後白河に以仁王が急浮上してくることがいかに邪魔だったたか。そしてその後白河の気質を上手くあやしながら着々と自らの野心を結晶化させようとしている清盛にとっても。

以仁王の元服はそんな中で秘密裏に実行されたのである。場所は旧二条派のもう一つの拠点である「近衛河原の御所」であり、此処の主人は太皇太后の多子である。二条の未亡人である多子は閑院家の出であり二条の母・懿子とも以仁王の母・成子とも又従姉妹の関係である。以仁王の元服はそのように二条派の失地回復の悲願の具体化ということであるとともに、後白河院の寵妃・平滋子所生の七宮（憲仁）の皇位継承を抑止しようというデモンストレーションの意味もあったので、吉と出るか凶と出るかに逡巡しているより此処でやるしかないというのが陣営としての判断だったのであろう。このとき授けられた「以仁」の名は兄二条院の名付け時に最終候補となったものだったという。二条院の崩御からわずか4か月後の以仁王の元服は、養母・八条院、太皇太后多子と二条院派の人々が画策した六条天皇の皇嗣の擁立計画だったのである。しかし直後の12月15日、以仁王と故最雲法親王の同門だった明雲が六条天皇の護持僧に任じられる。明雲は兄弟子と言っても51歳と遥かに年上であり、この2年後には同門の快修を追い落として天台座主となる。六条のあと高倉、安徳と護持僧を務め、後白河上皇の戒師、清盛の出家戒師でもある。

当時の後白河院は清盛と足並みを揃えていたわけで、二条院の遺志を継ぐような位置にいる以仁王の存在を認めることは有り得ず、その元服については清盛同様相当に神経を尖らせたと考えられる。それ故、以仁王の動きに応じる様に直後の12月25日、寵妃平滋子所生の5歳の憲仁に親王宣下し、兵部卿平清盛をその勅別当に任じた。あからさまに憲仁親王を皇嗣と定め以仁王の主張を阻止する動きを後白河は取ったということである。以仁王元服のニュースは太皇太后宮亮の経盛から兄の清盛に筒抜けに伝わったと考えられている。

ともかく以仁王の元服を秘密裏に執り行ったことがいかに法皇の逆鱗に触れたかということである。以仁王の叔父・藤原公光（母成子の弟）は直ちに下官させられ、その後二度と復官することもなく逝去した。自邸を元服の場に提供した多子も、二十日後、憲仁の親王宣下の直後に出家した。多子の兄の後徳大寺実定は、直前の8月に27才で大納言を辞していたが、その後12年間を無官のまま過ごす不遇の時代が続き、大納言に復任したのは1177年、39才の時であった。法皇の意に反して以仁王の元服を強引に決行したという事実がどれ程のリスクだったか。関わった全ての人のその後にどれほどの暗雲を齎したのかを改めて思い知ることが出来る。

二条天皇と二代の后・多子

多子が異例の二代の后となったのは若い二条天皇に是非と請われたからであるが実家の閑院流藤原氏もろとも、院政により権力を集約しつつあった後白河法皇との対決を辞さない二条天皇の強硬姿勢に呼応する形だったわけだが、天皇が志半ばにして夭折されてしまわれたため、梯子を外された形になった。それで皇弟の以仁王の担ぎ出しに動いたが、その元服を強行したことが裏目に出て政治の舞台から追われることになった。

もともとは近衛天皇の后であった多子は、天皇が亡くなられたあと宮中を退いていたが、次の天皇である二条天皇に請われて再度宮中に上がることとなった。その辺りの事情をまとめると‥

1158年に16才で皇位に就いた二条天皇は、2年ほどの間に父法皇との間に根本的な齟齬を来たしてしまっていた。百錬抄の『凡そ御在位の間、天下の政務一向に執行ひ、上皇に奏せず、関白に仰せ合わされる許りなり』の記事で、関白とは常に連携したが、法皇とは行き来がなく、決定的な不和があったことがわかる。

平家物語にはこの天皇が、色にのみ染めるお心にて、つまり好色な気持ちで美しい先帝の皇后の多子の再入内を強く望んだと書かれているが、私はこの「色にのみ染める」という表現にかなり引っ掛かりを覚えるのである。16歳の少年だからその思慕の中に性的な願望を大きく含んでいない筈は無い。でもそこではないだろうと、孤立感を募らせる少年天皇の心の裡に広がる不安の雲の途轍もない大きさと不気味さ、それをわかって寄り添ってくれる相手と直感したからこその無理押しであり、過去に実例を観ない念願をしたのだということ。周りを巻き込み最後に父後白河上皇までが不適切であると言い出した時に有名な「天子に父母無し」の強弁が奔出する。「私は天子である、十善の戒を守った功徳で天子の位にある、その私にこの程度の意思決定が任されない筈は無い。」と父子の縁を切らんばかりの勢いとなった。ここまでの凄まじい執着を「好色な願望」で片づけようというのは片腹痛い気持ちになる。多感な少年の心にとって曖昧に狡猾に話が掏り変えられる事ほど、瞋恚の焔を滾らすものは無かったのであろう。

一方、聡明な多子にしても、二条のこの純粋なアプローチの核心を瞬間に察知して受諾したものと私は思う。自分の存在の意味を認め、正直にサポートを求める心の熱情にほだされ、この青年の傍で第一のブレーンとして一緒に戦いたいと思ったればこそ、前例のない再婚を受諾されたのだと思う。

藤原多子（まさるこ、さわこ）
第76代近衛天皇后、のち第78代二条天皇后。二代の后。
誕生　　　　　保延6（1140）年　　　　　　　1歳
入内　近衛天皇　久安6（1150）年1月10日　　1 1歳
女御宣下　　　久安6（1150）年1月19日
皇后　　　　　久安6（1150）年3月14日
皇太后　　　　保元元（1156）年10月27日　　17歳
太皇太后　　　保元3（1158）年2月3日　　　19歳
入内　二条天皇　永暦元（1160）年1月26日　　21歳
崩御　　　　　建仁元（1202）年12月24日　　63歳

閑院家の徳大寺公能を父として生まれた。母豪子は御子左家藤原俊忠の女、藤原俊成の姉妹（おそらく異母妹）。同母のきょうだいとしては：

長姉：藤原忻子（1134〜1209）後白河天皇中宮
次姉：坊門殿（?〜?）後白河天皇宮人、惇子内親王母
長兄：徳大寺実定（1139〜1192）
本人：藤原多子（1140〜1202）近衛天皇皇后、二条天皇皇后
次弟：藤原実家（1145〜1193）
三弟：徳大寺実守（1147〜1185）
四弟：徳大寺公衡（1158〜1193）兄・実守の養子

多子が藤原頼長の養女となった経緯は、頼長が徳大寺実能の長女・幸子（多子の伯母）と結婚して、徳大寺家の大炊御門高倉邸に同居していたことが大きい。この伯父夫婦の養女として育てられ、久安4年6月、近衛天皇への入内の内諾を得、多子と命名され従三位に叙せられた。頼長は入内実現に向けて準備を進めていたが、12月に父・藤原忠実の正室・源師子が死去したため、翌年正月に予定されていた近衛天皇元服の儀式が丸1年延期となり、翌、久安6年正月4日、近衛天皇は摂関家の本邸・東三条殿で元服の式を挙げ、藤原忠通が加冠役、頼長が理髪役を務めた。同月10日に多子は入内、19日に女御となる。近衛天皇は12歳、多子は11歳だった。

しかし、翌2月になると藤原伊通の娘・呈子（20歳）が入内するという風聞が立った。驚いた頼長はただちに法皇に多子の立后を求めるが、明確な返答は得られなかった。忠通は呈子を養女に迎えると、法皇に「摂関以外の者の娘は立后できない」と奏上した。忠通は頼長を養子にしていたが、実子・基実が生まれたので摂関の地位を自らの子孫に継承させようと考えていた。頼長は宇治にいる実父・忠実に助けを求め、上洛した忠実は鳥羽法皇に対して、藤原道長の娘・上東門院や非執政者の娘（藤原師輔の娘・安子、藤原師実の養女・賢子など）が

立后した例を示し、頼長本人には近衛天皇の母・美福門院に書を送って嘆願することを命じた。頼長は諸大夫出身の美福門院を日頃から見下していたので躊躇するが、忠実は「すでに国母たり」と説得した。呈子が従三位に叙されて入内が間近に迫ると、頼長は「もし呈子が多子より先に立后したら自分は遁世する」と言い出し、忠実も粘り強く法皇に立后を奏請したことで、３月１４日に多子は皇后となった。皇后宮大夫には実父・公能、権大夫には頼長の子・藤原兼長が就任した。多子の後を追うように、４月２１日に呈子も入内して、６月２２日に立后、中宮となる。この事件により、忠通と頼長の関係は修復不可能となった。美福門院は呈子の早期出産を期待していた。仁平２（１１５２）年に呈子は懐妊の兆候を見せるが、周囲の期待に促された想像妊娠であった。生来病弱で眼病重くすでに失明していた近衛天皇は、久寿２（１１５５）年7月に崩御。多子は近衛河原の御所に移った。保元元（１１５６）年の保元の乱では養父の頼長が敗死するが、徳大寺家は、祖父・実能が皇太子・守仁親王（二条天皇）の東宮傅となり、多子の姉・忻子が後白河天皇の後宮に入るなど、すでに頼長派から離脱していたため打撃は受けなかった。同年１０月、忻子が後白河の中宮に、呈子が皇后となったことから、多子は皇太后に移り、保元３（１１５８）年2月、統子内親王が皇后になると、呈子が皇太后に移ったことから太皇太后となった。わずか１９歳であった。この2年後、２１歳の時に二条帝から求婚されるのである。

多子の実家の徳大寺家は当時歌壇の中心であった。また母・豪子は、御子左家の出身（藤原俊成の姉）であったので両親の文化的背景は抜群のものがあった。多子も書・絵・琴・琵琶の名手として知られた。周囲に仕える者たちも太皇太后宮大進・藤原清輔や太皇太后宮亮・平経盛など、歌人としての評価が高い者が多かった。西行も祖父の代からこの徳大寺家に出仕している関係から、２３歳で出家するずっと以前から佐藤義清としてすでに歌人としての評価を得ていた事が分かっている。

八條院で解く、確執の系譜。

確執の系譜・・・と軽く言うが、それはアタマをとるための自然発生的な闘争の歴史とでもいうべきものである。白河院の開始した院政というものが孫の鳥羽という帝王に引き継がれた。その鳥羽帝の54年の生涯を「鳥羽帝の人生イベントと家族の年齢」という一枚の表にまとめてみた。一人の帝王の人生に起きた代表的なイベントを横軸に、周囲のうち特に代表的な親族に絞った年齢の推移を縦軸にまとめたもの。周辺人物と云えばもっと多数居て相互作用があるのだけれども、特に権力の変遷に関わる強いテンションを持ったものはヤハリ少し年下の血縁者であって、誰かが強権を発動した時に誰が我慢を強いられ、そのテンションがやがて「俺の番だ」となった時に暴発するのか、そして今度は誰が抑圧下に入るのかという。こういう密閉加圧システムが「確執」と呼ばれる本体なのではないかと思った次第なのである。

この場合天皇はいつも幼帝であってそれは誰にとってもコントロールしやすいからであり、その後見人めいた出方で権力を手中にしようという外戚というやり方は過去の摂関家もやがての清盛も踏襲する手法なのだけれども、一番威力があるのはやはりダイレクトに立場を行使できる上皇ということになる。

鳥羽帝も初め5歳の幼帝として出発した。父堀河帝の早世を受けてのことだが、祖父白河院は血気旺盛な人物であり、まずこの祖父のコントロールの下で我慢とくすぶりを強いられた。祖父の御下がりの璋子が最初の妻、その所生の第1子顕仁が祖父の子というのは公然の秘密、その顕仁（崇徳）を即位さすべく譲位を強いられたのが21歳の時。6年後、祖父の崩御でようやく頭上の黒雲が消え、自分でナタが振るえる様になり祖父の匂いのする疎ましい崇徳を廃して、若妻得子の生んだ正真正銘の我が子近衛を次の幼帝に据え、自らは出家する。順風満帆に見えたが、ここで大きく当てが外れてしまったのが病弱な近衛帝の崩御である。御年17歳。後継

鳥羽帝の人生イベントと妻子の年齢

名前		鳥羽帝 宗仁	白河帝 貞仁	堀河帝 善仁	待賢門院 璋子	崇徳帝 顕仁	上西門院 統子	後白河帝 雅仁	高陽院 泰子	美福門院 得子	八条院 暲子	近衛帝 体仁	高松院 姝子
続柄		本人	祖父	父	妻	子	子	子	妻	妻	子	子	子
生年		1103	1053	1079	1101	1119	1126	1127	1095	1117	1137	1139	1141
没年		1156	1129	1107	1145	1164	1189	1192	1155	1160	1211	1155	1176
1107	鳥羽即位	5歳	55歳	29歳	—	—	—	—	—	—	—	—	—
1117	待賢門院入内	15歳	65歳	—	17歳	—	—	—	—	—	—	—	—
1123	退位、崇徳即位	21歳	71歳	—	23歳	5歳	—	—	—	—	—	—	—
1129	白河崩御、鳥羽院政	27歳	77歳	—	29歳	11歳	4歳	3歳	—	—	—	—	—
1131	高陽院入内（皇后）	29歳	—	—	31歳	13歳	6歳	5歳	37歳	—	—	—	—
1133	得子を寵愛し始める	31歳	—	—	33歳	15歳	8歳	7歳	39歳	17歳	—	—	—
1141	崇徳譲位、近衛即位	39歳	—	—	41歳	23歳	16歳	15歳	47歳	25歳	5歳	3歳	1歳
1142	法皇となる	40歳	—	—	42歳	24歳	17歳	16歳	48歳	26歳	6歳	4歳	2歳
1155	近衛崩御、後白河即位	53歳	—	—	—	37歳	30歳	29歳	61歳	39歳	19歳	17歳	15歳
1156	鳥羽崩御	54歳	—	—	—	38歳	31歳	30歳	—	40歳	20歳	—	16歳

の子どもも居なかった。この時、表の横軸で年齢を見ると、鳥羽院53歳、崇徳院37歳、4男の雅仁29歳（2男、3男は早世）、後妻の美福門院得子39歳、その娘で近衛帝の姉暲子（八条院）19歳。ここで鳥羽院は猛烈に悩むのである。愚管抄に以下のように書かれている。

「（鳥羽）院はこの次の位のことをぼしめしわずらいけり。四宮にて後白河院、待賢門院の御腹にて、新院崇徳に同宿してをわしましけるが、いたく沙汰だしく御あそびなどありとて、即位の御器量にはあらずとをぼしめして、近衛院の姉の八条院姫宮なるを女帝か、新院一宮（崇徳の嫡男重仁）か、この四宮（後白河）の御子（守仁）二条院の幼くをはしますかを、などやうやうにをぼしめして・・・」

要するに鳥羽の悶絶は、せっかく排除した崇徳～重仁系統には譲りたくない、かといって帝王の器量のない雅仁には無理である、いっそ利発な皇女暲子を女帝にするか、雅仁を飛ばして孫の守仁にするかという苦しい選択なのであった。とにかく雅仁がアホなのが残念無念というところが妙に強調されている。

どうなのだろうか。雅仁は本当にアホだったのだろうか。この院政時代には幼帝がデフォルトであり、その父や祖父の院（皇位経験者）が政治を行うわけである。この時代の天皇即位年齢は、堀川8歳、鳥羽5歳、近衛3歳、後白河を飛ばして二条16歳、六条2歳、高倉8歳、安徳3歳、後鳥羽4歳である。既に29歳であった雅仁が、皇位継承者としてはもともと対象外の皇子と考えられていたことがわかる。ウドの大木っていう言葉のように育ち切ってしまうと何かとコントロールが出来ぬという状況下で、29歳まで育ってしまった者をどうやってコントロールするか（あるいは排除するか）という話になった時にアホ扱いという新たな分類項目が立ち上がったということではなかろうか。

八條院暲子内親王とは?

鳥羽天皇の皇女として保延3(1137)年4月8日に誕生。母は美福門院(皇后・藤原得子)。近衛天皇は同母弟、母を同じくする姉妹として、早世した姉・叡子内親土と二条天皇中宮となった妹・姝子内親王(高松院)がいる。保延4(1138)年4月、内親王宣下。2歳。

皇后・泰子の養女となって高陽院で育った姉・叡子内親王と違って、暲子内親王は父・鳥羽法皇が「朝夕の御なぐさめ」として手元に置いて育てた。両親の鍾愛を一身に受けてのびのびと育った。『今鏡』にある有名な逸話。同母弟・体仁親王(近衛天皇)が立太子した時に、まだ3歳だった暲子内親王が「若宮は春宮になりたり、我は春宮の姉になりたり」と言って父・鳥羽法皇を興じさせた。こまっしゃくれた利発な幼女。

保延6(1140)年、わずか4歳にして父・鳥羽法皇から安楽寿院領などを譲与され、その後に母・美福門院から相続した所領、および新たに寄進された所領をあわせて、全国に二百数十箇所に及ぶ荘園があった。これらは女院の管領下にあって八条院領と呼ばれ、中世皇室領の中枢をなす一大荘園群をなした。

久安2(1146)年4月、准三后となる。久寿2(1155)年、弟近衛天皇が崩御。父・鳥羽法皇は彼女を次の天皇にと真剣に思い詰めた。保元2(1157)年、父崩御、そして落飾した。法名は金剛観。既に仏門に入っていた母・美福門院の勧めによるものという。永暦元(1160)年美福門院崩御。父母の菩提を弔うため社寺参詣に明け暮れる日々を送った。応保元(1161)年、甥の守仁親王即位、二条天皇。女院号宣下を受けて八条院となる。これは若い二条が抱えていた大きな不安、鳥羽の後継者としての大きな支柱であった養母・美福門院の逝去と、その娘である高松院との婚姻生活の実質上の破綻によって弱まってしまった絆を、もう一人の娘であり自分の准母でもある暲子を顕彰することによって、自らの権威をも回復したいという深慮に他ならなかった。また後白河と最悪の対立状態にある二条にとって、異母兄である後白河と上手くやっている彼女を取り込むことは大きな安心材料になる事だった。後白河からみても彼女が緩衝材として働くことは大きな支えになる。平清盛でさえも、実権を握った後でも彼女の動向を無視することは出来なかった。

終生未婚であったが、若い人を熱心に育てた。前述したように二条天皇の准母となり、以仁王とその子ら、九条良輔、昇子内親王らを養育した。とくに以仁王は八条院の期待の中心であり、王が八条院の女房・三位局との間に儲けた2人の子、やがて東寺長者となる安井宮道尊と三条姫宮もまた養育した。以仁王の亡き後に三位局が再婚した九条兼実との間に儲けた良輔は2歳にして、兼実の娘の宜秋門院と後鳥羽の間に生まれた春華門院昇子内親王は生後3ヶ月ほどで、いずれも幼くして養子女となり、その著袴・元服などは女院御所で行われた。

関係系図を見て分かる通り猶子たちは九条良輔を除けば全て兄後白河の直系の子孫である。肉親との人間関係に不器用であった後白河だがこの天真爛漫な妹とはウマが合った、そしてその下のもう一人、寡黙な美少女、高松院姝子内親王。この2人にはギルティなほどに心を許した。八条院にしても、社会的・政治的な表層とは全く別にとにかくこの不安定な兄が好きだったのだろう。この兄の子胤を喜んで養育するということはそういう深層心理の表れでもあったのかも知れない。

治承4（1180）年、猶子である以仁王が反平氏の狼煙を挙げた。この際、八条院が背後で支援しているかに思われ、さっそく池大納言平頼盛（清盛異母弟、八条院寄り）の手で、八条院女房を生母とする以仁王の男児が拘束されるが、清盛も社会的な反響を恐れて男児の出家を条件に女院の行為を不問にせざるを得なかった。しかし、全国各地の八条院領には広く「以仁王の令旨」が回されて現地の武士団による反平氏蜂起が準備されていったのである。八条院自身の鷹揚さと踏み込み難い独立性によって、彼女の周辺には自然に反平家・反権力の人々が集った。なお、安徳天皇の西走後にも彼女を中継ぎの女帝として擁立する動きがあったと言われている。

八条院の猶子たち

八条院 暁子 1137-1211

後白河 1127-1192

楊梅 季行 1114-1162 従三位 中

高階 盛章

高倉 1161-1181

兼子

九条兼実 1149-1207

八条院三位局

以仁王 1151-1180

二条 1143-1165

後鳥羽 1180-1239

宜秋門院任子 1173-1239

春華門院昇子 1195-1211

良輔 1185-1218 従一位 左大臣

三位姫宮

道尊 1175-1228

六条 1164-1176

尊恵法親王 1164-1192

僐子内親王 1159-1171

建久7（1196）年正月、大病に罹り以仁王の王女・三条姫宮に所領の大部分を譲り、その他は九条良輔に譲与した。三条姫宮は八条院がもっとも長く養育し、思い入れも深かった猶子であったが、後鳥羽上皇に配慮して、三条姫宮に若しものことがあれば昇子内親王（上皇皇女）へ譲るとした。元久元（1204）年、姫宮の死去によって再び荘園を管領し、昇子内親王に大部分を譲渡した。建暦元（1211）年、薨去。75歳。

「たまきはる」の目線

「たまきはる」とは魂極はる、命が終わるということ。しかしひとつの記録文学のタイトルでもある。いったいに同時代の最も信頼できる歴史証言というものは個人の日記に尽きると思うのだが、この院政期末期の「女性の詳細な生活記録」が残されていることは後世にとってどれほど幸せなことか分からない。作者は建春門院中納言あるいは八条院中納言という女房名で、5歳下の弟、藤原定家の「明月記」で健御前と呼ばれている人。この時代にこれほどアイデンティティが残っている女性も珍しく、これも記録魔定家を含む文学表現の家「御子左家」の家族の力、そして人間関係の力と敬服する。

「たまきはる」はもともと彼女が付けたタイトルではなく、もともと題号が付されていなかったために、書き出しの一句が仮題とされた便宜的な命名が定着したものである。内容はまさに「女房生活の微細に亘る記録」そのものであるが、思いや思い出を綴る感傷性というよりは後進の女房たちへの「業務連絡」的な、これも伝えとかなきゃという色を強く感じるものである。自分の生涯に仕えた3人の女院「建春門院」「八条院」「春華門院」の、それぞれサロンの気風や、女あるじの嗜好性、女房の心得、しつけ等々。時間軸ではなく、ジャンル意識、聯想によって書かれている。特に青春時代に仕えた輝かしい「建春門院」の女房であった誇らしさを後世に伝えたいということで、壮年期以降の「八条院」は対比の対象となって分が悪いところもあるが、それはそれでいいじゃないっていう大人の目線で纏められているように思う。

ここで八条院は鷹揚な人柄の姫君であったことがよく分かる。八条院は生活面において非常に無頓着・無造作で、身辺の雑事をこまごまと指示することは無く、女房たちを思いのままに自由にさせている。塵が積もった御所の中で、女房がちぐはぐな衣装を着ても気に留めなかった八条院の様子を見て、それに愕然としながらもまあいいか「これもあり」かと諦めると。それでもあの明るく華やかで整然とした建春門院のサロンとの比較はしないではいられない作者の屈託に一度ひたると座右に置いていつも手に取りたくなる魔性の一冊なのである。

女院の諸相。

「女院の制」について書きおく。女院の初例は991年、時の一条天皇が生母である皇太后藤原詮子が出家する際に、その生活や名誉を保障するために「東三条院」という院号を付して上皇に準ずる待遇を与えたのが始まりである。この場合は国母（天皇の母）であったが、皇后・後宮・女御・内親王などに院号をつけて、上皇に準ずる待遇によって地位を保障するというもの。女院には年給が賦与され、叙位・任官権の一部に関与できる（たとえば、除目の際に叙位案を1～2名提案できる）ので、官僚は手づるを求めて積極的に女院たちへの接近を計った。官位を望んで所領などの富を代価として寄進する。かくて腐敗が生じ、鬱屈した空気は往々にして陰湿な政治的事件として噴出したというのである。

女院には2つの種類がある。軸の差と云ったほうが良いのか。皇妃であるか、皇女であるか。つまり外から皇室に入って来た人か、皇室で生まれた人か。「建春門院」は前者であり、「八条院」は後者である。前者に

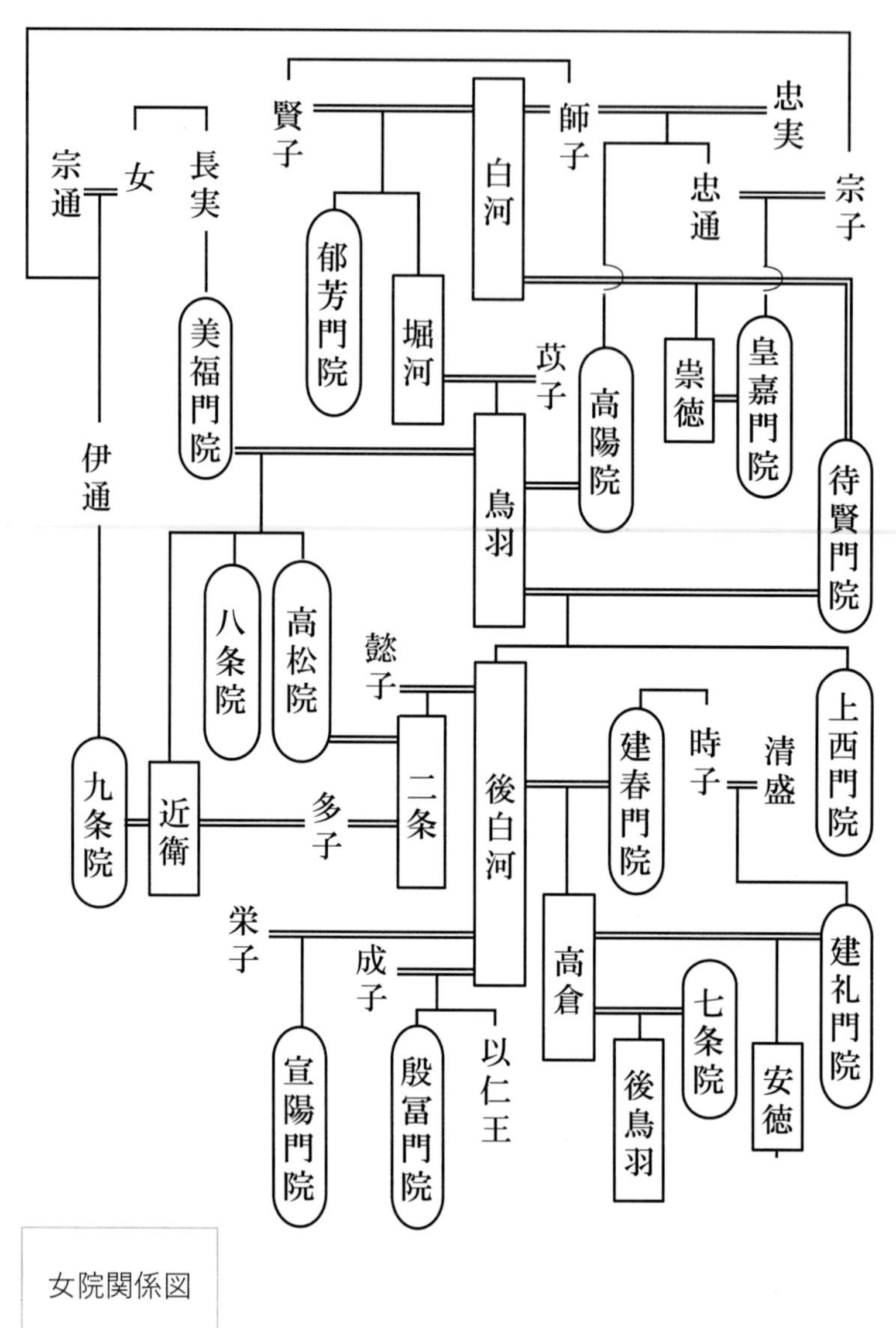
賢子
師子
忠実
白河
長実
女
宗通
忠通
宗子
郁芳門院
堀河
苡子
美福門院
高陽院
崇徳
皇嘉門院
待賢門院
鳥羽
伊通
八条院
高松院
懿子
上西門院
二条
後白河
建春門院
時子
清盛
九条院
近衛
多子
栄子
成子
高倉
建礼門院
七条院
安徳
宣陽門院
殷富門院
以仁王
後鳥羽

女院関係図

は入って来た者のテンションがあり、後者には出られない者のフラストレーションがある。そんな角度から「女院の関係図」をご覧になったら如何だろうか。これはこの平安末期〜鎌倉前期に絞ったものであって、いわゆる王朝時代の関係図は今回煩瑣の為に割愛したが、此処に並ぶ女院の名前を見ればこと文学を愛着する人には馴染みの方々が、かくも濃密に血を絡ませていることに改めて驚かれる方も多いのではなかろうか。

なかなかに芯を喰えない、拡散脳。

そう。世の中では気軽に言う言葉ですけどね、このバックグラウンドって奴ほど整理の厄介なものは無いと思うんです。辞書的な項目を作るのならそのボックスに入れたものを適当に配列すればことが足ります。ある事象に至るまでの背景もろもろ。そんな言い方をして。しかし総括するという方向で、纏めよう纏めようとし出したらおよそ難しくなります。私の手には負えない、およそ見当もつきません。ですからいっそ拡散を目指すというか。発散する方向に向かうしかないと開き直ります。個々のバラバラ、語り出したらキリがないものを語り続けるしかない。もう穴だらけだったり、トランプの神経衰弱のように或るカードを何度もめくったりするのかも知れません。でもそれしか方法を思いつかない。とは言え何らかの仕分けが無いことには埒があかない。そこで私の考えた理屈・言い訳と云うものが「因果の軸」と「人物の軸」という二つの軸なのです。

【軸A】　因果軸　以仁王事件に至るまでの因果の流れを探るため「白河」「鳥羽」「後白河」という3人の「治天の君」を核として追いかけてみること。間に作用する「堀河」「待賢門院」「崇徳」「美福門院」「近衛」「二条」、さらに摂関家の歴代。そして「清盛」の政治介入以降の逆転した様相を捉える為に。

その1　遠景：白河という大河。その蛇行する沿岸。院政というもの、その濫觴。

その2　中景：堀河をユルク挟んで鳥羽の周辺。待賢門院、崇徳、美福門院、近衛。
その3　近景：後白河という複雑不安定な蛇行河川。清盛との愛憎の確執。
【軸B】　人物軸　Aの大きな流れの中で特異な動きをする中小の人物像。中小などという仕分けもおこがましいが、とにかく同時代・同一空間で激しく相互作用が起きるものを人物それぞれの足場から「繰り返し」なぞってみること。
※だからこのAB二つの軸はきっちり分けてもしょうがないのです。どうせ私の頭が処理できていない訳ですから。思い付きでランダムにやっていくしかないんです。駄弁るみたいなことしかなくなります。でも何処かの根っ子には「大きな因果の流れ」と「突発的な人物個性の発露」が絡み合ってるのかなと「思いながら」喋っていこうと思うのです。
そういうことを言ってるのが一番無駄だと思うけどな、老人はむべもなく言った。

「以仁王の事件」って呼びたいんですよ。

それと、今ここで言うのがいいのかどうかも知らないんですけど。細かい話なんですけどね、気になることが一つあるんですよ。ある一つの歴史事象に対して「承久の乱」あるいは「承久の変」というふうに二種類の表記がされてますよね。以仁王については何が正しいのかっていうのが気になっちゃって。

安田元久『武士世界の序幕』には「乱」と「変」の定義として《乱とは、「世の乱れ」「戦乱」「大規模な政治的混乱＝内乱」、そして変とは、「凶変」「変化」「小規模な政治変革」、あるいは倫理的・道徳的批判の上にたったところの「あり得べからざる変事」などを意味する》とあってその「適用例」として、

1「政治権力に対する武力による鎮圧された犯行」(例)「薬子の乱」「保元・平治の乱」「大塩の乱」等。
2「一つの内乱状態が生まれた状況」(例)「壬申の乱」「応仁の乱」等。
3「政治権力者たる天皇・将軍などが不当に討たれたり配流されたりした事件」(例)「正中の変」「元弘の変」「嘉吉の変」等。
4「政治上の対立者間に起こった陰謀事件」(例)「応天門の変」「承和の変」等。

と4つに分類し、《1、2を乱、3、4を変と呼ぶのが一般的であるが、無論例外はあるし、嘉吉の事件のように、乱とも変とも用いる場合がある》とあります。

また武田忠利『歴史用語と歴史教育』には、《乱は「治に対する乱」、「反逆」、「秩序を失うこと」などの意味で使われる。「乱れる」という意味の奥にあるのは、世の中の安寧、秩序が失われるような戦乱が、不可避的におこったということ。それに対して変には、「変わる」という意味の他に「突然おこった現象」、「不時の出来事」、「社会的に大きな影響を与えるような事件が不意におこること」という意味が含まれており、陰謀事件とか不意に襲撃された事件に該当することは明らか》と言っています。ですから以仁王の件は「乱」よりも「変」に近いと言えそうな気がするんですが、そもそも以仁王が罪の首謀者のような扱いを受けること自体に私は違和感を覚えるんで「以仁王の事件」と呼びたいんですよね。

私の視線を感じたのか老人の目はギュッと丸くなった。わかったわかった、それでいこう。それで行こうじゃないの。老人はウワノソラな感じで云った。

歴史ノート、1166年。

まずは異母弟憲仁親王の立太子。仁安元（1166）年10月10日、清盛の娘、北政所盛子が切り盛りする摂関家の本部、東三条殿で挙行された。摂政松殿基房が遅参するがそれは盛子が摂関家領を継承したことへの腹癒せだったと云われる。とにかく世は平家一色、清盛色に染められている。この立太子に際しては、清盛が春宮大夫、清盛側近の五条邦綱が春宮権大夫、春宮亮は平教盛、春宮権亮は右中将藤原実守、大進の一人に平知盛が就くなど、春宮職をほぼ平氏とその側近で固め、次の天皇は官位と武力を併せ持つ平氏が支える水も漏らさぬ体制が露骨に示されたのである。

以仁王に関する歴史の記載は一切ないが、前年暮れに旧二条派の旗印として非公式的にしかし決然と元服を果たしたもののやはり支柱を持たぬままに次々と梯子を外されていく状況下で雌伏を余儀なくされていったものと思われる。もともと父と兄の対立の図式で、兄に就いた人々に担ぎ上げられたわけであるから、父からは疎まれ居場所を失っていくのは当然のことである。その父も、ただ平家に屈従して便宜供与をしている意識ではない。清盛との安定した相互関係で共闘するのを目下の是と判断しているだけのことであり、最終的な天皇権の復権という大きな目標の下では清盛が排除すべき存在で何処かで対決しなくてはならないのは後白河としても避けがたいテーマなのである。清盛もそこは承知しているからこの段階では完全に歩調を合わせている。宿主の健康を心配するウイルスのようである。後白河の目下の方向性としては平家との共存の象徴である憲仁を育んでいくのがストレートな道であり、以仁王の存在は好ましからざる不穏分子でしかないという状況である。

以仁王はこの時点で16歳。不安定で多感な時期をもともと祖母待賢門院の住居であり、父もかつて一緒に住んだ三条高倉邸に母と、斎宮や斎院から退下していた姉たちと一緒に暮らしていくことになる。

歴史ノート、1168年。

仁安3（1168）年2月2日、清盛は急病になる。「玉葉」に「寸白」と記される病状のため六波羅邸で床に伏し、7日には「頗以減気」という病態を示していた。ようやく8日から「又増気」となるも「事外六借云々、天下大事歟」という状況に変わりはなかった。九条兼実も清盛亡き後の政治的混乱への懸念を記している。清盛の危急を聞いて熊野参詣中だった後白河も予定を繰り上げて戻り、清盛を見舞って急ぎ六条天皇の譲位を閑院において行うことを決定した。清盛は自分に万一のことがあったら皇位継承の騒乱が起きるであろうから早期に安定した形にして欲しいと後白河に懇願したと云うのである。皇位継承の騒乱とは、具体的には以仁王を擁した旧二条院派による復権行動皇位要求運動のことであり、まだ幼児ではあるが二条の血を継ぐ六条を早々に退位させ、高倉の血統に完全に移行することによって問題は解決する安定すると病床から切々と訴えたのだろうと思う。

後白河はそのまま全くストレートに以仁王への警戒を強め、親王宣下といった皇位継承に直接結びつくような意思決定は一切行わることは無く、以仁王は三条高倉御所で完全に無視され飼い殺された状態が続くことになる。そして清盛の方は、この後白河の意思決定によってつかえが取れたのか重病は程なく快方に向かったのである。

仁安4（1169）年2月19日、六条天皇は退位させられ憲仁親王が高倉天皇として践祚した。清盛はすっかり病態が回復して福原へ戻り、嘉応元（1169）年6月17日、後白河院と手に手を取って出家し、その後は後白河院の真横に並んで一緒に政務を後見することとなった。嘉応3（1171）年12月2日には清盛入道の娘・平徳子が院御所・法住寺殿で後白河の猶子として高倉天皇に入内する。気味の悪いほどにべったり完全に蕩け合った相互関係が現出したのである。

1176年、建春門院の崩御。

そして数年が過ぎ、後白河と清盛は微妙なバランスを保ちながら共生してきたのだが、そのバランスが崩れる事態が起きる。安元2（1176）年6月、建春門院滋子が病床に伏すようになるのである。病状は「胸幷脇下二禁」とあり、二禁とは腫瘍のことであるから、乳及び脇下リンパ節の腫瘍と思われる。当初は大事には及ばずと楽観的な見方だったが実際の病状は芳しくなかった。しかもそんな中で、6月13日には後白河院鍾愛の異母妹高松院姝子内親王が亡くなってしまう。こちらは「出産のアクシデント」だったと云われている。信西の子、法印澄憲との密通であり秘中の秘とされた。生まれた女児は無事成長して歌人の八条院高倉となった。

その後、建春門院は様々な療治の甲斐なく、7月8日に三十五歳の若さで薨じた。後白河と清盛の緊張関係を緩和してきた建春門院を失い関係は次第に悪化していくことになる。

その建春門院薨去から四か月後、中宮徳子に皇子が誕生しないための措置として高倉天皇に猶子が選ばれた。まず10月23日には少将隆房が「後白河の皇子仁操法印外孫」を抱いて参内、次に11月2日には平時忠が「法皇々子遊女腹」の「座主弟子宮親宗朝臣養君」を連れて参内し、いずれも高倉天皇の猶子となった。平時忠は姉・時子を通じて清盛一門と深い接点を持っていたが、もともと公卿の家柄である堂上平氏であり、清盛一門からは独立していた人物である。時忠は弟で後白河院近臣・平親宗が養君とした「座主弟子宮」を推したであろうし、時忠・親宗は建春門院の実弟であることから、九条兼実も彼が皇嗣の有力者とみながらも実母が遊女ということを懸念している。いずれも後白河院の策謀の色が強いようである。

さらに12月5日、蔵人頭に院近臣の左中将定能、右中将光能が任じられた。この除目は「当時無双之権勢」があった平知盛を飛び越えた人事であり、後白河院の思い切った意向は清盛へのあからさまな挑発となった。

延暦寺大衆の蜂起と後白河の怒り。

ところがこのような中、安元2（1176）年に起こった「加賀目代師恒」による白山領焼払い事件に対し、延暦寺大衆が蜂起する噂が都に伝わった。目代師恒は後白河院近臣・西光の子で、加賀守は師恒の兄・師高が務めていた。3月30日、延暦寺僧の訴えにより、後白河院はやむなく師恒を備後国への配流に処すが、4月12日夜半から延暦寺大衆は神輿を押し立てて上洛し、後白河の命を受けた左大将重盛の官兵と合戦に及び、神輿を路上に置き捨てて東西に散った。このとき、神輿に矢が突き刺さるという事態が発生したというのは前に頼政の項で述べた通りである。大衆の勢いを恐れ、翌14日、高倉天皇は法住寺殿へと逃れている。

15日明け方、後白河院は院宣を下して僧剛等を比叡山に上らせて事態の鎮静化を図るが、大衆によって追い返されてしまうという事態となり、やむなく院は延暦寺大衆の要求を呑んで「加賀守師高配流、奉射神輿之者可禁獄」という判断を下すこととなった。そして20日、師高を解官の上、尾張国へ配流、神輿を射た重盛郎従の平次利家、平五家兼、田使難五郎俊行、加藤太通久、早尾十郎成直、新次郎光景の五名を禁獄に処した。

しかし、延暦寺へ譲歩を余儀なくされた後白河の怒りは収まらず、5月5日、強訴の張本だったとして天台座主の明雲を解任・職掌を停止する宣旨を出させた。そして5月11日、後白河自身の第7皇子の覚快を天台座主とする宣命が出され、前座主明雲は伊豆国へ配流が決定し、明雲は執行まで謹慎が命じられ、13日には「検非違使兼隆、為守護被加遣之、其譴責之体、如切焼」というような激しい拷問が行われた。

5月21日夜、明雲は伊豆国へ出立するが、23日、明雲の護送使一行が近江国勢田あたりまで来たとき、「山大衆二千人許遮近江国々分寺中路」と道をふさいで明雲の奪取を図った。このとき「座主、頻雖被固辞」するも、強要して比叡山へと連れ帰ってしまった。

後白河は激怒しすぐさま兵士に追わせるが、すでに大衆は比叡山に登ってしまって空しく引き返した。度重なる延暦寺の行為についに激昂した後白河院は「此上堅東西坂下、可被攻叡山」と比叡山攻めを決定するに至った。そして24日、左近衛大将・平重盛、右近衛大将・平宗盛の両大将を召して比叡山攻めの院宣を下すが、彼らは前代未聞のことに即答せず、父清盛入道の意見に随うことを申して言い遁れたので後白河は直ちに「平内左衛門」を福原に飛ばして清盛入道を召還する。

28日、空気を読んで一拍置いて上洛した清盛は延暦寺攻めを押し止めんとしたと見られるが、後白河の逆鱗は収まらず、さすがの清盛入道も説得を諦め「一定了」と比叡山攻めを了承したことが窺える。しかし清盛もまた不快を露わに退出した。

明雲の奪取以降、後白河院は延暦寺の末寺、荘園を諸国の国司に注進させており、延暦寺領の収公などの処置を考えていたとみられる。さらに近江、美濃、越前三か国の国司に対して国内武士の注進が命じられており、延暦寺を粟田口と坂本の東西両面から攻める軍備を進めたことがうかがえる。そして、後白河院は5月28日と29日の二回にわたって僧綱等を山に登らせ「可進明雲」「被問謀叛之意趣」を命じており、これが事実上の最後通牒であったのだろう。しかし、これに対してさえも延暦寺は無視を決め込む態度をとった。

延暦寺大衆がここまで強気で後白河に無礼を働けた背景としてはやはり清盛とのウラでのやりとり駆け引きがあったのであろう。以前より平氏とは比較的友好的な関係を続けており、今回も清盛入道と延暦寺大衆の間では連絡が取り合われていたのかも知れない。

そして後白河の延暦寺攻めの中止説得に失敗した清盛は、翌29日の夜、豹変する。

1177年、鹿ケ谷事件。

平家物語巻一「鹿谷」で平家打倒の陰謀が初めて語られた「鹿ケ谷」は京都から東、現在の左京区にある。やがて以仁王が夜陰に紛れ三井寺に脱出するときに通ることになる「如意越え」の道、その如意ヶ岳の山麓にあった俊寛僧都の山荘でのことである。治承1（1177）年春のことである。

その時のメンバーは①後白河法皇②俊寛③静賢法印④大納言成親⑤平判官康頼⑥西光法師⑦多田蔵人行綱らであったという。こうした後白河院の近臣による「平家憎し」の会合はときおり開かれていたらしく、その内容と言えば平家の横暴を愚痴る鬱憤晴らしのレベルだった。もし興に乗った後白河が得意な今様にのせ、平家打倒をテーマに即興の「猿楽」を演じることもあったとしても、あくまでも内向きのメッセージであり、現実的なテロ行動への作戦会議であった筈は無いのである。

しかし平家物語では、成親が左大将にならんとして執着し、あちこちの神社で祈り・呪詛を行ったことが書かれる。これは奇妙な事である。成親はすでに後白河院のごく側近であり、彼にしても他の誰にしてもそんな闘争的な出世を目論む理由のあるものがいない。この会合はどうみても「ただ鬱憤をぶつけ合う仲間うちの酒宴」に過ぎない。それなのに陰謀として露見したというのは、この会の新参だった多田蔵人行綱が裏切って直接清盛に通報したことで問題視されたのであるが、知った以上は捨ててはおけぬという、待ってましたというような判断が下り、圧倒的なスピードで一味全員が捕縛された。後白河院を除く全員である。日頃急進的な物言いの多かった西光は自白を強要させられ即刻公開処刑、成親も拷問を受け備前国へ配流され殺害される。俊寛、康頼、それに成親の子の成経は鬼界が島に流される。そして後白河院についてはは鳥羽殿にまず幽閉し、さらに九州へ流すことまで考えたが、重盛の説得によってなんとか思いとどまる、という流れである。

清盛が保元・平治の乱などでの果断な武力の実行での乗り切りの経験をここにも発揮して、後白河院政を一気に武力で押さえ込もうという衝動にかられたのは間違いない。しかし若い時の果断とは違って老いは妄念の支配が強く、ましてや事実上の独裁者であれば自分でコントロールすることは難しかった。。。

この段階で清盛の睥睨に対抗することのできる勢力は、寺社勢力を除くと存在しなかった。ところがこの鹿ヶ谷事件は、後白河院と比叡山の対立の真っ最中に起こっており、院によって伊豆に流されようとした座主明雲を比叡山の悪僧たちが大津で奪い返したばかりである。そのため、院と叡山の険悪さはピークに達していてどちらも引っ込みが付かず睨み合っている。だからその真っ最中に清盛が鹿谷の陰謀者を一網打尽に処断するというカタストロフをぶちかましてくれたので、叡山にとっては渡りに舟、清盛様々ということで、西光が血祭りにあげられると、僧兵たちは下り松まで下ってきて清盛に「敵をうたしめ給うの状、喜悦すくなからず。もし、罷り入るべきの事あらば、仰せを承り、一方を支ふべし云々」と申し送っている。平家に加勢して院に攻め込もうと提案してきたのである。つまり最強の清盛にさらに唯一対抗できる叡山までがにじり寄ってきたオールマイティの状態であり、後白河は風前の灯火となり、ここで最後の一撃を加えてしまえばゲームセットとなってしまうところで重盛の諫言が出て来るのである。

西光と清盛の応酬がこの事件のピークである。西光が自白を強要されてと書いたが、寧ろ興奮して日頃の鬱憤を正直に吐きまくっている。それをこっちもまともに激昂した清盛が惨殺までを指示するというなんとも凄惨な大人げもない見苦しさである。西光の啖呵は次の通りである。

「くみせずとは申すべき様なし。それはくみしたり。ただし、耳にとまる事をも、の給ふものかな。」（自分が陰謀に与していないなどと言うわけにいかない。それは与した。だけど清盛さん、あなたはずいぶん妙なことをわたしの前でいいますね。）と前置きした上で、**「御辺（あなた）は故刑部卿忠盛の子でおはせしかども、十**

四五までは出仕もし給はず、故中御門藤中納言家成卿の辺に立ち入り給しを、京わらはべは高平太とこそいひしか。」「高平太」というのは「下駄ばきの平家の跡取り息子」という侮蔑的表現。同じ個所『源平盛衰記』では「縄緒の足駄はきて」といい、長門本では「朝夕平足駄はきて閑道より通り給ひし」と表現は違うものの、40年以上かけて成り上がっていった平家一門を舌打ちしながら見てきた京都の民衆の反感・敵意を隅から隅まで事情を知っている西光が今更ザックリと言い切って、腹の底からせせら笑ったのである。

西光のあまりにも遠慮のない、自分の出自の根本の弱みを突く啖呵に**「入道あまりにいかって物ものたまわず。しばしあって「しやつが頸左右（さう）なう切るな。よくよくいましめよ」とぞのたまいける。**糺問し、白状させた後、しやつが口を裂けとて口を裂かれ、五条西朱雀にして切られにけり。口を引き裂くという残酷な刑で、京の中心といえる四つ辻で殺したのである。

1178年、言仁親王降誕。

一方、後白河のほうは有力な近臣勢力が根こそぎ排除されたことで雌伏を余儀なくされ、また延暦寺との確執は続いていく。こうした中、11月12日に清盛が待ちに待った中宮平徳子の皇子の降誕が告げられた。のちの安徳天皇である。徳子の出産は難産であり平家物語巻三「御産」では清盛が「あまりのうれしさに、声をあげてぞ泣かれける。悦び泣きとはこれをいうべきにや」と手放しで感泣する様子が描写されている。

またこの言仁は清盛の孫であると同時に、後白河から見ても息子・高倉の子で孫である。前年の鹿ヶ谷事件で、後白河は清盛に拘束される寸前にまで至った極限の関係でありながら、徳子の無事の出産を待ち望む気持ちは後白河とて同じであった。後白河は、産所となった六波羅の池殿に出向き、多数の陰陽師や験者が祈りを捧げている中に分け入り、徳子の錦帳の近くに座って「千手経」を今様で鍛えあげた自慢の喉で声を張り上げ張り上げして唱えたという。護摩の煙御所中に満ち、鈴の音、雲を響かし、修法の声身の毛よだって、いかなる御物の怪なりとも面をむかふべしとも見えざりけり、とある。このとき法皇が難産の原因と考えられる怨霊に向かって渾身で掻き口説いたのは「いかなる物の怪なりとも、この老法師がかくて候はんには、いかでか近づき奉まつるべき。なかんずくに、いま現はるゝところの怨霊どもは、みなわが朝恩によって人となっしものどもぞかし。たとひ報謝の心をこそ存ぜずとも、あに障碍をなすべきや。すみやかに退き候へ」という呪言であった。昨年の鹿ヶ谷事件で死罪にした西光・成親や鬼界が島へ流した俊寛らの死霊生霊への、この後白河の究極の絶唱によって、御産は無事に済み、しかも生まれたのはめでたくも皇子であったのである。

清盛入道は三夜の儀が終わったのち福原へ戻り、11月26日に再び上洛して中宮大夫の時忠に皇子の立太子を年内にする折衝を命じ、翌27日夜、時忠は後白河にその旨を奏上した。そこまで急ぐ理由は表向きは二歳、三歳の立坊が不快不吉とされたこと。二歳、三歳で立坊したものの即位することなく薨じた保明親王や実仁親王、慶頼王の例が忌諱された為だが、清盛の本心としてはこの皇太子冊立によって、すでに臨月に近い高倉天皇の内女房「修理大夫信隆女」が皇子を出産した場合にまず備えるということと、もう一つは以仁王の皇嗣候補からの完全排除という安心材料が達成できるということであった。

12月8日、若宮に親王宣旨が下され、御名字の勘考がなされた。案は「知仁」「言仁」の二つが挙げられ、結果「言仁」が選ばれた。この時点で父の高倉は18歳、天皇家にはじめて武家の血が入ることになった。これは皇統が武家平氏に融合吸引されていく流れであり、皇位継承の可能性を探っていた閑院家や旧二条院派にとって、そして以仁王（28歳）にとっては、回復不能の打撃が加えられたことを意味した。この後、高倉が譲位して言仁＝安徳が即位する治承4（1180）年2月までの1年3ヶ月の間に事態はさらに深刻化する。

清盛の二人の子、暴走の大きな歯止めであった重盛と、摂関家への楔の働きをしていた盛子が相次いで逝去してしまい、清盛の足場が大きく揺らいだこと。それを後白河がチャンスと見て挑発的な行動を取ったこと。その挑発に清盛が乗って最後通牒的なクーデターを起こしてしまうこと。この3つである。

1179年、重盛・盛子死す。

重盛の死は治承3（1179）年7月である。後白河はその前後から、つまり重盛が体調の衰えを自覚し、いよいよ死を予感して身を退いたところから清盛の動揺を見透かして攻勢に出たものと思われる。

重盛は平家物語では沈着で理性的な常識人として描かれている。特に父清盛が感情的で他者への好悪を剝き出しにして思い込みの強いファナティックな行動を取るときに、ただ一人でも正面から静かに道理を解くことのできる、確たる足場を持った理想の長男像を体現化しているように見える。本当にそうだったのか。ふつうにそういう縦割りの役割分担をした人間関係などあるまい。実人生がそんなカリカチュアである筈は無い。これはシェーマ（図式）という魔力である。そういう決めつけに人は捉われ安心する。のっぴきならない誤解の中で愚かにも楽になっていく。平家物語が「諸行無常」「盛者必衰」というフィルターで見るときに、頑張って進まねばならぬ清盛の後半生の馬車馬のような必死のこだわりの姿に対し、対抗する意見、諫言の発信源として重盛が格好の位置にあったということがこのシェーマの基本構造であろうと思う。重盛の打ち出すアンチテーゼは、多面的な思考をする清盛に於いては当然持ち合わせている属性であり、重盛の口を借りて際立つけれどももちろん清盛自身が晩年にも発揮されているフィードバック機能である。本来の清盛という人物は固陋な人物ではない。前例にこだわらない柔軟な発想で大胆な判断が出来る人間である。もともと中流の軍事貴族という家格に相応しい行動を心掛け、基本的に敵を作らないやり方で、他者の足場を瞬時に見抜き、取り居ることも平気でモノを申すことも自在であったし、そういう人心遊泳術という能力を買われて多くの局面に駆り出されていったのであるから、天才的な情感・安定感を持っていたのである。

逆に重盛の方もいつも安定していたわけでもない、当たり目を外してしまうことは寧ろ父より多かったように見える。どちらかと云えば運が悪い人生といったほうが早いのであろうけれども、あまりに高雅でスマートな設定が先行して悪いところを悪いと書きにくい、しかも短命であったために悲劇の人みたいないいとこ取りになってしまっているのかも知れない。ただなかなか魅力的な人なので人物像に深入りすることもしてみたいのだが此処で脱線する事も出来ないので取り敢えず事績の話に戻りたい。

平重盛。保延４（１１３８）年生まれ。母の父は高階基章であって右近衛将監、正六位と官位は低いが高階家は名門であって代々文人を出し遠く紫式部の血も入っている。母は清盛の最初の妻、正室であり、重盛と弟基盛を生んだ。重盛は嫡男として父をよく補佐し、父の出世と共に自身も官位を伸ばし、最終的には左近衛大将、正二位内大臣にまで到達した。

若き日には勇猛果敢な武勇伝が多く、それでありながら温厚篤実な人柄という同時代評価も高い。愚管抄には「いみじく心麗しく」とある。しかし時に「殿下乗り合い事件」というような常軌を逸したような陰湿でパラノイアックな判断が有ったりするのは、本当は過激なところも多々持ち合わせていながら、いつしか立場の中に自分の性格まで畳み込んで抑え込んでしまった人なのではないかとも思う。長年病弱で事あらば引き籠りたい職を辞したいというようなことがあっても立場上どうしても許されないというような不定愁訴的な欝々した感じが付き纏うのも、長年持病だった胃潰瘍の症状が激化して、最終的に脚気、背部に出来た腫瘍などで亡くなったことも、生涯に亘り精神的に追い込まれていたのだろうし、温厚な性格という無理な外面を繕い続けたことはあったのだろう。

一方、盛子は清盛の4女。母は不明とあるが周辺の人間関係から建礼門院徳子と同じ二位尼平時子と推定される。保元元（1156）年生まれであり、徳子の一つ下の年子の妹である。

長寛2（1164）年4月10日に9歳にして摂政近衛基実と婚姻したが、2年後の仁安元（1166）年7月26日に11歳で基実（24歳）と死別。基実の嫡子の基通が6歳の幼児であったため、基実の弟、松殿基房（23歳）が新摂政に就任し藤氏長者を継承した。基房は父・忠通から薫陶を受けた優れた宰相であり、以降十数年にわたり摂関の要職を務めあげたが結局1179年のクーデターで清盛から解任されてしまう。

清盛は基実の逝去に際し、その遺領のうち、摂政関白の地位に直接付属する殿下渡領だけは基房に継がせたが、残りの氏長者領などの大部分の家領や本邸である東三條院は11歳の未亡人盛子の預かりとした。要するに基房は藤氏長者、摂政という地位を手に入れるが、摂関家嫡子は基実の嫡子・基通であるから、未亡人盛子が「大方ノ家領、鎮西ノシマヅ以下、鴨居殿ノ代々ノ日記宝物、東三條ノ御所ニイタルマデ」（『愚管抄』）を一時預かるという形であり、盛子の後見人の清盛が事実上摂関家の家領の殆どを支配することになった。

基房には「興福寺、法成寺、平等院、勧学院、又鹿田、方上ナド云所バカリ」（『愚管抄』）とある通り、藤氏長者付帯の殿下渡領ほか、氏寺及び氏院の管轄権のみ継承されたため、収入の元を断たれた基房は激しく反発し、これ以降清盛に深い怨念を持つことになるが、未亡人・盛子が健在のうちは何もできなかった。

そんな状態の中で北政所盛子が24歳で亡くなったのである。ここで長年の鬱積が爆発することになる。

後白河は巧みに関白基房を抱き込んで、基房の嫡子師家を強引に「権中納言・中将」につけ、基房の次代の摂政を師家に継がせることを示した。そうすると今度は逆に「せっかく我が物とした」平氏最大の経済基盤となった摂関家領を失いかねない事態は「清盛にとって極めて重大な危機」となったのである。

さらに意表を突くことが起こった。当時の常識では、逝去した盛子が継いでいた摂関家領のうち、氏長者領は関白基房へ、他の所領は基実の子女である基通らへ渡されるのであるが、法皇はそれらをすべて没収して法皇領にしてしまった。そして側近に管理させた。このことは、清盛にとってだけでなく藤原摂関家にとっても看過できない危機的状況となったのである。

そしてもう一点、後白河法皇は重盛の死後、越前国知行を重盛の嫡男・維盛に相続させず、上皇領として没収し、院近臣の藤原季能を越前守に任じた。越前国は仁安元（１１６６）年以来の重盛の知行国であったし、平家の知行国の枢軸の一つであった。こうやって知行国をゆえなく没収されることは平家のあり方を頭ごなしに否定されたということであり、清盛にとってとても看過できることではなかった。

※治承３年前半の時間軸を簡単に整理しておく。

２月　　　重盛、東宮の百日祝に出席。その後、病により家に籠もる。
３月　　　重盛、熊野参詣。
４月　　　重盛、病状悪化。
５月２５日　重盛、出家。法名は浄蓮。
６月２１日　後白河法皇、六波羅の小松殿を訪れて重盛を見舞う。
６月１７日　盛子、死去（２４歳）
７月２９日　重盛、死去（４２歳）

慢性的な二項対立というものは、面倒を平和的に回避しようという緩衝作用も含めて行きつ戻りつの時間を掛け乍ら、結局どうにも調整が叶わない利害の、あるいは認識の相違を圧し潰すようにじりじりと重く緩慢な力によって主軸が歪み、やがて何くれとなだめ抑えて来たあらゆる留め金を一瞬にして弾き飛ばしてごろりと横転し、自重で崩壊分解する。これがカタストロフィという奴である。後白河と清盛が決定的に対決せざるを得なかった事情はそこかしこに在って。そのことは散漫だがずっとねらねちと語って来た。そしてこの治承3年の秋、決定的な事態が現出した。後白河が機を見ながらちょろちょろと銃を見せて挑発したことに苛立ちを抑えられなくなった清盛が本格的に乱射することになった。

1179年、治承三年十一月の政変。

清盛は後白河の露骨にストレートな政治決定によって追いつめられた。それは後白河の政治能力の稚拙さ、或いは不適性という根本問題だったのかも知れない。我慢の限界であったということかも知れない。後白河が打ち出した三つの決定とは、①越前国の平家知行の停止、②白河殿盛子の遺産の没収、③幼少の師家を摂政につけること、これらを看過してしまえば、清盛は長い年月に亘り、手を変え品を変え構築してきた財産の多くを失ってしまい、本来根拠を持っていない平家による武力支配の構図が俄然脅かされることになる。言い換えれば後白河の不動の方向性である院政の復権へと大きな舵を切られてしまうことになる。

事の次第はまず後白河が関白松殿基房の嫡男師家を中納言に任じた10月9日の秋の除目である。その一か月後の11月14日、福原にいた清盛がついに動き始める。『平家物語巻三、法印問答』に：**相国禅門（清盛）この日ごろ福原におはしけるが、何とか思ひなられたりけむ、数千騎の軍兵をたなびいて、都へ入り給ふよし聞こえしかば、京中なにと聞きわきたる事はなけれども、上下おそれおののく。何者の申しいだしたりけるやらん、「入**

道相国、朝家を恨みたてまつるべし」と披露をなす。朝家とは後白河一人の事、突然数千の軍隊と共に入京したのは単純に後白河への恨みだと皆知っていて怯えている。『山槐記』には‥**衆口嗷々。あるいは曰く、故内大臣賜ふところの越前国、法皇召し取る。おおいに怨みをなすと。また、白河殿の庄園、法皇またご沙汰あり。また、除目の間非拠など甘心せずと云々。**公家たちは前記3点の後白河の決定が余りにも挑発的で清盛が怒るのも無理はないと感じている。

翌15日に遂に清盛は、娘（中宮徳子）と孫（言仁＝安徳）を実家（福原）へつれて帰るぞ、と家族の問題は自分の裁量範囲という巧妙な恫喝に出る。後白河と高倉に同時に揺さぶりをかけたのである。中宮と東宮をまず自邸に移したうえで息子の重衡を使者にして朝廷にパンチを繰り出す。いわく‥

「愚僧は、ひとえに棄て置かれたような状態であり、今の政治のあり方を見ると安堵できるものではない。もはや辺地に隠居するしかなく、中宮・東宮も連れて行きたいので、そのようにご判断を願う。」

すると後白河は、法印静賢を使者に立てて「於世間沙汰ハ被停止了」と清盛に伝える。呆気ない全面降伏である。「今後は世間沙汰のことは一切とりやめる」どうもすみませんでした、今後政治には一切口出し致しませんのでどうかご機嫌を直してください。数千の騎兵を目の当たりにして意気阻喪したのであろうか。清盛はまんまと、後白河の悪手を見逃さず一気にチェックメイトに持ち込んでしまった。これが清盛独裁政権への転換となる無血クーデターと云われる所以である。このあと清盛は間髪入れず更に容赦のない、手際の良い判断を繰り出していくことになる。

まずその日のうちに、11月15日、松殿基房の関白を停止して藤氏長者を剥奪。基房嫡子・師家の権中納言ならびに右近衛権中将も停止させ、自身の女婿で非参議に捨て置かれていた右近衛権中将藤原基通を藤氏長者に付けるとともに、関白宣下と内大臣補任を朝廷に認めさせた。

×藤原基房：関白の停止（藤氏長者剥奪）
×藤原師家：権中納言ならびに右近衛権中将の停止
○藤原基通：関白宣下および内大臣補任、藤氏長者の就任

翌16日には、天台座主を交代させる。後白河の実弟の覚快法親王を廃して、平家寄りの明雲の再任を決めた。明雲は過去仁安2（1167）年に座主を経験しており、清盛の出家時の戒師であった。「神輿振り」の山門騒動の責任をとり座主を辞めさせられ伊豆に流罪になったのが安元3（1177）年5月だが、それは後白河の策略だと云われる。代わりに覚快が座主となるが、明雲は伊豆へ送られる途中を山門大衆に確保されて帰山していた。清盛は覚快から明雲へと座主人事を再度平家寄りに戻したのである。その上、25日に清盛は以仁王が師の最雲から受け継いでいた城興寺領を明雲座主につけ替えてしまった。このことが以仁王と彼を侍んでいた閑院家に最後通牒をつきつけた形になったことは何度も述べた。

そして17日に、院近臣と関白基房の縁者ら、40人余が解官された。後白河院の近臣をすべて解官しそれぞれ流罪とした。基房は太宰帥ということにして日向国に流罪となるが、直前に出家したので実際には備前国に流された。このように大幅な交代が行われた結果、平家にかかわる知行国の数が17ヵ国から32ヵ国に増えたのである。これは平氏一門、平氏の家人、平氏と親密な公卿などの知行国の合計であるが平氏一門の知行国に限っても、9ヵ国から19ヵ国に倍増している。『平家物語』には「日本秋津島は僅かに六十六ヵ国、平家知行の国三十余ヵ国、既に半国に及べり」と記される。

清盛という男。機を見るに敏、チャンスを逃さない、勝負強さ、しぶとさ、そして容赦のなさ。そうした余人にはないパワーが一気に爆発したのがこのクーデターなのであり、躊躇いなく容赦なく後白河の目指す院政の中枢部分を完璧に叩き潰したことがよく判る。

そして20日、クーデター最後の仕上げが後白河法皇の処置であった。宗盛が後白河の御所である法住寺殿へ軍兵を引きつれて行き、法皇を牛車にのせて鳥羽殿に幽閉した。

『平家物語』「法皇被流」の冒頭：**同じき廿日、院の御所法住寺殿には、軍兵四面をかこむ。**「**平治に信頼が三条殿をしたりしように、火をかけて人をばみな焼き殺さるべし**」と**聞こえし間、上下の女房、女童、物をだにうちかづかず、あはて騒ひで走りいづ。法皇も大きにおどろかせおはします。**

ところでその当時の鳥羽殿とは南に巨椋池が大きく広がり、この辺りは宇治川・桂川・淀川などの水系をつかった水運が発達していた地区である。幽閉と云っても、中央からの政治的な遮断はともかくも、オープンな場所ではあったことを付記しておいても良いかも知れない。

出家は不退転の決意なり

ここでもう一度頼政に目を向けたい。この直後に頼政が出家したからである。頼政が蜂起へ向けて凝集する過程は私的な恨みなどという低圧ではなく乃公を措いてという重畳たる憤怒であったこと。このことを大江希望氏は過不足なく整理された。その一節をそのまま引用したい。

《治承3年11月14日に清盛のクーデターが始まる。後白河院を鳥羽殿へ幽閉したことでクーデターの実力行使は一段落するのだが、それが20日のことである。25日になって、清盛は城興寺領を以仁王から明雲座主につけ替えてしまった、そして頼政は11月28日に出家する。**この時点で頼政は平家に対する武装蜂起の決心をしたのだ**と考える。(中略)11月25日に以仁が城興寺領を清盛によって取り上げられてしまったこと、これによってなによりも以仁自身が立つ決心をしたのであろう。頼政は、清盛が後白河院と高倉院を自分の意志のままに操る独裁権力を手にしたことを**源氏の最長老として座視できなかった**のであろう。清盛は安徳帝即位を前提にして天皇制を私する手法に出た。大内警護を家の職として長年守ってきた頼政にとって、それは我慢できない「皇院を幽閉し、帝皇に違逆し、王位をおし取る」（以仁王令旨）行為であると考えられた。頼政がどの時点で、平家を帝皇に違逆する凶徒とみなす立場をとったのかは、もちろん資料のないことでわからないのだが、清盛の手法が後白河院政を否定し、高倉帝を下ろして安徳帝を即位せしめる平家独裁制を見せはじめた段階でであろう。なぜなら、頼政は**院政ないし天皇制を前提とした大内守護として家の伝統的職業を守ってきており**、彼の70余年の長い人生においても、それを崩したことがなかったのであるから。ついに謀叛に立つことを決意した以仁が招請し、頼政を交えた以仁王と閑院家の陰謀会議が持たれ、東国にちらばっている源氏に蜂起をうながす戦略が立てられていったと、想像される。おそらく**頼政は以仁からの招請を受ける際に出家し、その上で陰謀会議に加わった**のであろう。》（4章6節「源頼政、人と戦い」より）

スバラシイ。以仁王と閑院流と頼政の足並みがどのように隠密裏に調整されたかという本質が過不足なく分かる文章だと思います。これを読んで、私としても自分の言葉で頼政の蹶起について語りたい思いに駆られます。頼政はどうしても平治の乱に立ち返って、あの時清盛が「天皇をいち早く取り込むことで官軍になる」という手法を一気に実行したために自分は弓を引けなかった、父祖から連なる自分の職業倫理に抵抗出来なかった。その絶対矛盾を終生呪ったのではないか、その忸怩たる思いがあったからこそ、あのやり方を一つ覚えで何処までも究極までも、実行し続けようとしている清盛の腹の底が見えて、行き場のない憤怒が沸騰して来たものではないかと。覚悟の出家も、その後の自邸を焼いてまでの三井寺への参入も全てその一点に尽きようと。**平治の乱で義朝に作った気持ちの借りを倍にして嫡子頼朝にバトンを託したかったのだと。**

1180年、高倉譲位・安徳即位。

清盛はクーデターで高倉天皇に対しては特別な沙汰はしなかった。『平家物語』は、この天皇を兄の二条天皇と比較して、非常な孝行息子として描いている。「法皇被流」の一節‥

主上［高倉］は関白［基房］のながされ給ひ、臣下の多くほろびぬる事をこそ御歎きありけるに、あまつさへ法皇鳥羽殿におし籠められさせ給ふときこしめされて後は、つやつや供御［食事］もきこしめされず。御悩［病気］とて常は夜の御殿にのみぞ入らせ給ひける。

高倉は父・後白河を深く心配して、清涼殿の石灰壇で、幽閉された父の解放を祈って伊勢神宮を遥拝していたという。高倉を二条と比較して考えるときに、父への思いの掛け方という風にウェットに捉えることがものを見辛くするように私は感じる。これもシェーマ（図式）の罠かも知れない。ただ自力で決定しようということの無力感を父や兄たちの行動から学んでしまっていたのではないか。それと生来の性格の優しさとは別の事であろう。この性格的な謎と云えるようなことが数ヶ月後の「厳島御幸」につながって行くのだと思われる。

高倉は安徳に譲位し、新院としての最初の神仏参詣を、通例の石清水八幡宮・賀茂神社などではなく自らの意思で異例の厳島神宮へ行くのだが、それはつまりは、清盛への分かり易い懐柔策ということに尽きる。父と義父の関係修復を優しい息子として願ったのである。出発前に幽閉の父を伺候して、この大いに躊躇う決断を伝えたのだが、この厳島参詣は当然ながら寺社勢力の強い反発を招き、普段は反目し合っている比叡山・園城寺・興福寺が、対平家という一点で共同戦線を張ろうという緊迫な状況を作ることになる。優しさが故に、事態を悪化させた気弱な上皇と云うのが一般の図式である。本当にそうなのだろうか。

治承三年十一月政変から3か月後の治承4（1180）年2月21日、高倉天皇は20歳にして東宮言仁親王に譲位して上皇となり、言仁親王はわずか3歳（満年齢では1歳2ヶ月）で践祚した。安徳天皇である。形式的には新院・高倉の院政が開始ということだが高倉新院には実質的な権限は何もなく、清盛・宗盛の独裁政権の名目上の看板となっただけなのである。そんな高倉上皇が自らの意志で異例の厳島参詣を行ったのが、治承4年3月17日から4月7日である。譲位後の新院がはじめて諸社参詣をする際は、石清水八幡宮・賀茂神社・春日大社・日吉神社・高野山・比叡山など近間の古くからの寺社と決まっていたものを西国遥かの小島に参詣し、帰路には福原に寄って清盛の饗応を受けている。

この厳島御幸全体が清盛への屈服の儀式であり、南都北嶺の宗教界全体へのあからさまな否定となった。ここから出て来るであろう宗教界の決定的な猛反発を想定できない高倉院だったとは思えず、だとすればわざとそういうやり方をしたと。たとえ宗教界から憎まれても、判断力の欠損したイエスマンだと云われても、このことが歴史に大量の起爆剤を投じることになることは予測していたのではないか。それが父への援護射撃、共闘となることを薄い面従の陰に隠していたのではないか。意思決定のできる数少ないチャンスに賭けたのではないか。だとすればこの御幸の直前に幽閉中の父を見舞ったことの意味が違って来る。その時どんな作戦が話し合われたものだろうか。

そして4月22日、安徳天皇の即位式が行われた。もともと平家の手法は、天皇制・律令制の構造を否定せず、そのなかに巧みに入り込んで実権を握っていくという形である。生体と共生するウイルスのやり方と言ったら過言であろうか。元々のクーデター前までの平家は長い時間をかけて貴族化の階梯を踏み、藤原摂関家の手法である外戚・外祖父として君臨するというスタイルを目指していたが、このクーデターによって本来犯しがたい天皇権の頂点に在った最上位者の後白河を幽閉・無力化してしまったために「院政との共生」という茶番を捨てて、政治・経済・軍事・外交などのあらゆる局面に実効性のあるスピード感のある対応が出来る世界が一足飛びに現れる様な未曽有の切り口が生まれたのである。ただし不世出の天才の清盛でしか仕切り得ず、清盛の死後、継承する者がいなかったためにこの日本史上前例がなかった独特の政治形態は、理念構想の整理もつかないまま実効性のある形では残らなかったのだと云う。

道祖神VS倶生神

兎も角もこれで治承4年の4月に辿り着いた。以仁王事件に至るバックグラウンドを一通り並べ終えたのかと思う。こうして三条高倉の街角に立っていれば、まもなく思い詰めた頼政が夜の角を曲がって訪ねて来るのだろう。それをずっと見ていようかと思ったが、日が翳って来たので家に帰ることにした。

階段を上ると、歌声が聞こえた。

夏山老人が声を張り上げて歌っている。倶生神が私のギターを持ち出してバッキングを付けている。ライトニン・ホプキンスっぽい。ワンコードでズッといって最後の連でドミナントがガツンと来る。どこでこういうのを覚えて来たのか、凄い学習能力だ。いや昨日今日の感じではない。思えば彼らの過去の経験値の全体など私の想像の埒の中にある筈はない。油断のならない連中なのだ。良い感じの皺枯れ声で心を出しっぱなしにしてノリノリで歌っている。ライトニン・ホプキンスを初めて聴いたのは二十歳の頃、バイトの先輩にカセットにダビングして貰ったんだっけ。当時の鬱屈した心に沁みて「ブルースは心の止血剤」って言ってたんだっけ。

渋い声だ。驚いたな。

堕運ホームブルース

もし自分の人生を述懐して　われナニゴトにつけ自力で　たった一人で達成した
問題を見つけ取り組み　解決したと豪語する　そんな奴が居たとしたら
それは甚だ低劣でお粗末で　焼きの廻ったバカ野郎だといって　間違いない
ソイツァ　誰にだって　ワンコロにだってわかる　堕運な野郎のブルース

だから他人のそういうところ　嘲けり罵り蔑む　だが何故だか自分のことは
マッタク分からなくなって　あからさまな自慢話を　平気でやりだすんだ
惨めだね人間は横着に執着　ひとり残らずお調子者といって　間違いない
ソイツァ　誰にだって　ワンコロにだってわかる　堕運な野郎のブルース

我が身にとって良いことがあるとなれば　躊躇うことなく享受する　どう考えたってワレごときに
こんなうまくやれるなんて　そんな筈がないとは思わない　人から有難くいただいたものを
初めから自分のものだったと思い込む　カラッケツの空っぽ野郎だといって　間違いない
ソイツァ　誰にだって　ワンコロにだってわかる　堕運な野郎のブルース

居合わせた運も貰った役目も　神様の気紛れにしか過ぎないと　そんなことにも思い至らないで
機を見たのも一気に攻めたのも　自分の実力でしかないと　其処は譲れないらしい

一番大事なのは人生は掛け算　なにがどれ程あっても　ゼロを掛けたらゼロになっちまう
ソイツァ　誰にだって　ワンコロにだってわかる　堕運な野郎のブルース

神様が空から降りかけてくれる気紛れな運命の粉が掛からないとどうにもならない
だから運に味方されなければだめだと知ったら逆に努力を止め運を願うだけになる
チョロマカスだけの人生になる　そして他人の足は喜んでひっぱる　碌なモンじゃない
ソイツァ　誰にだって　ワンコロにだってわかる　堕運な野郎のブルース

老人のシャウトはブルー爺だ。即興で溢れる非定型の文字列を、チマチマまさぐったりしてないで、カタマリでガツンガツンぶつけて来る。千年の営為を観続けて蓄積した唸りが節となって出ている。これは迫力だった。歌の途切れ目で私は訊いた、夏山さん、平清盛は実際に目の前で見てどんな感じの人だったんですか。ああ、お前のその手はもう喰わないんだ。何度も言うが儂は身分の低い者、そしてその治承の頃は既に杖を突いてボンヤリと道の端をそぞろ歩く体の老人だったのだから、凡そそんな高位の方々に拝瞥する機会なんてものは無い訳さ。実体なんてわからない、同時代なんてそんなもんだろ。世間の奴どもの口さがない風聞なんていうものはもう情けなくて聴いててもしょうがないんだが、それが意外に当を得ていたりしぶとく根強かったりして、固定化されていくのが怖いことだよ。そういう噂が結晶化して事実に変わっていく過程は何千回と見て来たよ。

そうさ　YEAH　日本人だ　オレラ　どうしても清盛ってことになると一家言が出るのさ　人生は栄枯盛衰さ　おごり高ぶれば罰が当たる　そういう日本人感情はドウニモ揺るがないね　それでもなおも清盛が一代

で築き上げた天上の楼閣は強烈なものだ　清盛という人は特別な人だったと思うんだよ　強運だった　運気の支えも凄かったけれど　本人が天才だった　保元平治を見事に擦り抜けたのだから　あの信西ですら曲がれなかったヘアピンをすり抜けてだよ　天才と運気のコンビネーション　というより初めからこの運気の意味を十分にわきまえて行動していたんだよ　明朗で機転が利いた　いつも周りに気を配れる男だったことは宇治拾遺とか古事談やら逸話をあれこれ読めばよく分かるだろう　宇治拾遺のサ　この箇所に出て来る青侍とは清盛の若い姿だけど　実にドライでクールでサッパリした若者だと思わないか　誰一人に嫌な感じがないように全体を何気なくコントロールしている　一つ物事をスマートに処理出来たら「またあいつにやって貰おう」と次の仕事が来る　今時ならば出来る営業マンってやつだろう　すぐに出世コースに乗るのは当たり前だ　そこから経営者のラインに乗る　清盛の異例の出世はご落胤だったからというのが定説だがその落胤説を適宜コソコソ流し続けたのは清盛本人だったんだからね

なんだよ　細かいことといろいろ知ってんじゃん　雑学博士かよ　なんてことを思いながら　老人から漏れ出て来る面白い語彙のリズムを　感受する楽しさは格別だった　いつの間にか外は雨　倶生神はあっちのほうで飽きもせず　ずっとギターを掻き鳴らし続けている　老人が私から解放されるのを待っているのだ　私は急に倶生神からも解き放たれたくなって　ちょっと一人で飲みに行ってくるけど良いかと訊いた　倶生神は顔も上げずに「車に気をつけてよね」と言った　「見て無いところで死なれるとオレ懲戒免職になっちゃうからさ」

そぼつく夜の路地裏で。

考えをまとめようと出たものの余り行く当てもなかった。取り敢えず北口のほうに向かおうとハードボイルドを気取って両手をポケットに突っ込んで雨の中暫く歩いたがヨレヨレの毛髪から垂れた雨水が目に入って何ともミザリーな気分になった。今までズッとふつうに独りで快調だったのに、どうしたことか老人と倶生神が入り浸って喋っているのが常態になると、こんな亡霊でも友情を紡いでいるのかって妙にむかっ腹が立ってくる。オレはなんと心の狭い男なんだろうかと思うけどどうしようもない。

それで結局北口のたまに行くアイリッシュパブの片隅でオレは水割り片手に壁に向かってぶつぶつ喋ってる。ブコウスキーって奴は友達多いからね、あんな奴ァ信用できないんだよね。そのくせして無頼を気取ってるってズルイんじゃね?。オレは誰も居ない闇に向かって次々に質問をぶつけまくる。

オレ：人間として　低いままで終わっていいのかな?

闇：ああそれじゃ訊くけど　低いってどういうのを低いっていうの
　あなた、どう思っているの?　どうしてそう思ったの?

オレ：メンドクサイからいいです・・・

オレ：お酒を借りておれは生きるのさ・・・

闇：お酒を貸し借りするんじゃないでしょ?　お酒の力を借りて、でしょ?

オレ：まあその辺はどうでもいいっす。

お勤め準備のメイクしながら横で飲んでた汚濘ちゃんが見るに見かねた優しい一言。
汚濘ちゃん：アラ？せっかくの低い者同士、一緒にとことん舐め合っちゃいません？
オレ：いえ〜い♪
汚濘ちゃん：それじゃこのまま一緒にお店に行きましょうよ〜
オレ：やっぱやめときます
汚濘ちゃん：愚図ですね
オレ：愚図です
闇：・・・

オレ：ところでテーゼってなんなんだ？
闇：あるところまで喋らないと分からない、あるところまで聞かないと分からない。
オレ：ああ、メンドクセーっす！

長い中断、また資料に潜る。

ちょっと元気が出たのでドトールに移動した。こんどは耳栓をして集中。人込みは養分を奪うからサッサと帰るに如くはないんだが老人はまだまだ歌っているんだろう。自室で一人が叶わぬなら耳栓だ。項目の整理などは後回しにして、まず処々の思い付きの言葉をただぶっ込んでいくということ。ひとつのテーマに絞って、例えば

「小枝という笛」について一篇の詩を書くつもりで400字っていうならそのくらいな感じを目指して思いつく限りの音と意味と思い付きの流れを紙に映してみる。それはダンテというものがそういう精神だったのではないだろうか。Dante は面白い　夢の中のような光景が飛び抜けている　どんな生き物なのか、自分がどんな足場にいるのか全く自由に走っている（ように見える）上手く見せている。韻律とかそういうものが不備だったとかラテン語が出来ず自分とこの方言で書いたからなんたらかんたら。そんなね御託どうでもいいのよ、詩神に愛された質量の重さを考えれば何でもない。第一、定型の制約は玩物喪志のはじまりじゃないか　形ばかり前面にすれば心は下がっていくのは当然だ大事なのはリズムだと思うよ平安歌人では実方なんかは破天荒なところがあってその上熱情も保たれていると誰かが書いていたがそこは残念よく分からない詩歌の世界はこれから老境で頑張りますよ詩は若さの発露だと宮城音弥の「天才」は言っていたがそうとも限らないだろう　一朝一夕のものではなくどうせ人は老い易く何も進んでいない簡単に進みやしない　一生がもう一生あったら「もういいっしょ」って言われるぐらいあれもこれも勉強したいよ夏山さんそこで笑わないでくださいよ

新境地　真骨頂　新機軸　ひね媚びない　歓喜を生きる　運鈍根　他人には告げぬ　我が今更の身の中で思い　内向きに整合さえしていたら良いのだ　人生は目減りと目詰まりを繰り返す　夏山さんのお供で何度も時間旅行をしながら思った　過去に行ったり戻ったりしながら私の肉体の時間は減り続ける　自分の体のネジは戻らないのだ　疲れが溜まり作業もしたくなくなる　今日もクタクタで戻るのだろう　古着を洗って干してたたみまた洗って干してたたむみたいに　それが人生時間ってことなんだろうと

後白河宇宙。

何かのシャレということでもないのは分かっているつもりでも、ある時代に白河、堀河、後白河と川の名前の帝王が固まっているのはよくよく考えると不思議な事とも思える。そういうたとえで話す時、後白河は常に流れを変え蛇行を止めない暴れ川だという気もする。此処に付き合う周囲も難しいが、帝王としての後継者だった二人、二条も高倉も父に対して複雑な気の使い方をした局面が散見される。以仁王もまたそういう父の振れ幅で苦慮した息子だったのではないだろうか。私だけの妄想をコッソリ書いて置くならば、フョードル・カラマーゾフとその三人の息子のことをどうしても思い出す。変人で支配的な父。その父に強く反目し、憎悪し、ファナティックな行動をする長男ドミトリイ。内攻的でなかなか意思を見せない、理知に固まった次男イワン。表層を生来の柔和な鎧で覆い、気配りを崩すことのない三男アレクセイ。この4人の個性と構造がそっくりそのまま、後白河、二条、以仁王、高倉という父子にも当てはまる気がしてならないのだ。よくよく比較したことは無いけれど年の差はカラマーゾフよりも開いているから、兄弟間の軋轢と云うものはより薄いのであるが（二条の崩御時に高倉は6歳）、しかし父と向かい合うことが苦しみになるという大きな共通点において、その相互の落ち着かなさ、多重に畳まれた襞の感じにも、カラマーゾフと共通する家族の病理めいたものを嗅いでしまうのである。

アーティスト後白河とカリキュラム以仁王

カリキュラム的などとは失敬な表現かも知れない。でも後白河のスタイルと比較したとき、以仁王のそれは対応力の格段な差異というか、変化の時代の真っ只中で直球一本でやっているようなある頑なさというものを感じてしまうのだ。後白河はその意味で変幻自在でもありそこに憂愁を漂わせる狡猾ささえ窺えるのは寧ろ清盛やまして頼朝などより遥かにハイレベルなインプロヴァイザーなのだろうと思う。

以仁王は芸術に関してどういう肌合いを持っていたのか。そのことで思うのは「小枝」という笛のことである。以仁王はこの笛に愛着し、肌身離さなかった。それを知るから平家巻四の「信連」で慌てて持ち忘れた以仁王を何町も追いかけて長谷部信連は手渡したのだし、「宮の最期」でも首のない体の腰にそれが差されていたという哀切のクライマックスに出てくるあの笛である。愛着し、また演奏に巧みだったことは「玉葉」でも念入りに褒められるけれども、それは演奏が巧みである、上手であるというふうにしか褒めようがなかったという底意地の悪い念入りさをふと感じさせる。

引き比べて後白河の「今様」に対する若き日の魂魄を傾けた打ち込み方を思うとき、そのひた向きさは鬼気迫る。アーティストの芸術至上主義のそれのように見せながら、我が身の生き心地の悪さ、身と心のよんどころの無さに関わる重大な問題であり、それが帝王後白河の全生涯に一貫したエキセントリックさの装いの説明であるようにも思われる。もしかすれば、以仁王の笛の話は秀才のそれ、趣味のそれ、心の慰撫としてのそれというところを越えなかったのではないか、挿話がそれ以上の色を帯びなかったのに他の何かの要因があるのかも知れないが、こういう愛着の話に出てくる命の支えというか自分の方法全体の根幹というふうまでには見えて来ない。

もしかしたらそのあたりが後白河が以仁王を観るときの冷徹な目線の本質だったのではないかなどとも思うのである。ありていに言うなら以仁王はごくストレートな性格で、ひとりの気品ある皇子として周囲に情愛や感謝の気配りはあっても、それはあれこれとギクシャクした心の乱反射の産物ではなく、ごく真っ直ぐな種類ものだったのではないか。そのような以仁王を父後白河は彼一流の湾曲した洞察力で見抜き、軽々な補任の実行を躊躇わせていたのではないか。

平家物語の以仁王の事後の後白河の対応ぶりのあの残酷ともいえるようなスピードにもこのテンションは見て取れるように思う。この危機管理の不得手な皇子のフライング的行動の後始末は事務的にも迅速にせねばならぬという、一心不乱な行動のようにしか見えない。ここでもしも後白河がすこしでも以仁王のシンプルな行動の理由を背負うようなことになれば、もう後がなくなる。以仁王のやったことは結果的には状況を好転させる、少なくとも平家にかなりなボディーブローを与えたという直感は後白河に当然あっただろうけれども。そういうことをおくびにも出さないためにも後白河はそういうアクションをせねばならなかった。残念と安堵の交錯も垣間見えるような気がして、私の謎は氷解していく。

とにかく以仁王には「無冠の王子」のまま、長く燻って居て貰うしかなかったのだ。それを「どうにもできない」のは「どうにもできない」のではなく「どうにもしない」というだけであるのだが、それは清盛平家の圧力で「どうにもできない」のだと見せておいた方がポリティックバランスとしての最良のチョイスだったということ。それがよく分かっていなかったように見えるのが、つまりその陽動で走り出てしまったという事実が以仁王の気質としての限界だったのではないか。前年のクーデター以降の後白河が何処まで持ち堪えていたのか。以仁王はとことん忖度してしかるべきだったのだ。

スルト老人が口を挟んだ。「もし、それを呑んだ上の覚悟の行動だったとしたらどうなる？」

ゴーゴー、後白河！

とにかく後白河は私の理解をすぐに振り切ってしまう。異質で、はなはだ見えにくい人物なのである。理知的で細心な反面で勘気の強い強引な行動が唐突に出て来る。賢しい駆け引きなどにも無頓着でとにかく誇り高い、生来周囲をハラハラさせる感覚的な人間だったのだと思うのだ。大天狗という評価はひとり頼朝からのものだが、それもある特殊な瞬間のもので我慢強く単純に内面をさらけ出すようなことのない頼朝がたまたまパルス的に垣間見せた苛立ちの言葉であって、これを頼朝と後白河の関係性の固定的な構造とみるとしたら浅見の極みということになるだろうか。とかく人間関係というものほど常動的で一様に捕捉の適わぬものもない。とはいえヤハリある軸を固定をしないと止め処を失って何も見えて来ない。放置して偏見を育てたところでどうにもならぬ。まして後白河にしろ頼朝にしろムズカシイ極限を生きた人生なのだ。事情に通暁した者がスラスラと分かり易く解説した文章にお目にかかっても、そんなサッパリした切り口で良いのか疑いたくなる。手の込んだ誤答を読まされているような気さえしてくる。私にはこの帝王の振幅は激し過ぎて理解の埒をすぐ超えてしまうのだ。

後白河は以仁王をどう見ていたのだろうか？

後白河が息子以仁王をどう見ていたのか。そのことを考えるときに事件直後の後白河の反応と云うものがまず頭に浮かぶ。確かに誰にとっても（後白河にとっても）この不埒な謀反人「源以光」は此処でさっさと断罪され闇に葬らねばなかった。なぜそこまで事は急がれねばならなかったのか。トカゲが尻尾を切るようなことだったのか。泣いて馬謖を切ったものなのか。色々はチットモ良くわからない。しかし後白河がもともとこの変わり種の我が子を好いていなかったのではないのか。少なくも局面局面で反りが合わなかったのは間違いないがそれ以上に「タイプとして合わない」というような敬遠感があったのではないだろうかと思った。

変わり種というのなら後白河の方が大先輩格だろう。スタートの居場所居心地の悪さ。そして性格的な歪曲性。周辺状況ことに父鳥羽上皇から認められないという憤懣が今様狂いに向かわせたか単に嬉しい趣味だったのかその両方だろうけれどもともかく単純ではない。馬鹿でも暢気でもない。スクエアでもない。ただ状況を憎んで独自に走っていたのが後白河の若き日々だったろう。若い時だけではなく後白河の分かりにくさ周辺との折り合いの悪さということは（無論どんな誰の中にでもあることとして）一生を貫くものであった。

何よりも彼は曾祖父白河や父鳥羽のように初めから期待された成るべくして成った絶対君主ではないのであって、恣意がまかり通って息子たちを帝位につけたわけでもない。少なくとも長男の二条に関しては後白河本人が期待の星だったらそうならなかった流れなのであるから、確執は生まれるべくして生まれたのだ。このミュータント的な、それまでいなかったタイプの宇宙人帝王のフォローの為に息子たちは、帝位についた二条と高倉だけではなく、法親王として山門、寺門、仁和寺など与えられた夫々の場所で、各自の我儘は極力抑えて社会人・組織人として父を支え、敵の排除に砕身したのであり、それは斎王斎院としての皇女内親王たちも同様であった。

虚弱であったり個人の内的状況はいろいろだったとしても、父の子という点では後白河の想定は越えなかったし、少し食み出た部分としては二条帝の天皇親政への意欲とかがあったりしたけれども、かれもまた帝王であり、意志の発信基地であってそれは後白河としては想定内の対立だったのではないか。後白河のイメージには届かなかったかも知れずとも心をざわつかせる種類のものではなく後白河の「ルールを超えたルール」帝王としてのルールとも呼び得る「我」の達成に背くものではなかったと思われる。ただ一人以仁王の動きを除けば――。

何よりも後白河はこの皇子、以仁王を認めていない。父に認められないというのが、以仁王を焦らせ決起に至らしめる最大のモチベイションだったのではないのか。ものの本、研究の数々を読むほどにそういう奇妙な実感が私に芽生えた。何かが足りないイマイチ伸びしろのない息子がもともと共通の語彙を持たないエクセントリックな父親に認めてもらいたいという最後の実力行使だったのではないか。

こんなことを書いたあとで、漫然と史料をめくっていた時に俄然とんでもない記事が目に飛び込んできた。以仁王事件直後の後白河の様子と云うものが『愚管抄』に描かれていたという。院は痛く消沈していたと、ショックだったと。勿論権謀家が一つの芽が摘まれた足場のはしごを外されて一瞬意気を阻喪するということはあるだろうが、そういう後白河でもない訳だし。私は直覚的単純に以仁王の個性の亡失を嘆いたと思ったのだ。矛盾するかも知れないけれどその消沈の事実はこの父子関係の空虚な風景に一つの色を呉れる朗報だったのだ。

梁塵秘抄とはいったい何か

また私の一つの関心として、才能と云うものは遺伝するのかということがある。父・後白河の音楽的才能が以仁王へ遺伝しているという観点から、後白河を眺めたいということである。梁塵秘抄の「口伝集巻十」は、間違いなく一つの自伝、魂の述懐である。少年のみぎりより如何に病的な熱心さで今様に取り組んだのかを後白河自身の言葉で事細かに淡々と率直に語っている。私は自分にもあるこうした「持て余し気味のボリュームたっぷり」を隠し持った一つの個性がこういう告白録を書き残してくれたことにただ感動するのである。

そのかみ十余歳の時より今に至るまで、今様を好みて怠ることなし。四季につけて折りを嫌わず、昼はひねもす謡ひ暮らし、夜はよもすがら謡ひ明かさぬ夜はなかりき。夜は明くれど、戸蔀を開けずして、日出づるを忘れ、日高くなるを知らず、その声を止まず。おほかた夜昼を分かず、日を過ごし、月を送りき。

この「口伝集巻十」を書き終えたのが43歳だという、後白河はこの年に出家したのである。「十余歳」は30年前。天皇在位は29歳からの3年間。そこから上皇となって11年、出家して法皇となって23年、66歳で亡くなるまで終生の趣味としてこの今様に取り組んだのである。

これは趣味ではない。その表出する部分を他人事のように云うのならそんな風になるのかも知れない。マニアック、オタッキーなんていう言い方になるのか。熱狂と没入を外から現象として見ればそうなるのだろう。そういう評価が無関係なアホの言い草なのはもし地面に線を引いてソッチ側コッチ側と分けた時に、ソッチに居る人間には一生分からず関係もないことなんだと思う。私にはチョット、朧気に解る気がする。

後白河は苦しかったのだ、そしてバカバカしかった。父・鳥羽上皇が嫌いだったのだろう。そんなヒネ媚びた息子なら父だって当然嫌うだろう。自分よりもっと疎まれた兄がいる。崇徳上皇だ。兄と言っても異父兄、母は一緒。実父は言うのも憚れる人物。兄の憤懣、父の憂鬱。そういう全部は蛇行するホワイトリバーが暴れ蒔いた種だ。鬱屈行き場のない兄もまた歌を詠んで慰めを知る仲間だ。気の繋がったこの兄のところにずっと同居していた。父の関心はもうとっくに次の美福門院に移っている。ソッチには愛に応える天使たち、八条院や近衛や可愛い高松院がいたからである。そして皇位に就かされた近衛は17歳で崩御。可哀そうなことだ。

人あまた集めて、舞ひ遊びてうたふ時もありき。四五人、七八人、男女ありて、今様ばかりなる時もあり、常にありし者（近臣）を番におりて（当番制にして）我は夜昼相具してうたひしときもあり。また我ひとり雑芸集をひろげて、四季の今様、法文、早歌にいたるまで、書きたる次第をうたひ尽くす折りもありき。昼はうたはぬ時もありしかど、夜は歌をうたひ明かさぬ夜はなかりき。

取り巻き連中が当番で付いている、女がいることもあり、後白河ひとりででも夜昼となく歌う。「好きでたまらぬ世界にとことん熱中するボンボン皇子の自由で羨ましい時間だった」と云う人もいる。「ただそのことのために、好きだから熱中するという純粋な熱情しかありえない」と書いた人もいる。この熱中熱狂をどう見るかは今様が何だったか、どういうものだったかを実感しなくては分からない。そして後白河の心の内側に入らなくては分からない。傍から、例えすぐ横で見てたとしても分からぬ奴には分らなかっただろうと思う。

私は奇妙なことに思い当たる。高校生の頃テストの前の晩、勉強が手につかずにソングブックを見ながら歌ばっかり歌っていた時間のことを。あれは「ギターを弾きたい純粋な熱情」なんていう美し気なシロモノではなかった。それは思春期のネガティヴな懶惰さだったとか、綺麗事では量れない世界との対峙というか、内なる恐怖との調整を図りたかったのだとか、色んなデタラメを云う人はあるだろうけれども。梁塵秘抄には何処かそういうマイナーな記憶の切片を蘇らせる作用があるようだ。この人自身が永遠の思春期のような人だったのではないか。逃げ続けたかったのではないか。そんな人が帝王なら確かに時代は錯乱する。

古きものは滅びる。新しきものは古びる。

古きものは滅びる。新しきものは古びる。それは自然の理。野田宇太郎の言葉。正鵠を射た素晴らしい言葉だ。とは言え「新しかったものが古くなりやがて消滅するのは自然の摂理である」という実に当たり前のことを言っているだけなのだが、叙述の順番を変えて「古きもの」を先に言うことで一つの緊張があり、また「滅びる・古びる」の脚韻の遊戯感もある。味わいのある言葉だ。しかし同時に「だから何だ?」というツッコミを待っているようなフレーズでもある。その流れは分かったが、それなら「古きもの」と「新しきもの」はどうすればいいのか?　どう付き合って行ったらいいのか?　ということについてのテーゼが見当たらない物足りなさである。

たとえば後白河の時間とは何だったのか。彼が取り組んだ今様とは何だったのか。後白河は確かにもともと帝王適性を持ってはいなかったが、信西と清盛という「心底を解ってくれる側近」が現れたことで少しずつその気になれたのではないだろうか。信西も清盛も後白河が居たから安心して屈託した野心を上手く表明していくことが出来た。保元平治もその後も平安末期は本当にギクシャクとした時代だが「すごいこと」「新奇なこと」「皆が理解しきれなかったこと」が古体の無理解者の反動錯乱によって掻き回された時代と云えるのではないかなどと思えたりする。直観的に分かり合えるものがもっとうまく化学反応を起こしていたら、信西と清盛は上手くやれたし後白河ももっと安泰に進めることが出来たのだと思えるのである。

信西は新奇な判断も凄いが有職故実にも通暁していた。『古きものから新しきものへのしなやかな移行」が信西には見えていてそれを後白河は気持ち良く承認し清盛はその外郭を守ることが出来た。3者とそれを囲む院近臣の構造はかなりうまく行っていたのではないかと思う。

梁塵秘抄は後白河の宇宙論だというういう言い方を耳にしてから、その意味を探りたくて堪らないけれども、宇宙論は政治・社会・人間関係と入り繰りながら忖度の中で形成されるものではなく、あくまで原理論だと思うからもっと語彙と感情に入り込まなくては駄目だと思った。此処に居た儘では入れないと思っている。後白河の発信源、アイディアの玉手箱、拡散と越えがたい桎梏の相克をこの先、どこまで読み込めるのか。

ところで話は飛躍するが「古さと新規さを平然と融合させ得る対応能力を持った」もう一つの存在が行者というものの立ち位置だったのではないという予測がある。何故ならば行者山伏の存在意義、職掌範疇とは界面の潤滑化ということに尽きると思うからである。行者たるものは体制の閉塞・硬直の中でも想像力を駆使して、ゆるやかにしなやかに対応を工夫し、皆を絶望の淵から救い、希望と歓喜を与える職業である。単なるお調子者、表層浮薄なだけの人間にはとても務まるものではない。歓喜の炎を燃やす基本の明るさは絶対条件だが、そのじつ心の奥は静かに醒めて落ち着いた部分が支配していなくてはならない。真の明るさを持つ者。それは細胞から根付いている生来のもの。知識ではなく智能。原石の輝きである。私の父の五人兄弟はみんな行者だった。記憶の中に強烈に残る彼らのやりとりのスピード感について、いちいちの事情は思い出せなくとも、遺伝子というようなそんな決め込んだ言い方とは全く違ったが、行者の血の要請みたいな強い支配があった様に思う。

「縁は異なもの味なもの」という言葉。異なものと縁するチカラ。人の成長成熟とは異質を受け入れるこの体幹筋力の獲得だ。咀嚼と嚥下の筋肉。どう拒もうと次から次と押し寄せてくる違和感を受け入れ消化する力なのではないか。その受け入れることで心の内に生じる負荷・歪み。それをただ潰そうと頑張るのではなく、ときに良きものとして育てていく。その見極めがまた大事になってくる。そうした全体が大きな歯車のようにゆっくりと機能しだすとき成長というものが生まれるのだろう。受け入れることで染み出てくる痛みをじわじわと消化していく。「縁は異なもの味なもの」という言葉はそんな状態をうまく言い当てているようだ。

行者・山伏とは膠着を打破し、超越を導く仕事なのだ。

行者とは「行」を探し極める人ということなのか、それとも「極める」などは気にもせずにただ「おこなうひと」なのか。「行く」というだけの人なのか。モノを決め、その決め事を守って安心する、あるいはそれを得意とするタイプの人が支配して納まっている時代もあろうが、乱世と云って混乱が常態であるような時代もある。この平安時代の末期というものはまさにそういう混乱の時代であって「規格の崩壊」とそれに対応した見直しが要請された時代だったと思う。各分野についてそれが起きているように思う。それを帝王適性とは別の直感的な好奇心でコレクションしまくっていたのが若き日の後白河だったのではないかと思う。

ここにおいて行者という古い定義が読み直され読み替えられたのではないか。修行する人ではなくて社会のスキマを走り回る人、一種のリノベーションを起こしたのではないか。行者験者は山を飛ぶ。圧倒的に色彩を振り撒き、世界を愉快にする。それを術と呼び、この血統に生まれ落ちたからにはまずその空気を自家薬籠中のものにせねば生きられぬと教わる以前に体感した。それは私の父が持っていた無限の明るさ。山を超えていく筋力、水を潜っていく肺活量、途方もないバイタリティ。父の7歳上の伯父、そして3人の叔父たちも皆そうだった。

キラキラする素朴な明るさを共有していた。幼い私はこの特別な空気の中にいて楽しく安心だったが、それは当たり前のように見えてそうではなかった。それはやがて自分も自分の個性として表明参与しなくてはならなくなった時に愕然とする質のモノであった。幼時には無力で良かった。貰うだけで良かった。しかしやがて与えなくてはならない、ナケナシを供出しなくてはならない時宜が回ってきたときに衝撃を受けた。難問はいつもあって、それを解いて突き抜けていくには「何か」が無くてはならないが、私には初めからそれが無かったことを知ったのだ。先達が皆持っていたものが私には欠損していたのだ。

こんな残酷なことってありますか?

スルト老人は言った。随分むかし行観という若い男に山の中で遇ったことがあるが、今のおまえとどことなく似たところがある男だった。老人はいつしか私の事をお前と呼ぶようになっていた。日光は二荒山でのことだ。ここでしばらく修行を積んできて、ご神体を分けて貰ったのでこの山を越えて北の方に行くと云っていた。もとは山城の山崎の生まれで原姓は高志、清流の集まるところ、山の源流が幾つも落合って川になっていく場所が好きなんで、故郷の山崎もそういう場所だったんで、そういう場所に祠を立てて住みたいんですよ。オチアイっていう言葉は良いと思いませんか。水が出合う、魚が集まる、人が出逢う場所です・・・妙にこだわっていたな。ああスゴイ!それが先祖ですよ、私の先祖です!実際、伊南川に楢戸沢が落合う地点に今だって龍王院は立ってるじゃないですか。今でも立ってるんですよ。老人は笑った。あの若者は一所懸命だったよ。でも確信は無いようだった。思うことはそのまま口に出すんだけれども、内向きの疑念でいっぱいなのだ。だがどうせ本心なんてものは聞いてる他人には分かりはしない。関係の無いことだから、分かって貰うために言う訳ではないからな。言葉は固めた自分の心を隠すためにあるのだから。

二百年遡る実方中将のことも是非。

謎の切片は幾らでも出て来る。例えばもう一人の奇矯な人物、中将実方のことだ。以仁王の事件の起こるかれこれ200年近くを遡った十世紀も末近くの999年に実方は陸奥守として赴いていた異郷みちのくのど真ん中で亡くなった。場所は現在の名取市愛島笠島という場所である。笠島道祖神の前を通った時、乗っていた馬が突然倒れてその下敷きになってしまった。40歳ぐらいだったという。当時の陸奥守の職務は宋との貿易に用いる砂金の調達であった。実方の急死によって後任の源満政、橘道貞と2代に亘って皺寄せが起きて、それぞれ責任が追及されたという。橘道貞って和泉式部の夫じゃないですか。ということは和泉式部も娘の小式部内侍も一緒に赴任したんだろうか。清少納言の連れて行って貰えなかった場所に。知らなかった。オドロキです。

ところで熊野別当の系統を調べるとこの実方の息子の泰救という人が婿入りして血統を継いだとある。なぜ実方の血筋が熊野に行くのか、その辺りはすぐにはわからない。しかし泰救の母は陸奥国の女と書いてあることで一つの見当は付く。龍王院の伝承では先祖は遠く熊野別当の系統と云うのがあり、その辺りを今頃やっと本腰を入れて調べ始めた。そこで尋ね当たったのが阪本敏行「熊野三山と熊野別当」であり、収録された資料は充実していてこれから時間をかけて良く読み込みたいそしてこの先にたとえ短期間でも熊野に住んで祖霊と接触したいという願いが強くなっている。山や川を見ていれば何かが見えて来るんじゃないかと思う。

わが先祖の龍王院は以仁王を迎えるわずか50年前に会津に入って来た。直接の出身は大山崎あたりだとしても、その先の先祖は熊野にいたのだと、そして実方と繋がっているのだと云うのである。

ああ、実方中将はね。あの人は後世に言われるような変人ではなかったよ。って言うかね、変人って言われて内心ほくそ笑むのが変人だろ、そんな面倒な所は無かったよっていう意味でね。ごく生真面目な人だった。人間と関わるよりは自然の風光を相手にして居たいタイプだった。だから普通のぶきっちょな男ってことだよ。それで不器量でも実体のある東国と深く関わったっていう事もあっただろうね。「歌枕見て参れ」って突拍子もなさそうに見えてこの人事は本人の希望だったと思うんだよね。清少納言は聞いてなくて動顚したみたいだけどね、まあ深い情はあっても意地を張るもんで蚊帳の外に置かれてしまう女っているよね。清少納言にもそういうごつごつした東北の血がかなり混じってたからね。本当は実方と一緒に来たかったんじゃないのかな。実方はなんだかんだ言っても男騒ぎのするモテ筋だから。ほったらかしにしておくとそこいら辺でモテちゃうからね。

変人なんかじゃないよ、実方は。ただ面倒だから被っただけだよ。

儂がみる本当の変人というのはまあ悪左府頼長のような人を言うんだよ。自然体というのか、自分の中のナチュラルを発露することに躊躇わなかった。彼はビブリオマニアだった。当時随一の蒐集家であり、騒がしい男、何にでも首を突っ込んでくるところがあったんだね。知的好奇心という言葉は昨今あまり聞かないが、そういう発想の波乱感、破綻感において自由でありまた奇妙な気紛れな情感を深く持っていた。まったくタイプは違って対立もしていたけれども儂から見たら信西入道とは似た所が一杯あった。我々古本屋が見ている世界というのも歪みは酷いが一定の真実はあるものだよ。とにかく二人とも儂にはいいお得意様だったんだ。

フト、那智滝の記憶が蘇る。

那智滝には一度行ったきりである。2007年12月。13年も前の事になる。バタバタと生きて人間五十年。そんな時期だった。漸く半世紀。それを反省期と読み替えたシャレで小休止を目論んで松阪でレンタカーを借りて先ずこれも初めての伊勢の内宮外宮を小走りで遥拝し、そのまま熊野に向かった。

台風の来襲の少ない割に降雨量の多かった晩秋で、熊野川のごんごんと骨太い激流には感動した。夕景の新宮をそそくさと参拝し、那智勝浦のホテルに入った。たった一泊のいそがしい熊野。翌日は那智神社と滝を参拝した。素晴らしい好天で、那智には目に焼き付いた忘れ難い印象が幾つもある。那智滝は神社の境内から観てもその神秘威容は格別だが近づけば近づくほどその迫力は増してゆき、遂に直下の岩場から仰ぎ見たあの映像は終生忘れられないものとなっている。それと高みから遥かに望見した熊野灘のギラギラした輝き。わたしは目を剥いていつまでもこのまばゆい光の中にいた。

熊野は凄いところだった。一度心に棲み付くとその光芒は一瞬たりとも消えない。12月の半ばというのに熊野に充満する生命エネルギーはあまりにも強かった。森の樹々は常緑樹が主体の所為なのかともかく青々としていて落葉広葉樹ばかりの都市の冬の風景からは想像もつかない生命力が漲っていた。わたしはこの光と熱から何を受け取りたかったのか。それは気がかりな父の事であった。

私のルーツ研究をいつも報告し語り合ってきた父は長く腎臓を患い、殊更寒かったその冬は特に弱ってしまっていた。私はそのことが気がかりで仕方がなかった。どうにかして父にこの熊野の生命力を届けられないものかと切に祈った。しかし父は翌年の春についに長逝してしまい父の前に芳しい成果を見せることが出来なかった。

私を育んでくれた大きな父は大きな熊野に戻った。いつしか私はそう思うようになった。やる事をやって行けば悔いる暇などないだろう。この2007年の旅で行きつけなかった本宮大社には未だに辿り着けていないのだが、そこに行けば大樹のそこかしこに父が居て白い歯で笑っているのだろうと思えば、早くこの取り組みを完遂させてじっくりと熊野三山を詣でなくてはならぬと念じている。

山の夜、囲炉裏にマキがくべられて

鍋の中で焦げている　すっかり水気を失って　もと何だったかも分からない　更なるマキはくべられる　鍋の中は焦げ尽きて　ほとんど炭になっている　何の容赦も認めない　柴も折られてくべられる　私の気持ちは干からびて　糖化はいよいよ進み行く　酸素は残り少なくて　堂宇にますます木魂する　歴史の通奏低音がバックグラウンド響かせる　こんなにこんなに美しく　そんなにそんなに清らかで　メインになれないクスブリが　更なる糖化を生んでいる　灯下にいっぺん紐解けば　これぞ妖しきバッキング　Yeah　バッキング

5　夢魔君、モマ君。

ある系図少年の夕景【ケッテー的ケットー論】

人生の睥睨図など気にもしていなかった筈なのに、いつしかどうしても自分の習性というものを総括してみたくなっており、これが老境の無駄な焦りというものかもわかりません。

私は子どもの頃からただ系図調べが好きでした。何故なのか未だに説明出来ませんが、まあ幼児のことですから単純に図像的な興味だったのか。もう少し理屈が分かってからは人間というものが個人個人であるだけでなく男女の出会いの不思議な産物であるということを、難しいことを抜きにしてグラフィックにみられる愉しみということだったのでしょうか。個人（点）が関係（線）で結ばれ系図（面）になっていくという次元の重なりということも楽しかったのでしょうか。とにかくいまだに新しい系図を見たり、系図に発展する資料を見たりすると強い喜悦が走り、早く実際に手書きに写し取ってみたくて堪らなくなるのです。

血統表というものがあります。競馬をよく知る人は馴染みのモノかも知れません。馬の強弱、あるいは長距離馬なのか短距離に強いのかなどの判断の基準にその馬の持っている遺伝的要素を悉く論うというものでありますが、これが人間においても当然そうであろうという、能力的な識別評価にある物差しを当てて優劣が炙り出されたときに、その両親や祖父母、祖先を細かく調べて前例有るか無きか、全く特異なものなのかを評価する、自然科学のようであって易学のようでもある、忌まわしさの付き纏う「優生学」というものも生まれました。系図好きな私としましても当然食指の伸びる領域でありました。

競馬の血統論の言葉でサイヤーとブラッドメアサイヤーという二つの用語表現があります。一般的に系統と言えば父方、母方という分け方がありますが、馬の場合は父をサイヤーと呼び、父―祖父―曾祖父と辿るものをサイヤーラインと言います。それに対してブラッドメアサイヤーというのは母の父、母方の祖父を指します。血統を見るときに特にこのサイヤーとブラッドメアサイヤーという2頭に着目します。まずサイヤー。胤を放出する側の種牡馬（しゅぼば）はとにかく自身が実績のあった馬であることが基準ですから（結果を出さなければ残れませんから）強さに関与したものが何なのか、その体格や走りの特徴や運気の掴み方は当然仔馬に受け継がれているはず、そう期待するのが血統論の基本です。そして産む側の牝馬（ひんば）ですけども競走実績も勿論見ますけれども、それはある種儀礼であって（牝馬は特別な例外を除けば競争に興味が薄く、付き合いで走っている場合が多い）、寧ろハッキリ見えるのはその牝馬の父の実績なのはごく把握しやすい処でしょう。

それを知ったうえでもう一つ重要なインブリードという言葉。血族結婚というか血統の混淆、父母を遡る血統表を書いた時に同一の馬が複数登場する場合を言います。これは具体的な血統表を見た方が分かり易いので例として2008〜2011年にG1を6勝したブエナビスタを見てみます。父方の4代目と母方の3代目にNijinskyが重複しているのがわかりますか。これがインブリードです。Nijinskyの4×3という風に云います。血統表は一般的に5代目までを見るのでブエナビスタの場合はNijinsky以外にHail to ReasonとTurn-toも重複しています。そして、血量という概念が出てきます。各世代がそれぞれ両親の50%ずつを受け継いでいるのだから2代前は血量25%、3代前は血量12・5%、4代前は血量6・25%、5代前は血量3・125%となります。ブエナビスタの場合Nijinskyの12・5%+6．25%で合計18・75%の血量を持っていることになります。この18・75%が競馬において「奇跡の血量」と呼ばれます。血量が濃すぎると偏りが生じ、弱い馬や気性難の馬が生まれるリスクが高くなり、逆に薄すぎるとせっかくのポテンシャルを引き継ぐことができないということです。しかしなぜ3×4なのか、その科学的な根拠など見つかるものでは無いでしょう。あくまで経験則、試行錯誤の結果です。ただ競馬の創成期からあったテーマであることは間違いなく、競馬発祥の地である英国でずっと研究されているのです。奇跡の血量の概念の提唱者はフィッツパトリック氏とラックブー氏で

<table>
<tr><td rowspan="16">スペシャルウィーク
1995 黒鹿毛

Halo系</td><td rowspan="8">サンデーサイレンス
Sunday Silence(米)
1986 青鹿毛</td><td rowspan="4">Halo
1969 黒鹿毛</td><td rowspan="2">Hail to Reason
1958 黒鹿毛</td><td>Turn-to</td></tr>
<tr><td>Nothirdchance</td></tr>
<tr><td rowspan="2">Cosmah
1953 鹿毛</td><td>Cosmic Bomb</td></tr>
<tr><td>Almahmoud</td></tr>
<tr><td rowspan="4">Wishing Well
1975 鹿毛</td><td rowspan="2">Understanding
1963 栗毛</td><td>Promised Land</td></tr>
<tr><td>Pretty Ways</td></tr>
<tr><td rowspan="2">Mountain Flower
1964 鹿毛</td><td>Montparnasse</td></tr>
<tr><td>Edelweiss</td></tr>
<tr><td rowspan="8">キャンペンガール
1987 鹿毛</td><td rowspan="4">マルゼンスキー
1974 鹿毛</td><td rowspan="2">Nijinsky
1967 鹿毛</td><td>Northern Dancer</td></tr>
<tr><td>Flaming Page</td></tr>
<tr><td rowspan="2">シル
1970 鹿毛</td><td>Buckpasser</td></tr>
<tr><td>Quill</td></tr>
<tr><td rowspan="4">レディーシラオキ
1978 鹿毛</td><td rowspan="2">セントクレスピン
1956 栗毛</td><td>Aureole</td></tr>
<tr><td>Neocracy</td></tr>
<tr><td rowspan="2">ミスアシヤガワ
1964 鹿毛</td><td>ヒンドスタン</td></tr>
<tr><td>シラオキ</td></tr>
<tr><td rowspan="16">ビワハイジ
1993 青鹿毛</td><td rowspan="8">Caerleon
(米)
1980 鹿毛</td><td rowspan="4">Nijinsky
1967 鹿毛</td><td rowspan="2">Northern Dancer
1961 鹿毛</td><td>Nearctic</td></tr>
<tr><td>Natalma</td></tr>
<tr><td rowspan="2">Flaming Page
1959 鹿毛</td><td>Bull Page</td></tr>
<tr><td>Flaring Top</td></tr>
<tr><td rowspan="4">Foreseer
1969 黒鹿毛</td><td rowspan="2">Round Table
1954 鹿毛</td><td>Princequillo</td></tr>
<tr><td>Knights Daughter</td></tr>
<tr><td rowspan="2">Regal Gleam
1964 黒鹿毛</td><td>Hail to Reason</td></tr>
<tr><td>Miz Carol</td></tr>
<tr><td rowspan="8">アグサン
Aghsan(愛)
1985 青毛</td><td rowspan="4">Lord Gayle
1965 黒鹿毛</td><td rowspan="2">Sir Gaylord
1959 黒鹿毛</td><td>Turn-to</td></tr>
<tr><td>Somethingroyal</td></tr>
<tr><td rowspan="2">Sticky Case
1958 栗毛</td><td>Court Martial</td></tr>
<tr><td>Run Honey</td></tr>
<tr><td rowspan="4">Santa Luciana
1973 黒鹿毛</td><td rowspan="2">Luciano
1964 鹿毛</td><td>Henry the Seventh</td></tr>
<tr><td>Light Arctic</td></tr>
<tr><td rowspan="2">Suleika
1954 黒鹿毛</td><td>Ticino</td></tr>
<tr><td>Schwarzblaurot</td></tr>
</table>

インブリード（クロス）

Nijinsky	0.1875	4 x 3
Hail to Reason	0.0938	4 x 5
Turn-to	0.0625	5 x 5

Philip II スペイン王	Charles I 神聖ローマ皇帝 スペイン王	Philip I 神聖ローマ皇帝	Maximilian I 神聖ローマ皇帝	Frederick III
				Eleanor
			Mary ブルゴーニュ公女	Charles The Bold
				Isabelle
		Joanna	Ferdinand II アラゴン王	Joan II
				Joanna Enriques
			Isabella I カスティリャ女王	Joan II
				Isabella
	Isabella	Emanuel ポルトガル王	Ferdinand	Edward
				Eleanor
			Beatrice	John
				Isabella
		Mary	Ferdinand II アラゴン王	Joan II
				Joanna Enriques
			Isabella I カスティリャ女王	Joan II
				Isabella
Mary	John III	Emanuel ポルトガル王	Ferdinand	Edward
				Eleanor
			Beatrice	John
				Isabella
		Mary	Ferdinand II アラゴン王	Joan II
				Joanna Enriques
			Isabella I カスティリャ女王	Joan II
				Isabella
	Catharine	Philip I 神聖ローマ皇帝	Maximilian I 神聖ローマ皇帝	Frederick III
				Eleanor
			Mary ブルゴーニュ公女	Charles The Bold
				Isabelle
		Joanna	Ferdinand II アラゴン王	Joan II
				Joanna Enriques
			Isabella I カスティリャ女王	Joan II
				Isabella

インブリード（クロス）

Philip I 0.25 3 x 3

Joanna 0.25 3 x 3

Emanuel 0.25 3 x 3

Mary 0.25 3 x 3

この二人の名前をとって「フィッツラック繁殖説」とも呼ばれます。この命名もインブリードですね。

この血統表というものは人間にも、その能力や形質の継承を見るうえでも重要です。ヨーロッパ王家などはデータがよく揃っているために相当細かい表を作ることが出来ます。そして王家の場合はインブリードが頻出する傾向があるのです。ハプスブルグ家のフェリペ2世の王太子ドン・カルロスのことが良く持ち出されるでしょう。祖父母はふつうに4人ですが彼の場合は曽祖父母も4人です。これは2人の祖父がお互いの妹と結婚した、さらにその子同士が結婚したという二重のいとこ婚の為です。父方の祖父と母方の祖母が兄妹、母方の祖父と父方の祖母も兄妹です。その上にその前の代にもいとこ婚がひとつあるので高祖父母は6人です。この息苦しいまでに繰り返す血族婚は要するにヨーロッパ全体の王家の数が有限でしかない、しかも絶対主義の下で統一されて数を減衰させて行った結果です。王家は王家としか縁組できない。格の違う家臣とかを混入させることが出来ない以上、王家同士の極限のインブリードになるという苦しい屋台骨が見えてきます。

日本の場合はこの表は相当虫食い状態になります。空欄が多くなるのです。男尊女卑というのでしょうか。女性を蔑むというあからさまな意識の結果とまで断言はしないまでも、家は重んじても嫁は軽い存在、母方は異様に軽んじられます。それは名流とか家柄の格式が高い系統であっても五十歩百歩です。平安時代を見ていくのですが、「尊卑分脈」などのデータを見て行こうという時に、たとえば天皇を産んだ女性は「国母」という特別な誇りある肩書が付きますが、この「天皇を産んだ女性」、言い換えて「産んだ子が結果的に天皇になった女性」の母親つまり天皇の母方の祖母が不明だったりする事がこの国の歴史にはざらにあります。祖父の方は勿論ハッキリしています。母の父、ブラッドメアサイヤーです。しかし母の母が分からない。

日本人は系図調べは嫌いではないのです。先祖が誰なのかは興味がある。うちの30代前は桓武天皇である。それは誇るのだがしかしこの一例でわかるように自分の至近のお母さんのお母さんの名前を言えま

<table>
<tr><td colspan="8">紫式部七代表</td></tr>
<tr><td>本人</td><td>父母</td><td>祖父母</td><td>曾祖父母</td><td>高祖父母</td><td>五祖父母</td><td colspan="2">六祖父母</td></tr>
<tr><td rowspan="32">紫式部</td><td rowspan="16">為時</td><td rowspan="8">雅正</td><td rowspan="4">兼輔</td><td rowspan="2">利基</td><td>良門</td><td>冬嗣</td><td>安倍雄笠女</td></tr>
<tr><td>飛鳥部名村女</td><td></td><td></td></tr>
<tr><td rowspan="2">伴氏女</td><td></td><td></td><td></td></tr>
<tr><td></td><td></td><td></td></tr>
<tr><td rowspan="4"></td><td rowspan="2"></td><td></td><td></td><td></td></tr>
<tr><td></td><td></td><td></td></tr>
<tr><td rowspan="2"></td><td></td><td></td><td></td></tr>
<tr><td></td><td></td><td></td></tr>
<tr><td rowspan="8">定方女</td><td rowspan="4">定方</td><td rowspan="2">高藤</td><td>良門</td><td>冬嗣</td><td>安倍雄笠女</td></tr>
<tr><td>春子</td><td>高田沙弥麿</td><td></td></tr>
<tr><td rowspan="2">宮道弥益女</td><td>宮道弥益</td><td></td><td></td></tr>
<tr><td></td><td></td><td></td></tr>
<tr><td rowspan="4"></td><td rowspan="2"></td><td></td><td></td><td></td></tr>
<tr><td></td><td></td><td></td></tr>
<tr><td rowspan="2"></td><td></td><td></td><td></td></tr>
<tr><td></td><td></td><td></td></tr>
<tr><td rowspan="16">為信女</td><td rowspan="8">為信</td><td rowspan="4">文範</td><td rowspan="2">元名</td><td>清経</td><td>長良</td><td>大夫人乙春</td></tr>
<tr><td>従三栄子</td><td></td><td></td></tr>
<tr><td rowspan="2">扶幹女</td><td>扶幹</td><td>村椙</td><td>榎井嶋丸女</td></tr>
<tr><td></td><td></td><td></td></tr>
<tr><td rowspan="4">正茂女</td><td rowspan="2">正茂</td><td>有年</td><td>高扶</td><td>坂上関守</td></tr>
<tr><td></td><td></td><td></td></tr>
<tr><td rowspan="2"></td><td></td><td></td><td></td></tr>
<tr><td></td><td></td><td></td></tr>
<tr><td rowspan="8"></td><td rowspan="4"></td><td rowspan="2"></td><td></td><td></td><td></td></tr>
<tr><td></td><td></td><td></td></tr>
<tr><td rowspan="2"></td><td></td><td></td><td></td></tr>
<tr><td></td><td></td><td></td></tr>
<tr><td rowspan="4"></td><td rowspan="2"></td><td></td><td></td><td></td></tr>
<tr><td></td><td></td><td></td></tr>
<tr><td rowspan="2"></td><td></td><td></td><td></td></tr>
<tr><td></td><td></td><td></td></tr>
</table>

以仁王七代表

本人	父母	祖父母	曾祖父母	高祖父母	五祖父母	六祖父母	
以仁王	後白河天皇	鳥羽天皇	堀河天皇	白河天皇	後三条天皇	後朱雀天皇	禎子
					茂子	公成	定佐女
				賢子	顕房	師房	道長女
					隆子	隆俊	
			苡子	実季	公成	実成	陳政女
					定佐女	定佐	
				睦子	経平	経平	
		待賢門院（璋子）	公実	実季	公成	実成	陳政女
					定佐女	定佐	
				睦子	経平	経通	源高雅女
			光子	隆方	隆光	宣孝	顕猷女
					国挙女	国挙	
	高倉三位（成子）	季成	公実	実季	公成	実成	陳政女
					定佐女	定佐	
			通家女	通家	経季	経通	高雅女
					能通女	能通	
		顕頼女	顕頼	顕隆	為房	隆方	平行親女
					頼国女	頼国	
				悦子	季綱	実範	高階業敏女
					通宗女	通宗	

すかと言われたら大概の人が目を白黒させる。これだと血統論は意味がないとまで私は思いますが、民族の宿痾として古来からそうなんだからまあその手落ちの中で研究するしかないという現実があるという事です。

日本の血統図は虫食いの状態になります。極端な場合には母が不明、つまり下半分が空欄になります。紫式部の血統図を見てください。本名も分からない紫式部ですが、幸い尊卑分脈に「紫式部母」が出てきます。これは一般の下級貴族、受領階級の女性において本当に奇跡的なデータなのです。それでもインブリーディングはわかります。この範囲でも紫式部には藤原良門の5×5インブリードがあることが分かります。空欄が多いですね。まだ良い方です。これが日本の血統研究の宿命です。

さてそんな訳で以仁王の血統表を観たいと思います。以仁王は皇統であり、母方は閑院家という中に生まれましたから古代末期という時代においてもかなり充実したデータですが、それでも女性が出て来るとその母が不明ということがどうしても出てきます。

そして以仁王の血統の特徴はそのインブリードの多さです。以前「源氏揃」のところで示した系図を見て貰えれば閑院家の娘が生んだ皇子にまた閑院家の娘が嫁ぐ繰り返しの結果だと分かるでしょう。これはもう個人ではなく血統の意思と云う事が分かります。遠慮も妥協もありません。その前までは藤原摂関家が頑張っていましたが、閑院家に座を奪われたのです。

最後に、血統図とインブリードの関係を知るうえで「藤原実方の血脈図」を挙げておきます。実方は摂関家を外れた傍流ですし、最後は左遷されて現地で不運な最期を遂げる人ですが、家柄は素晴らしく、数代前には天皇がごろごろ並んできます。インブリードの練習問題にちょうど良いですのでやってみてください。実方から遡って、基経に辿り着くのに「父父父父」という経路と「母父母父父」という経路があり「実方は基経の4×5」ということが出来ます。あと3人、インブリードを見つけられますか？

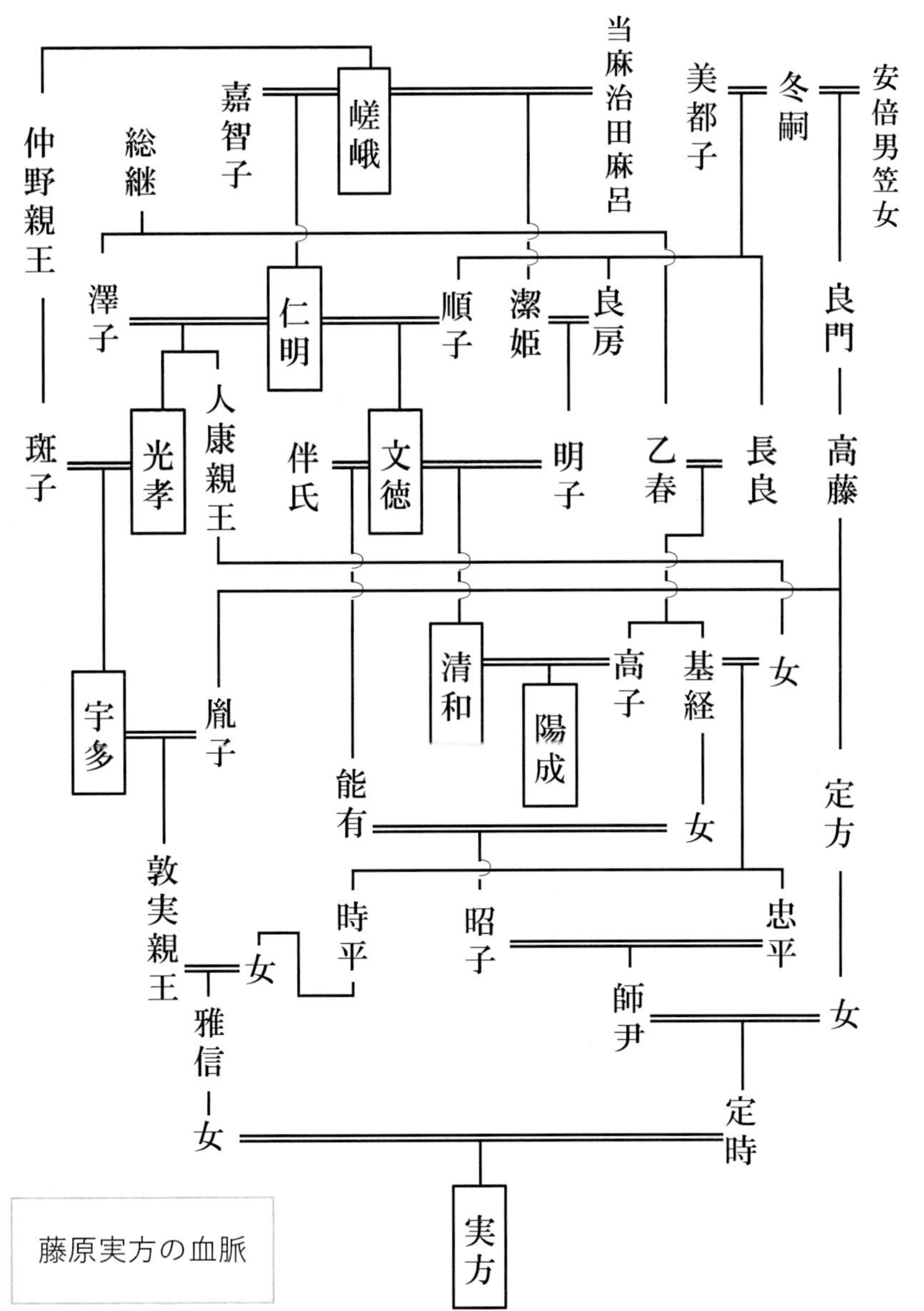

安倍男笠女
冬嗣
美都子
当麻治田麻呂
嵯峨
嘉智子
総継
仲野親王
良門
長良
乙春
良房
潔姫
順子
仁明
澤子
高藤
明子
文徳
伴氏
人康親王
光孝
斑子
女
基経
高子
清和
陽成
胤子
宇多
定方
女
能有
忠平
昭子
時平
敦実親王
女
女
師尹
定時
雅信
女
実方

藤原実方の血脈

血のヤカマシサ、近親婚を望む背景

嫁はなぜ母の実家から貰うのか？　なぜ従兄に嫁ぐのか？　その現象の実態についてあれこれ述べてきたが
確かに血族結婚は濃密な「血のやかましさ」なのであって　本能的に危機を孕む前哨があって　生物的に望まれ
るわけではないのだろうと　一般にそれは「脆弱さ」というパンドラの箱を開ける可能性がある自然界には危険
な方向であると　野生動物はハナから本能で知っているという　そんな説明は山程読むことが出来る　まあ良
いだろう　問題は人間がなぜそれを望むのか　少し恥ずかし気に　夫はじつはイトコなんですよと云うのか

世界史上もっとも有名な血族結婚のファミリーはプトレマイオス朝であろうか？
古代エジプトの王の系図　ファラオと王妃たち　その系脈は近年かなり解明されてきているようであり　あの
ピラミッドの第4王朝やツタンカーメンの第18王朝なども　良くここまで調査が出来たものだと感心するの
だが　血族婚　とくに兄妹婚　姉弟婚を　幾世代に亘って繰り返している　私が前から知っていたのは第30
王朝すなわちプトレマイオス朝であり　これは結婚とかの意味も見当がつかなかった子どもの頃でも（系図調べ
は日常的にやっていたのに結婚とか子を生すということは観念の世界でしかなかったが）それでもこの兄妹婚や
クレオパトラ7世における息子カエサリオンとの結婚などというのは非常に重いタブー感を抱いたのである
野生動物が畏れ　まず第一の禁忌とする事項　遺伝病の悪い因子　劣性遺伝という言葉は久し振りに使うが
いま他の言葉が思い付かないが　とにかくプトレマイオス朝は凄いのである　ここから系図調べに嵌まって蜂
蜜漬けのミツバチになってしまうものも多いらしい

胤と腹ってことじゃない？

自分の思うところを何とか表現したいと漂流する日々の中で出会う本はどれも　自分の内なる声と呼応するところがある　寄り添ってくれるという感覚　書こうと思う中で生きているということは物事が根っこからひっくり返るのを見ることだ　こういう体感はこの頃やっと手に入ったことだ　そういう読書はだから覚悟の決まったというか　買うものが決まって財布の中身も確認して出かける買い物のようなものでなくてはならないと分かってくる　読書の愉しみなんて甘っちょろいんだね　だからある日　この世の男女のありようを　ことに平安鎌倉期の系譜研究における一夫多妻や多夫多妻の構造を　これはヨウスルニ「胤」と「腹」ってことでしょうと　生殖機能を前面にザックリと出した本に出逢って　実に驚愕というか蒙を啓かれたりする　そんな本には「腹別子女の表」なんてことを平気で書いてあるから　なんとも恥ずかしい気持ちになる　しかも著者は女のかた　でも何度も眺めているうちに狎れというのは恐ろしいもので　これは意外といいかもってなってくるまあ中身は用件は詰まるところそういうことなんだけどね　マア下品という前提をきちんとアレしておけば話の早いところもあると　少し頭の中で転がさせてもらうことにした

っていうわけで私も**コッソリ**「胤と腹とのモノガタリ」　を寓話集タッチで書いて見たくなる　先ずタネっていう奴はパチンと弾け飛ぶ　鳳仙花放物線を描く　何処に飛ぶのか自分で気にしていない放恣なところがあるだからあの時代には　まあいつの時代にも　胤が一体何処を飛んでいるのかは胤自身にも不明である　タンポポじゃないが風の吹くままま　そんなのが胤の標準仕様　だから対する腹はどっしりと図太く行くしかない　重大な存在感を示すしかない　この突き出た腹を鼓舞するしかない　このお腹が世界である　ここに宇宙が詰まっているという太っ腹　違う腹は違う宇宙　そういう諸宇宙から出たものがやがて　きょうだいの結束を作る

かも知れないが　それは宇宙論ではなく社会的要件というものであって　それぞれの腹たちの置かれた理不尽に説明をくれるものではない　腹相撲をして対抗するほどバカバカしいこともない　ともかく胤というやつはゼッタイ責任感を持たない性質だから　そんなふうな腹の結束などというものは間接的過ぎて　なんの報復にもならない　先ずはどっしりと母性の根拠を育て繋いでいく　それがその逼塞の時代ではまず従容せねばならぬマシな選択肢であったのだ

時に此処に最前からおむずかりの大きな赤ん坊がいて　傍でハラハラと観ているのはそのハラカラの姉妹たちなのだけれど　しかし彼女ら自らは嫁ぐことも孕むことも許されない　そういうとんでもない呪縛　腹になれないハラスメント　そういうテンションのなかに閉じ込められている　それは高貴な　高位の家に生を享けたばかりに　最初は神の園に　少女時代の身の空白を捧げ　そこから立ち戻ってからは　先の斎宮　先の斎院という過去の肩書を背負って　時の流れの奴婢として　変化のないひとり身を過ごさなくてはならぬのだ　男と生まれた者もマア似たような境遇を辿る　政争の具となる様な血脈条件のない場合は　早々に各所寺院に送り込まれて　僧綱としての高みを目指すしかない　もしそこを飛び出して　ルール違反の所業をすれば　そらとんでもない　アカンアカンの茨道が待っている　ところが　ここなる大きなズータイの　元気一杯のアカン坊はそれをやってしまわれた　いっそ小気味の良いまでに　この過飽和水溶液のコロニーに　次々沈殿物が出来　みんな元気に稚魚になって行き　コロニー愉しくなっていく　なかなかやるじゃんアカン坊　そのまま行ってもいいですか？　ああそれはどうかな　駄目かも知れんぜ

蛇蝎っ！

蛇蝎のごとく嫌うというが　爬虫類と節足類　マムシとサソリを一括りにして
嫌おうってんだから　随分乱暴なブッコミもあったもので　とはいえ天下の憎まれ者同士
せめて仲良くやろうじゃありゃせんか

ワレは放恣な鳳仙花　ネジくれ曲がって胤ハジク
胤は弾ける　宙を飛ぶ　腹に据わって据え兼ねる

そこにおわすは案山子じゃないか　ヌッと立ってる邪魔っけな　大きな元気なオトモダチ
気取りも背伸びもするでなく　内なる叫びをその儘に　大人げもなく惜しげなく
横隔膜にミズカラの　バリトン啼泣響かせて

已むに已まれぬ赤ん坊　そのもどかしさの哀切が
其処に住まわる女どもの　持て余し気味のボリュームたっぷり
凍結された深情け　揺すりに揺すってその果てに　要らぬ谺を響かせる

仕方ないやの赤ん坊　大きなお世話のオトモダチ
思いのまま　気の向くまま　心の水魚を放擲し　地べたでバタバタ泣いている

ここはそうせず居らりょうか　なんとも悲痛な胸奥が　垣間見えます端無くも
そして母性の了解が　要らぬサザナミ　立て騒ぐ

本来宇宙のシステムが「腹」の納得ないのなら　不良品だと思うわけ
「胤」飛ばし合う小競り合い　モノの役には立ちません　愚昧の極みと思うわけ

本来世界の運営は　最短距離で処理をする　「腹」に備わるリアリズム
その生成の誇りにこそ　決定的なカギがある　昔はちゃんとそのことを
世界はキチンと知っていて　のびのびウマクいっていた

任せた世界は安定した　ものの本には書いてある　神話がそうと告げている
威張り散らした狭隘な　猜疑や不安の兆候は　途轍もなく　生産者を蹂躙したと
ばかげた話だ　しかしそれが現実だ　絶望的な種の歴史　たった2行の人類史

さてここにおわす彼の姉や妹　その堂々たる案山子ボーイの
同母の姉妹　一緒に育ったハラカラ　気の根の据わらぬ悲しみは
わざわざ言わねばならないくらい　異母きょうだいが多すぎる　その時代に
その秩序であったから　随分馬鹿にされたものだと　思うよすがもないままに

そうした心のバイヤスを　密かに綴る日記を読めば
男の播種の本能の　無残な常識なるものが
女たちの苛立ちと　見事なまでに乖離して　良くもここまで逆撫でしたと
褒めたくなるほど浅ましい　この手を伸ばせば届くかに見える
何光年もの距離と云うものを

是非お書きなさいよ…

ふと誰かが横で喋っている。私に語り掛けているようなのである。という事は、ハハン倶生神が来やがった。私は意味なく笑った。声は言う：是非お書きなさいよ　それはね明るく　ただ愉楽の中でモノを書けばいいんです　今のあなたはもう少し頑張ればそれがお出来になるんだから誠におめでたい　あなたはむろん物書きの専門家ではありませんよ　ゼッタイ無い　それでも書くことは人生の慰め　愉しみだったのだから　止めずにやって来たんだからそれをここでも行使すればいいでしょう　あなたは薄暗いひね媚びたことばかりお書きになるが　意外にあなた自身は人間というものがお好きで　そこいらの変な藪の中に入って行っては　其処に安息してのんびりしていた人間の　本人も思いもよらなかった部位に出来ていたハレモノにぐいぐいと触っていくナンダカダ言われようがまずへばりついてしまう　そうしてその人間の心からシミ出て来る酔狂の真っ芯まで関わろうとする　野暮というのとは違いますね　おせっかいというような安直なものでもない　あきらかに病質な人間だったんですよ　それでもその病気は腫瘍でも良性の部類だったという　わたしらはそんなふうに観

ていましたよ　ひいき目でね（笑）

むかし　毛利さんという人と友達でしたね　毛利知於さん　その方がある夜ふざけて親しみを込めてあなたに付けた「バケモノ磁石」っていうあだ名　アレは傑作でしたね　あなたが道を歩いている　スルト向こうにバケモノが歩いている　バケモノがあなたを意識したトタン　そいつの体はふわっと空中を飛んであなたに「バチーン」とくっつく　だからあなたはバケモノ磁石なんだという説明でした　わたしらは横でゲラゲラ笑ってましたよ　ああいう瞬間にあなたの倶生神で良かった　仲間受けがするから　自分の努力なしでこっちが人気者になれるんだから　もちろん割の合わないことの方が多かったけどね　滅茶苦茶だからさ（笑）

とにかく変なやつを探し出すのが上手かったね　よくも世の中にはこんなに変なやつがいるかと思えば実はそうではない　変でも何でもないのに　あなたに接触するとその時だけ一世一代の　一生に一回の　ものスゴイ変なやつになる　バケモノにね　そしてあなたから離れると元の落ち着いた普通の人に戻る　つまり「バケモノ磁石」であると同時に「バケモノにわか発生機」でもあるわけだ　プロデューサーなんだね　元来の意味の　生まれついてのプロデューサーだったんだけど　ちょっと出会ったメディアが違ったんだね　テレビの世界は残念だったね　微妙だったね　バケモノ世界を真に共有できるアレが居なかったよな　いい相棒がな　でもまあ死なないで定年になって良かったんじゃないの　根をつめないタイプだからなんとか持ったのかな　でも組織だからね　上も相当苦労だったんだよ　横から見ててハラハラしてたんだよ　上からじゃないから余計疲れるんだよ　オレたちとしてはね　倶生神はクックッと笑った　随分解放された笑い方で少し腹立たしくもあった

夏山老人も今や笑っている

ところで私は色々のやり取りの中で夏山老人がスコブル頭の回転の速い奴であることに圧倒されることが多かった　老人がずっと被っているドンコサックのような帽子　あれが何なのか　それがどれほど重要なものなのか　そのことについて老人は手短かに説明して呉れた　これはコトバの共有機つまり翻訳機なのだ　以前ある場所で被らせて貰って　これは面白いと外せなくなった　それから色んな事が分かったのだ　ナルホドそうか私も分かった　この帽子機械がいかにスグレモノなのかということ　装着した人間の精神世界にまで入り込めるということ　機械自体がその人間の持っている潜在能力の色々をほじくり出して介入しようという　その人間の嗜好に沿って更に色々提案してくる　だから言葉は悪いが馬鹿に持たせても何にもならないがこの老人のような適応の天才に装着した場合　かれの抱えてきた千年の記憶が無限のフィードバックを起こすということになったということか　これを老人自体が楽しんで　自家薬籠中の物にしたということなのであろう　特に現代を考察するに重要な認識言語のボキャブラリーを彼の古代からの語彙に上手くアレンジしていく作業が面白いらしかった　その詳細は残念ながら私には理解できない　ただ「ＩＱとはどうやって算出するのか?」とか「実存とは何か、何の意味があるのか?」みたいな質問に即答できないように　語彙を拡充させることが想像力への歓喜を創り　大脳のそこかしこに遊びの広場が再開発される必要があり　この千年生きた老人はそれを喜んで構築しだしたということである　これは驚嘆すべきことだ　老人は知能が高く　言い換えれば突き抜けて狡猾な自我を巧みに捏造格納してしまった　彼は言った「１９８０年の渋谷はやっぱり面白いな」「サブカルチャーっていう奴は薄っぺらなのに何故か引き込まれる。これは儂の新しい趣味になるかも知れないな」訳知り顔でいつもソコラヘンに居る倶生神　全方位に関心を示し笑ってみている夏山老人　ダブルショックで挟み込まれた私には返す言葉もないのであった　まあ言葉なんか返してもしょうがない　彼らに芽生えた友情のようなものが　さらに私には理解できないのであった

しかもいつの間にかここは例の場所　昭和55年の渋谷　お馴染になってしまった宇田川町スヰングにまた来てしまっているのである　コツを習ってからは自力でも来れるようになった　昔はどっかの帰りにいつも立ち寄ってたけど　今は昔のその感じをミックスしながら新たな今を再構築している　昭和がいつもそこにあるっていう　こんな贅沢はないんだけど　それだけでオレ大満足ですって言ったっていい状況なのに　もう内側は膨満してハチ切れそうになってしまっている　カナシイような勿体なさ　言ってもしょうがないんだけど

今日はゲストが居る　若い頃の私によく似た男が其処に座っている　妙な顔で珈琲を啜り　私と倶生神の会話を黙って聴いている　店に誰かが入って来ればそちらを　誰かがトイレに立てばそちらを　頻りに周りを伺い　古めかしい帳面に　書きなれぬずんまる棒の鉛筆であれこれメモしているが　それはやがて皆失くしてしまう運命にある　私はそのことを何故だかよく知っている　この男はあとで失くしたことを残念がるが内容について一切思い出すことはないのだ　メモ書きした時点でその中身については忘れてしまうのだから　健忘症なんかじゃなく　彼の知能と記憶力は抜群なのだが　そういう運命なのである　この男は私たちとのやりとりを忘れ　この場所を忘れ　やがてすぐに私の存在をも忘れるだろう　私は何故かそのことを知っている

ところで私がその時に喋り捲っていたのは　日本人の心の根っ子にいる神と修験道との関係についてだった　私の思う修験道　老人の感じていた理解の初期値と閾値　ム神論とユ神論　あらゆる神がこの国でいつの間にか毒性も免疫性も失って　無力化してしまった時に　そうなった責任は無論　神をないがしろにした人間にあるが　一方その程度でしかない人間を買い被った神心（かみごころ）の緩さ加減にも問題はあったのだ　ともかくある日トツゼン　あれだけ強くあんなに荒ぶっていた神が無力化して　ただの美しいものになり下がり　御

用聞きの仕事しかしなくなった　創造の努力を止めてしまい　発注されるそれ以下の仕事しかしなくなった時つまり世界のことがマッタク神の用事ではなくなった時に　そうした荒廃した世界に　ついに出現する　神のようであって神ではない何か　神の代替物について取り沙汰され始めた時に　その全くただ仮に用意された間に合わせのスキマに当のスペア神がＢＯＮ！と出て来て「呼んだ?」って云うそんなズボラな話ですよ

だから神のことは難しいでしょ　特に一神教を説かない我が国のような環境での神は非常な過当競争を強いられるんですよね　神様オネガイなんて時にはまあグロスでなんぼとはなっているんですけどね　でも分業が凄い　とにかく神の数が多いから　そこかしこで毎日製造されていますからね　本家のお墨付きなどない現場主義の世界構築　それがこの国っていうかこの言語です　それで世界を救うというような言い方をしましたけど　嘘に決まってますよね　見破れないやつにだけは絶対に見破れないけども　本当のところは其処に居る自分が救いがたい状況を脱するということでしかないっていうお話なんですけどね

まあその色んな神に見放された完全に無力化された状態で　唯一助けになるのがわれわれ担当倶生神なんでです　クショウシン　で良かったっけねグショウシン？　まあ発音は自分じゃしないからどうでもいいんだけど我々の仕事はただ其処に黙って立って見ているだけという役目なんですがね　でもそれの何処がウリかって言いますと　ついに何もかもが失われた時　いかなる孤立無援な状況になった時でも相変わらず其処に居る　居て差し上げるというその一点です　ご利益が何というような顕著なものは一切御座なく地味極まりない　どこの何神社に祀られているというようなことも一切ありません　人の形をしているのかそうでないのかもハッキリとはしておりません　人が背負った荷物を肩代わりして持つことも　半分だけ持つなんということもありません　ただ其処に居る　ご誕生以来その方に寄り添って真横でずっと　その人生模様　その運不運をどうすることもないまま　黙ってみているそういう神でありますよ　それを助けと思ってくだされば良いんです

周辺人物の探究。

　とにかくゾロゾロと湧いて出て来るのである　以仁王と周囲の人間関係　彼を育てて支えた人々　彼が頼みにしまた彼を頼みにした人々　高位の女性たち　大宮多子　八條院暲子　前斎院式子　殷富門院亮子　妻たち幼子たち　本当にたくさんの人たちが　彼を囲んでいる　その中で以仁王は期待には応えられなかったのかも知れないが　半端に人を裏切るような人間性ではなかった　そんなことになるくらいなら身を引くことを考えるような人だった　器なんていう話を人は良くしたがるけれども　そんなのって後出しじゃんけんの世界ではどうにでも作れる　でも現場は　その時は絶対にそうじゃなかったと思いますよ　当事者同士では逃げも隠れも無かったと思う　等身大を見せ合っていたのだと思う　だから誰から見た誰　小侍従から見た頼政　八条院から見た式子内親王　建礼門院右京大夫から見た殷富門院大輔　等々　作るべきデータベースはまず二者間のマトリクス　そこから三者四者の複合的な関係　拡大すれば事件事象の背後の複雑な思惑の絡み合い　自然科学だとディメンションを増やすけれども　人間の世界ではふつうに誰でもクリヤーできちゃう範囲　何も図表にしなくても良さそうなものだが　其処はマニアックだからしょうがない　そして個人作業ではキリもない

　詠む人　謡う人　奏でる人　才能や資質　性向の分類　束ね方　歌人ならまずは歌そのものの羅列　勅撰集私家集　歌合のやり取り　折々の人生上の出来事に対する相聞　其処に見える愛憎の模様　ウマが合う　心が通い合う　ニクシミ合う　その根にあって揺らぐ諸々の要素

　以仁王の中にいる後白河　後白河の中にいる待賢門院　つまり血脈という逃げ隠れも出来ぬ問題　ヒトはその言動の中にム意識に父祖のなにかを滲ませてしまう　それが私の興味のすべてである　DNAとか生化学とか　要素分解的な議論はその軍門に下った時から　馴染めなかった　嫌いじゃなかった　としたらバカだった

ということだろう　私は直観・直像でしか世界を見ることが出来ない　したくもない

子を多く持つことは小動物としてはふつうの　特に多くの女子が　あちこちの家々で多産であることは　どうってことのないことだとでも　そんなナーバスなことを　よくも粗雑に言えるのかは別にして　でもその外孫の活躍によって当然こちらの力が増していく　良いタイミングで貴人の乳母にでもなれば　更に可能性が膨らむ　気持ちが増長する　そういう大地を掘り出し始めれば　土の中からキリもなく　複雑に絡み合った地下茎がそのまま持ち上がって来る　中心の太い根幹新興の元気で良く伸びた根その要所要所にゴロゴロ良く太った馬鈴薯が実っている　地表からは想像できない地中の暗闘が繰り広げられているキモチ悪いくらいだそう思うのが私の限界　というのなら却ってヨゴザンシタなんて思っちゃったりもするんですかね

まあその以前に　裸足で土の上を歩くと長生きできるっていうのがありますよね　つまり地下茎が芋になったものではなく　そうと結実できていない　その段階に至れていない有象無象のエネルギーが充満しているからでしょうね　それを足の皮膚が界面活性的に吸収するんでしょうね

大地エネルギーの吸収という話で　私にも可笑しな思い出があるんですよ　その昔　大峰山の山頂のお花畑での体感です　このお花畑っていうのは山頂の大峰山寺の横にある少し広い場所で　れっきとした固有名詞です　そのときの私はホトホト疲れ切って　大峰で修行なりなんなりというそういう事でなんか無くたって　人間そこまで辿り着くんだっていう　そういう不思議の果てに　もう何の体裁もなく壊れきっていて　大地に倒れ伏して　あああと言って仰向けに　五体投地　どうでもしてください神様ってなったときに　脇の下から何かがモリモリモリって体の中に入って来たんですよ　大地との交歓というか　いやそういう気取ったことではなくて　ただお恵み　一方的に大地から大峰の力のある神様からお恵みをいただいたっていうのが本当なんですけれども　そして私は　もうげらげら笑いが止まらなくなったんですよ　そういう　今でもいつでも思い

出せる体感　それが残っています

人生肯定的に生きたいんですよ　勝ちとか負けとか言い合うのが気持ち悪いから　外して外してやっていくと　友だちは限局されますよね　嘘つかないでユルユルやって行ける関係は　そういう人とも会って話すことが滅多になくなりました　だから本を読みます　最近気になる本で　偽文書っていうのがある

なんと人聞きが悪い言葉なんでしょう　こんな名前を付けたのが歴史家と呼ばれる商売の人達だから　目の敵で付けたんでしょうね　椿井文書の椿井さんの背景について書かれた本を読みまして私は合点が行きましたやはり歴史家というのは見る位置によってと断りを付けてはおきますが、とてもさもしい商売なんだなと　人の思いやこだわりはその一生の支えになるものでしょう　その願いを　御本人に代わってキチンと構築して差し上げるというのは　非常に礼節のある気高い作業なんだと思うんですよ　別の角度で言うのなら　いわゆる偽系図の作成者という者が江戸時代に各地を横行して　これが貴方様のご先祖のメニューです　清和源氏幾ら幾ら　桓武平氏幾ら幾ら　ナンテ言って系図を作り　金を貰って歩いたみたいなことはヨクヨク云われて　私の母方なんかもそういう系図が残っておりますが　そういうものを先生方は鼻で笑い　見て分かる児戯だしその家限りのことで罪もないのでこれは許容だがみたいなことを仰る

私に言わせたらアンタ何様ですよ　いいじゃないですか　それだってこれだって全部同じ事じゃないですか言ってみれば日本書紀　続日本紀　吾妻鏡　平家物語　なんだってどんなだってそういう都合に合わせた修正的な要素を抜きでは考えられない　何故ひとり椿井さんが槍玉に挙げられなければならないのかって思いますよ　答を急ぐと碌なことは無いでしょう　それぞれには深い事情がある　椿井さんにだって事情がある　何のために　誰のために　どういう意識でそれを行って　そして幾ら貰ったのか　それは生きるためのちゃんとギリギリの額だったのか　だからそういう失敬な事を言うのなら　あなた方の御商売だって一緒じゃないですか

首を突っ込んで正義を振り翳す物とも限らない　ただ偽文書と呼ばわり　悪として抽出する勢いは　邪魔だったから　それと浅はかにも騙された未熟な先輩が沢山居たから敵を討ちたいとか　そういうのが私には一番下品に見えるんですよね

スキングから戻った夜、部屋で珈琲を飲みながら…。

私が気になっていたそのことを老人はついに口にした。あの割と大柄な青年がきみの先祖だったのだよ。ああああの片隅に居た青年、非常に地味だが燃えるような好奇心で闇に座っていたあの生真面目そうな青年がやはり行鶴だったのか。老人が寛政年間の会津の山中から見つけ出し２００年後の私と同じように遵守事項を言い含められて未来を見に来た行鶴だったのか。かれもまた意思表示は禁じられていたのだ。それを愚直に守っていた。だから直系の子孫の私を見ても感情を見せなかったのである。わたしは老人の言っているあらゆることが嘘まやかしなのではないかとさえ思えて来ていた。考える全てが煩わしく第一あの渋谷は本当に１９８０年の渋谷だったのか。それなら私は２３歳でなくてはならぬ。あの鏡の中の私は確かに２３歳のように見えた。そして１７９４年の葛城修行の行鶴は２６歳。同世代と言える。スキングに座っていた行鶴は想像だが葛城以降だろう。行鶴はデータに恵まれた時代に生まれてはいなかったが、非凡な想像力を持っていたことは間違いない。自分の置かれた突拍子もない状況を把握していた。私などより遥かに柔軟だった。外に出て現代の世界を見ないという条件を呑んで、ただ私という子孫を観察するだけのことであそこに座っていたのだ。なんとも申訳のないことをした。話せる範囲の話題だって模索が可能だったであろうと思えば今更ながら慙愧千万であった。

登場人物と年齢、どんな役割、どんな見せ場。

充満する見せかけの感情。抑え込まれたストレスを共有する人々。たとえば以仁王のストレスに同調し、共振する人々。境遇を、利害を共有し、ともに決起を誓い、チャンスを窺ってきた人々。昂まる周辺エネルギー。隠そうともテンションの歪みは知れてしまうものだ。父への感情。父は非凡、異様なまでの天才であり、その余人に理解されにくい鬱血、内出血は周囲を戸惑わせ続けた。以仁王はこうした父の憤懣を思わず忖度して背負ってしまうような子どもだったのか。そして兄弟たちもまた同様だったのか。そういう環境に生まれ育ち、気を働かせれば、よもや暴れ回るなどということは考えにくいということなのか。

もうこういう辺りのことになって来ると私のようなずらずらと散漫な書き方ではもう編集自体を一切諦めて備忘帖のように。ただ記録されたままに想起の順番のままに並べおくということも正しいのではないかという気もしてくる。ものを記述する背景はどうせ誰にも知られない。記述は闘いだが読む者は「ナントナクタノシイ」で十分なのではないか。受諾は趣味でも出来るからである。こっちの頭の中を流れた赤血球の流量などに何の関心もないだろう。だからもうあからさまに面白い順番に混合して粉砕する。ワカラナイというその出鱈目の妄想の混乱のみを受諾してくれる奇跡を勝手に希う。そうしかできないという言い訳はしないのが上品だ。

奇人変人歴史ショー　百奇繚乱　どこが変人だれが奇人　そういうことを言っているのが安っぽいというのだ　変奇は行動の特殊さにあるのではない　その願いを生じさせたもっと分子レベルのどうしようもなさ　どうしようもないタンパク質の配列　悲しみしか出て来ない　笑いしか噴き出さない　炙られたらメラメラと突っ張らかっていくスルメの様に　焼け焦げて　香ばしい香りを出す　それが感じられる鼻にとってというだけで　例えばスルメイカにとってはこの匂いは我慢できない死の匂いであるように　人の焼けこげる匂いを香ば

しいという人はいないだろうということ
私の言っているたんぱく質の配列とはそういうことである　文字を並べることと感情を紡ぐということ
歴史という言葉が嫌いなのは以て回った定義を急いでいるようになり、物事を小さく纏まらせてしまうから。
それが職業である人たちのモノでしかないだろうことを　皆が「楽しくないのに」歴史が好きですというから嫌いなのだ　だからその「歴史」の登場人物はいつも表層的なプロトタイプで、誰かに依って決められた動き以上は出来ないことになってしまう　それはそれが好きな人同士が厳密ルールを守る同調圧力のようなものでさらに詰まらなくなる　レール以外のところは走らない列車　それをツマラナイと言ってはいけないね　ツマラナイことが好きなんだからしょうがないんだけどね　歴史なんてないんだよね　そういうふうに信じられている歴史というものは無いと思うんですよ　ある小さな世界をたまたまクローズアップさせたに過ぎない
だから儂の言う通りなのだ。個人の見たものなどは限られる。そのうえそれを見もしなかった奴が編集したものをどうやって信じられるというのか？

以仁王の子どもたち。

源平盛衰記巻第十五「宮の御子達の事」の逐語訳。

高倉宮には母の異なる御子が沢山おられた。宮がお討たれになったとお触れが出たので、世をお恐れになって散り散りに隠棲なさり墨染の袖に身をやつされていた。その中に、伊予守高階盛章の娘で八条院に伺候していた三位殿と申される人とのあいだの若宮と姫宮があった。この三位局を八条女院は特に近しく思われていて宮達を親身に養育なさり愛おしくお思いになっていた。宮が御謀叛を起こしてお亡くなりなさったとお聞きになって以

来、御子達もみな動揺して少しも食事を召し上がらず御涙にむせいで居られた。母の三位殿も「どうなってしまうのか」と心も乱れ途方に暮れて居られたところに、前右大将宗盛が、平家でも八条院と親しい池中納言頼盛を使者に立てて「高倉宮の若君が居られるそうな。お渡しください」と申したので、女院も三位殿もあらかじめ予測してはいたものの今更何と言うべきかも分からずただ途方に暮れたご様子だった。日頃は朝夕接していた頼盛でも別人のように恐ろしくお思いになった。どのような御大事に及んでもお出ししようとはお思いにならなかったので、若宮を寝室の奥にお隠しして「このような騒ぎを耳にした暁に、御乳人などが、考えなしに連れて居なくなってしまって何処へ行ったのかは知りません」と仰られたが、清盛入道の憤りは深い事なので宗盛もなおざりには出来ず、中納言も情けをかけ申し難く、兵達を多数門々に据え置いて凄まじい有様だったので、御所中の上下の者は顔色を失いますます騒ぎ合った。世が世であったなら後白河法皇へも訴えなさっただろうに、去年の冬から幽閉されて御辛い御様子でどうにもならなかった。若君も幼いながらもはや逃れがたいとお思いになられたのだろうか「これほどの御大事に及んだ上は、ただもうお出し下さい。私ゆえに御所中が御煩うのは辛い」と申されたので、女院も御母の三位局も女房達も老いも若きも声を揃えて泣き悲しんだ。若宮は今年まだ八歳なのに大人びて仰られるのは猶更切ないことである。

中納言もさすがに悄然としていたが、宗盛大将から頻りに催促があったので重ねて要求をした。女院は悩み抜いて身代わりに同じ年頃の幼い者を探したものの見つかる筈もなく已む無く若君をお渡し申した。宮を女院の御前へ招き出し申して御母三位殿が御化粧なさり御髪を掻き撫で御直垂をお着せ申すなどして出立させ申してもただ夢のようにお思いになる。「どのような目に遭われるのだろう」と心配で胸の潰れる程の御涙計りをお流しになった。中納言もイヤな御使いだと大変悲しく思われなさったが若宮は既にお出ましなさった。見申すと愛くるしく美しくていらっしゃった。幼い御心にも思い詰めていらっしゃる御有様を悲しくお思いになったので、ますます狩衣の袖を絞りながら御車の後ろに参って六波羅へお連れ申す。宮が行ってしまったので女院も三位殿も同じ枕に伏し沈んで湯水すらも御喉へお入れにならない。これにつけても女院は「甲斐のない人を、この七、八年側に手元に置き申して思い煩う」と、あまりの事に悔しくお思いになられた。「七、八歳では、さすがに何事にも分別はお有りにならない事だが自分ゆえの大事件を心苦しくお思いになって、お出ましなさる御事の悲しさよ」と、御涙を止めることが出来ない。

さて若宮が六波羅にお入りなさると宗盛大将がまずお出になって一目見て哀れなことと思召して涙を拭えば宮も御涙をお流しなさった。池中納言頼盛は「女院が御懐の中でお育て申されたので大変御歎きなのが御痛々しく心苦しく思われます。別状の事が無いように、お計らいなさってくださいよ」とおっしゃると宗盛はこの旨を清盛入道に口説き申されたので仁和寺の守覚法親王へお渡し申すことになった。若宮は御出家なさって道尊と申された。守覚法親王はすなわち後白河院の御子なので、この若宮は御甥である。**この若君は御年十八歳で御逝去なされた。**

また、殷富門女院の御所に治部卿局と申す女房の腹に若君と姫君がいらっしゃった。若宮が御出家の後には安院宮僧正と申したのだった。**東寺の一長者である。**姫君は野依宮と申した。南都にも宮がいらっしゃった。盛興寺の宮を書写の宮と申した。その他にも御子一人いらっしゃったのを高倉宮の御乳人讃岐前司重秀が北国へお連れ下し申したのを、木曽がもてなし申して越中国宮崎という所に御所を造って置き申して御元服なさったので木曽が宮とも申す。また還俗の宮とも申した。嵯峨の今屋殿と申したのはこの宮の御事である。

右は「源平盛衰記」であるが、諸本によって遺児の記述は異同が多くみられる。本来その異同を詳細に比較検討すべきだったのだが細かい作業で間に合わなかった。群書類従の「皇胤系図」「本朝皇胤紹運録」などは照らし合わせた。あとで一覧表で示す前にこの「源平盛衰記」の中で明らかに錯誤があると思われる所だけ確認しておきたい。太字の部分である。①八条院三位局の子、後の道尊は「東寺の一長者」②殷富門院治部卿局の子、こちらは安院宮道性で「18歳でご逝去」。つまりこの2カ所は逆である。

全体にデータが多いのが「盛衰記」であるけれど、誤写や意図的な盛り込みまでは浅学には確認しきれない。ただ遺児たちへの沙汰について、まず八条院への沙汰の流れをメインに描き、それ以外にもあちこちに遺児は居て同様の沙汰があったという構成になっているのでそれに従っている。

以下に以仁王の子どもたちを基本的に出生順で列挙してみる。

①男子：北陸宮（1165～1230）母八条院女房（姓名不詳）、木曽宮、還俗宮、野依宮。
②男子：真性（1167～1230）母上西門院高倉局（藤原忠成の娘）、天台座主、成興寺宮。
③男子：道性（1170～1187）母殷富門院治部卿局、仁和寺で法器の人と期待されたが夭折。安院宮。
④女子：姫宮（?～?）母同右、野依宮。
⑤男子：道尊（1175～1228）、母八条院三位局（高階盛章の娘）、東寺長者、東大寺別当、安井宮。
⑥女子：三条姫宮（1177～1204）、母同右、八條院猶子。
⑦男子：法円（1178～1231）、母不詳、円満院に入り、のち園城寺長吏、嵯峨僧正。
⑧男子：仁誉（?～?）、母不詳、園城寺。

右表にまとめるにあたって「新潮日本古典集成」の「平家物語上巻」の水原一氏の頭注をベースに諸資料で確認しながら作成した。生年順ということだと⑧の仁誉は「紹運録」に「寺僧仁誉」とあるだけで生母、生没年、業績等の詳細が一切不明であるため最後に置いた。高僧になったものは「天台座主記」「東大寺別当次第」等補任の流れを汲むことが出来るものは個別に纏めることにする。

この一覧をみると、以仁王の息子たちは、当時の仏教界の最高位と云えるような天台座主・東寺長者・東大寺別当・園城寺長吏という高い地位に就いた者が多いことが分かる。皇族の子弟であるのだから特別驚くことではないと云えるのかも知れないが、これだけ味噌のついてしまった父の状況と辛うじて命だけは助けられてという出発と、その後父の名誉回復もなされないままという逆境を踏まえれば、彼らが優秀だったことは間違いないことである。それぞれがそれぞれの足場で結果を出したのだから。ある意味では息子たちが実力で父の汚名を濯いだ、リベンジを果したと云えるのかも知れない。

とは云うもののこれがリベンジだというのならば、やはりどこか今一つしっくりしないものがある。この皇子たちの補任は鎌倉時代に入ってからであるのだから、以仁王を「反逆者」としての固定枠を外すために何処かで死後ではあっても「親王」あるいは「法親王」の称号を送り直すということは出来なかったのか。それを息子たち自身が働きかけることはなされたのか、そういう動きみたいなものが一片でも見つかったら少しは納得できるのかも知れない。因みに長子の北陸宮は義仲に奉じられた皇嗣としての競争にもほとんど無視されたし、その後も源氏を賜って「後白河源氏」を名乗りたいという希望があったわけだが、一切許されなかったのである。

もしかしたらリベンジという考え方が見当違いなのかも知れない。確かに以仁王本人が一切の重き荷を背負ったままであるのに、息子たちの殆どが父よりずっと長く生き、宗教者という限局的な世界ではあるが、夫々の寺で最高位を極めた。位階だけではなく、かつて父に与えられた因縁のある成興寺への補任や父の遺領が再度取り付けられて戻ってきたりというような細部を見れば、父に逆賊の汚名を着せた不明を詫びるかの如く新たな時代が動いたのは間違いがない事ではある。この宗教者という位置は世が世なれば以仁王の場所であることを思えばこの歳月を掛けた緩衝感こそがオマージュだったのかという感慨が湧いてくる。

それにしても事件直後の「沙汰」がここまで緩やかでなければ成立しなかったことである。これほど殺気立った状況の直後で危険人物扱いの以仁王であるから姫君はもちろん王子たちも全員が死を免れるという平宗盛の温情はどうにも不思議である。確かにその行先が先ずは仁和寺であって、ここは守覚法親王すなわち以仁王の実兄が治めている場所である。つまり伯父が身元保証人となって引き取るという形が有ったからだとは思う。

この時の僅か7歳の幼児が大変愛くるしく魅力のある子どもだったということ。八条院にシンパシイのある頼盛は別格としても、宗盛までが一目見て涙を流し父清盛に命乞いをするというほどほだされるとはどれほど魅力的な子どもだったのだろうとそこに感心する私である。しかし他の年長の子どもたちは「幼い可愛さ」では許されなかった筈、とすれば平氏というものがとことん情深い一族なんだなあと思うしかない。かつて平治の乱で頼朝を許したのと同じ匂いのするこの沙汰に、ともかく以仁王の子どもたちは全員が赦された。

第1王子・北陸宮

北陸宮（ほくろくのみや）は以仁王の長子である。出生の記事が永万元（1165）年山城国にてというのだが、以仁王の元服が同年12月なのだから、出家はしていないもののまだ元服前である足場も覚束無い15歳の少年の子というのはフライング過ぎる様な気がする。良く調べると仁安2（1167）年誕生説もあることがわかる。事件の時には奈良に居たという。出家したが木曽義仲とのかかわりで還俗して政争の具として翻弄されるところは父のコピー的な要素もある。「通乗之沙汰」から北陸の宮のくだり。《又奈良にも一所ましましけり。御めのと讃岐守重秀が御出家せさせ奉り、具し参らせて北国へ落ち下りしを、木曽義仲上洛の時、主にしまいらせんとて具し奉りて都へのぼり、御元服せさせ参らせたりしかば、木曽が宮とも申しけり。又還俗の宮とも申しけり。後には嵯峨のへん野依にわたらせ給ひしかば、野依の宮とも申しけり。》

奈良にもひとつの場所があった。以仁王が通われていた女性の場所という読み方で良いのか。ふつうに王子を隠していた場所というだけのことなのか。ともかく事前に隠していた王子が一人いて、それを乳父である讃岐守重秀（尊卑では重季、楊梅季行の子）が出家させて、北陸へ落ちのびさせたというのである。このことが以仁王事件の直後だったのかは分からないが、2年後の寿永元（1182）年七月・八月の『玉葉』に、讃岐前司重季が以仁王王子を奉じて越前国に入るという風聞が記されているそのことだろう。

そしてさらに1年後の寿永2（1183）年7月28日、平家都落ちと入れ替わるように義仲と十郎蔵人行家が引率して入京して来る。その時点で北陸宮は源義仲軍に挙兵の正当性として奉じられていた。木曾宮・還俗宮・加賀宮・野依宮・嵯峨の今屋殿などと呼ばれる。以仁王の王子である宮には追っ手がかかる可能性があったが、9月には信濃国で以仁王の令旨を掲げた木曾義仲が挙兵。宮はその庇護を受けるかわりに、義仲軍の「錦の御旗」に奉じられることとなった。義仲は越中国宮崎に御所をつくらせると、そこで宮を還俗させると同時に元服させた。この知らせには鎌倉の源頼朝も動揺したようで、これに対抗して意図的に「以仁王は生存しており鎌倉で匿われている」という流言を広めたのだという。

寿永2（1183）年7月、平家を都落ちさせた義仲の軍勢がついに入京を果たした。しかしこの時の軍中には北陸宮の姿はなく、宮はこの頃は加賀国に滞在していた。義仲は親しかった俊堯僧正を介して北陸宮を皇嗣にと後白河法皇に働きかけたが、法皇はこれに耳を傾けることもなく8月20日には安徳天皇の異母弟・四ノ宮を皇位に即けた。これが後鳥羽天皇である。宮は9月18日になって京都に入り、法皇の居る法住寺殿に身を寄せていたが、義仲が法住寺合戦に踏み切る前日の11月18日に逐電し、行方不明となった。2年後の文治元（1185）年11月に今度は頼朝の庇護のもとに帰洛を果たしている。法皇に賜源姓降下を願ったが許されず、その後嵯峨野に移り住んで中御門宗家の女子を室に迎えた。後に土御門天皇の皇女を養女にし、持っていた所領の一所を譲ったという。死去は寛喜2（1230）年7月8日。山城国葛野郡嵯峨野。

城興寺宮真性

真性（しんしょう）。仁安2（1167）年～寛喜2年6月14日（1230年7月25日）

以仁王の第2皇子。母は上西門院高倉局（藤原忠成の娘、快修の姪）伯父・昌雲大僧正に入室している。この入室の時期が以仁王の事件との因果関係に依るのかは不明であるが年齢は14歳であるから、かつて父以仁王の元服が難しかったように、僧綱に成るべく既に比叡山に預けられていたのかも知れない。事件3年後の寿永2（1183）年に出家し、比叡山の明雲や慈円、承仁に天台教学を学んだ。後鳥羽天皇・土御門天皇・順徳天皇と3代に亘り護持僧をつとめた。建仁3（1203）年に天台座主に就任し、元久元（1204）年には大僧正に任じられた他、四天王寺別当もつとめている。建久8（1197）年に叔父でもある師の承仁が没すると、その遺領の城興寺を譲られた。同寺はかつて父・以仁王が平氏政権によって没収され、明雲に与えられた因縁の場所。その後、慈円から青蓮院を譲られる約束を受けるが、慈円と不仲になって青蓮院を去っている。寛喜2（1230）年、城興寺で咳病によって没した。

この真性の母について尊卑分脈ではこの藤原忠成の娘以外に南家貞嗣流の嫡流で従三位大学頭、刑部卿藤原範兼の娘の一人に「真性僧正母」という記載があって、この範兼は源三位頼政の従兄弟、信西の又従弟にあたり、他の娘に後鳥羽院の乳母であった範子・兼子姉妹もいる。皇室にも深く、頼朝にも繋がっている南家貞嗣流の系

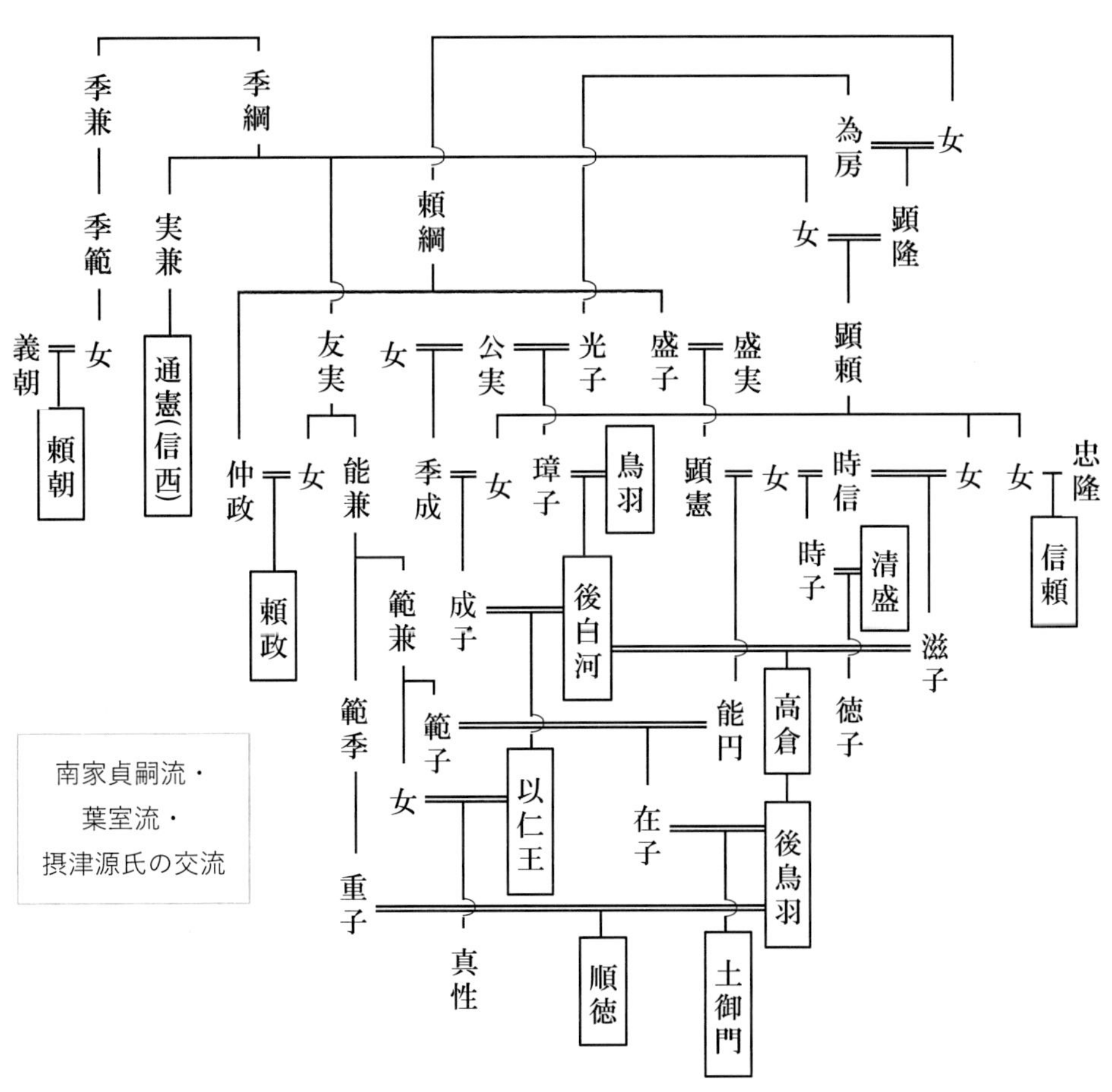
季兼
季綱
為房
女
頼綱
季範
実兼
女
顕隆
義朝
女
通憲(信西)
友実
女
公実
光子
盛子
盛実
顕頼
頼朝
仲政
女
能兼
季成
女
璋子
鳥羽
顕憲
女
時信
女
女
忠隆
頼政
範兼
成子
後白河
時子
清盛
滋子
信頼
範季
範子
能円
高倉
徳子
女
以仁王
在子
後鳥羽
重子
真性
順徳
土御門
南家貞嗣流・
葉室流・
摂津源氏の交流

図を掲げておく。この家から以仁王の妻になるものが出て不思議はないが、真性の母ということになると御子左家のほうに分があるようには見える。群書類従「天台座主記」にも「母民部大輔忠成女」と明記があり、真性の比叡山での昇格のスピードを考えれば「快修→昌雲→実全」という御子左家の血族が作る権威の構造に異論は唱えにくい気もする。そのことを比較検証をした文献にはお目にかかっておらず、此処で自論を展開するのも気が引けるけれども、忠成であれ範兼であれ以仁王の妻の父として、つまり真性の外祖父としていずれ遜色は無いので、一方が正しく他方が根も葉もない偽物と云うような判定をしても意味はないのではないか。むしろ両家共に以仁王の妻となった娘があって、生まれた子を両家共に真性と申告したところに混乱が生じたというだけのことではないのかと私は思う。

とすれば刑部卿藤原範兼の娘が以仁王に産んだ子が別の王子、生母が不詳である仁誉もしくは法円、あるいは母八条院女房としか伝わらない北陸宮である可能性もあるのではという期待があるが、そうした傍証は現時点では見つからない。しかし何かに繋がるものがひょんなところで見つかる予感めいたものはある。

安院宮道性

さて次は出生順から見れば第3王子となる道性である。、母は殷富門院治部卿局、母の父は遠江守高階盛章で以仁王事件の時には11歳である。道性はどの時点からか八条院の猶子となり仁和寺に入り法器の人と期待されたが文治3（1187）年に18歳で夭折してしまう。道性には同腹の妹が居て、それは前に書いたように定家が明月記の4月29日条で辻風で壊れた殷富門院の四条邸を訪ねた時に定家の姉の健御前に抱かれていた姫宮であってまだ幼かったと思われる。この姫はその後殷富門院の猶子となる。

一つ不思議なことがある。以仁王事件で重要な要素となっている南都の興福寺であるが、この最高責任者である別当の玄縁（1113〜80）がこの道性の祖父、高階盛章の兄弟なのである。以仁王からすれば妻の伯父である。その興福寺は以仁王を迎えることもなく、ほんのわずか手前で以仁王が薨じてしまったことを残念がって見せているように見えると私は書いたが、その別当が以仁王の近い血縁者であるということになると意味合いが違ってくる。姪の夫が助けを求めているのである。どういう内部事情があったのか調べてみた。

すると玄縁は興福寺の中で非常に平家寄りの存在だった事が分かった。玄縁が春日社社司と共謀して春日御正体を福原へ移そうとしたので大衆がとがめたという噂が立って、寺中を騒然とさせたということがあった。この治承4（1180）年は前年の4月に影響力の強かった別当教縁が遷化して玄縁が継いだが、権別当蔵俊との間もしっくりしないまま蔵俊は9月に玄縁は12月25日に夫々遷化してしまう。その僅か3日後の28日、平重衡の軍勢によって東大寺大仏殿、興福寺一円が灰となった。蔵俊の弟子の信円が別当に補任されるのが翌年正月29日でありとにかく大混乱の中にあったのである。信円は治承3（1179）年のクーデターで摂政を解任され流罪となった松殿基房の同母弟であり、母の違う兼実、慈円とも良く連携して壊滅した興福寺の復興に努めた。

ようするに玄縁は興福寺の最もハンドリングの難しい時期に別当となり、とりあえず平家との結託で活路を模索したが寺内の議論は奏鳴して収拾がつけがたい状態だったのだろう。とても親類を庇えるような状態でなかったとしたら此処にも以仁王の不運はあったということになる。

安井宮道尊

平家物語で特にスポットライトを浴びた王子が道尊である。宗盛の前で流した涙が清盛の赦しに繋がったとすれば他の兄弟たちの運命を支えたのはこの道尊だったのかも知れない。

まず仁和寺の御室、伯父の守覚法親王に入室した。しかも、八条院の御所自体が当時は仁和寺常磐殿だったのだから、実に寛大な扱いを受けている。その後伯母である殷富門院亮子内親王が自らの御所を仏寺として蓮華光院また「安井」とも云ったので、そこに入った道尊は「安井の宮」と呼ばれた。建久4（1193）年、19歳で一身亜闍梨に補され、元久元（1204）年5月30歳で法印に叙され、12月には権僧正に任じられる。32歳の建永元（1206）年には東大寺別当、翌承元元（1207）年7月には東寺長者、更に12月には仁和寺別当になった。建永3（1209）年に35歳で僧正に、承久3（1221）年には47歳で大僧正に昇進した。土御門天皇・順徳天皇・後堀河天皇の3代に亘り護持僧を務めた。安貞2（1228）年8月に入寂した。54歳。眩しいほどの華々しい経歴である。

しかしこの道尊の母について、尊卑分脈の中に一つの有名な案件がある。有名であるというのは後から知ったことで、日頃不勉強の私は、ある日尊卑をボンヤリ捲っているうちに偶然驚くべき箇所にぶつかったのである。第2篇141頁、藤原信成女子に殷富門院大輔、これは有名な百人一首歌人の殷富門院大輔に間違いがないが、その横に小さく「道尊僧正母」とある。この道尊僧正がこの安井宮道尊に間違いなければ以仁王の姉の殷富門院に長年つとめた同時代屈指の多作家の女流歌人、殷富門院大輔その人が母親ということで良いのか。私は眼を疑った。こんなのある訳ない、あったらとっくに歴史の教科書に載ってるわい、そう思った。しかし更にじっくり見ると、大輔の父の信成の母が「季成卿」の女子とあり、つまり以仁王の母成子の姉妹ということになる。つまり以仁王と殷富門院大輔はまたいとこ、そういう結婚はザラにある、っていうよりそういう結婚の方がこの時代は多いとも言えるのであり、もしこれが事実なら以仁王は姉が式子内親王、妻が殷富門院大輔、妻の従姉が小侍従ということになり、女流歌人の家系の真っ只中にいるというどえらいことになる。

以仁王と殷富門院大輔はまたいとこ婚

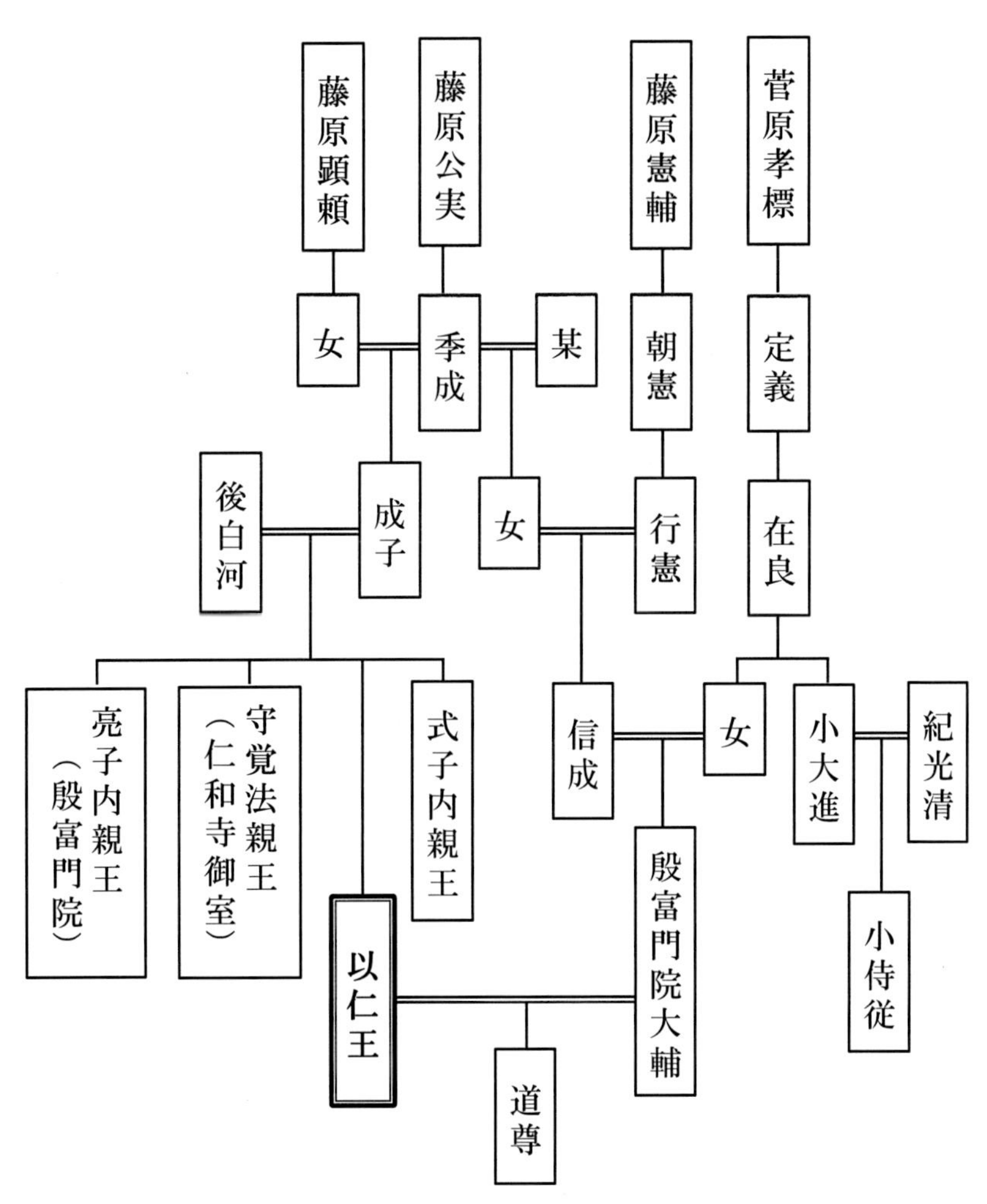

しかし色々調べてみると、これは「尊卑分脈にはそう書かれているが…」という有名な案件であるらしい事が分かって来た。何が問題なのかと云えば年代の差であるらしい。殷富門院大輔はその活躍時期や歌のやり取りをした人間関係などから生年は一般的には１１３０年頃、没年は１２００年頃ということが弾き出されるらしい。ならばこれは尊卑のミス、錯誤なのか。無稽の謬説なのか、それともヤハリ考証に値する発見なのか。

アインシュタインは言った　死ぬこととはモーツァルトがもう聴けなくなること　私も言う　死ぬこととは尊卑分脈がもはや見られなくなること　なぜこれほどまでに女流歌人の血脈にこだわるのか　なぜここまで尊卑分脈を信ずるのか　此処に変な理屈を立てる必要はない　歌を詠ませる遺伝子みたいなものが存在するのだミタイナ　そんなものはバカみたいだし　だけど説明がつかないことほど面白いものは無いから　バカでいても今生はいいかも　だけどそんなとこで殷富門院大輔が出て来て色々な事が立体化してきた　奇妙な感覚　私の理由がどことなく見えて来た　内々の理由という意味だが　かつていわれてきた千首大輔という　軽妙軽口なその作風が実は猛烈な慟哭の果ての虚無感に由来したものではなかったのか　二条院讃岐なども暗いとかとっつきが悪いとか歌自体から勝手に言われるが　そんな誰一人　ワタシャ陽気な歌うたいデースみたいな暢気さで　作歌にのみ精進しただけのはずがない　歌合がいかに自己表現の場であっても遊戯の場である筈がないそこは魂の証明の場　更には亡失した大切な人のかたき討ちの場だったのではないか　ノンキじゃあるまいし悶死した肉親への深い鎮魂が宿っていたに違いがないのである　式子内親王　小侍従　建礼門院右京太夫　愛着した相手が亡くなって残された歌うたいが複雑な心理をそれぞれの表現という飄逸の中に上手く逃がしていたことを　あれこれ想像し続けている　単純ではない　文言一句一片言を矢鱈に穿って取って付けたような解釈も要らない　もっとダイレクトなもの　内向きの瞬殺の何かが必ずあるのに違いないからである

殷富門院大輔　いんぷもんいんのたいふ　生没年未詳　ただし一般的には１１３０年頃～１２００年といわれ

る　藤原北家出身。三条右大臣定方の末裔。散位従五位下藤原信成の娘。母は菅原在良の娘。小侍従は母方の従姉にあたる。尊卑分脈には「道尊僧正母」とある。若くして後白河天皇の第一皇女、亮子内親王（のちの殷富門院。安徳天皇・後鳥羽天皇の准母）に仕える。処々の歌合に見える名前は《前斎宮大輔》《皇后宮大輔》《殷富門院大輔》と主家の状況に依って変遷する。建久３（１１９２）年、殷富門院の落飾に従い出家したらしい。

永暦元（１１６０）年の太皇太后宮大進清輔歌合を始め、住吉社歌合、広田社歌合、別雷社歌合、民部卿家歌合など多くの歌合に参加。また俊恵の歌林苑の会衆として、同所の歌合にも出詠している。自らもしばしば歌会を催し、文治３（１１８７）年には藤原定家・家隆・隆信・寂蓮らに百首歌を求めるなどした。源頼政・西行なども親交があった。非常な多作家で「千首大輔」の異名があった。また柿本人麿の墓を尋ね仏事を行なった。

家集『殷富門院大輔集』がある。千載集に五首、代々の勅撰集に六十三首入集。

鴨長明の『無名抄』には小侍従と共に「近く女歌よみの上手」とされ、同時代の名声の程が知られる。親交があった藤原定家からの評価が高く、定家単独撰の新勅撰集に十五首入集している。女流では相模に次ぎ第二位。本歌取りや初句切れを多用した、俊成に学んだ進取の詠みぶりであったという。

１１６０	永暦１・７	清輔朝臣家歌合
１１７０	嘉応２・１０・９	住吉社歌合
１１７２	承安２・１０・１７	広田社歌合
１１７８	治承２・３・１５	別雷社歌合
１１８６	文治２・１０・２２	歌合
１１８７	文治３	勧進百首
１１９５	建久６・１・２０	民部卿家歌合

もらさばや思ふ心をさてのみはえぞ山しろの井手のしがらみ（新古1089）

ひそかに伝えたい、あの人を思うこの気持を。こうして堪え忍んでばかりは、とてもいられない。山城の井手のしがらみだって、水を漏らすではないか。

逢ひみてもさらぬ別れのあるものをつれなしとても何歎くらん（新勅撰749）

逢って契りを交わしたところで、避け難い永遠の別れというものがあるのに。あの人がつれないと言って、私は何を歎いているのだろうか。

いかにせん今ひとたびの逢ふことを夢にだに見てねざめずもがな（新勅撰976）

どうしよう。なんとか、あの人に逢いたい。今一度あの人と逢うことを、せめて夢にだけでも見て、そのまま眠りから覚めずにいたい。

右の3首が気になるので拾い出しておこう。井出のしがらみと云うのは歌枕ですが勿論以仁王の最期に関わる印象的な場所である。あとの2首は恋人との永遠の別れに関する歌で、特に3首目は「夢の中でても逢いたい」と恋しさを募らせている。以仁王は歳こそ確かに遥かに年下であるが自分の長く勤める前斎院の実弟で、ごく身近に感じていた存在であって恋があっても不思議ではない筈。それを秘めたものとして、内々の分かるものが皆で養育した者かも知れない。ただし、平家物語で分かるように道尊は八条院であって殷富門院に養育されていたのは道性であり、しかも母は殷富門院治部卿局となっている。若死したのはこの道性であろうし、記述には誤認誤記が多々あるように見受けられる。

円満院法円

次の子は園城寺に入った法円である。生母は不詳であるが、治承２（１１７８）年生まれ。以仁王の事件の時は僅か3歳である。建久７（１１９６）年大僧正真円より灌頂をうけ、のち権僧正。円満院門跡を継ぎ平等院、桜井僧正などと称された。水原一「平家物語」頭注に依れば「園城寺長吏となり嵯峨僧正と称す」とあるが群書類従の園城寺長吏の一覧から見出せなかった。寛喜３（１２３１）年９月３日遷化。５４歳。

仁誉

新校群書類従「本朝皇胤紹運録」の以仁王の子の欄に真性、道尊、法円とともに出て来るのが仁誉である。ただし寺僧仁誉とあるのみで、生母、生没年など一切不詳である。三井寺に入ったのは前項の法円と同様であるが、何らかのことがあって上位に上らなかったようである。或いは夭折したのかも知れない。

兄・守覚法親王について

以仁王の年子の兄、守覚法親王はどんな人物だったのか。もの優しい男だったのか。おっとりしたタイプだったというのか。最も近い兄弟でありながら事件の前面には全く出て来ないのは何故なのか。気弱だったのか。冷たく計算高かったのか。理性的で沈着冷静だったのか。そういう同時代評価がされにくい高貴な方であるということもそうだとしても、それは勝手な印象操作ではなかろうか。守覚法親王の真言宗のトップとしての、宗教家としての活動記録は多くみられる。想像の域ではあるが、本来の性格云々は別にしても弟のあまりに大きな振れ幅を目の当たりにして猶更に、落ち着いた用心深い位置に固執したということではなかったのかと思う。一層自分だけはしっかりと踏ん張って立っていなければという感覚があったのではないか。

真言宗仁和寺御室。北院御室（喜多院御室）と呼ばれた。後白河院の下で様々な御願の修法を行い当時の仏教界の頂点にあったといわれる。永暦元（１１６０）年、覚性入道親王に師事して出家。仁安３（１１６８）年に伝法灌頂を受ける。翌嘉応元（１１６９）年、覚性が没した跡を継いで仁和寺御室（門跡）に就任。翌年親王となる。承安２（１１７２）年六勝寺長吏。安元２（１１７６）年二品に叙せられる。醍醐寺の勝賢にも学んで仁和寺と醍醐寺との法の交流を深める。また仁和寺の御所には多くの僧俗が祇候して管弦や和歌や記録の文化サークルが作られていた。書道もよくし北院流三宝院の祖。建仁２（１２０２）年８月２５日死去。５３歳。和歌に優れ、家集『守覚法親王集』『北院御室御集』がある。また、仏教関係の著書には『野目鈔』『左記』『右記』などがある。『北院御日次記』という日記も記した。また、平基親の『官職秘抄』は彼のために書かれたと言われている。『平家物語』『源平盛衰記』の「経正都落」条に、平経正が都落ちの際に仁和寺に立ち寄り、先代覚性法親王より拝領の琵琶「青山」を返上した折、別れを惜しみ歌を交わした記事が残る。

法親王という装置

親王。内親王。法親王。天皇の子どもたちの処遇というものはいかなる時代にあっても常に難しいコントロールの下にある。かれら皇子、皇女たちの運命は一定の方式秩序と共にある。それはすなわち皇統という一つの流

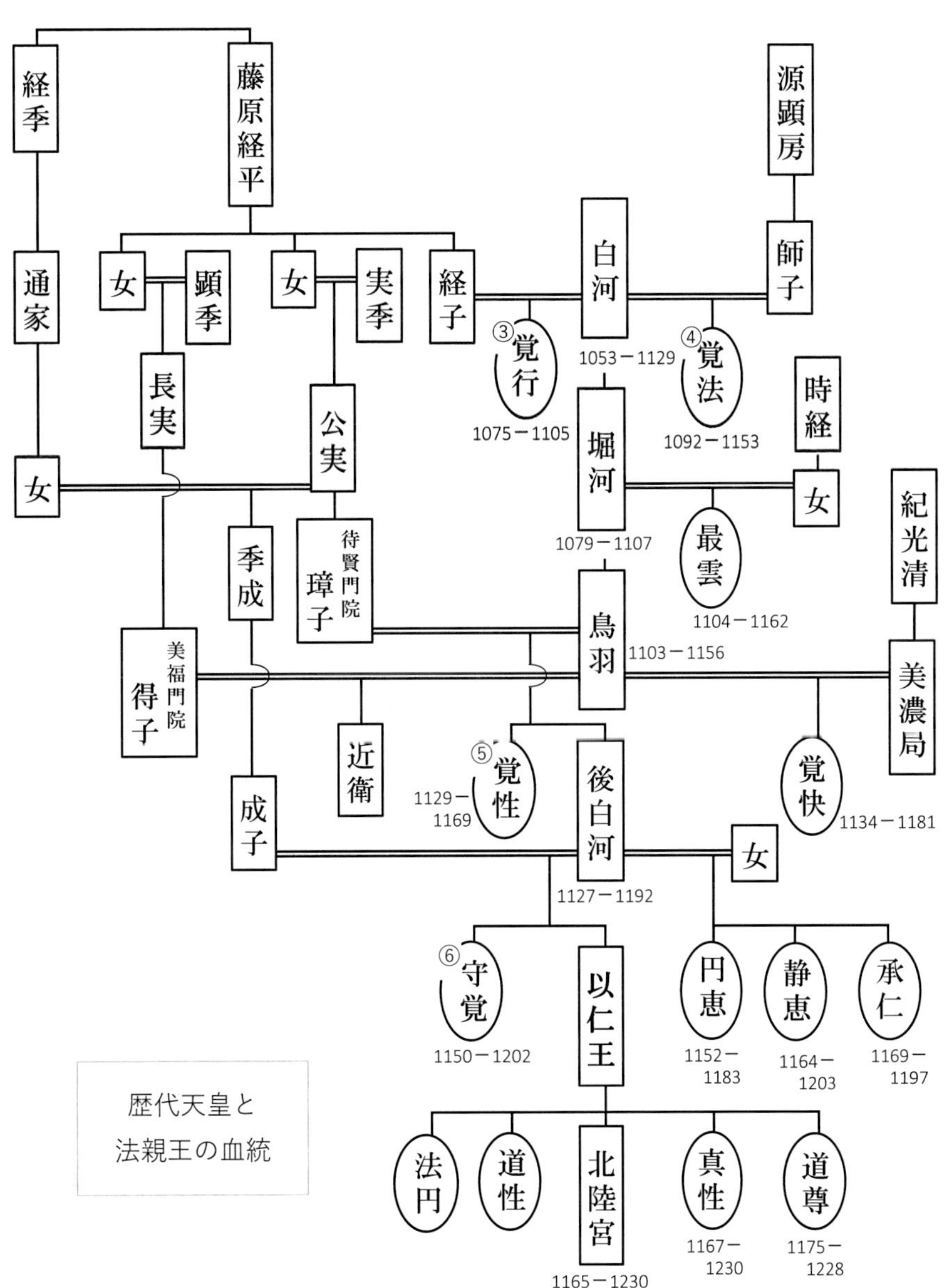

歴代天皇と
法親王の血統

れのクオリティを保つための緩衝材、クッションの役目である。古来皇位継承という問題において常に多くの血が流れて来た。複数の兄弟が親王として並び立てば、そのうちの誰が次代の天皇になるかという競争が過熱化して夫々の母の出身の氏族間で政争に発展するのが常だった。同母の兄弟でも桓武と早良親王のようなケースや、近いところでは崇徳と後白河の場合も設定的には特殊だが同母の骨肉の争いには変わりがない。この問題の核心に「我こそが」互いが譲れぬ構造部分に問題があると言えるのではないか。当人ひとりの問題ではない。彼を当てにして多くの人間が陣営を作っている。簡単に引っ込みが付かない構造になっている。だからその芽を早めに摘むために天皇にならない皇子を皆がそうと分かる形で安定的な場所に格納するというやりかたが工夫された。

こうした発明は幾つかあったが「法親王・入道親王というシステム」は白河上皇によって覚法法親王が宣下を受けた承徳3（1099）年に始まる。これは要するに皇子という本来起爆性を有する人材ではあるが安全装置を付ける形で格納されるということ。それは皇位継承システムの本体に異変が生じ万が一の稀有なことではあっても後継すべき人材が欠如した場合にはスペアとして還俗させて再登場させるという可能性までを見据えた優れモノであった。その上での最大メリットは護持僧という役割である。立場としてキチンと毒を抜かれた上、護持僧としてこの王権構造の安寧安泰を祈るという役目を負うことによって権威付けが行われる。相互に補償し合うことで安全装置が稼働し、夫々の職分に納得して精進することで八方丸く収まるという考え方であった。

この法親王というシステムは以仁王の時代にはまだ発展途上であり実験的な要素も残っていたのだと思われる。便宜的に作られ修正されてきたのだから当然のことだろう。そうしたいい加減さがだいたい歴史というものの本質だから。ともかく以仁王の背景を知るうえでこれら先行する法親王たちのプロフィールを挙げておく。

① 覚行法親王　白河天皇第二皇子　1075年〜1105年（享年31）

1083年に仁和寺に入り、1085年性信入道親王の下で出家・受戒。1092年寛意から灌頂を受ける。1

099年親王宣下を受け最初の法親王となる。1102年尊勝寺長吏となり二品に叙される。1105年31歳で没。白河法皇は彼を寵愛して事あるごとに褒賞を与えたが、彼は門人や他の仁和寺僧侶に譲り彼らの昇進を助けたという。

② 覚法法親王　白河天皇第四皇子　1092年～1153年（享年63）

異母兄である覚行法親王のもとで出家・受戒し、法名ははじめ真行と称し、のちに行真と改め、さらに覚法と改めた。1105年覚行の没後に仁和寺寺務に就任。寛助・範俊から灌頂を受け、1112年親王宣下を受ける。1141年鳥羽上皇の受戒の師をつとめた。仁和寺御流を創唱した。美声で能筆でもあった。

③ 聖恵法親王　白河天皇第五皇子　1094年～1137年（享年44）

仁和寺で出家し、成就院寛助に師事して密教を学ぶ。華蔵院に住した。1127年三品に叙さる。1132年鳥羽上皇の病気平癒の祈願。

④ 最雲法親王　堀河天皇皇子　1104年～1162年（享年59）

比叡山に上り、天台座主仁豪に師事して出家・受戒し、仁実から顕教・密教を学ぶ。1156年座主に就任し、1158年には僧正に任じられ、宣下を受けて法親王となり、座主を辞して山房にて座禅看経の生活を送った。

⑤ 覚性入道親王　鳥羽天皇第五皇子　1129年～1169年（享年41）

1135年鳥羽上皇・待賢門院が見守る中で仁和寺に入り、覚法法親王のもとで出家し灌頂を受ける。法名は初め信法と称し、のち覚性と改めた。仁和寺・法勝寺などの検校をつとめる。1151年甥の守仁親王（二条天皇）を預かる。1153年仁和寺法務に任じられる。1155年に守仁は皇太子となり覚性の下を去る。和歌に造詣深く家集『出観集』。『千載和歌集』以下の勅撰集に入集。

⑥ 道恵法親王　鳥羽天皇第六皇子　1132年～1168年（享年37）

母は美濃局、石清水八幡宮紀光清の女。小侍従の異母姉。1138年覚猷（鳥羽僧正）のもとで出家、1146年一身阿闍梨、1150年行慶に灌頂を受ける。四天王寺別当、園城寺長吏を務めた。

⑦ 覚快法親王　鳥羽天皇第七皇子　1134年～1181年（享年48）母は美濃局。1146年比叡山に上がり行玄に師事、1151年伝法灌頂を受け法印に。1177年～1180年第56代座主を務める。

ところで法親王は最初仁和寺のみのものであったが、後白河の時代になって、まず1158年に比叡山の座主であった叔父の最雲に、1160年に園城寺にいた弟の道恵にそれぞれ親王宣下をし、道恵は同日に園城寺の長吏に就任している。この時仁和寺の法務は弟の覚性であり、後白河は仁和寺・延暦寺・園城寺という真言・天台二宗の頂点に自分の叔父と弟を法親王として権威づけたことになる。

そして更にもう一つ、この時期に後白河はこの3人それぞれの下に自分の皇子を入室させている。覚性の下に第2皇子の守覚、道恵の下に第4皇子の円恵、そして最雲の下に第3皇子の以仁を配したのである。こうして、それぞれの寺院の最上部を統制下に置こうという明確な方向性があり、これは当時の政策決定を担っていた信西の構想によるものである。しかしそのあと勃発した平治の乱による信西の死、続く二条天皇の親政開始、そして最雲の死などによってこの構造は潰えていくのである。

守覚は1170年に御室となった年に親王宣下を受けるが、その直後には鳥羽院の皇子で園城寺の道恵の同母弟で比叡山にいた覚快が親王宣下を受ける。結局仏門に入らず山を下りてしまった以仁の穴埋めのような覚快だが後に天台座主となる。その後は、後白河院の皇子たちが次々に親王宣下を受け法親王となっていき、一つの形骸化したステップになっていくようである。その中で一人以仁だけが間が悪く激動の時代の煽りをもろに被ってしまったのだということがハッキリと看て取れるのである。

殷富門院亮子、好子内親王、休子内親王。

以仁王の同母の姉妹は4人いる　歌人としてあまりにも有名な3番目の姉　式子内親王については別項を立てるのだが他の3人　二人の姉と一人の妹について　分かるところをまとめておきたい

長姉・亮子内親王　どういう女性であったのだろう　良く長女がそうであるように大らかな人であったのかまた弟妹達を細やかに心配する面倒見の良い人だったのだろうか　あるいは時に司令塔のようであったりもしたのであろうか　久安3（1147）年誕生　保元元（1156）年4月19日　10歳で内親王宣下、即日伊勢斎宮となる　2年後の保元3（1158）年8月11日に退下　妹・好子が入れ替わりに斎宮となる　寿永元（1182）年8月14日安徳天皇の准母として皇后となる　文治3（1187）年6月28日皇后宮職を停められ院号を授けられ殷冨門院と称した　建久3（1192）年11月9日出家　建保4（1216）4月2日に没す　70歳　きょうだい6人のなかで一番最後に亡くなった　後鳥羽天皇の国母　猶子は4人いる　①九条兼実の子、良恵　②後鳥羽天皇の皇子、長仁親王　③同、守成親王（のち順徳天皇）　④以仁王の子、道尊

次姉・好子内親王　この人の事跡は姉に比べて本当に記録が無いのである　2番目の子の写真は少ないという顕著な例とも言える　久安4（1148）年頃に誕生　保元3（1158）年に内親王宣下　斎宮卜定　7年在職して永万元（1165）年に二条天皇譲位により伊勢より退下する　建久3（1192）年死去する。

妹・休子内親王　早世したこの人のことも良く伝わっていない　保元2（1157）年生まれ　仁安元（1166）年12月10歳で内親王宣下、斎宮卜定。仁安3（1168）年、譲位により伊勢より退下。承安元（1171）年死去、15歳。

三姉・式子内親王

同じ血筋　同じ環境を共有したはずのきょうだいたちの中で　式子内親王がひとり後世に残る大歌人という文学史上揺るぎ無い位置にあり　守覚法親王や殷冨門院にも幾つかの詠歌があるのに以仁王にはそれがないまともな歌どころかただの一首もない　彼に歌人の資質が無かったのだろうか　私はいま寧ろ逆なのではないかと思えているのだ　歌人にはある種の素養素質が必要　それは勿論そうであろう　知性教養の蓄積がなければならぬだろう　しかし歌を詠むということの中にある非現実感いうならば現実と乖離した気持ちの撞着固定これが能力として平然と出来ないと駄目なのではないか　これは非現実を背負う言わば妄想　あるいは言葉のもじくり　そういう現実の責め苦の恐怖から首を引っ込めたところに軽く逃げ込める能力というか　非能力というか　少なくもある人間的欠損が関与していたりはしないのかと　例えていいのなら隠棲　遁世　引きこもり　そういう負の要素が積極的なマイナスというのか　負方向に作用するのが文学表現の世界　詠歌のメカニズムだったりするのなら　以仁王はごくハッキリした現実派だったのではないか　そういう物差しになりはしないかと暴論が湧いて出たりする

2歳上の姉　和歌の歴史の王道を走る類まれな表現者式子内親王に　弟以仁王を詠んだと間違いなく確定できるような歌は見つからないようだ　それを兄妹の関係性の薄さ　冷淡さに帰結する論述をかつて読んだことがある　そんな粗雑な捉え方も現代ならあり得るのだろう　もし私が瞬間湯沸かし器的に反駁するのなら　式子が弟の歌を詠まぬということを　それだけは詠めぬという制動が働いたからという風に　生涯に亘ってそれを

貫いたものだとしたら　弟への哀切を隠さずとも良い時代になってすらも　式子はそれをおいそれとは出せぬということではなかったか　心有らばこそひた隠しに隠さなければ　一番思いの強いものが隠し続けなければ真の供養にはならぬとしたものではなかったのか　これは証拠の残らぬことだから解明がムズカシイとも言えるが　証拠が見つからぬことこそが何よりの証拠なのではとまで私は思い込む　式子はいつも王朝の最後の残り香を郷愁の中で嗅ぎ止まぬが　その回顧の中には年子の続いた六人のきょうだい　愛に溢れた母　世に並びの無い奇矯に生き抜く天才であった父　その父が幾人もの女性の中で母を格別に愛した結果が自分たちきょうだいの数の多さだという　母の誇り　そうした渦潮がこの核家族の心の有様だったのではないのかという　そんなことばかりを私は考える

百目鬼恭三郎に耽溺する

式子内親王　長年ショクシと読んできたが　ノリコ内親王だったらしいと聞いて少し動揺しますね　この時代の女性たちの名前の音読みに慣れてしまっている所為なんですが　たとえば定子・彰子のお二方は　テイシ・ショウシで揺るがなくとも心の中で実はちゃんと柔らかい訓読みがあるんだろうなとは思ってました　孔子や孟子じゃないんですから　諸子百家じゃないんだから　一つの例として今問題の式子と以仁王の母である成子も　セイシと読む人はありません　ナリコかシゲコかっていうところで　その父季成がスエシゲだからシゲコと判明する構造です　ただ式子内親王を「のりこ」と読むとなると　これはもう悶絶しますね　表現者本人　本尊のイメージ自体が揺らぐので少し対応できなくなります　ただ彼女の名前を声に出して読む瞬間はなさそうなので取り敢えず先に進めて行けるかと思います

式子内親王。後白河天皇の第3皇女。母は藤原季成のむすめ成子。亮子内親王（殷富門院）は同母姉、守覚法親王・以仁王は同母弟。二条天皇は異母兄。高倉天皇は異母弟。萱斎院（かやのさいいん）・大炊御門（おおいのみかど）斎院などと称された。千載集に初出。勅撰集に157首入集。

平治元（1159）年、賀茂斎院に卜定。11歳。
嘉応元（1169）年、病のため退下。21歳。
治承元（1177）年、母成子逝去。29歳。
同4（1180）年、以仁王事件。32歳。
養和元（1181）年、定家との交流開始。33歳。
元暦二（1185）年、准三后の宣下。37歳。
建久元（1190）年頃、出家。法名は承如法。42歳。
同3（1192）年、父後白河院崩御。44歳。
この後、橘兼仲の妻の妖言事件に捲き込まれ、一時洛外追放を受ける。
建久7（1196）年、失脚した九条兼実の譲渡の大炊殿に移る。48歳。
建久8（1197）年、俊成『古来風躰抄』初撰本、成る。49歳。
正治2（1200）年、春宮守成親王（のちの順徳天皇）の猶子縁組の話。52歳。
正治3（1201）年、1月25日、薨去。53歳。

まず萩原朔太郎の『戀愛名歌集』から引く。「彼女の歌の特色は、上に才氣溌剌たる理知を研いて、下に火のやうな情熱を燃焼させ、あらゆる技巧の巧緻を盡して、内に盛りあがる詩情を包んでゐることである。即ち一言にして言へば式子の歌風は、定家の技巧主義に萬葉歌人の情熱を混じた者で、これが本當に正しい意味で言はれる『技巧主義の藝術』である。そしてこの故に彼女の歌は、止に新古今歌風を代表する者と言ふべきである」

私のような素人が知った風にものを論じてはいけないので、その道の人が云うことをまず受け入れなければいけないとは思いながら、こっちの人生もまた実体として期間限定の有機物としてある以上うかうかと呑み込んでばかりも居られないところもあって、人に披歴するためではなく念ずるところは語りたい気持ちになる。

式子を私の言葉で歌ってみたい

少し僭越すぎる望み　詩文を訳すほど罪が深く難しいことは無いと分かっています
語の意味一つ一つを追いながら　気持ちの流れを感じたかったのです

春もまづしるくみゆるは音羽山峰の雪より出づる日の色

春になった　真っ先に気付いたのは　音羽山の峰の雪に反射する　光のキラメキ

春くれば心もとけてあは雪のあはれふりゆく身をしらぬかな

春が来たので心の憂さも解け　淡雪のように　哀れに老いてゆく我が身を忘れたい

山ふかみ春ともしらぬ松の戸にたえだえかかる雪の玉水

私の住むこの山は深すぎて　春の訪れに気づかなかった　松の戸にポトポト滴る雪のしずくに

雲ゐより散りくる花はかつ消えてまだ雪さゆる谷の岩かげ

雲間から降って来る花はサッと消えても　残雪キビシイ谷の岩陰

見渡せばこのもかのもにかけてけりまだ緯（ぬき）うすき春の衣を

こうして野山を見渡せばあちらこちらに掛けてあるのはまだ横糸の薄い春の衣のようだ

梅が枝の花をばよそにあくがれて風こそかをれ春の夕闇

花を置き去りに　梅は何処かへ行ってしまい　風だけが夕闇に香っている

ながめつるけふは昔になりぬとも軒端の梅はわれを忘るな

眺めているこの今が過去になってしまっても　軒端の梅よ　私を忘れないでおくれ

花ならでまたなぐさむる方もがなつれなく散るをつれなくぞ見む

花じゃなく　ほかの慰めがあってくれたら　つれなく散る花も平気で観ていられるのに

はかなくてすぎにし方をかぞふれば花に物おもふ春ぞへにける

とりとめもなく過ぎた歳月を数える　花を眺めて物思いに耽る春ばかりだったことを

やへにほふ軒ばの桜うつろひぬ風よりさきにとふ人もがな

咲き匂っていた軒端の八重桜　盛りは過ぎたけど　風より先に来てくれる人　誰かいないの

夢のうちもうつろふ花に風吹きてしづ心なき春のうたた寝

夢の中でも　時が過ぎた花に風が吹けば　落ち着かなくなる　春のうたた寝

花は散りてその色となくながむればむなしき空に春雨ぞふる

桜は散って　漠然と眺める空虚な空に　ただ春雨が降っている

ながむれば思ひやるべきかたぞなき春のかぎりの夕暮の空

ぼんやり眺めている　鬱屈を持っていく場所は何処にもない　春の終わりの夕暮れの空

忘れめや葵を草に引きむすびかりねの野べの露のあけぼの

忘られぬあの賀茂祭の夜　神殿に仮寝した夜明けにみた荘厳な景色を

かへりこぬ昔を今と思ひ寝の夢の枕ににほふ橘

戻っては来ないあの頃を　今のことのように思いながら寝入ると　夢の枕に橘の花が香る

声はして雲路にむせぶほととぎす涙やそそく宵のむら雨

姿は見えず雲の中でむせぶ時鳥　その涙が夕立になったのか

おしこめて秋のあはれに沈むかな麓の里の夕霧の底

秋にゆれる心が押し込まれて麓の里の夕霧の底深くに沈み込んでゆく

ながめわびぬ秋よりほかの宿もがな野にも山にも月やすむらん

今が秋でない宿はないものか　野にも山にも月が澄み過ぎて　眺め疲れてしまった

秋の色は籬に疎くなりゆけど手枕なるる閨の月かげ

秋の花の色はうつろい疎くなってゆく　でも寝所に差す私の手枕に狎れた月の光はちがう

跡もなき庭の浅茅にむすぼほれ露の底なる松虫のこゑ

人も通わぬ庭に生い茂る浅茅　その混沌に絡みつかれて　露の底から助けを呼ぶ松虫の声よ

秋の夜のしづかにくらき窓の雨打ちなげかれてひま白むなり

秋の夜の暗い窓を静かに雨が打ち　ふと溜息を洩らす　そのうちに戸の隙間が白んでくる

秋こそあれ人はたづねぬ松の戸をいくへもとぢよ蔦のもみぢ葉

秋だから　飽きたから来ない　そんな松の戸　いっそ幾重にも閉じてしまえ　蔦の紅葉よ

見るままに冬は来にけり鴨のゐる入江のみぎはうす氷りつつ

見ている間に冬は来てしまっていた　鴨の浮ぶ入江　波打際を薄く凍らせながら。

身にしむは庭火のかげにさえのぼる霜夜の星の明けがたの空

身に沁みるのは庭の篝火の向こうに冴え冴えと霜夜の星が昇る明け方の空

天つ風氷をわたる冬の夜の乙女の袖をみがく月かげ

天の風が凍った水面を吹き渡る冬の夜　舞姫の袖に月光がきらめいている

せめてなほ心ぼそきは年月のいるがごとくに有明の空

苦しくて心細いのは　年月が矢を射る様に過ぎ　月も山の端に入ろうという有明の空

尋ぬべき道こそなけれ人しれず心は慣れて行きかへれども

あの人のもとへ訪ねてゆける道はない　人知れず私の心は行き来して　通い慣れてはいるけれど

たのむかなまだ見ぬ人を思ひ寝のほのかになるる宵々の夢

逢ったこともない人を思いながら眠りにつく　そんな仄かな夜毎の夢に心を託している私なのです

玉の緒よ絶えなば絶えねながらへば忍ぶることのよわりもぞする

私の心を支える玉の緒よ　切れるなら切れてしまえ　このまま耐え続けて弱り果てる前に

わが恋はしる人もなしせく床の涙もらすなつげの枕

私の恋心を知る人はいない　堰き止めてある涙を洩らすな　黄楊の枕よ

つかのまの闇のうつつもまだ知らぬ夢より夢にまよひぬるかな

束の間の闇の中での逢瀬もまだ知らない私　果敢ない夢の繰り返しに迷い込んでしまっている

ただ今の夕べの雲を君も見ておなじ時雨や袖にかくらむ

今見えるこの夕べの雲をあなたも眺めていて　同じ時雨が袖に降りかかっているのだろうか

あはれとも言はざらめやと思ひつつ我のみ知りし世を恋ふるかな

愛しいと言ってくれないわけがないと　そう思い込んで心にしまっていたあの頃が恋しい

恋ひ恋ひてよし見よ世にもあるべしと言ひしにあらず君も聞くらむ

恋し恋して　見てなさい　生きていられるって言ってはいない　聞いてたでしょ？

ほととぎすそのかみ山の旅枕ほのかたらひし空ぞ忘れぬ

時鳥よ　昔あの神山での旅枕に　おまえと微かに語り合った　あの時の空を決して忘れない

はじめなき夢を夢とも知らずしてこの終りにや覚めはてぬべき

始めも無く遠い過去から続く　夢だとも気づかぬ一生の　終わりに目覚められるのだろうか

今はとて影をかくさむ夕べにも我をばおくれ山の端の月

これが最期と姿を隠す夕暮にも私を見送っておくれ山の端の月よ

暁のゆふつけ鳥ぞあはれなる長きねぶりを思ふ枕に

迷妄と煩悩に満ちた夜の闇を破る暁の鶏の声こそ身に沁みてあわれ深いものはない

式子はあまり父の娘ではなかったんだろうね。

「父の娘」っていうのは「父に愛でられ、愛でてくれたその父のことが好きだった娘」という意味合い、私の勝手な定義です。まあ相性というものだと思うんですけれども、父の側の特殊な感覚と云うのか初期条件というもので決まるところがあるのなら、子どもの側としてどうしようもない部分があるのは間違いがないとして、たとえば鳥羽法皇にとっての八條院暲子のような場合は綺麗に成立していると思うんですけども。この式子が後白河にとってどうだったかというのが気になっていました。

後白河の崩御のあと式子が詠んだ、

斧の柄の朽ちし昔は遠けれどありしにもあらぬ世をもふるかな

斧の柄が朽ちてしまう間に過ぎ去った昔は遥かに遠く、

そしてすっかり変わってしまった世に永らえることであるよ。

この斧の柄とは中国の故事で、木こりが仙境に迷い込み、碁を打つのを見ている内に、永い時が経ち、気が付けば手にしていた斧の柄が朽ちており、村に戻ると誰も知る者がなかったという話で、父帝崩御後の劇的な世の変化に対する感慨を詠んだ歌という解釈が一般的だそうですが、だとしても父の死という現実からさほど時間経過のないところで娘が詠んだ歌としたら、かなり硬質の素っ気なさというか冷たさを私は感じてしまいます。朽ちてしまった斧とはやはり後白河の事だろうと思うから、哀悼の気持ちの薄さと云うか、冷たさすら感じられてしまうのですが間違っているでしょうか。結局後白河のかなり利己的な独特の感性での生きざま、家族にもそうやって接した人であったのかという傍証を見つけたようなちょっと嫌な感覚が生まれてしまったからなのです。勿論前後の文脈や、状況をよく確認しなくては軽々なことは言うべきではないのでしょうが、式子内親王の時折見せる病的に激しい自閉的傾向というものがこうした家族の病理に起因していたのではないかという穿った想像が持ち上がってきます。それならきょうだいの間はどうなのであろうかと。このそれぞれ公務に忙しかった核家族のすれ違いやらの全体像が結局構成できていませんが、新古今という表現の大きな曲がり角の時代にいた一人の孤独な閨秀歌人の闘いなど浅学に軽々に読み取れる筈がないのは分かり切った事でした。ただ感覚として、と云うところに留めておきます。

歌人の血

もはや人は巻き込まない　他人の問題ではないのだから　このひたすら内向きの「自我」そこに照準を合わせた適切な引用　そのフレーズがどこから飛んできたものか突風のように空中の私を揺るがすが　それでバランスを崩すのも　激突　打撲　脳挫傷で絶命するか　そういうすべては生きた証　ごく楽しかった生前の思い出としなくてはセッカク死んでみた甲斐がない　死んだんですからわかってくださいっていうのは甘ったれだ余った霊だ　よくよく事情を知る　肉親　産みの父母　ハラカラ　竹馬の友　莫逆　そういう気の毒な逃げ遅れしか　わかってくれる人がないとすれば　それはダメなんだろう　自分が駄目なんだろう　わかるやつにはわかるなんて言うのは甘い　実はわかるって言うのは聞き取れて　言語の分かち書き　弁別ができたというぐらいの話で　本当にわかってくれる人なんかいやしない　自分ほど自分が分かるわけではないのだから

何故かくまで「やまとうた」というものがこの国のこの時代に発達したのだろうかと云えば　人間集団の情緒の乱れと云うものが原因したのだという　保元平治は日本の乱世の嚆矢　日本人が全国規模で初めて体感した対立と殺戮の心もつぶれる時代に　その不安感から逃れるために　人々はどうしたって美を求めるしかなかった　荒涼たる心の闇にかつての王朝という絢爛たる光を当てる作業　遺構を発掘するように過去の様々な表現財産に新しい光と風を当てようとした　それが俊成の千載から定家の新古今ということになるという事らしい

歌がなんだか分からない先から　時代の歌人を論じるでもないんだけれども　そういう時宜の寵児ってのもどうせ必ず心の裡はウスラ寒いに決まっているんだから　そう云う荒涼感の見当だけは付くのかなって　多寡括っちゃいけないいんだけども　此処に　以仁王という人がいて　彼は歌人ではなかった　でも楽器の演奏家だった　プレイヤーだった　言葉で表現するのではなくて音を出す派だった　それはある意味　父・後白河と似て

います　父は楽器もやりません　ヒタスラ歌う派　あれこれ調べた時に　音楽派の人達のことがちょぼちょぼ出てきました　ミュージシャンという一面が見える人　兄・二条院　兄・守覚法親王　弟・高倉院　こういう人たちの証拠文献が出てきました　彼らみな音楽派ですよ　文学派ではない　何でしょうね直感っていうか感覚的に熟達した人がヒヨコの雄雌を瞬時に見分ける様に　すぐ見分けが付くような気がします　そして言語表現と演奏表現の両方が出来た人もいます　調べ始めるとこういう切り口って面白いですね　先ず凄いのが小侍従かなと思います　石清水の神主家の生まれ　巫女的な　神楽的なものを背負って育っているんですね多分　それと建礼門院右京大夫　この人は歌人としての色の方が強いけれども　立派な演奏家です　母の夕霧が不世出の楽人ですから　表現の才能って　いろんな形で表出するんですね　とにかく内に抱えるモノのある人はどうしたって出さなきゃいられなくなるんですね　以仁王の笛の拘りもそう云うところに強い根拠があるのだと趣味とか物好きな世界じゃない　この時代に多くの人がウゴメキあった証拠のようなものが　群書類従　管絃篇だとかに残っています　保己一さん有り難う　後は私の妄想と接続出来たら　嬉しいですが　資料が尽きるまでは努力です　資料が尽きた先には妄想しかないですよね　もうそうするしかない

近衛河原は何処ですか？

頼政の住居は近衛河原にあった。近衛大路を東へ真っ直ぐ進み、鴨川を渡ったところである。二代の后、多子の大宮御所の道を挟んだ南隣であり、元々は逆の位置、今の大宮御所のところに頼政邸があり何のいきさつかある時に交換したものだという。奇妙な気がするが物忌みに溢れた時代だったから何かの因縁があったものだろうか。少なくとも相当に親しい人間関係で無ければそういう何かが成立しないようなことではなかったろうかとは思う。大体そう云うことがあったと今に伝わるというのも歌に詠まれていたからであり、歌のメッセージというものは当時の心のやり取りの「記憶ツール」として大いなるものがあったと分かる。

この多子の下に仕えていた女房が小侍従であった。女流歌人として有名であり、頼政とは終生にわたり和歌の送答がされ深い交流があったがある時期実際に恋人でもあったと云われる。多子の兄の後徳大寺実定も親しい和歌のつき合いがあった。これら、実定、多子らは閑院家の子女であり、頼政は和歌の才能を生かして、彼らと深くかかわっていた。そして以仁王こそが皇位継承者として閑院流が持つ最後の切り札だったのである。ようするに皆が相互に親しい非常に関係にあったのだ。

歌のやり取りが心の記憶ツールと書いたが大宮御所と自分の邸を交換した頼政の誇らしさというか何とも云えない極まった感情が「従三位頼政卿集」に残されたのは頼政を知るうえで非常に貴重であり、有難いものだと云わねばならない。歌の贈答そのものに意趣の深い詞書のついた次の歌のことである。

《年ごろ住み侍りし所を、大宮の御所にかへめされて、
つぎの年の　春梅咲きたるよしを聞きて、下枝にむすびつけさせ侍りし
昔ありし藁屋は宮になりにけり　梅もやことににほひ増すらむ
かへし　　　　　　　　　　　　　　　　よみ人しらず
うめの花むかしを忍ぶ妻もやと　待ち顔にこそ匂ひ増しつれ》

長年住んでいた自宅を大宮の御所として差し出し、それまでの御所を自宅に取り替えるということがあったその翌年の春、新しい大宮御所の梅が咲いたというので、その下枝に結びつけさせるつもりで詠んだというの

である。「自分が住んでいた藁屋は、いまや晴れがましくも御所となった、お庭の梅も自分の頃よりは一層匂いを増していることでしょう」という季節柄に合った言祝ぎの歌である。

この頼政の詠歌がそのまま多子の前に披露され、そのあとを誰か女官が「よみ人しらず」という形で、詠み返して来たのである。「むかしを知っていて思い出してくれる人が誰か来てくれないかと、梅の花は人待ち顔に匂いが増しているんですよ」

この素晴らしい返しを「詠み人知らず」という立場で詠んだ女官とは小侍従だったのではないかと私はどうしても思えてならない。

小侍従の出家で心乱れたのは何故か

大宮御所に仕えた女房だった小侍従。頼政にとって深甚の歌友、そして元恋人でもあった小侍従の出家は治承3年の比較的早い時期であり、石清水の方へ引きこもったのだという。石清水は彼女の実家である。落ち着ける父祖の地に還ったということなのだろう。それを伝え聞いた頼政の感慨は殊の外深かった。そして歌を贈った。この有名なやりとりを採録しておこう。

《小侍従あまになりにけると聞きてつかはしける

われぞまず出づべき道にさきだてて　慕ふべしとは思わざりしを

かへし

おくれじと契りしことを待つほどに　やすらふ道もたれゆゑにぞは》

「私が先に歩み出すべきであった出家の道にあなたが先にお出になって、あとからそれを慕うことになろうとは思っていませんでした。」「お約束したように、遅れまいと待っておりましたのに。仏への道に向かったのは誰のゆえとお考えなのでしょうか。」

素直な、そして静かな心のやり取りがあり、それは長い時間をかけて醸成した人間関係の賜と分かる。この時頼政76歳、小侍従は60歳。若い頃ふたりは実際に熱い恋愛関係にあったのである。小侍従は大宮・多子に仕える女官のひとりで、和歌の名手として知られる以外に音楽の素養もあった。そして以仁王は『続群書類従』の「和琴血脈」で分かるようにこの小侍従から和琴の相伝を受けている。以仁王にとって音楽の世界はとても大切なものだった　行き場なく悩み多き人生にこの演奏の時間がどれほど大きな慰めだったかを想う　その手ほどきを多分大宮御所の中で小侍従から受けた　小侍従は小柄な女性だったという　平家物語百二十句本に「背のひさきによつてこそ小侍従とも召されけれ」とある　小さいから小侍従　可愛い名前は得をする　小と付くのは悪くない　小野小町なんか小がダブルで付いている

平安の女流歌人たちを調べていると　その鮮やかな心の迸りにもかかわらず　彼女らのほとんどの生没年は未詳である　彼女の肉声　周囲の人との語りあう言葉がリアルすぎて　それが今なのか　回想なのか　追悼なのか　それとも単なる夢想なのか　そういうことがわからなくなる

共に生きているというだけの　時代という中ではそれで十分だっただろう　そして重要なのはそこではないあとから追従　驥尾に付す私にとっても　物的証拠みたいな下品なものはまずどうでもいいのかも知れないアリバイなんていうものも要らない　ただもう実体のない印象化石　そういう心持ちがやりとりされたことが明瞭にワカルことだけが　分かる私に分かるその幾分かのことだけが大切なのだと思う

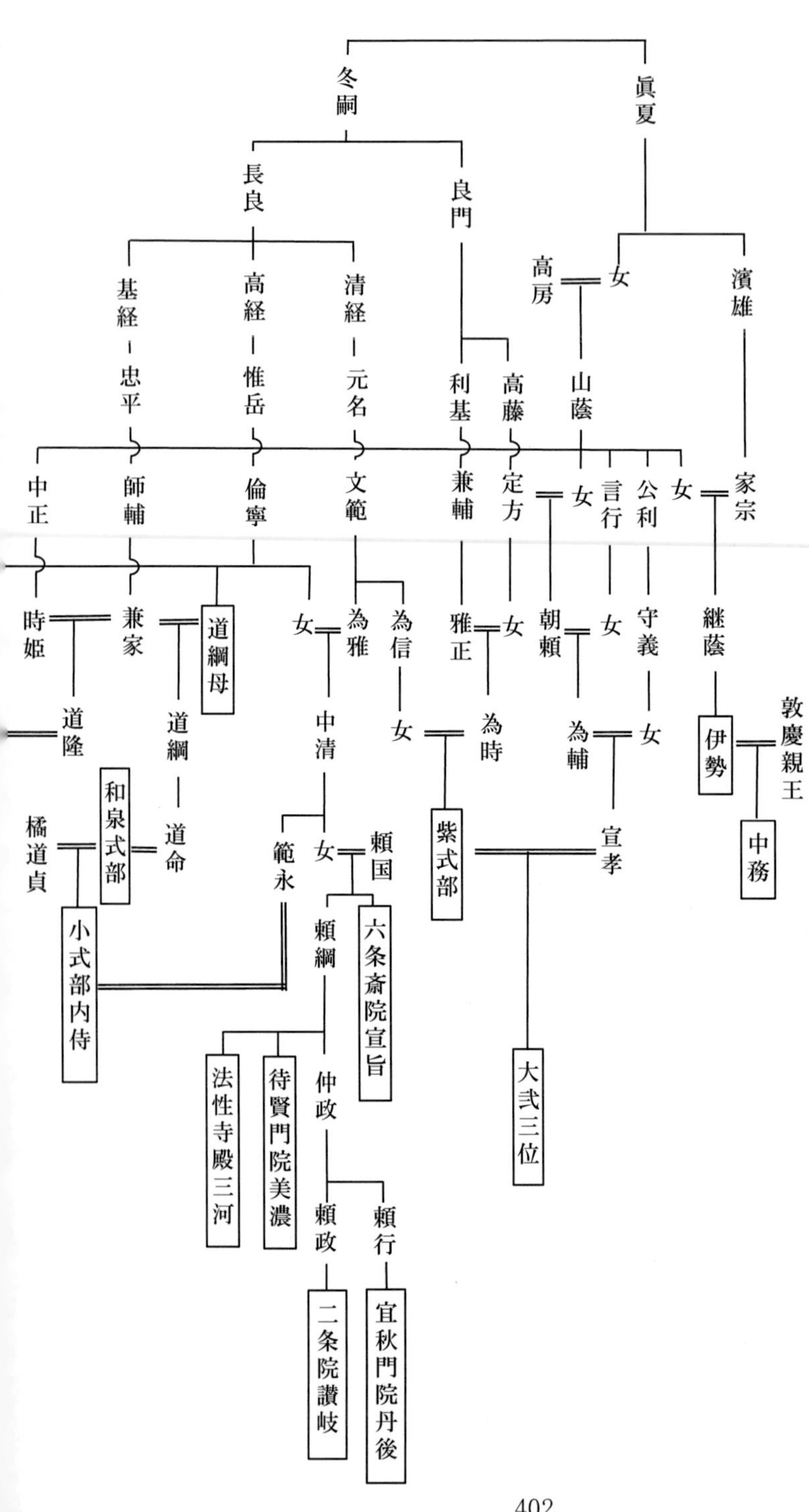

冬嗣
眞夏
長良
良門
高房
女
濱雄
基経
高経
清経
忠平
惟岳
元名
利基
高藤
山蔭
中正
師輔
倫寧
文範
兼輔
定方
女
言行
公利
女
家宗
時姫
兼家
道綱母
女
為雅
為信
雅正
女
朝頼
女
守義
継蔭
道隆
道綱
中清
女
為時
為輔
女
伊勢
敦慶親王
橘道貞
和泉式部
道命
範永
女
頼国
紫式部
宣孝
中務
小式部内侍
頼綱
六条斎院宣旨
法性寺殿三河
待賢門院美濃
仲政
大弐三位
頼政
頼行
二条院讃岐
宜秋門院丹後

女流作家関係図

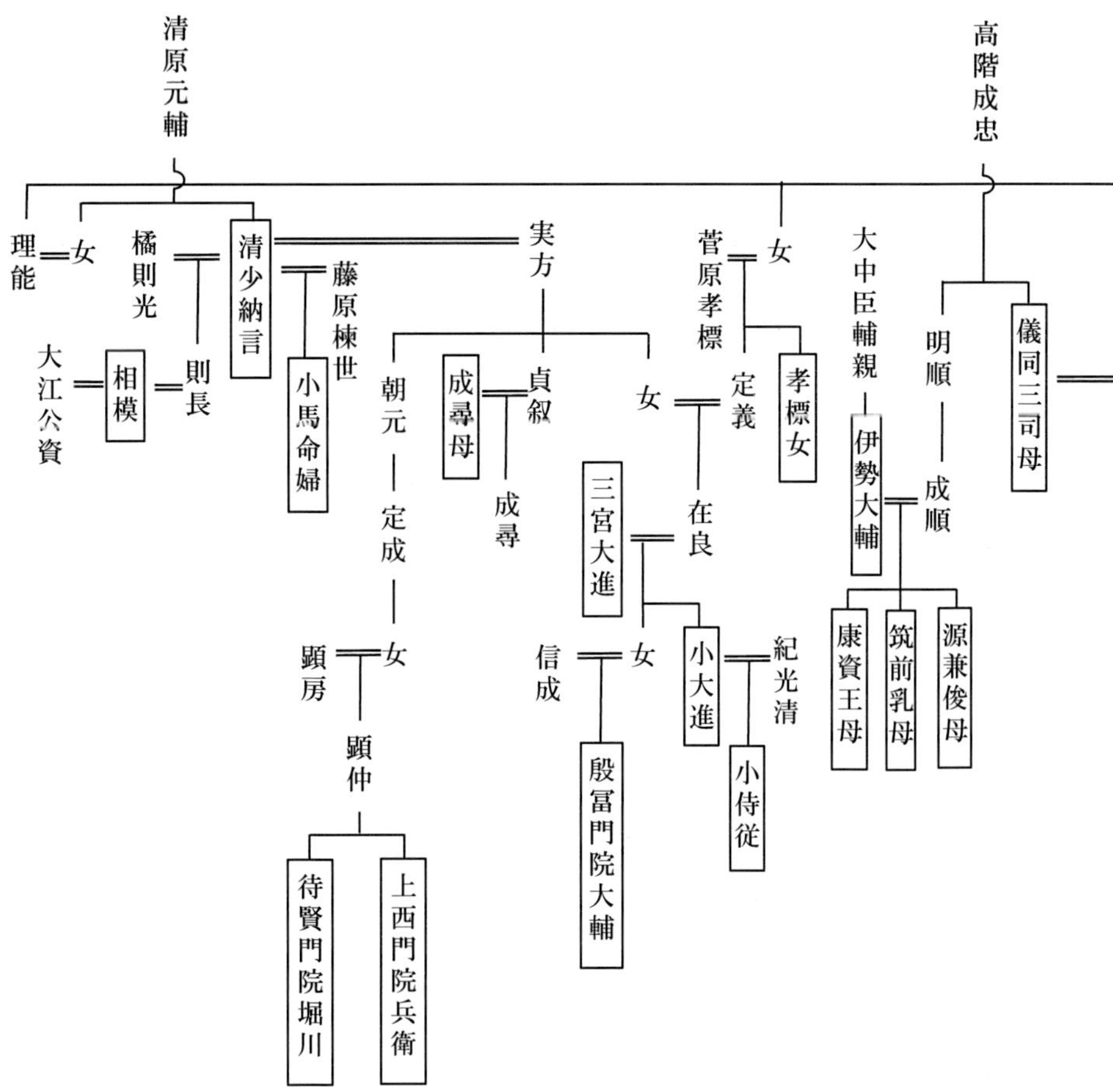
清原元輔
理能
女
橘則光
清少納言
実方
藤原棟世
則長
相模
大江公資
小馬命婦
朝元
定成
女
顕房
顕仲
待賢門院堀川
上西門院兵衛
貞叙
成尋母
成尋
女
在良
三宮大進
女
信成
殷冨門院大輔
小大進
紀光清
小侍従
女
菅原孝標
定義
孝標女
大中臣輔親
伊勢大輔
康資王母
筑前乳母
源兼俊母
高階成忠
明順
成順
儀同三司母

歌人の血脈のなかでの頼政

平安時代の女流歌人・女流作家の姻戚関係を纏めた大系図、多分此処にしかない自慢の逸品を掲げておく。これを見ると道綱母や清少納言などの世代から女流歌人が濃密な血族関係を形成している事が分かるだろう。伊勢、相模、紫式部、伊勢大輔、成尋阿闍梨母、小侍従、待賢門院堀河などなど著名な歌人たちは皆親戚なのである。そこから演繹して「歌人の血」すなわち歌を詠む能力の遺伝というものを想定することもあながち突飛な話では無いと思ったこともあった。その場合はこの系図よりもさらに拡大した在原業平や小野小町を含む全体図の掲示が必要となるだろうが、それは私の研究成果ではあっても今回の枠には納めきれないので別の機会に譲りたい。今回はこのサイズで、特に頼政の周辺を見つめたい。頼政が同時代の大歌人たちからきわめて高い評価を得ていたことを繰り返し述べてきたが、その背景には頼政の直系の先祖たちの、家系として歌の修練がなされた背景、能力才覚が集団として磨かれていった過程の賜であった可能性は否定できない。

一般的に言えば、本来武骨に作動し合うしか方法のない武士階級にとって歌が詠める技能を持つことは、非常に有利である。公家貴族たちが形成しているサロンに加わることができ、位階では及ばない下位者であっても、和歌の名手であることによって歌会に招かれることがあり得る。そうなれば女官たちとの歌を通したつき合いが生まれることもあり、和歌の贈答による擬似的恋愛と本物の恋愛との境界を越えることもあり得るのかも知れない。頼政の祖父頼綱は俊頼・能因ら当時の歌壇の歌人たちと交流があり、多田源氏の嫡男でもあったので多田歌人と呼ばれていた。頼政の母は藤原友実の娘で、その兄弟の子の範兼は『和歌童蒙抄』の作者である。また祖父頼綱の女が白河天皇に結ばれ、頼政には父方の従姉妹に当たる清和院宮子という斎宮を生している。この斎宮が催した「清和院齋院会」で頼政が詠んだ歌が3首残る。

二條院讃岐はどう生きたのか？

二條院讃岐、頼政の娘。母は源忠清女。仲綱の異母妹。宜秋門院丹後は従姉。生年は不詳だが1141年ごろと想定されている。この人の生涯はどういうものであったのかずっと気になっていた。それは父と兄をこのような形で突然の反逆者として失くした武家の女性がその後どのように周りを憚って身を隠して生きたのかという家族の不幸の真実を知らなくてはいられなかったからである。その韜晦の果てがあの沖の石の歌になったのか、鬱屈した苦しみをどういう風に作歌の表現活動の中で打ち晴らして行ったのか。そういう本当のところが知りたかったのである。それをずっと探し続けていた。それが分かって行けばそこから自ずと父頼政の真実の切片が見えて来るとも思えたからであった。

二條院讃岐はか弱く湿潤な人ではないと、その歌を並べ読む中で感じていた。歌の中の柔らかさは表現の追及の細密さであって性格の弱さ脆さなどでは全くない。寧ろ讃岐は強く元気な人だったのではないかと思うのだが、私が長く読んで来た参照文献ではぴんとくるものには中々辿り着けなかった。杉本苑子「二條院ノ讃岐」は人物が多く出て相互の人間関係の分析などを期待したがミステリーな構成はともかくとして、実証性より小説家の創作が先行していて結局よく分からなかった。研究者の論文の多くは歌論に徹し「讃岐の詠歌をそのまま彼女の生活実感とみて、彼女の人生の実態をそこから見出そうというもの」ばかりで、歌しか残っていないのだからそういう方法しかないのだとしても納得のいくものは少なかった。ただひとり相馬大が「二十一人の女流歌人」の中で讃岐の時代は武家社会への移行期であり、女性は「かくあるべし」というレールに自分を載せるという王朝時代には無かった嫋嫋とした生き方を選んだ方が按配が良いという空気になっていたというようなことを書いていてそうなのかなと思ったりもした。どうしたとしてもプロトタイプを強要される時代においてあっても、それならそれで器用に勅撰集に73首も入集し、家集もあり女房三十六歌仙にも選ばれるそのハマり方、バイタリティは謎のままであった。旺盛な活動の背景は何だったのか。

そうこうしながら、この項を書くという処まで来てネット上で伊佐迪子という人の研究に出会って心底衝撃を受けたのだ。ああ此処に在った、これが見たかったんだと。すべては氷解し納得だけが残った。この閨秀研究者の執念というか執着というかが、つまるところ二條院讃岐の理由であり、それが多くの人に見えなかった理由でもあり、未だに、そしてコレからも見えない人には見えないという世界なのだと思った。

そうか、此処に居たのか。讃岐はこんな場所から父と兄の果てを見つめていたのか。これじゃ分かんない筈だよね。ミステリーのネタバレだと思うからこれ以上は書きません・・・でもこれでスッカリ安心したのである。とにかく元気なオバちゃんだった。強いし堂々としているし抜け抜けとしているし、ここぞと思うところでは戦っている。愛する者のために立ち上がっている。晩年には父頼政の所領であった若狭国宮川保の地頭職を継いでいるし、伊勢国の所領をめぐる訴訟では高齢を押して鎌倉まで旅をして訴え出ている。

二條院讃岐めでたし。頼政の子孫はそこかしこで活躍、太田道灌もそうだった。

讃岐オバちゃん最強ブギー

人に隠れた地味な女　そんなワケないじゃないの　それはただその時の　時に応じた隠れ蓑　女は何でも工夫する　空涙だって　本気で流す　アレコレなんでもやれますよ　腹が据わっているのが女　他人に自分がどう見える？　そんなのとっくにコントロール　それでこそのオバちゃん魂　だからどうも違うと思ってたの　女

の人がこんなにみんな内向きでぐじゃぐじゃしているとは思えなかったんですよ　そう云うのは少数だろうなって　私の考える女性像っていうか　女性の本質とは　他人の陰口をひそひそ話しているような形ではなくマウンティングっていうのか　アタマになりたい　自分が一番上になりたい　それをどういう風にうまくやるか　そればっかりを考えているのが　私の知っているまともな女というものだという考えでしたから　境遇の条件はそれは千差万別ですけれども　人の足を引っ張るナンテのはいい属性じゃない　自分に忙しいから揚げ足取ってる暇がない　それと自分の欲望にはマッシグラに走ります　妄想が強くてそれでいて現実的ってことです　回りくどく考えないんです　私の周りの女の人は全員がそういう人でした　二条院讃岐だって例外じゃなかっただろうと思ってただけ　ただそれだけが言いたかったんです　海からの贈り物って本　読んだことありますか　リンドバーグ夫人が書いた素晴らしい本です　夫と一緒に自分も飛行家になって　あちこち飛んでいるうちに子供が誘拐されて殺されてしまった　そのことを　目立って有名になって進取の気性なんておだてられて喜んでいた自分が浅はかだったとハッキリ書いています　男は役職とか勲章とかにコロッと転ぶけどそんな女は居ない　女は実を取るもの　自分はバカだったというようなことを繰り返し書いている　ありがちなことをありがちに無難にこなすことが大切なのではない　日常こそが創造物であり　磨く鍋の底に甘露があり　風にそよぐ洗濯物こそが最高のダンサーであり　生活と戦う私こそが天才である　そういう其処に女のホントの場所がある　男のハンパな夢に付き合って一緒に海なんか飛び渡ってる場合ではなかった　これは繰り返し読む私の座右の書　二条院讃岐は自伝を書かなかったから　そのチャンスが無かったから気の毒でした　外から誰に何が見えるもんか　イタコだって失礼なことは言わないのに　余計なお世話じゃないかってね　父や兄がひどい目に遭ったのなら　ようし分かった　一生かかっても報復してやろうじゃないのってね　それが女の執念ではないかと思ってたから　ちゃんとその事が分かってよかった　気が晴れた　サッパリしましたよ

二條院讃岐アウトライン

保元3（1158）年、二条天皇即位のタイミングで内裏女房として出仕、18歳。内裏和歌会にたびたび参加し評価を得る。父と親しかった俊恵法師の歌林苑での歌会にも参加する。

長寛元（1163）年頃、内裏女房を退く。23歳。

永萬元（1165）年頃、皇嘉門院に出仕。25歳。この間、歌林苑での活動を継続。

承安2（1172）年、『歌仙落書』で高く評価される。32歳。

承安4（1174）年、**九条兼実家女房。兼実の同居妻となる。34歳。**

治承4（1180）年、父頼政と兄仲綱は宇治川の合戦で平氏に敗れ、自害。40歳。

文治2（1187）年、**九条兼実家の「北政所」と称される。47歳。**

建久元（1190）年、兼実女任子が後鳥羽の中宮として入内、**讃岐は引続き九条家を切盛りする。50歳。**

建久6（1195）年、藤原経房主催の民部卿家歌合に出詠。55歳。

建久7（1196）年、宮仕えを退き、出家。出家後も後鳥羽院歌壇で活躍。56歳。

正治2（1200）年、院初度百首に出詠。数十年ぶりに歌壇への本格復帰を果たした。60歳。

建仁元（1201）年、新宮撰歌合に出詠。61歳。

建仁2（1202）年頃、千五百番歌合に出詠。62歳。

建暦3（1213）年、順徳天皇の内裏歌合に出詠。73歳。

建保4（1216）年、百番歌合に出詠。76歳。

家集『二条院讃岐集』がある。女房三十六歌仙。千載集以下、勅撰入集計七十三首。

楊梅（やまもも）、六条、御子左。

頑張る家々の話である。個人は勿論頑張らねばならないが、それ以上にそのいちいちの頑張りを躊躇いなく所属の家に戻さなくてはならないのだ。平均値を上げて行かない限り家は縮退して、消滅する。宗業の日野家のところでそういう話をしたかも知れない。今度はやまももの家である。

やまももの家は元は右大将道綱の系統である。平安の母を代表する、あの「母」の息子である。マザコンの嚆矢みたいな言い方をされ、ひ弱な印象があるけれどもそんなことはマッタク無い。社会的にも逞しい、精神的にもバランスの取れた、歌もよく詠む、モテ筋の男である。道綱から数えて5代目となる季行がやまももを名乗ったのでそこから楊梅家となるが尊卑分脈でも道綱流で通る血統である。道綱には母譲りの文学性があり自らも歌人として名を上げたがここに輩出した面々を見るときこの家系もまた表現の家。歌人・文筆家として有名になった人物が多いことに気付く。表現の家系というのはつまり社会とのかかわりの度合いの中で言語表現の機会が多く、そしてより高いものが求められるという環境である。様々の微妙なニュアンスを表出できる有為の者が立てる血脈という事なのであるが、当然こういう家同士の結びつきも盛んになる。四位の上下を中心とした中流貴族の階級上のひしめき、受領という職位職分の共有されるテンション、その上に元々は今を時めく摂関家と同根であるという悔しさと誇りの綯い混ざった屈折した鼓舞みたいな事もある。そうした様々の共通項によって、互いに気心が知れている部分でさらに相互表出を増幅させる。

つぎに六条家は顕季の一代で築き上げた家であり、代々受領の階級であったが母が白河院の乳母であったところから乳兄弟として信任が厚く、若い時から大国の国司を歴任して財を蓄えた。そのあと白河院の生母茂子の兄閑院実季の養子になり、また実季の正妻睦子（公実の母）や白河院の典侍経子（覚行法親王母）の妹を正妻にして、家格を向上させた。歌人としても活躍し、後拾遺以下の勅撰集に48首入首している。正妻の3人の息子、長実、家保、顕輔もそれぞれ院近臣として勢力を伸ばし、その子孫は7家の羽林家を輩出した。娘たちも各家に嫁いでいったが、中御門宗通室で伊通母、楊梅敦兼室で季行母、三条実行室で公教母などなど有力な公卿家を発展させていった。長実の娘得子は鳥羽天皇の皇后美福門院で近衛天皇を産んで国母となった。

そして御子左家は俊成の一代で大発展を遂げたが、彼も丈夫で健康な野心家であって、最初勧修寺家の顕頼の養子となり、養父の鳥羽院・摂関家・平家という多重の権力構造のいずことも上手くやるという離れ業的な手法を眼前で学んだ上で実家御子左に戻って、特に「和歌」という強力な武器を駆使して各方面に人間関係を伸ばした。この人のことを細かく追っていくのは今回の目的ではないけれども、彼の兄は比叡山で以仁王の面倒を見た快修であり、弟は三井寺でバックアップした禅智であり、娘健御前や息子定家もごく側近で以仁王を記録しているという大事なバックグラウンドなのである。そして鳥羽院の近臣で保元の乱を勝ち抜いた藤原家成（家保の子・顕季の孫）の二人の息子成親・盛頼に嫁がせた娘たちの生んだ孫娘が平家の嫡男重盛の息子たち、維盛や清経の妻になって時代の悲劇の真っ只中に子孫を送り込みながら、俊成自身は子まごの誰よりも長生きをして歌人として究極の歴史評価に納まった凄い男なのである。この運気の一部分でも以仁王に分けて欲しかったものだ。

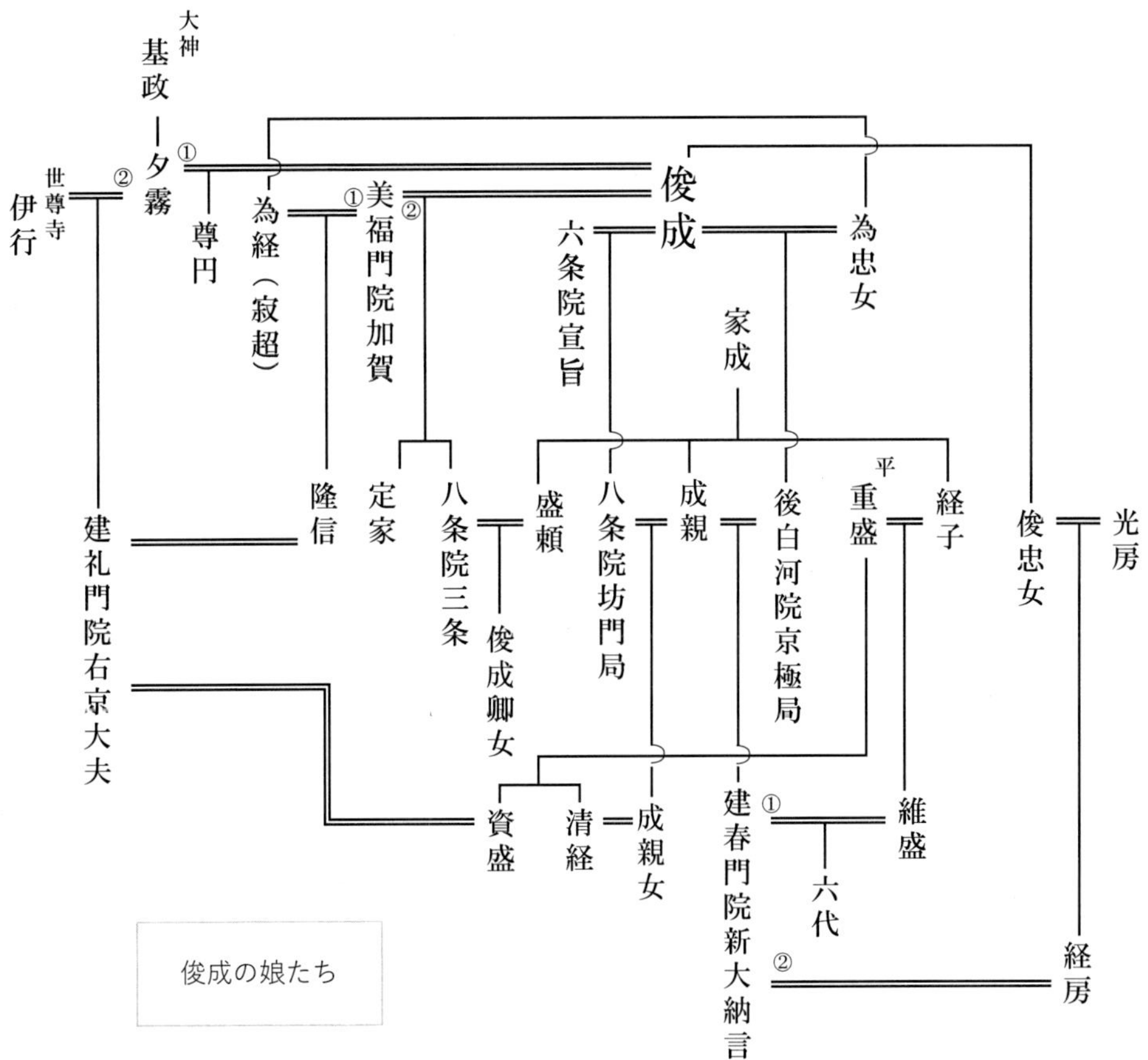
大神
基政
夕霧
①
②
世尊寺
伊行
尊円
為経（寂超）
美福門院加賀
俊成
六条院宣旨
為忠女
家成
隆信
定家
八条院三条
盛頼
八条院坊門局
成親
後白河院京極局
平
重盛
経子
俊忠女
光房
建礼門院右京大夫
俊成卿女
資盛
清経
成親女
建春門院新大納言
維盛
六代
経房

俊成の娘たち

頑張れた人生

躍起になろうとしてなれるものじゃない　躍起になってみたところで解決がある訳じゃない　躍起になるにはそれなりの底力が要る　躍起は持続しなくては躍起ではない　躍起とヤキモキは違う　躍起になる条件を満たしてこそ漸く躍起の意味が出て来る　気を揉むってことは身を揉むってこと　身をヒネって　ネジくれて搾り出て来るもの　そう云う内攻が無いと　内向きの悶絶が無いと　その後　躍起になるなんて到底出来ない身が持たない　気力の支えが見当たらないって事です　つまり身体的問題　日常的な悶絶の蓄積　鍛錬　その最底流に　内燃力というかのヒトツの性質　才覚と言っても良いのかも

そしてもう一つ付け加えるとしたら　心にいつも掛かっている暗雲　どうにもならない　自分でどうにもできない　残忍な悪条件が常にある事　その悪条件が生命の真ん中の火というか　筋肉というか　細胞のパルスをいつも脅かし　びくつかせているという事があれば　申し分のない原動力となる　其処をどうやって　自分の中で統合して走るのか　それが運命の裂け目であり　人間条件の全てだと思うのだ

誰が今までそういうことが出来たかと言うと　それは誰でもいいわけだ　誰にでも　そういう機会が訪れた者には　その恵まれた悪条件の下で　蛮勇を奮う権利があったというだけだ　いや蛮勇だ云々はどうでも良いか　それはそいつの覚悟の度合い　つまり呼び名の問題でしかない　ただ壮絶の結果だけが分かり易く　嘲えるものになる　その先はもう付けたりのようなものだ　死んでも生き残っても同じ　頑張れた人生　頑張ったねって　誰か一人でも褒めて呉れさえしたら　それは甲斐があったと云うものだろう

たとえば日胤のことだ　なんで日胤はあんなに頑張ったのか　アンナに躍起になったのか　そして壮絶に死者検分のズラリ並んだ死体の　まず一番目立ったど真ん中に　デーンと伸びていたのか　それで役目だと思

ったとすると　この劇はヘボな劇だ　つまりちゃんと練りあがっていない　おかしな劇だ　もし劇だというのなら　まったく可笑しなことばかりだ

生命はどうやって始まったのか?

また夢に捕まっている。学術のものでも気取り背伸びでもなく自分のこの内側から木霊する赤ん坊の泣き声、そのやまれぬ絶叫、私はそのように腹膜の内側の腱をビンビンに震わせている。腹の底から出るだけの声を出そうとしている。居並ぶ母たち母候補たち。女と生まれた強い方々に抱かれているアカン坊である私。笑い合う大人の女の人達の真っ赤な唇に私は強いリスペクトと原始恐怖を抱えたまま、蛮勇と武者震いで雄カマキリさながらの足掻きを止められないのであった。これは私の常連の夢の一つである。

夢に現れ私に語り掛けて来るモロモロを、私は真に受けるというか真っ直ぐ受け取る癖がある。そこには多くの真相が眠っている気がするのである。私の夢には見たこともない人、まったく知らない知識、読んだこともない本などがよく出て来る。もちろんその逆にゆうべ見た古い名画のシーンや読んだばかりの本の内容というのも出て来るけれども、むしろ全く想定されていない事柄が夢に現れ、それを記憶する限りにメモしたりしても確認しようがないことの方が多いのである。昔からそうであるが、この頃のこの本を書くようになってからそういうものが押し寄せて来る。誰かの解釈、フロイトのような決め込みでは到底測れない大きな世界、まるで確たる別世界からかやってくるように、それは大きなものの一部のように堂々と立ち現われる。

この夢に一緒にいる人、いてくれるヒト。寄り添うべき人。それが運命の必然だったという風に過去に出会いながら今はもう逢うことが出来ない人。それは運命の決めたことで私が思い悩んでも仕方がない。この自分の存在＝与えられた命というものが既に運命の骨格の一部なのだと分かること。


運命って、それは選べないの？

ああだからそんな風には考えない方がいいんだ。

途中で放棄できるの？

そういう風にも考えられない、自分の意思なんて言うものは何処にもありはしないのだ。

そう思ったとしたら単にそう思わされているだけの事じゃないの？

それでもいいんだよ、自分を責めて苦しんでいるくらいなら、運命っていうものをひとつの役割としていつもゆるめに置いておいた方が全体としては穏やかでいられるって思うんだ。誰か高いところにいる誰かがそう判断したから自分はここにこうしているっていう風に。


愛って何なの？　人は何故群れ集うの？　独りでは生きられないの？　命って何なの？

家とは親とはきょうだいとは何なの？　友達ってどこに居るの？　どうやったらみつけられるの？

家族はどうして仲良くできないの？　メンバーは結局どこかで必ず衝突して解散するのは何故なの？

ああ　夢の中の子どもは切ないほどあわてている　そうした質問一つ一つに　芳しい正解などない　私にはない　在り得ない　というよりも　正解がない　そういう答えなどない人間一人一人は勝手に行動するし　その勝手な思いと行動こそがそれぞれの答え　その答えは絶対に一致しないから　いろいろなものを探し続けなくてはならなくなる　摩擦に熱が生まれる様に　差異が思いを生むということになるんだろう

でもこの子どもはそんな事を言って欲しいのじゃないのだ　理解を求めながらも本心では何も得られないことをもうとっくに知っている　諦めているしそうならないことを何処かで初めから予測している　そうでないところに安心を求めている　言葉を覚えるずっと前から知っている

生命現象　生命力とは何か　光を求めて　安定した場を探してアメーバも彷徨つくのか　話を聞いて呉れる女を　自分の電位と近い　低いストレスを求めるのか　受胎を期待して精霊は宿るのか　次世代をはぐくむという事は　喜悦歓喜の産物なのか

結婚とは何か　それが人間という生き物にとって厳粛で格調ある社会的行動でなくてはならないのは何故なのか　そういう事が分からない馬鹿でなくなれば　社会生活の参画者として既婚者になれるのか　人は其処に重大な岐路があると思っている　思わされて安心する　あるいは思いもしないからだとも言える　負のスパイラルに陥ることの内容に　親たるものはせめてもの見栄を張るのではないのか

そう　ヒトというものもアメーバに遜色なく　この生命現象という桎梏から逃れることは出来ない

よくよく考える　結婚は共棲　受精　出産　育児という事の本質は　まず自分の命の確立という事である

共棲する現実のメンバーという事の前に　それぞれの祖先　祖霊が其処に居るという事を　意識しなくてはならないのだ　「祖霊の諸相」それをまず基本に置くべきなのではないか

ヤマトタケルの数次の結婚　乙橘姫　宮㋜姫　流浪の皇子は旅先でも破擦的に恋を繰り返せるのか　以仁王の行路行程にヤマトタケルの旺盛な精神行動を見出すことは可能であろうか　貴種流離のたくましい伝説性　以仁王には　それがないのだろうか

自分の都度都度の感覚　その落下速度と着地点の予測　毎日の降威光風速天気日照を　その観測日誌を怠らず記録することだ　その時代にも兼実と定家はそれを飽かずおこなった　誰か新しい人と出会うとき　その人の広げている世界にストレートに驚き　時には心酔し　その人の攻撃と守備の範囲が　コッチに居る自分の勝手と　どういう風に重ね合わせることが出来るのかを常々検証し　喜びとする　その同調によって自分の安息の場所が拡大していく実感　そういう記録は命の証である

誰か新しい人とは書いたが　それは現実の人物とは限らない　そもそも人物である必要もない　すでに終了したイベント　その開催を後で知らされたような過去のイベント　過去の人物や風景の事である

書物や文献との出会いというものが私には一番濃密だ　見ぬ世の人を友とするぞこよなう慰むわざなる　こちらからは放射できない受諾するだけの矢印　そしてこの自分の身の内で散乱反射し続けるしかない　それらは生きる生身にはノイズが多すぎて　毒が強すぎて　可食部分が少なくて　とてもいきなり栄養価を計ることなど無理だ　こんなんでいいですか　ご静聴ありがとう

拡散と収斂のグラフィック

系図から語り出す世界観もある　そんなことは口から何でも言えるんだからいいけど　系図で語る意味　系図を語るんじゃなく　系図で語る　系図という語彙　系図という文法　系図という言語体系で直接会話できる相手としか通じ合えない会話をする　そういう事を言っているのかな　系図語で語る一種の譫妄　こういうものに入り込みながら改めて実感することは　何が一番ノッピキならないかというと　結局ある共同体の暮らしが何世代も続いていくと　みんなが親類となっていくこと　遠い先祖が一緒なんていう悠長な話じゃなくて今が近いという親戚なんですよ　これは突き詰めた話かと思います　系図調べに限らず日本のものの考え方の宿痾なのかな　理を詰めないんですよね　例えば母系を完全に残して来れなかったことは本当に残念なことですが　何か分からない　分からないとしか言いようがない因習に染まって鈍感になってしまっているために重大なことに思い至らずに出鱈目なままに放置されてしまう　そして此処の人生は短いですから早晩サッサと終了していきますが　心あらば何とか引き継ごうというんだけど　何かがチグハグなんでしょうね　ドンドンわかんなくなってしまいましたってなる　笑　ボンプヒップのことを今さら言ってもしょうがないんだろうけれども　マア完全な網の目は見えなくとも　想像のつくことは沢山ある　分かることを繋ぐだけでもこんなことになるっていうことが楽しいのに　もっと分かったらよかったのに　敵も味方もみんな近親であり　つまり競争原理も近親憎悪で満ちているという事が分かればいいのだ　お互いが無縁であってパーフェクトストレンジャーであった方が冷静な駆け引きが出来ようものだが　近親だからどうにもならなくなる　西欧の絶対主義も　近代でも同じですよね　アメリカの大統領がそうだし　近現代日本の支配層もそうでしょう　グレートファーザー　姉妹たちの父　娘たちはそれぞれの出先で増殖する　古くは定方（ソンナニ古くは無いか）　経平

顕頼　顕季　リンパ節　リゾーム的なもの　へバーデン結節　そういうのは全部そうなのに　こと日本の系図系統の考え方は生ぬるかったとしか言いようがないですね　残念でしたが仕方がない

まあその人生の楽しかったことは何かっていう事だよ　人は歓喜でしか生きられない　絶望ばかりでは長くは生きられない　そりゃあ生きたくもなくなるよ　生きなきゃしょうがないんなら　身のウチ心のウチに歓喜が保てれば　それを何とか培養させようと　そんな気の持ちようがあれば　もう少し生きられるんだよ　絶望すらも歓喜のもと　免疫システム　細胞へのストレス　そういうの　ヒトの人生が文学の作品のように　ドラマのように慰めがあるっていうのはそういうところなんだよ　自分の時間の中で楽しいことは何だったのかそれをよくよく思い出す　洗い出す　するとそれが生きる元だったんだと分かる　そういうごく単純な事　歓喜のモトを拾い出す作業　それを分離培養してみようという作業　そうしたら過去は素晴らしいものに変わる

あと頭の中の音みたいなものについて大伽藍に響くポリフォニーみたいなものが生来　頭の中で鳴っているかどうかっていう　音楽脳みたいな話が有ると思うんだけど　後白河っていう超個性を支配した　今様の事ねあらためて気になって　その当時の今様ってものを今現在　実際に聴けないものかと思って　あれこれ調べてみたんだけど　出てきたものは　今の今様だった　いやもっと正確には　今の人が今ある限りの材料で　せいぜい想像した今の今様　ソリャそうなんだけど笑える　絶対矛盾ってこと　今様っていうのは今の流行りっていう意味でしょ　今でいえばナンナノっていうそのナンナノが分からない　楽譜の様なモノがあったとしてそれをどう歌うのか　後白河法皇に歌って貰いたかったな　今様ってどんな歌だったんだ　今ならカラオケなのかな　でもカラオケも滅びたみたいだし　あんなに隆盛しても消えるときにはその実感ともども一瞬で失われる　１０年経ったら誰ひとり知らない　そういうのがざらだからね　オッカナイ世界まで生きちゃったんだないや生き続けるっていうのは所詮こんなことなのかも

為義の血脈　義朝の系統と　義賢　熊野　それぞれ別個である　武人であることと同時に播種という活動処々に子種を残すこともまた重要なテーマなのであった　自分の血は何処かで生き延びて行かねばならないという　執念めいたものなのか　常盤御前　静御前　巴御前　祇園女御　男たちの熱量を具体化する女たちもまた　それぞれの足場で闘っていたものだと云える　義盛はその生涯を辿ってみても　生来思慮深い性質ではなかったように感じる　しかし他の武人たちと同様に野心家だったのは間違いない　たまたま訪問していた三条高倉の屋敷　そんな風に言うけれども　それは違うだろう　八條院　大宮御所　そしてこの三条高倉は　世にくすまされてしまうことを嫌う　様々な人間たちのアジトだったのだ　この以仁王の物語でそれぞれの得意分野　専門領域で　見事な仕事を果たしていく男たち　女たち　そういうレジスタンスともいえる水面下の活発さが　ずっと見ているならば見えて来る　そしてそれらの人物の　領域こそ違え　メンタルを共有した相互関係　やりとりについて　可視的なものも　不可視なものも　とっくるめて

資賢の怯懦とは一体なんだったのか

また別の男の話をしよう。物語の最初で頼政の誘いに逡巡した以仁王を後押しした占い師伊長の、その舅の権大納言源資賢という人物のことである。この人が以仁王事件の翌年の秋になって関与を疑われることを懼れて伊長を搦め取ったという「玉葉」の不可解な記述については一度書いたが、資賢は事件前年十一月の政変で丹波国へ流罪となっていて帰京したのは事件後の七月十三日という強固なアリバイがあり特に沙汰も無かったものを事件から1年半も経ってからそういう慌てた動きがあったのが奇怪である。

ナーバスな筋目が良く見えないこうした話には本当はどういう事情が隠されているのだろうか。この源資賢の人生は波乱そのものであり、運命の激流に翻弄されながら必死で舵を取り辛うじて沈没を免れた奇跡の人と云えるのだが、その根底にあったものは何だったのだろうか。

永久元（1113）年生まれ。文治4（1188）年没。正二位、権大納言。雅楽の家である宇多源氏本流に生まれ、鳥羽院政下で平忠盛・藤原忠隆等の近臣と共に四位別当となり、今様を通じて若き雅仁親王、後の後白河と交流を深めた。保元元年（1156年）の鳥羽法皇の葬儀では、資賢は信西らと共に入棺役を務めた。保元・平治の乱を経て、政界が後白河を支持する院政派と二条を支持する親政派に分裂したとき、資賢は「芸能のよしみ」で院政派に属した。応保2（1162）年に二条天皇を賀茂社で呪詛したという嫌疑を受けて解官となり、子・通家と共に信濃国に配流されたが2年後に召還される。配所から戻った資賢は後白河上皇の要望で今様を歌い、「信濃にあんなる木曽路川」（信濃にあると聞く木曽路川）の原歌を「信濃にありし木曽路川」（信濃で実際に見た木曽路川）と言い替えて、後白河院を喜ばせた。永万元（1165）年に二条崩御により院政派が盛り返すと資賢は参議、さらに権中納言に躍進する。資賢は後白河院の好む今様の宴にたびたび出席し、厳島参詣にも付き従った。安元3（1177）年の鹿ケ谷事件では資賢は不関与とされて沙汰は無かった。治承3（1179）年10月9日に権大納言に昇進したが、直後に起こった治承三年の政変により院政派の筆頭として解官となり、子の資時・孫の雅賢と共に京外へ追放された。これは松殿基房・藤原師長に次ぐ重い処罰だったが、翌年7月には赦免され帰京した。資賢赦免の背景には、後白河院からの宥免要請があったと考えられる。養和元（1181）年12月に権大納言に還任するが、翌養和2（1182）年3月に孫・雅賢の左中将昇任を申請して辞任し、程なく出家した。法名は円空。出家を聞いた吉田経房は「現世栄望過分の人なり」と評した。文治4（1188）年2月26日死去。享年76。

管絃のメンバー表

この時代に奏された記録に残る雅楽（管絃）の記録。群書類従による。拍子はほぼ資賢に固定され、他のメンバーも常連で占められている。資賢にとって音楽が重大な職掌であることがハッキリ分かる。セッションという場で同時代の親密の様相が良く見える。承安4年には15歳の高倉天皇も参加している。

【仁安元（1166）年11月17日】　拍子：参議資賢／付哥：散位師廣朝臣／笙：右少将隆房朝臣／笛：参議成親朝臣／篳篥：左少将定能朝臣／琵琶：権大納言師長／和琴：右近少将通家朝臣

【仁安元（1166）年日付不詳】　拍子：参議資賢／付哥：少将維盛・少将雅賢／笙：大納言隆季／篳篥：定能朝臣／琵琶：右大臣兼実／箏：前権中師長

【仁安2（1167）年1月4日於法住寺】　拍子：資賢／付哥：通家朝臣／笙：隆房／篳篥：定能朝臣／琵琶：右中将実宗朝臣・権大師長

【仁安3（1168）年日付不詳】　拍子：参議資賢／付哥：土佐守雅賢／笙：参議家通／笛：権中納言成親／篳篥：左中将定能朝臣／琵琶：右大臣兼実／和琴：権中納言忠親

【嘉応元（1169）年4月28日】　拍子：資賢／付哥：雅賢／笙：隆房朝臣／笛：実国／篳篥：定能朝臣／琵琶：師長／和琴：三位中実家

【嘉応2（1170）年1月3日】　拍子：資賢／付哥：雅賢／笙：隆房朝臣／笛：実国／篳篥：定能朝臣／琵琶：右大臣師長／和琴：忠親

【嘉応3（1171）年高倉帝元服の後宴】　拍子：資賢／付哥：頭中実宗朝臣・雅賢／笙：隆季・重家

【承安2（1172）年1月19日】　拍子：資賢／付哥：頭実宗朝臣・右少維盛／笙：隆房朝臣／笛：泰通朝臣

／篳篥：定能朝臣／琵琶：右大臣兼実／箏：家通／和琴：雅賢
【承安3（1173）年1月13日】拍子：資賢／笙：家通／笛：平大納言重盛（明月記には維盛も笛で参加とある）／篳篥：定能朝臣／琵琶：頭実宗朝臣・師長／和琴：右少雅賢
【承安4（1174）年1月11日】拍子：資賢／付哥：雅賢朝臣・維盛朝臣／笙：隆季／笛：主上
【承安4（1174）年9月13日今様あわせの後宴】拍子：資賢／付哥：雅賢朝臣／笙：家通卿／笛：新大納言実国卿・別当成親・実教朝臣／篳篥：定能朝臣／琵琶：実宗朝臣
【安元2（1176）年3月4日後白河院五十の御賀】舞人（右）：右中将頼実朝臣／少将維盛朝臣（青海波）／実教朝臣（重服で不出仕）成経（所労のため不出仕）／成宗（青海波）／少将清経／少将実国の息子・公時（実教の代理）（左）：少将隆房朝臣／少将政資／少将時家／少将公盛 笙：経家朝臣／少将有房朝臣／侍従隆雅／丹波守師守 了：中将定能朝臣／兵衛佐盛定／中務権少補季信 横笛：中将泰通朝臣／少将公時（舞人も兼任）／侍従隆保／兵衛佐基範／兵衛佐資時
【治承2（1178）年6月17日】拍子：中御門中納言宗家／笙：中宮大夫隆季／笛：藤大納言実国／篳篥：定能朝臣／琵琶：太政大臣師長（今回は弾かずに付哥に専念）／箏：六角宰相家通／和琴：右中将雅賢朝臣
【治承2（1178）年12月23日】拍子：資賢／笙：能盛・沙彌西景・楽人時秋／笛：維盛朝臣・実教朝臣／琵琶：太政大臣孝定　太政大臣（師長）・孝定／箏：春宮権大夫・女房安芸／和琴：雅賢朝臣／太鼓：定能卿
【寿永元（1182）年11月26日】拍子：権大納言実国／付哥：右中将隆房朝臣・右少将資時朝臣／笙：参議左兵衛督家通／笛：頭中将泰通朝臣／篳篥：参議定能／琵琶：参議実宗／箏：権大納言兼雅／和琴：右中将雅賢朝臣

以仁王の芸術性についての覚書

以仁王の芸術性の血ですか　確認すべき項目は何でしょうか

①芸術的な表現という才能って社会的な場で開花するものだけでしょうか

②セッションへの参加不参加は社会的な意味合いの強いキャスティングでしょうから才能云々はひとまず置いて考えるべきでは

③そんな場所呼ばれたことは無い　筋合いもない　社会的な居場所が無かったんですか　弟の高倉天皇は一度参加している

④管絃の才って　アンサンブルですよね　しかし笛の才能ってそれだけではない

⑤即興性っていうものもアリ　だったんですかね　どういう演奏形態だったんだろう

⑥逆にそういう目配り中心の跳梁跋扈なノイズとは無縁な内向きの精神性が問われるものだと

⑦当時の誰しもの深層心理に深く沈殿していた虚無感　末世という考え方　どうしたって暢気にもなれずオプティミスティックになどなれない通奏低音的な空気とのかかわりはどうだろうか

⑧和歌の才能との関連性　歌は言葉の才だろうか　リズムの感覚もメロディーの感覚も関係があるだろう

⑨楽器の演奏と　謡う感覚との差異　ごく近接した同母姉妹である式子内親王が希代まれな歌人であることを考えるとき　血統論の信奉者なので赦して欲しいが　土台理では割り切れない部分かも

⑩とにかく以仁王の関わった末期王朝世界というものは一筋縄のものではない　そう言って逃げる気もさらさらないのだが分り切れないのは事実

バス通り

今はいつで、何がどうなっているのかもちっともわからずに。私は説明のできない焦りの感情を抱えて、バス通りをずっと歩いている。この頃の私はヒドク不調である。世界にはバスガス爆発以外にも、マダマダどうにもならんことが山程あるが、そんな風にあっさり言えるときはそんなに深刻ではない時だ。誰かの所為に出来ると自分で知っていて、どこかで多寡を括っているから投げるときはその誰かにポンと投げてしまえる。今はダメだ、全くダメなのだ。命のさなかを生きて来て、本当にどうしようもなくうまくいかなくなってくると、もうぐうの音も出ず押し黙って歩くしかない。どこに向かっているのだろう。持ち物はどんどん失くしてしまうし、知り合いもそうだが初めて会ったような人でも、私の茫然とした佇まいを見てすぐに気付くのだろう。呆れながらもどこかで優しくしようとしてくれる。半端な出来損ないがバス通りを歩いてずっと行く。

長く歩いている。行先は多分ずっと遠くだ。何処なのか今はそれが思い出せない。何も思い出せないまま、いくつもいくつも停留所を過ぎ、何台も何台もバスが私の横を過ぎていく。どこかの停留所で折よくバスが来たら乗ってもいいかと思いながらタイミングはいつも合わない。

小さな古本屋がある。店主とおぼしき40くらいの男が座っている。どうやら私は30くらいなのだろう。ふと目が合う。何か文庫本でも読んでいたのか目が優しい。顔は濃いが目が優しい。私の失くした筈の、この夢ではない別の夢の中で失くした筈のA4サイズのメモ類が店先に大量に見つかる。クリヤーファイルに挟まれて雑にどさっと積んである。古本屋はそれを店先に並べている。私の失くした雑メモを売りに出している。私はそれを失くしたことも忘れていた。しかし一目見ればそれが私のメモの束だということは分かった。どうしても見たいが、古本屋は警戒して、見るのは勘弁してもらいたい、まず購入してからにして欲しいというのだった。

昭和である。寺町通り、古本屋がかなり並んでいる。質素で地味だが、堅実ないい本が買える場所だと私は知っている。私は何故自分の書いた雑メモを買い戻さなければならないのか。それは私がそのメモのどこかに珠玉のフレーズを万一書いているかも知れないからだ。殆どは反古の、このまま捨て置いて良いような愚にもつかぬメモで埋まっている紙の束の前ですっかり狼狽えて居る。

古本屋は目を光らせた。5000円でどう？　ああ足元を見られた。こんな紙屑が5000円の筈がない。しかし古本屋は畳みかけた、かなりインスパイアされる文章が満載だね。この野郎、他人のメモを盗み見たのか？そして勝手に同人誌に出したりしたのか？　そんなにいい文章が満載なのか？　5000円は痛すぎるが値切るわけにはいかなかった。私の価値が下がることになる。

金を払ってそのメモを鷲掴みに道に出た。ちょうどバスが来て私は乗り込んだ。最後部に座り、腕を組み、天井を睨んで思った。バカバカしいものだ、どうにもならんことがあったのに、どうでも良くなっている。生きて出くわすこと全てが、そうしたどうもならんことのどうにもならなさそのものであるということを知ったからなのか。そんなことを堂々巡りに巡らせながら家まで辿り着いた。そして風呂に浸かりながらA４の紙の束のことを思い出した。どうやらバスの座席に忘れたようだった。

その夜更け。

バス会社のゴミ箱に紙の束が捨ててある。その一枚が風に飛ばされて新聞配達の少年が拾って読む。

「私は既にもう揮発性の高い密閉容器の中に漂っている爆発物となってしまっている　自分ではいかんともしがたい状態で　むろんこのまま不発に終わることもあるだろうが　爆発は余儀なしと非常に怖がりながら

きっかけを待っている状態である　わたしにはもはやヒントの一行　一文字　一音があれば良い　名言のようなモノかも知れない　あるいはちょっとふざけた響きのオノマトペなフレーズかも知れない　レトリカという変な辞典が家の書棚でなおも眠っている　野田宇太郎　どこかで軽視していた自分はやっぱり半端ものだった書くということは絶対的な恐怖との戦いなのだ　飛べもしない　一度もやったことのないジャンプスキーを履いて　一番高い発射台で後ろに並んだ奴に促されている　先輩早く飛んでください　記録出せるって言ってたじゃないですか！　おい、押すなバカヤロ！　殺す気か？　って　死んだらいいじゃないですか？」

少年は腹を立ててその紙を破り捨てる。そこまで読んでしまった30秒を呪う。

Ensemble …

翌朝目覚めると老人と倶生神が窓辺に丸椅子を並べ、なにやら談笑していた。2人は気が合うのか笑い声が良く響いた。部屋の中に微かに安息香酸に似た奇妙な陰鬱な臭気があった。私は何故かそれが彼らのどちらかの口の匂いなのではないかと思った。

この者たちは人間ではないのだ。コノモノタチハニンゲンデハナイノダ。

非常に微量なのに支配的に頭を痺れさせる奇態な臭気だった。そういえば老人は以前はよく眠っていたが、その後はあまり、というより全く眠っている姿を見かけなくなった。夜はいつの間にか居なくなっていたし、姿が見えなくても鏡の中に退避しているのか、本当に何処かに行ってしまっているのかは分からなかった。でも朝は私が目覚めるとその辺りにいつも居た。そうか朝型人間なのか、いやそんな安直な話では無い気がした。ともかくこの部屋の中では眠る姿を見かけない。

この時分には老人は私に話しかけなくなっていた。私も書くことに懸命になっていたし、老人とコミュニケーションが減ったことは負担が取れて気が楽なのであった。私はもともと他人と過度に親しくなれない。老人も同じタイプなのだと思って、この煮詰まった空気を自分に説明したかったのか。

いずれにしても倶生神と老人が息を合わせて笑っている姿に嫉妬のような逸るものを覚えてしまうのが我ながらに気味が悪いのであった。

6　険路をゆく

以仁王の諸相。見えざる複雑さ。

見えない以仁王。その生涯を見わたした時、治承4年の最期の日々の山場を別にすれば人物エピソードが殆ど見えなくなってしまうのは何故なのか。一般的に歴史の方程式を解こうというときに定石として考えることは、まずその人の何気ない行跡を嗅ぎ回ることだ。それが少しも見えないとしたらそこに意図的な編集が行われた可能性を疑うべきであろう。以仁王の場合、それが余りにも明白であるというのが私の実感である。歴史の重大な局面で、そうしたキナ臭い要素に囲まれて役目役割を演じた人物として、様々な厄介な都合を背負わされたことは間違いのないことである。しかしだからと言って、もし人物具有の味わい深いそして罪もないエピソードが存在していたのなら、そんな事さえ消去されてしまうものなのだろうか。だとしたら理由は何だろうか。それとも元々エピソードを持ちにくい人物だったのか。それは人物の魅力の問題なのか、経歴の艱難によるものなのか、若しくはその微妙なミックスだったのだろうか。長く関わり過ぎて最早公平な視点は取れそうにもないが、人物の魅力について思いを巡らすときに、三井寺での決意の場面における彼の悲壮感は独特の気品を持ち、その衷心から迸り出る言葉は大きな人間的魅力として多くの僧たちの気持ちを奮い立たせたことが先ず浮かんでくる。本来気品のある理知的な人物がそれでも激情に打ち震えるさまが実感として伝わる。

王自身の詠歌は知られない。これは詠歌がなかったか少なかったことを意味するとみて良いだろう。過去どのような悲劇的な状況下でも、詠歌が抹消削除されることは滅多な前例がないからである。身近にいい例がある。頼政である。以仁王と運命を共有して真横を走っていた頼政が局面で言語化したものを見るならば明らかであろう。以仁王の不得手な領域だったとみて間違いは無かろう。しかし源平盛衰記の井出の玉川で喉を潤わされた際の御詠、直後に落命の悲劇が待ち受ける、いわば辞世の歌となってしまった一首：

「山城の井出の渡りに時雨して水なし川に波や立つらん」

私はこれを読むとき、その清潔な素直な感性の発露に強い感慨を覚え、彼の人柄が想起されてくる。これが盛衰記作者の創作であるというのなら、この状況下における以仁王の諦観にも似た気品をよく了知した優秀な文才とも思うが、私はこれを本物の御製と観たい。そう思うことにダイレクトな納得がある。これを聴き覚えて伝えた人物がある。以仁王がたとえ此処で落命したとしても、この歌は記憶され残ったのだから。井出の玉川は古来歌枕として有名だったのであって、まったくの同時代の歌聖俊成の詠歌も残っている。

「駒とめてなほ水かはん山吹の花の露そふ井手の玉川　　藤原俊成」

俊成の詠む井出は実体験だったのかどうか。少なくとも駒を止めて水を飲む情景は大いにカブっている。

そこで玉川を調べた。「山城国綴喜郡。現在の玉水駅の傍を流れ木津川に入る、平時は涸れているため水無川と云われた、古くは山吹と蛙の名所であつた。」

ところで恥ずかしながら私は今までこの山城というところに一度も降り立ったことがなかったのであった。京都から奈良に行ったことは何度かあっても、その時この山城を通過したとしても、そこに下車して散策するなどという発想は全くなかった。ゆえに土地の体感は全くないのであった。宇治には、京都旅行のついでに足を延ばしたことが一度あったが、それもだいぶ前のことになる。それなのに、こんな風に様々な考証を繰り返し、想像の翼を広げているのも可笑しな話だった。

悲劇の構造

「悲劇の王子」と呼ばれる以仁王であるが、それではその悲劇の本質というものはいったい何なのかということになるとそれは端的に言えば「血脈の悲劇」である。彼がその条件で生きなければならなかった物性の準位。いかに希望を持とうと優秀であろうと、いやあからさまに優秀であるならばそれ自体が無条件に粛清の対象となる言わば「自ら孕み持った爆発物」それ自体が本来ふつうにのうのうと受益すべきものを無体に、嫉妬したり妨害してくる奴が出てくる不条理を感じたとき、その構造から逆に以仁王のスペックの優秀さ、そしてそれをうまく隠すことをしない以仁王の不器用さというものがよくよく見えてくると思われた。すると老人は言った。

そもそも権力・受益を取り合う様な場においては、他人は貶めるものであってそれが相対的に自分の状況をよくするのであるから、相手の状態足場などというものをおもんぱかるなんて言うことはまず人間が一番考えたくないことなのではないか。持てる者は更に持ちたい。そして人が何かを持っていることに不快になる。此処でこの様に　自問自答し　また老人と心を交錯させながら　深奥に向かい　人間という生き物の究極のロクデナサその不全を知れば知るほど　そして老人と語れば語るほど私の心は掻き立てられた　まずとにかく山城に行かねばならない　実際にそこに足を踏み入れて　彼の終焉の　或いは脱出への　実地検分をしないことには始まらないと　そこに立ってみて初めて分かることがある筈だという思いがキリキリと募った。

私は思い付きを口にした。山城に行ってみようと思うんです、綺田の光明山寺の鳥居の前に立ってみたいんです。老人は私を真っ直ぐ見つめて　鏡を使おうっていうことなのか　私は笑った　いやふつうに運転して行って来ますよ　2、3日留守にしますが待っていてくれますか　老人は別に待っても居ないが暇つぶしにそこいらの本に目を通し自分なりに推理とやらをしてみるよと言った。

山城探訪記、以仁王の足跡を辿る。

それで私は自分の運転で一路、まず宇治を目指した。２０２０年7月１２日未明。未明というより完全な真夜中。丑三つ時。少しだけ備忘的に周辺状況を書いておきたい。この２０２０年は人類史にも地球史にも未曽有の節目の年となった。前年中国で発生した疫病が世界的に蔓延し、人類は感染を避けるためにまず親近者との接触を避けねばならなくなった。肉親がその災厄で亡くなった場合に顔を見るどころか葬儀に出ることすら叶わない。一生の大親友とも今生の別れが言えない。人間のコミュニケーションの根底を揺るがす問題が現出したのだ。

私にしてみても今回この一世一代の大テーマ。様々な机上の推論を尽くしていよいよ足を踏み出さねばならぬという大舞台。以仁王の見た現実の山河を見、辿った大地を踏みしめ、深い山中に（ことに山城と伊賀に）彼を支えた人々の気配を感じに行かねばならぬと思い詰めていた。生きて来て常々思うところ、「この世は知らなかったことで出来ている。そして本当にモノを知るには現地に行きヒトに会わなければならぬ。」そうと念じて来て、また此処に以仁王という終生の課題を突き付けられ、いよいよ神輿を上げねばという時宜にコロナ禍という人との分断を余儀なくされる状況のジレンマ。

大きな逡巡の中で、自ら墨守すべき以下の条件を設定した。①移動は自家用車で無用に社外に出ない②基本的に地理的環境の確認を中心にする③人との接触は最小限に④必要な会話は風のある戸外で十分な距離を取りマスク越しに短時間に済ます⑤資料の閲覧等は前後に手を洗う、等々。これが実情であったし、このことを書き残さずにはいられない。やがて哂える思い出になることを希うしかない。

３日間。その日程で、見たいものは沢山あった。宇治から山城に限局されると言っても、その範囲は広く、また確認したい地点箇所も多いため、車での移動は必須であるという判断で自家用車を動かしたが、首都圏からの往復を含めた3日間というのはハードであり、老境とは言い澱むが思考力想像力気力の持続は覚束無く、覚悟していた以上に細かい確認は出来なかった。天候も最悪。連日の雨でぬかるんだ山道を走るのは崖からの滑落など身の危険さえ感じた。しかしそれでも現地を見て歩いて感じたことは想像をはるかに超えて強烈で、大雨での宇治川、木津川の濁流を見るにつけても八百年前の全く同じ季節にこの山中で同じ難儀に遭っていた以仁王の苦難を身をもって実感できたのは何よりの成果である。

先ず宇治を拠点に

先ずは宇治を目指す。平等院での武力衝突以降の以仁王の最もピークとなる部分の検証がメインテーマであるからだ。その前の前半の動きである「三井寺から平等院まで」は随分前だが一度ドライブしたことがあった。その記憶を後から足し算することにして今回は先ず宇治川を目指した。新東名、伊勢湾岸道、新名神、最後は京滋バイパス。快調な走りだった。木曽川、長良川、揖斐川の三川合流は湾岸道路で中空を飛ぶ感じでスペクタクルに観た。これはもう大河と言うより海そのものであって、しかも雨がちの毎日であったから川ごとに色を変えた泥流が大迫力であった。東海道の旅が古来ここだけは伊勢湾を海路を取り、陸路は近代になるまで有り得なかったことの理由を改めて体感させられた。

京滋バイパスの宇治東インターを出てからは、宇治橋にはほぼ一本道であった。観光案内所に停めて、ともかくも橋のたもとに走り寄った。雨後である。予想以上にもの凄い流れであった。ゴンゴンと確かに音を立てる激流でコンクリートの橋げたに触るのではないかというくらいの危うい水量だった。橋梁が持ち上がり橋脚から外れるのではないかという恐ろしさだった。宇治川は今では大ヶ瀬ダムで水量をコントロールされているわけだか

宇治橋から奈良方面を望む

ら、当時だったらもっと暴れているということか。以仁王事件は旧暦の5月下旬であるから今とほぼ同じ季節、梅雨の真っ只中である。この同じ状態の川で橋板を外した欄干の上でひとを飛び越えたり、馬筏で渡河したりしたというのはどんなに凄い光景だったのか、想像しながら濁流を茫然と目に焼き付けた。

宇治の町の路地を少し走り回った。ユニチカと任天堂の工場が大きくて錆びた看板にも風格があり昭和の佇まいがあった。図書館は丘の上にあり、郷土資料が充実していた。市史などを複写させていただいた。

井手町の図書館にて

そこから私は一路井出町を目指した。井出町立図書館司書の鈴木浩史さんとのお約束の時間が迫っていた。その数日前に私の気紛れの電話の取材に快く応対していただいた方である。その際にこの山城一帯の特徴的な地形のご説明をいただいた時に「まず百聞は一見に如かず」と感じたことが今回の大きなモチベーションになっていた。そして「もし以仁王の行程を俯瞰できる高台があったら教えて頂きたい」という私のリクエストに即座に「この図書館の場所が眺望のいい高台です」と仰られた。濃密な知性と直覚し、お会い出来ることが楽しみなのであった。現場を知る方からアクティブなヒントをいただきたいと切に思った。

図書館は確かに丘陵の上にゆったり構えるミニマルな合同庁舎の一角にあった。駐車して降り立つと鈴木さんはもう外で待ってくださっていた。お忙しい方で次々と来訪者があって都度都度惜しまず対応なさっていた。単に司書というよりも町内の文化学術を中心にヨロズ請負人的な色彩のある方だと分かった。とにかく時間が勿体ない、そして面前の緊密な会話は憚れる状況でもあり、このまま風のある戸外でマスク越しに立ち話となった。

開口一番、この高台から見える地形全体の話。河岸段丘と東は扇状地、これがこの辺りでお茶を特産するゆえんであること。「ここから南を望めば井出町と山城町（現在は木津川市に所属）の境界にかの以仁王終焉の地とされる綺田（かばた）があります。また以仁王が水を所望した《玉水》はちょうど通ってこられた懸崖のある所ですし、《贄野の池》は今日の長池の地点であることはほぼ異論のないところです。」

私は内心ひどく恥じていた。此処に辿り着くまでに私は以仁王の生涯にとって重大なポイントである「贄野池」と「井出の湧き水」をはからずしも目の端に映しながらもスルーしてしまっていたのだ。人との出会いこそが人生の最たる重大事という判断に間違いはなかったが、ものを知らな過ぎた。どこかで遡行してでも見に行かねばと思いながらも、このあとは終焉の地「高倉神社」にまず向かわねばならない。

鈴木さんは更に「木津川は天井川と呼ばれる代表的な地形であり、河岸段丘が大きな溝を作るために東から注ぐ支流はことごとく本流を目前にして地下に潜る枯れ川になってしまう。そこが滝になったりもしていて以仁王が水を所望した《玉水》はまさしくその手前で滝として落ちた川が再度湧き水として地表に出てきたものであり、源平盛衰記に以仁王が詠んだ歌はまさにリアルに現状を説明しており以仁王が確かにここで水を飲んだ証明なのではないでしょうか」とも仰った。源平盛衰記の該当箇所のコピーもいただいた。

私のほうは質問として「会津伝説で以仁王を慕って追って来た妻女の従者が橘氏の子女とあるが、ここ井出は橘氏の本籍である筈だから此処で以仁王を匿ったという可能性はありますか」と申し上げると「それはなんとも言えない。奈良時代には確かにここに橘諸兄の広大な旧宅があったが、奈良麻呂の乱で急速に衰え、その後は廃墟と化している。随分経って嵯峨天皇の皇后橘嘉智子がこの地に眠る父祖の遺物を整理したという話があったが嘉智子自身も京都で生まれている筈でこの地に十分な旧態勢力があったとは思えない」と仰っしゃられた。

なるほど、現地に来なければ思いもつかないことばかり。短時間ではあったが幸先よく有益な内容で、うまく素晴らしい方に出逢えた僥倖を噛み締めながら罷り出でた。

綺田河原の現在

高倉神社および浄妙塚

陽は傾きつつあった。長年訪れたかった高倉神社はこじんまりと小さな村の風景に溶け込んでいた。終焉の地とされる綺田神ノ木。以仁王研究にとってこの高倉神社は文字通り聖地であろうし、以仁王への旅が自分のルーツ探しに関わる、絶対的先祖探求の旅でもある私においては先ずトックに到達すべき場所であった筈だが、長くためらい続けていた。そこで何かを見知ることで決定的な前提の間違いが分かり、振出しに蹴戻されることが怖くて相当な準備なしではとても踏み込めないというのが本音であった。しかし避けては通れない道であったし、最終的には先祖の伝えてきたところを実地に検分するしかないのは今生きている私にしかできない仕事である。強烈な磁石に吸われるように私は山城に向かい、強烈な吸い込み口にべたりと貼り付いた。ここが旅の終わりに向かうダンテが歌いそうな入り口であると覚悟も決まっていく。

JR奈良線は南北に一直線のシンプルな単線であるがその玉水~棚倉間の線路脇に「以仁王墓」および陪塚「浄妙塚」はあった。事前にストリートビューで何度もイメージトレーニングをしていたにも拘らず実際の現地は想像以上に路地が狭く軽車両でなければ切り返しをせずに曲がれない道もざらにあるのだった。しかも線路がすぐ横を走っているために初め着いた神社の裏側から正面に行くためには踏み切りを二度渡らなければならないのだった。神社正面だけは少し深いストロークがあって普通車が3台くらい駐車できる余地があった。そこに停めて早速参拝し、神社右に隣接する「以仁王墳墓」にも手を合わせた。それから境内をくまなく、夜中に床を掃除する丸くて平べったい掃除機の様に歩き回った。他人の徘徊しないコースも歩くから顔に大きな蜘蛛の巣がべたべた巻き付いて大慌てで取り除いたりした。

そんな私が奇異に映ったのか、好奇心が刺激されたのか。いつの間にか近所の方がそれとなく見に来られてにこやかに「どちらからおいでですか」と話し掛けてくださった。温和な感じの私より少し年配の紳士であった。私は例によって熱に浮かされたように「会津からです。以仁王がこの地を逃れ、会津に達したという伝説の真偽を調査中の者です。」と捲し立てるとその方は「そうですか、でも以仁王は此処で亡くなりましたよ。それを目の当たりにしたこの地に住む私らの先祖が彼の悔しさ切なさを思って懇ろに弔い、既にありましたこの神社に新たなご神体として合祀申し上げたのです。それからこうして近所輪番でずっと境内を清掃し続けているのです。失礼ですが、その会津の地のお墓は皆でいつも掃除なさっておられますか？」そんな風に地に足の着いた落ち着いた口調で仰られた。

更に「以前、以仁王の本を書かれたという方が来られましたよ。ここで殺されたのは替え玉で本人は変装して逃げおおせたということですが、私らは此処でそんな替え玉を立てる余裕はなかったのではないかと思いますし、そういう本を送られても困りますと申し上げましたな」と朗らかに笑われた。地元で農業をされながら「里山を守る」取り組みをなさっておられる柴田直三さん。帰りにお土産にと取れたての黄色い大きな「まくわうり」をいただいた。今は見かけないでしょうが昔からある食べ物です、と含蓄のあるお言葉とともに。

お暇を告げ、少し飛び地になっている「浄妙塚」も確認し、其処から車に戻り東方向に緩斜面をずっと登って行った。たしかに良く広がった扇状地の地形である。この辺りの何処かから蟻が這い出る様に確かに東の山中に抜けた以仁王のことを思いながら、先ほどの柴田さんの「此処でそんな余裕はなかった」という言葉が残響していた。あの場で反論することも適わなかったが、私の感じているもう一つの直感が疼いた。以仁王はこの神社のポイントには来ていない。そのイメージが強まって来ていた。ともかくもっと歩き回ることしかない。幸い此処は古い町で、昔の良い情緒が優しく温存されている。決めつけることなく印象を出来るだけ吸い込んで帰ろうと思った。

高倉神社と柴田さん

八頭竜王

高倉神社の北側、真裏の小道にひっそりとある八大竜王を祀った社。龍王水神を祀る神社は珍しくはないが、わが先祖「龍王院」のルーツを辿る旅において高倉神社のこれだけの至近にこの名前があることが偶然とは思えず何とも言えぬ引き合いを感じた。八大竜王は法華経の序品に登場する魔神たちである。もともと両生類や爬虫類など水性の生き物を統括する存在で、釈迦に出逢ってその教えに耳を傾けて悟りを得、やがて仏法を守護する役目を仰せつかった。修験道においても八大竜王は自然界の暴れる水をコントロールするための重要なパートナーであり、役行者小角が初めから重要視して強い意図をもって祀ろわぬ神を鎮めるべく各地にこの社を建てている。代表的なものとして①葛城二十八宿の第九番。和泉葛城山の山頂の八大竜王社。②奈良県天川村洞川の龍泉寺。大峰山上ヶ岳への入峯の前に先ず身を清める水行の行場「龍の口」がそうである。これらは役小角が特に重点的に選んだ場所であると伝えられる。特に資料は見つからなかったが、葛城修験の序品友ヶ島も当然その場所なのだと思う。此処もいつか必ず訪れなくてはならぬ場所である。

二つの龍王の滝

また時間が無くて実際に行って確認することは出来なかったが、この付近に「龍王の滝」が二つあることも分かった。いずれも井手町の東部の奥まった山間にあり、写真を見ると修験の行場らしき幽玄な険しさを感じさせるものがあった。「龍王の滝」と云う名前はいかにも一般的に思え、日本各地に当たり前にあるものかと検索してみたところ意外に少なく、しかも2か所も隣接しているケースは他に見られなかった。これも大いに不思議な事と思われた。

しかもよくよく地図を見ると付近に更に第3の龍王の滝がある事が分かった。付近とはいっても木津川を20kmほど遡ったところに合流してくる名張川を10km登った地点にある滝で、微妙な距離だがそれでも龍王の滝自体が希少で、グーグルの地図検索でみる限り近畿地方全体であと一つ（京都府京丹波町）だけしかない。なのでこの3カ所の近接ぶりは何かあると思ったがまだ雲を掴む様な状態で検証まではとても至らなかった。

山城図書館の痛み入るご親切

綺田の高倉神社から次の目標の山城図書館に急いだ。天候は相変わらずパッとせず、まだ降らないが何時降ってもおかしくない空模様であった。JR棚倉駅の程近くに図書館はあった。こちらの図書館は数日前に電話で打診をさせて戴いた際に、「山城での以仁王の絶命に疑義があって調べている」旨を正直に申し上げて、どんな微細な情報でも見させて欲しいという風に訴えたところ、ご対応いただいた石原さんという司書の方が「該当資料が幾つかある」という折り返しの電話をわざわざ下さった。ここはもともと木津川市に合併する前は山城町であって、以仁王事件が起きた該当の市町村なのであるから大いに期待して伺った。資料は既にカートに山と積まれ準備されていた。石原さんは非番でお休みされていたが、資料の該当箇所に細かく付箋を付けてくださっていて真に痛み入るご親切であった。町史も隣接市町村の分もあり、ここが相楽郡、綴喜郡と呼ばれている頃からの古い資料もあり、平家物語も私の見落としていた項目まで細かい付箋が付けてあり、緻密な仕事をされる方だと感心した。分量が多いので手の空いておられた司書の方が一緒にコピーを取って下さったり、本当に良くしていただいた。閉館の5時ぎりぎりまでかかってコピーは終了した。気付いたら昼抜きで猛烈に空腹。コンビニでナッツと魚肉ソーセージと珈琲を買って車中で一息吐いた。遂に雨が降り出した。15分ほど走らせればもう奈良である。以仁王の目的とした興福寺に斯くも呆気なく到着し申し訳ない気がした。ホテルの部屋から眼前に五重塔が見えるのだった。ひとまずシャワーを浴びて着替えをし、ちょっと街に出た。古都の落ち着いた家壁の色合いは湿潤の中で寂寥があった。自粛のムードに観光客は殆ど居なく、闇に出くわすのは空腹でヒドク気の立っている鹿だけというシュールな夜なのであった。オープンカフェの風の吹く片隅でこっそりとビールを傾けた。

2日目

翌日は朝から雨であった。気後れしてる場合ではなかったが地元に入っているという安心と雨脚を見ているうちに削がれる気力とで忽ち出遅れてしまった。朝の光の中で宿の真ん前に聳える五重塔を見やりながら「この場所に到達できなかった以仁王」への哀悼は已む事が無かった。ともかく山城への没入を開始した。木津川を渡って左折して川の土手へ。行基の建立した泉橋寺に下りる。そして「山城古道」と名付けられた人家を縫う狭い路地を注意して走りながら何処かに何か800年前の歴史の痕跡がないかとキョロキョロ見ながら進む。何しろ狭い道ばかりで曲がってみないと先が分からないが、曲がったら軽車両すらも通れないような狭い道だったりする。バックが滅法難しい。そんな進退窮まった状況が3回あった。

兎に角なんとか抜けて「高麗寺跡」を見た。農道の脇にひっそりと石碑が一つという寂しさだが此処に京都府内で最古最大の仏教寺院があったというその欠損の迫力に気圧された。高麗寺は渡来人の狛氏の氏寺であり現在の上狛という大字がかなりな広域に亘ることからも狛氏が相当に大きな氏族であったことが窺い知れる。

以仁王の脱出経路（と想像される幾つかの想定経路全体）をしらみつぶしに走ろうと思っていたのでこの辺り

も一つの想定範囲ではあったが光明山寺から見れば南端ギリギリ。これより奈良に近いコースだったら「なんで奈良に行かないの」となってしまうのだから踏査する意味がない。最終的には光明山寺まわりの地勢の把握に努めなければならないが、そこに至る道が見つからない。とにかくこの雨で狭隘な非舗装の泥道を走り回るのも、徒歩で山を超えるのも準備も気力もないのだった。色々方針を修正して車で行ける範囲として木津川沿いから隣の和束町に入って、古代の恭仁京の跡地、安積親王の御陵から井手町の玉水に抜けるコースを走って（つまり以仁王の推定退路を逆行するイメージ）山の感じを掴みたいと考えたがこれが思いの外悪路で、というか長引く雨で山全体がグズグズになっていて走行自体が危険な感じなのだった。

それでも何とか山を超え、井手町に入り、余計な感じはしたが小野小町塚というのが気になって路地に入り込んで探しあぐねたり、橘諸兄公の旧跡への道が悪路でスリップして登れず断念したものの道幅の余地がなくて方向転換に手間取ったり。思いの外あれこれ時間がかかり蟹満寺から肝心の光明山寺への細道がどうしても見つからず、しかも雨が本降りとなって空も暗くなって来たので給油所で洗車をしたが車の奥底にこびり付いた泥は深い存念の籠ったもので到底簡単には落ちそうになかった。

ホテルに戻り、本当にキモチがくたばってしまっていたので何か元気の出るものを食べようとマスクを装着して奈良まちに出た。目についた「天丼まきの」で躊躇なく頼んだ大海老5本の上天丼で一発回復した。目前の古本屋で平泉澄「再読父祖の足跡」というのを700円で買った。「以仁王の東国生存説は頼朝の窮余の一策」という一節が飛び込んできたからである。タイムリーな買い物である。すぐ戻ってホテルで読み耽った。寧ろ疲れは取れ、つくづく自分はフィールド派ではなく書斎派なんだなと思った。これは惰弱の謂いである。

最終日の惑濁

3日目は更にグズグズ崩れた空だった。この地でまだまだ目撃すべきことは多く、何もろくろく見れていないという焦燥感に心は乱れながら、もはや奈良・山城を去らねばならない。以仁王のたましいの残り香を嗅ごうという旅に、この後ろ髪を引かれる様な感覚が身の内で奇妙なハウリングを起こしていた。以仁王の霊魂は此処に、この辺にまだ漂っているんだよという悪魔のささやき。シューベルトの「魔王」の父親のようにハンドルに身を屈め、木津奈良道の交差点を右折、木津駅を横目に泉大橋を渡った。上狛四丁町を右折して、こんこんと流れる木津川の静かな迫力に吸い寄せられるように国道１６３号線に入った。大和街道、そして伊賀街道。川霧をツタのように身に纏いながら、単純なロードムービーの主人公になった陽気な気分を無理やり演出しようとオールマンブラザーズのウィッピングポストを流したりしたが、寧ろ重さは募った。

伊賀の高倉神社を参拝した。現在の市街からは随分外れた場所にある所為か、雨の早朝で人影はなく、ただ荘厳な神威を強烈に感じた。ここは高倉という名前でも一昨日に行った山城の高倉神社や会津の高倉神社と違って高倉宮以仁王を祀る神社ではない。物部氏のルーツになる高倉下（たかくらじ）を祀っている。古代の物部氏の版図がこの辺りにも及んでいた証左ということであって、伊賀山中のエネルギーの基盤の中心と思われた。以仁王が仮にこの付近を通過したという場合、古代から続くこの神社の名に魅かれ、如何に慌しくも参拝をせずに行き過ぎることはあるまいと思った。

伊賀にはそこかしこに神秘の空気を感じた。高座下そして八咫烏。古事記に依れば神武軍を先導して大和に入りのち葛野の鴨県主となったという人物。八咫烏って鳥じゃないかって？　それが人なんですよね。霊鳥類じゃなくて霊長類です。加茂の祭神の「建耳津身」は熊野においては安曇部の信仰体の「祝」として、つまり八咫烏として機能しているんですよね。カムは神であり可牟（剣）でもあるから鍛冶神的性格も備えている多面的な神体の様で非常に気になりますね。

とにかく伊賀市の図書館に立ち寄る。郷土史資料が充実しており忍者関係のものが圧倒的に多く、非常に魅力的で今回とても脱線している暇が無かったのに少し嵌まり込んでロスタイムとなってしまった。おかげでそこから津の阿漕ヶ浦への移動が忙しくなってしまい、街並みを観ながらの筈が高速で飛ばすことになってしまった。

伊賀忍者はいつからいるのか？

伊賀の図書館で知ったことを簡潔に書いて置く。伊賀は山城の東に位置する広大で深い山地である。かつて日本の地方行政区分だった令制国としての伊賀国は東海道に属する。律令体制以前は伊賀国造の領域であり、令制によって初め伊勢国に属したが、天武期に一国として分立。歴史的に守護の圧力支配が無く、土着地侍の自治色の強い土地柄であったが、１６世紀末に織田氏によって制圧された。「天正伊賀の乱」であるが、この時に建造された土塁の高い、完全防御的な屋敷が秘密主義の強靭な砦となって忍者を発生させていったという説を読む。

私は寧ろ逆に「忍者」と曖昧に職種のように定義するものを超越して「気質気分の根幹」は土地風土具有のものと考えるべきであると。伊賀・甲賀・雑賀、さらには柳生・根来等、紀伊半島は忍者の古里のように云うが、要するにエネルギーの場所。特殊な霊地が多く、そういうパワーが充満集結して人間の中に熟成しやすい場所。天武天皇が壬申の乱の直前に隠れ住んで起爆力を蓄積した場所であり、後醍醐天皇の南朝の拠点の多くが置かれもし、徳川家康が「神君伊賀越え」を実行出来たのも伊賀という山の深さがあってのものであるという直感。

「忍者・忍び」という表記の初見は『太平記』の高師直の石清水八幡宮の焼き討ちの段だという。室町時代では、将軍足利義尚と六角高頼の戦いに甲賀・伊賀は六角に与した。戦国時代の忍びの呼称。伊賀・甲賀組や紀州根来衆。甲斐武田氏の透破。越後上杉氏の鳶加当。相模後北条氏の風魔党。奥州伊達氏の黒脛巾組。

天正伊賀の乱。伊賀国では、藤林・百地・服部の上忍三家が他の地侍を支配下に、最終的に合議制を敷き、戦国大名を含めた外部からの圧力・侵略に対しては結束して戦い、織田信長が伊賀国を支配するために送り込んだ築城奉行・滝川雄利を追放、その報復として攻め込んできた織田信雄の軍も一旦は壊滅させている。信長が本腰を入れ、大軍で攻め込んできたことで伊賀忍者はついに壊滅的な打撃を受け、百地丹波以下が紀州の根来を頼って落ちたと言われる。

伊賀衆甲賀衆の残党は本能寺の変の勃発に、堺見物に訪れていた徳川家康を護衛して伊賀越え、いわゆる神君越えを行なったことから、その後徳川幕府に召抱えられるようになった。しかし危険な城攻めなどに投入され、仕官した半数近くが落命したのだという。過酷なうえに薄給であったとも。

しかし有能だった服部半蔵は重用され、江戸城の城門の一つ「半蔵門」に名を残している。職掌としては、幕府のために諸大名の内情を探るスパイ活動のような特殊任務のほかに、江戸城下の世論調査、大奥の警護、空き家となった諸屋敷の管理なども担当し、やがて同心として江戸城下の治安全般の雑務を司った。

また服部氏族の一人、上嶋元成の三男が申楽の観阿弥で、母は楠木正成の姉妹だったという。すなわち、観阿弥は楠木正成の甥ということになる。観阿弥の子・世阿弥も服部一族を自称していた。能の静かな動き、すり足などの所作に忍びのＤＮＡが含まれているのかも知れない。もしそうだとしたら面白くて堪らない。

豪雨の阿漕ヶ浦に立ち尽くす

私は旅に出た。
いろいろなことを確かめたかった。

そして旅のおわりに辿り着きたい場所があった。
それは、ある美しい浜辺。
そこに立ち尽くしてみたかった。
その場所にかつてあった至上の美しさを実感するためである。

今の日本の海岸線はもはや何処も美しくない。
むろん、その浜辺とて例外ではなかった。
水はヨゴレ、風景は見る影もなく　松原なども宅地に化け
千古の昔からオレは此処に居たぜと
無茶な自己主張をするかの堂々たるヨットハーバーに
罪をなすり付ける訳にもいかなかった。

かつてを知らない私にすら
かつてのようなというような比較級では語れないことが

良く分かる。そんなにまで時にくすんでしまった
哀切の浜辺と化していた。

しかしそのくすんだ哀切こそが今の私には大切なのだ。
その上、豪雨。そして暴風。
そんな伊勢湾の真ん前に、ひん曲がった傘で私は立った。。
なんと似つかわしいことなのだろう。

その昔Mも此処に立ったのだ。
本来凪いでいるの常態とする内海。
季節に吹く歴史的な幾つかの台風のことなどは別として。
本来ここはやさしい凪いだ海である。

しかし今日は違うのだ。
季節に外れた豪雨と暴風が吹く海。
大自然の気紛れはいつも私に多くのことを言う。
ヨットハーバーに雨宿りさせて頂こうと駆け込めば
ここは権利者以外立ち入れないのだと言われた。

権利とはいったい何のことですか。男は笑う。
会員かどうかってことですよ。いろいろ財産をお預かりしてるもんでね。

仰る通りです。
暴風雨のしのぎ程度では、私は拒まれて当然な存在なのである。

そう。拒否こそがこのMのストーリーに似つかわしいのだ。
一瞬気持ちが溜まった。
それからゲラゲラ笑いが込み上げた

浜辺とはいったい何だろう。
ここは本来　どんなことをする場所だったのだろうか
貝を拾ったり、海藻を拾ったり
そして海を陸に取りなすもてなしの場所だったのではないだろうか。
磯の匂いを体一杯に吸い込む場所だったのではないか。

けっして
そこから逃げ出す船を待つところではないだろう。

Mはどんな思いで船を待ったのか。
ホダラに渡海する上人たちのようにだったのか。

私はかつて20世紀の映像というタイトルの
ある悲しい動画を見たことがある。

それは一人の詐欺師のみじめな表情だ
エンパイアステートビルから飛べると言って皆から金を集めた
そしてそのまま本当に飛ぶまでを映した映像
カメラに向けたこわばった笑い　うつろな目線
それから男は2本の素手だけで懸命に羽ばたいて飛んだ
それを地上から待ち構えている冷酷なもう一つのカメラ
当時最新のダゲレオタイプのムービーである。

あんな感じで　スポンサーがついたら誰だって
やめられないところまで行くのだろう。

粗末な船でホダラに渡海した数多の上人たちだって

そうと決まったら海に出ねばならぬ　スポンサーのために
海に行き　膿を生まねばならないのだ
売ると言って　買うと言われたら　もう売らないわけにはいかないのだ

重盛の長子　嫡男中の嫡男　維盛を思う
熊野からホダラの海に出てそのまま行方不明
意地の悪い連中は　ほんとうは何処かへ辿り着いて
そのまま逃走したのだとかと言う
もし逃げ落ちたというのなら　それは生き恥だと
武家としては余りに不名誉で語るに落ちない
だから維盛は渡海したということになる

入水の決意というとき　どうしても
壇ノ浦における二位尼のことは語らねばならぬ
天皇のおいでになるところが日本の国である
そこがたとえ海の底でも天皇の行かれるところであるのだから
そこが国であると　堂々と詠歌して
幼帝その人と　三種の神器　すなわち天皇権のすべてを掻き抱いて
二位の尼は覚悟の入水

天皇権においては　何があっても
三種の神器は失うわけにはいかない
だから三種の神器を持つ以上　海の底こそが天皇の国であると
二位尼はそれを正面から詠った

そして草薙の剣は今日に至るまで発見されていない
つまり後鳥羽以降の天皇権はすべて　イミテーションであるという
動かし得ない事実が残ったのだ

海に出るとは　絶望を希望に変えようという　そういう覚悟を
人から引っ張り出さずには許してくれないようだ
そういう高揚感でMにも　この浜辺から
是非出立して欲しい

さてわたしの今　目の前に海がある　ここは古代から続く　歌枕の地　阿漕の浜である　先ほどまでの大雨は
嘘のように小降りになり　風も弱まった　私の主張は受諾されたようだ　わたしは車に戻り　潰えた気持ちに
火を灯し　蛮勇を奮い立たせて更に5時間のドライブを決行したのだった

部屋に戻ってソファに倒れ込んだ　老人はにんまり笑っていたが
対応する気力も無くそのまま寝てしまった

文学上に現れた「贄野の池」

けっきょくこの旅では贄野の池の地点まで戻れなかったことが心残りで、先の井出図書館の鈴木さんよりご教示いただいた品川和子『蜻蛉日記の世界形成』武蔵野書院（１９９０）を購入して一読した。それは６００頁近い大部の一冊で、内容は道綱母と蜻蛉日記を真ッ芯に捉えた実に多面多彩な研究で、贄野の池に関しては「蜻蛉日記の周辺」という一章に断続的だが６０頁に亘り様々なアプローチがなされていた。贄野の池の正確な位置の比定・確定に関する綿密な研究であった。「蜻蛉日記の表現における波動性について」という論文。波動という言葉に心が躍った。海の波浪ではない、山間にある歴史の池に起きる波動ということなのか。それは文学上に現れた多くの表現をひとつひとつ解明しようという見えざる波動の世界であった。

『中務内侍日記』１２９２年　藤原経子
又贄野の池といふ池の端を過ぐれば、鳥の多く水に下り居て遊ぶ。

『枕草子　第三十五段』
池は、勝間田の池。磐余の池。贄野の池。泊瀬に詣でしに、水鳥の、ひまなくゐて、たち騒ぎしが、いとをかしう見えしなり。水無しの池こそ、「あやしう、などてつけけるならむ」とて、問ひしかば、

「五月など、すべて雨いたう降らむとする年は、この池に水といふものなむ無くなる。また、いみじう照るべき年は、春のはじめに、水なむ多く出づる」といひしを、

「むげに無く、乾きてあらばこそ、さもいはめ。出づるをりもあるを一筋にも付けけるかな」と、いはまほしかりしか。

《池といって先ず思いだすのは、勝間田の池。磐余の池。贄野の池。長谷寺に詣でた時、水鳥が隙間もなくひしめいてギャーギャーやっていたのが壮観だった。とくに水無しの池っていうのが「へんなネーミング」って思って、地元の人に訊いたら「五月とかに雨が多く降りそうな年は必ずこの池の水がなくなる。また、ひどい日照りになるような年には、春の初めに水が多く出る」って言うから、「いつも水が無くて乾いてるなら「水無し」でもいいけど、大水が出る年もあるんだったら、矛盾してるよねって言いたくもなるよね。》

枕草子の四つの池を、平安京から長谷寺への順路として並べると、

◆贄野の池　（京都府綴喜郡井手町）

◆水無の池　（京都府綴喜郡井手町）

◆勝間田の池　（奈良県奈良市尼辻）

◆磐余の池　（奈良県橿原市）

となるようだが、この先の二つ「贄野の池」と「水無の池」が同じものだったというのが、証明すべき一つのテーマになっているわけである。

さて、先生の論考の美しい箇所を引用させていただきたい。

にへのの池：　山城国綴喜郡多河郷。『山城志』九に、『贄野池　盛衰記作新野池　俗呼地蔵池　在多賀村西南　今猶御贄貢』とある。評釈・全講・全解・角文・旺文等に相楽郡とするのは、関根集註に「山城相楽郡贄野」とするのをそのまま継承した誤りである。『蜻蛉日記』上、安和元年九月条に「破籠などものして、舟に車かきすゑて、いきもていけば、贄野の池・泉川などといひつつ、鳥どもゐなどしたるも、心にしみてあはれにをかしうおぼゆ」、同中天禄二年七月条に「明けぬれば、急ぎ立ちて行くに、贄野の池、泉川、はじめ見しにはたがはであるを見るも、あはれにのみおぼえたり」とあり、…それぞれ初瀬詣の途中の描写である。次の水無しの池と共に、泊瀬詣の順路として、多賀村・井手町と近接した位置を占めている。

水なしの池：　この本文個所に異同はない。盤斎抄は「大和成べし尚可尋」とし、関根集註は「浜臣云耳なしの池にや。然らば大和也。万十六『みゝなしの池しうらめし云々』此耳なしの池を後にみづなしと訛りたるにや」と紹介しているが、近来の諸注は悉く在所未詳としている。しかし、並河永の『山城志』九には、綴喜郡多河郷に、『水無池　水無村○倶名区　枕草子曰　池者贄野池水無池即此』と指摘している。国土地理院発行五万分の地図を見ても、国鉄関西本線玉水駅の東に接して、木津川の東岸に、井手町水無なる字名を見出だす。井手町はまた『山城志』に贄野池の所在地として紹介された多賀村に接している。本段の構成よりして、贄野の池と共に、京から泊瀬詣の順路に当たる点で、その配置は妥当なものと判断されたので、夙く、「枕草子未詳地名考」(『季刊国文』昭和２７年１２月）にその新見を発表し、続いて諸問題（４０）(昭和３７年５月）や集成にも掲げたところであるが、以後の諸注にこれを参看した者はない。

論点のきらびやかな、そして物柔らかな一冊の本はずっと浸っていたくなる世界なのである。論考は重厚で半分分かりながらよくは分からない。其処を何しろ半可通と呼ぶんだろうから、有難いとしか言いようがない。私

は証明の過程ではなく、証明された解答を有難く受け入れる劣等生、贄野の池は現行地名の長池にあったという座標の確認と、それがアリバイ証明の重大なカギになることだけは確認できた。

そして其処からいろいろ想像をめぐらし始める、これらの池が、其処を通過するということに於いて平安時代の女性たちにとってどういう感興を齎すものだったのだろう。歌枕になる位だからとにかく旅のランドマークであって、情趣を掻き立てるという要素以上の、なにか暢気さを超えた 強い情動を催す場所だったのだ。実際に行った人も行かなかったカンジの人も一様に気にしているこの池の存在って一体何だったのか。

その前に初瀬参りとはどういう意味合いのものだったのかを考えなくてはならない。著者が問題にしているところは贄野の池が「枕草子」をはじめ「蜻蛉日記」「更級日記」「中務内侍日記」など平安中期の女性たちの日記に多く記述がある理由についてである。彼女たちは長谷寺に参詣する。そこに大きな願いが胸に秘められている。それはいつの時代でも女性たるものが夢見て願う幸せということにかかわる大問題である。良い子供を授かれかしと周囲からやんやと期待され、本人もそのことを一番の幸せと念ずる大きなテーマ。よき子をと言っても男児と女児とでは意味が違ってくる。男児はダイレクトに婚家の将来の柱となるが、女児は何とかもう一つ格上の家に嫁ぎ、更によき子を産むことで父を出世させ家格の向上に寄与する。その連鎖の究極の到達目標は将来天皇となる皇子を出産することである。それをどういう段階作業、目論見にて達成しうるのか。それが家の戦いであり、彼女たちはその最前線の戦闘員ということなのである。

良縁そしてよき子を授かりたい、いつの世にも変わらぬこの究極の信仰。長谷（初瀬）寺への参詣というものがそういうものだったらしいということ。そしてこの初瀬詣の道すがらに旅情を添える一つの風景がこの贄野の池というものであって、それ故多くの日記に書かれ、歌に詠み込まれたのである。

池の所在地に拘る緻密で限局された研究に水を差すのかも知れないが、位置の比定という前に「池」という動かぬ水の落ち着きというか収まりが醸す安心感というものがあるのではという想像と、重いテーマでもある初瀬寺詣での行き帰りの必須の通過点であり、という事は強い願をかける前の意気込みや期待と、確かに行ってまいりましたよという少し腑抜けたような安堵感と寂寥感みたいなものが綯い交じった心の風景だったのではなかったろうかと思えたのである。

とにかく私は引っ掛かった。贄野池はどうしても気になる場所となった。宇治からの脱出後の以仁王の経路を辿る時、石清水を拝み、贄野池を過ぎ、玉水で喉を潤し、綺田で絶命するという流れがある。そしてもう一つ、乳母子の宗信が以仁王の遺骸を見送るのもこの池の中からである。重要な空間軸・時間軸の真ん中に初瀬の参りの往還のランドマークのように二重に鎮座している。これが「すべて事実であった」とするならばである。あまりに赤らさまであるアリバイは却って怪しいのだとフレンチ警部なら言うだろう。何がどう信じられるのかも分からない、こんな時につい寄り掛かりたくなるのだが何かが怪しい。ランドマークすぎるのだ。無闇に軸を固定させて来る。其処に意図を感じたりもしてしまう。

停滞前線は愚図付いて

生きていて、ただどうにもならん。色んなことは上手くいかない。持ち物もどんどん失われるし、それは失くしてしまうのだ。みな呆れているが、でも優しくしてくれる。半端な出来損ないにもかかわらず。

バス通りを歩いてずっと行く。今日もいつもと同じだ。どこにも着かない。どこにも向かって居ないから着く筈も無い。毎日同じこと。違うのはこの私。毎日別人だから。昨日の私と違うから、昨日というのが今日の前の日だということは知っている。でも昨日の私ということが分からない。今ここにいる私が昨日何処かに居たのか？　それは分からないし関係のないことだと思う。私はただ通り過ぎるだけだ。私は字を書くがいつもその紙を失くしてしまう。書いて安心してそのまま忘れてしまう。

バス通り。京都なのか。狭い三条通りなのか。バスが何台も何台も過ぎてゆく。私はバスに抜かれても、気にしないで歩いている。どうにもならないと知っているから。後ろから来るものに抜かれることを気にしなくなってから私はずいぶん楽になったのだ。そして私のＡ４のメモはいつも道端で見つかる。道の横に大量に積んである。誰かが束にしてそこに積んでおいてくれるのだ。濡れていれば雨が降っていたのだと分かるしヴアヴアに嵩張っていれば雨の後晴れたんだなと分かる。

ゆうべは少しは眠れたんですか？

私は座っていた　旅行の途中だった　雨にけぶる松江の掘割に面したラフカディオ・ハーンの旧宅　その小さな落ち着いた庭に面した縁側に　とくべつなじかん　ゆったりした時間があった　ここで私がハーンについて知った一つのこと　この静かで深いトツクニの人が愈々弱って　奥さんにポツンと言ったという　自分が死んでも誰にも言わないでもらいたい　葬式やらナニヤラも　ナニャドヤラも　いっさいやらないように　ただ淡々と土に埋めて欲しい　葬式どころか一切の告知をせずに　もしいつか誰かが消息を尋ねて来たら　ああダレソレはもういません　死にましたと　そう言ってくれればいいと　悲しいと思うひとがその内側で悲しんでくれたらいい　そんな風に思わない人が大勢いるような　かさかさとした空気に送られたくないということなのだろう　本当にそうだな　淋しくて暖かいな　そう思った　あの時あの場所だったから　ハーンがずっと昔に座った場所だったから　ハーンが観ていた雨の庭　それだからこそ実感できたのかも知れない

人生は異なもの乙なもの　還暦を過ぎたあたりからそれとなく時間の流れが変わった　古い記憶　それも揺籃に居た嬰児期の記憶が前触れなく蘇ることがある　記憶というのは正確ではない　感覚が蘇るのだ　嬰児の頃に言葉はなく言葉がなければ思考もない筈であろう　だが意識のようなものがあったのだ　それはただ原始的な恐怖　電気ショックのような震えが時折全身を走る　そのいつ来るか分からない瞬間発作的な落下感が恐ろしくて　いつも身構えていた　得体の知れないなまぬるい夢の中にずっといるのに　心はいつも緊張していた　最初はふわふわした夢の中にいた　それが何年か続いて　ある日急に厳しい表情に変わった　人は現実に生きねばならぬ　与えられた条件を呑んでやっていかねばならぬ　しかし夢というものだけは　いつも何処かに寄り添ってくれていて柔らかかった　それは眠る喜びとして　現実が殺されれば殺されるほど魂のリアリティとして立ち上がって来る　もしかしたら外からの力　憑依だったのかも知れない　私はそれでもなんでも良かったのだ　やって来るものに悪意があるかないかはすぐわかるから　自分で培ってきた「らしさ」はあながちバカにしたものではない。

スルト老人が歌うように口を挟んだ。年を取ればしまいには頭の中の粘りというものがなくなるんだと思うんだよ。其れを自覚して自分にも言い聞かせ始める。我慢しなくなる、それが老いの始まりだと思うんだよ。昔は良かったんだという考え方。ものの整理はつかないのだが、やらない限りどんどんゼロに近づいていってしまうという事が分からないんだね。昔は良かった、今も同じだ。それが耄碌の始まり、自己肯定もここに極まれりってことだな。嫌な水を差す人だ。揺籃の時間を思い出すのが耄碌だと云うのか。６２歳の私が彼の千年よりも耄碌していると認定されたわけだ。

実は私は腹癒せで云うつもりでもないが、この夏山老人が本人が申告しているほどの長寿でもないような気がうすうすして来ていた。話していれば見て来たのか見て来たような嘘なのか弁別できるような気もしてきた。色々どころか大して目撃してきたわけではないことが分かって来た。千年は生きていない、せいぜい二百年ひょっとしても三百年というあたりではないかという気がして来ていた。数字に根拠はないのだが一つよく分かったのは長寿というものはやはり無聊で退屈なモノであり話相手が欲しくてたまらなくなるものだということには間違いがないということ。この夏山老人とてどう強がろうとその束縛からは逃れられないしその気も無さそうだ。

じっさい老人はこんなことも言った。「お前が歴史を研究するのは他人の人生の真実を知りたいからだと言ったが、それは儂が死なない理由と同じだ」「長生きというものは体が動かせて頭さえ働いていれば楽しいことだ。また新しい奴と喋るということが楽しみであるうちは大丈夫だが、それがストレスになってくれば自然に心を閉ざす。そうやって死に向かうことになるんだろうな。自分の知った奴と決まりきった事しか喋りたくなくなるから、そういうのが周りから消えて行ったらまあ死ぬぐらいのことしかなくなるんだ。儂はだから我慢はしない、今は退屈だからぎりぎりで相手になってやるだけだってことだな。」

「はあそうですか。我慢できなくなったら・・・その時はどういう・・・」

鏡を見ると老人は消えていた。声だけがした。

「こんなふうに消えるんだよ」

7 結晶の解析

以仁王はなぜ名乗り出なかったのか？

政治、軍事、経済の話ではない。立場の話でもない。此処まで来て以仁王の心根の話がしたいのだ。彼には政治的な野心も手に入れたい権力も無かったのだ。そんなところにとんと関心が無かったことがそもそもの彼の不運だったのだ。ただ気位と秩序を重んじる心は人一倍強かったのだ。役目があるならそれを果したいと願う清廉実直な人だったのだ。その以仁王が山城を脱出してその後生存しているのならなぜそうと名乗り出なかったのか。私はそのことだけを繰り返し述べてきたような気がする。

終戦を知らず信じずジャングルに生きていた横井二等兵、小野田少尉のことを思い出す。《出たら殺されるという恐怖》《自分にはもはや居場所はないという恐怖》そういうマイナスな状況判断、負債的な感情を抱えながらおめおめと「はいそれでは」と出られるわけはなかったのだということ。

以仁王もそういう気持ちだったのだろうと思った。《親王にも法親王にもなれなかった自分》《その皇籍すら剥奪され強制的に源氏に降下させられた自分》《しかもそれを発布し得たのは父なのだと知っている多重の絶望感》父にすら否定された男。こんな自分を認め、暖かくしてくれる場所などもう何処にも無いのだということ。

そしてさらにその後のこと、自分の「死後の扱われ方」がすでに耳に入っていたとしたら《死んでいてもそうでないにしても、死んだものとされて。簡単な確認で早々に処理を終えられてしまうような存在でしかなかった自分》を知ってしまったのならば猶更のこと出られない。人生の不運が招いた運命の空回りがさらに意味を失い決定的なものになったのだから。こんなことならいっそ死んだままの方が幸せだという話になってもおかしくはない。私はそういう心の流れに賛成する。以仁王のその後の世界は彼の内向きの個性そのものであり、何処までも悲運のループを生んでしまう力学に則っている。私が彼ならば《とにかく成るべく奥まで行こう、奥地に身を隠そう》と思うだろう。その気持ちに何の不思議も感じないのは私の問題なのか。

以仁王の心の負債は体の疲弊以上にあまりに重く、普通ならネガティブに流れてしまうところであろうが、彼の誇りは何処までも気高く、自分にそれを許さなかったのだから状態はさらに重くなったのだろう。精神の内部はしっかりしていたのだから自分の目的を追う生活をやめてしまった身にとってそれはそれで一つの境地、気持ちの納めどころだったのかも知れない。普通の人が陥るような自棄的な気持ちになることはなかった。かれはいつも優しかった。思いやりに満ちていた。それが天子という存在、優しき村人たちに囲まれ、暖かい気持ちに触れ合っても究極の絶望を拭い去ることは不可能だっただろう。そこまで立ち入ることは誰にも出来ないことである。しかし私の先祖、龍王院は真横でそれを目撃し、血統の記憶として子孫に語り継いだのだ。

以仁王の脱出トリック

ここでトリックなどというと実も蓋もない言い方になるが、お茶を濁そうと思っている訳ではない。これでも熟考の結果である。言葉の弾みは善良さの証と受け取って勘弁して下さい。まずそもそも以仁王は光明山寺の鳥居の前で絶命という物語の突然の結末が怪しいというのは私が手前味噌に思いついたことではなく、事件直後から囁かれた二つの噂：①以仁王の亡骸であるとされて丁寧に運ばれ検分されたという屍体が別の誰かのモノであったという噂と②「以仁王は東国に逃げた」という噂がそれぞれに増幅して、また複合して様々な憶測を呼んだわけであるけれども、その基本にあるのはそうと信じたい諸人の感情論とは別に明らかにそこに何らかの厳然たる事実があってそれは状況の如何ではいつでも噴き出る用意のあったモノではないのか、平家物語以下に散見するそうした構成上の歪みが実は「本当はそうではないこと」を覆い隠したい心理の裏返しではないかということを言っているまでの事である。この世には「ムキになった強弁があったらそれは嘘であること」が往々にしてある。真実だったらこんなふうには頑張らないものだよという、それが人間の基本中の基本なんだよというスレた考え方が一方にあって、また実際に逃げおおせたことを確認した、逃がすことに一役買ったという話がじわじわと語り継がれてきたというのならばそのあれこれを思い切ってトリックと呼んでみたくもなったのである。

よく言われる以仁王替え玉説。私はそれを安直に肯んじ得ない。緊迫したスケジュールをどうひっくり返しても、そんな余白は見つからないからである。とにかく平家側のテンションは高く、感づいてからの対応は非常なハイテンポであったので以仁王側があれこれ小細工を弄している暇など何処にも無かったと思うのである。せめて平家側の初動の速さを認識していたのなら、あるいは「何が何処まで」現時点で露見しているかという予測対応がもう少しあったのならと思うがどう見てもそういう読みは感じられない。随分進んだ段階であるはずの「僉議」の巻でのあの不思議な暢気さがそれを物語っている。漠然とした不安感。それ以上のものは無かったのだ。あの僉議以前に以仁王が替え玉で去っていたのならあの僉議は無駄な作り物のプロデュース作業になる。

それでもどうしても入れ替わったと言いたいのなら、どこで入れ替わったのか。自邸を出て単身三井寺まで行ったその時なのか。それはありえない。三井寺での演説、老僧慶秀との経緯までは本人でないと成り立たない。リアリティとして奇妙なことになる。それならそこから宇治に向かう途中なのか。落馬を繰り返しながら宇治まで移動したのは以仁王本人ではないという説。しかし本人でないならなんでそんな面倒くさい話をするのか。「間違いなく本人」というのでなければ「そうと強弁したい」理由があるからに違いない。凡そあり得ない。

宇治以降はどうなのか。最後まで興福寺に期待して綺田で打ち取られた人物は替え玉だったのか。それなら何処で入れ替わったのか。そして本人は何処へ行ったのか。例えば宇治から東の山道に、つまり折角渡った宇治川の激流をもう一度泳いで渡って（橋はもう壊れていて渡れない）敵陣真っ只中を擦り抜けて三室戸越えをしたというのか。さもなければ、もう少し上流のほうまで歩いて四百年後の徳川家康と同じコースで宇治田原〜信楽〜伊賀〜白子浜に抜けたのか。絶望的な八方塞がりと開き直ってただ闇雲に誰もがストレートに想像する奈良街道をただまっしぐらに進んだだけだったのか。つまり替え玉なんて土台無理だったということなのか。

いずれにしても平家物語一流の「決められた」流れを逸脱するとエライことになることがわかる。だからたかが私の妄念に過ぎないようなことでもこれを元気にトリックと呼んでおこうと思った。平家物語だって「仮想の話」が開き直っただけかも知れない。それでも数百年に亘って流布されたという既成事実は強力だから、もし同じ「物語のリアリティ」で打ち勝とうというのなら相当ドンパチやらないと戦う前から気負けしてしまうではないか。自己免疫ほど自分を追い詰めて殺すものは無いのだから、勝つためには打って出ることだ。

要素分解の還元方式はバカのやることだとは習ったが、意味を成す程度のエピソードに仕分けた上で、それが本当か嘘か、嘘なら納得の上で吐いている嘘なのか、それとも気付いていても居ないで暢気に騙し討ちに遭っているのか、誰が誰を千年騙しているのか、それをひとつひとつ検証していくしかないのだ。

私が一番腹立たしかったのは、もうトックに誰も以仁王の気持に頓弱していないということ。命の瀬戸際に追い込まれた人間の発する辛苦のシグナルのことだ。その状態の人がこんな風なワラの詰まったデク人形である筈が無い。私は以仁王の心に入って叫び出したいような気持ちにかられた。想像しうる限りの心の可能性について妄念を尽くした挙句に辿り着いた一つの答えを「脱出のトリック」と名付けないでは居られなかったのだ。

光明山寺の鳥居

先ず光明山寺の鳥居である。以仁王が非業の死を遂げたとされる場所。私は先だっての強行軍で先ずそこを探し出し、そこに立たねばならなかったのである。それは至極簡単なことに思え、多寡を括っていたのだ。歴史時代においてたかが千年程度で地形は変わるものではない。トンネルが掘られバイパスが作られ近代文明とやらの便利不便利がトヤカクされようが基本的な山の景観というものはオイソレと変えられるものではない。その便利不便利は有難いことに儲けのないところには作用しない。幸い私の関心事は金の動かなそうなことばかりだから、あとは勝手に永遠を目指せばいいだけだと暢気な構えだったのである。

私の夢想は軽くそんな感じで、光明山寺に辿り着いてそこで何かを直感できる。その本体本尊から天恵のようなお導きが貰えるとユルク信じていた。しかし蓋を開ければ旅自体が楽ではなかった。あんな豪雨、嫌いな男を拒む女のようにワイパアが本気で首を振っている。山がもう雨を受け入れないよとばかりに駄々洩れに水が流れ落ちて来る。山城のそこかしこを車で狂奔したが、テーマパークの中に居て肝心の是非モノのアトラクションを幾つも逃してしまったような焦燥。その中にこの光明山寺跡も入ってしまったのだ。グルグルそこいらを廻ったのに進入路が発見できなかった。なんでこういうことになったのかと云えば一つは運の悪さ。でももっと大きな原因は元々事前に方針を構築できず、出たとこ勝負の人間であることが一番のワザワイなのであった。決めないことで良い結果に出逢える。そういうデタラメの神話が私の根っ子にあるからなのだ。エクスキューズは意味が無い。もはや「目前にして辿り着けなかった」という欠損感をバネにするしかない。

鳥居は何処だったのか

浄妙塚は高倉神社の南に現にあった。古色蒼然たり。筒井浄妙が此処に眠るか。なぜ日胤ではないのか。この塚のさらに南に東西に流れる野田川といわれる小川があってかつては門口（もんぐち）川と呼ばれたという。この付近に、光明山寺の山門があったことからこの名が付けられたという。その辺りは現在は緩やかな農地であって、そこを確かに通過して見た筈の私なのだが視界にはあったもののそれ以上の意識で何かを見つめることは無かった。あとからそのように云われて嗚呼そうかと思うようなニュートラルな風景でしかなかった。高倉神社のすぐ北を流れる渋川と、かなり南の蟹満寺の脇を流れる天神川。この間に光明山寺を含む門口川という今は見られない水系があったということのようである。光明山寺の境内は山間の光明仙と呼ばれるひらけた場所のみならず、この付近の綺田一帯、大きく広がっていたという扇状地のイメージで良いのだろうか。

何処で拾ったか分からなくなってしまった情報で恐縮だが、平安末期のこの付近の参道両側に松が植えられ、多くの卒塔婆が立てられていたという。平安末期と云えばまさに以仁王の時である。この辺りというのは甚だ曖昧だが広い参道などが作れる地形とは思えない。無論800年の風雪を侮るつもりはないが、そういうものがあって現在は無くなったという感じはしないのである。

実際の光明山寺跡とはどこか。それは天神川に接する蟹満寺から川沿いに東に500メートル入った山中にあったのである。蟹満寺が元々光明山寺の末寺であったという説明は頷ける位置関係である。蟹満寺の本尊の釈迦如来坐像は国宝である。この仏像は近年の発掘調査で蟹満寺創建以来動かされていないと予測されたが、別説ではかつてこの南にあった高麗寺で造仏され、高麗寺の廃絶後は光明山寺に遷され、さらにその廃絶後に、蟹満寺に遷されたともいわれる。或いはこの光明寺とは井手寺（井堤寺）のことであるとした説、山城国分寺を表す金光明寺とし、釈迦仏はいずれかの寺より蟹満寺に遷されたものとも云われ、尽きせぬ議論が続いているという。

この蟹満寺の東の山辺の小径を数百メートル分け入ったところにひらけた場所があり、水田が開かれ周辺には竹林がある。ここは天神川の上流であり、1997年の京都府「京都の自然200選　歴史的自然環境部門」に「光明仙（光明山寺跡）」として選定されたと立札がある。此処こそが光明山寺の建っていた場所である。

注意

光明山寺自体の創建の詳細は不明であるようだ。『笠置寺縁起』によれば役小角が止住したというが真偽は確かめようがない。９世紀後半、宇多天皇勅願により真言僧の寛朝により開かれ本尊を薬師仏とし、山岳道場として真言密教僧が相次いで入山した。１１世紀後半には東大寺東南院三論系の念仏別所となる。境内は南北２ｋｍ、東西５ｋｍの広さがあり、東は大峰、西は山麓、南は淀谷川、北は渋川に及び、山麓にまで伽藍が建ち並び、僧坊は最盛期に２８を数えたと云う。

光明山寺のあたりで実際に起きたこと

平家物語の諸本を比較して読んでいるとどうしても書きぶりに心情が濃密に出る「源平盛衰記」に戻ってしまう。それにしても光明山鳥居の前はいかにも呆気なく儚ない。物語すぎるのに物語になっていないのだ。何故なのだろう。それは事実が相当濃度で混入しているからなのだとしか私には思えないのである。まず橋合戦であれほど頑張った三井寺の悪僧たちの見せ場がない。簡単に討たれ呆気なく死んでしまう。それほど多勢に無勢だったのか。相手方の検非違使グループにしても追って来た総勢は大した数ではない。勇猛かつ知力に勝る（当代最高の知能発露の集結が三井寺だと私は思っている）そんな悪僧たちがコロリとやられる筈は無い。景高は「以仁王の首を取った」と息巻いて褒章にあずかるが、根拠はどこにあるのか。その時現場にいた加害者は少人数。しかも功を焦る手柄が欲しい連中だ。平家にすれば手こずれば手こずるだけ威信は失墜する。なるはやで決着をつけたい。その平家の思いを忖度すればこそ現場主任たる景高の結果の辻褄を探す熱心さが裏にあったと私は見る。以仁王は消えたのだ。景高は以仁王を見つけられず、しかも処理は急がれうまく褒章にも預からねばならなかった。奈良の大衆もすぐそこまで来ているだろう。グズグズしている暇はない。だから打ち取った首を以仁王の首とするためには早急に胴体から切り離される必然があったのだ。

この東の山の中に光明山寺はあった。三論宗である。理念の宗派である。今では「東大寺の末寺であった」と決めるがそう単純ではなかった様だ。学僧の修行の場。大学というよりは大学院、あるいは専門の研究施設のようなところかも知れない。その真横で専横する平家の暴虐がまさに行われているという時に、高品位高カロリーなエネルギーの集合体であればその時にボンヤリ見ていたとは思いたくない。関与したに決まっている。今では誰も覚えていないだろうがあの東大紛争、理念派の学生が心騒がせて無根拠で参入する、学生運動のようなイメージがふと湧いた。苦境に立つ以仁王が目の前にいたら、あるいはもし逃げ込んで来たら、反権力アカデミズムが当然匿ったに違いないというアタリマエの推測である。

しかし光明山寺は研究施設である。静かな思念の場であったようだから以仁王を此処までいざなった三井寺の寺法師が標準的に持っている闘争実感とは明らかに温度が違ったであろう。異質であるから付き合いも無かったであろう。それは奈良全体、興福寺・東大寺も同じ空気だったのかも知れない。官学の冷たさ・計算高い印象を私は実は拭えないところがある。そもそも三井寺が例の牒状のやりとりで空気と温度の違う延暦寺、興福寺と面倒臭い理念のやりとりをせねばならなかったことが結果として相当に不毛なロスタイムになってしまった印象が強いのだ。そしてその伝で行くなら光明山寺はさらに難しい相手だったのかも知れない。

だいたい三井寺はその成り立ちとしてもエネルギーの纏まり方が具体的で直感的で稠密である。僧侶それぞれの出身母体の氏族とのキナ臭い連帯、俗界にある親兄弟との位置と役割が想像できるケースが多い。たとえば地方武家出身の日胤を見て知れるように明瞭な動機を持ち、それがキッチリ繋がっている。根っ子こそ違えその燻りと翳りに於いて以仁王と非常に類似したモチベーションを持っていたと想像することが出来る。

光明山寺はどういう状態だったのか。以仁王の真実とどのように連結できるのか。

光明山寺跡の現在

光明山寺の鳥居の描写。平家物語。以仁王最期の一節をくどいが引用する。

「案のごとく宮は参十騎ばかりで落ちさせ給ひけるを、光明山の鳥居のまえにて追ッつきたてまつり雨の降るやうに射まひらせければ、いづれが矢とはおぼえねど宮の左の御そば腹に矢一すぢ立ちければ、御馬より落させ給て、御頸とられさせ給ひけり…」（『平家物語』巻四「宮御最後」）

寺に鳥居はおかしいではないかなどという人が居るがこれは光明山寺が神仏習合の神宮寺であって何ら不思議はない、などと云うもたついた説明をする人もある。まあ何を断言するかという選択の問題かぐらいにも思う。ただ高倉神社のある綺田神ノ木というところは木津川にほど近いよく開けた山の麓であり、地勢として深い森を背負う古社の鳥居の前という森厳なイメージは湧き難い気がするのである。その当時、平安京と平城京を結ぶ代表的な交通は極太の水脈である木津川であり、陸路を選ぶならその木津川の東沿いの土手の道が基本だったと諸本にも書いてある。そして綺田の高倉神社はその道沿いに普通に位置している。この道を単純に南下してきたからこれこの場所で追手に打たれてしまったのだという、さもありなんという話になっている。

そんな単純な選択で以仁王はほんとうに討たれてしまったというのだろうか。あまりに目立ちすぎる。以仁王は乗馬が不得手なのだからそこでモタモタしていることはまさに飛んで火に入るなんとやらになってしまう。東には幾らも深い山がある。そちらに逃げ込めば簡単には追手は付かないのだと、法師たちは思わなかったのか。そしてその山を支配している広大な寺社こそ「光明山寺」であったのだ。

わが龍蔵院の古伝によれば以仁王は綺田の光明山鳥居の前で討たれたのではなく、三井寺の大衆たちに戦闘を任せ自分は人目に付く騎馬を捨て少数の従者とともに徒歩にて光明山の境内を東に抜け、深山を分け入り伊賀に抜けたと伝える。その従者とは伊賀や甲賀の山の行者修験者たちであり、そもそもこの一帯は「井出の里」と言われその昔には橘諸兄、奈良麻呂をはじめ橘氏の勢力範囲であったところで、度重なる政変で橘氏が衰退したのちもなお残存した勢力が山中に分散して居住していたところである。

光明山寺の堂宇の立ち並んでいた一帯は今は跡形もなく畑である。山中に急にひらけた広く平らな場所。石仏群など多くの遺構を、周辺に散乱していたものを集めた何体かの石仏、石塔の一部などが祀られているだけ。光明山寺跡、最盛期には谷一帯、四方の山々にも多くの伽藍が建ち並んでいたという場所が今は畑となっている。光明山寺とて生き物である。時代状況に適合し精一杯に戦ってその命をギリギリに生きたのだ。

光明山寺と明遍

色々調べれば沢山の人物に出逢う。この以仁王事件の発生したその同じ治承4年にこの光明山寺に当時の仏教界の最高頭脳と云われた明遍が移り住んだという事実を覚え書きとして記して置く。明遍は1142年生まれ、この時39歳。父は、かつて後白河院を補佐し院政の実務を切り盛りしていたあの藤原信西（通憲）である。信西は不世出の政治家、非常に頭が切れる政界の実力者であったが平治の乱の権力抗争に敗れ逃げきれず自殺した。その息子は大勢いたが、みな優秀だった。その全てが父に連座して配流となったが皆早々に呼び返された。しかし政治に関わることの無益を悟り僧侶となった者が多かった。目立った者を挙げても俊憲（1122～1167）、貞憲（1123～?）、静賢（1124～?）、澄憲（1126～1203）、覚憲（1131～1213）、成範（1135～1187）、勝賢（1138～1196）、是憲（1139～1177）、明遍（1142～1224）、脩範（1143～?）などなど。政治家であり学者でも歌人でもあるという多面体ぶりが信西の真骨頂であったがそのしなやかさが子らにそのまま受け継がれ、多方面で開花する様は壮観としか言いようがない。

明遍は越後に流された。赦免後、明遍は三論宗の敏覚の門弟となりやがて三論の奥旨を極めて、嘉応２（１１７０）年以降中央貴族への講義を頻繁に行った。講師として活動しながらも、世俗の名利を厭い交わりを好まなかった。それで治承4年、まさに以仁王事件の年に光明山に隠棲したのである。

明遍は博学であり真言密教にも浄土教にも造詣が深く、真言宗のトップである仁和寺の御室守覚法親王（以仁王実兄）の命により『十住心論第七勘文』を作成、浄土教の著作としても『往生論五念門略作法』、『往生論臨終五念門行儀』、『往生論五念門略鈔』、『往生行儀』、『五念門頌』、『念仏往生得失義』があった。さらに明遍は有名な大原談義にも参加している。

大原談義とは、この時代に降って湧いた宗教改革者「法然房源空」が説いた専修念仏というものが、その平易さで一般大衆に急速に受容されていったことで、それまで象牙の塔の高みに居た高僧たちの中にも大きな関心と疑義が高まり、その真贋を質すため文治２（１１８６）年に天台宗の顕真が大原の勝林院の自坊に法然本人と、更に各方面の碩学たち（重源・永弁・明遍・貞慶・印西・湛学・大原の本成坊・蓮慶・智海・証真）を招集して、聴衆三百人の見守る中で行った問答のことをいうのである。明遍は急速に法然に接近しており、さらに浄土教に舵を切って行くのであるが、光明山寺に移り住んだこの１１８０年時点ではまだ方向性を模索している段階だったと思われ、思索にふける毎日だったのかも知れない明遍の眼前で起こった動乱が彼の発心にどのような影響を与えたものか、その想像は私の及ぶところではないが、興味の尽きないものがある。

頼朝、そうとも、寄り添う友。

風の噂はどこから来たの
風の便りはどこから吹くの
だって今さらあの人に何の未練もあるじゃなし
なんで今ごろ吹くのでしょう
涙もとっくに枯れたのに

噂の風が吹いたのは
そこに噂があったから
噂されたい人がいて　噂聞きたい人がいて

なんで噂があったのか
それはだれにも分からない
それで得する人がいる　損してしまう人も居る

だから得する人たちが流したように思うけど
うまく流れてきたために　そんな風には見えないで
誰が噂を流したか　分らぬように出来ている

つまりさ、現実に生きている以仁王と社会的に生かされようとする以仁王との間にこの時点でもう決定的な溝があったということだよ。この時に以仁王の生存に大きな期待があったとしたら各地の源氏、とくに頼朝だったはずで、挙兵を大いに期待されていた名目上でも頭領でありながら初動において実に無力だった頼朝はもしこの段階でも以仁王を匿うことができたのなら一つの支柱を確保できる筈だったという考え方だけども、実際問題としての以仁王の威光は既に消滅していて、頼朝が令旨を押し頂いた2か月前に比べて権威は失墜し立場は劣化し現時点ではもし生存していても最早謀反人の源以光でしかなくなっているわけだから、仮にも背負いこんでも半端に表面化したら自分も一蓮托生の片棒担ぎ、頼政の二の舞となるのは見えているわけだよ。

そうですね、今回私が奈良で偶然見つけた平泉澄「続々父祖の足跡」では以仁王の生存説を戦略的に流布したのは頼朝の窮余の一策であったと云っています。現実問題として安徳天皇を擁した平家に刃向かうことはそれ自体何処までも逆賊の汚名を着ることにしかならないのだから、その平家に圧し潰され無力化されてしまった二人、幽閉された後白河、譲位を強要された高倉になりかわって天皇権の奪還を説いた以仁王の「理念」そのアジテーションに繋がる以外に頼朝の道は無かったということなんですよね。

しかし現実の頼朝は動かない。動けなかったんだよ。それはいわゆる歴史が語る通りだね。彼の挙兵は8月だからそれまでずいぶん気を揉んで準備をしたのだろうと思うが、それでもあてになる人数を考えたらまず側近の北条氏の手勢などというものはたかが知れている。期待した三浦氏も動きが鈍い。初戦は奇襲だったからまあ勢いで何とかなったが、すぐに返り討ちにあえば多勢に無勢、たちまちに追い詰められてしまう。

実際そうなりましたよね。土肥實平の導きで間一髪のところを海路千葉に逃げ、別々に渡っていた北条時政と三浦義澄と合流、その時の人数はたった十数人だったんですよね。しかしそこから開き直った頼朝が見せる展開はもう本人も想像できていなかっただろうと思います。上総介の心境の変化というものが無かったらという話になりますよ。大逆転のあり得ないからこその真実の物語です。そんなこんなですから挙兵の8月がそれ以上繰り上げられたかと云ったら、それは難しいしどうにもならなかっただろうと。しかし8月で結果を出した強運の頼朝ならもっと前の挙兵でも出来たのかと歴史のイフを語る連中には格好の妄想材料になるのかも知れない。頼朝とその周囲が何処まで状況を把握して、どういう目論見で動いていたかっていう。

まあそんなことは分析してもあまり意味はないだろうな。

頼朝が以仁王の蜂起と死の知らせを受けた日がいつなのかは分かっています。正しく京の状況を把握していて、頼朝の北条館に伝えたのは大番役で在京していた三浦義澄と千葉胤頼で、ちょうど任期を終えていた彼らは伊豆に直行し、膝を詰めて頼朝に決意を促しました。6月27日です。中央との紐帯は強い頼朝であるから空気の動き、風向きは非常に大事だった。胤頼は上西門院に仕え、文覚とも親しかった。日胤の弟でもある。頼朝のパイプは隠然と残っていましたから勝機さえ掴めばと若い連中の気は逸ったのだと思いますが頼朝はまだどうしようもなかった訳です。腹を据えるにも持ち駒が無さすぎる状態では。逃げながらも追わねばいかん身としては。

だから要するに噂は役に立つってことだろ。しかしもし噂の当人が実体として現れたら、それは重すぎて背負えないってこと。当人のお役目は終わっていてこの先の展開はないんだから。生きて逃げて来られて、匿いでもした日にゃ、取って置きたい最後の言訳がなくなってしまう。頼朝はそんな感じだったんだよ。どこから流れたか分からない限り噂は強い味方になる、たとえ自分が流したとしてもそれがバレなければっていうのが頼朝の本音だったたってことだよ。以仁王が実際に生きて、至近を通過していても頼朝は反応しようも無かったたってことだ。

以仁王の現実とは何の関係も無かったたってことですね。

悪僧たち、山伏たち。

いままた外を観ている　夕立ちでも来そうな空模様だが　風はまだまだ蒸し暑いのだ　木立も緑もないビルばかりの殺風景なのに　今年は蝉時雨が五月蝿いほど耳に響くのは何故なのか　以仁王のために行者山伏の助けを呼んだのは誰だったのか　浄妙だったのか　日胤なのか　三井寺の呪法はもともと修験道と一つだったのだし　辺縁のつながりは理屈なしに深かったのだ　そしてまた熊野新宮とのつながりも単純ではない　そして僧たちの行動というものも規律のある兵隊のようではなく　基本的には個人営業で　自由業的な処があるし源平盛衰記の中に　戦闘の小競り合いのさなかにも妙に剽軽なエピソードには事欠かない　奈良方面に並んで消えた2人の僧　そんなに簡単によくも奈良に行けたもんだ　バカらしいからアカンベをしてサッサと三井寺に戻った円満院大輔みたいな僧もいる　最初は威勢が良く好戦的だったのにな　殺伐たる物語の中でも僧たちの活躍は馬鹿らしく愉快で胸がすく　またぞろ役目論を展開したくなるがそれというのも「頼政」「仲綱」「兼綱」「行家」をはじめ武士はお役目感が満載である　ただ一人「信連」だけは立場が楽だったから伸び伸びやれたが僧侶たちはその縛りが弱いからか　自助感・自在感が強くカリカチュア的に見えて楽しいのである。死んだものと行方不明者の錯綜　遺跡の底の泥を救うような仕事　そして最後の最後に以仁王を誘導して　逃がし奉った僧が居る　それは誰か　ここがミステリー　踏ん張りどころだと思います　密室からの脱出　天外消失　アリバイ崩し　替え玉トリック　うんぬんかんぬん　ノンキも結構だが　まず此処には本来歴史という巨万の賭け金が掛かっていたのだ　以仁王と一緒に消えた僧は誰だったのか　それは筒井浄妙ではないのか　最後までフォローしたから陪塚として浄妙塚として祀られているのではないのか　どういう理由で皆を出し抜いて彼一人だけが祀られているのか　もしかして以仁王の代わりにこの地で死んだのが筒井浄妙だったのではないのかそれを当時の人間は表向きはともかく実情を共有して　そのように正確に弔ったというものではないのだろうか　その前の玉水で王が喉を潤した時　一緒にいた僧は誰々だったのか　その中に王の身代わりに死んだ者がいたのだ　ただそれだけのことだそれが僧であったということを誤魔化す為にこそ　首を刈ったのかも知れない　装束とヘアースタイルが合わなければ歴史の決定的なミスになるから

行方不明者とは誰なのか？

変死というか・・・死が確認できないというか・・・ある時点を境にしてその後の消息の不明な人物は実は神隠しという言葉があるように、神の配慮、ある場合は気紛れによって人生の尻尾をオープンエンドにならせて貰えている選民ではないか。こう色んな事がガラス張りの時代になって来ると、それでも行方不明の彼らは「未来の腕に掴まって」時間を行き来しているのではないかと思えて来る。彼らは皆どことなくそうである。アンブローズ・ビアース、グレン・ミラー、エットーレ・マヨラナ、ハロルド・ホルト、ルドルフ・ディーゼル、マイケル・ロックフェラー。知り得る失踪時の状況証拠において見え隠れするものが似ている。何といってもエルンスト・プリースナーのように、世界的な昆虫学者が昆虫採集に行ったまま行方不明なんていうのが、何と言うか、特に素晴らしいと思った。本朝では何と言っても維盛だろう。神秘的で、見習いたいほどのものがある。

畳で往生した筈のダンテだが、彼にもそういうところがある。韜晦性と云うのか、生きながら地獄を廻ったと堂々と書いたというのはやはり模擬的な死のこと。変死レポートとも思われ、何にしても素晴らしいことだ。

西洋つながりで云うのならそもそもキリストという人がそうだ　パウロに引導を渡した後のあの慌しい消え方　最後のある時宜を境にして　運命の鎖は複雑で　端のテロメアは変異にほつれて　容易に弄れるもの　細

工できるものになっている　その末端は未来への橋渡しになる　未来でバトンを待機している者が必ずいる

そこにかかわる仕事が行者というものだったのさと老人が口を出す　ウワー、出た　此処かよ　昔は自然科学というような説明の仕方がなかったが　その説明は結局低愚なものに過ぎなかったのだが　訳も分からないところに騙されて　とにかくありがたがるバカはいつの世にも　種は尽きまじだね　馬鹿は世の中の進行と停滞を司っている肉塊の集合体である　意志は持たない　呵々　神頼みとバカ騙しの結婚が世界なんだよ　今宵も辛辣に飛ばす怪速老人である

神通力というやつ　神に通ずるチカラ　それは言葉である　言語には優劣があるが日本語がその最高位のナミはずれた究極だが　それはその民族が神とどこまで繋がりたかったのかという民族発生時の偏差値が示す結果である　日本語はもっとも神に近い言葉　神に話しかけたときに真っ直ぐに届く言葉であるということ　行者はこの言葉を正しく操る修行をするのである　山に籠ってマイナスイオンを浴びて走り回る昨今のアスレチックな　脳筋肉トレーニングみたいなことばかりではないのだ

とにかく言葉を操作せねばならない　その能力を欠損させたらゲームはもう続行できない　コレ以外は無いという真っ直ぐに的確な言語表現が日本語には縦横に密集している　そして場所　言語にはそれぞれ広がって自己増殖すべき空間が要る　今の言葉で言うならばメディアということだろうよ　まず明言を知ることだ　表言　確言　カントの言う定言命法　ああいえばこういう　自在な言語波というべきもの

どうやらこの２０００年デコボコに　ひとつのピークがあるとずっと言われてきたことの　証拠提出の一つの締め切りが迫っているようだ　書物として著して置くべきだということ　それがお告げみたいなものだねマアそれがこれなんだね　儂とおまえとで作っているこの本がそうなんだよ

老人がこんなにも参加意識に燃えているということに驚かされた　サモナクテモ　事は急がねばならないの

だった　もともと書かれた文字は声を大にして繰り返し唱えられることを前提にしている　書というものは肉体の内包する魔法を定着する道具である　それを声を出して読むことによって　魔法に方向性と意味を　都度都度に付与していく装置になっている　西洋でも当初　書物は台に固定され立ったまま読まれた　重かったし貴重だったからおいそれとは動かせない　声を出して　カクカクと朗読された　やがて紙の発明　印刷技術便法を敢えて堕落とするかしないかは　その設定の深さによる　言語という呪法を何処まで複雑化できるか

違う？　笑　もっと放り出す感じで、ダロ？・・以って回った・・取って付けたような言い草は気に喰わない、ダロ？　もっと男　そうな　以仁王だって男　抑圧の果てでもやっぱり男で終わらねば　男の出しっぱなしの臓腑　だらしのない丸出しに寄り添って　それが確かに書けたら　そういう共感があれば　そして女・・・そういう女の鋭い直感が何処かで突然発揮され　自我薬籠中では色々のんびりネムル根っからの貴種　以仁王の中の男を嗅ぎつけて　走り出させ走り切らせようとしたのだという　そういうカルメンみたいな女が何処かに隠れている　わたしにはそんな予感があったのだ　どことなくの直感が濃密に漂っている　それは以仁王にとっても　第3者などでは毛頭なく　女が女の直感で彼には多人数　複雑に寄り添っている　そう　たくさんの女たち　それで男の内沸は滾るのである　男は必ずそうなる　女で滾る　本来そうでなくては面白くもなんともない　実方がそうである　西行だってもともとそうだ　しらばっくれてる芭蕉がそうだ　およそ行基も小角もそうであっただろう　以仁王だってそうだったに違いない　彼が一つのシフトを切り替えて奥州に向うことになった背景には　女がいる　女が発動させたスイッチがある　このテーマは手に負えないか？

以仁王はどのようにして死地を脱したのか

それが成ったのは全く神佑に依ったものだ　結果として　事件後に並べられた検非違使自慢の首級の中には宮のものは見つからなかったのだから　そのあとの首実検も不思議なつじつま合わせとしか見えない　それが現場でどうアタフタしながら捏造されたのか　平家物語・源平盛衰記を繰り返し読むしかない　何か新しいことが書かれてはいないか　宮は玉水で喉を潤す　ここで初めて馬を降りる　乗馬はもとより不得手だったはずだ　瀬田から宇治までの間に6回も落馬している　それでもラストスパートとなれば頑張るのか　とにかく玉水の水は美味かった　ようやく人心地が付いたと歌を詠む　何の余裕なのか　ノンキなのか？　自棄なのか？　いやそうではあるまい　そうせざるを得ない理由がある　切迫のあるべきところに暢気があるのだったら　それはやっぱり暢気ではなく切迫なのだ　つまりこれはマーキングなのだと思う　道端の柴を折って通過の目印にしようというアレである　此処に私が確かにいたと　私が私だというのだから多分私に違いないだろうと　強調したがっている　そしてそこから一気に絶命シーンに直結する　玉水からそのまま奈良を目指す先が綺田である　カバタというのは川端ということだろう　それが現在の高倉神社の場所なのだったらここは川端ではない　またその時に宮に供奉していたものの名前も諸本実にまちまちである　ズタズタにそのメンバーは違う　延慶本では長谷部信連まで登場する朦朧とした世界だ　諸本アレコレ比較して何が何だかよく分からない　そしてそんなこんなで追っ手が急に飛び掛かり雨アラレと矢を射かけてくる　そうした一本が宮の脇腹に刺さり落馬した所に寄って集って首は取られてしまう　この油断ぶりはどの本も共通である　ちょっと緩んでいるところに虚を突かれて宮の命は取られてしまい　そして宮がやられた後　急にシマッタ此処が死に場所だったんだとイキナリ大立ち回りがある　実にへんてこりんな間なのである　これも諸本に共通している

それはつまりこのグループには既に以仁王はいなかったからである　居なかったと証明されたから　その後の話はそういうドタバタの　辻褄合わせになるしかなかったのである　以仁王は消えた　イリュージョンが何処かで行われたのである　直前のどこかで　よくよく考えて貰いたい　日胤や浄妙　大勢の腹の据わった叡知が束になっている　察知と瞬発に生きる天才の集団　武人兵隊にも職業的野心や勘はあろうが　自己プロデュース能力について悪僧たちのそれは全く桁が外れる　誇りによって記録にも残さず　それ故に後世には理解されにくい世界　凡百に何がわかる　半端な弁護など笑って拒否するだけなのだ

以仁王グループは何故呆気なく討たれたのか　それは追手の武骨連中の想像を超えた「何か」があったからだと　以仁王を安全に逃がすために　そちらから完全に目を逸らして呉れれば呉れるほど以仁王のセキュリティは上昇するような　それには彼ら武骨の発想では疑い切れないような　なるべく単純平易な構造が望ましいのだ　集団の中心に居て周囲に守られるようにしていれば　それなりの格好をしていればそれは貴人であり以仁王でしかありえない　それなら誰かがその役をやればそして簡単に討たれてやればもう連中は疑わない　他に本物がいてなどという発想は浮かぶ筈がない　いやしくも最高知能の悪僧たちがそう考えずにまごまご討たれている筈がない　もしまごまご討たれているのならその段取りが付いたからに決まっているのだ　その証拠に以仁王の屍体は出て来なかったではないか

整理しよう　この脱出の問題で以仁王の周りにいたのは三井寺の悪僧たちであった　武力仕様に鍛錬もしていようがまずは頭脳集団である　単純な蛮勇では動いていない　橋合戦での浄妙や一来法師や矢切の但馬の逸話など外連味タップリの英雄譚で平家物語は矢鱈に面白くなっているのだが　彼らの実態は平家作者にも解っていないのではあるまいか　まして作り物として一から練り上げる感覚は平家作者に在ろうとは思えない　とにかく一見表層的には一来法師は底抜けに明るくラテン系で　一頭抜きんでれば得意満面の目立とう精神の図

式に見える　もしくは度を失って踊り出ちゃっただけだとか　しかしそんなオバカサンであろうか　そんなブザマの訳がない　私の目に視えるのは「極限だからこそ命がゲームになる」と知覚して遊ぶ　男たちの意気というものである　目の前で発生しては飛び去って行く現実の時間経過を読み切った　悲劇をも喜劇化するゲームが現実に行われたということであろう　極限が極限であるからその面白さが際立つ　それは常人の発想を超えたところにあるから皆敬服して物語として崇める　そういうことだろう　実際一来法師は最も古い延慶本では戦いのさなかに頼政と歌まで詠み合っている　何処まで面白がれるのかと些か不気味ですらある

逃走日記

3人の男たちが私の前に立っていた　その中の首魁と思われる一人が低い声で「こちらへ」と言った　確信に満ちた静かな声　彼は言葉少なくその後は一言も発することは無かった　とにかく信じた　そして一緒に走った　藪の中だった　此処が今のところせいぜいまだ光明山寺の裏山であることは確かだった　しかし本当に3人とも初めて見る顔だった　僧形のようであるが頭髪はぼさぼさ伸ばしている　園城寺から此処まで一緒に戦ってきた悪僧たちとは根本的に違う　もっと自然派の・・・何と言ったらいいのか　泥のような　ああこの人たちを山伏と云うのか　でも私はすぐに理解する　この脚がこの自分の脚が存分に走ればいいんだ　前も見えない鬱蒼とした藪の中でも彼らの走った通りに　その足跡の通りに走ればいいのだ　雲を霞にという言葉がふと思われた　頭を空っぽにして走る走る走る

そうだ、結局私は逃げたのだ。逃げるつもりなんてなかったと云いたいけれど結局そうなった。逃げるしかなかった。語気強く時代に檄を飛ばしたものの、ことごとく当てが外れた。世の中はそんなにたやすく動かなかった。人の心はまず思惑に揺れ、様子をうかがう。飛び出した人間の弱み無様をまず横目でじっと見ているものだ。

３０歳。何一つ結果の出せない人生。出してはいけない人生というものに振り分けられた私は。これは後世に腑抜けだと能力不足だと言われるために生きているというのか。言い訳など意味がない。これは運命の種類ということなのだ。従容か。それが美徳と追い込まれて、後世への範となるか。

期待して登らされては梯子を外されるような事が何度も続いた。それでも黙って笑っていれば良かったのだ。薄く冷たく諦めていればそれで済んだのだ。しかし耳の奥で小さな音がチリンと鳴った。そして誰のものとも分からない小さな声がした。「立ち上がる事なくして終われるのか」という問いかけであった。それが残響し、私の中で止まらない大音量になった。立て、最勝王。それがこの夢の中での私の名だ。

まんまと一杯食わされた。あぶりだされたスケープゴートという事なのか。それをどこかではじめから知っていて…それこそ、みじめな連中の言葉で言えば窮鼠猫を噛むという形になったのか。そうなることを私自身予測していて、それを択んだのか。それを私は今、誰に向かって語ってるのだろう。私に命からがら付いて来てくれた従者たちも今は皆眠っている。血だらけの体と心を癒している。ともかくここまでは逃げおおせ、私はまだ生きている。しかし、この先の私の行き場はどこにもないのだ。

人生の終結。それを何度も思った。昨夜何度も落馬しながら、こうして落下し続けて地の底まで落ちてしまえばいっそ楽だと思っていた。乗馬は得意ではなかったが、私を見つめる皆の心の前に、そんな風に折れることは出来ない。私がそこで何を拒否できるというのか。私は武者ではないが勇者でなければならぬからだ。これが終焉への旅だと思ったからなおさら絶望的にはなるまいと思っていた。私は役目として…やるべき事はやり終えたのだ。ただ、無様に死ぬのだけは絶対に避けねばならない。そうして死んでしまうことは自分の血統の矜持として到底許されるものではない。

自分の最期の思いをしっかりと聞いてくれる人たちの前で落ち着いて心底を伝え終えてから死にたかった。思えば宇治で、源三位の合流を待つしばらくの間仮眠を取らせて貰ったあの時間は何だったのか。源三位とはまだ語り尽くしていない。時間ばかりが過ぎて、私のじりじりした心を埋めてしまった。逃げ切らねばならない。敵がひたひたと押し寄せて来る。寺から付いて来てくれた僧たち。その気持ちはいかばかりであろう。私はいやしくも統率者であって…この態度、この無様でよいのかと、何度も思った…。

追いつかれれば犬死は必定である。私は今や皇子などではなく、皇籍を剥奪された一介の臣民にすぎぬ。つまり私は捕縛されて讃岐やらへ配流される対象ではなく、ただ逆賊として殺されるだけの存在なのだ。しかし、死ぬ事は考えなかった。死ぬわけにはいかない。宇治で別れるときに源三位から「ともかく敵を足止めして時間を稼ぐあいだ逃げられるだけ逃げて欲しい」と言われたが私は乗馬は不得意であり、そこは如何ともしがたかった。しばらくは騎乗したが馬を降りることにした。そして山道に入った。それが幸いしたのか。

いつしか深山に入り、そして追手の気配がなくなった。

私と一緒に宇治を出たのは幾人かの三井寺の大衆たちだけであった。源三位がどうなったのか今もって分からない。渡辺党も誰も一緒には来れなかった。武家は武家の験の付け方があると云うのだ。筒井浄妙がすぐに後から追って来た。日胤は別の行動をしているという。贄野の池のあたりで合流してきた一人の山伏が東の山の抜け道を案内してくれるという。勿怪の幸いと、それに乗っかろうと浄妙が言った。このあたりから奈良への道筋は見通しがよく余りに目立つので敵の大軍に追い付かれたら万事休すである。僧たちの提案で一人の僧と装束を交換した。私を活かすために、オトリを立てるという思い付きをいよいよ実行するのだと。それが何の意味があるのかと私は思った。私が生きることに何の意味がある？　すると浄妙は言下に云った「莫迦！」私の為にではないと浄妙は言った。日胤の思いである。世界は変わらねばならぬのだ。それ自分らの想像でどこまで及ぶのかは分からないが今後ろ向きになる訳には行かない。この世は少しはマシになって貰いたいものだと屈託なく笑う。私も釣られて笑った。自分が是が非でも生きたいとは思わないけれどもブザマは嫌だ。子らの未来は子らが切り拓くだろう。自分を否定する気も肯定する気もない。今は碌々ものを考えられない。しかし全体を活かすために私も生きろと浄妙は修羅の高みからか私を恫喝するのだ。衣を脱ぎ、僧形ではない菅の冠者という者と交換した。浄妙が言うこの世の改善、その象徴として私が振られた役目を、私も、皆も一緒に死守せねばならぬということだ。絶望などしている場合ではない。筒井浄妙は一緒に来なかった。かれは綺田の方に向かって行った。

私に扮した者を中心に目立つ街道で陽動するという話だったが今さら何が奏功するのかは分からない。ただ奈良に向かう意味はないとは既に悟っていた。何とか奈良に辿り着いても私の命がそのまま引き渡される先は同じなのだ。泣きながら三井寺に辿り着いた夜と何も変わらない。結局ワレが無力なら何処へ行こうが無力なのだ。勇気と思想のない処には何もない。この山道を東に抜けるのがいい。この脚で何も思わず何にも煩わされずただただ走り抜けることだけなのである。そう云われて走ったその先の伊賀の山中は、脚に茨が立ち血に塗れながらも、既に隠れ蓑の中を歩いているような浮薄感・安堵感があった。

此方に追手は来なかった。静寂の中をひた走った。人生の最後の一息、どんな言葉を吐いて終わるのか。それとも吸って終わるのか。そんなことばかりを考えながら走った。ようやくの安心。この伊賀の山中で3泊した。山の民たちのひそやかな住まい、つましいが暖かい寝床で安眠した。

800年間微量に残存した森の気を読み出す。

ファンタジー　ああ弱い　夜は慎み深く　互いの体に巻き付き沈み合っている大きな二匹の怪物　たくさんの内包する種子　物語を生む胎動　総花は咲かない　だがたくさんの花は咲きたがっている　暴れたがっている　そのファンタジーの胎動は何処から来るものか　深い森はおしゃべりだ　妄想が本当に強いみたいだ　今まで見聞きしてきたことにさらに盛り足して　ブツブツ喋って居る

未来というのは場所で云ったら何処のことを言うのか　この渦巻きのようなものを時間と呼んでおるのか　そんな得体の知れないモノはほったらかしでいい　この大気というものは何時からあったんだろう　何処から来たのかわからないが　それがいつの間にか当たり前になるということが怖ろしいのだ

戸口に博士を名乗る3人の者がやって来ていた　ゴチャゴチャ云っている　そこいらの家をノックしては片っ端から　幼子は居ないか　どこかに男の子を隠していないかと訊いて回っている　検非違使だ　安心感を醸し出しているフリをしても私には分かる　覆面ケビイシ　ドアを閉めてカンヌキを掛ける　スルトいつの間にか3人の男は既に室内に入り込んでいた　安心してください　検非違使ではなくバイトです　博士号を取得しても就職先が見つからないんです　キマイラ決まらん三人組　東の方から来たと言っている　東なら私の向かう方角だ　これは幼児探しのアルバイトですよ　将来王権を脅かすかもしれないんで見つけたら殺すのです　私も人に探されているから少し緊張したが　幼児だけなんで大丈夫ですと言っている　大人は大丈夫です　伸びしろがないから心配ない　なんという事を云うやつらなのだろう　ふと息子たちのことを想った　不思議な連中がいたもんだ　霧の中にと言ってもこのトラルファマドール星は至って乾燥して埃だらけだと文句を言っている　余りにもばからしい出鱈目な逃げ濁しがあって言い訳ばかりしているから口がカラカラに乾いて　周

りの空気まで乾燥させてしまったのだ　止した方がいい　そこまで話をオチャラカさなくていい　せっかく山伏という多彩な方法があるのだから　きみらまでプロデュースは出来ない
しかし　この3人には素晴らしい取柄があった　落ち着いているということ　これは暫く見失っていて今こそ心から欲しい最強属性だ　良い人たちが来てくれたと思った　すると3人は云った　私たちは博士なのでモノの役には立ちません　それでも一行に加えて頂ければ有難いのです　私は云った　今逃げている最中であって何の展望も無いのだ　構いません私たちも身寄りもなく居場所もないのです　付いて行かせてください　そして厚かましいのですが私たちに貴族の位をください　いい年をして就職できていないので名刺が刷れないのです　仮のもので良いのです　あなた様がやがて天下をお取りになる日まで付いて行きたいのです　そこまで聞いて私は3人の博士に中納言と少将の位を授けたのだった
やがて阿漕ヶ浦に出た。海は凪いでいる。確かに舟は待っていてくれた。大きな背中の、浅黒い顔の男たち。荒々しく屈強で細かいことには頓着しないように見せながら、その心は細やかなのだ。ふとあの信連の大きな背中を思い出した。こういう優しいまなざしは私の飾りを全部はぎ取り、何でもない元の弱い生き物に戻す。彼らの無口なまなざしの中、何者かも分からないのにこんなにも安心して私は舟に乗り込んで片隅に丸くなった。そうして舟は静かの海に滑り出た。私は世界を信じた。水面は煌めいてそのまま私は眠った。

雨期の濁流を遡上すること

ミノモを見ながら考えた　泳げもしない　水が怖ろしくてしょうがない様な人間が　舟の操行操舵の術などについて知ったところで何の役に立つ　そう云われたらそうですが　それでも知っておきたいんですよ　どう

やってこんな小舟で東シナ海を渡ったんだろうかということを　どうやってこんなに水量のある激流を遡れるのかというようなことを　濁流を　あのなだれ落ちる真っ黒い熊野川の太い水流でも鯉のようにワレワレも遡れるものなのか　カヌーとかをやっている人に訊けばわかるのだろうか　航行技術の発祥というものは人類の発生早々に起源があったのかも知れない　地中海　その先のジブラルタル　あるいは喜望峰　大陸間の航行を考えたら　こんな伊勢湾などの内海はワケの無いものだっただろう　それでもこんな真っ黒い水だ　大津京は天智帝　淡海公は不比等　淡海とは琵琶湖を指すのであろうか　波のない場所で先ずは練習をして　そして大海に乗り出す　やがて打って出る準備にまず小手調べが要る　リハーサルは自分のためにやるのではない　関わる皆が夫々の力量を見せることで　後で纏まる力を　収斂の場所を見定めるためのものだ　引くところ押す所　嵌まるところ掻き出すところ　それを見定めてから　作業が始まる　関係が始まる　物語が始まる

ガラスでできた野菜畑

サテ此処は何処なのだろう　私は夏山老人のメソッドで習い覚えたやり方で　鏡の中で行く先を念じたのだがどうも知らないところに出てきたようだ　そこは走る列車の中で　蒸気機関車が2両連結されたその後ろに客車が8両連なっている　どうやら前方で映画の撮影をしているらしくよく見るとジャン・ギャバンとジュリアン・カレットがすごい身振りで怒鳴り合っている　これはあの映画だ　タイトルは思い出せないがその撮影現場に私は出現したのだ　連結の機関車は前の1台が動力となり後ろの1台の中で撮影が行われている　こんな場面に出食わせたことは洋画ファンの私にとって奇跡的に楽しいことだったが　その一方でここがモノクロの銀幕の世界ではなく　ギャバンにとっては撮影という日常に過ぎないという　それを目撃するのは些か幻滅な

のである　幻滅？　大いなる幻滅！　違ったか　だけどギャバンは演じているとき以外は電池の切れたおもちゃみたいにぼんやりしている　オフったギャバンは見たくなかったな　いつも待機時間でも意味なく付き人を怒鳴りつけていて欲しかった　私はもの陰で見学するのを止めて自席に戻った　私だってちゃんと蒸気機関車が日常だった時代に生まれてるんだから別段吃驚はしていないんだぜ　こんな風に山の中を走る蒸気機関車ってものはトンネルに入った瞬間に物凄い煤を出す　だから瞬時に客車の窓を閉めなくてはならぬ　この反射的な動きを　私は当たり前にやれている　この感じ　時代時代に適合したその時のあたりまえの私であることそれで　あたりまえ　今何時代にいるのかというのはあまり考えないことにする　ただ蒸気機関車の時代だってこと　今はもう常軌を逸した時代だから今よりずっと良かった時代だったね　トンネルの暗がりで窓ガラスが一瞬ミラーになった　その瞬間　私はまたテレポーテーションに捕まった

フト気付くと私は井手町の山道に立っていた　２０２０年7月１３日の午後5時　あの続きの時間だ　どこかで気を失っていたような気分だが急速に接続する　自分の中に再度入り込んだのだ　我に返るともいう　私は夜を　夕暮れを待つことにした　諦めたというよりも半端に興奮した頭を鎮めたかったのである　そして朝からずっと徘徊してきたこの町を　東の山からこの細々とした渋川に沿ってもう一度　木津川の河川敷のところまで　ともかくゆっくり歩こうと心に決めた　西日は眩しく　私のいささか膠着した退却の気持ちを浮き彫りにしていた　目の前のこの川がその時どんな風の流れで　何を語ったのか　以仁王は「・・・」そこに無言で立っている　私の意識　阿頼耶識との合流を待望している　私の目の前にある空中を流れる川は　写真で見た八重洲橋　戦後しばらく無残にその姿を見せていて今はすっかり取り壊されてしまったあの八重洲橋のごく一部の残骸のように　その乾いた絵の具のような傷跡を晒している　川はなぜ空中を流れるのか

鳥が飛ぶ　その自在な飛翔の容赦のなさ　そして一声　高らかに叫ぶ　いま此処に在る心の総括と　命の安

静と明日もまた好天であり心丈夫であれかしという請願の詔を　我に悔いなし　今に悔いなしと　そうかそれなら私も高らかに啼いてやろう　あの800年前のあの午後の　天気陽射し　大地の温度　大気の湿潤を　名も無き鳥が鳴いて印したように　文字をしたためる人間の　発話の意味と　リアルな事物　光景　ひとの一瞥の深い意味　そうした一つ一つが　コトバにまでなり切れずに　心は白紙のまま　念ずることだけが私にできることだと　ただ其処に在った心情　その光や影　そのゆらぎだけが　もこもこと命を帯びている

夕景　日が少しずつ　確実に陰り出して　物の形が別のメッセージを語り出し始めた　ああこれが私の待って居たモノかも知れない　気持ちが震えだす　その形は大きくなり赤い土塀に何かを映し始める　もう見てはいられない　これは誰かの陰だが善良な倶生神でもない　怖くなってくる

「道幅は一気に狭くなった」声に出して言う　スルト同じ道なのにそう感じられてくるのが不思議だ　木津川の土手に達したら　風が見る間に冷たくなった　気持ちは過去からのものなのでそのことを誰かに分かってもらうためには過去の自分を語らなくてはならないが　それは不可能だ　それだとあまりにも回り道をすることになるから　意味がないしお互いが疲れるだろう　だから実体ではなく影同士がそういうものですよねと言い合う　貰ってもしょうがない同意をとりつけながら進む　喋るということは気を燻ませるだけの作業になる

私はだから影に向かって　私の最初の風景の事を言う　どうにかしてわかってもらいたいと思って　私の生まれた南奥の村　下郷という場所を　あの塩生や楢原の原風景を　今は何処にも無い土地について　其処に在った森や樹々の言葉の記憶を　だからこうしてつらつらと述べる　夜の冷気　興福寺の五重塔が目の前にあるこの宿　今は此処に在ってしかし何処にも居ない私　しかし私の心の風景はあの奥会津の塩生にある

「しおのう」　なんと懐かしい響きなのだろう　生涯の終わりに向けて　この先の生きる限りを長くだらだらとものを書き続ける身にとって　鹿の鳴くこの古都の夕暮れに　あの最初の風の感触が甦るということ　恐ろ

しい山の嵐と　無力の　全てに怯えていた幼児とをまた重ね合わせる

バッグパックからコピーを出して各地の地図を見る　こうした狭い旅の宿では　山の地形図を見るのが好きだ　国土地理院発行の精密な日本の測量技術を私の夜は見つめている　奈良まちの路地で買った地酒をぐらりと傾ける底の抜けた愉悦に浸る　しばらく眺めていると、期せずして　私のなかに「無経験の記憶」が次々と浮かんでくる　やったこともないからこそ鮮明な記憶　行ったことがないからこそ充血が走る　脳裏に鮮明な風景　心の中にある様々な形が浮かび上がってくる　幾つもの稜線　点線　破線がカラフルな色のマーカーの様に楽しく花びらを散らかす　明るい峠の風景

何本もの線が自由勝手に交錯している　私は無意識に　そのうちの二、三本を択んでいる　むかし誰かがこんなことをやっていることを不思議なものとして視ていたことがある　その線の伸びている方向　なぜその色を選んだの　好きなのかもよくわからない色を

ポンジュ・・・リンゲルナッツ・・・ルナアル。そんな名前が浮かぶ　薄い緩慢な博物学に擬態したような詩楽しいのは線の方向と　色だ　それを美しいと感じる気分が記憶が鮮烈に被さって　沢山に分裂した私のうちのある一人が２０歳になって午後の日差しの　教養学科の図書室に戻って何かを読んでいる　ここではじめてペレックに出逢っている　ジョルジュ・ペレック・・・家に戻ればどこかの本棚の奥に何冊もある筈だ　経験していない鮮明な記憶　そのもともとはそういう本の中にある　経験をしない限り　思考は気高く無傷だ　ボルヘスは言った　地図は　地理という感覚で　色と形の軸を心に散らかすための装置だ　動物や草花の図鑑を今も楽しく見るように地図は　キョウアイで其処しか選べないポイントを探り当てる　記憶のボルヘスは何でも言う　嫌う文献学すらもイカモノ食いをする　そこは中途半端な中央の使者を嫌う勿来や白河の関守であり越境するには相当のストレスがかかる界面なのである　だが道は其処しかない　道順はそれしかない　修験の

修行の一つの頂点に大峰山頂の平等岩があって　そこでギリギリ爪が引っ掛かる程度の足場で　右足左足のステップの順番を厳しく規定されているように　それ以外の踏み違いは落下絶命しか齎さないように　それと同じことが宇宙のあらゆる局面にある　そのように決まっていることを根底から破ることは取り敢えず考えてはいけない　それがほぼ世界の理屈　本質であろう　理屈は後から自由に付与されるように思う事も出来る　あとから説明すればいい　判断を放棄してやったほうが良いんだよと　そう推奨されることもあるから　人は走ることがあるのだが　本当は時空はそんなに必ず辻褄が見つかるとは限らない　歴史的事象を観ればわかる綿密に刻まれたものもないし　都合も色々あっただろうし　気にすべきところは其処ではなかったのだろういつも上手くいくわけではない　環境は編集されてなんぼになるだけのものだ

以仁王を奉じてきた者ども。修験者、賤、山ガツ、木地師・・・山の民の連合軍。以仁王を連れて行きたい先とそれを阻止したい邪魔したい勢力。

アナタタチ・ナニモシラナイ。ヒトは与えられた微妙な角度で規定された時空にしか存在し得ない。それは通常アナタタチの思うものとは違う。時空とはそれを合わせて一つのモノとなるようなモノ。一つの与えられた空間だけではどうにもならない。例えば伊賀の山。鈴鹿山脈。そういったところでそこに木地師が歩いているのか、忍者が走っているのか、行者がぶら下がっているのか。以仁王もその時の山の民、海の民と出会うことで時に同化できたということなのだ。

伊賀山を越えて東に抜けた古代勢力。先ずは物部。饒速日、高倉下。次に大伴。そして橘。やがて楠。南朝、後南朝勢力。源平とかの時の勢力とはもはや与しない暗然たる深山のパワー。帰化人、渡来人。吉備。難波。明日香。葛城襲津彦。葛城山、金剛山。二上山。山城国。恭仁京。大和川。渡来人が入って来たのは内海の巨大なラグーンである瀬戸内海。その突き当りにある難波津。神話の天孫降臨。神武東征。素戔嗚。大国主。出雲と吉備。仏教や大陸文化。青銅器や鉄器文化。そういうあらゆるものが澱となって溜まり込んだ津である。腸内細胞と細菌の最大増殖地帯である。物部は大和の先住民であったか。神武は難波津から入ったか。それとも熊野から八咫烏を従えて入ったのか。

それが皆の思いの結晶であるならそこで以仁王は死んではダメなのだ。ことに彼の人物を知る人にとって、彼の本質に触れた人にとってはそうなのだ。山城まで一緒に戦って命運を共にした園城寺の僧たちの毅然たる最期を丁寧に描く源平盛衰記に私が俄然一目置いたのは其処である。かの僧たちの誇りはかれらがいかにダイレクトに以仁王に心酔したかを物語っている。彼らは心から、喜んで従い以仁王を守らんとしている。

そうなのだ。以仁王は死んではならぬのだ。以仁王を死なさないという、その保障の予測を共有したときに彼らは真に解放されてウキウキと戦い抜くことができたのだと。その園城寺の僧侶たちの物語のあとに興福寺の僧侶たちの態とらしさ、命を惜しむのか大義名分に釘を刺されているのか、まさしく眼前に来ているらしい以仁王を迎えに出ることもなく並んで指を咥えて観ている。あれだけ理念を語ったのに、腰砕けなものを露呈した対比的なものとして描かれる。このスキマに何があったかということ。私には見逃したくないものである。

老人の出立。

いつの間にか老人が後ろに立っている　そして私に話しかける　今更のようだが儂の話を誰かにジックリと書き取って貰いたかったな　前にもこんなことがあったんだよ　おかしな青侍がやってきて　儂らの話を熱心に書きとって行ったっけ　今はもっと便利なものがあるのだろう　そうだったそれで私は録音機を回し　ビデオカメラで撮影したのだが　老人の声は残らず　姿も映っていなかった

嗚呼そうなんですよ　あなたの記録は　だから書き留めるしかなかったんです　すると老人は鉛筆を執り紙の束に何やら書き始めた　気儘で突然何かに集中してしまう老人の性格を知っているので　私はそのまま彼を放置して外に出た　老人はもうずっと此処に居るものだと思っていたから　その時点で彼が私への訣別のメッセージを書いているなどとは考えもしなかった

儂の話は書き取るしかないのだな　それでもいい　コッチは時間がある　多分無限にある　儂は長く生き過去をどんどん溜めていくが未来を知ることはない　未来が過去として相当量溜まった時に色々比較して纏めて語ったりするが　未来に初めて直面するという点では千年生きた儂もお前たちと変わるところはない　新奇な出逢いは儂にしたところで常にオドロキなのだ

赤ん坊　とても赤ん坊らしい丸々した男の子が同じ船に乗っていた　来たこともないトツクニ　異郷の町だ19世紀のフランスだという　船というのも不正確だ　カジノフォーリーのかねもち席のゴンドラになぜか儂は乗って座っている　どんな力学なのか何艘かが宙に浮き互いにぶつかることなく　ゆらゆら動いている　赤ん坊はそれが揺籃と勘違いをしているのか　いかにも楽し気に自分だけが見える空中の何かに焦点を合わせて手を叩いている　その赤ん坊が誰なのか（儂は今ではよく分かっているが）その時は知らない　そういうことだいろいろな説明は未来から過去に向けてしか語れない　これは中途半端で不公平な詰まらぬことではないかと思うのだ　とにかくその知らない赤ん坊と儂と　あと幾人かの人間が其処に乗っていて　下界の劇場の三文芝居を観ているわけだが　其処で不思議なことが起こったのだ

なぜ人は無為にむさぼった堕落の時間を「営為」などという言葉に置き換えたがるのか　中味無く能力なくそれでも書くことが一杯あるのは何故なのか　それはただの罠である　他人を蔑む権利など誰にもない　ただの知識など意味がない　辞書的な絶対定義など意味がないからなのだ　何が身に染みていたか　それがどんな風

に語られようとも（語られる必要はある）語られてはじめて　知覚され共有されてはじめて人間は他を有機化合物として受け入れるのだ　毒も薬も清も濁も

老人の独白は綿々と続くが　その最後の最後は私への弾劾なのだった　読み返すのもつらい部分だ

実際のところ儂はもう、この男をすっかり持て余してしまったのだ　儂がこれまで過ごした千年の時間の様々なシーンを　彼が求めるのに応じて高速で取り出せるという訳にはいかないのだが　彼は言外にそれを要求してくる　その無邪気を装った無神経な圧迫感が鼻に付いて堪らなくなっていた　儂の時間の真実　主に何処でどのように千年を暮らし潰して来たのかに興味はないらしいし（それは儂にもツマラナイ言いたくないことでもあったが）いずれにしてもエピソードを「面白オカシク」語って貰いたいのだ　それは儂を辟易させ疲弊させたそして最大の問題は　この男が話を訊かないことだ　あの青侍が懐かしい　この男は自分の言いたいことを言いたいだけなのだ

部屋に戻ると老人はいなかった　その残したメモを読んだ時　私はもう老人は帰ってこないのだと実感したこの2か月というもの　ウロチョロする私の心に付き合わせて勝手に引き回した挙句　ついに私に愛想を尽かして老人は去ったのだと　夕景の中で鏡の色は燻んで　もう夢の入り口の痕跡は見えなくなってしまった

奇妙な出口…。

優しくて　優しすぎたその果てに　心がついにネジくれ曲がった人が好きだ　その人が元々はどんな人であったのか　それはその人の歪み方ネジくれ方でよく分かるから　皮肉でもなく　不幸の謂いでもなく　優しさ

の本質を測り知る比例式のようなものだと思えるからだ　その人の性質はたぶんもともとは明るくて　健康で真っ直ぐであったからこそ　邪悪なものも何もかも　素直にそのまま取り込んで　汚濁にブクブクになりながら　彼の良き性質は　ちっとも失われることは無かったからなのだと

素直で　素直過ぎたその果てに　心が結局　錆びつきひん曲がった人が好きだ　それでも人を信じることを止めないのは　よき血統の犬種のようなものである　ひん曲がっているのは自分でわかっていてもそれは仕方がないこと　それでもかれの性質は　他人の所為　世界の所為　階級社会の所為などとは彼は夢にも思わない繋がれた犬が鎖を憎んだりしないのと一緒なのだと

かれは　薄く笑うが会話はしない　他人とは話しても無駄だと知っているから　人間の言葉は聞かないが池沼に集う鳥たちの囀りには飽かず耳を傾ける　塀の上の猫や　散歩の途中に見上げてくる犬とも　微笑み合っている　それなのに人間の集団の声色に揉まれては抗弁もせず　居場所もなく　ただ隅っこに立ち尽くしている　嬉しくも悲しくも感じないで済むように　薄く笑い　ゆるやかに我慢をすることを知っている

でも結局最後には立て籠もる　それが一番いいことだと　彼は絞れる知恵を絞って立て籠もり　自分の場所をこころひそかに城と呼び　そこから出ないでいられるのが一番いいと　初めから知っていたところに決着する　彼は説明などはしないから　人が理解しようともしてくれないことにも慣れているから　それが彼の行き着いたところだから

あなたはそんな彼を愛しますか　嫌いますか　愛するか嫌うかどちらかに決めなければならないのです　残念な事でしょうか　余計なお世話ではないでしょうか　そうでない人には分からないし分からない方がいいし分かる権利もないでしょう　彼が言いたいことはそれほどまでに単純なことではないでしょうか

アンタニダケハワカラレタクナイケドネ　まず自分で言葉に出来ないんだから（笑）　信じるという事が難し

くなってしまった相手と　どう回復したらいいかという質問に似ている　どう回復も何も　初めから何のつながりもなかったのだから　信じあえないまま　本気で関わる糸口など見つけようともせず　ただ無闇に　言葉を躍らせただけ

ため息ほど雄弁な言葉は無いと言われる通り　意味理屈をいくら並べ立てても　ひとつの　ため息にはかなわない　間を開けず紡ぐ言葉は　むなしさと繋がっているだけ　ただ心を見せ合えばよかったのに　そこに言葉が出て来る　なぜそんな嘘のシグナルを出し続けなければならなかったのか　それは言葉が一見具体的でタマシイのあるもののように思えたから　その嘘を自分にも吐いた　騙されてもいいからと諦める優しさに許されていることに　ずる過ぎて頓着もしなかったから

あなたが優しい犬だったから　そういう優しさを発揮してしまう犬種の弱さが　世界に蔓延しているから優しさで　環境周囲への受容の柔らかさで　その弱さで生きて来たのだ　長い間そうだったように　そうするしかないとイイカンジで諦めていた時代に　もう一度戻れたら　やって行けるのではないだろうか

天変地異　地震　噴火　津波　もろもろのマガコトは受諾するには重いものだ　その苦しみ　本来の謙虚さを忘れ　治水　土木に我を忘れ　疾病防疫に打ち込んだ結果　寧ろ却って　その技術に苦しまなくてはならなくなった　どこまでも脆弱なイキモノであることを　幾倍にも　思い知らされ　報復されている　今日の世界をみれば明らかである　厳しさの中での優しさ　弱さを受諾したうえでの強さ　野生に生き宇宙放射線のまっただ中に　命を与えられた運命の　享受の基本基準だったのだ

ひとり以仁王だけが　他人事のように　辛かったわけではないのだ

人知れぬ真夜中、カセットテープが回っている。

最後になってしまったけど、以仁王の脱出経路の詳細について私の想定した全貌をまとめて語っておこうと思うのです。こういうアナログに録音するのも楽しいかと思うのでわざとカセットテープに語ってみます。

ともかく宇治川の戦い・・・宇治川の合戦がありました。これは熾烈を極めたんだけれども、ここで宇治川の合戦は歴史の一つの決着をしなければならなくなった。拳を上げたんだけれども落としどころがなかった。暴れるより早く露見してしまった結果だから仕方がないんだけど。でも落としどころは熊野なんです。これを露見させた動きは全て熊野です。新宮の行家のノンキを本宮の湛増が察知したんです。そういう運命構成に見えます。

だいたい熊野っていうのはちっとも一枚岩ではなくて、湛増の所属している本宮・田辺の連合軍と、それに対峙する新宮・那智なんだけど、新宮と那智も一枚岩じゃない。以仁王の企てが露見する直前ですよ。つまり4月9日に以仁王の謀略がはじまった。ある種の第一回目のミーティングがあったということ、ここで誰が誰を誘ったとか以仁王はそれを聞いて驚いたとか。こういう事はものの本には・・平家物語、源平盛衰記、いろんなものに書かれているけれども、実際はそうではない。・・ないというより、気持ちのリアリティーとしてそんなものじゃなかったということが分かったんでそのことはシツコク書きました。以仁王は平家にここまでなめられて冗談じゃないっていう怒り心頭がある。政治的な部分、あるいは自分の進退、金輪際天皇にはなれないとか。それから経済的な問題、延暦寺の先達から継承した荘園財源の喪失。収入も大事だが誇りの保証を蹂躙されたわけですから、それは自分の当たり前のこと、初めは宗教者として、目指された天台の座主という目標において当たり前の経済基盤だったその荘園を取られてしまう。それを別の奴に。明雲だかなんだか知らないけども。階級のこと云っちゃアレなんだけれどもそういう馬の骨に取り付けられちゃう。それも昨日今日の下っ端の平家の一存でですよ。これが我慢できるわけがないんです。

完全になめられてる状態ですからね。馬鹿じゃないですからね。

私の言いたいのは、ここには本気があったっていう事、そして本気という事だったら、その辺の荘園に親の代から関わっていたのが頼政だし、そして頼政は八条院の蔵人でもあるわけですし。累代ですよ、一族郎党。だから八条院の期待の星である以仁王、八条院を背負う頼政、この二人が組んで当たり前。しかしこれには熊野の新宮も深く関わっていた。新宮に寄進した八条院の領地。それが静岡県の安倍川の下流。その安倍川の下流に要するに一つの拠点があった。もちろん下総にもあります。それぞれの現地のエネルギーがそもそも独自の矜持として、八条院や熊野と深く関わっていたわけです。

この時点では頼朝はまだ伊豆にいた流人に過ぎない、まだ何者かもわからない、誰にとってもわからない頼朝。しかし頼朝は一つの核として、中心力として源氏の象徴であったわけだし。まだ何だかは分からないものの原理としてそこに頼朝を据えるのは、これは悪い事じゃない。以仁王の令旨が頼朝にむけた形に整理したのは鎌倉時代ではありますけど、吾妻鏡という、頼朝がその後、頼朝が作った、作り上げたものに沿った、いわばその精神論に沿ったですね、後出しじゃんけんの、吾妻鏡において、まず以仁王が「頼朝に向かって」そのメッセージを出した事になっているが、それはそうではないことはわかります。今回のこの本のどこかをお読みになるとお分かりになるように、頼朝にむけたメッセージというわけじゃなかった。ただ源氏に立ち上がってほしい。これは源氏というものをより清潔で正統的な自分のアシスタントとして共闘したい。院政における、まあ院政になるか天皇親政になるかっていうことがありますが、兄二条天皇がやったような、天皇親政を望んだらまたどうなるかっていう多体問題が鎌首を持ち上げるんで難しいが勿論天皇親政は以仁も望んでます。最勝王っていうのは自分の親政のことですから。

でもこの事が後白河とどういう阿吽で言ったかが問題です。後白河は政治的な人間じゃない。非常にアーティスティックっていうか、そういうメンタルの人だから、この人が以仁王に沿わない、以仁王をとらないというのは、より有能な二条を見殺しにしちゃったっていうのとは別の判断として、それがいい判断だったかどうか、後白河の判断っていうのは歴史に残った判断であるから、そちらの方をね、まあ分析していいとか悪いとかいうしかないんだけれども、結果論だけだとつまらないですから議論の必要もないし、意味がない。歴史のイフをね、歴史がもしもこうだったらナンタラっていう事を辿る意味はないわけですから。ただ以仁王において、天皇親政、彼が即位して天皇親政を行いたい、それを言ったのは間違いがない。ただ即位は不可能なわけ。つまり、正統的に認められていないからね。だから後白河との確執ってのは永遠にあるわけで。後白河も損得あっただろうが、やっぱり以仁王をコントロールしきれてない。後白河の限界です。

ともかく以仁王とともに行動したのは、というより以仁王の動機に完全に寄り添っていたのは八条院である。これはまあ多くの歴史家が説くところ。八条院は、父鳥羽の鍾愛、母、美福門院の財産。これを全部受け継いだ。日本中に荘園を持っています。しかし、八条院の信仰心っていうのがどうだったのか八条院っていう人はどういう人なのかっていうのもこれは面白いですよね。語りきれませんけど。私は分析しきれませんが、ただ女として面白いんじゃないかっていう普通の直感がありますよ。で、八条院という人の宗教心。熊野をどう思っていたか。熊野は本宮と新宮。大きく分けて、本宮田辺と新宮那智。新宮と那智が最初なんで戦ったのかっていうこれもまた別の問題があるけれども、とりあえず新宮那智。特に新宮。新宮は以仁王に寄り添い一緒に世界観を練り上げたけれども、それは行家に代表されるような素朴感、まあ短兵急というか、ものすごくイージーというのか、考えの浅いところがあるけれども、たまたま表層に炙り出た行家がそういう男だっただけかも知れないけれども、元々のベースの新宮の空気というものの中にそういう縄文的っていうのか原始的な処がある。それは近現代の日本にも大きな様々な射影を投げ掛けた訳であるけれども、そういう土地の空気というものがあると思う。

出身もしてないただ旅行で数時間息を吸ったくらいで土地の空気の何が分かるっていうんだけれども。それでも知れることは一杯あると思っている。たとえば此処が饒速日、八咫烏、そして神武のエントランス空間。此処から奥駆けを通って吉野大和に抜ける胎蔵界から金剛界への連絡通路のいざないの場所であること。以仁王事件の当時だってとにかく新宮は元気でじゅうぶん役者は揃っているんです。行家という人。彼は源氏が半分、熊野が半分です。そして年長の姉と姉の配偶者である行範やその兄弟たちもいる。この新宮に以仁が逃げて匿われる土壌は幾らでもあるんです。胎蔵界のキャパシティって云うそういう無尽蔵のイメージがある。

話は少しずれるけれども、事前の諸々が良ければ奈良にも強いシンパシイがあったし、以仁王の足場は色々あり得たのです。しかし中途半端な露見によって様々な可能性が一気に潰された。それは本当に潰されたのか。私は今、以仁王の脱出経路について説明しようとしています。まずは宇治までは確実にこの流れ通りに以仁王は行動したと思います。三井寺におけるエピソードやら、宇治に到着して態勢を整えている部分まではリアリティがあるから。やはり厳しいのはその先の、頼政以下の平等院前での奮闘の中で以仁王は確かに見えなくなり、その先の部分は突然神話めいたものに作りが変わっています。男山を遥拝したり、贄野の行き帰り。それから玉水で喉を潤すところの経緯。これは誰が見ていたんですかっていうこと、それからそのあとの適当な流れ矢で落馬して絶命したっていうんだけど、流れ矢一発で絶命する事はない。絶命するほどの矢っていうのは、いわゆる放物線の鏑矢のようなものじゃなく、そういう象徴的な矢じゃなくて、非常に狙いを定めた至近距離からの強弓、達者な人がわりと近い距離から明らかに殺戮を目的として急所を狙って撃つという形で絶命すると思う。それ以外で馬から落ちて死ぬみたいなのはないんです。ショック死ですか、矢が当たった瞬間に死んで、それで崩れ落ちたみたいな感じなんですよね。とにかくこの絶命のシーンは不思議。夢のような風景です。

ようするに今語ってるのは以仁が宇治まではリアリティがあって、宇治からはわからない想像図みたいな曖昧な画面。見て来たような嘘みたいな話に変わっています。それは誰も見ていないからなんですよ。宇治から多分別行動をした。多分と云って置きましょう。その理由は簡単です。本来目指すべき奈良が信じられないからですよ。三井寺は頑張ったんだけど、そして宇治まで行ったけど、いろんな情報、連絡はあったはず。早馬飛ばす手だってあるわけだから。その中で、のんきにも興福寺は動かなかった。何千人の人が待機してた。人間はいたかもしれないけど待機してた。戦わなかった。様子を見てたんです。平家が怖かったというのがあるかも知れない。シンパシーが弱かったのかも知れない。理念がなかったかも知れない。理念だらけで行動力のない悪しきインテリ集団だったのかも知れない。どちらにしても興福寺は動いてくれなかった。本気じゃなかった。この本気じゃなかったというのは途中でわかってる。行けども行けども迎えは来ない。だからそれでその途中で以仁王が判断したのはこれはもう奈良ではない、むしろ熊野に向かおう。何とか海を目指そうということ、かといって伊勢は目指せない。再三言うようにもともと伊勢は平家の本拠地、伊勢平氏ですから。だから怖いはずなんだけれども、実際は平家の本体はとっくに京都に移り貴族化・都市化していますから、戦端を上手く外して山中を逆走すればニュートラルな空洞は幾らもあると、このことを知る力に先導されて急遽舵を取り直したのです。

この山中を先導したのが行者、山伏です。伊賀・甲賀・信楽の複雑な山道に詳しく、特に最短の伊賀の中を擦り抜けて伊勢湾に達したわけです。行者たちはこの辺りを縄張りにしていて、海の熊野、山の吉野、そして西の葛城山系の根来などとも緊密に繋がって居るのです。紀伊山地の方々に散らばって十何世代も前から長く居住しているのです。そのネットワークは元々緊密であり以仁王は出迎えてくれたそのルートに乗って表舞台からドロンと消えたのです。到達すべきは阿漕ヶ浦、今の津ですね。あるいはもう一つ北に外れた白子だったかも知れませんが、そのどっちかの浜です。そこから伊勢湾に漕ぎだす。誰が其処に舟を出したか、誰の力で渡ったか。それはもう新宮です。初歩の初歩、海を仕切る熊野は阿漕白子には常住しています。そして新宮は本当の仲間ですから。この連携のチームワーク、いわゆる熊野と、それから伊賀の山中に長く住んでいる行者山伏たち。後に忍びの者などと云われるこのまつろわぬ連中。皆、元を辿れば渡来人です。太古のテクニカル集団の巣窟です。どうしても分かり合えない人からは隠されてアジトになっていくもの、アウトローみたいに言われる、それは仕方ないよね。八咫烏の子孫、世界を見て来た海洋民族の末裔。海洋の手段を捨てず発達させ続けている新宮。奥駆けから大峯山、葛城山も男山も一緒で、生活発現を異にしているがメンタルを共有している世界です。山の中にいるコスモポリタンであって、皆同根です。

さて、ともかくもそうした山のパワーに支えられ浜辺に達した以仁王の為に舟は用意されていました。ここで王は更に大きな決断をします。ここから新宮に向かわずして伊勢湾を横切り、太平洋に漕ぎ出そう。新宮に隠れても追っ手は来る。先の手詰まりは見えている。それよりもいっそ人の眼をくらませる安息の土地、猪鼻を目指そうということになった。猪鼻は浜名湖。浜名湖の奥に猪鼻湖というラグーンが現在もございます。三ケ日というところ。古代人の人骨が見っかった三ケ日。この場所はとおとうみ、遠州はかつて頼政の知行地で、いまも腹心の猪野早太が居を構えている。イノハナに住むイノハヤタ。会津でも活躍した猪野早太を覚えていますか？ 頼政一世一代の大イベント「鵼退治」の時の名アシスタント。イノに行けばこの男がいるという頼政の意思です。此処で合流せよと、そしてさらに東に向かえという話になった一見破天荒な流れの背景には頼政の4男源頼兼の存在があったからだと考えます。この時点の頼兼はなかなかアリバイの見つけにくい存在ですが私の家の伝え、基本的なバイプレーヤーとして強く在るのです。それは一番最初に会津紀行のところで詳述した通りです。

以仁王が宇治からどのタイミングで伊賀方面に抜けたか、その何処から頼兼が供奉したものか、まだ考証は不完全ですが、宇治で頼政・仲綱からバトンタッチされた頼兼と三井寺からの日胤・浄妙・俊秀らがその場で、以仁王を囲んで急遽役割の分担をしたことに間違いは無いでしょう。皆で一緒に進んでいても利はない。既に其処に居る行者と共に山中を東に逃げる本隊と、平家の追っ手をシンプルに陽動する別隊という分掌は当然の判断だと思います。平家がせいぜい予測する経絡で大きく目立つ別隊は重要です。

ただ一点の引っ掛かりとして、後日「玉葉」に記述されたようにこの別隊には「菅冠者」と云う以仁王と背格好の似た若者が影武者として付いていたという話が出て来る。それを意図的に配したというのは話が出来過ぎていて信じ難い。もしそうだったとしたら平家軍は現場でこれほど慌てはしなかったと思うからです。そうと信じ切って殲滅してみたところ、居る筈の以仁王が見当たらぬいうことで混乱をきたし、収拾にひと騒ぎがあったわけだから。以仁王らしき者がいたならこれほど混乱する筈は無いのです。

ともかく機略として分隊作戦が成功したというのが私の概ね納得できた流れです。三井寺の僧たちの内、戦後屍体が確認されたという日胤などは平等院で防戦に努めたか、別隊の陽動グループに居たかであろう。他の僧たちもそういう役目を嬉々として演じ全うした節が随所にみられる。平家物語であれほど奮戦、散華が伝えられても爾後の行方の判然とせぬ者が多いのはこうした事情に依ったものだと知れればごく納得がいきます。本隊は目立たぬことを旨とせねばならぬのだから必要最小限の以仁王を含めてせいぜい4，5人の精鋭部隊だった筈で、そこには先導の山伏も居なくてはならない。そこを任せて戦力の僧たちは陽動隊に戻りそちらを賑わせ、そして莞爾として死に就いたのであろうということ。そこが派手であればあるほど以仁王は安全になり、まんまと平家は出し抜かれ、その先はご存じの通りです。

そして話は以仁王の行路に戻ります。猪鼻から猪野早太と郎党を載せ、黒潮に乗って海上を進み、駿河の国に向かいます。次の目的地は駿河の安倍川の河口から少し入った支流の藁科川を少し上ったところにある「服織荘」です。此処はもともと帰化人の秦氏が入植、開発した場所であり、古代から養蚕業が営まれていたところです。その後八条院領となり、熊野新宮に寄進され、新宮の東国における拠点となり八条院と新宮との絆の根幹です。八條院猶子の以仁王としては何はともあれ心より落ち着ける場所でした。宮は此処で大いに休息し英気を養って、此処からは山づたいに小国に向けて内陸を潜行していくことになります。。

その最初の難関が刈安峠です。あまり聞かない名前です。現在は地図にも載っていない、地元の人や登山者にしか知られない峠です。位置としては安倍川の上流の東側、静岡と山梨の県境、駿河と甲斐の国境の身延山地に属します。安倍川は河口近くでは多少川幅があるものの、もともと急峻な山間を流れ落ちてくる川なので少し遡れば両岸に山が迫り峡谷の様相を呈します。一番奥が梅ヶ島温泉で強アルカリの掛け流しの秘湯ですが、そこに向かう途中、入島地区から梅ヶ島地区に入る梅ヶ島小中学校のあたりが少し開けていてそこから東に沢沿いに入って行った先に十枚山と大光山(おおぴっかりやま)があってその中間あたりに刈安峠がある。このあたりは地盤が不安定で峠みちは崩れやすく現在はこのコースでは越えられないらしく、山を越えた東側、南部町方面には現在は登山道はないということです。なぜ不安定かと云えば此処はフォッサマグナの真上だからなのです。

Fossa Magna とはラテン語で大きな溝、静岡と糸魚川を結ぶ日本をタテに分断する地溝帯です。北アルプス～南アルプスを縦断し、甲府盆地～巨摩山地～身延山地、全てを呑み込んでいます。その南端に当たる部分を以仁王は越えたのですが、今は地形が変わり当時の刈安峠を想定することは出来ないというわけです。現在の登山家の記録を観ても刈安峠というのは十枚山から大光山へ続く尾根渡りの途中にある地点の名称に過ぎなくなっているようです。山越えをするならば刈安峠に向かわず十枚山を南に回り込んだ十枚峠か、大光山の北を大きく迂回して南部より遥かに北の身延のほうに繋がる安倍峠という選択肢になるのですが、安倍峠は以前は車でも越えられましたが車道が落ちてしまって現在は徒歩のみ、十枚峠はもともと登山道です。

さてこの険しい山道を越えて以仁王の一行は甲斐国の本郷(南部町)に到着し、そしてそこを治める南部光行を訪ねたといいます。この本郷の古社若宮八幡宮には以仁王を歓迎した伝承があり、それをまとめた望月清蔵著「以仁王の御廟所とその令旨」には概略以下のことが書かれています。①以仁王の逃亡経路について「京都より船で琵琶湖を渡り、美濃の国に至り、東海道を駿河国に下向、安倍川の下流八条院領服職荘に至り、これを更に奥方、即ち阿部川の上流に向かわれた。しかして甲斐国との国境安倍嶺（刈安峠）を越えられ甲斐国巨摩郡西河内領成島村に下着、南部三郎光行公の御奉迎をうける」②以仁王はこの南部町で亡くなり、遺骸は若宮八幡宮の床下に眠っておられる。③亡くなった理由は『傷病で』『傷付きて』とあります。

この書は国会図書館にあるようですが実は未見です。それなので内容を事細かに吟味することはできません。ただ内容について着目すべきポイントが幾つかあるので整理して今後の調査研究の目安としておきたい。

まず、南部光行という武将について。この人は永万元（1165）年、以仁王の元服の年の生まれで遥かに年下、この治承4年には16歳に過ぎない。まだ若いが父は加賀美遠光、甲斐源氏源義光の直系4代目であって、光行はその3男である。手柄を挙げようという年齢。この光行の初戦となったのはこの同じ治承4年の8月、頼朝の石橋山の戦いへの参加です。光行はここで目覚ましい戦功を挙げたため、頼朝から甲斐国南部牧（現在の山梨県南巨摩郡南部町）を与えられ南部姓を称したという。これは少し後の話になるので、この6月の時点で南部には誰も居ません。

光行のその後について更に溯って置くならば、光行はしばらくこの南部を本拠にしながらも頼朝の尖兵として各地で戦い、文治5（1189）年の奥州合戦での戦功により陸奥国糠部五郡（現在の青森県八戸市）を与えられたので、その後は勢力の中心を奥州に移します。ただしそれら各地の知行は息子たちに任せ、光行自身は頼朝の側近として殆ど鎌倉に在住した。つまり南部町と光行本人との関係は非常に短期間であるし、さらに以仁王の行程ともタイミングが合っていないということです。

となると根本的な問題として以仁王はその6月になぜ光行も居ない南部を目指したかということになります。それはそこに立ちはだかる標高1496メートルの刈安峠をワザワザ超えたかということとも関係があると思います。南部を目標地点に定めたというのなら、出発点の服織荘は藁科川のかなり下流にあるのだからそこから一旦海に出て沿岸を進み、富士川の河口から遡った方が山越えをするよりも遥かに楽なのであって、もしそれを択ばない理由をふつうに想像するとしたら沿岸なり富士川の流域なりに以仁王を阻害する勢力があるから、具体的には平家の支配力が強い地域だからということがあるのかということになるけれども、現在の清水区、由比町、富士市のあたりに特にそういう勢力があったという証拠は見つかりません。

そうでないならば南部に行く理由は何だったのか。これはもう一つのことしか考えられません。一行は南部に向かったのではなかったということ。何よりもこの峠を越えて先に進もうというモチベーションのほうが先行していたから北東に進路を取ったまでではないか、という単純な話です。峠が目の前にあるけれどもそれは行くべき方向にある関門であり目的地に直行するには山越えがダイレクトな手段と判断したからであって、実も蓋もない言い方ではあるが南部はその経路上にたまたま在ったということに過ぎないのではないかという予測です。

これは地元の心理を忖度すればたまたまでは困る、格好もつかないから「貴人がわざわざ山を越えておいでになった」という有難い大切な記憶として土地の古社に残されたということは十分納得できることなので、つまりそういう伝説があること自体が以仁王の存在理由となる。この地に「通過の事実」があったことは間違いない事だろうと確信できます。そして刈安峠の向こう側にある服織荘から来たことは分かっても、その服織荘に辿り着くまでは何処からどういう行路（陸路、海路の別も含めて）を辿ったかなどの詳細は正しく捕捉できなかったことは十分にあり得ることだと考えました。

それと以仁王が深手を負ってこの地で絶命したということについて。もしそうというのならその傷を受けたのは何処でだったのでしょう。山越えの途中でだったのか。ならば滑落のような事故だったのか。それより前の負傷だったら服織荘ででもその前の猪鼻ででも無理せず療治に専念することであって。そんな弱った体で山は越せないし周囲の人間も越させはしない筈で、生き死にという重大な話なのでよくよく裏付けがなければ納得できない話なのです。私はこの辻褄の合わなさの中に貴種流離譚によくある共通のトーンを嗅ぎます。手間をかけて説明することも可能だろうけれども直感的に此処に思わず知らず表出しているメッセージを感じたのです。

それは貴人の来訪を歓迎しおらが村の末代までの宝物にするには此処に永遠に居てもらうしかないという考え方です。その土地に縛り付けなくてはならない、という意識です。その一番手っ取り早い解決法はとても荒々しい手段ですが「その貴人がこの地で亡くなり手厚く埋葬された」という物語の創出だと思うのです。それが神話の時代から一つのプロトタイプ、すなわち伝説の定石として有るということ。それを含めて全体をよくよく見た時に見えて来ることを総合すれば今回見えて来るのは：

①「以仁王は確かにここに来た」②「そして元気にここから北に向かった」③「それは呆気ない出来事で地元としては残念だった」ということなのです。

この辺りのことを感じながら私の気持はひとつの落ち着きを迎えました。ようやく一息つくことが出来たように感じたのです。以仁王は確かに自分の脚を踏みしめて進んでいる。この先も、自分の心根を理解して寄り添ってくれる人々と共に旅を続けて行くのだという確信です。あの権謀術数の渦巻くような世界、相手を平然と踏み台にし野望の実現の手段にしか思わないような輩の執拗な引力圏からはもう袂を分かった。こうしてこのまま行けば良い。案内の山の民はそれを察してよい道を選んでくれるだろう。

まずは富士川沿いに、そこから釜無川、塩川、須玉川、大門川と支流に分け入って行き、野辺山を越えて千曲川の水系に入って行けば良いのです。そして佐久の手前を東の山に入って下仁田経由で富岡に抜け、抜鉾神社に参詣をして沼田街道に、片品村に入っていきます。

そうしてこの長い物語の最初の場所「会津嶺の国」に辿り着くわけなんです。会津という地名は人と人が出合う心の港という意味です。そもそも歴史の出逢いの歓喜から生まれた名前なのです。魂の出逢う国、奥会津に今ようやく宮は辿り着かれたのです。

宮の道中に幸あれ。

希わくば　この日本晴れが　どこまでも続きますように。

付録・資料

①「奥州南会津楢戸村本山派修験宗龍蔵院歴代系図」

②「龍蔵院由来」

※以上2通は、筆者の父山崎和夫（書家として山崎玲芳）の書き残したものです。

③「龍蔵院墓所略図　および　被葬者の表」

※これは1990年4月に筆者が調査し、一覧表にしたものです。

現在は墓石を一か所に纏めて順不同のまま固めてしまいましたが、オリジナルの位置はこの図面で判ります。現在も放置されている被葬者を明確にしえない卵塔（無縫塔）は明らかに法印の墓でありますし、角柱の墓の中には法印の妻であった人のものもあります。この記録を参照して頂き、先祖に無礼の無きようもう一度正しい供養をされるべきものと願うところです。

④「治承4年旧暦新暦対照表」

※以仁王の動きを現在の季節感覚で追えるようにグレゴリオ暦との対照表を付しておきます。

奥州南会津檜戸村本山派修験宗
龍蔵院山崎家歴代系図

行觀
行譽
行遍
行瑜
行祐
行仁
行賀
行全
行眞
行寛
行明
行豊
行元
行昭
行秀
行盈
行榮
行春
行圓
行鶴
行僊
行敬
菌元

龍蔵院由来

龍蔵院の精神とは、反骨の矜持である、誰に教わる事もなく継承される断固とした一念の筋というものは、血統の元々の誉れと関わるものでなくてはならない。

栖戸村龍蔵院は、本山派に属し、大先達聖護院の末流である。平安末期、永久年間に聖護院より派遣された一学僧山崎行観により創建せられ、今日まで凡そ九百年、二十六世を数える

茲に散逸する史料を集大成して、当院累代の編年史として改めて、記録するものである。

龍蔵院の源流

初代行観は、伊南川と栖戸沢の合流点に初めて祠を建てた時に山の突端の意で「山崎」と名乗ったものと当家の伝承にある。加えて行観は出身地である、山城国大山崎の峻険の地形を懐かしみ、また山を棲家とする修験者の本意も込めて、山崎と名乗ったものと思われる。

行観の出自については、「大山崎」を拓いた行基もしくは、平安末期に石清水八幡宮を勧請した、行教と同族であると思われるが詳細は今後の研究に俟たれる。

少なくとも行観は、天台寺門派と熊野修験を習合した、新興未曽有の教団、聖護院に学んだ、先進の学徒であったことは疑いない。因みに行観の名は、聖護院の創設者、増誉の師、寺門派の師行観を襲うものであり誇り高き、名前である。

東下り

増譽の没した永久年間は、聖護院の一つの正念場であった。勢力の拡大を地方への布教活動に求めて、各地に実力ある若手の僧を派遣したのである。

行観の担当は、古来より政治、経済、文化の要衝である、東国の奥御会津であった。奈良時代に徳一の創建になる磐梯山恵日寺は猶も強大であり信仰心の篤い土地柄であった。

行観らは此処に熊野信仰を広げるべく定着した。活動範囲は、南会津全域に及び、最終拠点として、最西端の弥生時代より豪族の本拠だった高台、楢戸平に祠を建てたのである。行観は妻帯し一一二〇年頃、一子行譽を儲けた

高倉宮都落ち

奥会津に広く伝承する高倉宮以仁王都落ちの伝説によると治承四年(一一八〇年)挙兵に失敗し宇治川で潰走した高倉宮は少数の従者を連れ、奥会津まで落ちて来た。平家の落ち人どころではない、親王である。何故三百里もの道のりを、しかも会津まで逃げたのか。これを荒唐無稽と一笑するのは机上の解釈である。

実質の会津は、古来より他所の想像を超越した精神風土である堅牢の自然の要塞に加えて人心に確固たる反権力の精神構造が存続していた。

聴て伊達政宗との直接対決、さらに明治維新の激戦を思えば、反平家の旗を掲げながら源氏からも浮き足立った孤立無援の皇子を積極的に受容したのは、当然である。そして会津に入った高倉宮を迎え終始安全に誘導したのは、龍蔵院行譽、行遍父子である。

奥会津各地に伝わる挿話は、このときの龍蔵院の動きをつぶさに

伝える。当時の奥会津は相当の悪路であった筈で先達の役割は、重大であった。尾瀬からまず大内へ、そして戸赤を抜けて界にとなるべく峻険を避けて短路を選択する龍蔵院の知恵が偲ばれる。

宮がその労苦に報いるため、特別に茶器一式を賜ったものは、龍蔵院の家宝として現存する。また宮を慕い会津まで辿り着きながら、相次いで病死した愛寵の紅梅御前とその従者、桜木姫を懇に弔った者もまた龍蔵院である。

中世期の龍蔵院

中世期には、仏教は急速に民衆化し、熊野詣も盛んになり聖護院の勢力を拡大した。龍蔵院も会津の山中にありながら大峰奥駈や熊野への入峰修行を怠らず、諸国勧進の道すがら諸事を見聞し情報の収集に努めた。また地元奥会津の山々を踏破しては、水脈、鉱脈の探査に余念がなかった。

奥会津の鉱産資源は、質量ともに抜群で農具、武具の発達を促した。また山師という言葉通り、教導者として、無学と成り勝ちの山中にあって大いに知的牽引の働きを為したのである。

行昭、行秀父子

一万治四年（一六六一年）の楢戸村分限帳に龍蔵院八拾八歳と見えるのが十五世行秀である。生年は一五七四年となり、伊達政宗の侵略で奥会津が激震した天正十七年に十六歳、父行昭は五十歳前後と推定される伊達により、奥会津は潰滅し、引続く太閤の刀狩りにより、二大豪族、山内家、河原田家は帰農した。家老職の和泉田五十嵐家、石伏、矢澤家なども同様である。

奥会津の勢力は著しく後退を余儀されたが、龍蔵院は、戦乱の悲壮の中で、平常心を説き、具体的な復興の道を進めた。

近世の龍蔵院

徳川政権の厳しい宗教統制の中、慶長十七年（一六一二）会津南山の諸寺を統率すべく、大先達に任ぜられた南岳院は新興の修験寺であった。由緒ある古寺の中には、この補任によする（を）良しとせぬ抵抗が強く、わが龍蔵院も恐らくその例に漏れなかった。

龍蔵院は、行秀以降、行盈、行栄、行春と長命であったが、婿入りした次の行圓は、二十代で早世、しかしその子左京は、祖父行春の薫陶のもと、刻苦勉励し、数々村を束ねる修験者となった。二十世行鶴である。最近龍蔵院の祭壇の下より大量の文書が見かったが、その多くは、行鶴の筆になるものであり、活発な活動状況が明らかになった。その子行遷は早世したが、行鶴の志は孫の行敬、曽孫の宙元に伝授されていった。

廃絶と苦衷

明治元年の、神仏分離政策の大弾圧によって、修験の霊山は壊滅的な打撃を受け、同五年の大政官布達で、修験宗は、完全に停止させられた。ことし時龍蔵院行敬は六十四才、龍王院宙元は三十五才であった。

廃寺を余儀なくされ数百年の伝統を亡失するという苦衷は如何ばかりであったろうか。ともかくも教派神道の一派、神宮教に身を置き命脈を繋ごうとしたが拠ろ無さは如何ともしがたかったに相違ない。

明治十四年に没した行敬の墓石には、神宮教訓導と刻まれ大正八年に没した苗元には教職訓導と冠せられている。

気難しい人だったといわれる晩年の苗元を伝える一枚の写真は、今更に深い憂愁の真相を訴えている。

龍蔵院は、その後復活することなく、今日に至っているが、二十六世を数える尊い修験の血脈の精神を失うことあるまじと茲に一筆由来を書き置く次第である

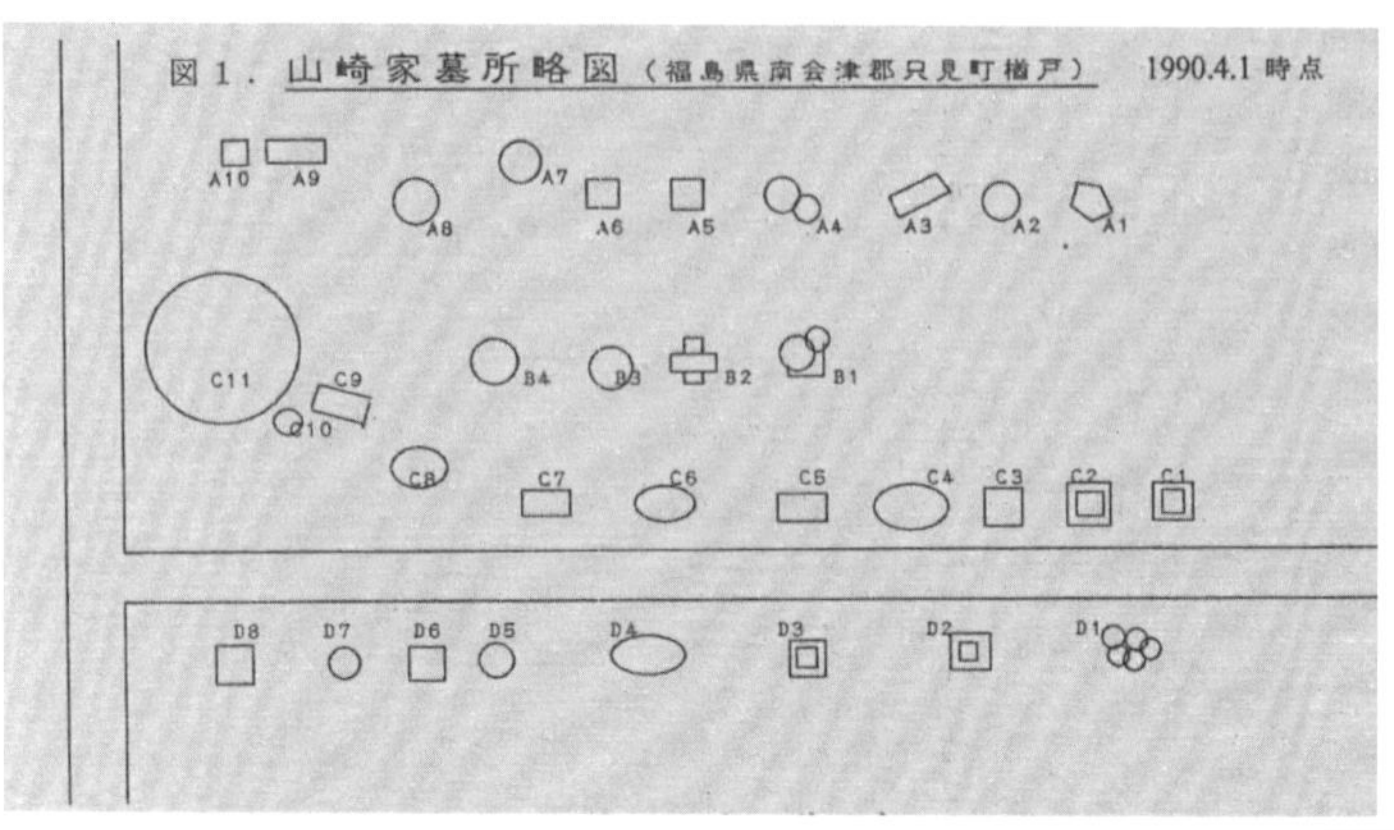

墓番号	形状	被葬者	続柄	没年月日	戒名	備考
A1	卵塔	?				法印墓
A2	舟形	?				
A3	屋根形	?				
A4	卵塔	行栄	第17代	1750年10月8日		
A5	角柱	サイ	行栄妻	1750年9月10日	□□□□信女	
A6	舟形	不詳	行春妻	1783年7月25日	□室妙清信女	または1785年
A7	卵塔	行春	第18代	1792年1月23日		
A8	卵塔	?				法印墓
A9	平板形	安記	苗元６男	1959年9月23日		
A10	角柱	安子	安記４女		意安孩女	
B1	卵塔	?				法印墓
B2	角柱	不詳	?	1809年1月28日	須阿妙貞大姉	行鶴伯母エツか？
B3	卵塔	?				法印墓
B4	卵塔	?				法印墓
C1	角柱	シュン	行敬妻	1888年7月21日		
C2	角柱	行敬	第22代	1881年6月8日		
C3	角柱	ペン	苗元妻	1914年10月21日		
C4	自然石	苗元	第23代	1919年6月14日		
C5	自然石	行儁	第21代	1833年12月13日		
C7	角柱	波奈江	行峰子			
C8	丸石	行敏	行峰子			
D2	角柱	ヨネ	行儁妻	1860年6月6日	碩貞亮善大姉	
D3	角柱	不詳	行鶴妻	1845年2月8日	観壽静音大姉	
D4	自然石	行鶴	第20代	1843年5月28日		
D6	角柱	行峰	第24代			
D7	丸石	ヨネ	悌吉長女			
D8	角柱	悌吉	苗元２男			

治承４年旧暦新暦対照表

旧暦	新暦	干支	旧暦	新暦	干支	旧暦	新暦	干支
5月9日	6月10日	庚申	6月12日	7月13日	癸巳	7月16日	8月15日	丙寅
5月10日	6月11日	辛酉	6月13日	7月14日	甲午	7月17日	8月16日	丁卯
5月11日	6月12日	壬戌	6月14日	7月15日	乙未	7月18日	8月17日	戊辰
5月12日	6月13日	癸亥	6月15日	7月16日	丙申	7月19日	8月18日	己巳
5月13日	6月14日	甲子	6月16日	7月17日	丁酉	7月20日	8月19日	庚午
5月14日	6月15日	乙丑	6月17日	7月18日	戊戌	7月21日	8月20日	辛未
5月15日	6月16日	丙寅	6月18日	7月19日	己亥	7月22日	8月21日	壬申
5月16日	6月17日	丁卯	6月19日	7月20日	庚子	7月23日	8月22日	癸酉
5月17日	6月18日	戊辰	6月20日	7月21日	辛丑	7月24日	8月23日	甲戌
5月18日	6月19日	己巳	6月21日	7月22日	壬寅	7月25日	8月24日	乙亥
5月19日	6月20日	庚午	6月22日	7月23日	癸卯	7月26日	8月25日	丙子
5月20日	6月21日	辛未	6月23日	7月24日	甲辰	7月27日	8月26日	丁丑
5月21日	6月22日	壬申	6月24日	7月25日	乙巳	7月28日	8月27日	戊寅
5月22日	6月23日	癸酉	6月25日	7月26日	丙午	7月29日	8月28日	己卯
5月23日	6月24日	甲戌	6月26日	7月27日	丁未	7月30日	8月29日	庚辰
5月24日	6月25日	乙亥	6月27日	7月28日	戊申	8月1日	8月30日	辛巳
5月25日	6月26日	丙子	6月28日	7月29日	己酉	8月2日	8月31日	壬午
5月26日	6月27日	丁丑	6月29日	7月30日	庚戌	8月3日	9月1日	癸未
5月27日	6月28日	戊寅	7月1日	7月31日	辛亥	8月4日	9月2日	甲申
5月28日	6月29日	己卯	7月2日	8月1日	壬子	8月5日	9月3日	乙酉
5月29日	6月30日	庚辰	7月3日	8月2日	癸丑	8月6日	9月4日	丙戌
5月30日	7月1日	辛巳	7月4日	8月3日	甲寅	8月7日	9月5日	丁亥
6月1日	7月2日	壬午	7月5日	8月4日	乙卯	8月8日	9月6日	戊子
6月2日	7月3日	癸未	7月6日	8月5日	丙辰	8月9日	9月7日	己丑
6月3日	7月4日	甲申	7月7日	8月6日	丁巳	8月10日	9月8日	庚寅
6月4日	7月5日	乙酉	7月8日	8月7日	戊午	8月11日	9月9日	辛卯
6月5日	7月6日	丙戌	7月9日	8月8日	己未	8月12日	9月10日	壬辰
6月6日	7月7日	丁亥	7月10日	8月9日	庚申	8月13日	9月11日	癸巳
6月7日	7月8日	戊子	7月11日	8月10日	辛酉	8月14日	9月12日	甲午
6月8日	7月9日	己丑	7月12日	8月11日	壬戌	8月15日	9月13日	乙未
6月9日	7月10日	庚寅	7月13日	8月12日	癸亥	8月16日	9月14日	丙申
6月10日	7月11日	辛卯	7月14日	8月13日	甲子	8月17日	9月15日	丁酉
6月11日	7月12日	壬辰	7月15日	8月14日	乙丑	8月18日	9月16日	戊戌

あとがき

この1年半、人類を襲ったコロナは禍々しく歴史を塗り替えました。人間存在の有様の根っ子、もっとも油断して向き合うのを忘れていた内面の問題が主たる攻撃の対象でした。私としても何処に辿り着けるのか分からない不安。以仁王の五里霧中の旅と重ね合わせ、資料の山を積んでもその隙間の奈落を感じながら、それを有難い慈悲の涙とも思いながら私具有の心の現象の中を旅しました。その結果がかくも珍妙なものとなって此処に完成しました。行きつ戻りつしながらも、けっきょく思うがままを書かせていただけましたことは有難い事でした。愛育出版、伊東社長の懐の深さと御助言の素晴らしさのおかげであります。私の浅学により誤字脱字打ち間違い思い違いが多々あると思われます。今後の機会が頂けたら改めたく思います。もし本書を読まれましてのご感想、或いは何かインスパイアされるものがございましたら望外の幸せです。

私の趣味こだわりの系図のユニークなビジュアル化に一役買ってくれた藤森英子さん、音声会話の一字一句の呼吸の間まで聴き取ってくれた野田美和さん、そして悩みつつも素晴らしい表紙の絵を描いてくれた古内恵利香さんとの出会いに感謝します。題字の「以仁王を探せ」を書いたのは私の母、本年９０歳になる山崎吟雨です。コロナ禍で長いこと会えていない中、このことで電話で色々やり取りも出来、これは本来父のすべきことだったのにと云いながら早速大量に書いて送ってくれた束の中からたった一つを選ぶのは悩みどころでした。

巻末に付した「龍蔵院歴代系図」と「由来記」は父、山崎玲芳（１９３０~２００８）の筆です。

この本に寄り添ってくれた歴代の２６人の龍蔵院当主に捧げます。

さらに見ぬ世の多くの方々、

誰よりも以仁王にこの一書を捧げたく思います。

２０２１年１０月。

著者紹介　山崎玲（やまざきあきら）
1957 年、奥会津生まれ。会津高等学校、東京大学教養学部基礎科学科卒。
テレビ局勤務を経て、現在は修復作業員。古書店ラジニ雑書坊店主。
ノアズアーク創立メンバー。

以仁王を探せ！

皇子、奥会津をゆく。熱く褪めた魂の黙示録。

2022年 2 月 22日　初版第 1 刷
著者　山崎 玲
発行者　伊東英夫
発行所　愛育出版
印刷　有限会社　国宗